警察荣誉 Ordinary Greatness

赵冬苓　谭嘉言 原作　星寒 改编

浙江文艺出版社
Zhejiang Literature & Art Publishing House

第一章

新安市，八里河派出所辖区，位于城乡接合部。随着经济发展，这里既有新开发的商业区、学校，也有老旧的居民区和农贸市场。形形色色的人会聚在这里，带来无限生机的同时，也带来了各种各样的矛盾和社会问题。

所长办公室里，隐约听到所长王守一正在向领导汇报工作："宋局，这季度我们排名不是提了吗？群众满意率也涨了0.4%啊！八里河什么状况您又不是不知道……

"求爷爷告奶奶，才给分了四个新人，结果一个是戴帽下来镀金的高材生，一个是烈士之后，全所都得照顾着。

"还有两个名额吧，您还搭一个……您分配的是人，不是货，还带搭头的？

"您别蒙我，我早了解过了。他是垫底考进来的，警校里受过处分，集训又被点过几回名。

"要不是因为年轻警力太缺乏，您会要他入职？我知道您有难处，但要培养成人才不还是需要时间吗？

"要不这样，您看隔壁十里河派出所年年前十，一看就是培养人才的好地方，把人对调一下，优化资源配置嘛！

"再不行我二换一，您把分给他们的那个警校优秀毕业生换过来……

"别别别，我收了还不行吗……我们准备举行热烈的欢迎仪式……九点开始，什么？您也来？"

王守一看了下时间，已经八点半："不是说……好的……我知道了，九点见！"

挂了电话，王守一喝了口水，自言自语道："突然袭击？这是要现场开会，给我施加压力？"

别看刚和领导诉完苦，挂了电话后，王守一精神抖擞，气宇轩昂，大步走了出去。

因为要举行欢迎仪式，各办公室的人都在走廊打扫。

王守一挑着毛病："哎，大刘，你王婆画门呢，那是扫吗？那块玻璃是不是没擦啊？整干净点，一会儿宋局长亲自来参加欢迎仪式。"

来到一楼，王守一又看了看时间，不住地督促："快快快，局长和新同事马上就到了！得把咱们所收拾得像新出炉的，让年轻人一来就爱上这儿，赶都赶不走才行。"

陈新城和两个同事脸带倦意，从旁边经过："所长。"

王守一打量着他们："新城，你们这是……"

陈新城说："蹲点儿了，才换班。"

王守一说："那都别走了，一会儿宋局长就到，欢迎完了再下班。"

陈新城苦着脸："所长……至于吗？"

王守一正色道："至于！我拼着这张老脸软磨硬泡，才弄来四个。"

旁边一名警察疑惑地问："所长，我们入职的时候怎么没见您搞这么大阵仗啊？"

王守一瞪了他一眼："你？什么年头的皇历了？一下进四个年轻人，八里河派出所历史上从没有过呀！"

身后一名老警察小声嘀咕："进再多，干活不还得靠我们？"

王守一耳朵尖："靠你们？真有需要的时候，你们这老胳膊老腿还跟趟吗？"

年长警察不服气："我还没觉得干不动呢，所长倒开始嫌我老了？"

大家哄堂大笑。唯独陈新城完全没有笑意。

王守一对陈新城说："让你留下来，主要还是想让你带个徒弟，挑挑？"

陈新城一听这话，脸色更加难看："所长，你就别折腾我了，徒弟这事……"

王守一打断他的话："先看看再说，来个能帮你干活的不就能轻快点吗？"

陈新城还想说什么，王守一却转过身，宣布道："别贫了，给你们五分钟做最后检查！都给我长点脸！"说完扭头就走了。

接警大厅中，副所长程浩也在指挥警员大扫除："正好把那犄角旮旯儿都弄彻底了。"

一转身，正好看到门外走进一名身穿警服的年轻姑娘，程浩立刻笑着迎了上去："小洁来了！"

夏洁立正敬礼："程所好！见习警员夏洁向您报到！"

程浩愣了一下："程所？不叫叔叔了？"

夏洁笑了笑："程所，我现在是见习警员！"

程浩也笑了："呵呵，几年不见你也当上警察了……见习警员夏洁。你妈一早就给我打电话了……"

夏洁脸色略显尴尬。

那边王守一转到院子里，看到有一个穿便装打扫卫生的年轻人，干得比谁都起劲。

教导员叶苇看见王守一，迎了过来："王所，这边都差不多了。"

王守一指着那年轻人："那谁啊？又外聘清洁工了？"

叶苇看了一眼："他呀，新来报到的。赵继伟。小伙子不错，眼里有活。"

赵继伟听到有人叫自己的名字，回头看了一眼。

王守一冲他招手："小伙子。"

赵继伟赶紧跑过来。

叶苇介绍："这是咱们八里河派出所所长王守一。"

赵继伟立刻立正，敬礼："报告所长，见习警员赵继伟向您报到！"

王守一点头："刚来就干上了，好样的！"

赵继伟不好意思地说："谢谢所长。"

正好程浩带着夏洁走了过来："所长，您看谁来了。"

王守一如见亲人，亲切地说："小洁来啦。几年不见了，长成大姑娘了！你爸要是能看到，指不定多高兴呢。"

夏洁敬礼："所长，见习警员夏洁前来报到！"

王守一说："对对对，见习警员夏洁。你妈打电话让我多关照你。你说嫂子这都说的啥话，还要她嘱咐？"

夏洁脸色更加尴尬，恨不得找个地缝钻进去。

程浩也附和道："刚才我还和夏洁说，所长原本把你分给教导员。说都是女同志，方便照顾，这事我可没让。人到岁数，什么事都不想争，可当你师父这事非抢不可。当年老所长是我师父，现在我当夏洁师父，这叫一脉相承！"

王守一笑着不说话。

叶苇无奈地说："小洁，看到了吧！本来我想带你，但是抢不过程所。"

程浩得意地说："必须抢不过！"

夏洁感激地说："谢谢所长，谢谢教导员，谢谢程所，谢谢大家对我的照顾。"

王守一大手一挥："谢什么谢，都是一家人还这么客气？以后程浩就是你师父。先带你熟悉环境，一会儿宋局过来参加新人欢迎仪式。"

赵继伟一直在旁边，听他们讨论分师父的事时两眼放光，终于能插上话了，立刻大声说道："报告程所，我是见习警员赵继伟！"

四个人都吓了一跳。程浩说："好，小伙子，好好干。小洁，来，我们先带你去办公室看看。"

夏洁看着干活的赵继伟，有些犹豫："我也一块儿扫扫院子吧。"

王守一说："不用你，先去转转。"

看着程浩带着夏洁走向办公楼，王守一也走向门口："还有俩呢？怎么还没到？搭头就是个搭头，太不靠谱。"

叶苇也在忙着张罗其他，只留下赵继伟一个人拿着扫帚站在那。他羡慕地看着夏洁跟着程浩离去的背影，缓了缓神，继续扫地。

走到楼前的夏洁回过头，悄悄看了赵继伟一眼，这才来到程浩的办公室。对这里的布局，她并不陌生。

程浩手脚麻利地收拾出一张空桌子："夏洁，进来呀。以后，你就在这里办公，东西放下吧。"

夏洁走了进来，对程浩表示感谢后，看到他办公桌上放着一张全家福，一瞬间有些恍惚，她仿佛看见当年爸爸常常放在办公桌上的那张全家福。照片中，十岁的她依偎在父母身边笑得很开心。

回过神来的夏洁，放下包，若有所思："程所，其他新警察，也都有办公室吗？"

程浩摇头："当然没有！别说办公室了，连张桌子都没有。"

夏洁身体一僵，把放下的包重新拿起："那……我还是跟他们一样吧。"

程浩不以为然："没事儿，你一个姑娘家，不能跟他们比……"

夏洁固执地说："师父，谢谢您的好意。大家都是警察，我还是下去吧。"说完大步走出办公室。

程浩眼中露出一丝赞许："果然和老所长一个脾性！"

李大为戴着耳机，挤在早高峰拥挤的公交车上。一只手抓着吊环，另一只手拿着的手机里是游戏直播画面。

出于习惯，他一直在关注着身边的人。对面是一对祖孙，小男孩两三岁的样子，雪白粉嫩，衣着讲究，一看家里条件就不错。

抱着孩子的老太太，却是土里土气，皮肤粗糙，神情略显紧张，身上斜挎一个老式的绿色布包，显得有些格格不入。

早高峰公交车上人特别多，大部分乘客没什么精神，还带着些许困意。

突然，孩子没有任何征兆地大哭起来，在老人怀里不停扭动。为了不让孩子乱动，老太太按住孩子的腿。

李大为离得较近，被吓了一跳。

孩子哭得很凄惨，双手不断地打着老太太，嘴里含糊地喊着："妈……我要妈妈……"

老太太没办法同时按住孩子的手脚和嘴，急忙从包里掏出一瓶矿泉水，想喂孩子喝一口，但孩子挣扎得太厉害，根本不管用。

孩子的哭声引起了其他乘客的不满：

"哎，你孩子踢到人了。"

"你对孩子轻点。"

"哄哄吧，太闹了。"

……

听到有人议论，老太太更加慌张地操着带有浓重口音的普通话"吓唬"孩子："莫号了，再号捶你哦！"

她这一说不要紧，孩子哭得更加大声了！

这时有人突然问了一句："你到底是不是孩子的奶奶啊？"

此话一出，车里的人都看了过来。

"该不会是人贩子吧？"

"我刚才还看见她捂小孩嘴！"

"赶紧报警！"

……

车内一阵骚动，司机只能把车停在路边，这下车里更是炸了锅一样。

老太太见一帮人冲着她喊，抱着小孩想下车。结果大家围着她，根本不让她走。

李大为努力挤向老太太身边，大喊："我就是警察！"

除了孩子的哭声，所有人突然都安静下来。

老太太见李大为过来，更加用力地抱紧孩子，往门口方向挤，嘴里有点儿磕巴："我要……下车！"

李大为观察着老太太的反应："婆婆，我是警察，您别慌，说清楚就行。您能证明和这个孩子的关系吗？您的证件能看一下吗？"

老太太一副被吓到了的样子："没，没带啊！孩子……孙娃子，让我下车……"

李大为看了眼孩子："孩子一直在哭，可能是饿了。要不您先给他点吃的吧。"

老太太还是摇头："我没……带啊。"

车上乘客更加哗然：

"她肯定不是孩子奶奶！"

"哪有家长带小孩出门什么都不带的啊！"

"肯定是人贩子！"

……

场面有点儿控制不住，李大为对司机说："师傅，不如我先带她下车等警察来。"

"好。"司机回身刚要开车门，不放心地问了句，"警察同志，您能出示下证件吗？"

李大为愣了一下："我……还没领。"

司机一愣。

乘客中立刻有人指着李大为："天哪！他不会是同伙吧！"

"竟然还假冒警察！"

……

众人开始推搡，孩子在老太太怀里挣扎，老人被挤了个屁股蹲儿，李大为趁机抱过孩子。

有情绪激动的乘客要动手揍他，李大为连忙把孩子搂在怀里，用背护住："我不是人贩子……我真是警察……"

王守一满意地看着门口挂着的"热烈欢迎新战友"的横幅。一回头，看见陈新城从办案大厅带着一名辅警匆匆跑过。

王守一叫住他："新城，你又去哪儿？"

陈新城说："刚接到报警，八里河公交车站怀疑车上有人贩子。"

王守一疑惑地说："人贩子？赶上班高峰期干活？"

陈新城说："不清楚，我先去看看情况。"

王守一说："那赶紧吧。尽量现场处理别往回带。"

"明白。"陈新城答应着跑向警车。

"大喜的日子这都啥事啊！"王守一一脸晦气，看了看表，"几点了还没到？头一天上班就无组织无纪律，绝不能姑息！"

大概了解情况之后，辅警把一瘸一拐的老太太和孩子扶上车。公交车缓缓开走，还有不少人隔着窗户指指点点。

陈新城打量着对面这个毛头小伙："你就是李大为？"

李大为嬉皮笑脸地说："警察叔叔认识我？"

陈新城一瞪眼："谁是你叔？"

李大为马上一个立正敬礼："哥，我是见习警员李大为。我跟八里河派出所就是有缘，跟哥也有缘，这么就见面了……"

陈新城懒得理他，转身往车上走去。

李大为跟在后面："太有纪念意义了，第一天上班就能坐着警车去……"

陈新城转过头："你觉得自己很能？"

李大为一愣："还行吧，还抓了一嫌疑人……"

陈新城实在不愿意多废话，叹了口气上车。

李大为紧跟其后，小声嘀咕道："不太热情啊……"

派出所大院里，王守一身后站了一众参加欢迎仪式的老警察和两位新警察。

王守一掏出手机："小王啊，我是老王。局长快到了吗？知道了！"

挂了电话，王守一有点儿慌："局长马上到了，还有俩没到，这是要搞事情啊！"

王守一看到走过来的叶苇像看到救命稻草一样，让她赶紧去找局里转来的报到手续，看看没到的两人的联络方式。

叶苇也知道事情的紧迫性，转身就往回跑。

这时警员小丁跑过来："所长，徐家那男孩一会儿要放出来了，程所怕乔家人又来闹，两拨人再撞上……"

王守一不以为意："那就绷会儿，等局长走了再说。"

"是。"小丁答应着转身要走。

"等等，总回避也不是办法。最后还是得给他们双方调解。"王守一转念一想，"小丁，该放人就放人，真要闹起来尽量调解。"

"是！"小丁刚走开，宋局的车就开进了院子。

叶苇跑出来："所长，通知里没有联系方式……"

王守一、叶苇、程浩面面相觑，硬着头皮带着一众警察迎了上去。

宋局长下车，没急着跟大家打招呼，回身对车里说："下来吧。"

一个白净高大帅气的年轻人下了车。在场人的目光齐刷刷地看向了他。

年轻人也感觉到了大家的眼光，有点儿局促。

"我顺便把杨树给你们带来了。"宋局介绍道，"北大法学硕士，能抢来可不容易。别说我没关照八里河啊，这可是真正的人才啊！"

人群里，夏洁、赵继伟下意识地交流了一眼。杨树也迅速捕捉到了这两位新人。

"谢谢局长，您来了，还把高材生也给我们带来了。"

王守一深感意外，立即调整情绪，热情地和杨树握手："杨博士，欢迎你加入八里河派出所。"

杨树更加局促："所长，是硕士……"

王守一咧嘴一笑："反正就是高材生嘛！"

宋局说："人齐了就开始吧。"

王守一有点儿不好意地把宋局长拉到一边："那个……还有一个新人没到。"

宋局问："谁？"

王守一做了个抓东西放秤盘里的手势："就是那搭……"

宋局脸色不好看。

王守一小声说道："那我们是先开始呢，还是再等等？"

这时陈新城的警车开了进来，打开车窗向王守一招手。

宋局看着王守一。

王守一也不好跟局长说什么，赶紧跑向警车。

陈新城小声说道："所长，可能弄误会了。"

李大为正欲下车，看到往车里探头的王守一，立即坐定："哥，我是见习警员李大为。"

王守一火往上蹿："谁是你哥？"

陈新城连忙介绍："这是王所长。"

王守一不理李大为，和陈新城交代："你带人赶紧处理一下，别闹出什么事儿来。"

这时李大为也跳下车来，立正敬礼："所长，我是来报到的见习警员李大为！"

王守一看着李大为，想抽他的心都有。

陈新城和辅警带着祖孙俩下车，往办公区走。

李大为看见，也小声说："案子是我经手的，我要不要跟着一块儿去？"

王守一恨得牙痒痒："你给我闭嘴！有什么事等欢迎仪式之后再说！市局宋局长专门来参加欢迎仪式，给我好好表现！"

李大为说："是！"

王守一转身，已经换成笑脸，拉着李大为向宋局走去："哈哈，宋局，你看，这……新人真是好样的。第一天上班路上就抓了个嫌疑人，所以才顺路坐着警车过来了。真是个人才，人才啊！列队！"

在众人诧异的目光中，四个年轻人站成一列。其他老警察站在另一侧，成"丁"字队形。

宋局长用欣赏的目光打量着面前的每一张年轻的面孔。

王守一先一一介绍："李大为！"

宋局长说："不错，模样长得挺顺眼的嘛。王所长，每一位跨进警察队伍的年轻人，我们都要努力培养成一名优秀的人民警察。"

王守一面色难看："是。下一位，赵继伟！"

宋局长说："警校刑侦专业毕业的高材生。小伙子，特别想破大案要案？"

赵继伟使劲点头。

宋局长说："别急，走上社会你才会知道，派出所的工作，才是公安工作的基础。"

宋局长走到杨树面前，拍拍他的肩膀："这个已经介绍过了。今年的状元郎！好好干，一年以后我在局里等你。"

走到夏洁面前的宋局长有点儿伤感："小洁……当年你爸出事的时候，你还是孩子，是我把你从学校里接到医院的。十年了，你爸要是能看到你来到了他当年战斗过的地方，不知道会有多高兴……"

夏洁显然对局长叫她的称呼和别人不一样感到不自在。而且这么一番话，也让周围的老警察神情黯然。

宋局长看着几位新人："你们不知道。夏洁，是原八里河派出所英雄所长夏俊雄的女儿。

"十年前，我还在这里当一名普通警察。一次出警执行任务的时候，一个凶犯举着一把刀冲着我扑上来。

"是夏俊雄同志冲上去，帮我挡了那一刀。我活下来了，而夏俊雄同志……永远地离开了我们！"

李大为、杨树、赵继伟都看向了夏洁。

夏洁明白其他人的复杂情绪，努力保持平静，尽量显得宋局长说的不是她。

王守一连忙打圆场："局长，今天是好日子，这些以后再说吧。您放心，我们一定帮助夏洁同志尽快成长。大家欢迎宋局长讲话！"说完带头鼓起掌来。

宋局长笑容可掬地把手往下压了压，掌声渐渐平息。

只有李大为还在后知后觉地拼命鼓掌，直到发现别人的异样目光，才尴尬地停下。

宋局长说："我也没什么好说的。年轻警力匮乏，是警队普遍存在的问题。王所长……"

王守一立正："到！"

宋局长说："你是所长，当初还是我师父，这四个年轻人交给你，一定要培养好他们。"

王守一严肃地说："保证完成任务！"

宋局长点头："好，说重点。三季度的排名马上就要公布了，八里河三季度群众满意度不低，93.4%！"

大家发出阵阵欢呼，副所长程浩连忙挥手示意大家安静，让局长把话说完。

果然，宋局长接着说道："在全市163个派出所中排名第144位。"

大家瞬间低下头，没有了心气，只有王守一依然还是笑意满满。

宋局长安慰道："我知道八里河情况特殊——人员复杂、经济活跃、城乡接合部。可群众满意度上不去就是上不去。不接受解释！

"王守一同志已经五十四岁，明年就要退居二线了，你们愿意让他带着排名倒数的业绩退下来吗？"

大家沉默不语，这时，前厅传来激烈的争吵，宋局长看向王守一："怎么回事？"

王守一见怪不怪："乔家姑娘和一男孩谈恋爱，闹分手，总拿自杀威胁对方。男孩发现是假的，不再搭理。谁知道她真自杀了，女孩家就闹着要男孩子偿命。您当时也说该拘的就拘，可咱们想拘上面也不批准，不够拘的条件，只能放人。"

宋局长一脸疑惑："王所长，你就任他们这样闹？"

王守一无奈地摊着手："有什么办法？拘又不能拘，劝又不听劝，还一次次到网上控诉，说我们贪赃枉法，包庇杀人犯。12345都快被她家打爆了！就因为她这一家，满意度给我们扣了两分，要不我们起码能进百强吧？"

这时突然传来一声刺耳尖叫，警察小丁兴冲冲地跑过来："报告所长，打起来了！看样子一会儿还要砸东西！"

宋局长面色古怪地看着王守一。

"都打起来了，你高兴个什么劲儿！快，去看看。"王守一训斥两句，带人前往接警大厅。

警察小丁低着头，一脸尴尬地跟在后面。

原本安静空旷的接警大厅里，此时徐家、乔家足有十几口人怒目相对，展开骂战，值班警察怎么劝都劝不开。

乔母大声质问："徐子明！我女儿死得那么惨……你有脸走出派出所大门吗！"

徐母护在儿子身前："你女儿割腕自杀，跟我儿子有什么关系？他们都已经分手了。她死了，你们天天往我儿子身上泼脏水，我还要告你们诽谤呢！"

乔母眼睛通红："分手？在生死面前分手算什么！分手了就可以见死不救？分手了还把屎盆子往她头上扣？"

徐母不甘示弱："派出所已经判定你女儿实属自杀，跟我儿子没关系！"

乔父气得浑身发抖："我一开始就说这小子不行！你非要顺着她，这下好了，命都搭进去了！照我说，别跟他废那么多话！今天，看我不打死这个王八蛋，让他给依依偿命！"

乔父带头，直奔徐子明就是一顿打，徐家人也毫不示弱，双方一场混战。

正在这时，宋局长、王守一带人恰好赶到。

王守一老脸挂不住了："都给我住手！"

可是两家人已经红了眼，根本听不进去。徐子明被打得瘫倒在地。几乎所有人都挂了彩。

王守一一挥手："把他们给我拉开！"

众警员立刻上前把两家人拉开，乔父力气很大，差点儿把拉他的张志杰推倒在地。

夏洁先冲上去，李大为、赵继伟紧跟其后也上去帮忙，总算是拉住了乔父。杨树想帮忙，却不知道该从哪儿下手。

宋局长身边的年轻警察在他耳边说了几句，宋局长恍然大悟般地点了点头。

王守一对乔家人说："你们没了女儿我能理解，徐子明我们也查了，他在这件事上没有违法行为。批评教育我们进行了，经济补偿呢，你们也不要。怎么还在这里闹起来没完了?"

乔父喘着粗气:"别跟我说什么法不法的! 他见死不救，就是杀人! 只要他活一天，我就一天跟他没完!"

王守一也火了:"他见死不救构不成违法，但你故意伤害徐子明，就已经够把你给拘起来了! 再加上袭警，威胁他人，罪加一等!"

大厅里突然安静下来，就在大家以为事情解决了的时候，乔父突然大吼着扑向王守一:"拘就拘! 我女儿都不在了，我还怕你拘!"

他一带头，乔家人也全都跟着起哄:"就是，我们才不怕!"

李大为、杨树、夏洁目瞪口呆，就连王守一也很意外，场面瞬间再次失控了。

赵继伟挡在王守一身前，宋局长也被逼得连退几步，厉声说道:"太过分了，都给我拘了!"说完直接走出大厅。

众警员合力冲上去把两边人拉开。

王守一急了，快步追到院子里:"局长，别拘，我们可以调解。"

宋局长一脸不悦地在车前站定:"你就这么当所长的?"

王守一有些尴尬:"这事儿公说公有理婆说婆有理，我们该做的都做了，还能怎么样? 局长，您怕是忘了八里河的民情了。"

宋局长看着他:"师父，我还叫你一声师父! 你心里盘算什么，我清楚得很。跟我还用这样拐弯抹角?

"里面那一出，不就是为了让我知道，你们所的满意度为什么这么低，还是让我看看，你们的工作多难做，警力多不足?"

王守一急了:"我盘算什么? 难不成是我任由他们胡来? 现在是网络时代，警察执法被三百六十度无死角监控，一不小心就会闹出舆情。

"这两边一个死了人，一个怎么说来着，哦，社会性死亡。要是武力干预，指不定又在网上引起什么轩然大波呢!"

宋局长指着里面:"徐子明是刚被放出来吧? 你要是晚点放，或者让他走后门，我还能赶上?"

王守一一跺脚:"局长说得对，是我疏忽了。今天只顾迎接新人，把这茬儿给忘了。"

宋局长摆摆手:"行了，我还不了解你吗? 这苦肉计，是你最拿手的。这不是已经给你们分了四个新人了吗? 以后就别再拿警力不足当挡箭牌了，退二线之前，务必把满意度给我弄上去。"

王守一委屈地说:"局长，闹到这一步，我绝对没料到。不过我们一定努力，下次争取进百强!"

宋局长给气乐了："一共才一百多个派出所，使个大劲进百强？真有你的。要是没有决心进步，这四个新人，我还是带走吧。"

王守一连忙拉住："别，局长，我一定不让你失望！"

"这还差不多。"宋局长转身上车。

王守一想起个事儿："哎，局长，你带来这博士，有什么特殊关系？给我交个底儿。"

宋局长说："不是说了嘛，顺路！开车。"

"局长慢走。"王守一目送局长的车子离开，一名民警小跑过来汇报："所长，刚抓回来的老太太已经确认不是人贩子了！"

王守一不悦："那不是好事吗？你激动啥？赶紧把人家老太太放了。"

民警喘着气："不是，所长，她儿子闹上门来了！"

乔、徐两家人被带离，李大为、赵继伟、杨树、夏洁和众警员一起收拾着一片狼藉的接警大厅。

赵继伟凑向李大为："哥，听说你抓的那个是人贩子？还没上班就立功了，真了不起！"

李大为有点儿骄傲："只是嫌疑人，也不知道查得怎么样了。"

赵继伟来了兴致："跟我说说怎么回事呗？"

李大为清了清嗓子："嗨，就是公交车上有个人贩子，被我识破帮着带回来了。没啥大不了的。"

赵继伟竖起大拇指："厉害了，我的哥！"夏洁好奇地看了看他俩。

李大为捡起"从严执法"的海报："所以我说迟早要拘，晚拘不如早拘。"

杨树突然张口："拘了又怎样？真正的矛盾还是无法化解。"

夏洁诧异地看了看杨树。

李大为没想到杨树会突然插口，不服气地说："那也不能一直和稀泥，等闹到这一步才拘！警察就这么好欺负？"

杨树说："和稀泥没什么不对。警察本来就是要化解矛盾，而不是激化矛盾。"

李大为说："现在结果还不是矛盾也激化了，人也拘了吗？怪不得排名144，果然名不虚传。"

赵继伟突然看着李大为身后，不断地使眼色："哥……"

王守一正黑着脸站在他身后："你挺能耐啊？要不所长的位置给你坐？"

李大为瞬间石化，僵硬地转过身："所长，我不是那个意思……垫底才能破釜沉舟啊，这是我们工作的动力！"

王守一说："刚才的事还没跟你算账！第一天上班迟到，抓人贩子被人当人贩子抓，最后还抓错了人，现在人家家属闹上门来了！"

李大为傻眼了："啊？那老太太是真奶奶？不能够啊……"

"啊什么啊！跟我过去安抚家属！"

王守一瞪了他一眼，带着垂头丧气的李大为走了，留下三个新人神色各异。

户口本、身份证、全家福……甚至还有一本很有年代感的独生子女证全放在协调室的桌上。

王守一、叶苇带李大为进来，看到老太太抱着孩子坐在那里，一名中年男子怒气冲冲地站在老太太身边。

陈新城正在安抚："沈大升先生，现在已经查清楚是一场误会，让阿姨受惊了。但群众报的警，我们必须得按流程办事。"

沈大升越说越激动："误会？凭什么误会？满大街都是带孩子的老人，为什么就怀疑我妈？就因为她穿得寒酸？警察都是用势利眼来抓坏人的吗？"

陈新城说："大哥，你别激动，我们判断的依据肯定不是老人家的衣服……"

沈大升不听："孩子哭闹就是被人拐卖？大街上哪个孩子不哭闹，是不是满大街都是人贩子啊？"

李大为听不下去了："这位大哥……"

"咳！"王守一咳了一声。

李大为马上调整了下语气："这位大哥，当时的情况是这样的，孩子在公交车上哭闹，老人家不仅不哄孩子还吓唬孩子……"

沈大升质问道："那叫吓唬孩子吗？是！我妈是从农村出来的，到城里没几天，不会说普通话，声音不够温柔，那就是吓唬孩子吗？"

李大为解释："我一开始也只是想让老人家确认下身份，但老人家没有身份证明，也没有带任何和小孩有关的东西，甚至连奶和水壶都没有，所以才会被误会……"

沈大升火了："你还强词夺理！"

老太太听到又要吵，磕磕巴巴地拉了一把儿子："别吵了……别……"

沈大升看见母亲发作，不但没安抚她，反而更生气地指着李大为吼："你看！你把我妈吓出毛病了！我妈本来身体就不好，容易心慌！"

老太太站起来："我说莫吵了，回家！"

一直没说话的沈大升妻子也不想把事情闹大："大升，警察也是好意。要是哪天真遇到人贩子，大家都置身事外，咱家孩子怎么办？想想都害怕。"

王守一立刻说道："李大为！看看人民群众多有觉悟，还不赶快感谢人家的理解。"

李大为一时转不过来，陈新城及时接上："谢谢理解，谢谢支持我们的工作。"

沈大升不甘："这就完了？"

沈妻反问："不完还要怎样？你今天就不该让妈带孩子出来，本来就是你的问题。"

老太太也一直说："回……家。"

王守一对陈新城小声说："送送……"

沈大升还不太情愿，但沈妻已经抱着孩子搀着老太太往前走了，只得闷头跟上。

夏洁、杨树、赵继伟已经收拾完现场回到办公区，都在等着事态的进展。

李大为跟在王守一、叶苇身后走了进来，满脸笑意。陈新城在最后，阴沉着脸。

李大为看见三人都在看着自己，潇洒地挥了挥手："没事了。"

王守一突然停下，转身看着李大为："还好意思笑？跟你说了安抚家属，你非得激化矛盾。要不是遇到通情达理的家属，今天又得被投诉！第一天报到，啥事没干，先给我惹事！"

李大为看着王守一严肃的神情，立刻收敛起来："所长，我是说……"

王守一吼道："你还说什么！"

李大为想为自己争辩一番，叶苇赶紧拦住："李大为，还没正式介绍，我是教导员叶苇。"

李大为立即立正："见习警员李大为向您报到！"

叶苇语重心长地说："以后的路还长，要学的东西多着哪。"

"明白！"李大为一边答应，一边留意着王守一。

只见王守一不再理他，向旁边的杨树走了过去，脸上挂着微笑，温和地说："我们所条件简陋，有什么需要直接跟我说。大老远从北京过来，挺不容易的。"

杨树连忙起身："所长，您太客气了。"

叶苇发现李大为心不在焉，也转过去跟杨树打招呼。

李大为悄悄捅了捅旁边的赵继伟："所长四川人吧，这变脸简直是神乎其技。"

赵继伟没说话，只是一脸羡慕地看着杨树。

王守一转身要走，张志杰过来汇报："所长，监控量实在是太大，找个人帮我一起看吧。"

王守一见四个新人都在："卫生打扫完了？"

赵继伟抢答："报告所长，打扫完了！"

突然一嗓子，把大家吓了一跳。

王守一说："好。现在有个非常紧急的任务，谁愿意去看……"

没等他说完，赵继伟抢着说："我愿意！"

王守一点头："行，有个小区老是丢尿不湿，我们一定好好查查。我们调了五百多个小时的录像，你俩一起慢慢看监控吧。"

赵继伟愣了："啊？看监控？找尿不湿？"

李大为忍不住笑了出来。

张志杰同情地拍了拍赵继伟的肩膀："走吧，跟我来。"

陈新城一脸严肃地站在那里说话，后面走过来一人，王守一立刻走了过去："高潮，你今天不是休假吗？"

高潮说："接到最新消息，所以回所来召集人马。"

王守一面色一紧："那个杀人犯？"

旁边的三个年轻人听到"杀人犯"，都来了兴致。

高潮点头："嗯，前几趟都扑了空。线人刚传来消息他回家了。"

王守一立刻安排："多叫几个人跟你一起。"

李大为马上积极地凑上来："所长，我能去吗？"

王守一不胜其烦："去什么去！"

高潮看了他一眼："新来的？"

王守一给年轻人介绍："这是高副所长。"

李大为、杨树、夏洁纷纷自报家门。

高潮微微一笑："年轻人，图个新鲜。所长，我看李大为身强体壮，跟着锻炼锻炼。"

李大为开心地说："谢谢高所！"

陈新城转身想走，却被王守一喊住："新城，你也带几个人，跟高潮走一趟。"

高潮看陈新城一脸为难，忙帮他打圆场："不用。陈哥应该是刚值完夜班。"

陈新城立刻附和："是啊，所长。我这一把老骨头了，身手也不好，跟着干吗？"

王守一眼珠一转："李大为，你想去，那得看陈警官愿不愿意带上你。"

李大为立刻自告奋勇地说："陈警官，我身手好，关键时刻可以帮您啊！"

陈新城没好气地瞪着李大为："省省吧！"

夏洁也走过来："所长，我也想去。"

这话一出，所有人都有点儿意外。王守一、陈新城下意识地看杨树。

杨树见状，连忙说道："所长，我能去吗？"

有人小声说道："研究生可是局里的宝贝，不能往前线送。"

"别添乱。"王守一瞪了一眼说话的人，转过头说，"你俩就算了，这任务有危险。"

杨树态度坚决："所长，正因为危险，我才应该跟上见识见识。我是来工作的，不是来镀金的！"

夏洁也表态："所长，我不怕危险！"

王守一无奈："嗯，有这个心……挺好，挺好。高潮，把杨树也带上吧。这可是局里的宝贝，一定要保护好他，确保安全！"

李大为拍着胸脯说："所长放心，有我呢，我会好好保护高材生的。"

杨树看了看李大为，平静地说："我能保护好自己。"

夏洁被无视："所长，我……"

王守一不等她说完冲着高潮摆了摆手："你们去准备吧。"

高潮带人离开，李大为还想说些什么，杨树用手拦住了他，冲他摇了摇头。李大为最后忍住了，跟在高潮身后前往武器库。意气风发地跟其他警员一起，从保管员那里接过装备。枪、防弹衣、喷雾器、甩棍、手铐，所有人都全副武装起来。

大厅里没有了外人，王守一和蔼地说："小洁，他们人手已经足够，你就别冒这个险了。"

夏洁倔强地说："所长，我也是警察！"

王守一说："但你是女孩子。"

夏洁据理力争："那您总不能一有危险就让我都躲后面吧？"

王守一看着夏洁坚定的眼神，有点儿动摇："那……"

夏洁手里的手机突然响起，来电显示着"妈妈"。夏洁紧张地看了王守一一眼。果然，他已经看见了。

王守一立刻改口："抓犯人以后有的是机会，没什么事你到点就下班吧。第一天上班，别让你妈太担心。接电话吧。"

夏洁一脸失望，但又无可奈何，转身快步走到院子里，语气无奈："妈，我正上班呢，有什么事吗？"

夏母温柔的声音传来："小洁呀，王守一他们有没有特别关照你呀？"

夏洁说："妈，你一天给多少人打了电话？"

夏母问："怎么了？是有人说什么了吗？"

夏洁无语："没人说什么，傻子都能看出来。"

夏母有些生气："小洁，你怎么能这么跟妈妈说话呢？"

正在这时，夏洁看到高潮带着众人全副武装地跑出来，准备出发，她闭上眼睛，深吸了一口气，尽量让自己语气平缓："妈，你以后别再给所里的人打电话了，才第一天上班，大家就都觉得我是关系户了。"

夏母说："管他们说什么，我的女儿当然不能受委屈啊！"

夏洁无奈："妈……"

夏母打断她的话："晚上早点下班，我想吃海鲜，你去买几只新鲜鲍鱼回来。"

夏洁情绪低落："好，我尽量早点。"

夏母说："什么尽量不尽量的，要是敢让你加班，我就给王守一打电话。行，不说了啊。"

"妈……"夏洁话还没说完，就听到手机里传来忙音。

王守一目送夏洁离开，叹了口气，一转身发现陈新城站在身后："干什么，吓我一跳！"

陈新城问："所长，你不是要把那个搭头分给我吧？"

王守一一愣："新城啊，你想多了！"

陈新城看着他："您别蒙我。"

王守一说："我能蒙得了你？快去吧！老高等着呢。注意安全！"

陈新城这才不情不愿地离开。

两辆警车开出派出所大门。李大为和杨树等在后面一辆大车上，车上坐了有七八个人。

李大为说："好家伙，去这么多人？抓几个啊？"

陈新城没好气地说："一个还不行？"

李大为夸张地说："抓一个用得着这么多人吗？"

陈新城反问："叫你说去几个？一对一？孤胆英雄？去和他拼命？"众人哄堂大笑起来。

李大为想了想："一对一夸张了点，三对一总可以了吧？"

陈新城懒得理他："少说几句，没人把你当哑巴。"

高潮介绍目标："大家注意了，嫌犯叫丁大用，身上背着两条人命，是部里通缉的A级通缉犯。

"本来这活应该给刑警的，但情况紧急，就直接通报给我们了，给大家一个立功的机会。他身上有枪，一切行动听指挥！路上听陈哥的，我先眯一会儿。"

高潮说完，脑袋往座位上一歪，很快就打起呼来。

李大为跟杨树嘀咕："七八个人对一个，太夸张了。"

杨树说："你没听见吗？对方是背着两条人命的亡命之徒！"

陈新城听到杨树说话，暗自点了点头。

李大为说："博士，放心吧，有我哪。"

杨树再次纠正："我是硕士！"

李大为一笑："是吗？我听你说话像博士。"

他只是顺口接了话，其他人听见也都"博士博士"地叫了起来，杨树一脸生无可恋。

车上的警员大部分都在抓紧大战前的时间休息，李大为则不安分地四处张望。不时问杨树："怎么还没到？"

杨树见其他人都在睡觉，轻轻嘘了一声。

陈新城睁开眼，训斥李大为："就你事儿多。看不见大家都在休息吗？"

李大为理直气壮地说："都休息，总要有个人放哨吧？"

陈新城语气生硬："那就老老实实放你的哨，别那么多话。"

李大为后知后觉："陈警官，您是对我有意见吗？"

陈新城直截了当地说："我是对你有意见。以后有你的事靠前，没你的事后边儿待着，别自找麻烦还捎带上我！"

李大为倔脾气又上来了："啥叫没我的事儿？警察不就是抓坏人的吗？"

陈新城被气得脸色铁青："闭上你的嘴，大家都在休息，你这么吵闹影响到大家，晚上哪有力气抓人？"

"不说就不说！"李大为小声嘀咕了一句，终于安分下来。

第二章

　　警车停在一家农户门外，高潮让其他人将农户四周围住，这才带着杨树几人上前敲门。

　　屋里住着一对六七十岁的老夫妻，高潮温和地说："老人家，我们例行检查，请配合。"

　　两个老人只是点了点头，没有说话。

　　身后的几名警察立刻行动，分别进入东西间搜查。高潮走进西间，看到床上乱成一团，不动声色地伸手摸了摸被窝。

　　两个老人神色有些紧张，脚步蹒跚地退后几步，在一个立橱前坐了下来，身体瑟瑟发抖。

　　杨树有些不忍，拉了张椅子在他们身边坐下来："大爷，大妈，丁大用犯了法，是逃不过法律制裁的。但如果他自首，是可以从轻处罚的。这是他最后的机会，不要再执迷不悟了。"

　　李大为从西间出来，注意到屋子不算小，老夫妻偏偏坐在立橱前，而杨树又把外面的出路正好堵住。

　　奇怪的是，高潮带人只是在里面转了一圈儿，问了几句话，就转身出去了。

　　李大为咳了一声，上前拉起他："杨树，你出来，我有点事儿和你说。"

　　杨树疑惑地看了他一眼："什么事？非要现在说吗？"

　　其他警员面色有些古怪，高潮有些惊讶地看了一眼李大为，随后说道："收队！"

　　所有警员立刻集合，有序地离开，老太太第一时间将大门紧闭。

　　杨树看了看紧闭的大门，疑惑地问："高所，情报有误？"

高潮做了一个嘘声的动作，拉着他走到前面的路口，这才小声说道："不，丁大用在家呢。"

杨树一愣："在家？在哪儿呢？"

同去的几名老警察脸上露出看热闹的表情。李大为开口说道："就在你身后的立橱里呢。"

杨树大吃一惊："什么？"

高潮拍拍杨树："要不李大为怎么会叫你离开那地方？你没悟出来？李大为，你说吧。"

李大为解释道："他睡过的被窝还温着，就三间屋，除了立橱，还有什么地方能藏人？"

杨树不服气："凭这就能确定他在立橱里？"

李大为摇头："当然不是。屋里有沙发，有床，两个老人为什么偏要坐在立橱前？而且立橱前放了两把笨重的大椅子，合理吗？"

高潮满意地说："李大为，你小子可以！来所里第一天就没少表现。行，我记住你了！"

李大为有些得意："谢谢高所！"

杨树心里有些不舒服，看了眼李大为，低下了头。

陈新城冷眼旁观，看出了李大为掩饰不住的开心和杨树的心事。他不希望新人太过张扬，也不想看到新人受到打击，于是说道："警校生学的就是这些，能看出来正常。不像杨树是真正的高材生，杂七杂八的事不太了解。不过人家那些真才实学才叫底子硬，其他三脚猫功夫，只要多出警见识几次完全不在话下。"

在不适应的环境里有人帮自己说话，杨树心里一暖，对陈新城感激地说："我会努力的！"

李大为撇撇嘴，不以为然，转头问高潮："高所，现在先回去？"

高潮摇头："哪能啊！陈哥，这就一个出口，你带着这俩新手在外面，我进去抓人。"

李大为有些心急："我想跟着高所！"

陈新城白了他一眼："怎么？怕我吃了你？哪儿那么多话，服从命令！"

"是……"李大为眼巴巴地看着高潮，"对了，高所，这回不用敲门。翻墙进去直接进西间侧门，我出来的时候偷偷把插销拉开了。"

高潮本来就觉得李大为够伶俐，此刻看他的眼神里又多了些赞赏。冲他点了点头，没再多说什么，带队重新折返。

陈新城和杨树、李大为守在路口，李大为靠着墙，和旁边的杨树聊了起来。

陈新城出言禁止："李大为你老实点！聊起来没完了？用不用给你泡壶茶再备上

点儿瓜子?"

李大为和杨树赶忙收声。

没过一会儿,只听到院里突然传出一阵哭喊声,李大为和陈新城急忙推开门。高潮和几个警察押着丁大用出来,老夫妻跟在后面。

老太太脚下一踉跄,杨树下意识地要去扶:"大妈,您慢点……"

高潮回头喝止杨树:"快跟上!"

杨树一时不知所措。

一行人押着丁大用一溜小跑冲向村庄街道,老夫妻在后面哭着,喊着:"儿啊!你们叫我再看儿子一眼,看他一眼哪!"

两侧灯光亮起,陆续有村民从家里出来,乱纷纷地议论:"出什么事啦?"

杨树回头看那老太太摔倒了,爬起来又追,心中不忍:"高所……她……"

高潮这次根本没再搭理杨树,倒是陈新城对杨树叮嘱了句:"快走,快跟上。"

警车已启动。那对老夫妻还在后面跟跟跄跄地追着……

杨树有些不理解:"高所,咱们这样不好吧……"

高潮反问:"哪儿不好?"

"那老妈妈……"杨树一回头,正好看到老太太踉跄,下意识地大叫一声,"停车!"

司机不明所以,一脚刹车停了下来。

杨树从车上跳下,冲向摔倒的老太太。

高潮气极:"怎么回事?"

李大为机灵,连忙说:"我去拉他回来!"

"可真是……愁死我了!"高潮对司机说,"往前开,别停,村外等我们。"说完和陈新城一起下车,跑向杨树他们。

杨树跑到老太太近前,伸手去扶:"老人家,您别激动,要相信警察,相信法律会……"

没想到,老太太一把抓住他,大声叫着:"抢人啦!警察抢人啦!"

杨树抬头一看,老太太身后,成群结队的人打着手电,举着棍棒喊着跑上来,顿时蒙了:"您怎么……"

李大为冲上来,拼命地去扯开老太太的手:"杨树,别说了,快跑,快跑!"

老太太死死地拉住杨树不撒手,号啕大哭:"把我家大用还回来吧!"

看着村民越来越近,陈新城脸色大变,不断催促:"快走,快开走!"

警车开走,村民们冲着高潮、陈新城、杨树和李大为来了,他们背对背站在一起,被村民们团团围住。

老太太扑上来,劈头盖脸地冲着杨树就打:"还我的儿子!你还我的儿子!"

杨树狼狈不堪地用手抵挡："您涉嫌妨碍公务了，袭警……"

李大为无奈地说："跟她说这些没用。"

"放人！"

"凭什么抓人！"

……

村民们叫喊着，手里举着棍子或菜刀之类的东西，盯着他们，越围越紧。

陈新城威严地说："我们在执行公务！丁大用杀害两名无辜村民，是公安部通缉的A级通缉犯，你们不要做违犯法律的事情！"

没有人在意他的话，还在继续向他们逼近。

杨树抬出法条，没用！

李大为耍小聪明，想调虎离山，没用！

眼看村民逼得越来越近，高潮举起了枪，准备鸣枪示警。

李大为和杨树也紧张地看着高潮，不知道会是什么后果。

正在这时，后面传来一个人的声音："慢着！慢着！"

一个五十多岁村干部模样的人分开人群跑了过来，高潮松了一口气。

有了村干部的疏通，村民渐渐散去。高潮几人立刻跑出村子，和警车会合，上车离开。

所有人都长出了一口气，杨树挨着高潮坐着，高潮又开始打瞌睡。嫌疑人则被铐在座位上。杨树看看嫌疑人，又看看高潮，终于还是小声说道："高所……刚才的事，对不起。"

高潮闭着眼含糊应了句："没事，睡吧。"

杨树说："我是觉得不管他犯了什么罪，他父母是无辜的。"

高潮有点儿生气，睁开眼睛看着他："刚才的事情你也经历了吧？要不是村干部及时赶来，会出大事，你知道吗！"

杨树低头道歉："对不起。是我没经验，没处理好。"

"知道就好。"高潮并不掩饰自己的不满，又闭上了眼睛。

那边，李大为对嫌疑人来了兴趣，跑过去拍了拍他："哎，朋友，你胆儿挺肥啊？下手的时候咋想的？以为警察抓不着你是吗？"

陈新城黑着脸："你能不能安静会儿！"

李大为说："闲着没事聊聊不行吗？"

陈新城呵斥道："审讯嫌疑人要全程录像你不知道吗？这人回去就得交给人家刑警队！"

李大为撇撇嘴，只得重新坐好。

天边泛起鱼肚白，街道上一片安静，偶尔有洒水车经过。路边花园里市民在晨练，一片安宁祥和。

一大早，赵继伟正在认真地打扫着卫生，办公区还没有几个人，夏洁走到他面前："要我帮忙吗？"

赵继伟说："不用，我都快干完了。"

夏洁看向外面："也不知道昨天那个抓捕任务最后怎么样了……"

赵继伟眼神中充满遗憾："哎，好羡慕他们两个……"

这时，程浩走了进来："小洁，这么早。"

夏洁连忙走过去："师父来得更早。"

程浩说："教导员家老爷子住院了，昨晚临时串了个班。"

夏洁问："严重吗？"

程浩说："老毛病，教导员是上有老下有小，不容易啊。走，咱们出警。"

夏洁兴奋地说："是有任务了吗？"

程浩说："我带你到街上转转。"

夏洁欢呼雀跃："太好了！"

赵继伟看着他们两人走出大门，犹豫片刻，丢下手中的扫把，小心翼翼地来到二楼。他找到王守一的办公室，靠在门外的墙上，内心挣扎着要不要进去。谁知道王守一正好出门，被门口的赵继伟吓了一跳："小赵？"

赵继伟立正敬礼："所长好！"

王守一背着手："找我有事儿？"

赵继伟有点儿犹豫。

王守一热情地招呼："进来说。"

赵继伟站在办公桌前："所长，我是想……我们四个新来的都会有师父，是吧？"

王守一说："没错，这是传统。"

赵继伟说："那，那，那您能不能当我师父？"

王守一有些意外："我？当你师父？"

赵继伟认真地说："所长，我听过您不少英雄事迹，对您很崇拜，所以想……"

王守一一瞬间明白了赵继伟的用意，哈哈大笑："我在基层干了一辈子，连个三等功都没立过，有啥英雄事迹？"

这时叶苇推门进来了，看见赵继伟在，转身想走，被王守一叫住："有事？"

叶苇说："没事，我就是问高潮、老陈回来了没。"

"应该快了。"王守一看了下时间，"你是刚从医院过来？"

叶苇点头："是。"

王守一关心地问："怎么样，没事吧？四个老人，真够你忙的。"

叶苇笑了笑："没事。"

赵继伟有些不自在："所长，那我先走了。"

王守一说："师父的事儿，你放心，所里会有统一安排，一定会由最合适的人，把你们带成最优秀的警察。"

赵继伟看看叶苇，也不好往下说："教导员……所长，那我先下去了。"

王守一说："放心，保证你们每一个人都有一个好师父。"

看着赵继伟离开，叶苇若有所思："他想要你做师父？"

王守一笑了笑："哈哈，孩子要求进步嘛……你要多关心一下。"

叶苇也笑了："知道，他这是目标远大呀。"

这时，一名警察从值班室跑过来："所长，高所他们回来啦！"

"可回来了！"王守一起身就往外跑。

张志杰、赵继伟还在看那五百多个小时的尿不湿被盗监控，就看到王守一和叶苇从楼上走下来，边走边叫："快快快，高潮他们回来了！"

加班的警察们一下兴奋起来，赵继伟更是来劲儿，跟着所长往外跑。

王守一领着所里的警察，大大小小几十口人，列队站在大门两边，鼓掌欢迎高潮他们凯旋。

两辆车在派出所门口停下，高潮先下来，王守一带着所里其他几位领导迎上去。

高潮意气风发地向他们行礼："报告，任务顺利完成！"

王守一拍拍他的肩膀："辛苦啦。到底还是年轻，连轴转还这么精神。"

刑警队的罗队长上去和高潮握手："高所，我们刑警队的活儿，都让你们给干了！"

高潮笑着说："没关系，功劳还记在你们账上，还是你们上台领奖。"

罗队长给了他一拳："骂我呢？"

大家笑起来。

李大为、杨树、陈新城等几个警察扭着丁大用下车，罗队长挥挥手，身后两个警察把丁大用接过来，塞进了另一辆警车里。

王守一说："行了，把人交给罗队长，以后审讯啊，定罪啊，立功啊，受奖啊，就没咱什么事儿了。高潮，赶快去睡觉吧。"

罗队长笑着说："王所，不厚道啊，下回你们再有案子转给我们可不收了哈。"

王守一说："咱们两家是谁也看不上谁，谁也离不开谁！"

罗队准备上车："哈哈，王所说得是。"

王守一挥手："罗队慢走。"

罗队长对王守一挥手，带人离开。

李大为、陈新城往楼上走，高潮和王守一走在后面。

高潮指了指李大为，竖了个大拇指："那个搭头，脑子够用。"

王守一小声问："是吗?"

杨树在后面看到这一幕，心里有些不舒服。

这时，一辆警车开过来。

曹建军从车窗里伸出头来喊了一声："所长。"

王守一回头一看，高兴地说："建军回来啦! 辛苦啊。这些脏活累活就靠你啦。"

李大为、杨树等人都停下来围观。

曹建军大声说道："为人民服务!"说完，回头拉开车门，大喝一声："下来!"

一个年轻人戴着手铐下来。

王守一吃了一惊："怎么，路上还捎回来一个?"

曹建军神秘一笑："您别急啊，还有呢。"

又一个跟着跳下车来，没手铐，只是用一根绳子绑着双手。

王守一愣了："一对二?"

曹建军说："路上碰到这俩人抢了一辆摩托，正骑着跑呢，被我用车撞倒了。抓一个不公平，对吧? 两个一块儿带回来了。"

大家议论纷纷："建军，好样的。"

"天哪，一对二。"

……

李大为站在人群里，闻言急忙打听："这谁啊?"

旁边的老警察说："曹建军，出了名的警界英雄。"

李大为问："那他和高潮，谁更厉害?"

老警察别有意味地笑了笑："问到重点了，这个以后你自己慢慢感受吧。"

曹建军在大家的议论声中很骄傲地站着，李大为则是一脸崇拜地看着。

交接完成，王守一、高潮、曹建军、杨树等警察浩浩荡荡来到了宿舍。

王守一说："晚上没睡的，都快去躺一会儿。"

曹建军满不在乎地说："没事儿，扛得住。"

王守一指着一张床："跟大伙说一声，这张床专门留给咱们博士，人家从外地来，租的房子还没下来。"

杨树连忙说："所长，不用了。"

王守一说："不用你住哪? 你就别硬撑着了。大伙照顾一下啊。"

众人答应："没问题。"

杨树感激地说："谢谢所长，谢谢大家。"

赵继伟羡慕地看着这一切。

这时有一名警察拿了张A4纸贴在那张床上，上面写着："杨树专榻"。

大家念出来，大笑不已。

"你们年轻人先休息吧，我们还有点儿事商量。"王守一说完，和几名骨干离开宿舍。

李大为和杨树目送众警察离开，站在宿舍门口不远处的赵继伟一下蹿了进来："刚来报到第一天就去抓了通缉犯，你们也太牛了吧！能跟我们讲讲吗？"

杨树情绪低落："没什么可讲的，我们什么都没做，还差点儿给大家惹麻烦。"

李大为得意："谁说我们什么都没做？我一眼就看出了犯人的藏身之处，而且他们家那个门还是我偷偷打开的呢！"

赵继伟羡慕地说："我也好想去现场见识见识啊。"

李大为已经困了，大喇喇地躺在了"杨树专榻"上，看到杨树站在床边一脸郁闷，歪着脑袋说："怎么？不会这么小气吧？不让睡？"

杨树在旁边坐下："你睡吧，我不困。"

李大为说："熬了一宿你都不累？终于知道为什么你学习好了。"

杨树无语："学习好有什么用？我现在已经离开学校了，工作完全是另一回事……"

他还没说完，就听到李大为均匀的呼噜声。

赵继伟打了个哈欠："那我也找张床眯一会儿。"

尽管宿舍还有空床，但是杨树并没有躺下，而是坐在一边，看着窗外出神。

另一边，叶苇、高潮、陈新城、曹建军和张志杰，都被王守一叫到了办公室。

王守一说："新人你们也都认识了，说说吧，印象怎么样？"

高潮说："那个搭头虽然嘴有点儿碎，但是脑子够用，是个好苗子。那位局长亲自送来的呢……是个书呆子。"

曹建军立刻反驳："局长送来的你也瞎议论？"

高潮刚要顶回去，王守一连忙打断："停，大家不要过度解读。高潮，你是在夸李大为？"

高潮点头："没错，昨晚抓人的时候看上去挺轻松，但是他眼里有事儿，心里有准，真不错。"

王守一点评道："毛躁点，嫩点，就说昨天早上公交车那事儿，能有这份警惕和敏感，还懂点人情世故，确实难得。我虽然批评了他，也是希望他更好。至于杨树呢，也是好孩子，就看怎么带了。"

高潮举手："所长，我先声明，我还年轻呢，带孩子这事儿我干不了。"

王守一笑了："没说让你们谁带，咱这不是先议论议论嘛。"

高潮站起身："好，不是正式开会是吧？那我睡觉去了。"说完一溜烟离开了办公室。

陈新城连话都不想说，也要起身开溜。

叶苇叫住陈新城："新城，你怎么也走？"

王守一摆手："算了。"

曹建军说："就是，程所也不在，没法议，我也走。"

看着剩下的叶苇，王守一说："你也回吧。"

叶苇起身，王守一才发现坐在角落里打盹的张志杰："哎，你咋还在这儿？"

张志杰也有点儿蒙："不是你让来的吗？"

夏洁第一次巡逻，兴奋地开着车，行驶在商业区街道上。

程浩坐在副驾上："今天就先带你在附近熟悉熟悉情况吧。开慢一点儿，就在那个地方，我和你爸发现了那个嫌疑人。你爸比我大十来岁，可跑起来我根本追不上。那家伙五大三粗，你爸一个侧扑就把他扑倒了。"

夏洁沉默地听着。

突然，路边一个女孩跑向警车，同时大喊着："警察叔叔，警察叔叔！"

夏洁一脚刹车，程浩伸出头去："什么事啊？"

女孩焦急地说："刚才一个人把我的包抢走了。看，就那个，还没跑远哪。"

两人顺着她指的方向，看到一个男的正在人群中跑着。

程浩说："上车。"

女孩上了车后座，夏洁一脚油门，车追了上去。

程浩问："包里有什么？"

女孩想了想："没什么，除了化妆品就是我的手机。"

距离越来越近，小偷刚停下，一回头看到警车，撒腿就跑进了小巷，程浩和夏洁下了警车就追。

两人紧追不舍，突然，小偷回过头来，举起手里的刀子挥了挥："别过来！刀子可不长眼！"

夏洁还要冲上去，程浩收住了脚步叫住她："夏洁，回来！"

夏洁愣住："师父……"

小偷还在冲他们挥刀示威，程浩对他招招手笑了一下："认错人了，走吧。"

小偷愣了一下，慢慢地后退，见他们不追了，这才转身逃走。

夏洁不解："就这么放他走？"

"他手里有刀，回去吧。"程浩说完就往回走。

夏洁跟在后面不甘心："他手里有刀，咱们就不追了？"

程浩说："他手里有刀，咱们去追，闹市区，伤了人怎么办？"

夏洁问："可失主的财物呢？"

程浩不以为意："不是只有一个包吗？不值多少钱。"

夏洁不说话了。

程浩语重心长地说："夏洁，记住我的话，嫌疑人手里有凶器，一定不要往上冲！也别把嫌疑人追到无路可逃，那他肯定和你拼命。"

夏洁不说话，只是嘴角微微下垂。

两人回到车前，女孩问："警察同志，追上了吗？"

程浩没有回答："夏洁，让她填个报警单，把她的手机号记下来。包里没钱，是吧？"

女孩说："现在谁出门还带钱哪？"

夏洁拿出接警单："那包呢，什么牌子的？"

女孩说："Prada（普拉达）的。"

夏洁一愣，看了程浩一眼。

程浩打量了一下女孩："正品吗？说实话啊，这关系到将来定罪量刑。"

女孩犹豫了一下："高仿的，五百多。"

程浩点头："看来仿得不错，那贼当真了。"

这时电话突然响起，程浩接通："所长……好，我知道了。"挂断电话，他对夏洁说："你去趟阳光家园。"

夏洁问："那您呢？"

程浩迅速上车："我另有任务，等我电话。"

女孩急了："警察叔叔，那我的包呢……"

程浩说："有消息了会跟你联系的。"说完开车离去。

夏洁看着远去的程浩，脸色有些不悦。

派出所的喇叭传来紧急通报："全所注意，阳光家园有人斗殴，所长要求全员出动，维持秩序，参与调解！"

眼看着周围的同事都行动起来了，刚刚走出宿舍，还在整理头发的李大为拉住一个警察问道："什么情况？这是要去哪儿？"

警察说："别问那么多，跟着去就是了。"

李大为一下来了精神，跟着大伙往外跑。

杨树、赵继伟也在后面紧紧跟上："哎，等等我们呀。"

几辆警车拉着警笛呼啸而出，最前面一辆车里坐着的王守一，拿着对讲机正在下达指示："各小组注意，到了现场要做到打不还手，骂不还口！无论如何要把劝架放在第一位。"

说完王守一拿起电话打给程浩："你那边怎么样了？"

程浩说："放心吧，我绑也得给您绑过来。"

王守一说："好样的，动作快点！"

看杨树、赵继伟和李大为一副摸不着头脑的样子，曹建军正好在旁边，给他们介绍了一下大致情况："阳光家园小区是两个村搬迁合并起来的。以前两个村就不和，一合并，矛盾带到小区来了。两帮居民整天打，物业也没办法解决。咱们所为什么排名靠后，和这个小区上访也有关系……"

王守一带人来到阳光家园小区，两个路口被李家庄和刘家庄的人堵死了，村民拿着扫把、拖把一类的东西，互不相让。

警察已经控制了现场，一名辅警跑过来汇报情况："所长，李家庄的大妈说是刘家庄的猫吃了她的鸡，结果就闹起来了。"

"都什么破事儿！"王守一找到张志杰："快去把两个村的村主任都请过来！"

"是！"张志杰带两个警察离开。

这时，夏洁也从出租车上下来了，手机响起，上面显示的来电人是"妈妈"，夏洁顾不上电话，冲到现场。

王守一挤到人群中间，满面赔笑："各位，听我说一句，大家都是乡里乡亲，有什么事不能好好解决，非要采取这样极端的方式？"

双方围着他嚷嚷起来。

"情况呢，我大概已经了解。"王守一听得头大，对李家庄的一位大妈说，"听说您丢了只鸡？"

大妈点头。

王守一摆摆手："新城，过来。"

陈新城拎着四只鸡，走到王守一身边。

王守一说："我这里有四只鸡，都是活蹦乱跳的，有公有母，全部送给您。"

大妈高兴地接过鸡："谢谢所长！"

众人松了一口气。

李家庄有人喊："别想轻易打发我们！刘家庄欺人太甚，三天两头闹事！我们昨天丢这，今天丢那，谁知道以后还会丢什么！"

李家庄人说着，就要朝警察们拥过来。

刘家庄人也不示弱："少血口喷人，你有证据吗？"

两边越说越急，火药味十足。

王守一夹在中间左右为难："赶快把他们分开！分开！"

所有警察奋力上前把人群分开，突然，李家庄队伍的后面，有个人被泼了一身鸡血，失声大喊："杀人啦！杀人啦！"

人群迅速让开一条道，浑身是血的人从人群最后冲到对垒的"两军"中间，后面还跟着几个拿着拖把和鸡毛掸子的人，趁乱打人。

所有人都吓了一跳，不知所措。

曹建军一夫当关，突然横在追赶的一伙人面前，一把夺过来几人手中的拖把、鸡毛掸子。

被泼鸡血的人抱头鼠窜，跑了半圈发现没有人追，叉着腰看向身后，傻傻地问："你们怎么不追啦？"

曹建军冷笑："继续演！不就是鸡血吗！杀什么人了？"

刘家庄的人哄堂大笑，指着李家庄这边冷嘲热讽。

李大为见到曹建军出手，忍不住称赞了一句："牛啊，不愧是警界英雄，以一当十。"

这时，张志杰护着两村村主任，来到中间："村主任来啦！"

王守一高兴地迎上去："来来来，两位村主任，你们快说句话。"

两位村主任都想往边上躲。

王守一怎么肯让他们走："说两句嘛！"

李家庄村主任连连摆手："现在都住楼里，早没村了，哪来的村主任？"

刘家庄的村主任也不靠前："是啊，我们早就啥也不管了。"

王守一急了："都这样了，你们不管，谁管？"

李家庄村主任说："无职无权无钱，咋管？本来就有矛盾，还非放一起？"

李大为听着他们对话，顺嘴就说："那还不好办？中间垒一堵墙不就行了？"

赵继伟点头："哥，你说得对。"

杨树说："那得找规划局批准吧？"

这话一出，王守一、张志杰和两位村主任全都愣住了。

李家庄村主任一拍大腿："这位同志说得好！"

刘家庄村主任也跟着喊："是个好主意！"

王守一气得脸都绿了："李大为！"

李大为蒙了："怎么啦，所长？"

一名村民指着李大为："大家听见没，这位同志要我们建墙，找规划局！"

李家庄、刘家庄人竟然达成共识："走！找规划局去！规划局不批，咱们就去市政府！"

王守一指着李大为："一抖机灵就给我惹事！早晚被你气死！"

王守一又转向村民们："乡亲们，冷静，冷静！"

李大为和杨树全都傻眼，两人面面相觑。夏洁和赵继伟也不知所措。

陈新城数落着李大为："你哪儿那么多废话？他们在这儿闹，就是为了逼规划局出手！"

李大为哑口无言，杨树脸上也红一阵白一阵。

这时，夏洁电话又响起，一看是程浩打来的，赶紧接通："师父，你在哪儿呢？这边都要闹到市政府去了！"

程浩开着车，规划局的徐处长坐在副驾："我带着规划局的领导已经在路上了，马上到现场解决问题！"

徐处长急了："你别瞎说啊，答应你来就不错了，我可没说要解决问题。我一个处长，这问题我哪里解决得了？"

程浩说："照我说的说！"

夏洁有些犹豫："可是……这是真的吗？"

程浩火大："听我的！"

徐处长苦着脸："程所，我哪里有那么大权力？"

夏洁见局面越来越不可控，终于鼓起勇气，跑到前面大声喊道："大家都安静！规划局的领导马上就会过来现场办公。"

两边顿时停下来了，村民们还不相信："真的假的？"

夏洁说："千真万确！"

王守一也吓了一跳，把夏洁拉到一边："真的假的？"

夏洁小声说："假的……我师父要我这么说的……"

恰在这时，程浩的车开了过来。下了车，程浩拉着徐处长往两村村民中间走："都让让！规划局的徐处长来给大家解决问题了。"

徐处长想往回撤，却被程浩硬拽住，不由得有点儿急眼了："拉着我也没用……谁说解决问题找谁去！"

村民们又开始吵嚷："那个小姑娘说的！又骗我们！"

眼看村民就要围住夏洁，程浩突然使出蛮力，大吼着拨开人群："都给我住手！有什么冲着我来！来呀！"

这阵势一下把众人镇住了，现场鸦雀无声。

突然，不远处传来一声："救命啊！快来救命啊！"

只见两个小孩站在一个井盖边，指着里面："李二宝掉进去了！"

所有人急忙围过来，向下张望，只见井盖下满是淤泥，不由得皱了皱眉头。

虽然不算太深，但是这个弃用的排水井中间横着好多废弃的木板，只有一条不大的缝隙。透过缝隙，可以看到一个五六岁的孩子捂着手臂，头上也有血迹，在里面哭得很凄惨，显然是受伤了。

有人喊着"快找梯子"，有人说着"拿绳子"，完全乱成一团。

这时张志杰腰上捆着绳子，后面陈新城、曹建军拉着绳子挤了过来。

李大为、杨树喊着："大家让一让，先救人！"

张志杰就要往井里下，却被王守一一把拉住："你下去？你这身架能钻进去？"

众人一筹莫展之时，夏洁走到王守一身边："所长，让我下去吧。我应该能钻过去，体重也轻，拉上来也容易。"

王守一下意识摆摆手："这么多人呢，怎么能让你一个小姑娘下去……"可一抬头看到夏洁的身形，不由愣住了，没有接着往下说，显然有些动心。

夏洁看出了王守一的心思，立刻对张志杰说："把绳子给我。"

井口边，李大为拽着绳子，杨树拽着李大为，赵继伟拽着杨树。其他人都紧张地望向井底。

夏洁被一点点放下去，到了杂物交错的地方，她轻巧地从缝隙里钻了过去："再往下！"

李大为带着众人往前半步，再往前半步。

夏洁下到井底，小心地抱起受伤的孩子，对着井口众人比了一个向上的手势，大喊："可以了！"

李大为说："大家一起用力，往后拉！"

大家一起用力，夏洁和小孩一起被拉了上来。所有人都松了一口气。

孩子妈妈抱住孩子大哭："二宝，二宝……"

夏洁不顾脸上的污泥："快带孩子去医院吧。"

孩子母亲千恩万谢："谢谢，太谢谢你了！"

"不用谢，这是我应该做的。"

看着夏洁满身污泥，李大为抱着几瓶矿泉水递给了她："好样的！帅！"

夏洁用矿泉水洗了洗手："小意思，没难度。"

王守一有些心疼："你一个女孩子弄成这个样子，真是……"

夏洁笑着说："所长，有些活可能还就需要女生来干，有优势。"

村民们看到夏洁为了救孩子弄得满身泥，也觉得不好意思，面露愧色，很多凑热闹的人也悻悻散去。

一场纷争，终于平息。

众人上车，夏洁非常细心，坐下之前特意将纸巾垫在车座上，以免身上的淤泥弄脏警车。

李大为看到她的这些小动作，笑了笑，毫不犹豫地坐到了夏洁身边。

夏洁连忙提醒："你小心点，我这一身泥别蹭身上。"

李大为说："嗨，你都不在乎，我还能怕这点脏？"

恰好杨树正坐在副驾驶的位置上认真地拿湿纸巾擦手，听到他们的对话，顿时僵在那里。

李大为也有些尴尬："我说着玩的，你继续。"

坐在另一侧的赵继伟不禁感叹："当警察真是不容易，受了委屈还不能发火，太憋屈了。"

夏洁倒是很淡定："咱们的工作就这样，很多时候都是来帮大家解决问题的。过去有句口号，叫'有困难找警察'。"

杨树说："我觉得所里的处置方式是对的。人们的思想观念……"

李大为堵住耳朵："博士博士，咱换个地方做学问行吗？"

一车人都被李大为逗得哈哈大笑。

回到所里，夏洁换了一身便装从更衣室里出来，怀里抱着叠得整齐的脏警服。这时手机又响了，来电显示"妈妈"。

这次夏洁终于接了起来，夏母的声音直接从手机里冲了出来："小洁！你怎么不接我电话？急死我了！"

夏洁说："妈，我今天有点儿忙，但是还挺有成就感……"

夏母打断她的话："不用说了，我已经给王守一、叶苇他们都打过电话了。你怎么还没回家？"

夏洁气恼："妈，你怎么又给我领导打电话了啊？"

夏母抽泣道："不打电话还不知道你吃了这么多苦……赶紧回来吧，咱不干了，不在这八里河派出所了，我这就给局长打电话！"

夏洁急了："妈，妈……别……"

电话被挂断，夏洁一脸无奈。

夏洁坐在出租车上，摇下车窗，有风吹过，她微微地眯起眼睛。

前方红灯，路边两名民警正在询问路人。

夏洁看得出神，出租车启动后她还在回头观望，眼中闪过一丝不舍。

终于回到家门口，夏洁提着外卖深吸了一口气，转动钥匙打开家门走了进去。

家里没开灯，夏洁把灯打开。母亲虚弱的声音从卧室里传出来："小洁回来了。"

夏洁连忙冲进卧室："妈，怎么了？身体不舒服吗？我买了您最喜欢吃的海鲜。"

夏母摇摇头："没胃口。王守一都跟我说了，今天让你执行任务了，还特别危险。"

夏洁说："妈，就是普通的纠纷，不危险，全所的人都去了。"

夏母眼泪掉了下来："既然这么多人在，为什么还要你下去？我看就是人走茶凉，欺负咱们娘俩无依无靠。

"本来让程浩当你师父这事我忍了，但他王守一怎么能得寸进尺，第二天上班就让你去干这么危险的任务？

"是不是程浩让你去做的？我就说不能让他做你的师父。当初他当你爸徒弟的时候，但凡机灵一点儿，你爸也不会牺牲了。"

夏洁心里难受："妈，过去的事，咱不提了，行吗？而且爸的事儿，局里早有了结论，跟程所一点儿关系都没有。"

夏母一时无语："那也不能让你一个姑娘到井底去救人，那么多大老爷们都看着？"

夏洁解释道："妈，当时的情况只有我的身形能下去……"

夏母说："可以让别的女警去啊！王守一他们就是说得好听，到了关键时刻都说话不算数！"

夏洁无奈地说："妈，我跟您说了，我不想要别人特殊照顾……再说了，每年都有警察牺牲，我爸又不是唯一的一位。都十年了，咱们不能一直让人这么照顾下去。"

夏母叹息道："还是那句话，人走茶凉啊……要不是你爸当初扑上去救了小宋，他能活到现在？还能做到局长？还有王守一、程浩，八里河的其他警察，谁没受过你爸的照顾？他们照顾我们是应该的！"

夏洁感到身心俱疲："妈，咱能不说这个了吗？我累一天了，陪我吃口饭行不？我扶您。"说完扶着夏母往客厅去。

夏母继续唠叨："你爸在的时候，一个人宠着咱俩……现在咱俩无依无靠，还有人说闲话……"

夏洁劝道："妈，没人说闲话，他们都对我很好。是我自己不想搞特殊，当警察还那么娇气。"

桌上摆着外卖餐盒，夏洁和母亲面对面吃饭。夏母只动了两下就不吃了，倒是夏洁吃得狼吞虎咽。

夏洁给母亲夹菜，犹豫了一下，开口说道："您也知道，派出所的工作挺忙，离家又远，所里值班宿舍挺紧张。我……我想在派出所附近租个房子，行吗？平常上班的时候我住在那边，休息的时候就回……"

她还没说完，母亲已经开始擦泪，夏洁吓得赶快停下了："妈，您怎么啦？您别这样，我不租了。"

夏母叹道："不是，我就是觉得你爸走得太早了，一撒手就扔下咱娘俩不管了。要他在，随你上哪儿呢。"

夏洁心里难过："妈，爸不在了，你还有我啊。这些年不也过来了吗？"

夏母说："可你以后越走离妈越远，这才刚上班两天，就想扔下妈了。八里河是不近。不行我给局里打个电话，让他们把你安排到咱家附近来，出了门就上班。"

夏洁急了："妈，我求您了，千万别打行吗？我不租房了，我来回跑就是了。"

夏母委屈地看着她："好吧。其实妈是为你着想。"

夏洁一脸无奈，看着桌上的饭菜突然没了胃口。

李大为拖着疲惫的身体打开家门，刚一进门，李母没等他反应过来，就给了他一个大大的拥抱。

看着穿警服的李大为，李母满脸欣慰："我儿子真帅！"

李大为郑重地向李母敬了个礼："见习警员李大为，向您报到！"

李母笑得嘴都合不上了："快来吃饭，第一天上班就连轴转，我的大宝贝太辛苦了！"

餐桌上，李大为对着一桌子美食吃得不亦乐乎。李母一边吃，一边看着儿子，眼中尽是止不住的笑意。

李大为打了个饱嗝："行了，妈，再看我都不好意思吃了。"

李母白了他一眼："你会不好意思？考零分时都没见你不好意思过。"

李大为有些尴尬："那还不是跟您学的？包工队一姐，土木工程女魔头，心胸宽广啊！"

李母拍了他一下："别贫了，看你饿的。怎么，派出所食堂不好吃？"

李大为摇头："那倒不是，主要一出任务就没点儿，时间紧张，到饭点了总不能说'先等会儿，让我们先吃口饭'吧？"

李母心疼地给儿子夹菜："这工作还挺紧张。你刚参加工作，一定得积极点。咱家离你们所有点儿远，妈给你在单位附近租个房子。"

李大为说："不用了，妈，干吗浪费钱？"

李母固执地说："怎么叫浪费？我挣钱就是给儿子花的。只要你能好好干自己喜欢的事，妈就高兴。钱花了再挣就是了！"

李大为难得正经地说："说得轻巧，您赚的那也是辛苦钱哪！这么多年都是您在养家，现在我上班了，您也终于不用那么累了。"

李母说："就因为钱赚得辛苦，才应该花得开心。就这么定了，你都说我是一姐，这事儿不用你管，租好了去住就行。"

李大为无奈："那我发工资了还你房租。"

李母一拍桌子："你敢跟我提钱！"

李大为还想争辩几句，被李母制止了，她假装生气道："闭嘴！我不想听你说话，好好吃你的饭！"

看着李大为乖巧地端起饭碗，李母又恢复了笑意，美滋滋地看着自己的儿子。

派出所小会议室每天都会准时开早会，王守一在上面讲话："刚才教导员讲的都是重点，特别是在学习'枫桥经验'上。要狠抓，不能停留在口头上、纸面上，而是要落实到具体办案中，大家要高度重视。接下来我还是要说说阳光家园小区的事。"

众警察一阵窃笑。

王守一一脸严肃："笑什么？先说夏洁，真是我们的英雄之后，勇敢，谦逊！不过，以后还是不能让你冒险。"

李大为带头鼓掌："以后冒险的事我们来！"

大家都跟着鼓掌，夏洁有些不好意思。

王守一瞪了李大为一眼："就你话多！有人说我对阳光家园小区的居民太纵容，我没办法不纵容！我在这地方三十多年了，眼看着他们从农民到进城打工，然后一步步变成城市居民。他们一直都是农民，鸡犬之声相闻，他们还没学会如何做城市居民，如何守城市生活的规则。他们不懂我们懂，我们的职责之一，就是引导这些城市新居民学会如何在城市里生活，遵守城市的生存法则。"

大家再次鼓掌。

王守一板着脸："别现在鼓掌，遇事又犯糊涂！正好，我再宣布一个事儿。咱们所一直以来，都有传帮带的传统。每个新人进来，都有一个师父。当师父的不仅要把本事教给徒弟，更关键的是要让徒弟知道什么是警察的荣誉，什么是警察的使命。

"当然，现在年轻人知识全面，视野宽阔，所以师父也要从徒弟身上学习。年轻的新警员，你们都有自己的理想抱负，但所里的工作分工都得有人做，有人学。这次给你们分的师父警种，只是过渡，你们不一定一辈子就干这个，知道吗？"

四名新警员使劲点头。

王守一拿着个本子："治安这部分，程浩带夏洁，这个你们都知道了。还有就是曹建军带杨树，这是一对明星组合。

"建军哪，在所里是屡建奇功；杨树是高材生，是局里重点培养的对象。"

大家鼓掌。赵继伟一脸羡慕。

曹建军满面红光，故作谦虚："人家是北大来的高材生，我能带得了吗？"

王守一说："你当然能带，杨树，你表个态。"

杨树笑笑："师父，我要向您学习。"

曹建军还特意站起来，和杨树握握手："互相学习，互相学习。"

大家哄堂大笑。

王守一接着说："社区这边，张志杰是赵继伟的师父。"

赵继伟愣住："社区？"

王守一说："志杰我就不多说了，在咱们所是全能人才，赵继伟你要好好跟你师父学。"

坐在一旁的李大为等不及了，指指自己，小声说道："我……我……"

王守一没好气地说："落不下你啊，给你配的师父是本所能力最强、经验最丰富的陈新城。"

陈新城下意识地站起来："所长，不对吧？"

李大为听这话也一愣，也站了起来。

王守一问："怎么不对？"

陈新城说："我哪有那本事？"

李大为说："师父，你可以的。"

人群中再次响起一片笑声。

王守一合上本子："没错。散会！"

陈新城瞪了李大为一眼，追着王守一出了会议室。

程浩对夏洁说："小洁，咱们继续到街上转转。"

夏洁说："好。"

曹建军一拍杨树："走，我们出警！"

杨树敬礼："是！"

赵继伟羡慕地看着他们离开，只得去找张志杰："师父，咱们也出警？"

张志杰在本上记着什么："咱们不出，那五百多个小时的尿不湿监控录像还没看完哪。走吧。"

赵继伟满是失落地跟着张志杰去监控室，会议室里只剩李大为独自一人，没人搭理。

陈新城追着王守一来到他办公室："所长……咱不说好了吗？你也答应了，怎么又折腾我？"

王守一喝了口水："我答应你什么了？"

陈新城急了："所长，你不能这样。李大为我带不了。我老了，操不起那个心。"

王守一语重心长地说："新城啊，啥叫你老了？在我面前，你敢称老吗？干咱们这一行，岁数意味着经验，你还不懂？"

陈新城固执地说："有经验我可以带别人，您还是把他派给别人吧。"

王守一说："我这刚宣布，你就让我改？那我这个所长还怎么当？"

陈新城一时无语。

王守一劝道："新城啊，这孩子是毛躁了点儿，但是优点也很明显，值得培养。所以我才要让你带着，让他变得稳重一些。要是把李大为交给别人，我还真不放心，就得让你看紧点儿。"

陈新城低着头："我也看不住他。我自己的心还操不完呢。"

王守一叹了口气："新城，我知道。自从你当年受了委屈，心气就变了。可事情到底怎么回事大家都知道，已经过去了这么久，别把时间都浪费在老皇历上。我肯定不会强迫你像高潮他们那样，哪儿都往前冲，但是你还是得好好地干本职工作，带带徒弟总是应该的吧？"

陈新城一脸无奈："我试试吧……"

回到办公区，陈新城手里捧着一杯枸杞茶，一脸别扭地看着背着双手站在面前的李大为："多大了？"

李大为疑惑地看着他："师父，我第一天就告诉您了。"

陈新城严厉地问："多大了！"

李大为只得回答："二十二。"

陈新城板着脸："姓名。"

李大为有些不舒服："师父，您这是审犯人哪？"

陈新城瞪了他一眼："为什么想上警校？"

李大为愣了一下："什么？"

陈新城问："我问你咋上警校的？"

李大为喃喃说道："我妈逼的……"

陈新城点头："噢，家里管不了，找个地方管着是吧？你妈把警校当成了什么？托儿所吗？"

李大为偷笑，完全不在乎陈新城对他的反感："您说对了，她还真是这么想的。师父，您喜欢喝枸杞茶啊？我妈刚买了一堆上好的枸杞，我给您带过来点啊？"

陈新城严肃道："不用。"

李大为讨好道："师父，您是不是不太喜欢我，不想带我？我向您保证，我会好好表现，绝不让您操心。"

陈新城疑惑地看着他："真的吗？"

李大为说："我保证听师父的话，让我打狗绝不撵鸡！凡事都向师父请示！"

旁边的人全都笑了起来。

陈新城恼了，随手一指："你就是这张嘴太烦人！看哪张桌子没人，找地方待着去。"

李大为干脆地说："得嘞！"

看了一圈儿，李大为来到赵继伟桌边："咱俩用一张桌子得了。"

赵继伟说："这不是我的，这是杨树的。"

李大为满不在乎地拉开一个抽屉，笑呵呵地把里边的东西拿出来，把自己的包放进去："那就咱三个用一张。"

赵继伟站起来："都给你，我去看监控了。"

第三章

接警台的警情单一张接一张地吐出来，所有人都忙碌起来。

赵继伟跟着张志杰抱着一堆资料从监控室出来，看到一起来的几位新人全都忙碌出警，不由得有些失落。

高强度的工作，让所有人都精疲力竭。休息室的床不够用，有的人就趴在桌子上或靠在椅子上休息。

李大为、杨树和夏洁把自己摔到休息室的床上，三个人都显得疲惫不堪，赵继伟也跟着他们进来。

李大为哀号道："妈呀，这就是警察啊，我不是在做噩梦吧……"

杨树连说话的力气都没了，只是躺在床上看着天花板。

夏洁强打精神："民警就这样，大多都是鸡毛蒜皮的小事，习惯了就好。"

李大为悲哀地说："习惯？我现在最需要的是习惯被师父训斥。"

杨树说："你师父人挺好的。"

李大为说："是啊，他肯定喜欢你这样的，有学问，乖。可他不待见我啊！我倒觉得我要是跟你师父做搭档，肯定特默契，不像跟我师父……唉，还得费劲吧啦地想怎么讨他欢心。"

杨树敬佩地说："我师父是挺厉害，特像警察。"

夏洁轻笑："特像警察？他不就是警察吗？"

杨树还没回答，李大为插话："夏洁你最舒服了。"

夏洁问："为什么我最舒服？"

李大为说："听说程所原来就是你父亲的徒弟，一定会对你好。"

夏洁也不否认："对。不光是他，全派出所的人都对我挺好的。怎样，嫉妒吗？"

李大为开玩笑似的说："嫉妒！"

夏洁坦然说道："越是这样，我就越得做出成绩，证明我夏洁也可以做个好警察，不辜负所有人。"

杨树劝道："你也别有这么大压力。"

李大为不爱听："有压力怎么了？有压力才能做个好警察。"

杨树解释："对夏洁来说，可能没那么容易。所里所有人都在保护她，保护得太好就是一个罩子。"

李大为不以为然："夏洁又不是普通女孩子，她可是警校毕业的，完全不需要别人保护。"

夏洁有些生气："哎，你俩把我当话题了？"

赵继伟突然插话："你们饿吗？"

三人齐齐看向门口，才知道赵继伟一直站在那里，都有些尴尬。

赵继伟自顾自地说："算了，你们肯定不饿。"说完一脸落寞地离开休息室，回到监控室。

赵继伟坐回桌前，眼睛已经熬得通红，还在聚精会神地看监控，边看边记录。

张志杰看了下时间："走吧，下班了，明天再看。"

赵继伟说："师父您先回去吧，我想赶紧看完。"

张志杰慢悠悠地说："这么急？"

赵继伟吞吞吐吐地说："我……我也想……出任务。"

"小伙子，好好干！"张志杰笑着拍了拍他的肩膀，走出了监控室。

赵继伟揉了揉眼睛，继续观看监控。

……

第二天一早，杨树跟着曹建军往外走。曹建军往他腰里看了看："都带全了吧？"

杨树点头："全了，师父。"

老警察从外面回来："建军，又接警了？"

曹建军说："南大街有商铺说被盗了。"

老警察看着杨树笑起来："博士，出警的时候注意态度啊，法律也是有温度的。"

杨树有些尴尬，低头快步往外走。

曹建军奇道："他们说什么呢？"

杨树支支吾吾地说："我也没太听清楚。"

曹建军笑而不语。

赵继伟听到外面车响，探头正好看到出警的杨树，眼神一阵恍惚。这时身后有人拍了一下他的肩膀，赵继伟一激灵，站了起来。

看到是张志杰，赵继伟连忙站直："师父。"

张志杰也望望外边："看什么呢？"

赵继伟嗯了半天："没什么。"

张志杰说："走，我带你出去转转。"

赵继伟喜出望外："真的？"

张志杰没回答，转身往外走。赵继伟立刻连蹦带跳地跟了上去。

两人来到西街社区，赵继伟跟着张志杰在社区里巡逻。

大人孩子见到张志杰就亲热地问候，张志杰也回以热情的微笑。他边巡逻边向赵继伟介绍："咱们社区警最重要的工作之一就是交朋友。"

赵继伟一头雾水："啊？交朋友？"

张志杰点头："对，只有朋友多、熟人多，以后刑警队或者各级部门来找咱们了解情况，你才能说出个一二三来。咱们社区警的工作看着平时都是鸡毛蒜皮的琐事，但重在日常的积累。你看我，跟他们打听点什么事，人家都愿意跟我说。只有你真心关心群众，大家才会热情配合你的工作。"

赵继伟拿出小本："交朋友，那我记下！"

这时一名十岁左右的小女孩提着个装了猫的笼子跑了过来："警察叔叔！"

张志杰看到猫在笼子里痛苦地叫着，弯腰问道："怎么了，小妹妹？"

小女孩说："这是我们楼下的流浪猫，叫了快一天了，这么大的肚子，可能是要生小宝宝了。您救救它吧。"

赵继伟温和地说："小姑娘，这个事……警察也管不了啊，你们快把猫送宠物医院吧。"

小女孩摇头："爸妈不让我管流浪猫，说它们太脏，也不给我钱送它去医院。连这个笼子都是我用零花钱给它买的，没敢告诉爸妈。"

赵继伟小声问道："师父，出钱给野猫生孩子也算咱们的工作内容吗？"

张志杰拎着笼子，有些为难。

小女孩扑闪着一对大眼睛："老师说有困难就要找警察叔叔。"

小女孩可怜巴巴地看着张志杰，张志杰只能咬牙应下："行，交给我吧。叔叔送它去医院。"

小女孩开心地说："那叔叔，等猫咪生完宝宝您再把它送到小区来吧，我平时有空都会拿吃的来喂它。"

张志杰硬着头皮答应："可以，你就放心吧。"

"谢谢警察叔叔！"小女孩开心地离开了。

赵继伟面容古怪："师父，这算您说的……交朋友吗？"

张志杰黑着脸："当然，小朋友也是朋友！"

陈新城疲惫不堪地走进审讯室，一屁股跌坐在椅子上。李大为跟着进来："师父，那两个在大街上撞自行车打架的，是拘啊还是不拘啊？"

陈新城瞪他一眼："你就知道拘。抓人很好玩是吧？叫他们进来。哎，把我的水递过来。"

李大为把他的杯子拿过来："师父，要不要给你加点枸杞？"

陈新城眉头一挑："你能不能让我清静会儿？"

李大为给陈新城的杯子倒上水，出去把打架的两个人叫进来。两人还像斗急了眼的公鸡一样彼此瞪着，嘴里嘀咕着。

陈新城郑重地说："先声明，在这里除非我同意，否则谁也不许说话。谁先说？不就是撞了自行车吗？打什么？"

这时，孙前程伸进头来，招招手把陈新城叫到门口："陈警官，又来警了，咱们一直跟的那俩小偷出现了。"

陈新城看看身后的两位："李大为！"

李大为小跑着来到近前："到！"

陈新城说："你和孙前程去看看情况。记住，无论发生了什么情况，先给我打电话，不许贸然行动。孙前程，你看着他。去吧。"

李大为兴奋地说："是！"说完就往外跑。

不多时，李大为开着警车，孙前程坐在副驾上，离开了派出所。

车上没有别人，李大为的话匣子又关不住了："兄弟，你是985毕业？那怎么当辅警了啊？"

孙前程说："这不跨专业想考警察还得过公务员考试嘛！公考没过，先当辅警，再考。"

李大为问："辅警待遇上应该也差了许多吧？"

孙前程不好意思地笑笑："是的。我一个月才挣两千多。"

李大为吃了一惊："啊？那怎么活啊？哥们儿你图什么呀？"

孙前程眼中露出一丝向往："我打小就想当警察，我这辈子要能当上正式警察，死也瞑目了。"

李大为感觉晦气："这话可别瞎说。"

孙前程笑了起来："听上去有点儿傻，但是我确实有点英雄情结。"

李大为正色道："不傻！我也是这样！你说在和平时期，什么职业最可能实现英雄梦？不就是警察吗？"

两人一拍即合，孙前程和李大为亲近不少："你也是从小就想当警察吗？"

李大为摇头："那倒不是，小时候我是真不爱学习。别看我成绩差，但是我总能当上班干部。因为好多老师同学都说我人好，还热心肠，能折腾。我自己又特别喜欢看个警匪片哪，侦探小说什么的。到了考学的时候，我妈一看我这样，就说你去警校吧，好好训练训练，最不济也能让警校的老师好好管管我。"

孙前程叹了口气："不过我偶尔也觉得咱们这一天到晚干的活和社会的抹布差不多，上哪儿实现英雄梦啊？"

李大为深有同感："对，我有时候也有点儿失落。不过要学会自我安慰。咱们才多大岁数？机会总会留给有准备的人。加油！"

新风小区楼下站着许多人正在往上看着，曹建军带着杨树跑过来。

杨树抬头，看到一座十几层的高楼，楼顶边缘只有半米高的围栏，一个人正在围栏里面走来走去。

楼下有一群人正在围观，议论纷纷。

"刘雨浩不是在北京上学吗？跑回来干啥？"

"听说学习很好呀，怎么会跳楼呢？"

……

楼门口站了许多保安，曹建军边喊着边穿过人群往门口走："让一下！"

杨树跟在后面。

到了门口，曹建军吩咐保安："守好门口，不要再放闲人进去。"说完和杨树快步往里走，进入电梯。

杨树这时问道："师父，我们是不是应该等消防来了再行动？"

曹建军说："来了就要先去看看情况。"

杨树说："可是……"

曹建军笑笑："没见过这阵势，还是恐高？"

杨树声音有点儿抖："没……没有。"

曹建军安慰道："当警察的，都得过害怕这一关，到时候跟着我。"

电梯停下，曹建军大步走上楼顶。这里也有保安，但远远也有围观的人。

人群最前边，刘母五十岁左右，衣着得体，戴着眼镜，手里提着菜篮子，正在跟要跳楼的人对话："雨浩，妈都劝你半天了，你还不过来，你是要逼着妈跟你一起跳吗？"

刘雨浩好像完全在自己的世界里一样，在楼檐走来走去。

刘母悲由心生："我一个人又当爸又当妈把你拉扯大，你要什么给什么，还供你去北京上大学，一直读到研究生。现在就给你提那么一点点要求，希望我们母子俩能守着过一辈子，你怎么能做出这么不负责任的事情？"

围观的人七嘴八舌地劝着："就是，可别想不开。你妈多不容易……"

刘雨浩仍望着远方。

"有话好好说，不能任性……"

曹建军看了一眼围栏，围栏大概到刘雨浩的膝盖位置，刘雨浩离围栏大概还有半米。

杨树小声问道："师父，消防还没到吗？"

"大家散了吧，别在这围着了。把不相关的人都清走。"

曹建军交代完保安和杨树，来到刘母身边："大姐，他是你儿子？孩子叫啥，因为什么要跳楼呀？"

刘母哭着说："是。他叫刘雨浩，我不知道因为什么，就出去买个菜的工夫，他就已经上来了！"

曹建军耐心询问："你出去买菜之前是不是发生了什么事？"

刘母犹豫片刻："我们……就是吵了一架。"

曹建军问："因为什么？"

刘母生气了："母子俩能吵什么？我们平时也这样，但他这次竟然用死来威胁我！"

刘母越说越激动，冲着儿子喊道："行啊！你要跳，我跟着你一起跳下去！我们母子俩至少可以死在一起了！"

刘母说着真要往外冲。

刘雨浩看见他妈真要过来，一边身体往楼边缘退一边大喊："你别过来！"

曹建军一把拦住刘母，一边示意刘雨浩别轻举妄动："你冷静！冷静！"

赶回来的杨树和保安上前把刘母拉开。

曹建军低声冲着刘母吼道："你是真要逼死你儿子吗！"

刘母被吼住了。

"要不想你儿子死，就别再刺激他了，有什么话等他下来了再说。"

曹建军见刘母冷静下来，对保安说："先把她带出去。"

刘雨浩看见刘母被带走了，稍微冷静了一点儿。

曹建军轻声说道："杨树，一会儿我引开他的注意力，你找机会救人！见机行事。"

杨树紧张地盯着刘雨浩："是，师父。"

曹建军尝试慢慢上前："雨浩，听你妈说，你刚从北京回来？"

刘雨浩立刻紧张起来，往楼边缘退了一点儿，示意要跳："你别过来！"

所有人都被吓了一跳，曹建军赶快往旁边挪了一步，安抚道："我不过去，不过我是警察，有义务保护你的生命安全。"

刘雨浩冷笑："你走吧，我的生命不需要任何人保护！你还是去保护有价值的人吧!"

曹建军摇头:"那可不行。所有人的生命,我们都有责任保护。而且你也是有价值的人。"

刘雨浩变得激动起来:"没有!我没有价值!我不过是傀儡罢了!"

杨树捏了把汗,看着曹建军冷静的样子,努力让自己也保持冷静,他要趁刘雨浩不注意的时候找机会向他靠近。

曹建军和他闲聊:"听说你研究生马上要毕业了,你妈还能管你多久呢?"

刘雨浩摇了摇头:"毕业了又怎么样,我妈不会放过我的。"

曹建军说:"怎么会?我妈也爱管我,但我早就不听她的了。我都十年没跟我妈联系了!"

刘雨浩被曹建军的话吸引了:"真的吗?"

曹建军连忙说:"真的。不信你问我徒弟。"

杨树点了点头,强作镇定:"是真的!不但我师父这样,我也这样。我是北大的硕士,我从小考第二名都得被我妈骂。"

刘雨浩听得入了神:"那后来呢?"

杨树说:"所以我从北京毕业来到派出所做民警了。"

曹建军趁机又向前挪了两步:"听到了吧,我徒弟也是硕士。你看,一个大男人想摆脱父母的控制有很多方法嘛!找个她不喜欢的工作,娶个她不喜欢的儿媳妇,都可以啊。我们做到了,你也可以的。"

刘雨浩沮丧地说:"我做不到,我摆脱不了。你们刚才也听到了,她死也不愿意放过我!只有死才是一了百了!"

刘雨浩说着又往楼边缘退了一步,眼看就要登上去了。

曹建军连忙叫道:"等等!你看下面那么多人,万一你跳下去,砸到谁了,可就伤及无辜了!"

"那你让他们都给我让开!"刘雨浩更激动了,晃晃悠悠的,重心不稳,随时可能掉下去。楼下一片惊叫声。

"行,我这就告诉他们。"曹建军边说边往楼边挪。

刘雨浩一看曹建军又要向自己靠近,警惕地说:"你别过来!"

"我就是叫楼下的人让开,别伤及无辜!"

曹建军赶紧停下,尽可能离刘雨浩远一些,靠向楼边对下面喊:"都让开!注意安全!"

刘雨浩全神贯注地盯着曹建军的一举一动,不让他靠近自己一步。

杨树已经从另一侧慢慢靠近了刘雨浩。

曹建军转过头,突然喊了句:"上!"

杨树一把将刘雨浩拽下来，两人重重地摔在楼板上。杨树的身体垫在底下，头先着地，脸也蹭在地面，只感觉一阵剧痛。

曹建军这边也向刘雨浩扑去，迅速将刘雨浩带到了安全的地方。

危机解除之后，曹建军神采奕奕地走出大门，两旁群众向他们热情欢呼："英雄！"

曹建军向群众挥手，很享受这种感觉："这是我们应该做的。"

杨树跟在后边，边走边揉着脑袋，晕晕乎乎的。但他也被群众的热情感染，情绪高涨。

李大为和孙前程来到一个小区，刚要开进去，孙前程突然小声叫了声："哥。"

李大为反应倒也机敏，车刚打转向灯，马上打了回来，直接开过了小区，然后把车停到了小区门那儿侧墙的外面："怎么了？"

孙前程小声说道："我看见他俩了，就在门里。"

李大为立刻下车："走。"

孙前程不放心："哥，得给陈警官打电话吧？"

李大为说："别打，看看情况再说。"

两人进了小区，看见两个年轻人正分别推着一个行李箱从里边出来。

孙前程轻声说道："就他俩，看样子又要跑。"

李大为眼睛眯起："哥们，你左边这个，我右边这个，怎么样？"

孙前程有些犹豫："哥，不合适吧？咱们就两人。还是先给陈警官打电话请示一下？"

李大为说："来不及了，请示完人都跑没影了！准备！"说完装成打电话的样子，向那两人走了过去。

孙前程跟在后面，焦急地说："哥，这不行吧？"

李大为不理他，还冲他丢眼色。

孙前程没办法，只好掏出手机来打电话，飞快地说："陈警官，那两个人要跑，李大为的意思是我俩把他们办了。"

陈新城正和一个辅警审讯面前的犯罪嫌疑人，闻言大惊："什么？你拦住他！宁可放了他们也别动手。什么？"

陈新城挂上电话，对辅警说："先把他收了，等我回来。"说完风风火火地跑了出去。

小区里，李大为和孙前程已经离对方很近了，李大为把手机一装，喊了声："上！"直接冲着右边那个就扑了上去。

孙前程见状也只能扑上去，他的对手个头矮小，很快就被他制服了。

李大为扑的那个块头很大，两人在地上滚来滚去。

大块头目露凶光，伸手掏出刀子！李大为拼命抓住他的手，终究还是落了下风，情况万分紧急！

这时孙前程已经把另一个铐上了，连忙从后面扑上来抱住了大块头，两人合力才把大块头按到了地上，李大为摘下手铐把他铐了。

李大为喘着粗气，把大块头提起来："小子，还敢反抗，看你往哪儿跑！"

孙前程吃惊地看着他的手："哥，你挂彩了！"

李大为这才发现，手不知道什么时候被划了一道口子，他像英雄般地甩了甩血："小意思。你看我说什么来着，机会是留给有准备的人的，这不说来就来了。给我师父打电话，任务完成了。"

孙前程开车，李大为坐在副驾上，两个犯罪嫌疑人被铐在后面。

李大为受伤的手胡乱包了两下，暂时止了血，就这也不耽误他吹牛："擒拿格斗，这一套在警校里那是基本功。就这俩小毛贼……啊！"

孙前程一个刹车，看到陈新城正从对面近似疯狂地跑过来。

陈新城看到警车，松了口气，跑过来先看了看他俩："没事吧？"

李大为多少有些心虚："师父，人抓住了。"

陈新城往后看了看，没说话，拉开车门挤到后面："走吧。"

李大为见没有责怪他，又有点儿飘了："师父，小意思，您不必来的。"

陈新城沉着脸不说话。

程浩停下车，夏洁看着外面的招牌，是一家门面普通的足疗店。

两人一下车，立刻有几名便衣围过来，程浩问："车准备好了吗？"

便衣说："准备好了。这边开始行动就开过来。"

程浩安排任务："夏洁，一会儿行动的时候你不要进去，就在这儿等。"一边说着，一边冲大家做了个手势。

夏洁还没明白怎么回事，突然看到几个人一起行动起来，以百米冲刺的速度冲进了足疗店。

很快，警员们押着卖淫女和嫖客从里边出来。卖淫女个个用长头发挡住脸，嫖客们也努力低着头。

夏洁身边还有一个便衣没进去："看到了吗？抓卖淫嫖娼，证据最难拿。你进了门，人家按一个按钮，等到了后面，什么事都没了。只能拼速度，这回他们跑不了。"说完带着夏洁也冲到了门口。

夏洁来到门口，看到一个三十多岁的女人，打扮得很普通，被押了出来，身后跟着一个三岁左右的女孩，哭着扯着女人的衣服。

吃了一惊的夏洁问程浩："师父，这女人也是卖淫女？带着孩子卖淫？不像啊！"

程浩把孩子递给夏洁："看着这孩子。问问她家里人的联系方式，把孩子交给她家里人。"说完忙着带其他人登记嫌疑人姓名，押送上车。

夏洁把那女人和孩子带到一旁，看那女人，模样朴实，素面朝天，怎么也不像卖淫的。

孩子不断哭着叫妈，女人搂住孩子哭着。

夏洁的声音不由得放温柔了："别哭了。你叫什么？"

女人说："警察同志，我叫项翠花。警察同志我冤枉啊，我就是在这里打工的，什么也不知道。"

夏洁说："你也是，打工也不挑个好地方，还带着孩子。这种地方是孩子能来的吗？"

女人哭着说："警察同志，我没办法啊……带着孩子，很多地方都不要我。在乡下种一年庄稼也卖不了几个钱，一家老小都张着嘴等，我能怎么办呢？您就放我一条活路吧，孩子小，我进去了她怎么办哪？"

她这么一说，孩子也哇哇大哭起来，女人搂着孩子哭。

夏洁有些心乱："别哭了。你放心吧，我们不会冤枉好人的。但你现在得跟我们回去，说明情况，配合调查。只要调查结果证明你没事，你就可以回来了。"

女人说："可是我跟你们走了的话，这几天孩子没人照看哪。"

夏洁问："你家里还有什么人吗？让他们把孩子领回去。"

女人蒙脸哭着不肯回答。

夏洁叹了口气："只要你真的无辜，肯定可以出来跟孩子团聚的。现在，你得告诉我，这几天谁能照看她？"

女人终于开口："有我老公。可是孩子离不开妈呀。"

夏洁说："行了，总不能让孩子跟你进去吧？赶快把你老公的电话告诉我。"

程浩在那边叫起来："夏洁，没问题吧？动作快点，要收队了。"

夏洁忙说："没问题。我们马上联系她丈夫，先把孩子安顿下。"

程浩说："那我们这边先回去了，一会儿你和小钱把她拉回去。"

夏洁答应着："是，师父。"

程浩上了大车，带着一车人走了。

辅警开车，夏洁上车后，听到后座的女人一直在哀哀地哭。

夏洁同情地通过后视镜看了她一眼："别哭了，到所里说明情况就行了。"

女人哀求道："警察妹妹，我一看你就是好心人。你是不知道我们乡下人进城挣钱多不容易……"

辅警小钱听不下去了，吼道："给我老实点！癌症晚期我都听过多少次了！夏警官，你戴上耳机，别听她卖惨博同情，没有一句是真的。"

李大为一路上滔滔不绝，神采飞扬。

回到所里，陈新城先下车，李大为威武地对后座上的嫌疑人大声喊道："给我下来！"

陈新城看着两人下来，对孙前程说："把他们先关到后面去。"

孙前程推着两个人走了。

李大为兴高采烈地说："师父，那个大块头是我干倒的，他还拿刀冲我比画呢。"

陈新城没好气地冲他大吼一声："你想找死吗？"

李大为被骂愣了："什么？"

陈新城黑着脸："刚跟我表完决心，说听我的，有事跟我请示。我还再三交代的，无论什么情况都先不要动手，先给我打电话。这些话都当耳边风了吗？"

李大为不服："话是这么说，但当时情况紧急，他俩一人一个箱子要跑，要是再不动手……"

陈新城火了："想当英雄是吧？想立功是吧？想立功找别人去啊。别在我这里给我添麻烦。他手里有刀，捅了你怎么办？"

李大为倔脾气也上来了，虽然还赔着笑，声音有点儿变味："师父，他手里有刀，距您十万八千里呢，要捅也捅不着您，您怕什么？"

陈新城死死盯着他："你说什么？你敢再说一遍！"

已经得到消息的王守一从二楼窗户里探出脑袋来，生气地吼道："李大为，你给我滚上来！杨树！你也上来！"

杨树刚从外面回来，有些摸不着头脑。

李大为嘟囔着："这什么意思？到底叫谁呢？我只会滚下来，怎么滚上去啊？太难了……"

陈新城眼一瞪："是不是要让所长教你怎么滚上去？"

李大为翻了个白眼，和杨树一前一后地上楼："杨树，你犯啥错了？"

杨树也是一脸蒙："不知道啊。我和师父刚才明明救了一个人。"

李大为像找到了同类，硬气起来："我也是！我刚抓了一个人。真奇了怪了，救人有错，抓人也有错，那这警察该怎么干？"

杨树没说话。

王守一怒气冲冲地坐在办公室的沙发上，看着李大为和杨树低眉顺眼地蹭了进来，吼了一声："把门关上！"

两个人被所长的气势吓到，连忙关上门，乖巧地站在他面前。

王守一一揞眼睛："别站在我眼前，看着闹心。"

李大为和杨树面面相觑，只得往后退了几步。

王守一斜眼瞄了两人的脸，都带着股不服气的劲儿，不由得更加烦躁："转过去，别让我看到你们俩的脸，血压都升高了。"

两人转过身，背对王守一，面冲窗外。

王守一说："你师父——"

李大为忍不住插言："所长，谁师父？"

"你师父！谁师父！就你话多！"王守一被气得直咬牙，显得有点儿疲惫，"不通知师父擅自行动，想逞英雄是吗？你师父当年比你英勇多了。那年有一个姑娘要跳楼，被他赶上了。他不顾安危扑上去拽住了那姑娘。可那姑娘死意坚决，拼命挣扎，他死抓住不放手，手腕在楼沿上磨得都露出了骨头。坚持了四十多分钟啊！到底坚持不住，那姑娘还是从他手里掉下去摔死了。结果怎么样？那姑娘家里硬说是他救援不当，造成了姑娘死亡，到处告。没办法，最后局里给了他一个处分，还赔了那姑娘家一笔钱，这事才算了。"

李大为吃惊得说不出话来。

王守一声音低沉："他年轻时比你还热情，还冲。你看看现在……他是心凉了一大半，到现在还没缓过来呢。"

杨树也愣了，若有所思。

王守一说："李大为，你为什么不听命令擅自行动？"

李大为解释道："当时的情况来不及汇报。"

王守一说："情况再紧急，做事也得讲究方法！你师父让你遇事先叫人，那是在保护你。知道对方是什么人？那是惯犯！什么事做不出来？要叫他一刀捅了你，你不怕死，叫所里怎么办？得为你操多大心？"

李大为大义凛然地说："如果我死了，绝不麻烦所里。"

王守一更生气了："屁话！你的命是你自己的？你死了，叫你爹妈怎么办？"

李大为倔强地说："所长，我要怕死的话也不会来当警察！再说我也没出事啊？"

王守一指着他的手："没出事包着手干什么？再说了，你想过孙前程吗？万一他对付的手里也有刀呢？人家一个辅警，一个月才挣两千多，你想叫人家搭上一条命？陪你玩命，逞英雄？"

一提这个，李大为顿时没话说了。

王守一平复了一下心情："为什么一入职先要给你们配师父？就是在教你们学会保护自己。不会保护自己，怎么保护人民群众？个人英雄主义不是英雄，是鲁莽！"

李大为沉默了。

批完李大为，王守一看了眼杨树，语气和蔼："杨树，我知道，没等消防到场再行动肯定是你师父的意思。"

杨树没敢往下接："……所长，当时的情况……"

王守一摆摆手："你师父这个人我知道，我分配师徒时说过，师父教徒弟本事，也要从徒弟身上学习。你是学法学的高材生，到派出所来实习也是为了想把你的理论用于实践，我希望你们师徒俩是真正地能互相学习。"

杨树没说话。

王守一给他打气："下次再遇到这种情况，你就说是我的死命令！我当了三十多年的警察，我一直对我的手下说，我宁可天天往禁闭室里给你们送饭，也不愿意年年到墓地里给你们上坟。哪怕你犯了错误，也还有改正的机会，要丢了性命，可就什么都没了。记住了没？"

李大为转身："要是有非冲上去不可的情况发生呢？"

他这一开口，王守一好不容易平复下去的血压瞬间上升："怎么就闭不上你的嘴呢？看到夏洁了没？她爸当初就是碰上了非冲上去不可的情况。他走了，留下夏洁和她妈，活得多艰难。工作要做好，更要爱惜生命！"

李大为、杨树认真地答道："是！"

王守一郑重地说："李大为，去给你师父道个歉。碰上你这样的徒弟，算他倒霉！"

大门外，张志杰带着赵继伟回来了，两个人一起在手机屏幕上看刚出生的小猫。

张志杰一边走，一边还喋喋不休地向他交代着："所以说社区工作无小事。"

赵继伟指着小猫的照片："师父，这……也算大事？"

张志杰不满地说："那你说，谁家窗户破了块玻璃是大事还是小事？"

赵继伟提不起兴趣："也是小事。"

张志杰说："虽然只是破了块玻璃，不重视的话，指不定什么时候就会出大事。前几年就遇到这么个情况。有一家厕所的玻璃坏了，我提醒了好几回，家里一时没换，结果晚上有人从破窗户里进去，偷了东西，还把女主人强奸了。"

赵继伟愣住："这么严重？"

张志杰正色道："当然！所以说，别觉得咱们社区警不重要……"

这时两名警察从身边路过，小声议论着："新来那两个小子，可被所长训得够呛。"

赵继伟睁大眼睛："师父，他俩不是立功了吗？为什么还会挨训？"

张志杰想都没想："肯定是贸然行动，给自己带来危险了！"

赵继伟羡慕地说："啊，他俩刚入警就碰上立功的机会。师父，咱们什么时候也能碰上？"

张志杰认真地说："小赵，作为你的师父，我希望你一辈子也别碰上立功的机会。

当警察的，不出事就是最好的事。"

赵继伟没有说话，但显然没把师父的话听进去。

被一通训话之后，李大为、杨树两人垂头丧气地走出办公室，坐在楼梯上。

李大为感叹道："没想到我师父这么可怜。唉，你师父呢？"

杨树低着头："没回来。"

李大为想起件事："对了杨树，你租的房子什么时候可以入住？"

杨树奇道："你问这干吗？"

李大为说："我家远，值班室总没床，我的意思是还不如咱们合租个房呢？"

杨树说："我本来以为会分到市局，在那附近租好了。后来调到这边，把之前租的退了，还来不及找，就一直住在连锁酒店。"

李大为说："北京来的朋友就是奢侈啊。"

杨树解释："我已经开始看房子了，找到了合适的马上搬。"

李大为撞了他肩膀一下："要不要跟我合租？"

杨树问："你家不是就在这儿吗？"

李大为叹了口气："说来话长，我妈心疼我上班远，硬是在单位旁边租了一个三室一厅。"

杨树无语："你这才叫奢侈好吧！"

李大为嘻嘻一笑："我妈就这样，视金钱如粪土，可是她又不是有钱人，赚钱也很辛苦。所以我就想找人合租，分摊房租，省点儿算点儿。"

杨树认真地说："李大为，我真佩服你，特别容易快乐。"

李大为无语："你是说我没心没肺吧？"

杨树急了："我是说你乐观！"

"以后你佩服我的地方多着呢！"李大为说，"我从小被各种训斥教育训练，所长的话我听进去了……"

他们正聊着，正好赵继伟上楼，看见他俩，羡慕地说："哥哥们，听说你们立功了？哟，还光荣负伤了？"

李大为说："狗屁。这不刚叫所长骂了个狗血喷头。"

赵继伟有些不敢相信："连杨树一起骂？"

杨树点点头。

赵继伟说："刚才有老警察说了，所长对看得上的人才骂。"

李大为一怔："真的假的？不可能啊，所长恨不得一脚把我给踹了。"

赵继伟说："要看不上你们，就不会让你们当治安警了。你看我当社区警成天不是看监控就是看监控，今天第一次跑社区，可算办了一件大事。"

李大为被勾起了好奇心："什么大事？"

赵继伟认真地说："帮着一个小姑娘把流浪猫送到宠物医院，我师父自己还掏了两百块检查费。"

李大为和杨树都不知如何接话。

赵继伟沮丧地说："除了鸡毛就是蒜皮，八辈子也立不了功。"

李大为安慰道："哪有那么好立功。"

赵继伟说："至少治安警处理案件的机会更大。哥哥们，所长挺看重你们的，能和所长说说，给我换个师父，调我去干治安警不？"

李大为一翻白眼："我哪敢找所长说话。"

杨树说："你师父挺好的啊，有经验，有能力。"

赵继伟叹了口气："唉，干了这么多年，才一毛三（一杠三星）。听说当初高所跟过他，高所都两毛二（两杠两星）了。"

李大为打量着他："没看出来，你小子势利眼哪。想换师父你让杨树帮你说，所长听他的。"说完就直接走了。

赵继伟满怀期待地看着杨树："那……"

杨树直接打断他的话："抱歉，我也不行！"

先抓回来的嫖客和卖淫女们都蹲在派出所大院里，程浩正忙碌地带人挨个登记问话。

夏洁的警车开过来，打开后面的车门，对女人说："下车吧，过去和他们在一起。"

女人下车时，一把抓住了夏洁："妹妹，求求你，帮帮我吧。我孩子才三岁啊，怎么办啊……实在不行，我能给老公打个电话不？他以前没管过孩子，交给他我实在不放心。"

夏洁说："这我没法帮你，在事情调查清楚之前，你不能跟任何人通信。"

女人楚楚可怜地说："妹妹，我也不想难为你，可是，我女儿她……实在是太可怜了，要不你帮我打电话问问也行。"

夏洁说："不是我不想帮你，这是规定。"

程浩看到女人抓着夏洁，赶紧过来大声喝道："你干吗呢！松手！"

女人赶紧松开夏洁的胳膊，双手合十，小声拜托："妹妹，姐姐求你了……"

程浩吼道："你给我老实待着，别想着耍什么花招！"

辅警小钱这时也下了车："她们就装可怜，卖惨呗。夏警官，你可千万别信。"说完带着女人进了楼。

程浩问夏洁："跟你说什么了？"

夏洁犹豫了一下："咱们是不是对嫌疑人，太有偏见了？"

程浩笑了："不是偏见，是经验。这种人接触多了，你就知道了。"

夏洁不信服，但也不再辩解。

程浩教导道："夏洁，询问女嫌疑人，得有女民警在场，跟我进来吧。"

程浩和一个辅警坐在审讯台后，夏洁坐在一侧，审讯椅上坐着一个年轻女孩，努力用长头发挡着脸。

程浩看着她："说吧，做这行多久了？来到这里，就别抱幻想了。"

女孩低着头不回答。

程浩一拍桌子："政策已经向你再三说明过了，如何选看你自己了。"

女孩小声说道："才干。"

程浩冷笑："才干？去年就在驻马巷被打击过是怎么回事？"

女孩不说话了。

程浩厉声喝问："老实交代！什么时候来的这里？一天的收入是多少？"

夏洁一脸不适，走出去，在走廊窗前大喘气。

程浩一头雾水，跟了出来："怎么啦？不舒服吗？要不要去医务室看看？"

夏洁欲言又止："不是。"

程浩关心地说："有什么情况你直说。"

夏洁犹豫再三："师父，您那样太不尊重女性了。就算她违法犯罪，在没经过公开审判以前也是合法公民，对她应该有起码的尊重。"

程浩看着她哈哈一笑，正好走廊一头一个女警察走过，程浩叫了一声："小谢，你过来。"

小谢走了过来："程所。"

程浩说："我这儿问一个女性嫌疑人，你跟一下。夏洁，你去休息一下吧。"

夏洁说："可是师父……"

程浩摆手："我知道，待会儿再跟你说。"说完带小谢进去了。

夏洁只得离开。

经过另外一间审讯室门口，看到里边被审讯的正是那个女人。夏洁迟疑了一下，站在门口看着。

那女人痛哭流涕，突然看到了夏洁，如遇救兵，马上不哭了，给夏洁比了个打电话的手势，又双手合十。

老警察瞪了她一眼："干吗呢！别这么多小动作。你要真的无辜，就早点交代清楚，也能早点出去不是？"

女人连连点头："嗯嗯，我交代，我啥都交代。我就是挂念我的孩子……心乱如麻呀。"

老警察回头说："你忙去吧，夏洁。"

夏洁没说什么就走了，犹豫着掏出手机。

陈新城带着孙前程走进办公区："拿着材料找所长签字，再去法制大队，这回人赃俱获，他们没理由不批拘留。"

孙前程说："那个壮的，够逮捕了。"

李大为看到师父，热情地端着杯子迎了上去："师父，您喝水，上等的枸杞！"

陈新城看了他一眼没说话。

李大为诚恳地说："师父，我郑重向您道歉。是我没听您指挥，盲目行动。"

陈新城脸色稍解。

李大为话锋一转："可当时的情况，确实没时间。孙前程说找他们许久了，当时他俩拖着箱子，分明是要出远门。要是放他们走了，前面的工作不是白做了吗？"

陈新城脸一黑："我这哪敢让你道歉，我得反过来谢谢你啊！谢谢你李大为，没有你，我今年的任务都完不成了！"

李大为尴尬地说："师父，我是解释当时的情况……"

陈新城一摆手："你别和我解释。以后你的行动你自己做主，回头想起来通知我一声，想不起来就算了。我还有事，别打扰我行不？"

李大为被陈新城怼得不知道还能说什么了。

王守一坐在马路牙子上，神情显得有些疲惫。

远处，曹建军从小区走出，老远看见王守一："所长，你怎么来了？"

王守一也没起来，一直等曹建军来到身边："建军，坐一会儿。"

曹建军有些担心地挤出点笑容："所长，这是出什么事了？"

王守一顺着自己的思路说："杨树一说你没回所里，我就知道，你肯定给跳楼那孩子做思想工作了。"

曹建军嘿嘿一笑："这善后工作也少不了嘛。"

王守一说："建军哪，要说胆大心细，谁都比不过你。可这次，我还是得说你。"

曹建军习以为常："所长，我知道你要说啥，当时确实情况特殊。"

王守一有点儿抬高声调："那也要等消防啊。"

曹建军说："等啦，一直在等，说是堵在路口了，清理道路得一个小时，那孩子突然情绪不稳定，也是没办法。"

王守一语重心长地说："建军，你忘了新城当年的遭遇？"

曹建军面色一僵："那是小概率事件。"

王守一已经生气了："小概率也不行！我都跟你说了多少次了，这种事情不许擅自处置！"

曹建军打马虎眼："行，所长，下次我注意，行了吧？"

王守一郑重地说："不是注意，是保证！保证也不够，得做到才行。下次你再这样，我可要处分你了。"

曹建军有些为难："所长，处分不至于吧？"

王守一反问："怎么不至于？处分也是为了你好！你想想，和老婆孩子在一起，和和美美的多好？万一出了事，跟新城一样，妻离子散，值得吗？"

曹建军沉默不语。

王守一拍拍他的肩膀："建军哪，你得改改你这性子。虽说我知道你的心结，丈母娘看不上你。可这日子，是跟老婆孩子过的。她瞧不起你是她的觉悟问题，你干吗跟她一般见识？"

曹建军叹了口气："我姐夫这两年生意越做越大，我这也有压力啊。"

王守一说："尺有所短寸有所长，跟别人比，是比不到头的。你看我徒弟都做局长了，我还是个所长。我不还是活得好好的？"

曹建军说："所长我知道。可是……"

王守一说："别可是了，凡事要看开点，不能事事拔尖，越争强好胜，心越累。心里舒坦了，日子才会越来越好。"

曹建军点头："行，我记住了。"

夏洁坐在办公桌前，看着手机通话记录里的陌生号码，犹豫不定。

正在这时，一通电话竟然打了进来，正是那个陌生的号码。夏洁迟疑片刻，接通电话。

几分钟后，夏洁从派出所里跑出来，一个男人从墙角后伸出头来："夏警官，在这呢。"

夏洁走过去："你怎么跑过来了？孩子怎么样了？"

男人紧张地问："夏警官，我老婆怎么样了？"

夏洁说："她涉嫌从事违法犯罪活动，正在接受警察的询问和调查。你放心，警察会依法办事的。她就是牵挂孩子，让我打电话问问。"

男人凄惨地说："夏警官，您能给我打电话让我接孩子，我就知道碰上好心人了。唉，她到那地方打工，实在是没办法，孩子不得养吗？我这个年龄，在城里也找不到好工作。这个家，全靠我老婆了。"

夏洁生硬地说："事到如今，我只能告诉你要相信法律。"

男人点头："好吧。夏警官，您也看到了，孩子一直跟着她，她这突然一进去，我真是抓瞎。有几句话，您能帮我带给她不？"

夏洁犹豫了一下："什么话？"

男人连忙说："唉，她不就挂念孩子吗？麻烦您告诉她，孩子我已经找她小姨帮着看了，叫她别担心，在里边好好接受教育。我孩子有哮喘，离了药不行，麻烦您帮我问问她，孩子的哮喘药她放哪儿了。"

夏洁犹豫着没说话。

男人恳求道："求求您了，夏警官，孩子的药，那是救命的，没了药，孩子一旦犯了哮喘，说没就没了。"

夏洁终于点头："好吧。"

男人感激万分："那，夏警官，我是再给您打个电话还是……"

"我问完了，给你打电话。"夏洁说完转身往回走，内心挣扎。

这时一个女警察叫了她一声："夏洁，你赶快过来。"

夏洁忙问："干什么？"

女警察说："审讯完的要送到拘留所去，车上需要女警察，你也跟一辆车。"

夏洁吃了一惊："啊？这么快就送拘留所？"

女警察说："这是分局盯的大案，要加强力量在那边问，咱这边也装不下了。赶快吧。"

夏洁犹豫了一下，突然转身跑向食堂，直接跑到窗口。看了看，有炸鸡腿："师父，这个给我来两只。"

说着刷了一下饭卡，拿着转身就走。

派出所院子里，几辆警车停在那儿，警察正把一个个卖淫女押上警车。夏洁拎着鸡腿跑过来，有人叫了她一声："夏洁，你押这辆。"

夏洁伸伸头，没有那个女人，便没上车，挨辆往前找，看到那女人坐在第二辆车上，押她的正好是刚才叫她的女警察。

"许姐。咱俩能换换不？我押这辆。"

"不一样吗？"

女警察不以为意地下来往后走，夏洁也准备上车："谢谢许姐。"

可正在这时候，那名女警察多说了一句话："为什么押这辆？因为车上是主犯吗？"

夏洁一条腿已经踩上了踏板，闻言一下子愣在那里。

那女人看到夏洁，急忙赔笑："妹妹，你来啦？"

夏洁把许姐拉到一旁，小声地问："您刚才说什么？这车上的是主犯？哪个啊？"

女警察回头，那个女人正把脸贴在车玻璃上看着她们，女警察伸手一指："就她啊。"

夏洁看看女人，女人发现夏洁看她，急忙赔了一个谄媚的笑脸。夏洁呆住了。

许姐催道："上车吧。别愣着啦。"

夏洁缓过神来："不好意思，许姐，我不换了。"

女警察奇怪地问："怎么啦?"

"没什么，麻烦你了，许姐。"夏洁尴尬地强挤出笑容，默默地走向第三辆车。

看到手里的鸡腿，夏洁直接丢进了垃圾箱。等她转身回来，最后一辆车已经开走了。

刚才还轰鸣震天，车灯一片，现在立时安静了下来，夏洁一个人站在院子中间，有点儿恍惚。

李大为、杨树吃完饭出来，看见夏洁傻站在院子里。李大为走过去，喊了一声"夏洁"。

夏洁回头看见他俩，默默走掉，李大为觉得有点儿奇怪。

第四章

叶苇每天早上几乎都是带着一脸倦容从车上下来，提包往楼上走。

赵继伟正在卖力地扫院子，看到叶苇，笑着打招呼："教导员早，才从医院回来啊？"

叶苇漫不经心地回道："是啊，早。"

赵继伟说："教导员，我晚上没事儿，要不我帮您去照顾老人呗？我在家里也照顾过老人。"

叶苇看他一眼："我家的老人，为什么让你照顾？"

赵继伟被堵得说不出话来，讪讪地低下头，继续扫地。

王守一站在二楼的走廊上活动着身体，看到这一幕，摇摇头笑了。等到叶苇上来，问道："怎么样了，老人家？"

叶苇叹了口气："还那样。天一凉就别想让人安生。"

王守一同情地说："够你受的。要不要所里帮忙？"

叶苇摇头："不用。现在还行。"

赵继伟提着一大桶水上来了："所长，教导员，水快没了，我来换一下。"

王守一说："好，谢谢啊。"

赵继伟把饮水机的桶装水换下来，走了。

叶苇看着他的背影："这孩子，我不喜欢，太有眼色了。"

王守一笑着说："结论下得太早了。"

叶苇说："是他表现欲太强了。"

王守一说："你觉得他哪儿不好，指点指点他吧，这不是你教导员的责任吗？"

叶苇没说话。

这时夏洁来上班，刚走进接警大厅就看见程浩正跟一个女孩说话，便走了过去："师父。"

程浩说："夏洁，来来来，正好赶上。小徐一早就跑来感谢。"

夏洁走近，突然一愣，认出是那天在大街上截住她和程浩报案的那个女孩。

程浩对女孩说："夏警官，当时和我一起追来着。"

女孩抓住夏洁的手晃着："夏警官，谢谢，太谢谢你们了。"

夏洁有些莫名其妙。

程浩笑着说："这是我们应该做的。以后上街小心点儿，包尽可能不要背在后面，就算不被人抢，也很容易被人划开。快回去吧。"

女孩千恩万谢地离开派出所。

夏洁一脸蒙："师父，怎么回事？"

程浩说："她的包和手机，都找回来了。"

夏洁愣住："可当时您不是说……"

程浩神秘一笑："当时她说包里只有一部手机我就有数了。小贼抢了个包，没抢到钱，只好把手机出手换钱。这种事，大店不会干，我和几个小店的小老板打了个招呼，这不，人赃并获。"

夏洁情绪低落："师父，对不起，是我误会你了。很多事都是我太没经验，也太自以为是了……"

程浩笑着鼓励道："没事，慢慢来。"

夏洁说："师父，还有一件更重要的事想向你承认错误。"

程浩一怔："什么错误？"

这时一名值班警察拿着报警单过来："程所，桂苑小区报110，说一晚没睡觉了，扰民。"

程浩接过报警单，电话又响了："吴队，好，我这就过去。"

挂了电话，程浩把报警单递给夏洁："夏洁，带个辅警过去处理一下，我要去趟分局。"

夏洁接过报警单，程浩看见李大为进来："李大为过来，你跟夏洁一起出趟警。"说完自己先走了。

"是。"李大为答应着，又对夏洁说，"我去跟我师父说一声。"

五分钟后，夏洁和李大为走出派出所，边走边聊："跟我出警，你师父同意了吧？"

李大为说："没看到我师父。"

夏洁一怔："那不合适吧？"

李大为不以为然："有什么不合适，程所安排的。"

两人向警车走去，正好碰到来上班的杨树："你们俩这是要干什么去？"

李大为说："出警，一起去吧。"

杨树有些犹豫："我能去吗？"

李大为说："有什么不能的，我来的时候看你师父开车出去了。"

杨树说："我师父和我说出去办点事。"

李大为一拉："那还有什么犹豫的，这是程所派的差。"三人一起上了车，按报警单上的地址来到一处居民楼前。

一个女人站在楼前等着，三人下车过去。李大为问："大姐，您报的案吗？怎么啦？"

女人说："是我报的。警察同志，我们家楼顶那家太不像话，那叫夫妻生活吗？鬼哭狼嚎的，连我们家的墙都跟着晃。我们家还有上学的孩子呢，这算怎么回事啊？"

李大为愣住，哭笑不得："您……什么意思？"

女人说："你们能上去提醒一下他们，以后别闹这么大动静吗？"

李大为和杨树面面相觑，都面露难色，夏洁有意看向别处。

女人打量三人，有点儿嫌弃："你们派出所也是，我打110时都说了大概怎么回事，怎么还派三个生瓜蛋子来处理啊？"

李大为有些尴尬："大姐，您说这种事让我们怎么说呢？"

女人理直气壮地说："不好说也得说啊！遇到问题，不找警察找谁呢？"

杨树硬着头皮说："这是人家的私生活，警察没法管。"

女人不高兴："咦，你这个年轻人什么意思啊？叫你说这种事就没人能管喽？你们不管，叫我们找谁去？"

杨树建议道："您和对方找机会商量一下呢？"

女人急了："这不是屁话吗？让我们去敲他们的门，说你们过夫妻生活动静太大，人家还不把我们打出来？"

李大为说："那我们上门，人家要是把我们打出来呢？"

女人说："你们警察就是干这个的。"

李大为有了主意："行，大姐，我们上去。"

杨树露出难以置信的表情。

李大为给他使了个眼色："人民群众有需要，我们就得管。哎，大姐，到底是哪一家，您能带带路吗？"

女人一指："就我们楼上那家。"

李大为说："恐怕您还得陪我们上去。不然等我们去了，我们说什么？人家小夫妻的事儿，我们一没看见，二没听见，总得有人做个证啊，走吧。"

女人直摇头："这个我不能跟上去。我要是跟上去了，你们走了，他们不得骂我吗？"

李大为一摊手："那可没办法了。您说人家动静大，又不肯做证，我们上去平白无故指责人家，人家不承认怎么办？你说是吧？"

女人没话说了。

李大为赶紧拿出接警单来："大姐，请您签字。我们来处理了，可是您不愿意协助啊。"

女人无奈："行行行，算我没说，给你签！"

李大为开着车回去，夏洁对着对讲机说："038报告，纠纷已处理完毕，报警人同意不追究了。报告完毕。"

杨树佩服地说："大为你确实是做警察的材料，刚才咱们真要上去敲门就尴尬了。"

李大为受宠若惊："哟，博士开始拍我马屁了。"

杨树乐了："拍你马屁有什么好处？"

李大为说："可以跟我合租啊！"

杨树点头："这个倒是可以考虑。"

李大为说："一个月五千，两个次卧各一千六，大主卧一千八。夏洁也可以加入，可以让你们先挑房间。"

夏洁一直望着车窗外，没有参与他俩的闲扯。

杨树看了她一眼："夏洁，你是遇到什么事儿了吧？"

李大为说："她能有什么事儿，天之骄女。"

夏洁说："谁也不是天之骄女，我原来一直觉得我就应该做警察，做个好警察。"

李大为奇怪道："你难道不是吗？"说着话，不经意望望车外，突然像是被车窗外的什么人吸引住了视线。

只见街边古玩店门口，一个衣着穷酸的五十岁左右的男人，正跟古玩店老板讨价还价。但古玩店老板明显不买账，两人不欢而散。

"夏洁……"杨树正准备劝她，李大为突然一脚刹车。

杨树、夏洁被吓了一跳。李大为顾不上他俩，看着街边推开车门，下了车。

杨树忙问："李大为，你干什么去？"

李大为说："你们往前开等着我，别停这儿。"

杨树、夏洁看着他，只见他好像发现了什么目标，追着一个人影而去，一直追进了胡同里。

夏洁问："这是怎么啦？"

杨树找了一个可以停车的地方，把警车停到路旁，和夏洁也跟了过去。

李大为追着人影进了胡同，前面不远的地方，有个人正慌慌张张地一路小跑。李大为大叫一声："李易生，你站住！"

那人像被打了一下，一下子站住了，回过身来，对着李大为一笑："大为，你真当上警察啦？"

李大为说："还真是你。你怎么又回来了？"

李易生说："这儿是我的家，我能不回来吗？"

李大为问："从哪里回来的？"

李易生支支吾吾："新马泰，还有菲律宾，几个国家都转了转。"

李大为戏谑地说："不用说，这回是真发了大财了。"

他这话充满了讽刺。李易生一副寒酸样，怎么看都不像是发了财的。

李易生脸上阴晴不定，转身就跑，李大为连忙冲上去，两人纠缠到一起。

杨树和夏洁跑过来，看到这一幕，吓了一跳，又看到有人看热闹，在拿着手机拍，一边拍一边还议论着：

"这警察对老百姓什么态度啊？"

"怎么还对老百姓动手呢？"

……

杨树急了，想冲上前去阻止。夏洁赶紧拉住杨树，掏出手机打电话。

李大为还跟李易生纠缠，电话响了，他腾出只手接电话："喂。"

夏洁小声地说："李大为，你穿着警服呢，有人拍你。"

李大为回头看看，果然有几个人在拍他。他没好气地吼了句："拍什么拍？和你们有什么关系？"

那几个人收了手机，李大为顾不上他们，抓着李易生往胡同里走，那几个人一看李大为别过了脸，又继续拍。

杨树和夏洁赶紧疏散人群，开车回去。

杨树下车又给李大为打电话，李大为终于接了，杨树关切地问："大为，你在哪儿？……你没事了吗？……真的吗？……好。"

杨树挂了电话，仍有些担心。

夏洁问："怎么样？"

杨树说："他说没事，让咱们放心，回来再细说。"

街边小旅馆里，李大为放下手机，对坐在床上的李易生说："我告诉你，绝对不要离开这里，否则后果自负。"

说完，怒气冲冲地把门关上，走了。

回到派出所后，夏洁来到程浩办公室门口，犹豫了一下，敲了敲门。

程浩抬头："夏洁，进来啊。"

夏洁走了进来："师父，您回来了。"

程浩写完最后几个字，看了一眼夏洁："这么严肃？"

夏洁背着手站在程浩面前："师父，有件事情，我得跟您坦白一下。"

程浩看着她："什么事？坐下说。"

夏洁："我站着就行。事情是这样的……"

程浩耐心地听她说完："然后呢？"

夏洁说："他让我问嫌疑人，孩子的哮喘药在哪儿。"

程浩心一下就提上来了："你问了吗？"

夏洁摇头："我正要问，结果，听许姐说，那个女嫌疑人是主犯。"

程浩松了一口气："没问就好。"

夏洁低着头："对不起，师父。我错了，是我太天真了。我只觉得她可怜，又有个孩子。没想到……"

程浩站起来，走到夏洁身边："夏洁啊，你一个女孩子，有同情心是正常的。再加上刚到警局，没什么跟嫌疑人打交道的经验，被蒙骗也在所难免。别放在心上。"

夏洁眼眶发红："师父，我是不是应该跟所长也说一下，做个检讨……"

程浩笑了："不用，所长那边，我打个招呼就行。你这不也没惹什么祸嘛，别多想，回去接着工作吧。"

夏洁犹豫："那……她丈夫那边，如果再联系我，我应该怎么办呢？"

程浩说："那男的不是她丈夫。而且，他也不会再联系你了。"

夏洁愣住。

程浩解释道："那男的是她的合伙人，一起开了这家'足疗店'，实际上就是个卖淫场所。昨天已经把他抓了，他也全交代了。那女的，是这家店的老板，以招服务员的名义，招聘那些刚进城，涉世不深的女孩进店。一旦进去了，就采取扣身份证、打骂，甚至强奸的手段，限制她们的人身自由，摧毁她们的自尊心，强迫她们卖淫。

"所谓孩子的哮喘药，实际上是这些女孩进店的时候被迫拍下的淫秽录像，是他们用来胁迫女孩卖淫的把柄。男的实际上是叫你帮他问那些淫秽录像藏在了电脑的哪个地方，以便他用它威逼其他女孩继续卖淫。"

夏洁听得张大嘴巴，一脸不敢置信，说不出话来。

村委会里闹闹哄哄，张志杰正带着赵继伟和村委会的人一起调解纠纷。

听了一会儿，赵继伟听明白了。老人有两个儿子一个女儿，平时谁也不回来，小儿子还把孩子放在老人这里。听说要拆迁，结果全都回来抢着养老人。尽孝是假，图谋拆迁款是真。

看他们闹得乌烟瘴气，赵继伟非常不舒服。这时小孙子哭着说饿，老人想带着出去吃饭，却被儿女拦下。

　　赵继伟连忙说道："还是我带孩子出去吃点东西吧。"

　　得到老人家里的同意，赵继伟领着孩子来到村口小餐馆里，要了一碗面。

　　一个刀疤脸的服务员看到警察有点儿紧张，把面放在桌子上飞快地离开了。

　　孩子看到面狼吞虎咽地吃着，赵继伟招呼小宝吃饭，眼睛却盯着这个刀疤脸："慢点儿吃，别烫着。"

　　餐馆里没几个客人，刀疤脸再一次出来上菜，又很快回到厨房，明显在躲赵继伟。

　　赵继伟探头，一直往后厨张望。过了一会儿，后厨一点儿动静也没有。

　　赵继伟觉得不对，让小宝慢慢吃，自己走进后厨，并没有发现刀疤脸。

　　赵继伟一下紧张起来，直接冲出后门，正与刀疤脸撞了个正着。

　　刀疤脸正站在院里抽烟，看见赵继伟，赶紧把烟掐灭了。两人愣愣地对看着。

　　赵继伟打破沉默："你在干吗？"

　　刀疤脸说："我歇一会儿。"

　　赵继伟问："我问你在这干吗？"

　　刀疤脸说："干活儿。"

　　赵继伟伸手："出示一下身份证。"

　　刀疤脸有点儿害怕，但仍配合地，慌慌张张掏出了身份证。

　　赵继伟拿出警务通，警务通显示此人是一个刚出狱的劳改犯。赵继伟盯着刀疤脸看了一会儿："没干坏事吧？"

　　刀疤脸连忙摇头："没有。"

　　赵继伟把身份证还给他，也没什么可以进一步盘查的，自己走回了餐馆。

　　小宝已经吃完了，赵继伟说："结账。"

　　一个女服务员过来结账，刀疤脸没再出来。赵继伟准备走，张志杰带着孩子的奶奶来了。

　　赵继伟赶紧小声跟张志杰说："师父，这里有一个需要重点关注的人，出狱的劳改犯。"

　　张志杰好像并无多大兴趣："是吗？把小宝交给奶奶，咱们回所里。"

　　赵继伟问："调解完啦？"

　　张志杰摇头："哪有个完，只是现在不闹了。"

　　赵继伟一脸疑惑。

　　傍晚时分，派出所办公区楼道里，程浩正和叶苇交班："真不用吗？我没事，孩子今天是老婆接了，我再继续值个班没问题。"

叶苇苦笑道："哪能总让你帮我值班？你走吧，今天我老公请了假。"

程浩摇头："唉，女同志干派出所不容易，要没事我就跟所长去夏洁家了。"

叶苇问："又来电话了？"

程浩苦笑了一下，抬头看到赵继伟在不远处陪着几个值班的警察坐着，别人在聊天，他却在打瞌睡。

程浩示意了一下，说："哎，我猜这小子没地方住。"

叶苇看了看："会吗？"

程浩说："连着几天都在所里对付睡一觉。有一天问过我集体宿舍的事，我说没集体宿舍，建议他和其他人合租，他说他有地方住。"

叶苇看着赵继伟没说话。程浩打了个招呼走了。

叶苇走到赵继伟面前看着他，旁边的警察说："这小子儿晚都没好好睡了，累坏了。"

"哎哎哎，推醒他，叫他上床上睡去。"

"就那儿张床，值班的老警察没睡，他不敢睡呀。"

……

叶苇轻轻推了推他："小赵。"

赵继伟一下子醒了，一看叶苇站在他面前，吓得一个愣怔站起来："教导员。"

叶苇问："你怎么还不回去呢？"

赵继伟愣了一下说："我刚入职，想多学习学习。"

叶苇怜悯地看着他："我办公室有张床，你去睡一觉再来学习。"

赵继伟连忙说："不用，我不困。"

叶苇说："去睡吧。真需要人手的时候我再叫你。"

赵继伟嘿嘿笑了："教导员，这就睡觉也太早了，我去外边运动运动。"说完跑了出去。

叶苇看着出去的赵继伟，叹了口气，转身离开。

程浩来到王守一的办公室，正好看到他手里提着一个果篮，旁边放着一束鲜花，说了句："礼轻了点儿吧？"

王守一说："唉，就是个意思，叫嫂子放心。"

这时门开了，已经换上便装的夏洁出现在门口："报告。"

王守一招手："赶快进来。下班不用这么严肃。你师父给你安排的办公室你不坐，非和他们一帮大老爷们挤在一起。我说什么来着？虎父无犬女。夏洁比咱当初当警察的时候都强多了。"

夏洁说：“所长、师父，有什么任务吗？”

王守一说：“没有。这不到下班的点了嘛，走吧，程所开车，我们送你回去。”

夏洁拒绝：“所长，不用了吧。”

王守一说：“没事儿，正好去看看嫂子。你都来好几天了，本来应该第一天就去的。赶上事儿多，今天正好有时间。”

夏洁脸色有些难看：“我妈又打电话了吧？”

王守一与程浩对视一眼，一起摇头：“没有，没有。”

夏洁低头：“对不起，所长、师父，今晚我约了几个同学聚会，祝贺我正式入警工作。”

王守一和程浩两人又是一阵尴尬：“啊？你看这事办的，我们确实应该提前和小洁说一声的。”

程浩说：“年轻人喜欢一块儿热闹，就让她去吧。咱们和嫂子谁是谁啊，哪天去都行。”

王守一说：“好好好。就是这水果和花买了，要不夏洁你先捎回去？”

夏洁接过来：“那，谢谢所长、师父。”

王守一说：“你看这闺女多乖，真招人疼啊。唉，夏所要是还活着……”话没说完，电话响了。王守一接起电话，神色严肃起来。

本来要走的夏洁没有退出去，程浩也看着所长。王守一放下电话，大声吼道：“李大为在哪儿？”

程浩说：“下班了吧？”

王守一问：“新城呢？”

程浩说：“应该还没走吧，出什么事了？”

王守一也不回答，大步走了出去。程浩与夏洁不放心，也跟了出去。

陈新城刚走出办公室，准备下班回家，就看到王守一冲了过来：“新城，李大为呢？”

陈新城望着王守一和程浩、夏洁三人，有点儿不明所以：“应该回去了吧。”

王守一说：“给他打电话，让他马上回所里，警察这活他不想干，趁早滚蛋！”

陈新城也意识到可能是什么严重问题：“好，我马上打。”

李大为低着头从旅馆里出来，手机响了，拿出来看看，来电显示是师父：“师父。”

陈新城声音低沉：“你在哪儿呢？”

李大为说：“对不起，师父，我看到下班的点了，就顺便过来处理点私事。”

陈新城说：“快回所里一趟。”

李大为一愣：“出什么事了吗？”

陈新城急了："我还想问你呢！"

夏洁、程浩和几个警察聚在办公区，看着手机上的视频。

视频中，能清晰地看到穿着警服的李大为推了李易生一把，两人推推搡搡，周围围着一堆人。

李大为从外面进来，见大家都用奇怪的眼神看着他，不由得一头雾水，走到正在喝茶的陈新城面前："师父。"

陈新城放下茶杯，推着他走到外面，低声吼道："你这身警服是不是穿腻了？"

李大为蒙了："没穿腻啊？师父，我今天一天都很听话！"

陈新城火了："听话？你穿着警服，和老百姓在大街上推推搡搡，都上同城热搜了！"

李大为愣了一下，马上嬉皮笑脸地说："哎，那不是什么事，我能处理好。"

陈新城冷笑："你能处理好？说，到底怎么回事。"

李大为还想赖过去："哎，就是点私事。"

陈新城生硬地说："什么私事？你穿着警服都是公事！"

李大为说："师父，您这就不讲道理了。"

陈新城眼睛一瞪："道理？好，那我就教教你道理。我是你师父，师徒如父子，于公于私你对我有什么可以隐瞒的？"

李大为脸色有些难看："师父，你要这么说，那我真还什么都不说了。"

陈新城气得直骂："李大为，你混蛋！"

李大为梗着脖子："师父，您还真说对了！不仅我是混蛋，我爸也是混蛋！"

陈新城没了脾气："好，李大为，好样的！你这徒弟，我带不了，赶快另请高明吧！"说完转身就走。

王守一从二楼窗户里伸出头："李大为，你给我滚上来！"

李大为低着头来到王守一的办公室。虽然站得笔直，但一脸不服气。

王守一气愤地在他面前走来走去："说，那个人是谁？到底是为什么？"

李大为倔强地说："那是我的私事，和所里没关系。"

王守一指着他的衣服："你不穿警服没关系。你穿着警服，又是在执勤时间，能说没关系吗？你到网上看看别人都是怎么说的！"

李大为不说话了。

王守一一拍桌子："说，那人是谁？怎么回事？"

李大为还是闭口不言。

王守一气得直结巴："我真想把你……把你……把你……""把"了半天，终究还是没说出口。

这时叶苇伸头进来："所长，分局来电话，问网上的舆情是怎么回事。"

王守一看着李大为："听到了吧？你以为还是以前？自媒体时代，人人都夹着尾巴做人，偏偏你这么招摇。还是不说？分局都过问了，你还能瞒得住？我告诉你，不要抱侥幸心理，这是派出所，什么事还能审不出来？"

李大为终于开口："我没有侥幸，真是私事！再说我又没犯法！"

王守一吼道："这叫违纪！你是不想穿警服了吗？违纪有六种处分，警告、记过、记大过、降级、撤职、开除，你自己选吧！"

李大为闭嘴不吭声。

王守一烦了："去去去，自己找个禁闭室反省去，别在我眼前晃悠。"

李大为什么也没说，敬了个礼就走了。

叶苇看着他离开，小声说："应该有什么原因吧？"

王守一气呼呼地说："肯定有！这小子把自己当英雄，还宁死不屈了！"

叶苇笑了："局里那边怎么交代？"

王守一挠了挠头："先缓缓？就说是警员私事，所里正在了解情况，已经严厉批评，警员本人也已经做深刻检讨。"

叶苇点头："好吧。"

王守一说："让他先写一份三千字的检讨。"

叶苇说："他都宁死不屈了，还能给你写检讨？"

王守一火道："那还由着他了？"

叶苇无奈地说："怎么冲我来了？"摇摇头转身离开。

派出所的禁闭室里，李大为坐在桌前，桌上白纸一张，笔一支，一字未写。

赵继伟悄悄推门进来，笑着把餐盒放在他面前："红烧排骨，还有大包子，趁热吃。"

李大为心情不好："不吃。"

赵继伟有些惊讶："咦，这是和谁置气呢？我上高中的时候，每星期从家里往学校扛煎饼。天热的时候，吃到周末煎饼就馊了。那时候看到城里的同学吃饭打菜，馋得直流口水。心说什么时候发达了，顿顿吃菜，还要吃大肉，没想到，这么快就实现了。"

李大为没想到赵继伟会跟自己说起这些，态度明显比之前缓和："你吃了吧，我不吃。"

赵继伟在他旁边坐下："和谁置气也不能和肚子赌气，是吧，哥？"

李大为心里烦："和你无关。"

"行，那我给你放着。"赵继伟笑了笑，转身出去了。

半小时后，赵继伟探头探脑地又进了禁闭室，看到桌上的饭菜和纸、笔还是原样："哥，你是准备绝食抗争？"

李大为摇头："吃不下。"

赵继伟一听回话了，立刻劝道："吃不下你可就没劲儿写检查啦，听说所长要求至少三千字。"

李大为没好气地说："三个字我也写不出来。"

赵继伟自告奋勇地说："你写不出来有我哪！"

李大为一怔："你？你知道什么你就写检查？"

赵继伟说："别提了，我当时报考公务员的时候，第一志愿不是当警察，是进政府机关。所以把如何写公文练得滚瓜烂熟，其中就包括如何写检查。我帮你写三千字，保证深刻动人，还触及灵魂。"

李大为笑了："好吧，那你帮我写。兄弟我欠你的。"

赵继伟说："我念你写，这样更有灵感。"

李大为点头："行啊。"

赵继伟清了清嗓子，假装深沉："尊敬的所领导……要不你吃两口饭再写？"

李大为摆手："没事，写完再吃。"

赵继伟继续说："今天，我因为思想觉悟不高，政治意识不强，忘记了人民警察的责任和义务。……事情发生以后，我内心十分沉痛，深感自己有愧于一名人民警察的光荣称号……"

李大为一边写一边忍不住笑了出来："呵呵，你哪里来的这些废话？"

赵继伟瞪了他一眼："别说话，灵感刚上来！"

忙碌的一天结束，晚上轮到曹建军值班。十点多接到出警单，开车前往曙光小区。车还没停稳，就看到一个女人慌慌张张地迎上来。

曹建军带着杨树下车，看了下出警单："是马女士吧？您报的警？"

马女士点头："警察同志，我和老公吵了一架，他一生气开车出去现在还没回来。我怕出事，麻烦你们帮我找找他吧。"

曹建军问："他手机号多少？"

马女士说："他手机关机了。同志，他可能到我们的郊区别墅去了。麻烦你们到那儿看一看他在不在，如果在就没事了。"

杨树不解："您怎么自己不过去看看？"

马女士说："我家里有孩子。再说黑灯瞎火的，我有点儿怕。"

曹建军没多想："好吧，把地址给我。"

马女士给他们一张字条："地址我写好了，还有他的手机号码和车牌号码。他开的奥迪A6，只要看到车停在别墅院里，你们别打扰他，给我打个电话就行了。"

曹建军说："好嘞。如果他在别墅，用不用我们敲门看看？"

马女士说："别。现在十一点多，等你们去了得一点多了。他失眠严重，别再惊醒了他。只要看车停在别墅院里就行了。"

曹建军问："要不我们给他打个电话？万一他开机了呢？"

马女士急了："不要。我不是说了吗，只要看到车停在别墅院里就行。你们打电话，会影响他休息的。"

曹建军头大："好的。我们按您给的地址去您家别墅，只要看到您先生的车停在别墅院里就可以。不要敲门，也不要打电话，只要确认他在别墅里就好，是这个意思吗？"

马女士点头："对，就是这意思。"

曹建军问："杨树，记下来了？让马女士签字我们走。"

杨树把本子递过去，马女士签上字，两人上车前往郊区别墅。

杨树边开车边说："她倒心疼丈夫，警察又不是他们家管家，不能专门为这种事跑腿吧？"

曹建军说："别发牢骚了。是不是觉得警察生活和你想象的不一样，太琐碎太平凡了？"

杨树苦笑："师父，我只是觉得有些无效警情，确实有点浪费警力。"

曹建军正色道："我不觉得。当警察，为人民服务，还多了一份荣誉感，多好？"

杨树有些敬佩："师父，您永远都是这么精神抖擞的。我要向您学习！"

曹建军笑了："别，咱们全所都没你学历高，你将来会有出息的。小心点儿，这边的路好久没修了，咱们这破车经不得颠。"

警车慢慢地开到别墅区，曹建军借着灯光看着手里的小字条："东区第二排第五栋。到了，就是前面。咦，怎么都没亮灯啊。"

杨树疑惑地说："恐怕没多少人住吧。是这儿吗？"

曹建军重新核对了一遍："是。那不是有车停在院里吗？打开灯，看看车牌对不对。"

杨树打开车灯，照出了车牌。

曹建军对着字条上的号码："对，就是这辆车。杨树，给马女士打电话。"

这时曹建军的电话响了，他示意自己下车接电话。

杨树打通电话："马女士，您好，我是八里河派出所接警警员。现在您家别墅外面。您先生的车停在院里。我们需要进别墅看看或者给他打个电话吗？"

马女士说："在啊？是他的车就行了，谢谢你们，你们别打扰他，别影响他休息。"

杨树说："好的，那我们回去了。"

挂了电话，见曹建军还在接电话，杨树便翻看着自己的手机。这才看到夏洁给自己发了一大串语音：

"杨树，李大为出事了，就是街上碰到的那个人，上同城热搜了。你在哪里？

"所里要处理李大为，没准要脱警服。李大为嘴硬，死活不说那个人是谁。"

……

这时曹建军打完电话回到车上："打完电话了？"

杨树说："嗯，她不让我们打扰她丈夫。"

曹建军摇头："哎，这么心疼老公，大晚上的还吵什么？回去吧。"

杨树说："师父，能麻烦您开车吗？我查个资料。"

曹建军说："没问题。"

"陈警官。"杨树从外面匆匆回到办公区，先跟陈新城打招呼，然后又冲夏洁点点头，回到自己桌前。

夏洁小声问："你怎么不回我微信？"

杨树也小声地说："我大概知道李大为推搡的是谁了。"

说着话，他的手上并没有停下。一番查找之后，终于，李大为推搡的人的资料全出来了——李易生，李大为的父亲！

夏洁瞪大眼睛："李大为他爸？这不太可能吧！"

杨树指着电脑："为什么不可能？这就是事实。"

夏洁不理解："李大为推搡他爸，还那么凶，你也看到了？为什么啊？"

杨树说："肯定有原因。"

夏洁说："不管怎样，我还是挺佩服你的。"

陈新城听见动静，也凑了过来："发现线索啦？"

夏洁说："杨树已经查清楚了，那人是李大为他爸。"

陈新城也吃了一惊："他爸？不会弄错吧？"

杨树说："全都核实了。晚上我跟师父出去办案，夏洁给我发微信我一直没看到，结了案才知道李大为出事了。我也是先看网上那些帖，然后刷了下评论区，发现有人跟那些'喷子'互骂。从内容上推测应该是李大为的同学，说他们是污蔑警察，那人是李大为他爸，不了解情况不要瞎说。有了这个线索，一切就好办了，在外面手上只有警务通，还不敢十分确定，现在可以完全确定了，您看。"

陈新城面色凝重："没认错吗？"

夏洁在旁边做证："出事的时候我跟杨树都在现场，肯定没错。"

陈新城转身往楼上走："赶紧跟所长说一声。"

王守一正在办公室里拿着李大为的检讨书跟叶苇议论："小子检讨写得这么快，还挺深刻的。"

叶苇说："刚才局督察又在问进展。"

王守一语气平静："局长来电话，他的意思是本来李大为也是搭头，见习期又出了这个事，影响不好。如果真的是他犯了错，对群众动手，那咱们所要是不想要他，李大为就真不用干了。"

叶苇一愣："这么严重？"

王守一一阵头大："这熊孩子……真不让人省心。"

这时陈新城带着杨树、夏洁匆匆过来，程浩正好没走，听到动静也跟了过来。

陈新城一进门，风风火火地说："所长，搞清楚了，李大为推搡的人是他爸。"

王守一以为自己听错了："什么？怎么回事？"

陈新城说："杨树，你赶紧说说。"

大家听完经过都沉默了。

陈新城说："事情弄清楚了，赶紧让那个搭头回家吧。"

王守一眨了眨眼睛："嘿，你什么时候开始关心起他来了？你不是烦他吗？"

陈新城嘴硬："我的意思是让他赶紧回去给他爸他妈道歉去，老人指不定多寒心。"

王守一摇头："没那么简单，这事造成的舆论影响太大。只简单说那人是他爸，不把来龙去脉说清楚，能那么容易解决好吗？"

陈新城急了："还要咋样？"

王守一说："局长说了，处理不好就让他脱警服。"

陈新城不敢相信自己的耳朵："多大点事儿？至于吗？"

王守一反问："你说多大点事儿？你说至不至于？"

陈新城正色道："所长，这孩子是挺招人烦的。爱逞能，不靠谱，爱惹事。当他师父，我也是倒霉。但这孩子不坏，我相信闹这一出肯定有原因。"

王守一说："我不知道有原因？"

陈新城说："你肯定知道，但有些人的原因，就是打死也不愿意说出来的。只要不害人也无妨吧？"

王守一说："什么叫无妨，闹得所里不安生，闹得惊动了局长亲自打电话，还不够？"

程浩一看形势不好："哎，那什么，我看大家都累了一天，咱别争了，回家吧。"说罢连拉带推地把大家都请出了办公室。

叶苇留下劝王守一："所长你还真生气？"

王守一摇头："我生什么气，只是想怎么了这事。"

第二天清晨，李大为打着呵欠拿出钥匙准备开门。没想到门自己开了，露出一张笑脸来，竟是他的父亲李易生！

李易生看到李大为，也是吃了一惊，笑容僵住了。

李大为目光瞬间变得犀利起来："怎么是你?! 不是说了不准你回来吗？"

李易生尴尬一笑："这里是我家，我怎么不能回来……"

李大为二话不说，上手就把李易生往外拉。

李易生赶紧往屋里躲，生怕被推出去。李大为冲进来，伸头看看屋里："我妈呢？"

李易生说："你妈买菜去了，也该回来了。"

李大为一听母亲不在家，指着门："你给我走，别逼我再动手！"

李易生小声哀求："大为，你妈马上就回来了，咱一家三口好好吃顿饭不好吗？"

李大为黑着脸："我家只有我和我妈两口！我小时候是，现在也是！"

李易生老脸发红："大为，以前是我不好，现在我回来了，再也不往外跑了。"

李大为冷笑："这种谎话你说了多少遍了？"

李易生信誓旦旦："大为，我没骗你，这回我回来真是要跟你们娘俩好好过日子的。"

李大为火更大了："还好好过日子？还嫌害我妈害得不够吗？这么多年，你好好在家待过几天？你尽过当老公、当父亲的责任吗？

"我妈含辛茹苦地把我带大，你倒是天南海北地浪，露头一次就骗我妈一次。我妈快六十了，还干土石方工程，全世界有几个？

"上次回来，我妈好不容易攒了十来万，被你一次全拿走了，说能加倍还回来。你还了没有？我妈的钱呢？"

李易生羞愧难当："儿子！我这次真的改了，以后再也不胡闹了。"

李大为说："我不管，我妈提了离婚诉讼，传票送不到，在报上发了公示，你看见了没？"

李易生说："我在国外，哪里看得到啊。"

李大为点头："行，这回你回来了，我也通知你了。等着法院开庭，和我妈离婚。等离了婚，你爱上哪儿上哪儿，没人管你！"

李易生愣住："离婚？你妈怎么可能和我离婚呢，我们是一对恩爱夫妻啊！大为，我老了，跑不动了，我这回回来，一定老老实实在家和你们母子过日子。"

李大为怒火中烧："老实？你知道你这回一回来给我惹上了什么祸吗？我刚……"

正说着，房门打开，李母两手提着满满两兜菜进来："易生，快来帮忙！"

李大为一愣，看看父亲，又看看母亲。

李易生连忙抢上去，帮她把东西提过来，往厨房里拿。

李母一看李大为在家，有点儿不自在："我以为你又连着值班，今天也不回来了呢。"

李大为说："幸好我回来了，你这是引狼入室！妈……咱不都说好了，不再跟他有任何瓜葛了吗？"

李母看着李易生走进厨房："怎么叫引狼入室？大为，别这么说你爸，他这回是真改了，不会再跑了。"

李大为一脸不可思议："妈，您要上多少回当才会清醒？他哪回回来不是这么说？可每次都是从您这儿骗到钱就跑。他欠下的债，您要干多久才能还上？"

李母固执地说："你爸那不叫骗，这人就是……就是想法比较多。"

李大为反问："那他哪个想法挣钱了？"

李母替他开脱："钱本来就不好挣啊！他也挺努力的，就是运气不好。"

李大为被母亲的狡辩气到："妈，你怎么回事？怎么又开始为他开脱了？不都已经起诉和他离婚了吗？怎么又心软了！"

李母低下了头："他不是你想的那样，大为。"

李大为大声说道："妈，别再自欺欺人了，他就是个骗子！昨天因为他，我在所里被关禁闭，没准这身警服都穿不了了！"

李母担心地问："啊，出了什么事？"

李大为不想母亲担心，缓了缓："这不是重点，现在必须立刻马上把他赶走！"

李母喝住："大为！"

李大为站住。

李母缓缓说道："大为，妈老了，你爸也老了。你爸我了解，就是个长不大的孩子。现在他也折腾不动了，以后我俩搭帮过日子，挺好的。"

李大为心里难受："妈，您还有我呢。不用跟他搭帮，我陪着你。租的房子我马上去退，以后哪儿也不去，就在这个家里保护您！"

李母语气柔和却坚决："你已经长大了，现在又当了警察，会越来越忙的。以后也会有自己喜欢的人，组建你自己的家庭。妈不干涉你，你也就别再掺和我的事了，行吗？"

李易生从厨房里走到李母身边，默默挽住李母的胳膊："大为，爸妈岁数都不小了，你就别棒打鸳鸯了。"

李大为愣住，苦笑："棒打鸳鸯？妈，你也这么觉得？"

李母含糊其词："租的房子条件不错，这两天你就搬过去吧。"

李大为心里难受："妈，您这是赶我走？"

李易生轻声说道："大为，你也说了，我和你妈这么多年都没什么时间在一起，就当现在补过二人世界了。"

李大为双目尽赤，低吼道："够了！算我多管闲事，你俩好好过吧，我什么也不管了！搬！我现在就搬！"

说完，李大为头也不回地冲进自己的房间。半小时后，收拾了一堆纸箱子，叫了辆车，直接拉到了新租的公寓。

把所有的东西都堆在空荡荡的公寓客厅，李大为坐在中间，随手翻着行李，一时竟然不知要从哪里下手。

心里烦躁，李大为把两身警服仔细地挂在衣柜里，其他的便服一股脑儿塞了进去，用力挤了挤，柜门才勉强关上。

收拾完衣服，肚子咕噜噜叫个不停，这才想起来没有吃饭。也不管满地狼藉，先叫了份外卖。

等外卖送到，李大为却发现里面没有餐具，郁闷地盖上盖子，不想吃了，翻身躺在没有床垫的床板上发呆……

天色已经大亮，突然门铃响起。李大为衣衫不整，目光呆滞地过去开门。

不想门外站着的是夏洁，她拉着行李箱、背着大包，也不跟他打招呼，自己就进屋了。

李大为以为自己看错了，用力揉了揉眼睛："你这是干吗？怎么找到这儿来了？"

夏洁反问："你昨天不是邀请我跟你合租吗？"

李大为摆手："不租了，我打算一个人住。"

夏洁说："李大为，你能不能成熟一点儿？别老把自己当顽童！"

李大为有些生气："你这口气，把自己当班长了吧？"

夏洁停下来，一动不动地看着李大为。

李大为被她看得不自在："看什么看！没见过帅哥？"

夏洁说："我们都知道了，昨天你推操的人是你爸。"

李大为愣住："你们怎么知道的？"

夏洁说："昨天晚上所长、程所、教导员，还有你师父都在为你操心。你师父甚至还差点儿为你脱警服！大家都在保护你！"

李大为一脸震惊："怎么可能……他那么讨厌我……"

夏洁说："我不想说那么多，你自己慢慢了解吧。我住哪屋？"

李大为有点儿不知怎么接："随便，你先来的你先挑。"

"那我就不客气了。"夏洁其实也没挑，看见一间屋就进去了。

李大为跟在后面："你不是住家里吗？真要出来租房？"

夏洁叹了口气："我妈……"说了一半，摇摇头没再说下去，把箱子和包放下。

李大为站在屋门口："其实……"

夏洁打断他的话："不用跟我说，你最应该做的是赶紧跟所长把来龙去脉说清楚，不然他想保护你也保护不了！"

李大为听进去了。

王守一趴在卓大夫诊疗室的床上，卓大夫和他年纪差不多，正在熟练地按他的腰，王守一发出舒服的呻吟声。

卓大夫在他背上拍打了一下："起来吧。你呀，没别的毛病，就是机器老了，劳累过度，腰脊椎的曲线都没了。听我的，工作干不完，身体是自己的。每天到我们理疗部来做做理疗，保护好你的老腰。后半辈子日子还长着呢。"

王守一爬起来整理着衣服："卓大夫，你可真是站着说话不腰疼啊！还天天来理疗，我哪有空啊？本来我们那一片事儿就多，最近好不容易分来几个新人，但都不让人省心。"

卓大夫笑着说："你总有理由！打年轻的时候就说工作不省心，现在老了，又开始说年轻人不省心。算了，我也不劝你了。你老了，我也老了，这辈子就这样，谁也改不了。你这病，吃药不管用，就是退行性病变，理疗可以减轻症状，别的也没什么好办法。"

王守一把一个护腰紧紧地勒到了腰上："那你再给我开点镇痛药。"

卓大夫给他开药："这种药吃多了没什么好处，不如你没事的时候就到我家。我虽然不是推拿大夫，但久病成医，推拿技术还不错，别人我不看，专门替你推拿。"

王守一摇头："算了，你也成天忙得四脚朝天的，好不容易回个家，我就不让弟妹讨厌了。"

卓大夫哈哈笑起来。

这时一个病人进来："大夫，结果出来了。您帮我看一下。"

卓大夫接过化验单仔细看着，王守一拿了处方，和他打招呼离开。

曹建军风尘仆仆地从外面赶回派出所，刚进门就被一个警察叫住："建军，回来了？来了个女的，说她明明报过警，警察没管，她丈夫自杀了。杨树已经被叫过去了，这事儿跟你有关系吗？"

曹建军愣住，立刻冲向王守一的办公室。

王守一看着曹建军和杨树："你们昨天晚上接了个警，有个姓马的女士报她老公在和她争吵后离家出走吗？"

杨树说："所长，是我们接的，昨晚我跟师父值班，接到报警是十点四十二分，到达她家的时候是十一点。她报称丈夫和她吵架后离家，手机关机，猜测她丈夫是到她家别墅去了，让我们去她家别墅看看。她说只要她丈夫的车在别墅院里停着就可以了，不要敲门，不要给她丈夫打电话确认，以免影响他休息。我们完全按她的意思办的。这不她的要求都写在上面，这儿有她的签字。"

王守一看着曹建军："建军？"

曹建军说："所长，这事儿杨树办的，我想让他锻炼锻炼。"

杨树不由得看了曹建军一眼。曹建军一脸坦然，这让杨树有些不解。

王守一说："今天一早发现她丈夫在汽车里自杀了，当时你们没到汽车跟前看看？"

曹建军反而质问起杨树："啊？杨树我接了个电话，你没到汽车前看看？"

杨树呆住："师父，您这话是什么意思？咱俩不是在一起吗？再说他的汽车停在他家院里，院门锁着，怎么去看？"

曹建军说："噢，对，他家别墅有院，院门锁着呢。她又不让我们敲门，我们进不去。"

王守一看着接警单："这事儿记得很明确，她也签字了，没我们什么责任。不过你们做好思想准备，这女人一口咬定是警察不负责任造成了她丈夫的死亡。你们别见她了，我拿接警单去和她谈谈。"

杨树说："不，我不怕见她，是我和师父再三和她确认过的。我们到了别墅，我又给她打过电话，电话我也有录音。"

曹建军连忙劝道："杨树，你就听所长的吧，别自作主张。"

杨树毫不客气地说："师父，您这是怕负责任吧？行，所长，这事都是我办的，我跟您去。"

王守一带着杨树往接待室走："杨树，你别生气。她丈夫死了，又是和她吵架一时想不开死的，她想找一个替罪羊，心情可以理解。"

杨树低着头："我气的不是当事人。"

王守一愣了愣，明白了他的意思："咱们内部的事，回头说。在群众面前不许表现出来。"

杨树点头："所长放心，我知道什么叫顾全大局。"

李大为走进办公区，看到陈新城正喝茶呢，立刻走到陈新城身边，小心翼翼地说："师父，昨天的事儿……谢谢您。"

陈新城拉着脸："别谢我，我受不起。"

李大为赔着笑："师父还生我气？"

陈新城转过脸去："不敢。而且我也当不了你师父。"

李大为真诚地说："师父，我真有苦衷，不然我跟您说说？"

陈新城摆手："别跟我这儿诉苦，有话跟所长说去。"

李大为说："我都跟所长说清楚了。"

陈新城不吭声了。

李大为说："要不我也跟您汇报一下？"

陈新城说："打住，我不想听你的破事，更不愿意掺和你家里的事儿。我就说一句，你爹妈养你不容易，他们就是有千错万错，到哪儿也是你爹妈。"

李大为恭敬地说："是，师父，就像您，到哪儿也是我师父。"

陈新城的目光闪过一丝温情："行了行了，你这样子看得我鸡皮疙瘩都起来了。"

李大为一看陈新城的表情稍有缓和，语气有点儿恢复了原来的样子："师父，这次的确是我错了，我因为思想觉悟不高，政治意识不强，忘记了一位人民警察的责任和义务……"

陈新城眼睛一瞪："你是还想写三千字检讨吗？"

李大为嬉皮笑脸地说："师父，您惩罚我，使劲折腾我，用案子砸我吧！我已经做好了进一步提高觉悟的心理准备！"

"是吗？"陈新城嘴角露出一丝不易觉察的笑意，一指旁边桌子上快一人高的案卷，"那你先把这堆案卷都处理了吧。"

"啊？"李大为呆若木鸡，正在想怎么逃避，正好看见所长带着杨树走向调解室。

马女士在调解室里痛哭流涕，叶苇、夏洁陪着她，王守一和杨树进来："马女士。"

马女士一看到杨树，顿时来了精神："对，就是他！小伙子，我明明报了警，你们也去了我家别墅，为什么就不去看看呢？我丈夫死了，你说怎么办吧！"

杨树解释："马女士……"

王守一打断杨树："马女士，我是所长王守一。这是当时的接警单，这上面有您的亲笔签字。您明确表示，只让我们的人去您家别墅看看您丈夫的车在不在，只要车在，不要敲门，不要打电话，不要影响他休息。我们的同志是按您的要求做的啊。对了，杨树，你在别墅前不是给马女士打电话了吗？录音呢？"

杨树取下了执法记录仪："我不光打了电话，还录了像。马女士您看，您家的别墅有院子，院门锁着。我们只能站在墙外面，看到车停在院子里。您听听，这是我们当时的交谈。"

马女士呆呆地听着录音："可他没在别墅里，是在车里死的！他的车发动着，你们没听到动静？为什么不到车前看看哪？"

杨树据理力争："当时我们真没听到车还点着火。院门离您家的车还有一段距离。再说我们的车也点着火，有动静，所以真没听到。如果听到了，我们能见死不救吗？"

马女士撒起了泼："你们就是见死不救！要是过去看一眼，他能死了吗？天哪，这可怎么办哪？好好的一个人，说没就没了！"

王守一沉声说道："马女士，我们对您的不幸深表悲痛。可这事，我们的同志处置没有任何问题。"

马女士要起无赖："你说什么？我知道我老公的性格，担心出意外才报的警。可你们敷衍了事，对人民群众的生命不负责任。你们要是过去看一眼，我老公能死吗？"

王守一说："马女士，您这话说得有点儿不合情理……"

马女士跳起来指着他："你说什么？有你这样说话的吗？当所长的包庇自己人。好，你们不讲理，我换个地方讲理去！"

说着，马女士气呼呼地站起来走了。

大家面面相觑。

王守一示意大家淡定："唉，算了，她家死了人，情绪很难控制。"

叶苇看了眼杨树，意识到了什么："杨树，你师父呢？他怎么没来？"

杨树没有回答，眼神里充满了委屈和不服气。

叶苇说："看来，她不会善罢甘休的。说不定回去就打12345，或者找到局里去，估计这件事没完。"

王守一无奈地说："天要下雨，娘要嫁人。咱们做事符合规定，问心无愧，剩下的只好随她去了。"

杨树什么也没说，闷着头走了。

午饭时间，大家各自端着盘子在食堂找桌子吃饭。杨树自己一张桌，有个警察端着盘子过来了，杨树赶快让了让。

那警察也不知有意还是无意，隔着他走过去，和另外三个警察挤到一张桌上，这让杨树有点儿尴尬。

这时李大为端着盘子，旁若无人地坐在了杨树旁边。

杨树知道李大为帮他解围，便主动开口："你的事儿都解决了？"

李大为说："没事啦，被领导们骂了一顿，写了三千字检讨。等待局里的处理意见。"

杨树叹道："李大为，我是真佩服你的心态。"

李大为笑着说："我不都跟你说了嘛，这是从小锻炼的结果。我小学老师就总结过，说我是不靠谱的另一面，不记事儿。"

杨树竖起大拇指："我就一个字，服！"

李大为说："不过这事我还得谢谢你，杨树。"

杨树不以为然："谢什么，事情能解决就好。"

李大为说："哪有那么容易过去。"

然后他用手夸张地比画了一下卷宗的高度："我师父，要我处理这……么高的卷宗……分明是另一种惩罚。"

杨树笑了。

李大为像是发现了新大陆："博士，你终于不板着一张臭脸了！"

杨树收起了笑容，看了看别桌的警察："没什么值得笑的……"

李大为顺着他的眼光也看了看几个警察："哦，对了！房子夏洁已经入住了，你也赶紧搬过来吧。有什么需要帮忙的尽管开口。"

杨树点点头。

一辆督察的车开进派出所大院，两位督察从车上下来，王守一和叶苇急忙迎上去。

督察很严肃地说："王所长，叶教导员，马爱云女士投诉了你们所，说你们工作不负责任，导致她丈夫自杀身亡。局里派我们来了解一下情况。"

王守一也很严肃："她到所里来闹过了。这件事，我们的同志一点儿责任也没有。所有的材料我们都准备好了。请吧。"

曹建军见杨树坐在办公区对面一直低着头，主动说道："杨树，你把昨天那起案子的报案单给我看看。"

杨树头也不抬，只把报案单递过去。

王守一走过来叫了他一声："建军，局里派督察来了解马女士投诉的事，你过去介绍一下情况。"

曹建军连忙说："主要是杨树处置的，还是……"

王守一严厉地说："你是师父，还是你去。"

曹建军无奈，只得起身去了。

杨树等他走了，才抬起头来，向他的背影投去鄙视的一瞥。

会议室里，两个督察面前放着材料，曹建军不安地坐在他们对面，王守一不动声色地坐在他身边。

两个督察小声议论了几句，抬起头来："你们的材料很完整，从证据上看，你们处置得没有任何问题。当然，如果当时要能到车前去看一眼就更好了。"

王守一说："同志，事后诸葛亮总是容易的。事主明确要求我们的警察不要打扰她丈夫的休息，我们的同志怎么能想到她丈夫不在别墅里却在车里?"

督察说:"好吧。我们初步认定处置没有不当,回去马上向局里汇报。应该是没事了。"

曹建军长出了一口气。回到办公区,见杨树还低头坐在那里,声音洪亮道:"杨树,放心吧,没事了。"

杨树不咸不淡地说了句:"嗯,有问题也是我的,跟您肯定没关系。"

曹建军被顶了一下,讪讪地不说话了。

晚上下班后,李大为、夏洁、杨树和赵继伟围坐在合租公寓的餐桌旁吃着外卖烤串,四个人看上去都闷闷不乐。

李大为对杨树说:"本来我以为你跟的师父最好,没想到关键时刻反手一口锅就甩你身上了。"

杨树郁闷地说:"我最近都在反思,可能来错了地方。"

李大为说:"不至于吧? 这就开始怀疑人生了?"

杨树认真地说:"我想过,要不要考个博士。"

李大为一愣:"你不是要回市局吗?"

杨树摇头:"不想去了,我觉得这一行可能都不适合我。"

李大为说:"你不能有一个曹建军当师父,就说这一行都不行吧?"

赵继伟附和道:"是啊,我师父倒是挺好的,无论是找尿不湿还是给流浪猫接生,他倒是都不挑活。今天别人家钥匙锁门里,他掏钱给人家换锁。我最近都怀疑这是在派出所上班吗? 这是居委会吧! 要不,杨树我和你换师父?"

杨树苦笑。

赵继伟有些激动:"我是认真的! 早就想说了! 你们看我,当社区警成天不是看监控就是跑社区,这么下去永远也立不了功。"

赵继伟看到旁边的夏洁,说:"夏洁,和所长说说,给我换个师父,调我去干治安警行不?"

夏洁很无语:"我哪有这个权力?"

赵继伟说:"你是英雄之后啊! 你提要求所长肯定都满足。"

李大为抢在夏洁发作之前说:"行了,夏洁是夏洁,你别老英雄之后的。"

杨树说:"你师父真挺好的啊,沉稳、干练、和和气气的,关键是人厚道。"

赵继伟泄气地说:"和气、厚道有什么用啊? 你看他干了这么多年,才一毛三。"

李大为有点儿不屑:"想法这么现实,你干吗来当警察呀?"

赵继伟理所当然地说:"这还用问吗? 铁饭碗,收入还高,出去大家都尊敬。在我们那儿只要穿着警服,比下面一个科长都管用。"

李大为乐了:"兄弟,你这也太接地气了。"

杨树倒是看得开:"人有不同的需要,赵继伟这也是一种需要。"

听到赵继伟这套理论,夏洁放下了手中的吃的,神色严肃,语气冰冷:"你们要是都抱着这种想法,我劝你俩赶紧另谋高就吧!"

夏洁的话像一盆冷水浇下来,另外三个人都愣住了……

早会时间,远远地就听到会议室里的笑声。

王守一念着发言稿:"全所干警有信心发扬八里河派出所光荣传统,争取更大光荣。

"这结尾铿锵有力,到底是博士写的。博士这么一写,我都觉得我们八里河是全市最好的派出所了。"

大家哄堂大笑。只有杨树没笑,他脸色并不好看。

王守一说:"另外,咱们上季度先进个人也评出来了。叶苇,你念念名单。"

"张志杰、刘大鹏、孙先进、闫闫、夏洁……"

曹建军伸长了脖子听着,随着叶苇话音结束,没有听到自己的名字,不由得神情暗淡下来。

张志杰说:"所长、教导员,我上个季度没干啥。曹建军和他徒弟救了个人,应该是先进。"

王守一没接话:"另外,最近所里来了四位新同志,四位同志表现都不错。当然有些人还有待改进,注意一下从一个学生到人民警察身份的转换。在新人当中,我还要特别表扬夏洁同志……"

夏洁吓了一跳:"我?我吗……"

王守一说:"一个女孩子,积极和男同志一块儿出警,热情接待群众,帮助群众排忧解难。尤其是在阳光家园小区的群体纠纷中,发挥了不可替代的作用。"

夏洁有点儿不知所措:"可是所长,我也差点儿犯了错误。这个表扬我觉得受不起。"

王守一还要再说,叶苇在旁边轻轻碰了他一下,王守一立刻心领神会:"见了荣誉就让,这也是咱们八里河的光荣传统。好了,会就到这儿,大家去忙吧。"

夏洁脸上没有一丝喜色,她张了张嘴,却什么也没说出来。来到走廊里,看到程浩走在前面,夏洁立刻快步跟上:"师父。"

程浩放慢脚步:"怎么了?"

夏洁有些犹豫:"所长怎么会表扬我呢,我明明犯了错。"

程浩说:"就足疗店那个案子?嗨,最后你不是也没有替他们传话嘛,这说明你还是有警惕性的。"

夏洁支支吾吾地说："那，单提了我表扬……"

程浩笑着说："小小年纪，干吗给自己这么重的心理负担？"

夏洁还是一脸疑惑。这时，她的手机响起，来电显示"妈妈"，程浩也瞄了一眼："快接你妈的电话吧，她肯定是恭喜你一上班就评上了先进，替你高兴呢。"

夏洁像是立刻明白了，有些沉重地接起了电话。

夏母声音慈祥："小洁啊，妈妈今天买了海鲜，晚上亲自下厨。"

夏洁声音冷淡："妈，你又和我领导、我师父说什么了？"

夏母说："哦，他们跟我说了给你评上先进的事了。这也是应该的，你本来也立了功。再多几次这样的荣誉说不定就有机会调到局里，就不用在一线了……"

夏洁不耐烦地直接挂断了电话。

不到一秒钟，夏母的电话又打了过来。夏洁只得接起。

夏母质问道："小洁，你怎么可以挂妈妈电话？"

夏洁生气地说："妈，我跟你说了一万次了，别再干涉我的工作！为什么你就不能听进去，哪怕一个字！"

夏母说："妈妈这都是为了你啊，否则别人就把我们母女忘了。"

夏洁忍耐到了极限："妈，我现在正式跟您说，我已经搬出来住了，离单位很近，方便工作。什么时候您不再没完没了地给我领导打电话了，我再回家！"

王守一正在办公室里看卷宗，叶苇敲了敲门。

"请进。"叶苇走进来，站在那里不说话。

王守一问："建军找你了？"

叶苇点头："没评上先进个人找我发牢骚了。"

王守一把笔一放："他发什么牢骚？我看他老毛病又犯了！爱出风头也就算了，现在遇到事还想甩给徒弟！"

叶苇叹道："他的心病您又不是不知道，不就是他连襟处处比他强，在老丈人家抬不起头来吗？根子不在他身上，在他丈母娘身上。成天把俩女婿比来比去，有钱的是朵花，没钱的豆腐渣。曹建军想出头，肯定是好事冲在前面，坏事躲得远远的，你让他怎么办？"

王守一说："你是做我的工作还是做他的工作？啊？他丈母娘说什么他就听什么？他自己有没有判断力，你就看不出来？要我说根本就是他的性格问题。工作就不是争风头，更不是为了讨好丈母娘！"

叶苇无语："怎么就冲我来了……"

王守一说："我是冲我自己！咱们都得注意，别叫一个好警察在咱手上犯了错误。"

叶苇抬腿就走。

王守一问："你干吗去？"

叶苇说："我去做思想工作去，别让好警察犯错误。"

王守一郁闷地自言自语："得，一个没劝好，又得罪一个!"

第五章

　　派出所办公区内，忙碌的警员们正在有条不紊地交接班。杨树已经早早坐在里面看书，曹建军走到杨树身边，热情地和他打了个招呼："杨树，来这么早。"

　　杨树没有抬头："嗯，我们住得近。"

　　曹建军笑眯眯地说："年轻人，没老的小的拖累就是好，你能干大事！"

　　杨树没接话，场面有点儿尴尬。

　　李大为从更衣室那边出来，边走边整理警服和八大件，看到孙前程正和一名警员交班："前程，你值夜班哪？怎么样？有什么警情？"

　　陈新城站在一旁正在往茶杯里冲水，一听这个就眉头紧皱："没事别胡打听。"

　　李大为不解："我又怎么了？"

　　张志杰正准备带着赵继伟走，笑嘻嘻地接过话："当警察的，别打听警情，一打听准来。"

　　李大为嗤之以鼻："迷信！"

　　还真就巧了，他的话音还没落，接警台的电话就响了。接警室值班员拿着出警单跑了出来："小辛庄有人报案，路上发生纠纷，双方打起来了。"

　　陈新城无奈地拿起帽子，瞪了李大为一眼："乌鸦嘴。走吧。"

　　李大为吐吐舌头准备跟着他走，曹建军连忙走上来："老陈，我去吧。"

　　陈新城拖着长音："行。"

　　曹建军对杨树说："杨树，干活。"

　　李大为有点儿着急，刚想说点啥，陈新城把茶杯往他面前一放："给我把水续上。"李大为不情愿地接过杯子去加水。

赵继伟羡慕地看着他们，对张志杰说："师父，咱们什么时候也接个警？"

张志杰说："咱们是发现警情给他们派活儿，让他们干。走，我们下社区转转。"

赵继伟不情愿地说："师父，我去换双鞋，这双走路不跟脚。"

张志杰也不搭理他，直接往外走。

赵继伟一看连忙跟上："我不换了。"

接警室电话又响了，接警室值班员探出头来："32路公交车上有人打架，现在在公交公司等候处理。"

陈新城没好气地说："听到没？"

李大为接好水，正好回来，笑嘻嘻地说："听到了。"

陈新城也没接杯子就往外走："乌鸦嘴，喝口水都不得安生。"

李大为却美滋滋地放下茶杯快步跟了出去，刚才还热热闹闹的办公室，逐渐安静了下来。

小辛庄位于城乡接合部，路边新起了住宅区，也有没改造过的城中村。

警笛声刺耳，杨树开着车，曹建军和另外一名辅警小马坐在车上聊着什么。

杨树面无表情，完全把自己当司机了，也不插话。前方围了一堆人，人群中传出争吵声，一大群人在看热闹。

杨树停下车，三人下车走了过去，离着老远，就听到人群中心传来争吵声。

曹建军一边走一边打开执法记录仪，还叮嘱了杨树一句："场面不小，杨树，记住，无论什么情况，把人先隔离开，尽可能大事化小，小事化了，别激化矛盾。"

杨树冷冷地应道："嗯。"和身后的辅警分别打开执法记录仪。

曹建军挤进人群："什么事啊？一大早不上班，围这么多人干什么呢？"看热闹的人群散开，中间被围的人露了出来。

一方是年轻夫妇，女的怀里还抱着一个啼哭不止的三四岁的孩子，孩子的嘴破了，脸上有血。

另一方是七十岁左右的老头儿，一看就是进城不久的农民，他脚边还有一条土狗在狂吠。

正在争吵的是男人刘强和老头儿孙大爷，两人脸红脖子粗，互不相让。

曹建军走到两人中间："别吵了。这位先生，您年轻，先少说两句。大爷，一把岁数了，不能轻易生气。谁跟我说说是怎么回事？"

刘强气愤地说："警察同志，您来评评理。他出来遛狗，不牵绳，我和我老婆带着孩子打这里过，他那狗看到我孩子就追。孩子吓得直哭，还摔倒了，嘴都磕破了。我都没提叫他赔偿的事，他反倒叫我赔偿，哪有这样的人哪？"

孙大爷跳着脚："我在家门口遛狗，关你什么事？怕狗你别来这边啊！"

曹建军听得直皱眉："大爷，您先别激动。杨树，你和小马把大爷领到那边让他消消气，检查一下他的养狗证。"

杨树机械地上前："大爷，咱们到这边说话。"

孙大爷不依不饶："遛了一辈子狗，还遛出事儿来了！一口一个我不懂规矩，你懂规矩不知道尊老爱幼？"

杨树和辅警小马哄着劝着，把他劝到了一旁。

曹建军转向刘强："刘先生，是您报的警？"

刘强说："是我报的。警察同志，我儿子受伤在先，可他却反咬一口，讹上我了。我能不报警吗？"

曹建军小声地说："我明白，这事儿肯定是他不对。这大爷一看就是刚搬上楼的，你们两位一看就是有素质的人，不要跟他一般见识。"

刘强语气稍缓："我是没打算跟他一般见识，可他在讹我。"

曹建军劝道："别担心，我看这大爷是知道自己理亏，怕你要他赔钱，这才先发制人，不给你机会。"

刘强说："我压根儿没打算跟一个老人过不去。"

曹建军点头："我知道，您一看就是宽宏大量的人。您看这样，我出面调和，都说句软话，争取就这样和解，你看这样可好？"

没想到那边孙大爷急了："我的狗想咋遛就咋遛！你管我牵不牵绳，有没有养狗证！"

杨树好声劝道："大爷，城市养狗确实规定要办养狗证。"

孙大爷梗着脖子："我养了一辈子狗了，从来没办过什么养狗证！"

杨树说："大爷，以前是以前，现在您是城市居民了，就得遵守城市生活的规则。养狗得办养狗证，遛狗得牵绳。"

孙大爷蛮不讲理："我管你城市还是农村，我家的地盘，想怎么养怎么养，想怎么遛怎么遛！"

杨树耐心地解释："大爷，您先消消气，从法律意义上来讲，这不是您的地盘，这是公共场所……"

孙大爷指着他说："行啊，你拿法律来压我？告诉你，老子今年七十了！有本事你把我抓起来啊！"

杨树无语："大爷，我不是这个意思……"

正在这时候，曹建军陪着刘强过来，笑着说："大爷，在城市养狗，确实得办养狗证，遛狗得牵绳。可这位刘先生觉得您岁数大了，可能有些事情不明白，这次愿意谅解。您看您是不是也……"

孙大爷根本不领情："你们是他叫来的吧？来拉偏架的吧？我今天还就不谅解了！

要么把我抓了，不抓我还要告你们！"

曹建军也没想到会这样："大爷，您先消消气。"

孙大爷态度强硬："他们赔我损失，我就不生气！"

这时狗又开始狂吠，孩子吓得哇哇大哭，场面非常混乱。刘强妻子哄着孩子，急得直抹眼泪："这都是什么事儿啊……"

刘强也忍不了了，大声说道："要赔就都赔，我儿子的精神损失费，我们全家的时间损失费，你都得赔！"

"我打死你这个嘴上没毛的！"孙大爷气得要打刘强，曹建军和杨树在中间挡着。

刘强看着孙大爷不堪的样子，鄙夷地说："一把岁数真是白活了。"

孙大爷火气更盛："你说什么？你敢再说一遍！"

刘强护着妻儿："我说你一把岁数白活了！不懂得规矩就别出门丢人！"

"你——你——"孙大爷气得直哆嗦，突然，身体晃了几下，倒在了地上。

杨树第一时间叫了救护车，和曹建军一起陪同孙大爷去了医院。

护士问："哪位是病人家属？"

杨树蒙了："家属怎么联系？"

曹建军说："你先跟护士进去，家属那边我想办法。"

公交公司会议室里，两人正指着对方互骂。

一边的周女士三十岁出头，头发被扯得乱七八糟，面前的桌上还放着几缕被扯下来的头发，她怀里抱着的一个一岁多的孩子正哭着。

一边是七十岁左右的王大爷，脸上被抓出了血道子。当然，主要是王大爷在闹："我告诉你们，我被她打得受了重伤，得赶紧送我去医院。"

周女士气得直哭："你们听，这是对女人说的话吗？你这么大岁数就不知道要一点儿脸面吗？"

公交公司的工作人员也觉得王大爷不讲理："警察马上就来，你们先别吵了……"

正好陈新城和李大为在工作人员的带领下进门。

王大爷装得很难受的样子："哎哟！警察来又怎么样？是她打我……我犯病了，赶紧送我去医院。"

李大为听不下去了："大爷，你说话注意点儿！"

周女士气极："真是为老不尊！"

陈新城瞪了李大为一眼，随后语气平和地问："这是怎么回事？有当时的监控吗？"

"有，请跟我来。"工作人员将他们两人带到了监控室。陈新城和李大为查看公交车上的监控。

监控上，乘客正在上车，王大爷吃力地爬上车来，周女士正抱着孩子坐在老弱病残孕专座上。

车里人多，王大爷看了看，就走到周女士身边，拍了拍她肩膀，示意她让座。

周女士不情愿，指了指身上的孩子，示意她也有资格坐。两人争执了几句。

突然，王大爷扯住周女士的头发就往下扯，周女士的头发被扯住，一手护着孩子，另一手伸上去胡乱抓着。

全程一直是王大爷在扯着头发打，女人胡乱反抗，也抓到了王大爷的脸。两人纠缠了一会儿，周围的乘客上来制止，车停下。

李大为看着监控，越看越生气："这不是一个老流氓吗？"

陈新城瞪了他一眼："说什么呢？"

工作人员说："对，千万别这么说，这老人哪，惹不起。"

李大为不以为然："那咱不惹他，处理他。"

陈新城说："处理什么？调解为主，也不是什么大事，双方各退一步。"说完往外就走。

李大为一听，有些不理解："这事明摆着是老头挑衅在先，又在行进的公交车上，涉嫌危害公共安全了，把他拘了再说。"

陈新城停下，黑着脸："李大为，刚老实两天，又开始逞能了？"

李大为嬉皮笑脸地说："我老实过吗？再说咱说案子，这怎么叫逞能？"

陈新城反问："你警校没学《治安管理处罚法》吗？第二十一条第三款怎么规定的？"

李大为努力想了想："满七十周岁以上的，不执行行政拘留……"

陈新城说："亏你还能记起来。"

李大为有些泄气："那这么说，咱们拿这种老坏人就没办法了？"

陈新城说："不是我说的，是《治安管理处罚法》说的。还有，那录像你没看吗？"

李大为说："看了。"

陈新城说："看了，你看不见女的还手，还把老头的脸抓破了？"

李大为辩解："那是自卫。"

陈新城一撇嘴："什么自卫？严格说，这得算互殴！"

李大为恍然大悟："所以要是真的拘，恐怕被拘起来的反倒是这女的？"

陈新城点头："没错，法律就是这么规定的。他们这事，顶格也就是行政拘留。老头过了七十不能拘，就只能拘女的。"

李大为愣住："可这太不公平了……老人要照顾，妇女儿童也需要保护啊！"

陈新城说："别说这些没用的，去了解一下老头的实际年龄多大。我去找女的做做工作。她年轻，道理总是好讲。"

工作人员立刻说道："老头七十一了，他是持老年证乘的车，老年证上有他的年龄。"

陈新城无奈："咱们先找女的谈谈。"

公交公司已经将两人分开，陈新城和李大为来到周女士所在的房间。刚推门进去，突然屋里一声尖叫，两人都吓了一跳。

再一看，原来是孩子发生了惊厥，直挺挺地躺在周女士怀里，周女士吓得抱着他拼命地叫。

陈新城连忙问："怎么了？"

周女士惊慌失措："孩子昏过去了！怎么办……"

陈新城当机立断："快，先送医院！我们的车在外面。"

两人照顾着周女士抱着孩子上车，警车拉着警笛，迅速开往医院。

公交公司另一个房间里，王大爷从上衣口袋里掏出一小瓶酒，喝了一口，低着头靠着墙在养神。

外面警笛声响起，一名工作人员走进房间，屋里的工作人员问："警察走了？"

进屋的工作人员回答："孩子惊厥昏迷，送医院了。"

两人话刚说完，王大爷捂着肚子直挺挺地倒了下去，工作人员吓得叫起来："大爷，您怎么啦？快叫救护车！"

陈新城的车直接开到了急诊室门口，门一开，周女士抱着孩子下车，冲进了急诊室："大夫，大夫，救救我的孩子吧！"

陈新城一边扶着她一边安慰："别慌，孩子就是吓着了，不会有大事的。"

李大为跟在后面，看着女人的背影嘀咕着："这都什么事儿啊！"

正说着，另一辆救护车也开了过来。

车刚停，几个护士推着车冲出来停到救护车后，把王大爷从车上抬下来。

李大为眼尖，停下来叫住了陈新城："师父，你看，这老头怎么也追过来了？"

王大爷在担架车上艰难地抬起头："叫那个女的给我出钱看病！"

一名护士劝道："大爷，您都病了就少说几句吧……"

王大爷喘着粗气："为什么少说……我要她赔我钱……"

李大为见状，拉住陈新城："师父，这大爷，我看着像是装的。"

陈新城瞪了他一眼："就你聪明，人家大夫不会查？"

李大为说："查查查，使劲查，到时候就证明我是对的了。"

陈新城没理他，直接冲进急诊室。

费了一番力气联系过病人家属之后，曹建军和杨树坐在急诊室外等候。

这时，一位大夫伸出头来问道："病人家属来了吗？"

曹建军赶紧站起来："打电话通知了，还没到。病人情况怎么样？"

大夫摇了摇头，一脸迷惑："没检查出来老人哪里有问题。"

曹建军出了口气，回来坐下。

杨树不解："查不出来？那是不是要转去更大的医院检查？"

曹建军一副胸有成竹的样子，笑了一声："等家属来了再说吧。林子大了什么鸟都有。"

杨树一头雾水："什么意思？"

话音刚落，就觉得身后有人拍他。一转身，看到了李大为和陈新城。

李大为说："这是什么缘分？在医院都能遇上。"

陈新城和曹建军打了个招呼："建军，你怎么也在？"

曹建军说："别提了，当事人晕过去了。"

这时，一个男人慌慌张张跑过来，一过来就喊："周媛在哪儿呢？"

陈新城赶紧迎上去："魏先生是吧？您爱人和孩子在里面看医生呢。"

周女士从急诊室出来，一看到魏先生，一头扑到他怀里大哭起来。

魏先生抱着她："你怎么啦？孩子怎么样了？谁欺负你们了？"

周女士哭着说："一个老头欺负人，宝宝都吓晕过去了！"

魏先生紧张地问："啊？宝宝呢？"

周女士抽泣着说："大夫刚给他打上针，现在睡着了。"说完，领着魏先生进了急诊室。

陈新城苦笑一下："越来越麻烦了。"

曹建军也是一脸无奈："我这边也是……"

等候的时间，李大为和杨树走到自动贩卖机前，一边买水，一边闲聊："杨树，你和你师父看起来还行啊，没事了？"

杨树无奈："不然还能怎样？就当普通同事呗。"

李大为说："我觉得这样不好，有机会你们应该聊聊。你主动缓和一下关系。"

杨树嘴硬："我又没做错。"

李大为劝道："这不是对错问题，你怎么这么轴？再说，他带你，也是在教你，怎么能说是普通同事呢？"

杨树有些意外地看着李大为。

李大为厚颜无耻地说："是不是感觉我说得特有道理？"

杨树不想争辩，转移话题："你这儿什么案子？"

李大为说："简单概括就是一个坏老头引发的'惨案'。"

杨树说："我们这也差不多，怎么都赶一块儿了？"

李大为装深沉："可恨之人，必有可怜之处啊！"

杨树头大："得照顾他们的身体，安抚他们的情绪，真是太麻烦了。"

李大为说："谁说不是呢！我这边还有老有小有妇女，不好过。"

杨树深有同感："的确不好过。"

两人无奈地苦笑着。

突然，急诊室那边传来门响。李大为和杨树交换了一下眼神，冲了过去。

病房门开了，魏先生冲出来，周女士在后面追："老公，你上哪儿去？那人就是个老流氓……"

李大为正好冲了过来，上去拦住，杨树也赶紧帮忙。

魏先生怒吼道："别拦我，都别拦我！我还不信就没王法了！"

陈新城连忙过来："魏先生，这是怎么了？"

魏先生眼睛通红："警察同志，你们是主持公道的。那老不死的把我孩子吓成这样怎么算？怎么到现在还不对他采取法律措施呢？"

陈新城劝道："魏先生，您别激动，您听我解释，那位老爷子也住进医院来了。"

魏先生更火了："什么？他打我老婆孩子，自己住进来了？他在哪儿呢？省得我过去找了！"

陈新城连忙拉住他："魏先生，冲动是魔鬼，咱们回病房里慢慢说。

"李大为，你去王大爷那边看看老人醒了没，再想办法跟他家属联系一下。"

"好。"李大为离开时，路过杨树身边，苦笑道，"杨树，咱俩平手了。"

曹建军不明所以："平手，什么平手？"

杨树不想说："我也不知道他说什么。"

这时下面一层又传来喧闹声，而且声音越来越近。曹建军脸色一变："不好！"

不多时，曹建军、杨树和大夫被一群人围在急诊室门口。十来个保安也在场维持秩序。

家属们七嘴八舌，里面有王大爷的大儿子、二儿子、大女儿、二女儿和俩女婿："没病？没病怎么躺着不醒？"

"你什么意思？意思是我爸装病吗？你是医生吗？"

"说的是人话吗？是不是收了那家人什么好处了？"

……

曹建军焦头烂额地说："大家好好说话，医生都没见过那家人，怎么会有偏袒的问题？你们不先去看看老人，跟医生吵什么？"

家属们说："人都神志不清了，有什么好看的？警察同志，我们的要求很简单，你们只管把人交出来，让他们该缴费缴费，该赔钱赔钱！"

曹建军硬着头皮说道："这件事，是你们家老人有错在先。而且，他突然病倒，跟对方没有什么关系。"

家属们七嘴八舌地说:"你说没关系就没关系?我看就是被你们联手气的了!"

杨树看不过去了:"我们的执法过程都有视频记录,可以证明,你们家老人确实是自己晕倒的。而且,他没有持证养狗,不牵绳遛狗。违法在先。"

王大爷的众子女全都冲着杨树:"哪来的黄毛小子!大人们说话哪有你插嘴的份儿!"

"我爸身体好好的,就是被你们气成这样的!你们想干吗?谁害的我们家老人谁出钱!"

"对,那家人呢?他们把我们老人害成这样,人头狗头也不伸一伸?你当警察的能这样说话吗?"

"快来看哪,警察收人家黑钱啦!"

……

医生看不下去了,走过来,大吼一声:"我再说一遍,我诊断的,根本没病,你们赶紧把床位腾出来,还有病人要用呢!"

家属七嘴八舌:"我们不走!你们联手害人,我们死也死在你们医院……"

曹建军突然怒吼:"嚷什么啊?都给我住嘴!这里是医院!你们家老人根本没病!你们在这吵吵性质已经变了,这是医闹!我警告你们,再闹我就拘人啦!"

这一声怒吼加严厉斥责,还真把这群人震住了。

曹建军继续说道:"保安,给我清场!谁敢滞留就给我先抓起来!全都带走!"

保安有了主心骨,立刻开始行动。

家属们一看这是来真的,心也虚了,抬着老头灰溜溜地逃出了医院。

另一层病房外,李大为坐在门口摆弄着手机,陈新城走过来看到这一幕,气不打一处来:"李大为,让你跟他家属联系,你怎么玩上手机了?"

李大为无辜地说:"师父,您能不能不要对我有偏见?"

陈新城说:"对你还需要偏见?"

李大为说:"师父,这大爷没有身份证,只有一个名字叫王建国。您知道叫王建国的在咱警务通里有多少?七十岁以上的有多少?"

陈新城不耐烦地说:"怎么那么多废话,说重点!"

李大为说:"好,说重点。我运气不错,经过我的运算排查,最后集中到十六个派出所。我分别将他王建国……就是这老头的照片发过去,刚才屯后庄派出所回电话了。说有点儿像,不能确认,一是户籍照片太小,二是我拍过去的照片王建国闭着眼。"

陈新城没好气地说:"你不会拍一张睁着眼的?"

李大为无语:"那他也得睁眼哪!"

陈新城一听有点儿担心，要往病房里去："还没醒？"

李大为连忙叫住他："听我说完，那个王建国是被家人弃养了，没人管。派出所调停了好多次，老头基本上是半独居半流浪。"

陈新城听完赶紧进屋，只见王建国躺在病床上，还在打点滴。

两人站在床前，李大为说："师父，你赢了，刚才大夫说他是肝硬化晚期。"

这时，王建国迷迷糊糊地醒来，李大为凑上去："您可算是醒了。"

王建国看看四周："那娘们儿呢，让她给我付医药费！"

李大为说："大爷，您这病，跟人家周女士没任何关系。"

王建国急了："怎么没关系，都是她给我打出来的！"

李大为说："医生说您这是肝硬化，得了估计有年头了。人家抓了您的脸，又没抓您的肝儿。"

陈新城呵斥道："李大为！不说话没人把你当哑巴！"

王建国一口咬定："就是她打我！要不我好好的怎么会发病？"

陈新城连忙安抚："大爷，您别激动，对身体没好处。您跟我们说一下，您家人怎么联系？"

王建国沉默半天："我孤寡一个，没家人。"

陈新城、李大为互相看了看，沉默片刻，李大为小声说道："大爷，您是住屯后庄吧？"

王建国愣住。

李大为觉得有戏："您户籍登记，不仅有老伴，还有一个儿子，对吧？要是您记不起，我们可以直接联系您的家人。"

王建国不吭声了。

陈新城、李大为直起腰，等着结果。没想到老头突然伤心地呜呜哭了起来："也不知我上辈子造了什么孽，到老了，听说我得了绝症，他们就把我赶出来了……你们以为我愿意讹人？我也是没办法！我……真还不如死了，干脆让医生给我两片药，成全我吧！呜呜呜……"

陈新城、李大为看着他的模样，心里也不是滋味。

"杨树，这事儿你怎么看？"

曹建军开着警车行驶在街道上，杨树坐在副驾，辅警小马坐在车后排。

杨树还是不想多说："我的看法不重要。"

曹建军有点儿小得意："随便说说。"

杨树看了他一眼："老头违规养狗不说，还装病。就这么让他回家，不追究一点儿责任，我觉得挺没道理的。"

曹建军摇了摇头："哈哈，我就知道你会这么说。老头一把年纪了，这次是装病，下次要是真病了，咱们怎么办？你看李大为他们，不知道得在医院耗多久呢。这耽误的时间，不知道可以办多少案子了。"

杨树据理力争："可是，这样听之任之，他们岂不是更加蔑视法律法规？"

曹建军说："杨树啊，理论是理论，现实是现实。咱就是解决问题，不是较真谁对谁错。解决矛盾，平息争端是关键。"

杨树眉头微蹙："可是我觉得是非对错这种事还是要清楚明白，不是一句现实就能给糊弄过去的。"

曹建军语气加重："就刚才，你不糊弄？你要跟他们没完没了地讲道理，他们能走吗？医院还能安静正常地救死扶伤吗？哪个轻哪个重？这你要学会掂量。"

杨树忍了忍，有点儿赌气："好，师父，受教了！"

回到所里，听到处理结果，王守一大赞："建军哪，处理复杂问题真是一把好手！"

杨树没想到所长会这么夸。

曹建军叹了口气："哎，有什么用。小慧她姐夫的生意是越做越红火，我的压力大呀！"

王守一摇头："什么有什么用？不是我说你，你别总是自己轻看自己。谁压力不大？你丈母娘又拿你俩比来着？"

曹建军一脸无奈："就没停过。"

王守一语重心长地说："建军，要我说问题在你。你要是总把他们比来比去放在心上，那叫什么？当正不正，反受其乱。"

杨树提醒道："所长，那叫当断不断，反受其乱。"

王守义瞪了他一眼："小孩子家家懂什么！什么当断不断？我说的是当正不正，正心的正，守正的正！"

杨树不吭声了。

王守一看向曹建军："建军，你自己没有定力，时间长了自己都乱了！再说，有什么可比的？他们都不想想，要没有我们警察保护着社会稳定和安全，他上哪儿挣钱去？"

曹建军不服，刚想开口，却被王守一打断："你要相信你就是一名好警察，这价值没人能比！你在我们所里就是一宝贝，这谁能比？"

王守一说完扫了一眼杨树："要比你跟杨树比，一个博士生，大好前途放着，人家不选，就是愿意到基层当一个普普通通的警察，还虚心给你当徒弟，瞧瞧这境界，这才应该比。"

曹建军听着这话，怎么都觉得味儿不太对，没等他琢磨过来，陈新城、李大为走了进来。

王守一没给曹建军机会，直接跟他俩打招呼："新城回来了，我正等你俩呢。"

曹建军还想说："所长……"

王守一拍拍他的肩膀："先休息，找时间再聊。你要有定力，要自信，别瞎比。"

曹建军想反驳，王守一已经甩下他俩，把陈新城和李大为让进屋里。

三人坐下，王守一问："摊上事儿了？"

陈新城叹了口气，李大为倒并不觉得有什么问题。

王守一说："我刚跟屯后庄童所通了个话，人家很帮忙，说是那叫什么来着？"

李大为在旁边提醒："王建国。"

王守一说："对，王建国的医保，两年都没交保费。不过童所说，已经打好招呼做好工作了，只要补交上欠款，医保马上就可以用。"

陈新城不满道："说得好听，人就是他辖区的，他把钱先垫上，医保能用了咱还犯啥愁。"

王守一安抚道："不能这么说，毕竟人犯事儿是在咱这地界，怎么能推给人家？"

陈新城说："不推就不推，就算交上医保，那也不是百分百报销吧？而且他得的是肝硬化，什么时候是个头？"

王守一也犯愁："要么说……"

陈新城打断他的话："回来时医院已经说了，明天再不把住院费交了，他们就把人抬到咱们派出所。"

王守一摇头："那不能。"

陈新城说："那你就得先把支票给人家押上。"

王守一说："所里又不印支票。当务之急就是把他家人找到。"

陈新城说："是要找到，但你说得先回所里跟你商量、汇报。"

王守一有点儿头大："别急，你们早点休息，明天一早找他家属去。"

陈新城问："医院要交住院费怎么办？"

李大为也不解："我就想不明白了，凭什么非得咱们垫住院费？"

王守一黑着脸："你闭嘴，我来想办法。回去吧。"

两人从二楼下来，陈新城问："王建国儿子的家庭住址你都查清楚了？"

李大为赶紧跑到自己办公桌前，打开电脑，找好地址，迅速出门。

路过调解室，看到门开了一条缝，李大为好奇地走过去，果然看到赵继伟躲在门一侧角落里睡觉。

李大为犹豫了一下，还是退了出来。刚关上门，身后传来叶苇的声音："赵继伟在里边睡觉吧？"

李大为不太情愿地："嗯。"

叶苇并没有深究这事："听说你们在附近租房子了，不能带上赵继伟吗？"

李大为说："我第一时间就问过他，但是他说住亲戚家，不用租房。"

叶苇说："哦。李大为，我不太懂你们九零后、零零后的交流方式，就用我自己的经验推理，长时间住在亲戚家，哪怕关系再近，也会不方便。"

李大为点头："的确。"

叶苇说："再者，以你们见习警员的收入，自己留点，再给家里点，要再想租房住，都会有点儿紧张，除非像你这样有父母资助。"

李大为说："我也困难，多大了还能啃老？所以我才找杨树、夏洁合租。"

叶苇问："那赵继伟不愿意跟你们合租是什么原因呢？"

李大为说："可能还是嫌贵。"

叶苇说："嫌贵这是其一……"

李大为看着外面："教导员我明白了，我来解决，我师父还在车上等着，我得赶紧。"说完匆匆离去。

叶苇愣了："明白什么了你？"

接警台电话响了起来，接警员向叶苇汇报："教导员，金宝街发生械斗，参与的人不少，情况紧急。"

叶苇立刻说道："留下两个值班，其他的，马上行动！"

这时，接警台电话又响起来。接警员无奈地说："教导员，二马路有人打架，动了刀子。"

叶苇叹气："今晚这是怎么了？小王、小林，你们去二马路。有刀，注意安全。"

一名警察提醒："教导员，金宝街是械斗，人去少了怕是不行。"

这时，不知赵继伟什么时候站在了身后："教导员，还有我。"

叶苇看着赵继伟，目光变得和蔼不少："辛苦了，走吧。"

"是！"赵继伟兴奋地跟着其他警员一起出发。一大一小两辆警车鸣着笛开出去。

警车内，叶苇一回头，竟然看到张志杰，惊讶地问："志杰，你什么时候上的车？"

张志杰开玩笑地说："我就没下过车。"

叶苇说："今天没你的夜班。"

张志杰看向后面的赵继伟："不都是这徒弟害的？他都来了我能不来吗？"

金宝街中段，一场械斗正在进行，叶苇和张志杰带着全副武装的警察冲了进去，努力把双方分开。

赵继伟死死地抱住一个，有人冲上来冲着他拳打脚踢，他还是坚持不声不响地拼命把抱着的人往外推。足足花了半个多小时，终于把场面完全控制住。闹事的都被带上车，秩序恢复正常。

回程的路上，前面一路欢声笑语，大家都在议论刚才的警情。

警察甲："好家伙，那家伙劲儿还真大，差点儿把我胳膊掰断了。"

警察乙："教导员，您不是带枪了吗？哪怕掏出来吓唬吓唬他们呢。"

叶苇笑了起来："枪好掏，怎么收起来？我那枪里，根本没上子弹，吓唬人的。"

赵继伟靠在角落里，翻看着手机，看到了李大为发的微信："赵继伟，之前跟你说过咱们合租的事，客厅租八百确实有点儿贵。我改租四百，实在不行三百也可以，闲着也是闲着，你也别总住亲戚家，也不方便，咱俩叫互相帮忙。"

赵继伟回道："行吧，算我帮你个忙，那就四百，我帮人帮到底。"

李大为又发了一条："那你就再帮我个忙，以后屋里轮到我打扫卫生，你就替我做了呗？你只要答应，今天就可以入住。"

赵继伟笑骂道："占便宜没够是吧？这样，我还会做饭，以后给大家做饭，你就收我三百租金，怎么样？"

李大为干脆地说："成交！"

赵继伟收到信息，眼底闪过一丝感动，收起手机，坐在后面打起了盹。

可能是实在太累，身体一滑，滑到了地上，干脆就在地上睡着了，叶苇怜惜地看着他，拿出自己的外套披在赵继伟身上。

和赵继伟谈妥之后，李大为收起手机专心开车，陈新城正坐在副驾打着盹，按查到的地址，来到小区王刚家门口。

车一停，陈新城就醒了，看了看外面："干活。"

李大为敲门，门开了条缝。陈新城拿着警官证："八里河派出所的。你是王建国的儿子王刚吧？"

王刚一听立刻说道："你们找错人了。"说完就把门关上了。

陈新城、李大为一脸蒙。

陈新城问："你确定没搞错？"

李大为再看一眼手机："没错啊。"说完自己上前敲门。

王刚开门，不耐烦地说："不是跟你们说不是了吗？家里有老人孩子，能不能不要打扰我们休息？"

李大为问："请问你叫什么？"

王刚说："你管我叫什么！"

陈新城上前一步："请出示一下你的身份证。公民有义务配合公安机关询问，这是法律规定！"

王刚犹豫了一下，往门里看了看，用自己身体挡住门，出来把门关上："咱下楼说。"

三人来到楼下，王刚说："我姓齐，我叫齐刚，跟你们说的王建国没一毛钱的关系。"

陈新城伸手："身份证。"

王刚急了："我已经说了我不是你们要找的人。"

李大为说："我们了解过了，不管你现在姓什么，原来就叫王刚，原住址屯后庄，因为家庭纠纷，你带着你母亲搬出来住了。"

王刚一愣，一时接不上话。

陈新城说："不管搬到哪里，不管改姓什么，你跟王建国的事实父子关系是改不了的。"

王刚突然从裤兜里掏出一张纸，在陈新城、李大为眼前晃："看见没，我跟那个叫王建国的早就断绝父子关系了，签字画押了。"

陈新城接过那张纸，上面手写着："自即日起，王刚和王建国断绝父子关系，老死不相往来。日期：2015年3月6日。签字人：王刚、王建国。"

李大为说："人要讲良心，不能亲人一得绝症就六亲不认吧？"

陈新城连忙制止："李大为，少说几句。"

王刚说："讲良心？好啊，你们相信那老不死的话，那我就六亲不认了，你们走吧。"

陈新城说："但不管怎样，他是长辈，他肝硬化住院了，你是他儿子，就得对他履行赡养义务。"

王刚从陈新城手里抢过那张纸，继续摇晃："看见了吗？断绝父子关系了。还有，我妈跟他的离婚书就在法院放着，他不去签字不去拿，那是他的事儿。"

李大为愣了一下，喃喃自语："这话怎么听着耳熟……"

王刚说："说我不管老人，说我丧尽天良，无所谓！爱说什么说什么！我还就说了，对那老混蛋，就应该丧尽天良！"

陈新城劝道："不能这么说……就算他十恶不赦，也是你父亲……"

王刚情绪激动："我没这样的爸！"

李大为越发觉得耳熟。

陈新城耐心地说："父子有矛盾，可以想办法解决，但是眼下……"

王刚情绪有些失控："别给我讲大道理！你们赶紧走，别指望我会管那老混蛋！我还就不履行赡养义务了，能把我怎么着！要不然你们就把我抓起来！"

陈新城有些焦头烂额："王刚，你不要激动……"

王刚说："你们不走那我就回去了，要是再来敲我家的门，我就投诉你们扰民！"说完转身回到单元门里。

陈新城一脸无奈："这真是，什么人？"

李大为脸色不自然："屯后庄所的人确实介绍了那个王建国有些问题。"

陈新城没好气地说："谁没问题？不能有问题就不管他爸的死活了吧？"边说边往车上走。

李大为一脸郁闷地跟了过去："师父，我就是您的出气筒是吧？"

夏洁开着车："对了，师父，卖淫案嫌疑人的那个孩子被社区工作人员送到福利院了。他们想让咱们问问孩子还有没有其他家人。"

程浩坐在副驾驶，眯着眼睛："行，我托局里的同志问问。"

夏洁高兴地说："好，谢谢师父。"

程浩看了她一眼："夏洁，这是社区工作人员让你问的？"

夏洁迟疑了一下："是我主动提的……如果她有其他亲人，在亲人身边长大总是好些。"

程浩重新闭上眼睛："夏洁，作为过来人，我得提醒你，做警察，还是不要掺杂太多个人感情。"

夏洁点头："是，我知道了，师父。"

程浩转换语气："听说你离家出走了？"

夏洁无奈苦笑："我妈又把电话打到谁那儿了？"

程浩不置可否："她跟所里的人都熟。"

夏洁铁了心："如果是这样，我肯定不回去，反正也租了房子。"

程浩说："以我对你妈妈的了解……你拧不过她的，主要是也没必要。回去跟她聊聊，然后大大方方地搬出来，没必要闹僵。"

夏洁有些迷茫："我是希望自己能做点什么，让她改变……"

程浩说："想法挺好。我年轻的时候也是雄心壮志，觉得能改变这个改变那个。到了现在这个年纪才发现，别说改变别人，就是想要改改自己的小毛病，都做不到。呵呵。"

夏洁沉默不语。

程浩说："走吧，我送你回去。"

经过一番内心挣扎，夏洁鼓起勇气打开家门。只见客厅灯火通明，母亲正在收拾行李。

夏洁吃了一惊："妈，你这是干什么？"

夏母没有抬头："我还是去青岛，省得在你眼前招人烦。"

夏洁心里难受："妈，对不起，昨天是我态度不好。"

夏母勉强笑笑："我也想通了，你大姨说得对，就是我一天到晚一个人在家瞎琢磨出的问题。你长大了，有自己的打算安排。我还按自己的想法管着你，你答应了你心烦，不答应就是我心烦，事儿也不能解决，所以还不如我去散散心。"

夏洁惊讶无比："您真是这么想的？"

夏母看了她一眼："那我还能怎么想？"

夏洁看到母亲神色平静，放心了一些，放下自己的包："妈，那我来帮您收拾吧。"

母亲在一旁坐下，看着夏洁在客厅内外跑着拿东西。在生活中，夏洁事实上也扮演着母亲的角色。

拿起手机，夏洁操作了起来："妈，我给您转了些钱，用着方便。"

夏母说："青岛有你大姨，我花不了什么钱。"

夏洁说："妈，就算有大姨，您还是别麻烦人家才好。这些年大姨没少为咱们家操心。"

夏母看了看手机："你才工作，哪来的这么多钱？"

夏洁说："才发工资，我也花不着什么钱。派出所吃饭不花钱，警服都是发的。穷家富路，您还是带上。和大姨一块儿出去，千万别叫大姨为您花钱。"

夏母一时神伤："唉，以前你爸活着的时候……"

夏洁拉着她的手："妈，不提我爸，咱娘俩不也挺好吗？有我呢！"

夏母擦了擦眼泪："就是因为有你，妈才不放心。干警察累不累的都不是大事，安全问题，才让我整天提心吊胆。你想干警察，也算是你爸的遗愿，我不能拦，我也拦不住。但咱们向局里申请给你换一个清静的、不加班的工作也行啊。"

夏洁低着头："妈，咱能不说这个了吗？早点收拾完行李早些休息，明天旅途还要受累。"

夏母叹了口气："好，不说啦。其实我也矛盾，妈好几年不上班了，如果你不当警察了，咱们和局里的联系岂不是断了？所以也不是不当警察，只是换个工作岗位。"

夏洁站起身："妈，您真得休息了。"说着话，硬是把妈妈推回卧室。

夜已深，李大为瞪大眼睛，看着天花板，睡意全无。客厅里，传来赵继伟的如雷鼾声，隔着门都能听见。

李大为终于忍不住，起身往客厅去，嘴里还喃喃自语："不都说好人有好报吗？我这是搬起石头砸自己的脚啊。"

来到客厅，李大为大声叫道："赵继伟，地震了！"

喊完话才看见杨树坐在沙发边上，俯身等着赵继伟，李大为这一声怒吼，赵继伟根本没有半点反应。

李大为问："你也睡不着？"

杨树苦笑道："这呼噜打得我床都在抖。"

二人跑到赵继伟床前，推他，打他，吼他，用卫生纸卷成卷儿插鼻孔里，赵继伟仍烂睡如泥，就是不醒。

大眼瞪小眼的两人没有半点办法。杨树往沙发上一坐："人是你弄进来的，你必须负责。"

李大为无语："我怎么负责？总不能把他鼻子堵住吧？"

杨树说："让他睡你那个小书房，把门堵上，声音会小点，你住客厅。"

李大为不甘心："为什么？"

杨树叹口气："他这也是很久没睡过踏实觉，才打成这样的。你让他去你床上好好休息几天就好了。"说完转身回屋。

没办法，李大为把赵继伟扛进了自己房间，丢到自己床上。神奇的是赵继伟连个姿态都没换，继续大睡。

李大为愁眉苦脸地躺在了客厅的小床上，连声叹气："唉，果然是自作孽，不可活……"

新的一天。一大早曹建军和杨树就被几个群众围住了，群众七嘴八舌地说：

"光我们小区就丢了七辆电瓶车。你们警察干什么吃的啊？"

"就是啊。光来登个记有什么用？"

……

无论群众说什么，曹建军都赔着笑，耐心解释："大家放心，我们已经为电瓶车丢失案建了专案组，由我来负责。请大家给我们一点儿时间，一定会把罪犯绳之以法的。"

杨树站在旁边，看着小区里的电瓶车充电桩想着什么。这时他的电话响起，接通后王守一的声音传来："杨树，你师父呢？他怎么不接电话？"

"我叫他。"杨树举着电话，"师父，所长电话。"

曹建军赶紧跑过来："所长，我没听见，正在跟群众……"

王守一打断："别废话，赶紧回来。看你处理的事，遛狗那一家子把派出所围了！"

电话挂断，曹建军愣在当场，杨树也知道发生大事了。

第六章

派出所门口，只见有二三十号人，男女老少都有，有坐的，有站的，有哭的，有叫的，好不热闹。

孙大爷的儿女们带头把王守一、叶苇、高潮都围住了。

高潮拍拍手："别嚷了，这是我们所长王守一。"

他不说还好，一说院里哭闹的声音反而更大了。

王守一脸一黑："你们这是要干吗？都堵在门口，这是要聚众闹事吗？派出所是什么地方？来这么多人不妨碍执行公务吗？"

本来躺在门板上的孙大爷，又被儿子女婿们抬了起来。孙大爷在门板上哼着："你们几个进去向警察同志反映情况，就把我放地上，我在这儿等着。"

王守一说："大爷，风凉了，您哪能躺在地上？有问题解决问题，你们要么把老人家送到医院，要么先送回家。"

孙大爷倔强地说："我哪里也不去，就在这儿等着！解决不了我的问题我死不瞑目！"

叶苇在王守一耳边小声说道："还真得叫他进来。七十多岁的人了，万一出点事儿……"

王守一无奈地挥挥手。

高潮接过话："先把老人家安置到休息室，送点热水过去。"

其中四个人大模大样地抬着老人进去了。

赵继伟和张志杰也刚回来，王守一看见他俩，立刻安排："志杰，你马上联系社区卫生院，让他们派一个大夫一个护士来出诊，保证老人家的安全。"

赵继伟机灵地说："师父，我去。"说着进了派出所。

程浩这时也过来了，与叶苇、高潮、王守一站在一起。

王守一再三劝道："各位，这里是派出所，不管什么情况，不能在这里聚众闹事。你们派两个代表进来解决问题，其他人先回去。"

一男一女站出来："那，我俩吧。"

王守一问："你们是……"

男的说："我是大儿子，这是我大姐。"

王守一点头："好，你们留下。剩下的马上离开，不许妨碍派出所工作。你们二位，跟我上来。"

程浩、高潮带着警察、辅警开始将闲杂人等清场，人们不得已散去了。

两人跟着王守一走，大女儿边走边哭诉："王所长，我爸危在旦夕，医院也不收，要是有个三长两短，怎么办？你可得主持公道啊！"

王守一说："放心吧，会解决的。"

王守一和叶苇、高潮在会议室里，正陪家属看当天提取的监控录像。

指着监控，王守一说："看见了没？人家夫妻带着孩子走得好好的，你们家的狗追人家孩子，导致人家孩子摔倒受伤。这儿，看见了吗？我们的出警警察带着人家丈夫回来想主动寻求和解，你们的父亲情绪激动，自己倒地。另外，我们了解到，你们家的这条狗没有养狗证，是非法养犬，遛狗也没牵绳。这些都是违反城市管理规定的。所以在这件事上，对方没有错，错在你们的父亲。"

大儿子蛮横地说："王所长，你怎么这么说？你们怎么知道他是来找我父亲和解的？是他回来挑衅，才导致我父亲病倒的！"

王守一转头："高所，放曹建军的执法记录给他看。"

这份记录视频中能清晰地看到，曹建军带着刘强回来和解，孙大爷出言不逊，导致矛盾激化，孙大爷倒地。

王守一问："怎么样？这回够清楚吗？"

大女儿无理搅三分："这男的说我爸一把岁数白活了，这不是成心气我爸吗？"

王守一说："这事，你父亲做得就是不对，人家的孩子被你们家狗追得摔伤了，人家当爸爸的情绪激动也是可以理解的。至于他情绪激动在你父亲的发病上要承担多大的责任，将来看法院认定。但你们父亲的病，主要是他身体原因所致。"

大儿子不干了："王所长，你怎么就帮他家说话呢？是不是他家给你们什么好处了？"

王守一一拍桌子站起来："怎么说话呢！你是指控我们警察受贿吗？你得对自己说的话负责！证据呢？把我们收好处的证据拿出来！"

大儿子被吓了一跳，不说了。

王守一黑着脸："对事实，我们就是这么认定的。事情的起因是你们父亲遛狗没按规定牵绳，惊吓到孩子，引发双方冲突。在冲突中，你们父亲情绪激动倒地，因自身健康原因导致疾病。至于医疗费如何解决，你们可以走法律途径。现在，马上带你们家里人离开！再待下去，就是妨碍公务了。"

大儿子和大女儿互相看看，嘀咕了一下，站了起来。

王守一拿出一份认定书："慢着，在我们认定的事实书上签字。"

大儿子、大女儿立即表示绝不签字。

王守一有些上火："为什么不签？事实不是很清楚吗？"

大儿子说："怎么解决还没给我们答复呢。"

王守一说："我已经说了，根据事实，你们可以去走法律途径。"

大儿子态度坚决："凭什么？有困难找警察，我们就认定警察了！"说着和大姐一起离开，只留下一脸无奈的几个人。

曹建军、杨树刚回到派出所。

孙大爷的子女揽着孙大爷从里边出来，周边没散的人又聚拢过来。孙大爷的儿子和女儿沮丧地跟外面围着的人解释着。几个人嘀咕着，议论的声音越来越大。

"要是警察这么认定的，找警察还有什么用啊？不如直接找他们家。"

"对，人是和他们家吵架的时候倒下的，肯定得找他们家出医疗费啊。"

"堵着他们家门，叫他们没办法回家，实在不行把老爷子抬他们家去，看他们怎么办。"

孙大爷的儿子听到大家的建议，觉得是个好办法，一抬头看到了警察，便制止了众人："警察这儿不主持公道，咱回去商量。"

孙大爷和家人浩浩荡荡地走了。

曹建军、杨树也没停留，直接进了派出所，来到会议室。王守一看着曹建军揉着脑袋："昨天还夸你是处理复杂问题的一把好手，今天就成群结队来了这么一大帮，看来还是大意了。"

曹建军看了眼外面："我们进来的时候，看着那老爷子健健康康地走了，没事啦？"

高潮说："来的时候是抬着来的。"

曹建军眼睛一瞪："这不是摆明了要耍无赖吗？"

王守一叹了口气："要就要这点无赖倒好对付了，就怕没这么简单。"

杨树不解："难道他们还觉得委屈？"

高潮说："他们在乎的是委屈吗？这是明显想讹钱！"

王守一立刻安排："建军，你带着杨树去安抚下那小两口，让他们注意点，不行就搬出去住一段时间，做好心理准备，要打持久战。程所，你了解一下这些人的社会关系，找找突破口。还有新城那边，估计也不省心，也要增加力量。"

程浩、曹建军应道："是。"

医院走廊上，一名医生边走边对陈新城没好气地说："你可算来了！警察也不能把人往医院里一送就不管吧？让我们医生当陪护？"

陈新城赔着笑："我们正联络家属呢。"

医生疑惑地问："人呢？住院费还没交呢！老头吃喝拉撒都在床上，你看这事怎么办吧？"

陈新城对大夫说："给你们添麻烦了。您忙去吧，我在这儿。"

医生再三叮嘱："赶快让他家里把后面的住院费交了，都欠了好几千了。"

医生走了，陈新城拨通李大为的电话。

李大为此时正在王刚家小区楼门口："喂，师父。"

陈新城问："你在哪儿？"

李大为说："我在王刚家楼下。"

陈新城火冒三丈："你跑那干吗去？是不是又自以为是自作聪明？"

李大为想辩解："我……"

陈新城不耐烦地说："赶紧回来，我在医院等你。"

这时，正好王刚从家门口走出来，李大为看见赶紧迎上去。

王刚看见李大为，没等他张口，直接问道："你警号多少？我要投诉你。"

李大为说："不好意思，我今天没穿警服。"

王刚被说得不知怎么接话。

李大为话音一转："再说你投诉我也没用，你爸因为肝硬化进医院，你是他唯一的亲人。就算你把我轰走，也会有其他人来找你。所以，你最好的办法就是跟我走一趟。"

王刚语气冰冷："我没爸！"

李大为沉默了几秒："我咨询过了，你们父子断绝关系的协议是私下协商，有没有效力是要法院说了算。而在没有结论之前，法院肯定是先要判你履行赡养义务的。所以，他出了事，我们还是只能找你。"

王刚干脆地伸出手："行啊，那你把我抓起来吧。"

李大为郁闷地说："咱是商量怎么解决问题，抓什么人？"

"那甭说了，我上班。"王刚一扭头，快步离开。

李大为愣了好一会儿，这才垂头丧气地赶往医院。他看到陈新城正坐在病房外面的椅子上，立刻走到近前："师父。"

陈新城起身往外走："你今天的任务就是陪护，照顾好王建国。"

李大为傻眼："他亲儿子都不管，要咱们管？"

陈新城说："你怎么那么多废话？他亲儿子要是管，还需要咱们管吗？"

李大为不吭声了。

陈新城走了两步又站住："本来不想说你，你怎么就看不明白？他儿子跟他积怨多深？那是上门多做几次工作就能说通的吗？"

李大为点头："师父，我知道了。"

"你勤看着点，老头现在爱在床上拉屎拉尿。"陈新城说完一溜烟地走了。

李大为一愣，连忙在后面追："师父，这活我可干不了，我连我亲爹还不伺候呢。"

陈新城头也不回："你亲爹早晚也有需要伺候的一天，就算提前练习吧。在这儿待着，问题没有解决之前，不许离开。"

李大为无奈地停下："怎么还砸我手里了？"

往屋里看看，看到王大爷躺在床上，正不安地动着，嘴里咿咿呀呀地不知道说什么。李大为没办法，硬着头皮走进病房。

一进门就闻到一股冲鼻的异味，用力扇了扇，李大为捏着鼻子走了过去："大爷，您打人的时候不还好好的，怎么就大小便失禁了呢……"

王建国睡死过去，完全没反应。

李大为掀了掀被子看了看，差点儿吐出来，冲到门口刚想叫人，犹豫了一下。

李大为回头看看，无奈地拿两个棉球塞住鼻子，深吸一口气，冲了进去。

先是手忙脚乱地把老头拖起来靠在床头上……端着盆出来进了厕所……又强忍着胃里的翻腾，用两个指头夹着老头换下来的病号服丢到门口……

程浩和夏洁开车来到马家沟派出所，看到一个警察在院里，伸出头来："同志，你们梁所在不在？"

警察回复："梁所在办公室里。楼上左手第二间。"

"谢谢。"程浩道谢后，按他说的找到了梁所，把孙大爷一家人的事情大概说了一遍。

梁所听完不住摇头："你们干什么不好，招惹他们这家人。也好，让你们了解一下我们马家沟人的厉害。"

程浩连连点头："的确，这么说他这几个孩子也不是善茬？"

梁所说："可不。他大儿子办了个汽车修理厂，二儿子开饭店，营业手续不全，偷税漏税，欺行霸市。据说那俩女儿的丈夫也不省油，二女儿的儿子还吸毒。"

程浩听着就头大："梁所，解铃还须系铃人，这个结，还得您这儿帮我们解呀。"

梁所说："没问题。不过真不舍得这么快就解。"

程浩笑起来："你这小子打什么鬼算盘呢？"

梁所神秘地说："我说我这边这么清静呢，原来祸水东引了。叫他们在你们那儿再闹几天呗？就算心疼小弟，让我休个假。"

程浩笑着站起来："二女儿的儿子吸毒，这条线索很重要，是我们警察正管的。其他就看你的良心了，什么欺行霸市偷税漏税，老弟你不管，可就渎职了。年终你们所评满意度要是排在前面，小心我举报你。"

梁所哈哈大笑："我就是渎这一件职，我们所的排名肯定也在八里河上面哪。老兄，还在八里河干啊？你这没啥想法的人，趴在那里干什么？能少活五年。你来马家沟，咱哥俩搭档，明年叫马家沟的满意度排名上升到一个新高度，也尝尝名列前茅的滋味。"

程浩笑骂："我才不水性杨花见异思迁呢。八里河有八里河的乐趣。我走了，这事就拜托你了。夏洁，走。对了，梁所，她叫夏洁，是夏俊雄的女儿。"

梁所一听，马上从椅子上站起来，双手握住夏洁的手："哎呀，这个程浩，居然不早说。姑娘，你和你妈还好吧？"

夏洁不好意思地说："挺好的，谢谢梁所关心。"

梁所感叹道："一晃长这么大，还当了警察了，你爸九泉之下可以瞑目了。"

夏洁有些尴尬："谢谢梁所，我先走了。"

梁所在后面送着："程浩你可要好好带小夏……"

回到车上，夏洁问："师父，我看您和他很熟？"

程浩说："也就市局开会的时候碰到过而已，没特别熟。"

夏洁不信："可我看你们都不用把事情说明白。"

程浩笑了："当警察的，这点儿事还用说明白吗？他们肯定会全力以赴。夏洁，为什么要当警察？除开别的不谈，警察这一行，和别的行业不一样。全中国的警察都是一个团体！甚至可以说，全世界的警察都是一个整体，大家团队意识特别强，互相之间有事特别帮忙。现代社会，人活得多孤独？找到这样一个团体多不容易？它值得每一个有幸进到这支队伍的人珍惜。"

夏洁低头默不作声，觉得程浩的话似乎是另有所指。

刘强家门口，墙壁上用红色的油漆刷了许多侮辱性的文字：杀人偿命、去死吧、下地狱等。

七八个人正围着闹着，用棍子砸门，嘴里不干不净。

"开门！别在里边装死。惹了事就缩起来当乌龟啦？开门！"

"出来不出来？不出来给你家门上抹屎！"

……

刘强的妻子紧紧地搂着孩子躲在家里最里边的房间，刘强拿着菜刀和棍棒守在大门口。

刘妻带着哭音："这都是谁啊？"

刘强强作镇静："有我在，别怕。"

楼层电梯门打开，曹建军、杨树冲出来。那帮闹事的一看警察来了，迅速从楼梯逃走。这时刘强拿着刀冲出来，刘妻在后边抱着他的腰哀求着。

曹建军赶紧制止："刘先生，不能冲动，冲动是魔鬼。"

刘强眼睛血红，靠着门框无力地蹲了下去："真的没法活了，真的没法活了！"

刘妻也歇斯底里般哭诉："警察同志，我们活不了了，我怎么这么倒霉，碰上这么一家子地痞无赖！"

杨树对他们深表同情。

刘妻哽咽着："孩子吓得睡不着，托儿所不敢去，家里也不敢待，我和老公也是惊弓之鸟。一听见吵闹就要疯，我们完全无法上班，无法正常生活。警察同志，你说我们这不是无妄之灾吗？孩子被他家狗吓得摔着了，我们还没说什么呢，他们一家倒找上门来了！要不是门结实，早就冲进来了！"

曹建军劝道："我能理解。唉，人在世上走，什么人遇不上？你们就当长见识了。"

这时他的电话响了，曹建军走开接电话，杨树留下安慰大妇俩。

曹建军看了一眼这边，小声说道："所长……现在还好……嗯……他们现在跟我玩的是游击战。我们一到他们就跑，我们一离开，他们就来骚扰……什么？那不成在他家站岗放哨了……所长，程所给我打电话了……好。"

曹建军立刻转接程浩电话："程所……什么？……那太好了，咱分头行动。"

挂了电话，曹建军又来嘱咐刘强两口子："刘先生，你带你妻子先回去，不管遇到什么事儿都别开门。我们出去办点事，肯定会有好消息，很快就会给你们解决问题。"

曹建军下电梯前再三嘱咐："别冲动，关好门。"

开发区派出所，三个打扮"杀马特"的青年被警察押着下了警车，曹建军和杨树赶到，跟着押解的警察一起进了派出所。

刘强家楼下，孙家找来的人正一边走一边商量着如何再来对付刘强夫妇。

老三说："咱得换换招了，久攻不下也不是事儿。索性把门砸了，把人揪出来，看他赔不赔钱。"

大儿子摇头："不行，砸了门那就是入室抢劫，就可以抓人了。"

……

这时孙家二女儿接了个电话，整个人脸色都变了："什么？大宝被抓了！"

孙家一群人第一时间全都聚集到了开发区派出所。

孙家二女儿进门就嚷："大宝，你在哪儿呢？我儿子呢？快把我儿子给放了！"

曹建军带着杨树走出来："别嚷了，孙女士，你儿子赵金宝因为吸毒被拘留。而且他是第二次吸毒被抓，依照法律规定，应处十日以上十五日以下拘留，并处罚款。"

孙女士狡辩："胡说！我儿子早就不碰那玩意儿了。"

曹建军正色道："他吸不吸毒不是你说了算的，尿检说了算。而且，现在有证据显示，他是以贩养吸，性质可就不一样了！"

回所的路上，杨树开车，曹建军打电话："程所，如你判断，现在孙大爷的二女儿这边基本搞定。"

程浩说："马家沟的梁所也很帮忙，刚给我回电话了，工作很有效，对孙家儿子做了一番工作，现在他们都愿意和解。"

曹建军说："那太好了，小夫妻这边包给我了，我现在就去一趟，保证把和解书拿到。"

杨树问："去安抚他们？"

曹建军说："安抚为主，还有别的任务。"

杨树说："师父，请教一个问题，咱们用孙大爷的外孙吸毒这个事，要挟他们罢手？这合适吗？"

曹建军立刻严肃起来："小心说话啊，这里没有要挟。他外孙吸毒是不是事实？我们抓他完全是合法办案。"

杨树说："但目的是解救刘先生一家。"

曹建军一本正经地说："应该说我们在解决刘孙两家的民事纠纷过程中，发现孙家外孙有吸毒和以贩养吸的线索，迅速出手，打掉了这个小团伙。"

杨树无语："不能通过更加合理的方法解决这个问题吗？"

曹建军反问："什么叫合理？这种事情，直接有效、节省时间，又能达到目的，就叫合理。"

杨树有些担心："可是……这种方式，会不会治标不治本？"

曹建军理直气壮地说："标都治不好，怎么治本？"

杨树据理力争："难道我们不应该从法律的角度让他们意识到自己的行为有问题吗？"

曹建军有些不耐烦："你也听见了，他们偷税漏税、鱼肉乡里、吸毒乱搞，你觉得他们不知道这些行为违法吗？"

杨树无话可说。

很快，曹建军带着杨树大步来到刘强家："你们看，我说有好事吧。孙家愿意和解了，只要你们相互签一个和解书，他们就不再上门来闹了。"

刘强和妻子都不太相信，刘强问："真的就这样完啦？"

曹建军说："不完还能怎样？"

刘强咬牙说："不是他们还能怎样的问题。闹了这么多天，不说我们被搞得精神快失常，左右邻居也是鸡犬不宁，然后轻飘飘一句和解，就当什么事也没发生吗？"

曹建军安慰道："我知道，这次的事儿你是受害者，但面对这种不讲理的人，你们要是和他们硬来，吃亏的还是自己。"

刘强说："我们不会无理取闹，但是要给我们一个明确的解决办法！明明我们是受害者，为什么要受到这种欺辱？"

曹建军正色道："他们来堵门这件事，肯定是不对的！只是情节尚轻，不足以行政拘留。我们已经对他们的行为提出警告！如果他们还是一意孤行，影响到你们的日常生活或是变本加厉非法入侵，那直接就可以办他们！"

刘强点头："好，我相信你，只要他们不要再来打扰我们的生活，其他的都好说。"

杨树突然插言道："我们的职责就是保护公民的合法权益不受侵害！所有的违法行为，都将受到法律的严厉制裁！"

刘妻在一边握住刘强的手，轻声说道："老公，我们要相信警察同志，一定会帮我们解决问题的。"

在妻子的安慰下，刘强火气消了一些："嗯，反正也没别的办法，只能先看看效果怎么样吧。要是还欺人太甚，我就和他们拼了！"

曹建军看了杨树一眼，转头对刘强说道："不要冲动，有什么问题，要及时报警，由我们来处理，以免发生不必要的损失，留下遗憾。"

刘妻点头："知道了，我会劝住他的。"

曹建军看了看时间，站了起来："时间不早，我还有其他的任务，保持联系。杨树，走吧。"

走到楼下，曹建军站住，回头对杨树语重心长地说："杨树，你才当警察几天？要多学，多看，不要急着发表意见。"

杨树一头雾水："我刚才哪句话说得不对吗？"

曹建军耐心地说："你说得是没错，那也应该知道七十岁老人不能行政拘留吧？而且现在他们只是堵门，还没上升到犯罪的层面，所以能调解自然是最好的结果。"

杨树小声嘟囔："反正我就感觉，他们那样欺负人，不能手下留情。"

曹建军火气更大："法律讲的是公平、正义。我已经告诉你了，感情代替不了法律。现在只是一般的民事纠纷，不足以立案。如果孙家人真的触碰了法律的底线，还用在这废话？直接抓人就完了！"

杨树把头转向一边："像孙家那样的人，还有必要警告吗？只会让他们变本加厉罢了。"

曹建军脸色一变，语气加重："杨树，你的心情我能理解，不要以为我是怕事、怕麻烦，才会这么说。像这样的民事纠纷，要是处理不好，就很容易引起双方的怒火，做出不理智的举动。先不说谁吃亏，谁占便宜，真要是有了伤亡，这个后果，是判刑可以弥补的吗？

"你只记着我们要维护社会秩序，制止危害社会治安的行为，难道就忘了预防、制止和侦查违法犯罪活动也是我们的职责吗？"

杨树紧抿嘴唇，一言不发。

曹建军叹了口气："杨树，我知道上次别墅接警那件事你对我有怨气。可我哪点说错了？我确实是去打电话。即便我有错，你也不能拿工作跟我作对。"

杨树倔强地说："我没有！只是如实说出我自己的看法而已。"

曹建军竖起大拇指："行，你能，你比我还能！回去赶紧找所长，给自己另找一个师父，你这个徒弟我可带不了。"

张志杰骑着警用电瓶车，赵继伟骑着共享电瓶车，胳膊下面夹着俩笔记本，赶往社区。

张志杰回头看看赵继伟："你就不能把笔记本放包里吗？"

赵继伟喊着说："我怕放包里忘了。师父，你看咱俩这样子，熟人看见会说什么？"

张志杰满不在乎："爱说什么说什么。"

赵继伟说："咱俩下社区好像就没开过车。"

张志杰说："成，下回来咱就开车。"

到了居委会门口，张志杰说："你先到里边等我会儿，做一些基础情况摸底，特别是上次的案子，后续有没有反弹。"

赵继伟问："师父您去哪儿？"

张志杰白了他一眼："人有三急行不行？"

赵继伟指着里面："这院子里好像有厕所。"

张志杰火了："我喜欢拉野屎行吗？"

"师父，那您快去吧。"赵继伟吓得一缩脖，赶紧进了居委会。

一个居委会干部热情地迎上来："赵警官来了，怎么没见你师父？"

赵继伟说："有急事。"

居委会干部没听明白："什么?"

赵继伟说："没事,他一会儿就来。"

居委会干部说："那您先坐一会儿,我把手头这点事收个尾,再来向你汇报。"

赵继伟说："行,你先忙。"

居委会干部倒了水离去。

赵继伟刚坐下,就回复了李大为问他在没在所里的微信。

李大为知道他在社区后说："那你回去帮我查一个人的材料。"

赵继伟说："发给我吧。"

刚聊了两句,突然,那个劳改释放的刀疤脸从窗口闪过,赵继伟十分意外。看看几位干部在热烈讨论,好奇心驱使他走出居委会。

街道上来来往往的人不多,刀疤脸却不见了踪影。赵继伟犹豫片刻,顺着刀疤脸消失的方向追了过去,在楼房夹道中寻找,并没有半点线索。

就在他失望之际,无意间看到两楼之间的角落里,好像刀疤脸跟什么人说完了话,正在离开,他立刻追了过去,一路走到一个平房门口。

刀疤脸很警惕,左右望了望,才敲门。

赵继伟躲在刀疤脸看不见的地方,没敢探头,等感觉安全了,才探出身子查看,又不见刀疤脸身影了。

看看左右无人,赵继伟小跑到平房门前,机警地趴在门上,听了听声音,里面似乎很嘈杂。

确定里面有问题,赵继伟鼓起勇气准备敲门时手机响了,一看来电显示,他立刻接起电话非常小声地说："师父,有情况。"

张志杰焦急地说："什么情况回来再说!"

赵继伟不死心："师父,真的!"

这时身后平房门打开了,他还没意识到。一个男人过来拍了赵继伟一下,把他吓了一跳。

男人似笑非笑地看着他："警察叔叔,破案哪。"

赵继伟强作镇定："对,就是来抓案犯。"

不跟他啰嗦,赵继伟迅速冲到门口。屋里,几个人坐着喝茶喝酒嗑瓜子聊天,没有什么不对的。刀疤脸也在其中,表现得很自然。

这时赵继伟电话又响,张志杰声音几乎是喊出来的:"赵继伟!你在哪里!立刻给我回来!"

赵继伟连忙说:"师父,我马上回来。"说完,又往屋里看了几眼。

那男人问:"有您要找的人吗?"

赵继伟没有回答，转身一溜小跑跑向居委会。

张志杰正在社区居委会门口焦急地来回踱步，赵继伟气喘吁吁地跑了过来："师父，有情况。"

张志杰见他没事，松了口气，沉着脸："什么情况？"

赵继伟喘了口气："我上次跟您说过那个刀疤脸，今天在这里出现了。我追出去，追踪到一个小平房，听到里边有赌博的声音。"

张志杰眉头一皱："赌博还有声音？你接着说。"

赵继伟说："然后您就来电话，一个男人打开了门。"

张志杰看着他："我猜你冲进去了，对吧？看见什么了？"

赵继伟说："只看到几个人喝酒嗑瓜子扯闲篇，刀疤脸也在里边。"

张志杰点头："说完了？进屋办正事吧。"

赵继伟愣住："师父，那个刀疤脸真的很奇怪，要不是您电话打来暴露了，我今天准能给您一个惊喜。"

张志杰没好气地说："是惊吓才对吧？继伟，你对刑满释放人员有偏见。"

赵继伟辩解道："师父，我没有偏见，就是觉得他可疑。"

张志杰不想多说："以后不准擅自行动，也不准再去打扰那个人的生活。"

赵继伟不死心："可是……"

张志杰有点儿不耐烦："没有可是！以后再也不许跟着他，听见没有？"

赵继伟心里不服气，却也只能答应："哦。"

李大为从病房里轻轻地退出到走廊里，长出了一口气，坐在椅子上发呆。

"李大为！"突然有人叫了他一声，一抬头，是赵继伟来了。

李大为无精打采地说："你怎么来了？"

赵继伟精神倒挺好："你不是给我派活了吗？"

李大为说："唉，还以为当警察是除暴安良，没想到是端屎端尿。"

赵继伟把手机递给李大为："你看看这个。"

李大为接过手机，里面有王建国家暴妻子的照片。

赵继伟说："能查到的就这些了，毕竟五六年前的事儿了。"

李大为咬牙切齿地说："家暴！这个老混蛋。"

赵继伟说："每次都是王刚报警，王建国喝醉了就打老婆，已经很多年了，老太太一只耳朵都被他打聋了。"

李大为恨恨地说："这种人，活该躺在这里没人管。"

赵继伟说："没人管咱们所管，医院电话打到所里，说人是警察送来的，医药费也得警察管，所长动员大家一起捐钱，同志们都不积极。所长做了工作，还带头捐了一千，你师父捐了五百。所长不让他捐这么多，你师父说是他的案子，他没处理好，连累大家了，应该捐这么多。"

李大为用手一捶墙："这个老混蛋，就应该让他自生自灭。捐钱？呸。"

赵继伟心疼地说："大家最后都捐了，我还捐了五十哪！"

李大为说："我现在非常理解他儿子，我要是他，也坚决不会出现的。凭什么当爹的年轻时想干什么就干什么，到老了、落魄了还必须逼孩子来伺候他？没这个道理。"

赵继伟说："你回去洗个澡换换衣服，我替替你。"

李大为愣住："啊？这事和你没关系。"

赵继伟认真地说："和你有关系，就和我有关系。我啥也没有，就是有力气。我爷爷死以前，在床上瘫痪了两年，都是我伺候的。"

李大为拍了拍他的肩膀："……你真是太让我感动了！"

赵继伟笑着说："哪有。让我住你的房间，还变着法儿帮我省租金，我都记在心里呢。"

李大为说："兄弟，以后那个书房咱俩轮着睡！"

赵继伟嘻嘻笑起来："行！其实……我在学校里这么多年都没交上几个朋友，没想到到了单位，遇到了你们……"

李大为一愣，有点儿尴尬，咳了一声站起来："别煽情了。对了，我得给我师父打个电话说一声。"

"师父，王建国太不是个东西了，家暴他老婆，他老婆耳朵都被他打聋了。"

陈新城在车上开着免提："我知道。还有什么？"

李大为说："你知道？还有赵继伟来跟我换换班儿，让我回去洗澡换衣服。"

陈新城还是一句："我知道。"

李大为自言自语："又知道？"

陈新城没听太清："你说什么？"

李大为连忙说："没有了，师父。"

陈新城忽然说了句："王刚是323路的公交司机。"

李大为不解："什么？323路公交司机？这怎么啦？"

可惜那边陈新城已经把电话挂了。

李大为拿着电话摸不到头脑："323路公交司机？什么鬼？"

下了班，杨树独自一人赤着上身，在出租屋附近户外灯光篮球场打球，虽然汗水淋淋，但烦闷情绪似乎无法宣泄，在空旷的场地中更显落寞。

李大为路过，不明所以，以为杨树只是练球，就在场外起哄："杨树，你打球真臭，这哪是打球，明明是打架。"

杨树也不理。

李大为看了看表，接着也冲进场："杨树，传一个。"

杨树仍不理。

李大为来了脾气，突然抢了篮板，场外运球，想上篮，没想到杨树特别勇猛，直接上来抢球："哟，来劲儿。"

两人拼抢起来，都有点儿誓死一博的意思。

夏洁跑步路过，远远看见两人对打，也停了下来，被两个男孩的力量比拼吸引。

当荷尔蒙在肌肉和汗水里流淌时，会散发出一种血脉偾张的激情。夏洁被这激情感染了，犹豫了一下，便跑步进场。

李大为正在运球，机警地关注着杨树的一举一动，生怕球被抢了去。杨树也盯着球，正在找机会把球抢过来。

他俩谁也没想到，螳螂捕蝉黄雀在后，夏洁悄无声息地把球抢了去，一个大步跨到篮下，跳起来，把球完美地投了进去。

杨树和李大为看愣了。

夏洁接着运球，目光挑衅："来呀，愣着干吗？你俩刚才不是拼得正起劲吗？我也加入。"

李大为咧嘴一笑："看不出来，挺厉害啊！来就来，谁怕谁！杨树，你也来！"

杨树二话不说，大步上前，准备抢球。

眼看球要被杨树抢去，李大为指着一边："看，所长！"

杨树和夏洁扭头，李大为趁机把球抢过去，跑开。

夏洁反应过来："李大为，你这个骗子！把球还给我！"

李大为一边运球一边跑，夏洁在后面追。

杨树突然站住，一脸正经地朝着一边说："陈警官，你怎么来了？"

李大为吓得一激灵，球砸到脚面上滚出界。

夏洁和杨树哈哈大笑起来，李大为这才反应过来，也跟着笑了起来。

杨树和李大为笑着在草坪上躺下。夏洁坐在他们身边。

李大为喘着气："杨树，你怎么变坏了？"

杨树说："这叫以其人之道，还治其人之身。"

李大为笑着说："博士就是博士，使坏都这么文绉绉的。"

杨树却突然沉默了。

夏洁看出他的异样："你怎么了？"

杨树叹了口气："这些天以来，我越来越觉得自己在这个派出所里像一个异类，完全没办法融入。师徒关系紧张，同事形同陌路，大家看我也有一种'反正你要走'的感觉，很疏远。"

夏洁深有感触："我也一样，大家都当我是特殊人士，需要保护。"

李大为大大咧咧地说："你俩就是多余瞎想，叫什么，庸人自扰。"

杨树一脸迷茫："我情商也不低，又不是难相处的人，从小到大都挺受欢迎的。可是自从来到这儿，就觉得很孤单。"

李大为说："在学校你这种学霸我见得多了，老师宠着，同学哄着。现在你是徒弟和同事，大家关系变了。"

杨树反驳道："同学之间很单纯好吧？"

夏洁说："来所里之前已经有了心理准备，但真正遇到事情，你才会知道所有的一切，都要从头开始。"

李大为不客气地说："你们俩，一是都太顺利，二是想得太多，把发生没发生的事先想一遍。然后等事情发生，再检验心情。活得累不累？我们学渣，在学校被打击十几年了，早习惯了，啥也不想，干就完了！"

杨树还想说什么，李大为一看表："不行，我还有点儿事。"说完抬屁股走了。

夏洁看看杨树："咱们也回吧？"

杨树坐起来："你先走，我再练一会儿。"

李大为风风火火地来到一家简陋的小面馆，一眼就看到王刚正在吃面，直接坐在他对面。

王刚看见李大为非常反感："你怎么找到这儿来了？"

李大为说："我知道你有个习惯，收车后都会在这儿吃一碗面，然后才回家。"

王刚面也不吃了："你费这么多心思也没用。那人的事你就说死我都不会管的。"

老板把李大为的面端过来："您的面。"

"谢谢。"李大为拿起一次性筷子，"你的心情我理解，我查过你的报警记录，知道你爸对你妈做的那些事儿。放在谁身上，都会跟你一样。但现在没办法，他已经肝硬化了，你帮他还不至于死，你不帮他……"

王刚打断他的话："那就去死吧，他活该！"

李大为吃了口面："我穿着警服，按理说不能说这话。其实我非常理解你，我爸也是个操蛋的人。我开始记事的时候，他就骗我妈。我妈也是含辛茹苦，日子过得那就不叫日子。好在她心宽，不然根本挺不过来。这事儿至今没完没了，前一阵为他我还差点儿脱警服。这事儿我跟谁都没说过原因，局里所里近乎审问我都没说，为什么跟你说？我就是要说我明白你，要不是职责所在，我根本不劝你。现在，即便劝你，也是尽我自己的职责，你不听劝，我也非常理解。"

李大为说完开始大口吃面，不再多话。

王刚放下筷子，缓缓开口："他比我妈大，总是莫名其妙地怀疑我妈，我小时候他们总吵架，开始是脏话，后来是侮辱。再后来他喝了酒，就是打。酒越喝越多，下手越来越重。后来我长大了，带着我妈从村里搬了出来。我妈心软，怕他一人受苦，非逼着我把他也接来。可你知道后来发生了什么事？他当着我儿子，让我妈跪着，他打我妈……你知道我儿子当时多大？才一岁，刚刚会走路……"

王刚完全说不下去了，浑身发抖，起身想要离开。

李大为似乎下了很大决心："等等。"

王刚站住，李大为缓缓说道："他在公交车上惹事不是第一次，这是第二次，但两次都是你这趟，323路。"

王刚没有回应，大步离开。

李大为愣了一会儿，默默把面吃完，走出面馆。刚想长长出口气，却看见站在路边的陈新城，望着王刚家的方向。

李大为赶紧上前："师父，您怎么来了？"

"早点回吧。"陈新城话不多，上了自己的车。

李大为郁闷地说："我们这是在拍谍战片吗？"

王刚一家人低头围坐在桌前吃早饭，谁都不说话，气氛有点儿压抑。

王母端了碗粥放在王刚面前，小心翼翼地问："是不是你爸又来找事儿？"

王刚生硬地说："没有，而且我也没有爸。"

王刚儿子笑着说："爸，我有爸，你就是我爸。"

王刚看看自己儿子，没好气地说："吃你的饭。"

三岁的儿子已经很懂看大人的脸色，马上乖乖吃饭。王妻也知趣地默默吃饭。

不知怎么着，儿子突然哭了。王刚心里更烦，一把推开碗，起身离开。

王妻马上哄着："不哭不哭，我们吃饭。"

儿子说："我要爸爸送我去幼儿园！"

奶奶也哄："爸爸送，你快吃饭，爸爸才好送你。"

王妻见奶奶在哄孩子，起身去阳台找到王刚："不吃了？"

王刚站在阳台上生闷气，没吭声。

王妻说："咱得为自己想，他再不是东西，咱也不能学他，更不能让咱儿子学他。"

王刚眉头紧锁："你什么意思？"

王妻说："我的意思就是你去帮他，也不是为了他，是为了咱自己，为了咱儿子。你以后也不会留遗憾。"

又是新的一天，王守一来上班，一路打招呼往自己办公室走，大家一片忙碌。刚走进办公室，杨树已坐在办公室等他了。

王守一有些意外："杨树，这么早。"

杨树说："所长，我想找您聊聊。"

王守一说："坐坐，给自己倒点水。"

杨树说："我不喝。"

王守一放下包，也没让杨树开口："杨树，以你的学问，博士……"

杨树更正道："硕士。"

王守一说："不管什么士，总之比我学问大是吧？按说我也教不了你什么。咱不论职务，单就年龄，毕竟比你多长几岁，人情世故比你多懂点是吧？你来基层锻炼，不管将来如何发展，最要学的就是人情世故。我今天就跟你说一条，任何事情都不是非黑即白，连对错也不是笃定不变的。你的学问就是用来体会这些事情的，你明白吗？"

杨树认真地思考了一会儿，缓缓点头："明白了。"

王守一满意地点了点头："还有什么事情吗？"

杨树摇摇头："没有了。"

王守一说："行，还有什么事情随时找我聊。"

杨树起身："所长，那我先出去了。"

第七章

在医院急诊室门口来回踱步的赵继伟看见急匆匆赶来的陈新城和李大为，迎了上去。

李大为看到坐在门外椅子上闭目养神的王刚，感到无比惊讶，用手势和口型问赵继伟，赵继伟顾不上回他，先跟陈新城打招呼："陈警官。"

陈新城点头："辛苦了，怎么样？"

赵继伟说："医生刚刚检查，说是急性肝衰竭。就算抢救回来，也要进ICU。"

坐在一边的王刚虽然闭目养神，但陈新城和赵继伟的小声交流听得一清二楚，冷笑一声："报应。"

赵继伟怒了："他是你爸，你不能积点口德吗？"

李大为拉住赵继伟，自己挡在他身前，小声说道："你不了解情况……"

这时医生出来了，陈新城上前问道："医生，病人怎么样了？"

医生摇了摇头："肝脏大面积坏死，离衰竭不远了。现在唯一的办法就是换肝。但是，肝脏本身就是稀缺资源，很多患者排几年队都不见得等得到。他现在这个身体状况，怕是没什么希望……除非……"

李大为问："除非什么？"

医生说："除非有亲人愿意捐肝。"

陈新城、李大为和赵继伟不约而同地看向王刚，而王刚还是无动于衷。

王建国被送回到了原本的病房，还处于昏迷之中。王刚坐在角落里，低着头。

赵继伟坐在床边，看着王建国。陈新城、李大为走进来先看了看老人的情况，然后陈新城直接走到王刚面前，蹲下，和他平视。

李大为也学着蹲下来，又觉得比较"二"，马上站起来，搬了个凳子给陈新城坐。

陈新城说："这事儿完全由你自己做主，但也还要跟家人商量，如果你不愿意，别逼自己，也别在乎别人说什么。"

王刚沉默。

陈新城自顾自地说："我知道，除了你自己，谁都不知道你经历过怎样的痛苦，对这个人是怎样的情感。所以我们不能给你建议。

"刚才已经把你爸的情况告诉周女士一家了，他们虽然很生气，但还是决定不追究你爸的责任，就此和解。"

王刚还是沉默，用手捂着头，一副很痛苦的样子。

李大为将和解书和笔交给王刚："要是觉得没问题，就代表你爸，在这份和解书上签个字吧。"

王刚接过，麻木地签了字。

李大为看了看和王刚平坐的陈新城，又看了看还在昏迷中的王建国……

夜晚的都市，街景、人流，从车窗外划过。李大为开车看着街道两边，感慨万分。

杨树独自开车来到刘强家楼下。

没有了孙家闹事的小区显得很安静。杨树望了望楼上，稍有犹豫，还是进了大门。

杨树看着刘强家门口新装的监控，愣住了。

这感觉像是在做X光一样，他有些犹豫想躲，又觉得不应该。与监控对视了一会儿，里边没反应。就在他准备离开的时候，房门打开，刘强热情地说："这位警官，您怎么不敲门？请进屋坐。"

杨树尴尬地说："嗯……好。"

进了屋，刘妻也在，孩子在里屋睡觉。

"谢谢。"杨树接过刘妻递过来的茶杯放在一边，"刘先生，刘夫人，不怕你们笑话，我这两天很矛盾，要不要来您家解释一下，要不要跟您共同商量，到底事情如何做才是对的，但对的事是不是对您最好，或者是运用法律手段最大程度保护你们的方式是什么。我很纠结，也很内疚。"

刘先生说："不用纠结，不用内疚，你都是为了我们好，这我理解。您姓杨是吧？"

杨树点头接着说："刘先生，我思来想去，首先给你们道歉，那天我有点儿冲动，劝你们走诉讼程序。不是说走诉讼程序不对，而是任何事情都需要选择更有利于问题解决的方案。走诉讼程序不是没有缺陷，相比之下和解反而利大于弊。"

刘强说："我同意啊，没问题。"

杨树没想到工作这么容易做，反而愣了："嗯？什么？"

刘强说："我同意和解。而且我也找了懂这方面的律师朋友，他也是告诉我，选择和解可能最有利。"

杨树有些不好意思："刘先生，对不起，那天我……"

刘强把话拦住："杨警官，该抱歉、该感谢的应该是我。真的，不单是你为我们寻求正义，为我们说话，让我特别感动的是你这样的年轻人，这么有正义感。"

杨树惭愧地说："您过奖了，我还是太年轻。"

刘强鼓励道："年轻好，年轻有热血，像我这样就不行了。不瞒你说，我想和解还有一个原因，跟别人都没说。就是这几天，他们不来闹了，哇，真是太好了，和平太好了，安宁太好了，噩梦太可怕了，我是真真跟他们斗不起。"

杨树看到刘强由衷陶醉，再次愣住。

刘强也发现自己有点儿失态，赶紧往回找："当然，这一切，都是经过你们警察的努力才有的局面。"

说完，两人都干笑了两声。

杨树有点儿不好意思地掏出和解书："那……刘先生既然想通了，咱……咱……咱们还是签一个和解书吧？"

刘强有些疑惑："和解书要签两份吗？"

杨树有点儿蒙："两份？"

刘强说："跟您一起来过的那位曹姓警官，是你师父吧？昨天来让我签的。他还说让你来道歉哪，我说不用不用。"

杨树彻底凌乱。

浑浑噩噩地走出楼门，回到自己车里，还没捋顺到底发生了什么，就见孙家一大帮子拥进刘强家楼门。

杨树一下紧张起来，下车跟了过去，到电梯口想了想，没坐电梯，转向楼梯。

刘强刚送走杨树，忽然听到门口有动静，妻子从厨房出来，两个人对视了一眼，脸色都很难看。

刘妻小声问："不会又是他们吧？"

刘强二话不说就冲进卫生间拿出一个拖把，难掩怒气："敢？这次要再是他们，说什么也不和解了！"

刘妻压低声音："现在说这个还有什么用！"

两个人小心翼翼地走到门边，刘强妻子按下了门口的监控视频的开关。

从监视器上看到门外，孙家二女儿带着当初来闹事的几个人拿着刷子，往墙上刷白漆，墙上之前的红字全部都被盖住了。

刘妻不解，小声说："他们在刷墙？"

刘强也有些迷糊："好像是……"

杨树从楼梯上来，没听到吵闹声，便放慢了脚步，在楼梯缝隙中观察，看到这几个人刷了墙和门，还把一个写着"道歉信"的信封塞进门缝里，才匆匆离开。

看到眼前这一切，杨树没露头，默默地往楼下走。

李母和李易生正在家里围着餐桌吃饺子。

李易生口若悬河："谁知道，那鸟竟然会说中国话，你说邪门不邪门？明明是马来西亚鸟，却会说中国话！"

李母像个小女生般好奇："为啥呢？"

李易生卖了个关子："你猜？"

李母说："是中国人养的？"

李易生摇头："不是。"

李母猜不到，像小女生一样撒娇："那是为啥？快告诉我嘛！"

李易生清了清嗓子，唱起来："全世界都在说中国话，孔夫子的话，越来越国际化……"

李母哈哈笑起来，扎进李易生的怀里。

正在这时，房门打开，李大为走了进来。李易生立刻不自在地站了起来。

李母也放下筷子，迎了上来："大为，你怎么回来了？"

李易生讨好地说："还是你妈明智，多包了一盘饺子，我这就去下。"

李大为没说什么，在餐桌边坐下了。

李母说："来，你先吃煮好的。"

李大为摇头："不用，妈，你先吃吧。我正好在附近，回来看看。"

李母欣喜地朝厨房喊："易生，儿子回来看你呢，你躲在厨房干吗？"

李易生从厨房出来："嘿嘿，我这不是给儿子煮饺子嘛。"

李大为语气生硬："妈，我是回来看你的，不是看他！"

李易生灰溜溜地回到了厨房。

李母也不想让两人尴尬："怎么样，那个房子住得舒服吗？"

听到母亲这么说，李大为想起了什么，拿出手机："妈，我发工资了，给您转过去。"

李母有些生气："开什么玩笑，跟你说了不用。"

李大为说："我把那个房子分租出去了，房租有人分摊，我自己能负担。也是不想您太辛苦。"

李母笑了："我儿子越来越懂事了，那你周末有空可要常回来看看。"

正在这时，李易生端着一盘热腾腾的饺子出来了："来，大为，吃。"

李大为没有看他："不用这么假惺惺地对我好。"

李母有些生气："怎么说话呢。刚夸你几句，就开始犯浑。明明心里有这个家，非要把话说得这么难听。跟你爸年轻时，简直一个样。"

李易生嘿嘿笑着坐下来："行了，别说孩子了，快吃吧。"

李母给他夹了一个："来，这是你爸拌的馅儿，尝尝看还是不是你小时候那个味儿。"

李大为吃了一口。

李易生突然放下筷子，站起来："等一下！"

李母愣住："你干吗？"

"马上。"李易生再次跑回厨房，不一会儿端了个小碟出来，放在李大为面前，期待地说，"你最喜欢的小米辣油醋碟，尝尝还是不是你小时候的那个口味。"

"妈，所里还有事，我不吃了……"李大为忍不住眼眶红了，放下筷子，低着头，快步离开。

李母叹了口气："这孩子，还没吃两口呢……"

李大为跑出家门，孤零零地坐在楼下长椅上，看着楼上家里的灯光，眼泪悄然滑落……

良久，李大为调整好情绪，回到合租公寓，一打开门，就看到夏洁和赵继伟在客厅打游戏："我回来了。"

赵继伟没看他，专注于打游戏："夏洁，慢点，等等我，咱是 team（团队）。"

夏洁神情无比轻松："慌什么，我罩着你。"

李大为回来都没人搭理。如果是往日他肯定会上来捣乱，可今天确实没什么心情，默默走进他住的小书房。

夏洁先注意到李大为的异常："他怎么了？就这么走了？不是他的风格啊。"

赵继伟也意识到了问题，停了下来："对啊，咱们都没理他，他不是应该来给咱们捣乱吗？"

夏洁和赵继伟说："这两人今天都怪怪的，一个屋憋一个。"

赵继伟说："让他们憋着去，一会儿就憋不住了。"

夏洁问："李大为跟的那个案子不是双方都签和解书了吗？"

赵继伟点头："签了，我亲眼看到的。"

夏洁说："咱俩出去跑跑步。"

赵继伟一怔："为什么？"

夏洁放下手柄："没什么，我到跑步时间啦。"

赵继伟说："行，我也得锻炼锻炼。"

两人迅速换好运动服，出去跑步。

杨树正呆坐在桌前，外面突然安静下来，让他意识到他们都出屋了。自己也想换换环境，起身打开房门。

几乎同时，李大为从床上坐起来，走出房间。正好看到杨树出来："你在？"

杨树也有些意外："你也在？"

李大为说："我听屋里没人，想出来透口气。"

杨树说："我也是。"

李大为说："那咱俩谁也别搭理谁，更别聊理论思想什么的。"

杨树一听这话，有点儿气不打一处来，转身又回了自己屋，关了门。

李大为没管他，自己走到沙发前，接上游戏玩了起来。

玩了一会儿，李大为回头看了看杨树紧闭的房门。想了想，起身上前敲敲门："杨树，没想招你惹你，出来咱俩玩两局。"

杨树打开门，也不看李大为，直接坐上沙发。两人无话，都打起了游戏。

两人都心不在焉地玩了一会儿。

杨树先放下手柄："孙家和刘家纠纷案的结果，让我有了很复杂的感受。为了这个案子，我还跟师父产生了矛盾。所长说任何事物都不是非黑即白，对错也是相对的。以前也知道这些道理，现在有了亲身经历，体验就不一样了。"

李大为把手柄丢到沙发上："要我说，就是你要看到你师父身上的优点，我真觉得你师父能力挺强的。"

杨树问："你的意思是我要跟我师父和解？"

李大为说："你要是想找不痛快，就不和解。"

杨树想想，拿起手柄又玩了起来。

每天早上的交接班，办公区都是一片忙碌。

曹建军在自己桌前看电脑资料，杨树直接走到他旁边："师父，您来这么早。"

曹建军愣了一下："哟，还叫我师父？"

杨树说："是，您什么时候都是我师父，我还需要向师父学习。"

曹建军说："所长说了，要我向你学习。"

杨树摇头："不敢，向师父学习。"

曹建军一笑："行啦，出警吧。"

旁边的李大为帮陈新城泡了枸杞茶，递到他面前，接着就开始"邀功"："师父，您不表扬我吗？您觉得咱师徒俩配合是不是天衣无缝？"

陈新城没说话，可脸上掩饰不住露出几分笑容。

正在这时，张志杰带着赵继伟路过，看到李大为在"缠着"陈新城，就走了过来："老陈哪，今天能不能借你的爱徒一用？"

陈新城说："爱徒？你可别吓我，赶快带走，爱怎么用怎么用。"

张志杰乐了："那可就这么说定了。"

赵继伟有点儿委屈："师父，您不是有我吗？我是您爱徒，什么任务我都可以完成。"

张志杰说："徒儿，那任务有危险，师父不舍得用你。"

陈新城一听急了："哎，你什么意思？有危险让我徒弟去？"

张志杰哈哈笑起来："大为，你不会当真吧？"

李大为说："师父当真我就当真。"

陈新城摆手："去去去，一边待着去。"

这时高潮过来："张哥，那咱现在开始？"

张志杰说："正等您哪。"

高潮开始安排："张晓前，叫上大五、刘欢乐、纪晓明，都到会议室。"说完，高潮、张志杰带着被点名的几个警察往会议室去。

赵继伟追着张志杰："师父，这是要干吗？"

张志杰卖了个关子："跟着走，一会儿你就知道了。"

李大为也好奇地问陈新城："师父，他们这是有行动？"

陈新城眼睛眯起："是，志杰肯定盯上了一条大鱼。"

李大为有些激动："这肯定是大案！"

陈新城问："你怎么知道？"

李大为说："小案子张警官自己就办了，还拉上高所，一定人手不够。"

陈新城指着他："你呀，就爱自作聪明，真以为拍英雄大片哪？"

李大为一头雾水："啥意思？您给传授传授。"

陈新城说："所里有个传统，无论是办案民警还是组长，遇到案子都会找一位副所商量一下案情，把把关，以防疏漏拿不准什么的。"

李大为问："那像您和曹警官这样的老警察，也会找高所商量？"

陈新城反问："为什么不会？现在知道为什么了？"

李大为笑着说："我要说知道，您又该说我自以为是了，还是师父教我才能知道。"

陈新城说："这叫全所一盘棋。无论大小案，都可能人命关天，所以要慎之又慎，在警力调配上，也要保证万无一失。"

李大为明白过来："那张警官刚才叫我去，我是不是也调配调配？"

陈新城眼睛一瞪："有你什么事儿？还真以为你有用啊？"

李大为有点儿迷糊："那他说要借我……"

陈新城不屑地说："他那是炫耀！"

李大为更加发蒙："炫耀？炫耀什么？"

陈新城恨铁不成钢："你到底是假聪明还是真傻？刚才不是说过？他肯定钓上大鱼了！"

李大为一脸懵懂："噢……所以呢？"

曹建军带着杨树开车过来，下车分开居民小区门口聚集的人群："没事的都散了，不要聚集，散了散了。"

杨树也开始疏散："都散了吧，谢谢合作。"

曹建军问："谁报的案？"

快递员说："我。"

曹建军看着他："说说情况。"

快递员指着保安："他不让我回家。"

保安强硬地说："小区不让快递进小区，这是物业规定！"

曹建军制止保安："你先别说，让他说。"

快递员还是那句："他不让我回家。"

曹建军一怔："没了？接着说。"

快递员想了想："他看不起我们干快递的。"

曹建军又看向保安："你说。"

保安说："小区规定不让快递员进入，他说要回家，我让他拿门禁，他没有。说房子是租的，我说拿租约给我看，他也拿不出来。"

快递员急了："谁还把租约带在身上？"

保安说："后来让你去拿你不去，还跟在业主后边想混进去！"

快递员说："那是我报了警，你害怕了！"

曹建军问："那你跟着业主要混进去的事有没有？"

快递员承认："有，那是开始他不让我进。"

保安说："你老婆来了以后让你进，你还是不进。"

曹建军和杨树这才看到旁边还站个女人："你是他爱人？"

女人犹豫了一下："是，也不是。我跟他要离婚了。"

快递员突然歇斯底里喊出来："你们为什么看不起快递员！连保安也看不起快递员！"说完走到角落里蹲在地上大哭，情绪崩溃。

最后经过曹建军的一番调停，事情终于得到圆满解决。

又处理了几起报警，回程的时候，曹建军开着车："杨树，你觉得咱们今天遇到的案子怎么样？有值得总结的吗？"

杨树坐在副驾真诚地说："我觉得处理得都挺好的，特别是快递员那个。师父看得很准，问题的症结是出在夫妻感情关系上，关键又出在女方身上。做好女方工作，问题迎刃而解。快递员跟保安的矛盾就不是个问题。经过这件事，物业公司知道物业的规章制度不能高于法律规定，他们没有权利限制快递员的进出自由。这也是一次普法教育。"

曹建军称赞道："要不说怎么是博士，出口成章，总结得多好。"

杨树谦虚地说："师父过奖了，是您做得好。"

曹建军说："杨树啊，我觉得你可以把你说的这些，还有咱们这几天经历的这几个案子总结一下，写成文章。"

杨树不解："干什么用呢？"

曹建军说："给所里，给局里，让更多的人知道我们的工作有多光荣。"

杨树有些迟疑："我能想想吗？"

曹建军说："当然！"

晚饭后，民警们三三两两从食堂往办公区走去。

王守一心情不错地冲着夏洁和程浩走了过来："夏洁，你妈最近怎么样啊？"

夏洁说："在青岛我大姨家。"

王守一一愣："玩去了？"

程浩说："所长，等嫂子回来，咱们去看看她吧。之前一直说，却总是没去成。"

夏洁连忙劝阻："真的不用，所长。"

王守一说："打个电话问问你妈什么时候回来……"

突然，市医院的吴大夫慌慌张张地冲进派出所大院："警察同志，警察同志……"

程浩连忙拦住她："怎么啦？别慌，有事慢慢说。"

吴大夫说："警察同志，我女儿失踪了！"

程浩问："你女儿多大了？什么时候发现失踪的？"

吴大夫说："就刚才发现的。放了学我让她去上数学班，她磨蹭着不去，我说了她几句，就跑了。现在人找不着，手机还关机。"

程浩问："孩子几岁了？"

吴大夫说："十二。"

程浩对夏洁说："夏洁，进去填接警单。吴大夫，我们去接警大厅。"

吴大夫焦急地说："快着点吧，眼看天黑了。"

来到接警大厅，程浩继续询问："吴女士，您孩子十二了，才出去一会儿，怎么可能是失踪？很可能被您训了几句，跑哪里玩去了。您现在回家，没准已经回家了。"

吴大夫不依："警察同志，您这是什么态度啊？我女儿很乖的，从来不离开家，跟我从来都没有秘密，大小事情都会告诉我。每天跟我都要通好几个电话，现在社会多危险哪，她要没事，怎么会关手机呢？"

夏洁听出了问题："也许她是嫌您对她控制得太严。家长控制欲太强，孩子会受不了的。"

吴大夫不愿意了："这位小同志，你怎么说话呢？什么叫控制欲？这是我自己的女儿！我不管那才叫不负责！"

程浩说："好了，夏洁，赶快填接警单，让吴大夫签字。我马上组织人手查看附近的监控录像，您把地址提供一下。"

吴大夫说："文阁花园B座E单元1203。警察同志，这是我女儿的照片。"

程浩把她手机上吴大夫女儿的照片拍下来，拿着走了："您先报案，我让人查查您家附近的监控录像。"

夏洁坐在电脑前给她立案："吴女士，您按什么报？"

吴大夫说："失踪啊。我女儿失踪了。"

夏洁说："吴女士，根据我们的规定，一般情况下，失去联系二十四小时，才能算失踪。"

吴大夫脸色一变："你这话是什么意思啊？二十四小时没准我女儿都遭遇不测了！我女儿还小，你们有没有一点儿同情心哪？"

夏洁为难地说："按规定就是这样的。您自己说您女儿才离开家不久，无论如何也不能算失踪。"

吴大夫说："好，那我按刑事案报。"

夏洁又为难了："可也没证据说发生了刑事案哪。"

吴大夫说："你怎么知道没发生刑事案？万一她离开家遇到坏人了呢？我说你什么意思？你不想为我女儿负责是吧？我告诉你，我女儿万一出了事我就找你！"

夏洁解释道："我的意思是说您只是暂时和女儿失去了联系，一点儿发生不测的证据和信息都没有，怎么可能按刑事案报？"

吴大夫蛮不讲理："我就按刑事案报！我报案，你给我立案，然后马上帮我找孩子，废什么话？再耽误时间，出了事你能负责吗？"

夏洁说："好吧，您报刑事案，那您先抽个血。"夏洁对坐在旁边的辅警说："小陈，帮这位阿姨抽个血。"

吴大夫一甩胳膊："我女儿找不到，你抽我血干什么？"

夏洁说："您不是按刑事案报吗？万一发生什么事情，也好做DNA比对啊。"

吴大夫一声大吼："什么？你说什么？你再说一遍？！"

这一嗓子有些歇斯底里，夏洁还从没见过这阵势，不由得愣住了。

程浩和一名警察正在旁边看监控，听到隔壁的吼声，吓了一跳，急忙跑了过来，看到那个吴大夫正冲着夏洁大喊大叫："你什么意思？咒我女儿死？你安的什么心哪？你这样的人，也配当人民警察？"

夏洁被骂蒙了："不是您自己说按刑事案报的吗？"

吴大夫说："我按刑事案报，你就说我女儿已经遭遇不测了？人民群众遇到危难，你们什么态度？信不信我曝光你们！什么人哪这是，你有父母吗？你明白天下父母心吗？"

程浩迅速地问了问那个辅警，辅警对他耳语了几句。程浩了解了情况，这才说："吴女士，你不是报案吗？赶快先报案。"

吴大夫说："不行，她这是什么态度？她心里有人民群众的安危吗？真没见过这样的警察。你们领导呢？叫你们领导出来见我！"

夏洁委屈地说："师父，她坚持按刑事案报，我说让她抽个血，她就变成这样了……"

程浩说："夏洁，孩子还没找到计较态度干什么？现在不是找孩子最要紧吗？"

吴大夫被他这话提醒了，对程浩说："同志，我还是找您。必须马上帮我找到孩子。"

程浩说："好，您别急，我们正在里边查监控，马上再派人到小区里查看小区的监控。您先回去，我保证孩子会平安到家的。"

吴大夫说："这话还差不多。你说说，这个女警察是什么态度？以后也是当妈的人，真是……"

程浩哄着她："好了，现在找孩子要紧。怎么来的？有车吗？没车我送您。"

夏洁低头想要离开。

程浩从后面追了过来："小洁，别当回事。当警察的，什么人都能遇到。行了，咱们还得继续干活儿。"

夏洁没说话，跟在程浩后面走到办公区。

高潮他们正要出发，和张志杰对视一眼，心里跟明镜似的："唉，人手又不够了。"

正好陈新城带着李大为回来，程浩说："高所，志杰，你们给我留俩人，让新城配合一下你们。"

高潮、张志杰异口同声："成交！"

两人立刻带着一组人马先出发，陈新城、李大为只能跟着。

夏洁目送赵继伟跟李大为结伴离开，所里已经没剩下几个人了。

程浩给大家通报案情："文阁花园一个孩子走丢了，不一定是什么案子。没准是她妈逼着上数学班，小女孩逆反，在哪个同学家玩，不过孩子家长在接警室。大五，去孩子的学校问问她班主任，孩子平常和谁走得近。来回沿途都找找。"

看监控的警察从监控室出来："查了小区门口和周边的监控，应该没出过小区。"

程浩点头："好，那咱们主要力量放在小区。去文阁花园后多问问她家左邻右舍。注意孩子在小区里，玩得比较好的朋友。都赶快找吧，争取让这孩子回家吃晚饭。"

大家答应着各自走了。

"嘻嘻……"

房间里两个小女孩正趴在地毯上看动画片，笑声不断。

"静静，你该回家了。"一名家庭主妇引着程浩、夏洁和吴女士等人开门进来。

吴大夫朝女儿扑了过去，哭喊着："静静，你为什么关机呀，吓死妈妈了！"

她夸张的行为让女儿感到窘迫，试图躲开。

吴大夫拉着她的手："走，快跟妈妈回家。"

静静说："不，我不回家。"

吴大夫怒火中烧："不回家？你爸不回家，你也不回家，你是要跟你爸一起逼死我吗！"

静静倔强地说："我就是不回家！我讨厌你！"

说完用力挣开吴女士，从夏洁身边夺门而出。

吴大夫在后面哭喊着："静静！静静！"

追了两步吴大夫又停下来，对静静朋友的奶奶说："您是成年人，请您以后不要擅自让我女儿到你家来，即便来了也要第一时间通知我，否则我会告你的。"

静静朋友的奶奶被吴大夫质问得有点儿蒙，尴尬地站着。

程浩一看有可能是一场混战，连忙说："吴大夫，孩子又跑了，夏洁你们赶紧盯着点儿。"

夏洁连忙和另一名女警下楼。

吴大夫依然不依不饶："希望以后这样的事不要发生，你必须答应我！"

奶奶委屈地说："我没叫您女儿来……"

程浩赶紧解释："奶奶，是这样的……"

夏洁和另一名女警从楼里出来，没有看见孩子，便分头去找。

转过一个楼头，看到静静坐在一个角落的秋千上。夏洁慢慢走过去，在旁边一个秋千上坐下："你叫静静是吧？"

静静不理她。

夏洁伸出手，试图跟静静握手："我叫夏洁。"

静静生气地看着夏洁："我讨厌你！谁让你们带我妈妈来找我的！"

夏洁愣了一下："对不起，静静！我是警察，你妈妈要我们找你，我们不能不找。"

静静眼中含泪："现在我连朋友都没脸见了，你们满意了！你们大人都是坏人！"

这时吴大夫听到声音，和孙前程一起跑过来，冲上去，一把将静静从秋千上拽下来："你跑什么！非要把我气死吗！看我不打死你个不省心的！"

说着吴大夫就要上手打静静。

夏洁本能地赶快护着静静："您先别打孩子呀……"

孙前程也挡在吴大夫面前，又不太敢用手去抓她："消消气，打也解决不了问题。"

吴大夫怒了："我教育孩子你们瞎掺和什么？让开！"绕过孙前程，抡起巴掌甩向静静。

静静这时正被夏洁搂在怀里，看到吴大夫打过来，夏洁本能地把静静往身后藏，静静也本能地一躲。

"啪！"这一巴掌结结实实地落在夏洁的脸上，瞬间出现了几个通红的手指印。所有人都惊呆了！

孙前程冲到吴大夫面前，厉声说道："你这是袭警！"

夏洁因疼痛而皱起眉头，身体僵硬。吴大夫也吓得不轻，静静也安静了。

吴大夫突然拽起静静，拉着就往家走，静静也乖乖地跟着。走了几步，她突然站住，冲着夏洁、孙前程吼道："我没有袭警，这是意外！倒是你们，三番五次破坏我们母女感情，我会投诉你们的！"

张志杰将车隐蔽地停在路边，拿起对讲机："高所，我们到位了。"

高潮回话："好，四组四组，你们到哪了？"

四组回应："四组还有三分钟到指定地点。"

赵继伟小声问："师父，不是前两天刚来过这个社区吗？我在这还撞见刀疤脸。"

张志杰只是笑而不语。

赵继伟恍然大悟："我现在有点儿想明白了！师父英明。李大为，你们仨或大或小，都办过案子，今天该轮到我了！"

李大为撇了撇嘴："我那办的叫案子？整个一护工！你看我端屎端尿的……"

赵继伟道："我还帮你端了呢！"

这时对讲机传来四组的声音："四组到位！"

高潮立刻部署："好，各组按原计划五分钟到位，看到有人带我到门口，大家一起冲，把好自己位置！"

"是！"张志杰、陈新城等人下车。前面正是赵继伟找到刀疤脸的那间平房。

"行动！"

随着高潮一声令下，所有警员一拥而上，破门而入："不许动！警察！全都抱头蹲下!"

屋里乌烟瘴气,摆着七八张麻将桌,每张桌子都围着四个人,惊慌失措地抱头蹲下。

一个老头蜷缩在卫生间的墙角,背对着所有人。赵继伟看了一下觉得不像刀疤脸,走了过去。

这人也引起了李大为的注意,李大为越看越觉得不对劲,走过去,一把把他拽出来。这人回过头来尴尬一笑,竟是李易生。

李大为怒火冲天:"怎么是你?真是死性不改,你是不是人!"

张志杰和赵继伟一起朝李大为看过来。

李易生小声说:"大为,你听我说……不是这样的……"

张志杰走过来:"大为,怎么回事?"

李大为喘着粗气:"没怎么回事!这人是个老赌棍了,我认识!"说着用手铐把李易生给铐上了。

李易生脸上红一阵白一阵的:"大为……"

李大为吼道:"你给我闭嘴!"

回到所里做完交接之后,李大为跑到院子里,愤怒地拨通母亲的电话:"早就跟你说了他就是个骗子,你不听,现在好了吧,人直接抓到我们所里来了!"

李母震惊不已:"大为,你爸说就是找老朋友聚聚,怎么会是赌博呢?"

李大为冷笑:"确实是聚聚,聚众赌博!咱们一次一次像弱智一样对他抱有希望,结果一次比一次更失望!妈,你就听我的吧,不要再跟他有任何瓜葛了!"

李母此时有些担心:"大为,你爸要是真的被拘了,会不会影响你啊……"

李大为愤怒地说:"当然!"

李母急了:"那可怎么办?你好不容易才做了警察……"

李大为说:"还能怎么办?听天由命!也许我上辈子欠他的,也许我压根儿没有当警察的命!"

挂了电话,李大为依然没有办法宣泄愤怒,自己在院子里转圈儿,忽然看到夏洁也坐在院子的角落里,两人对视了一下。

李大为走到夏洁身边:"你都听见了?"

夏洁说:"我也不想听到。"

一阵沉默后,李大为问:"你值班?"

夏洁情绪不高:"不值。"

李大为这时才注意到夏洁情绪也不对,一人坐在这里孤孤单单:"不值你在这干什么?"

夏洁敷衍道:"坐会儿。"

李大为问："你怎么看上去比我还丧？"

夏洁没说话，起身想离开，李大为这才看到夏洁的半边脸都红了，还有些肿。

李大为上前拉住她，生气地说："谁干的？你是警察，这是袭警！"

夏洁只是苦笑："是个意外。"

李大为不信："意外？你晚上也出警了？对，我们回来你们也正要出警。"

夏洁没接话，却被触到伤心处。

涉及赌博的有三十多人，派出所的审讯室、留置室、询问室都满了，连走廊上都是人。其他人都低着头，只有李易生微微抬头，悄悄地寻找李大为的身影。

所里的警察都忙着在各询问室做笔录，陈新城从一个询问室出来，孙前程带着一个赌徒出来，送到留置室。

陈新城要再收一个询问，就注意到了李易生。恍惚间他觉得有些眼熟，又想不起来在哪里见过，于是停住脚步。

忽然，陈新城像想起来什么似的，拿出手机，搜了搜，瞬间脸色就变了。陈新城走到李易生身边，把他直接拉到询问室，辅警孙前程也进了屋。

李易生连忙说："警官，我是冤枉的啊……我就是去看看。"

陈新城没有回答："小孙，你出来一下。"

两人来到门口，陈新城小声说道："小孙，这个人按惯例询问，先把基础资料做了。不要别人经手此人了，我一会儿回来处理。"

孙前程点头："好。"

安排好之后，陈新城直接冲进了王守一办公室："所长，我跟志杰他们一起抓了一群聚众赌博的。"

王守一正准备下班，被他吓了一跳："我知道啊！"

陈新城说："我刚才正准备询问一个赌徒，突然觉得脸熟，用手机一查，就是李大为上次视频里推搡的那个男的，是李大为他爸！"

王守一脸色难看："你先把门关上。"

陈新城急道："人都抓回来了关不关门有啥意义？大家都会知道的。"

王守一问："他爸这次是什么情况？"

陈新城摇头："不知道，一直说自己是冤枉的，他就是去看看。"

王守一苦笑："看看？他当赌场是电影院，买票就能进？哎，好好的一个孩子怎么摊上这么一个爸。"

陈新城忧心忡忡："影响不会太大吧？"

王守一说："直系亲属涉案，这要是在政审阶段他就得脱警服了。现在……如果他父亲是组织者，他未来想往上走，就难了。"

陈新城气得直咬牙："真是……他爸也太不靠谱了吧？自己儿子干什么的不知道？

这不毁孩子的前途吗？"

王守一说："李大为没跟我说得很具体，反正就是他爸这么多年来一直四处晃荡，根本不管他们母子。他妈妈特别要强，几乎就是自己一个人把他带大的。他对他爸心里有很多怨气，一直也没感受到什么父爱。"

陈新城感叹道："难得，孩子在这种家庭环境中成大，人却很活泼开朗，性格也好。我本来以为他肯定是那种家庭很幸福的小孩，所以才没心没肺，总爱嘻嘻哈哈的。"

王守一有些意外："性格好？你夸他？这不像你说的话啊！"

陈新城语塞："我这也是……实事求是。"

王守一看着陈新城："孩子都是好孩子，可是我又想到佳佳了。"

陈新城脸色有些难看："所长，你这比得就不对，我又不是个混蛋爹。"

王守一叹了口气："哎，现在也没心情说这个了，赶紧，让志杰上来，我再问问具体情况。"

夏洁坐在院子的篮球架下，李大为拎着一袋冰激凌在她身边坐下。

李大为从袋子里拿出一根冰棍，还拿出一块新买的小毛巾，然后动作细致地把冰棍包在毛巾里，递给夏洁。

夏洁接过来，拿着这个冰棍就开始敷自己红肿的那半边脸。接着又指了指那袋冰激凌："再帮我剥开一个呗，手不够用。"

李大为撕开冰激凌包装："你让我买这么多冰激凌干吗？"

夏洁说："我心情不好的时候就喜欢吃冰激凌。胃一凉，心好像也被冻住了，就没感觉了。"

李大为疑惑地问："不是说女生不能多吃凉的吗？"

夏洁白了他一眼："好像你懂得挺多似的，再给我一根。"

李大为无奈，又递给夏洁一个冰激凌："夏警官，身体重要，适量。"

夏洁说："你也吃一个，试试我这疗伤的方子管不管用。"

李大为想了想，也从袋子里拿出一个冰激凌吃了起来。

两人一言不发，都默默地吃着冰激凌。

李大为缓缓开口："这个人在我心里早已消失了，四年警校更是让我觉得我已经没有爸了。没想到，在我已经长大到完全不需要他的时候，他偏偏以这种方式又回来了。"

"再给我拿一个。"夏洁接过新的冰激凌，一边吃一边认真地说道，"我跟你不一样……我挺想我爸回来的，我就想对他说，爸爸，我好想你……"

说这话的时候，夏洁眼睛变得湿润。

李大为看着她，不知道此刻该被安慰的人应该是夏洁还是自己。

半小时后，李大为捂着肚子，侧着头，趴在办公桌上哼唧个不停。

夏洁抱着一个热水袋，捧着一个保温杯走了过来。

李大为有点儿窘："我只是吃得有点急……"

夏洁把热水袋和保温杯递给他："那就只能跟你说……多喝热水！"

李大为接过热水袋，抱在怀里，继续趴在桌上。

这时赵继伟走了进来，李大为明白他是来找自己的，立刻直起了身子。

赵继伟看了眼夏洁，有些尴尬："大为，你跟我过去一下吧。"

李大为苦笑："没事，夏洁都知道了，估计咱所应该都知道了。"

赵继伟安慰道："没那么严重。我们对了所有人的口供，还调了他们赌场的内场监控，李易生……哦，不，李叔叔，真的是第一次去，还是跟着朋友去看热闹的，这个场子跟他没什么关系，他也没赌。"

这下李大为愣住了："看热闹？"

赵继伟说："那你要不要直接签字，把他领走？"

李大为不接赵继伟的话，起身对夏洁说："下班了，咱们回家。"

赵继伟为难："大为……这……"

李大为走得头也不回："关他一晚上，让他好好反省一下。"

新的一天，民警们又开始了新的忙碌。吴大夫从车上下来，衣冠楚楚，气场强大，完全不似之前报警时的狼狈。

值班辅警正在指导一个群众如何填报警单，抬起头，认出她来，热情地说："吴大夫，您来了？"

吴大夫说："叫你们领导来，我有事想投诉！"

那个群众已经填完了，听到这话，吃惊地看了看吴大夫，旁边过来一个辅警赶快把他带走。

辅警一愣："吴大夫，怎么啦？孩子不是平安回家了吗？"

吴大夫说："现在不是孩子的问题，是我和你们的问题！叫你们的领导出来见我。"

程浩和夏洁正在监控室里，仔细查看监控录像。接待辅警跑进来，一看夏洁在屋里，急忙偷偷冲程浩招了招手，程浩走了出去。

可夏洁已经看到他，一脸疑惑。

两人来到走廊，辅警说："吴大夫来了，态度好凶啊。说夏洁诅咒她孩子，一定要夏洁当面向她道歉。"

程浩愣住："这什么人哪。"

辅警无奈："您快看看去吧，我觉得这女人不好惹。"

程浩看看身后，没说什么就走了。

夏洁从监控室出来，站在那里看着他们。

来到询问室，见吴大夫气势汹汹地坐在那里，程浩脸上瞬间洋溢着笑容，像见到至爱亲朋似的，一把抓住吴大夫的手："吴大夫来啦？我才知道您在市立二院。您猜怎么着？世界还真小，我老婆她姐姐的大姑姐就是你们二院的。叫什么来着……你看我这猪脑子。哪天我做东，请你们一起吃顿饭。孩子回家了，是吧？平安就好。你说说，活到咱这岁数，日子不就是给孩子过的吗？说起来也巧，我那孩子和你孩子差不多大，成天为她操心。啥时候没事了咱俩坐到一块儿聊聊，我敢保证共同语言不少……"

没想到吴大夫根本不吃这一套，站起来，冷冷地说："程所长是吧？那天那个女警察呢？"

程浩强笑道："找她干什么？有什么事和我说就行。"

吴大夫说："她咒我孩子死，我要她一个当面道歉！"

程浩劝道："哟，话重了。她不过是按工作流程办事……"

吴大夫冷笑道："程所长，你还包庇她？我找不到孩子正着急呢，她叫我抽血验DNA，那就是咒我孩子吗？她咒我不要紧，她咒我孩子，我不能原谅她！今天必须给我当面道歉！"

程浩说："吴大夫，她年轻，说话可能没注意方式，可她工作没错。您要按刑事案报案，抽血就是必备程序……"

吴大夫质问道："我只说孩子不见了，让我抽血是什么意思？什么情况下才需要验DNA？她那不是咒我孩子吗？不行，她呢？我必须见到她，让她当面给我道歉！"

一边说着就一边要往里走。

程浩在前面拦着："吴大夫，您来不就是要找孩子的吗？孩子找到了，比什么都重要。"

吴大夫说："对你来说，可能孩子很重要，对我来说，尊严比什么都重要。她伤害了我的尊严。你们把她叫出来！"

"我来了。"夏洁一脸平静地从后门进来。

程浩急了："夏洁，交给你的任务完成了没？你上这里来干什么？赶快回去。"

吴大夫一把拉住她："好啊，你还有脸来见我。今天，你非给我当面道歉不可！"

夏洁正色道："我没做错什么，为什么没脸来见你？你来报案，我接了警，还接出错来了？"

程浩心里暗叫不妙："夏洁，马上回去！回去！我命令你回去！吴大夫，我代替她向您道歉。"

夏洁固执地站在那里："程所，您不用和稀泥，我没做错什么，我不道歉，什么人也别想代替我！"

吴大夫指着她鼻子："不道歉是吧？"

其他警察听到动静，纷纷跑进来，赵继伟也进来了，吃惊地看着夏洁强硬的态度。

李大为从外面经过，也进来了，看了一眼就明白了怎么回事了，故意声音很大："这位女士，帮您找孩子还找出事儿来了？夏洁还挨了您一巴掌，您忘了我可以提醒您。袭警是什么意思，您懂吗？"

程浩吃了一惊："怎么回事？"

吴大夫脸色微微一变："我教训我女儿，她冲上来拦着，我也是无意的，怪不到我头上，别拿袭警吓唬我。"

程浩冲着李大为吼道："嫌事儿小怎么的？都走，哪有空在这儿看热闹啊？"

大家走了，李大为本想再说些什么，也被人硬拉走了。

程浩赔着笑："吴大夫，口渴了吧？小夏，你给吴大夫倒杯水喝。"

夏洁没动。

吴大夫说："我不是来讨水喝的。这个歉，你道还是不道？"

夏洁说："我没做错，没什么歉可道。"

程浩急得焦头烂额："夏洁，她年龄和阿姨也差不多，你就道一个呗。"

夏洁反问："就她有尊严，我没尊严？我为什么要向她道歉？"

吴大夫指着她："不道歉是吧？我给了你机会，你不道歉，现在想道歉我也不接受了。你记着啊，最好你一直这么强硬，坚持别道歉！"

说着，提起包就往外走。

程浩急忙追上去："哎，吴大夫，回来咱们再商量，孩子这么大的事情都解决了……"

可吴大夫已经上了车，一踩油门走了。

夏洁脸气得煞白，站在那里不说话。

程浩叹口气回来："唉，夏洁，干警察的，什么人碰不见？你和她一般见识干什么？道声歉又不少斤肉，不就没事了吗？"

夏洁倔强地说："既然我没错，为什么要道歉？这是尊严。当警察的就没尊严吗？"

程浩不知道说什么好："你看看你这脾气，我说什么了？当警察的，经常受委屈，你要是这么较真……"

夏洁打断他的话："师父您想说什么？您是不是想说，要较真就当不了警察？"

程浩愣住了……

王守一关上办公室的门，对张志杰说："坐。"

两人挨着坐下，张志杰说："所长，该拘的拘了，该罚的罚了，就是这李易生……"

王守一问："他确实没参与吗？"

张志杰摇头："来赌的人呢，都得先用微信扫码付一笔场地费。李易生没有这个转账记录。"

王守一问："会不会用现金？"

张志杰肯定地说："不会！这老板嫌麻烦，不收现金。赌场内有监控，我们都看过了。还有几个人可以证明，李易生确实没参与。"

王守一不解："那他去那儿干吗？"

张志杰说："他有一个做文玩的老朋友，是那儿的常客。李易生有东西押在他那，是要钱去的。他朋友知道李易生缺钱，就鼓动让他下注。"

王守一心里一紧："下注了吗？"

张志杰摇头："没有。李易生没本钱。"

王守一沉默不语，若有所思。

张志杰看着他："所长，这次抓人，李大为也算立了功，你看……那李易生？"

王守一眉头紧皱："我再想想。"

张志杰见王守一心烦，默默退了出去。

王守一想了几秒，刚要起身，这时电话响了，看到电话号码，脸色变得更难看了："宋局长，李大为的事……那就好那就好。啊？怎么是夏洁？……这事程浩昨天早就跟我汇报过了。我也了解过情况，她来报案，坚持按刑事案报，夏洁让她抽个血，是进行正常流程。可能我们的工作态度不好，那么以后一定加以改正，不会再发生同样的情况，希望领导可以理解。"

宋局长在办公室里来回踱步："师父，您能这么说，我就放心了。夏洁的事情，的确没有过错。只是现在是全民监督时代，我们在保证履行职责的同时，也要兼顾市民的感受，警民一家亲嘛！"

王守一答应着："明白！明天开会我会把局长的批示精神传达下去，提升我们的工作质量，虚心接受广大市民的监督！"

宋局长欣慰地说："师父，您办事我放心！相信八里河派出所在您的带领下，一定会再创辉煌的！"

挂了电话，宋局长舒了一口气。

李大为、杨树、赵继伟都在休息室里，关切地看着情绪低落的夏洁。

赵继伟看看大家，赔着笑："叫我说，就一句话的事，道一声歉怎么啦？"

李大为反对："兄弟，你的尊严就这么不值钱？"

赵继伟不敢说话了。

李大为也认死理："不道，坚决不道！士可杀不可辱，没做错事，为什么要道歉？"

杨树看了看夏洁："我又检索了一遍《警察法》，里边有礼貌待人、文明执勤和尊重人民群众风俗习惯的规定，也泛泛地规定了社会和公民的监督，将来对方可能拿这几条来咬你。但你是按规定办事，所以，你不道歉，她将来哪怕是告到法庭上，也不会得到支持。"

夏洁感激地看了他一眼："谢谢你杨树。"

李大为竖起大拇指："还是咱们博士厉害！"

赵继伟担忧地说："要是夏洁坚持不道歉，万一将来她来所里纠缠怎么办？"

李大为不屑地说："当警察的还怕无赖，那还要警察干什么？"

夏洁苦笑："难说……"

赵继伟连忙安慰道："也不用担心，就算她来纠缠，所里也一定会保护夏洁的。"

李大为摇头："未必……当年我师父怎么受的处分？不就是对方纠缠，所里为了平息众怒，就把我师父牺牲了吗？"

赵继伟随口说道："别人可能，夏洁不会。"

夏洁脸一变："你这话什么意思？"

赵继伟意识到自己失言了，打着哈哈："我的意思就是……也没啥意思……"

李大为看出夏洁不高兴，打了赵继伟一巴掌："怎么老毛病又犯了，跟你说过多少次了，这话别说！"

赵继伟连忙道歉："夏洁，对不起，我真没啥意思，就是觉得所里吧，就是看着你爸的面子也得保护你。"

李大为看到赵继伟越解释越乱，直接把他推搡着关在了门外："赶紧去忙你的吧。"

杨树说："夏洁，你别多想，赵继伟就是不会说话。"

夏洁低头："你的意思是他说出了一个事实，只是表达得不好是吗？"

杨树也被将住了，笨口拙舌地："我也不是那意思，我的意思就是……就是……"

夏洁说："我知道你们啥意思。所里经常照顾我，谁都知道，说出来和不说出来还有啥区别？我的想法又有谁会在乎？"

"我在乎……"李大为又指了指杨树，"我们都在乎！我们都是你的朋友！"

夏洁抬着头，目光茫然："我从十二岁就注定要当警察。当时我站在爸爸的墓碑前，他的遗照就穿着警服，很英武。当时我就觉得他在看着我，我要努力成为一个好警察，让他骄傲。所以这些年无数人劝过我，我还是义无反顾地考了警校。可是没想到，我的出现好像成了所里的'累赘'，成了大家要额外照顾的负担……"

杨树说："每个人生下来都不是白板一块，带着很多人的期待和希望。这些期待和希望成为我们的压力，也是无法摆脱的标签。我们不能控制别人的想法，也摆脱不了父辈对我们的影响。只能自己学着和这些东西和谐相处……"

李大为忽然激动起来："为什么摆脱不了？父亲是父亲，她是她。不错，她父亲是个英雄，可那又怎样？叫你们说，如果碰上个父亲是混蛋，这辈子还就得背着个混蛋的儿子的包袱生活啦？"

两人这才意识到李大为此刻也是身处焦虑之中。

夏洁小声说："不好意思，刚才都在说我的事。你呢？你爸爸那个事……"

李大为瞬间颓了，瘫倒在床上："让家属签字领回家，我不想让我妈来，更不想见他。"

杨树拍了拍他肩膀："那天为我跟我师父的事，你是怎么说的？"

李大为闭上眼睛："别说了，我知道。唉……只是事到了自己身上，什么道理都不好用。"说完，他猛地站了起来，大步走了出去。

经过了一夜的紧张处理，赌徒纷纷被家人领走。李大为站在走廊口犹豫良久，最后还是走向留置室。

留置室门口支了一张桌子，有两位警察在办理手续。李大为走了过去："我来接李易生。"

警察看了他一眼："哦，大为是来接你爸吧。"

李易生看到李大为终于出现，心情复杂，既有一些欣慰，又觉得给儿子丢人了。于是低下了头，没有说什么。

李大为和李易生刚要离开，不远处李易生那个文玩店店主朋友抬起头，看了看李易生，又看了看李大为，仿佛想到了什么："大为？你别光救你爸啊，还有我呢。老李，你快帮我说句话！"

李易生大惊，赶快给朋友使眼色，示意他别说了。

文玩店店主说："大为，我可是你爸的好兄弟啊！"

在场的两名警察交换了一下眼神，然后装着什么也没听见，看别的地方。

李大为早就有这件事会被所有同事知道的心理准备。此刻虽然觉得窘迫，但是努力稳住情绪，没有任何表情的变化。

这时陈新城从对面走了过来，从他手里拿过李易生签字的材料："我来处理。"

说完，陈新城拉了一把李易生，把他带走。

李大为不知道自己该怎么办，只能犹豫着跟上师父。

陈新城带路，李易生小心翼翼地跟在他侧后方，李大为跟在后边，走过办公区，感觉有无数目光追逐着他们。

三人来到派出所门口，李易生小声问道："警官，请问您贵姓。"

陈新城说："我姓陈，怎么了？"

李易生犹豫了一下："陈警官，请问您……"

陈新城面无表情："我是李大为的师父。"

李易生沉默了。

陈新城停下脚步："李大为，你去开车，送你爸回家。"

李大为不情愿地离开。

陈新城看着李易生："你想说什么？"

李易生小声地问："陈警官，大为会不会因为我受影响？"

陈新城有些生气："你现在才想到这个问题吗？你儿子是警察，你还参与这些违法乱纪活动，能不给他找麻烦吗？"

李易生有些急："我……我没想到……"

陈新城更气："没想到？且不说这些事普通人沾都不该沾。你作为警察的家属，更应该自律！"

李易生连声道歉："是……是……我错了，我没意识到……陈警官，大为是您徒弟，您多教教他，他哪儿不对，您就教训他。"

陈新城有些不满："你是他爸，教育他是你的责任。"

李易生苦笑："教育他的时间，已经被我错过了……是我失职，现在也不怪他不接受我。陈警官，您肯定也有孩子吧？"

陈新城被这句话戳中，眼神忽然暗淡下来。

李易生说："我以后一定注意自己的言行举止，不靠谱的朋友都断了。既然帮不上孩子，就别给他抹黑。陈警官，大为拜托您了。"

说完，李易生竟然给陈新城微微鞠了一躬。陈新城一时百感交集。

城中村路边，有居民把电线扯到外面，给电瓶车充电。张志杰正站在那里耐心地给居民做思想工作，赵继伟百无聊赖地站在一旁看着。

张志杰说："当然，是用你家自己的电。但这样用电有危险，烧了电瓶车是小事，要有小偷来偷电瓶车，不小心电死了怎么办？失主反而要承担赔偿责任！咱们电线不许私拉乱扯，还是收回去，大家都安全。"

赵继伟控制不住地打了个哈欠，急忙把嘴捂住。

居民头疼地直摆手："好了张公安，我收还不行吗？可真经不住您这个碎嘴子……"

张志杰笑起来："只要你们安全了，我嘴碎点没关系。来，在这上面签个字。"

处理完后，赵继伟跟在张志杰后面："师父，大为他，应该没什么事儿吧？"

张志杰说："理论上应该不会影响他。现在他父亲的情况也查得很清楚了。"

赵继伟松了口气："那就好……"

张志杰看了他一眼："你和李大为关系不错？"

赵继伟点头："嗯，是同事也是朋友。"

张志杰说："不错，当警察就得学着从这些小事做起，小事里边有大学问。"

赵继伟面露难色："师父，咱处理的不都是小事吗？"

张志杰似乎没听见赵继伟的话，脚下没停，目光却一直往路边看。

赵继伟顺着他的目光，看到路边七八个青壮年在大排档吃饭，一边吃一边开玩笑。其中一个把一杯啤酒顺着脖子灌进另一个人的衣服里，被灌的人笑骂着，把衣服脱下来，赤着上身。

赵继伟问："看什么呢，师父？"

张志杰小声说道："他身上有些细小的伤口，你看见了吗？"

赵继伟看看那人，后背是有些很小的伤，准确说是有些被碰的红斑："这咋啦，师父？"

张志杰说："别盯着他看，走。"

师徒俩直接走过去后，张志杰问："你说什么情况下才会造成那样的伤口，还那么多？"

赵继伟想了好一会儿："不知道。是不是床上被臭虫咬的？"

张志杰没说话，陷入了沉思。

叶苇刚走进王守一办公室，就听到他长叹，不由问道："所长，怎么又唉声叹气了？"

王守一揉着太阳穴："李大为的事刚有定论，夏洁这边又被投诉。"

叶苇笑着说："这有什么好叹气的，没事了还叫派出所？"

王守一说："其实和李大为相比，我更担心夏洁。这孩子，看着乖，实际上性子倔，随她爸。嘴上不说，心里主意正得很。"

叶苇点头："是啊，夏洁心思是重。"

王守一和她商量："一会儿咱俩一个唱红脸，一个唱白脸。就要一个目的，说服她委曲求全，好歹去和那女人道个歉。"

叶苇面有难色："其实这事放我身上，我也不道歉。夏洁哪里错了？"

王守一无语："叶苇，你是教导员，这话你说可不对吧？大事咱们讲原则，像吴大夫这种小事，就是家庭矛盾引起的。你是想用法律把她判了，单位把她开除了，还是能剥夺她的抚养权？叫她无休无止地闹，既影响所里工作，又不利于问题解决，值不值？我可警告你，无论多想不通，一会儿只能劝她低头。"

叶苇不甘地说："人为什么变老？就是被你这样的老菜帮和稀泥和的。"

王守一苦笑："你要有本事，就永远别老。"

叶苇叹息一声："我不怕老，就怕未老先衰。"

王守一说："我要是退休了，就办一所学校，教人如何做一个称职的父母。"

这时夏洁出现在门口："报告。"

王守一热情地迎过去："快进来。夏洁，你妈妈从青岛回来没有？"

夏洁无语："所长，你前几天刚问过这事。"

王守一指着她："呵呵，你这丫头，说话不给人留退路。"

夏洁说："所长，我就是所里的普通警员，您有什么事就说吧。"

王守一搓了搓手："还不是为吴大夫那事。夏洁，这事你确实没什么错误，但碰上一个爱钻牛角尖的人，何必和她一般见识？她现在成天打12345，还跑到局里督察大队投诉。不为别的，就为了一个道歉。夏洁，权当大人不计小人过，道个歉呗？"

夏洁咬着嘴唇："所长，要我道歉可以，请您告诉我错在哪里！"

王守一看看叶苇："你看这孩子，脾气和她爸一样！"

叶苇严肃地说："夏洁，严格说起来，你的工作也不能说毫无瑕疵。当事人找不到孩子，正是焦虑的时候。你的一番话，刺激到了她敏感的神经。当时你完全可以告诉她，这个案子不符合刑事立案的条件。"

夏洁解释道："可她的孩子才失联两三个小时，也不符合失踪立案条件。那我是不是应该直接拒绝立案？如果是那种情况，今天我是不是更应该道歉？"

叶苇被问住了。

王守一连忙打圆场："夏洁啊，你还年轻，觉得原则就是原则。可原则是靠我们来执行的，让别人也觉得是原则，那才是原则。"

夏洁据理力争："所长，我年轻，不太理解您的话，您就告诉我哪里错了？"

王守一头大无比："你没什么大错，只是她到处闹，搞得所里局里都没办法正常工作。你觉得是咱们委屈一下道个歉，求个平安好呢，还是就这么让她闹，影响所里的正常工作好呢？"

夏洁看着他："所长的意思，是我影响所里的正常工作了？"

王守一说："你看，我哪有这个意思？我是说当警察的，什么人都会遇见，不要和群众一般见识。"

夏洁反问："您是说群众的觉悟低吗？"

王守一有些上头："这孩子，怼我倒有本事。夏洁，没别的，为了局里和所里，道个歉吧，一句话的事。"

夏洁固执地说："我不道歉。我没错！"

这时，高潮进来了："所长……我那个案子有点儿眉目了。"

"你等一会儿。"王守一对夏洁说，"夏洁，要是所里命令你道歉呢？别忘了自己的身份。"

夏洁站了起来："我不服从！所长如果觉得我违反了所里的纪律或者工作有问题，可以处分我！对不起，你们研究工作吧，我走了。"说完转身离开。

高潮摇头："现在的小孩啊，人不大脾气不小。"

王守一无奈："这孩子，比她爸还倔。"

高潮无所谓地说："不就仗着她爸是英雄吗？"

王守一马上变了脸："高潮，不许你这么说！也不许你这么想！正是因为她爸的牺牲，局里才出台了一系列保护警察安全的措施。可以说，我们都是她爸牺牲的受益者！再说这件事，她确实也没做错。"

高潮不服气："一码归一码。他爸是他爸……"

王守一有些无语："嘿，你们今天是不是觉得怼着我好玩儿？"

高潮连忙赔着笑："我哪敢怼您，我是来说案子的。"

王守一黑着脸："说！"

第八章

　　市公安局门口竟然变得如同游戏世界里奇怪的巨大高楼，高耸的台阶好像随时都会压下来，威严压抑。

　　李大为一个人站在台阶下，低着头，天空中电闪雷鸣，阴森恐怖。

　　宋局长、王守一、陈新城化身巨人，站在他的面前，面目狰狞，俯视着他。

　　王守一阴森地说："李大为！赌徒之后，性情顽劣，不堪雕琢，难成大器！"

　　陈新城说："冒失激进，自以为是，不服管教，屡教不改！"

　　宋局长用手一指："开除警籍，永不录用，以儆效尤！"

　　"轰隆……"天空中一片电闪雷鸣，李大为痛苦地抬头，想要辩解，却发现自己发不出声音……

　　"啊！"李大为惊叫一声，从沙发上惊醒，这才发现只是做了一个噩梦。耳畔回响着王守一的声音："想想以后的人生路怎么走吧！"

　　环顾四周，其他人还没有下班。李大为打开四人微信群。

　　赵继伟说："水龙头坏好几天了，房东买了新的，在厨房，你们谁能给安一下。"

　　夏洁说："还没到家。"

　　杨树说："刚和师父关系缓和，我今晚跟他值班。"

　　李大为放下手机，自言自语道："我最闲，以后失业了，家务都我来吧。"嘀咕着走到厨房，开始拆放在台面上的水龙头。

　　下班后，夏洁一打开合租公寓的门，就发现地上全是水。然后听到李大为的号叫声："谁？谁回来了？快来救我！"

　　夏洁赶紧冲进了厨房。

只见李大为按着正在喷水的水龙头，全身都湿了，满地的水。他不敢松手，一松手水势就更难控制了。

李大为看到夏洁连忙说道："快给物业打电话，水灾了！"

夏洁看了看水龙头，马上明白了是怎么回事。没理李大为，转身出了厨房。

李大为在后面大叫："夏洁，夏洁，你不能见死不救啊……"

话音刚落，水管处的水突然停了。

夏洁拿着毛巾走了进来，搭在了李大为的头上："换水龙头要先关水闸你不知道吗？"

李大为擦着头发："你怎么知道的？"

看了眼已经拆封的水龙头，夏洁不以为然："我家水龙头都是我换的。要不要我来？"

李大为嘴硬："这……简单，我也会，刚才就是轻敌了。"

"那就交给你了。"夏洁转身离开了厨房。

十分钟后，李大为在拖地板上的水渍，夏洁在擦家具，看上去很有居家过日子的感觉。

两人一边干活，一边聊天。

夏洁说："问你个问题，如果真的不能做警察了，你打算怎么办？"

李大为摇头："不知道。"

夏洁一怔："不知道，还是没想过？"

李大为说："想过。但除了警察，我什么也不想干。问这个干什么？"

夏洁故作轻松地说："听说你爸爸已经回家了，你妈妈来接的？"

李大为假装不在意地应了声："嗯。"

夏洁看了他一眼："你……要不要回家去看看？"

李大为说："回过了，可我不愿见我妈，我连楼都没上。"

停了一下，闷声说道："我爸是我送回去的。"

夏洁有些意外："你还挺懂事。"

李大为说："这种问题，咱俩都有经验。"

这时，赵继伟开门回家，看到李大为、夏洁在收拾房间。

赵继伟夸张地说："你们快放下吧！不是说了这些都是我的任务。"

这时电话响了，是夏母打来的，夏洁示意自己回屋接电话，边走边说："妈，你还好吧？"

赵继伟看着进屋的夏洁，对李大为说："听说夏洁特刚，下午跟所长、教导员两人硬怼。"

李大为不以为意："是吗？"

赵继伟佩服地说："也就她敢。"

李大为却想着其他的事情，完全没把他的话听进去。

王守一和高潮在办公室里商量了很久："我看就按这个方案执行吧，具体的事情，你自己看着处理。"这时程浩进来了。

高潮点头："那我走了。"

程浩走到王守一身边，王守一问："怎么样？我看那女人像是有知识有地位的人哪，到底为什么这么不讲理？"

程浩说："我打听了，其实她日子过得不顺，拿警察当了出气筒。她丈夫在外面有外遇，两口子闹离婚呢，男的早就不回家了。管不住男的，就管孩子，一会儿看不见就像疯了一样。平常在小区里也是惹不起，和左邻右舍打了个遍。"

王守一说："唉，为啥这么着急孩子就可以理解了，挺招人同情的。就用这个来说服夏洁吧。女孩子心软，让她同情一下那女人呗。"

转眼到了午饭时间，警察们一边排队打饭，一边议论纷纷。

李大为站在队伍里，听着大家的议论，也不排队了，到门口找了张桌子坐下。

杨树和赵继伟说着话进来，李大为把他俩拦下坐在一起："都在议论夏洁的事呢。"

赵继伟说："看起来，不道歉恐怕是不行。"

李大为说："一会儿她来了，咱们谁也不许再拱她的火。"

赵继伟不解："你的意思是……"

李大为说："咱们如果劝她，反而是给她压力，让她自己选。"

赵继伟点头："懂了！"

这时夏洁低头进来，李大为招呼："夏洁，这边。"

夏洁走过来："你们吃什么呢？"

杨树说："夏洁，道歉的事，你自己选。如果坚持不道歉，我可以代你向所里交涉。"

夏洁感激地说："谢谢你杨树。放心，我有我的原则，有需要的时候再找你。我去打饭了。"

杨树说："我也还没打饭，跟你一起。"说完和夏洁走了。

李大为坐在那里大喘气，对赵继伟说："嘿，这是抢功不是？"

赵继伟看着李大为笑了。

李大为瞪了他一眼："打饭去！"

打完饭，王守一把夏洁叫到了自己桌上吃饭，把刚才的情况说了一遍。

夏洁瞪大眼睛："我同情她？您的意思是让我给她捐点款吗？"

王守一被她气乐了："这什么话！"

夏洁说："如果不是这个意思，我为什么要牺牲我的尊严来同情她？"

王守一被怼得瞠目结舌。

程浩进来看到王守一，悄悄做了个手势。

"夏洁你慢慢吃，慢慢想。"王守一端着餐盘站起来往外走。

陈新城正在旁边桌上吃饭，面无表情地看着她："夏洁，别往心里去。嗑瓜子嗑出个臭虫来，什么人没有？"

夏洁笑笑："谢谢您陈警官，我没事。"

高潮端盘子过来了，坐在陈新城对面："哥，我手上有个案子，有点儿疑难，下午帮我看看呗？"

陈新城低头吃饭："你是所里的破案高手，哪里用得到我？"

高潮的态度愈加谦恭："哥骂我呢。我下午去找您。"

陈新城应了声："好。"

王守一走出食堂问："啥事？"

程浩苦笑道："麻烦大了。我去小区了解她的情况，也不知道是哪个长舌妇，告诉她了。她说警察是想整她，又来了！这回我见她都不行，非叫您出面才行。"

走进接警室的王守一正碰见吴大夫在大发雷霆："我违法了吗？犯罪了吗？凭什么调查我，整我的黑材料？你们安的什么心哪？"

程浩介绍："吴大夫，这是我们王所长。"

吴大夫说："别说是所长，就是局长，我没犯法，你们也不能这样对我！"

王守一和她商量："吴大夫，这儿是办公场所，咱们换个地方说话行吗？"

吴大夫说："不行。你害怕叫群众看到你们的嘴脸吗？"

王守一说："吴大夫，您刚才说您没违法犯罪，可现在坐在我们接警室里大吵大闹，就涉嫌妨碍公务了。换个理儿讲，您是大夫，要是发生了医患纠纷，患者跑到医生办公室大吵大闹，您觉得应该吗？"

吴大夫被堵得没话说，站起来："到哪里说我也不怕！"

王守一把她带到会议室："我再说一遍，没人调查你，也没人要整你黑材料。你和我们的警员发生了纠缠，我们要全面了解一下情况，哪里错了吗？"

吴大夫说："我和你们的警察在派出所里发生的纠纷，你们跑到小区里打听什么？我一没违法二没犯罪三没偷人四没抢钱，是个奉公守法的好公民，你们到小区里四处打听我的消息，给我造成多恶劣的影响？本来因为离婚的事，小区里一帮老娘们儿就四处散布我的坏话，再加上你们，我以后如何在小区里生活啊？"

程浩站出来说："吴大夫，您要觉得这事不对，我现在就向您道歉。我去小区就是了解一下情况，找到解决问题的方法。我更没四处打听。如果您说我四处打听了，请把名字告诉我，我去和他对质。"

吴大夫不悦："反正都传到我耳朵里来了，说明就是造成了恶劣影响，你们非给我消除影响不可。"

王守一问："您的意思是……"

吴大夫说："你们的警察诅咒我的孩子，问题没解决又跑到小区里散布对我不利的谣言，你们八里河派出所必须向我当面道歉。"

王守一正色道："首先，我们没去散布什么对您不利的信息，更没散布什么谣言。如果您说我们去了解情况对您造成了不便，好，我现在就向您道歉。"

吴大夫说："那不行。涉事人员和派出所的代表，必须到我小区当着小区群众的面，当面向我正式道歉！"

王守一脸色有些难看："吴大夫，您这就有点儿强人所难了。"

吴大夫说："不道歉是吧？好吧，你们最好坚持！"说完转身就走。

王守一问："你说她会怎么样？"

程浩一脸无奈："还会怎么样？打爆12345。"

王守一感叹："她丈夫这这么多年怎么熬过来的？"

程浩无语："你别同情她丈夫了，赶快同情同情自己吧。"

王守一站起来，叹息一声："有啥好同情的，兵来将挡，水来土掩，还能撂挑子不干吗？"

下了班，王守一刚趴在卓大夫诊疗室的床上，局长打来电话，就对卓大夫说："不好意思，我出去接个电话。"

卓大夫说："你在这接吧，我正要到隔壁办点事。"

"谢谢了。"

等卓大夫离开，王守一接通电话："宋局长。"

宋局长无奈的声音传来："师父，不能因为你们一个所闹得全局没办法办公吧？那个吴大夫又来闹了，一天打五六遍12345还不行，今天索性闹到省厅去了。省厅打电话问这事，您想让我怎么答？"

王守一无所谓地说："你是领导，水平高，你知道怎么答。"

宋局长说："好，我已经答复了，说你们所明天一定可以解决。王所长，明天就是最后期限，事情大不大，您看着办吧。"

王守一收起手机，刚一下地，腰疼得倒吸了口冷气，他扶着腰慢慢地离开诊所，来到社区办公室。

社区主任把吴大夫也找来，坐在一起。

王守一说："吴大夫，您坚持要我们派出所和当值民警到社区来，当众向您道歉？"

吴大夫说："当然，否则咱们就没必要谈了。"

王守一说："好，我们的工作让您误会了，我这个所长有责任，我带人来向您道歉。马主任，听见吴大夫的要求了没？按吴大夫的要求办。小区里到底多少人知道这事？"

马主任说："哟，那可多了。那些女人舌头可长，还不知道扯了多少人。"

王守一说："无论多少人，您都帮我们找来。扩散到什么范围，我们就道歉到什么范围，一定要在既定范围内消除影响。这些女人真是的，人家吴大夫夫妻失和，丈夫不回家，闹离婚，这和她们什么关系啊？扯什么舌头，真是的。"

马主任心领神会："好好好，我马上调查一下，传播到哪里，我们消除影响到哪里，要是业主都知道了，咱们就开个业主大会。"

吴大夫踌躇起来："算了，你们到我家，当面向我道歉。"

谈妥之后，王守一回到自己的办公室，叫上叶苇、程浩。夏洁最后进来，一句话也不说。

王守一说："夏洁，那事都闹到省厅去了。她这个人是个偏执狂，咱们不能和她一般见识。所里决定到她家去向她道歉，她点名你也必须去，你就随我们走一趟吧。到时候，我们说话，你跟着就行。"

夏洁非常固执："我不去。我没犯错，我不道歉。"

王守一说："夏洁同志！你就算为人民服务好不好？她这辈子生活得不幸，所以遇上事就需要找个地方发泄。这回找咱们的事，去道个歉，她日子就能过得舒心一点儿，就当扶贫行不行？"

夏洁别过头："我不去。我不能拿我的尊严扶贫。"

王守一火了："你这闺女咋这么倔呢？"

程浩赶快劝住："所长，怎么发脾气了？刚才咱们怎么说的？这事是夏洁倒霉，是叫夏洁体谅所里的难处。

"夏洁，我们也不想道歉。虽然没你要强，但大老爷们的颜面也是颜面吧？这不是为了息事宁人吗？就跑一趟吧，啊？"

夏洁坚持己见："我没错，我不去。"

王守一语气变重："夏洁，当警察的，首先一条是服从命令听指挥。所里命令你去！"

夏洁大声说道："我不服从！"

王守一怒道："那你还想不想当这个警察了！"

夏洁说："如果您觉得我不配当警察，可以开除我！"

王守一气极："这孩子怎么说话呢！"

叶苇劝道："夏洁，你这样可不对了。你明明知道所长他们对你父亲的感情……"

夏洁一下子爆发了："别再提我爸了行不行？他死了十年了！我不去！你们要觉得我不够格，开除我吧！"说着就跑了。

三人面面相觑。

王守一一脸郁闷："这孩子怎么了？"

叶苇说："说实在的，这事搁到我身上也觉得憋气。可她这反应也太强烈了一点儿。"

程浩说："孩子心思重，爸走得早，总缺点什么。"

王守一犯了难："这怎么办？"

程浩想了想："我倒有个主意。小窦长得和夏洁有点儿像，叫小窦替她跑一趟。"

王守一说："真有你的，来个李代桃僵？"

程浩说："那怎么办？难不成你真为这事不要夏洁了？"

王守一担心："能蒙过去吗？"

程浩说："咱们晚上去，叫小窦站在阴影里。那姓吴的就见过夏洁一两回，我不信她就能记得住，实在不行再说。"

转天一大早，夏洁背着包进到更衣室，另外一个女辅警在不远的地方正在换衣服，个头和身材都和夏洁差不多。

"窦姐好。"夏洁打了个招呼，也站在自己衣柜前开始换衣服，"怎么换发型了？和我好像。"

小窦笑着说："看你短发挺精神的，就剪了一个。"

换完了衣服，小窦走过来，搂了搂夏洁："小夏，你过来，咱俩照照镜子。"

夏洁不明所以地被她拖到警容镜前，小窦乐了："呵呵，还真有点儿像啊！"

夏洁一头雾水："啥意思？"

"没事。"小窦没说什么，拍拍她走了。

夏洁换好警服出来，看到所有人都忙碌起来，接警台那儿电话不断。

有几个坐在屋里的警察正在议论什么，看到她进来，有人嘘了一声，都不说话了。

夏洁奇怪地看看大家，到自己的位置坐下。

赵继伟伸过脑袋："听说了没？你坚持不去道歉，所里让辅警小窦冒名顶替你去道歉。"

夏洁一下子愣在了那儿。

王守一、叶苇和程浩、小窦……准备去道歉的人都在王守一办公室集合。

王守一正满意地打量着小窦："这一剪头发还真像！小窦，到时候你得装像一点儿。"

小窦不明白："还咋装？"

程浩说："我告诉你，进了门你站我身后，我一开口道歉，你就在后面蒙着脸哭，还得把脸蒙上。我让你道歉，你就蒙着脸点头，只说三个字就是'对不起'。一定要沉痛，一定要哭出眼泪来，实在不行带瓶眼药水……"

办公室的门突然开了，夏洁出现在门口，大家全都愣住了。

夏洁低着头："我……去道歉！"

夏洁坐在后排侧脸看着车窗外，一言不发。她和叶苇中间，放着一束花。

王守一回头说道："咱们先做做心理建设。大家别有压力，就是哄一个不通情理的人高兴。记住，咱们九十九拜都拜了，这最后一拜一定要拜好。去到那里，态度一定要端正。无论她说什么，只许说是，不许反驳。还有，一定要坐够一个小时……"

程浩忍不住哀号："一个小时？所长你杀了我吧……"

王守一也感觉扛不住："好吧，起码四十五分钟。再少就显得诚意不足了。就这栋楼吧？夏洁，你拿着花。"

叶苇抢着拿起来："还是我拿吧。"

来到吴大夫家门前，按了门铃，吴大夫开了门，四个人站在门口。

王守一先开口："吴大夫，我们八里河派出所正式向您道歉来了。"

吴大夫愣住了。

王守一问："我们可以进来吗？"

吴大夫让了让，四个人进去。

叶苇把花递过去："吴大夫，一点儿小小的心意，表达我们的歉意。"

王守一说："吴大夫，因为我们工作中方法不对，让您受到了伤害。我们三个代表八里河派出所全体干警，还有当值警察夏洁向您表示正式的歉意，请您原谅。敬礼。"

四人站成一排，向吴大夫端正地行礼。

吴大夫愣在原地，突然号啕大哭着冲进了卧室。他们四个人被弄蒙了，站在原地，面面相觑。

程浩小声问："这怎么啦？至于吗？"

过了好一会儿，吴大夫走出来，还在不停地抽泣，拿纸巾擦着眼泪。

王守一安慰道："吴大夫，真没想到对您造成这么大的伤害。"

吴大夫抽泣道："你们觉得我偏执，也了解过我的情况，我活得容易吗？当这个大夫，三班倒，一天到晚忙个不停。孩子他爸工作清闲，不求上进，收入还没我多，我也没说什么。可他却在外面搞外遇，被我抓住还振振有词，说我不顾家。现在索性就和那个贱女人搬到一起住去了！我为了这个家，能牺牲的都牺牲了，我还剩下什么？不就是这个孩子吗？你说万一孩子出点什么事我还能活吗？不怕你们笑话，我给孩子打电话，一次不接我还没什么。两次不接我就胡思乱想，万一孩子关机，我就活不成了。可你们还叫我抽血……"

王守一看看夏洁，夏洁突然站起来，一转身拉开门跑了。

吴大夫一愣。

王守一说："你看这孩子，听到你的话难过。她的父亲也是个警察，十年前为了抓捕罪犯、保护自己的战友英勇牺牲了。家里的情况和您现在很像，就是她和她妈。她妈对她，也像您对您女儿一样。吴大夫，她当时说话确实注意不够，刚才她已经向您道歉了，现在我再代她向您道歉一次吧。"

吴大夫不说话了。

夏洁一口气跑到楼下，靠在门外墙上，仰头看着天，眼睛里有泪，想了想，掏出手机："妈。"

夏母焦急地问："小洁，刚才妈打电话你没接，妈都担心死了。有什么事吗？"

夏洁说："没什么事，我正在执行任务。妈，您在大姨那儿住的时间不短了，该回来了吧？我给您订票吧？"

听到她没事，夏母也就放心了："我正和你大姨商量这事呢。你大姨说把我送回去，她订票。"

夏洁急忙说道："妈，还用大姨送吗？您要不想一个人走，我请个假去接您。"

夏母说："你大姨说一定要送，已经订票了。不是外人，你就别管了。"

夏洁微微叹息："好吧。什么时候到，您来个电话，我去接您和大姨。"夏洁放下电话，一转头看见静静神情寂寞地背着书包过来，随着离楼门越来越近，女孩的脚步也越来越慢，终于停下了，站在院里发呆。

两人默默对视，夏洁走过去："小妹妹，还记得我吗？你快回家吧，你妈会不放心的。"

静静低着头："再等一会儿。"

夏洁同情地看着她，小声问道："现在还能看到爸爸吗？"

静静惊讶地抬头："你知道我爸爸？"

夏洁点头："听你妈说的。"

静静犹豫了一阵，突然哭了。

夏洁吓了一跳，连忙哄道："小妹妹，对不起，如果是我问多了……"

静静摇摇头："我知道是我爸做了错事，对不起我妈，我爸他也这么说。可是我还是愿意和我爸在一起。和他在一起可真快乐……可我又觉得对不起我妈……"

夏洁心疼地说："小妹妹，我叫夏洁，是八里河派出所的警察。你有微信吗？我们可以互相加一个好友吗？"

静静点头："可以，我叫袁娅静，小名叫静静。"说着拿出手机，两人互加微信。

夏洁抚摸着她的头："静静，你妈妈也很难，你要多体谅妈妈。"

静静点点头。

夏洁说："我们有微信了，你有什么需要帮助的，有什么想问想说的，都可以给我发微信。"

静静再次点头。

得到吴大夫的谅解，王守一三个人乘着电梯下楼："唉，也是个可怜人。"

一出门，正好看到夏洁在和静静聊天。

程浩说："哟，这不是吴大夫的女儿吗？走到这里了，还不赶快上去？你妈在家等不到你又要着急了。赶快上去吧。"

静静对夏洁说："姐姐再见。"

夏洁摇摇手里的手机："记着，要是有事……"

静静冲她笑了笑进了电梯。

程浩问："夏洁，你和她说什么呢？"

夏洁收起手机："没说什么，闲聊了几句。"

程浩提醒道："你注意一点儿，吴大夫现在对你敏感，以后她家的事，你不要管。"

夏洁没回答。

派出所的食堂里，大家一边吃饭，一边低声议论着："三个所领导去了？"

"还有夏洁。到底还是去道歉了。"

"有什么错啊，所领导都去道歉？"

"唉，别说了，现在谁有气不往咱们身上撒？"

……

等四人进来，大家都不说话了，看着他们。

王守一看了看警察面前的饭菜："哟，有红烧鱼啊。程浩你去打饭，替我先打条红烧鱼出来，别叫这些小子抢没了。我先说几句。"

他拍了拍手，大家都抬起头来："吴大夫的事大家都听说了。去之前，我的想法和大家差不多。去了，觉得去这一趟还是值得的。当警察的，可能帮不了所有的人，可我们自己受点委屈，让一个人觉得日子好过一点儿，我们的工作也有价值。

"现在这个时代，和我刚当警察的时候不一样。那时候我们出警同样不带枪，但一张嘴，所有人都会听。换句话说，也是群众的法治意识强了，知道保护自己的利益，对警察执法提出了更高的要求！逼着我们提高执法水平和执法理念，规范执法行为。维护法律的尊严和警察的权威，这是我们的新课题！大家努力吧！"

终于来到报警的李奶奶家门口，李大为上前敲门。

李奶奶在猫眼里看到身穿警服的李大为和陈新城，这才开门。

李大为问："是您报案说闹鬼吗？"

李奶奶点了点头。

陈新城看了看四周："李奶奶，您说说情况？"

李奶奶说："我虽然胆子大，但经不起每天折腾，一到半夜十二点，都有一个女人的声音，凄惨地唱：我有一帘幽梦……"

陈新城说："李奶奶，我们能进去看看吗？"

李奶奶："可以，我现在就想有个伴。孩子都在外地，为这点事也不能耽误他们上班不是？"

陈新城和李大为前后脚进门。李奶奶在身后一直絮叨个不停。

房子是一室一厅，看装修至少有三十年房龄，家具都已经掉漆，地板也褪去了颜色。客厅里，一台保养得不错的老式电脑连着音箱在旧家电中显得格外醒目。

李奶奶说："一开始我以为是外面店铺半夜放歌，就去市政府、环保局、工商局投诉。结果工作人员在附近查了好多次，啥也没查出来，后来问了左邻右舍才发现，只有我一个人能听见。开始大家都说我幻听，我就请邻居来我家，结果证实不是幻听，吓得邻居都不敢到我家来。所以我才意识到……这是闹鬼？"

陈新城去卧室、卫生间和厨房扫了一眼，李大为在客厅转了一圈："李奶奶，这电脑……您平时还挺常用？"

李奶奶点头："是我儿子教我跟他和女儿视频用。"

李大为看着电脑："会不会是这电脑发出来的声音？"

李奶奶摇头："我睡觉之前，都把它关机的。"

李大为问："那您记不记得声音都是从哪儿传出来的？"

李奶奶想了想："客厅里声音好像比卧室大很多。"

两人又把客厅反反复复检查了一遍，实在是没发现任何有嫌疑的物品。

李大为仔细看了看音箱，惊喜地说："奶奶，您这音箱，平时关吗？"

李奶奶想了想："不怎么关。音箱排插在下面，我腰不好，弯不下去。"

李大为说："那就对了，音箱有蓝牙功能，不小心连上了别人家的手机什么的，如果那个设备设置了闹铃，音乐声就会从音箱传出来。"

李奶奶看了看陈新城："是吗？"

陈新城点头："有这个可能。"

李大为弯下腰，关了排插的开关："这样，咱们关了音箱，您看看今晚还会不会响。"

夏洁早早就等在高铁站出口，从人群里看到母亲和大姨，开心地招手。

大姨替夏母拎着行李，虽然六十多岁，却风度气质俱佳，一看就是能撑事的女人。

夏母一身轻松，挎着一个小包，老远就招呼："小洁，你大姨来啦！"

夏洁赶快接过大姨手里的箱子，笑着说："我妈给您添麻烦了。妈您真是的，大姨比您大好多，还叫大姨拖着箱子。"

大姨笑着说："拖着还有啥分量？三妹，我把你平安交还给小洁了。小洁，照顾好你妈。"

夏洁愣住："大姨您……"

大姨说："我不是专门来送你妈的，而是来参加同学四十年聚会的。他们帮我订了宾馆，我先去那边，有空再回家。你们快回去吧。"

夏母羡慕地说："看你大姨越老活得越潇洒，不像我。"

夏洁问："大姨，您住哪呀？我开车来的，送您过去？"

大姨摇头："不用。有人接我。"

话没说完，几个年纪和大姨差不多的女人叫着喊着过来，几个人搂着笑成一团。

大姨忙里偷闲回头："小洁你们走吧，我没事。"

夏洁笑着和大姨打个招呼，拖着箱子带着母亲走了。

回到家，夏洁将做好的饭放在桌上，两盘菜、两碗粥："妈，出来吃饭。"

叫了几声没有动静，夏洁便走进里屋："妈，吃饭了。您说不太饿，我只熬了点粥。"

房间里漆黑一片，夏母侧身躺在床上，声音有点儿鼻塞："你先放那里吧。"

夏洁劝母亲还是吃一口，伸出手来，搀了母亲一把，两人走到外面餐桌前坐下。

夏母喝了口粥："小洁，咱们给局里提出来，给你换一个坐办公室的、清净的、不出外勤的工作吧？"

夏洁心里一沉："妈，你为什么又说这个？"

夏母搪塞道："我不是觉得你工作太忙，我自己在家太冷清了吗？出外勤，哪有什么下班时间，都是要随叫随到的。而且……就咱们娘俩，没人保护你，怕你在外面受委屈，处处受气啊！"

夏洁说："我会尽量抽空多回来陪您。您是不是又给我们单位的人打电话了？"

夏母索性不再掩饰："对！我如果不打电话，你肯定不会把王守一他们逼你去道歉的事告诉我！你不说，我也有办法知道。"

夏洁急了："妈，你不是答应过我，不再干涉我的工作？"

夏母越说越激动："这话也就是随便说说！你是我女儿，我怎么可能不管不问？我才走了几天，你就被欺负了吧？就吴大夫这个事，要是我在，我肯定直接找她去！这么多人辛辛苦苦帮她找闺女，她还挑理了？还有，王守一这帮人怎么非得让你去道歉，别人去不行吗？他们当初在你爸灵前说的什么全忘了？以后我还不打电话了，我直接找他们去！"

夏洁连忙劝道："妈，您可千万别去。您要去找，我马上辞职，坚决不干了。我们所的人对我挺好的。"

夏母一听更来劲了："辞职？那更好啊！要不是你这孩子太倔，我是绝对不会让你当警察的。小洁，妈妈没有你爸了，我不想自己唯一的女儿也倒在一样的地方！"

夏洁无奈："妈，不是做警察就一定要牺牲的，大多数不也好好的？"

夏母说："那你不要做外勤！我当初同意你做警察，一是咱家需要有一个继续跟公安口保持联系的人，二就是觉得可以做文职。"

夏洁说："妈，不是文职武职的问题，当不当警察，当什么样的警察，都应该是我自己的选择。但是因为爸爸的原因，太多人把对他的感情投射到我身上了！所有事情的出发点不是我，而是我爸！爸爸是我心里一生的英雄，可是……我的工作、生活应该跟他有个告别！"

夏母突然哭起来："你什么意思？"

夏洁吓坏了："妈，我这不是和您商量吗？您别哭啊！"

夏母抽泣道："小洁，我真没想到你会说这个！当初我怀你的时候，你爸一心一意想要个男孩子。他不是重男轻女，是想要个儿子能手把手教他当警察。可生下你，你爸就觉得你是他一直盼着的孩子，一下班就抱着你不撒手。你爸过世以前，我趴在他耳朵上喊他，他嘴里一股劲在喊洁，洁……他至死惦记着你。现在你却觉得他影响了你？那我呢？你是不是更嫌弃？"

夏洁低下头："妈，我不是这个意思。我就是求您——别管我！否则，我就离开这里！"

夏洁决绝的态度让夏母心里一震，愣住了。过了好一会儿，才缓缓说道："小洁，你到局卫生所帮我开点儿安眠药。"

夏洁心里难受："妈，对不起，刚才是我的话太重了。"

吃完饭，夏洁帮母亲熄了灯，疲倦地倒在自己床上，呆呆地看着天花板。

李大为回到合租公寓，看到冰箱里有一堆冰激凌。他拿了一瓶饮料，踢了踢躺在沙发上的赵继伟："让让。"

赵继伟不理。

李大为直接坐他身上，把他压得鬼哭狼嚎。

杨树安静地边看书边做平板支撑，大家早已司空见惯。

赵继伟和李大为闹了一会儿，坐了起来："夏洁今天值班吗？"

杨树说："她妈妈回来了，今天回家住。"

李大为看着他："你怎么知道？她也不在群里说一声。"

杨树说："我问的，她让我跟你们说。"

李大为说："那你怎么不早说？"

杨树没理他。

　　第二天一大早陈新城带着李大为、孙前程又进了李奶奶家，马上在屋里继续巡视，看有什么变化。

李奶奶追在他们身后，一个劲儿地说："我心说，警察来过了，真有鬼也得吓回去，十二点半那会儿好像确实没来，我这暗自庆幸的念头还没过去，她突然就又来了，可吓死我了，还有连警察都不怕的鬼？我把自己蒙在被子里一晚没睡。"

李大为在电脑桌前观察了一下，小声说："师父，我昨天做的记号没变化。"

孙前程拿着个放大镜，在李奶奶家地毯式搜索了一圈儿，还是什么也没发现。

陈新城又看看门窗。

李大为挠头："不应该啊？您这房间里，能发出声音的，也就这个音箱了。"

李奶奶害怕极了："我都说了，真是闹鬼！这可怎么办哪……"

陈新城安慰道："李奶奶，别急，就算是闹鬼，我们肯定也会帮你把这鬼给捉出来。"

李奶奶疑惑地问："你们？怎么捉？"

陈新城看看李大为、孙前程。

李大为领悟："明白了，师父。"

　　夏洁匆匆赶到酒店咖啡厅，一眼就看到大姨已经等在那里，连忙过去，笑着说："大姨，见到老同学，挺高兴吧？"

大姨说："唉，不见想，见了还不如不见。都老了。"

夏洁说："大姨还很年轻啊！我妈在您那儿住了那么久，给您添麻烦了。"

大姨说："谁和谁啊？你妈最小，我比她大八岁，她打小是在我背上长大的，一家人最疼她。当初嫁给你爸的时候，一家人都松了口气，觉得交给了个可靠的人，谁知道……"

夏洁说："大姨，过去的事不提了。现在我不长大了吗？"

大姨说："也是，你看你现在多出息啊。你也辛苦了，都是你在照顾她。大姨叫你来，是和你商量你妈的事。你爸走了十年了，你妈一直一个人。还叫她守一辈子吗？她单着，你也累啊。"

夏洁说："大姨，我也一直盼着我妈身边有个能照顾她、爱护她的人。我虽然有这个责任，但毕竟女儿顶不了所有。可是我妈一直放不下我爸。"

大姨说："你爸以前有个手下，姓梁，叫梁向志，你知道吧？"

夏洁点头："梁叔叔啊。他是我爸带过的徒弟，后来一直和我爸搭档，关系挺好的。我爸过世后他也没少照顾我们。后来他不当警察了，听说在机关工作。怎么啦？"

大姨说："这次你妈在青岛，他也过去了。我看两个人在一起，你妈挺高兴的。我打听了一下，这位梁先生已经离婚，孩子判给了女方。小洁，这事你觉得怎么样啊？"

夏洁想了想："梁叔叔一直对我和我妈挺好的。大姨，这事，只要我妈愿意，我没意见。有人照顾我妈，多好的事啊！"

大姨笑了："这就是我这次来的原因。小洁，你妈这个人，毛病不少，怪我和你姥姥姥爷打小把她惯坏了。能碰上一个不嫌她、还喜欢她的人不容易。我看着那个姓梁的都替他觉得奇怪，他到底喜欢你妈什么呀？可人家就是真的喜欢。我觉得这个人不能错过。可你妈明明看着也喜欢人家，却摆着架子。一问，就说这世上没人能比得上你爸。小洁，你爸再好，不是不在了吗？再说你妈，手不能提篮，肩不能担担的，有人喜欢她就不错了。"

夏洁感叹道："大姨，得亏您是她亲姐姐。"

大姨苦笑："我是她亲姐姐，我才敢说。小洁，我觉得这个机会她不能错过。否则，这辈子就得一个人过了，那样你可就难了。"

夏洁迟疑了一下："大姨，我肯定是赞成，就是不知道如何和我妈说。"

大姨说："我私下里已经嘱咐过那位梁先生了，就说你们母女俩需要照顾，让他常去你家看看。你妈谈起他的时候，你就旁敲侧击一下，别太直接。你妈这贞节烈女，把窗户纸捅破了，她能用钢筋焊起来，咱俩就没辙了。"

夏洁笑了："大姨，您这性格，也不知道怎么惯出了我妈这样的妹妹。"

大姨摆手："嗐，那时一家人把你妈当公主宠着，宠出公主病来了。对了，你表姐在大理买了套房子，冬天我要去大理过冬。我听梁先生说他们单位在大理设了个办事处，派他去。到时候我叫你妈去陪我，也给他们创造个机会。"

夏洁担心地说："我就怕我妈不知道眉眼高低，再给大姨您一家添麻烦。"

大姨说："没事。你表姐她们都不去，就我和你大姨夫去。一套两居室的房子，有你妈一个房间。她走了，你也喘口气。"

夏洁略带凄楚地对大姨笑了笑："谢谢大姨。"

大姨搂着她："小洁，我听说你分到你爸以前的派出所去了。你要觉得压力太大，就提出来换个地方。”

夏洁眼圈一红：“大姨，您虽然是我姨，还经常不见面，但比我妈还了解我。”

大姨听着难受：“好孩子，辛苦你了。”

李大为刚到合租公寓门口，就看到夏洁从身后走过来，他都没意识到，自己脸上是带着笑意的：“你不是说不回来了吗？”

夏洁说：“得回来拿点东西。”

开门回到自己的房间，夏洁整理衣服，李大为倚在门口：“这是要回去住多少天哪？”

夏洁说：“不知道，看我妈状态吧。她要是心情不好，我肯定得好好陪她。”

李大为说：“那你……上班多远哪？”

“那没办法。”夏洁说完抬头看了他一眼，“你问得这么详细，是不是想住我这个大卧室啊？”

李大为被问愣了：“啊？”

夏洁笑了：“其实你这人……也就看上去聪明。房子是你租的，大卧室让给我，又收留赵继伟，自己在小书房和客厅之间打游击。”

李大为听得心里舒服又想掩饰，夸张地说：“对啊！你不说我还没意识到，谢谢提醒，都怪我太善良了，心太好了，没办法……”

夏洁笑了：“行吧，我不在你可以住我这个大卧室。请保持卫生！”

李大为小声嘀咕道：“那我宁愿只住客厅。”

夏洁瞪了他一眼：“你说什么？”

李大为连忙找借口：“我是说……还是有你在比较热闹。你东西多吗？我送你。”

夏洁摇头：“不用，我开车了。”

夜里十一点半，李大为、孙前程两人急匆匆赶到李奶奶家。

李大为看了下时间：“李奶奶，您该睡就睡，我们在客厅守着。”

孙前程找了把椅子坐在卧室门口：“我守在您卧室门口。”

李大为坐在沙发上，两人一脸警惕地等着，竟然都有点儿犯困。

突然，女声响起：“我有一帘幽梦……”

这突如其来的歌声让他俩都头皮发麻，李大为迅速循着声音，朝电脑桌走去。

李奶奶这时也从卧室走了出来，一脸恐惧：“你听，你听……”

孙前程保护着奶奶：“嘘，您先别怕。”

李大为确信声音就是从电脑桌上传过来的，但不是音箱，便围着电脑桌反复查找。

突然，声音戛然而止，线索无迹可寻。

李奶奶崩溃："真的是鬼……你都听见了吧……"

李大为注意到电脑桌上的一摞书里面，像是夹了个什么东西。把书移开，发现一个老式的计算器夹在两本书之间。而计算器的显示屏上，有一个小闹钟的图形标记。李大为自顾自地捣鼓了一会儿计算器，把计算器时间调到了几分钟以前。

突然，女声再次传来："我有一帘幽梦……"

李奶奶大惊失色。

"终于找到了！"李大为大喜，拿着计算器，走到李奶奶面前，"奶奶你看，歌声就是这个计算器传出来的。"

李奶奶凑得很近，发现确实是这样："是，就是它……哎哟，真是太谢谢你们了，我终于可以睡个好觉了！"

李大为说："没事，这都是我们应该做的。我帮您把这个闹钟给关了。您以后小心，别按到这个键，这是设置闹钟的。"

李奶奶连连点头："好，好，谢谢你们哪……"

"没事儿，我们先走了，您快休息吧。"李大为和孙前程收拾东西转身离开。

保安队长领着张志杰和赵继伟走进一处老旧小区："哥，一个月三家储藏室被撬。业主天天找我们闹，都说报过案了，什么时候能破啊？我们保安压力太大了。"

张志杰抬头看看，附近没有监控探头："刘队长上次就提醒过你，小区里还是要安监控探头。你们一直推托，就是不安。储藏室在居民楼外面，没有探头，发生了这样的案真不好破。"

刘队长叫苦："我的哥呀，安探头得有钱哪！咱这小区住的人杂，有一半的人都不交物业费，咱上哪儿弄钱装探头去？我们也向业主说明过，业主说什么？说你们警察离了探头就不会破案了吗？"

张志杰说："话不能这么说，破案也是要讲成本的。发生大案要案，咱们的警力就得跟上，没有探头也得破。这样的小案子，没有探头的帮忙，你觉得抽调大量警力扑上来现实吗？我帮你们设计一下，以最小的成本，在小区布一张天网。"

几人来到保安室，张志杰面对一张小区的平面图，耐心地和保安队长说着，赵继伟陪在一旁百无聊赖。

保安队长说："辛苦了哥，我去给您倒杯水。"

张志杰回头看了赵继伟一眼，赵继伟急忙把没打完的哈欠憋了回去："师父，这是咱的工作吗？"

张志杰说："继伟，这次失窃物品中，有一件是没开封的苹果手机。估计小偷不舍得用，说不定得出手。你看一下你手机，我已经把咱们辖区里手机店的地址和联系方式发给你了。"

赵继伟拿出手机："您什么时候发的？"

张志杰没回答："你挨个走一遍，问问有没有人出手苹果手机。"

赵继伟问："有用吗？该出手没准已经出手了。"

张志杰说："放心吧，不会。我以前和他们都交代过，赶快去。"

保安队长端着杯水回来，张志杰精神抖擞："来，咱们接着说。"

"有什么发现，及时和我们联系。"

赵继伟和手机店主交代了几句，转身出来，拿出手机："师父，连着跑了几个手机店，没发现什么线索。"

张志杰说："回来吧，没事了。"

从保安室出来，张志杰打量着面前的小区："我打听个事，你们这儿有几个青壮年群租房子的吗？应该是七个人，有三个二十来岁的，两个三十来岁的，还有两个四十多的。"

保安队长摇头："我们这小区人太杂了，一时说不上来。"

张志杰说："你帮我注意一下。七个人，应该经常一起结伴而行，一早出去，晚上回来，在小区里应该挺显眼的。"

旁边一名保安接上了："五号楼不就有一家吗？"

张志杰一听来了精神："噢？什么人哪，你见过？"

保安说："见过。来了快三个月了吧？七个人，租一套房，还弄了两辆三轮，就像您说的，经常结队出入，早出晚归。也不知道他们用三轮拉什么。"

张志杰说："好，在哪里？你带我过去看看。"

保安带他来到一幢破旧的居民楼前："就在这楼上，五楼。平常三轮车就停在前面，不过这个点儿他们肯定不在家。"

张志杰拍拍保安："小伙子，是个有心人，什么学校毕业的啊？"

保安说："大专。也不是什么好学校。"

"下回我们那儿招辅警的时候你可以去试试。去忙吧。"

张志杰转头对保安队长说："不看不知道，你们这里到处都是监控死角。"

赵继伟骑一辆共享单车赶到："师父，你怎么跑这儿来了，我满小区找您呢。"

"回来了。"张志杰继续对保安队长说，"在这儿安一个，能管这两条路。安五个摄像头，差不多能管整个小区。不比二十四小时巡逻强吗？花不了多少钱。和物业商量商量，商量不通再来找我。"

然后对赵继伟说："走吧，咱们再到下个小区看看私拉电线的事情解决了没有。"

赵继伟跟上："师父，手机不查了？"

张志杰说："那小子跑到县府街那边去了。"

赵继伟问："抓到了？"

张志杰摇摇头："没，也快了。我知道他急着出手，和周围几个派出所打了个电话。刚才县府街派出所来电话，说他们辖区内有家手机店报告，有个小子拿着苹果12要出手。店主借口要查一下是不是水货拖住了他，答应如果不是水货九折收，估计他明天一大早就会去，县府街的弟兄们就办他了。"

赵继伟有些不甘心："啊？师父，咱们查到的，为什么让别人抓啊？"

张志杰说："他跑到县府街，就叫县府街抓吧。"

赵继伟不说话了。

张志杰看着两边："这小区私拉电线的也不少，充电桩的事情解决不了，私拉电线也难解决。"

赵继伟建议道："师父，毕竟那个案子我一直在跟着，要不您和县府街派出所打个招呼，我过去看看能不能亲手抓住他。"

张志杰摆手："一个小毛贼，不用。"

赵继伟争取道："师父，我入警以来，一个像样的案子还没碰上呢，让我去吧！"

张志杰笑了："啥叫像样的案子？你想去，我和他们曾所长打个电话。不过到了县府街派出所，要少说少做。"

赵继伟愣住："少说少做？"

张志杰说："对。不熟悉的情况下，坚决不说话，坚决不要做任何决定。"

赵继伟还是不明白。

张志杰耐心地说："因为你的一句话，一个举动，有可能会让很多同事的心血付诸东流。"

赵继伟听得似懂非懂："哦。"

第九章

陈新城从商业街的小店里出来，气呼呼地对李大为说："你什么时候才能把你这自以为是的臭毛病改了？"

李大为小声说道："师父前几天不还表扬我了？再说我今天又错在哪了……"

陈新城问："谁告诉你他们是监守自盗？谁让你动用技术手段采集指纹？"

李大为说："这不是明摆着吗？"

陈新城火了："你有证据吗？怎么就明摆着啦？"

李大为争辩道："就因为没有证据，我才采集指纹的。"

陈新城气得不行："过去三小时了，又有这么多人进进出出，哪里还有指纹？"

李大为虽然没说话，但眼里满是不服。

这时陈新城一转头，看到过街天桥上，有个穿着暴露的小姑娘，正和一个男孩吃着冰激凌，勾肩搭背说笑着。

陈新城直直地冲他们过去。那姑娘看到了陈新城，和男孩说了句什么，两人撒腿就跑。

陈新城一边追一边喊："佳佳！佳佳！"

等两人上了天桥，女孩已经消失。陈新城、李大为顺着过街天桥追下去，远远看到男孩女孩上了出租车，扬长而去。

陈新城绝望地停下，双手掩面。

李大为追上来小声说道："师父，那姑娘是……"

陈新城摆摆手，神情落寞："走吧。"

有了张志杰的推荐，赵继伟兴冲冲地来到县府街派出所，找到曾所长做自我介绍。

曾所长拍拍他："小伙子，工作挺积极啊！连我们所的工作都想一起做了。"

赵继伟说："哪里，我是来向县府街派出所学习的。"

曾所长说："王守一到底能干，一下子抢去四个年轻人，我们一个都没摊上。正好借我们所用用。"

几个穿便衣的警察正往外走，曾所长叫住他们："你们带着八里河这位一块儿去。"

又问赵继伟："带便衣了吗？穿这个不行。"

赵继伟说："我包里装了。"

曾所长一指："看看人家，刚入职就这么有经验。去吧。"

赵继伟赶紧跑到那几个人面前，行了个礼："几位哥，我叫赵继伟，请多多关照。"

几个人分散在手机店周围，其中一个趴在手机店的柜台上，好像在看手机，另外几个站在门口，看路边一张麻将桌上的人打麻将。

还有两个在路边上靠在一棵树上聊大天。赵继伟混在麻将桌那一组人中间。

看麻将的人看得兴趣盎然，还不时发表评论，只有赵继伟不时紧张地东张西望。

身边一个便衣碰了碰他，小声说："别东张西望的，惊了他。胡了！"

赵继伟问："怎么还不来啊？是不是不来了？"

便衣没理他："大爷，您好手气。要不我替您打一圈？"

大爷笑着说："不行。手气好的时候不能换人。"

便衣这才对赵继伟耳语："兄弟，你要总这么急，就永远等不来了。"

另一个便衣小声地说："是不是他？"

赵继伟刚要抬头，身边的便衣在下面扯了他一下："别动。"

赵继伟低头看麻将，用余光扫了扫，看到一个年轻人溜达过来，还警惕地四处看着，立刻低头去看麻将。

年轻人看看没什么异常，进了手机店。

赵继伟说："哥……"

便衣说："别抬头，没事，店里有我们的人。"

赵继伟还是忍不住往那边看。

一个便衣趴在柜台上，见年轻人进来了，店主的手在柜台下面轻敲了一下。

便衣心领神会，指了指一款手机："老板，您再拿这款我看看。"

老板把那款手机拿出来，热情地对年轻人："来啦？"

年轻人问："怎么样？"

老板把一个没开封的苹果手机从柜台底下拿出来："挺好的，是行货。说好的，九折。"

年轻人说："好。一手交钱一手交货，快点。"

老板问："现金还是手机转账？"

年轻人不耐烦地说："现金，快点儿。"

赵继伟在门外清楚地看到老板数钱给那个年轻人，趴在那儿的便衣却无动于衷，不由得有点急："怎么还不动手啊？"

身边的便衣说："急什么？看麻将。好牌！"

赵继伟说："他拿到钱就跑了！"

果然，年轻人拿到了钱从店里出来，顺着街道快步离开。趴在柜台上的便衣跟在后面，但并没动他。

赵继伟着急："怎么回事？怎么放他走了？"

身边的便衣语气严肃："你别说话！"说完便和另外几个起身跟着走了。

赵继伟也跟上去："为什么不抓啊？"

大家不理他，继续跟。

前面的年轻人似乎发现哪儿不对，一回头，正好和赵继伟的目光对上，转头就跑，同时掏出手机打电话。

赵继伟忍不住了，飞快地追了过去："站住！"

几个便衣互相看了一眼，不得已也只好跟着跑。有人骂了一句："妈的，他会不会办案子呀？"

赵继伟和年轻人的距离越来越近，突然，年轻人一把将手机丢到了路边的河里，回过头来，手里挥舞着一把刀子："别追我！"

赵继伟好像没听到，纵身扑了过去，一头把他撞倒在地下，两人在地上搏斗。后面跟上来的警察一股脑儿全扑了上去，把年轻人死死地按住，戴上了手铐。

赵继伟坐起来，这才发现胳膊上挨了一刀。他顾不上那么多，掏出手机打电话："师父，我把他抓住了，我亲手把他抓住了！小子还捅了我一刀。不过不严重，我不怕！"

收起手机，看到小偷已经被戴着手铐拉了起来，赵继伟上去推他一把："继续跑呀你！"

一名警察看了看他的伤口："兄弟，你受伤了。"

赵继伟很硬朗地说："没事儿，就是破了层皮。"

"你们把他带回去。"一名老警察指挥众人散去，然后走了过来，"兄弟，看看伤怎么样。"

赵继伟脱下一只袖子，看到一条长长的口子还在流血，疼得他倒吸了口冷气。

老警察不敢怠慢："我的车就在这边，赶紧去医院！"

赵继伟还逞强："没事，轻伤不下火线。"

老警察架着他就走："快点吧。"

到了医院，护士帮赵继伟处理伤口，老警察在一旁等着。

完事之后，赵继伟把袖子套上："没事，我小时候上山干活，有时候树枝子刮得都比这厉害。大哥，小偷呢？"

老警察问："哪来的小偷？"

赵继伟一愣："咦，刚才我抓到的那个……"

老警察说："你只能证明他卖了一部可能不属于他的手机，怎么证明那手机是他偷的？"

赵继伟说："不是他偷的哪来的？"

老警察说："捡来的。"

赵继伟说不上来了。

老警察有点不悦："咱们不是说跟他到住的地方吗？你咋自己就扑上去了？"

赵继伟争辩道："可是他要跑了呀！"

老警察反问："你不惊他，他能跑吗？"

赵继伟傻眼了。

老警察叹了口气："走吧。"

回到车上，老警察语重心长地说："抓小偷，最难做的是固定证据。你这一抓他，只能证明他卖了一部手机。手机哪来的？他以前作没作过案？是单独作案还是团伙作案？案值多大？够判刑吗？这些可能全得不到了。如果拿不到证据，人不是白抓了？"

赵继伟沉默不语。

老警察看了他一眼："兄弟，才入职吧？"

赵继伟喃喃道："几个月了。"

老警察的手机响起："哎，供了吗？好吧，我知道了。"

挂掉电话，老警察说："怎么样？他说手机是捡来的。"

赵继伟不甘："哪有这样的好事？"

老警察说："可你如何证明他不是捡的？"

赵继伟想了想，赔着笑："哥，这个人我们所前面盯了好长时间，现在抓到了，就还给我们所呗？"

老警察摇头："我们抓的，这案子就归我们所了。"

赵继伟说："那不行，是我把他扑倒的，这不我还受伤了？"

老警察看看他："敢情你是为了争功来的？"

赵继伟连忙解释："我不是那意思，这还是我入职以来第一回抓获犯罪嫌疑人，您就给我呗?"

老警察看了看他没说话。

到了县府街派出所,两人下车,老警察说:"小李,派个人,把这兄弟送回八里河去。"

赵继伟缠着他:"不光我,还有那个犯罪嫌疑人呢。"

老警察黑着脸:"对不起,人是我们的……"

一个年轻警察过来,趴到老警察耳朵边嘀咕了几句什么。

赵继伟紧张地看着他嘀咕完了,赶快接上:"这个案子是我们那边起的,前面的工作是我们做的,人也是我扑倒的,让我带回去吧!"

老警察和周围几个参与行动的警察都笑了。

曾所长过来了,先看看赵继伟的伤:"小伙子,伤不要紧吧?"

赵继伟说:"没事,就破了一层皮。曾所长,咱们事先说好的,人抓到了是我们的,更别说还是我扑倒的。"

曾所长笑了:"行,把立功的机会让给八里河的同志。"

赵继伟急了:"不是让,就是我抓到的!"

曾所长说:"对。你们看看,人家八里河刚入职的同志就这么能干,学着点儿。小李,你开车,把他和犯罪嫌疑人一块儿送回去。"

"是!"

小李开着车,赵继伟坐在副座上,那个年轻人一只手被铐在后座上返回八里河。

赵继伟兴高采烈地打电话:"师父,我把他带回来了。"

小李看着他兴奋的样子不禁窃笑。

远远看到八里河派出所大门,赵继伟越来越激动:"到了,就在前面。咦,怎么没人哪?"

小李乐了:"怎么,兄弟,应该列队欢迎?"

赵继伟说:"上回他们抓人回来……我们所长和副所长都出来了。"

果然,王守一和高潮出来了,但两人的面孔都很严肃。

王守一和小李告别:"谢谢啊。回去告诉你们曾所长,上回拔河比赛我们输了,现在我们所有了生力军,叫他做好输的准备。"

小李答应着,和赵继伟打个招呼,上车走了。

赵继伟过来:"所长,高所……"

王守一先看了看他的胳膊:"哪条胳膊?"

赵继伟在伤处拍了拍:"这条。就一层皮,几天就好了。"

高潮严肃地说:"赵继伟,你去协助人家,怎么不听指挥呢?"

赵继伟解释道:"可是人要跑了呀!"

高潮说："那也得听从人家指挥！警察出去行动，时刻面临危险，得统一行动听指挥。都像你，不成了一群没头的苍蝇？"

赵继伟委屈地说："我提醒他们小偷要跑了，可他们还不紧不慢的。"

高潮脸色铁青："你还嘴硬。觉得自己挺英勇，是吧？"

王守一说："算了，先问问看吧。高潮，你和张志杰问。"

赵继伟连忙申请："我也要参加！"

王守一说："你就算了。先到医院好好地检查检查，再重新包扎一下……"

赵继伟急得直跺脚："不，我的伤不要紧。这个案子从开始就是我跟的，我一定要参加！"

王守一看看他，叹息一声："好吧。"

安排好他们，王守一、程浩和曹建军、陈新城聚在会议室里，一起商量最近辖区内接连发生的电瓶车被盗案。

王守一看着案情通报："又是两辆。一共几辆了？"

曹建军说："十一辆了。"

王守一不解："这伙人是疯了吗？建军，这案子具体由你负责，你有什么想法？"

曹建军说："因为这几个小区前面那条路大修，监控都拆了。罪犯盗窃电瓶车出了小区，就失去了目标。咱们和工程方联系一下，加快工程速度，另外就是小区里增加监控探头和保安巡逻了。"

陈新城笑了笑没说话。

王守一看了他一眼："新城你的意思呢？"

陈新城说："这是修高架路，没个一年根本修不完。"

王守一点头："没错，指望工程因为电瓶车失窃加速不现实，还是得想别的办法。这个团伙太猖狂，咱们得想办法尽快破案。"

杨树坐在办公区，在电脑上查着什么，一边查一边思索。

李大为从他旁边过，在他肩上拍了一下："看什么呢？"

杨树吓了一跳："你吓死我了。"

李大为靠在桌角："听说你们也接了一个电瓶车失窃的案子？"

杨树说："是啊。怎么，你们也接了？"

李大为说："咱能不能想想别的办法，别叫小偷牵着咱们的鼻子跑？"

杨树说："我想了，只是还差个环节。"

李大为问："你想的是什么？"

杨树反问："共享单车为什么车在哪都能找到？"

李大为眼睛一亮："你说的是电瓶车上也装GPS？"

杨树点头："困难的是共享单车是由企业统一装的，电瓶车是个人的……"

李大为说："有办法！电瓶车是个人的，可充电桩是企业的。我有个同学公司里就在到处推销电瓶车充电桩。咱们给充电桩的企业和GPS的企业间搭个桥，老百姓买充电卡，电瓶车上送GPS！"

杨树认真思索："如果能这样，真是一举好几得。电瓶车不怕被盗了，还解决了私拉电线的问题。只是不知道企业干不干？"

李大为站起来："我和我同学说说试试。他的KPI（关键绩效指标）完不成都快急疯了，肯定愿意干！杨树，还是你脑子好使。"

杨树笑了："你也不差。"

李大为说："吹捧和互相吹捧相结合。杨树，这个案子是你们负责的，你和你师父说说，我马上和我同学联系。"

杨树点头："行。"

高潮和张志杰一起走向审讯室。张志杰赔着笑："小伙子年轻，立功心切，可以理解。"

高潮不满："咱们也都是这么过来的，也没像他这样。这案子，十有八九夹生。"

赵继伟等在审讯室门口，看到张志杰叫了声师父。

张志杰安慰地拍拍他："去把犯罪嫌疑人提来吧。"

人带来之后，张志杰说："小赵，你来记录。电脑打字还行吧？"

赵继伟骄傲地说："没问题！"

张志杰点头："好。高所，咱们开始？"

高潮严肃地说："犯罪嫌疑人，现在我们依法对你开始讯问。讯问过程全程录像，你要如实回答问题，配合我们的调查。听明白了吗？"

年轻人点了点头。

高潮问："叫什么名字？"

年轻人说："刘小光。"

高潮问："手机是怎么回事？"

刘小光说："冤枉啊。那手机真是我在路边冬青丛里捡的。"

高潮说："一个没开封的手机，谁能丢到路边冬青丛里？刘小光，你不老实，只会加重你的罪责！"

刘小光说："我说的都是真话。我那天内急，跑到树后面去撒尿，就看见有个盒子。我还以为是空手机盒，捡起来一看是个没开封的手机，就想卖了换钱。"

张志杰问："你哪天捡的？"

刘小光说："有三四天了吧。"

张志杰一拍桌子："可这部手机昨天才刚失窃！"

刘小光说："对，那就是昨天捡的，我记错了。"

高潮说："刘小光，政策我已经向你说明过了，你得好好配合调查！"

刘小光嬉皮笑脸地说："警察叔叔，捡东西不犯法吧？"

赵继伟忍不住了："那你跑什么？"

刘小光说："我刚卖了手机，几千块钱在身上，回头一看身后跟着五六个人，换谁谁不跑？"

赵继伟气得说不出话："你……"

高潮和张志杰互相看了看："刘小光，你回去好好反思一下，应该以什么态度来回答警察的问题。不要抱侥幸心理，只要你犯了法，我们就一定能查清楚。赵继伟，让他在讯问笔录上签字，带他回去。"

高潮起身走了，张志杰连忙跟出来："高所，您别慌，年轻人没经验。我派人去打捞手机了，说不定能找到他的联系人。"

这时孙前程走了过来："高所。"

高潮问："怎么样？"

孙前程说："没了。我们去的时候房东说刚走。"

高潮叹了口气："这案子夹生了……不用说，他路上打电话通知同伙了。这个赵继伟，成事不足败事有余！"

张志杰赔着笑："高所，年轻人办案有热情。"

高潮忍不住："有热情也不能瞎搅和！居民储藏室连续被盗，偷上几瓶茅台案值就过万，说不定就是他们干的，赵继伟这一搅……"

赵继伟站在门里，很不是滋味。

张志杰说："我马上到河边看看能把他手机打捞上来不。"

高潮说："那河有好几米深，捞一部手机？"

"试试，也许还有机会。"张志杰还是走了。

赵继伟出来，低着头说："高所，对不起。"

高潮语气生硬："以后跟你师父学着点儿！"

杨树把曹建军叫到会议室外，将自己和李大为的想法说了一遍。

曹建军不以为意："那工程量得有多大？远水解不了近渴。"

杨树说："师父，要是能解决，就一劳永逸了。"

曹建军说："我看那个李大为就是个大吹，你让他联系一下试试！咱们该干还是得干咱们的。我跟王所说说增加警力，老办法，蹲坑！"

高潮从他们身边匆匆过去，进了会议室，对王守一说："所长，赵继伟抓进来的那个犯罪嫌疑人，怕是一时半会儿审不出什么。"

王守一抬手："那就放了吧。"

高潮说："不能放。他可能就是最近储藏室连续被盗的作案团伙人之一，这案子局里很重视。"

曹建军、杨树走到门口，听了这话，曹建军拉住杨树："一会儿再来。"两人转身离开。

王守一说："志杰不是去捞手机了吗？"

高潮没有信心："怕是不好捞，就算捞上来，能不能查出线索也是两说。"

王守一看了他一眼："你是想拘他是吧？"

高潮点头："是。"

王守一想了想："他不是捅了赵继伟一刀吗？以他伤警为由，先办拘留。我给法制大队打电话，你直接取拘留证，送拘留所。"

高潮说："法制大队能给办拘留证吗？"

王守一说："你直接去取吧，我打电话。"

高潮答应着，转身出屋。

王守一掏出手机："老关哪，咱俩可有日子没打交道了。没办法，还是得麻烦你。咱们辖区发生了一起储藏室连续被盗的大案要案。嫌疑人好不容易抓到了一个，抓捕的时候还把我们的警察伤着了，案情严重啊。我派高潮亲自过去，拿着全部材料，您当场给他批了，我们今天先送拘留所。你别官僚主义，今天必须给我批了。你不批，过了二十四小时我就得放他。他一跑，我这大案就没法破了。拜托，拜托。等破了案我请你喝酒。好，说好了。"

王守一挂上电话。

程浩忍不住说了句："拘留所是吃素的吗？有拘留证没准也不收。"

王守一脸一黑："闭上你的乌鸦嘴！赶快去看看手机捞得怎么样了，加大力度，争取尽快突破。"

程浩笑嘻嘻地站起来："我就知道县府街派出所主动把他送回来没好事。"

"上了老曾的当了！"听到程浩的话，王守一一拍脑门，拨通曾所长的电话："从南京到北京，没有你老曾精。老实说，你这整天争功的人，为什么主动把那个小偷送还给我们了？"

曾所长哈哈大笑："王所长，还不是你们那个年轻人争得厉害嘛。我不能和一个新兵蛋子争功吧？怎么样，你们审出什么来了？"

王守一恨得直咬牙："什么都审不出来！他背后牵扯那么大一案子，现在坏在我们手里，你这不是害我吗？"

曾所长笑着说："王所长，您这么厉害，什么大案破不了？我就是没有金刚钻，才把这瓷器活让给你呀。"

王守一挂了电话，不住摇头："上当了。万一真破不了，反倒打草惊蛇，局里怪罪下来，都是我们的锅！"

"陈总，那就这么说定了！回头我把电桩公司销售的人叫来，你们双方谈合同？"

李大为热情地和GPS公司负责人握手："他有了你们的GPS，充电卡好卖。你们有了他的充电桩，业务也能发展得更快。"

陈总笑着说："我们在别的城市也这么干过，效果很好。谢谢啊，没想到警察还管这个。"

李大为说："这不都是为了电瓶车的安全吗？我们走了。"

回到车上，杨树坐在副座上："真没想到，你还有这样的关系。"

李大为开着车，得意地说："你没听说过六个人理论吗？哪怕你想认识比尔·盖茨，不超过六个人，也能认识到。"

杨树笑了："那叫六度空间原理。"

李大为说："对，六度空间，到底是博士。"

杨树摇头："李大为，你这人什么都好，就是嘴太碎。"

李大为乐了："羡慕吧，这也是天分！如果我不当警察，就去说相声！"

杨树也笑了。

程浩和张志杰眉头紧锁地站在县府街河边，密切关注着河里正在打捞的蛙人。

路边行人纷纷驻足观望，互相打听："这是捞什么呢？"

"是不是有人死了？"

"肯定啊，不然不能这么大动静。"

……

两人听了一脸苦笑。

程浩说："志杰，你这徒弟真是能干。"

张志杰宽厚地说："年轻嘛。咱们年轻的时候也是一样。"

一个行人凑过来："警察同志，捞什么呢？"

程浩心情不好："你咋这么好奇呢？死人。"

那人吓了一跳，急忙走远。恰好有个蛙人从水里冒上来，手里举着一个手机："找到了！"

那人一看，满脸不屑："一部破手机，值得？"

一名辅警在留置室看着刘小光，高潮一路小跑过来："打开门，把他送拘留所。"

赵继伟从旁边过，见状过来："高所，把他送哪儿？"

高潮说："拘留所。"

赵继伟问："不审了？"

高潮没说话，只看着辅警打开门，把刘小光押出来，戴上手铐，推着他就走。

刘小光面色有些发黄，人也显得蔫儿蔫儿的。

赵继伟跟着："我师父刚才来电话，说他的手机已经捞上来了。"

高潮瞪了他一眼："在犯罪嫌疑人面前别乱说话！"说完推着刘小光走了，赵继伟在后面跟到大门口。

高潮开着车，后面铐着刘小光，刚出门正好和回来的程浩、张志杰碰到一起。

程浩从车窗里伸出头来："到手了。"

高潮说："我先把他送过去。"接着一脚油门走了。

赵继伟在院里迎着张志杰从车上下来，不知所措地说："师父，您把手机捞上来了？可高所把人送走了。"

张志杰没解释："先让技术部门恢复手机上的数据吧。"

高潮把刘小光送到拘留所，赔着笑："您看看，手续全了，人就交给你们了。"

拘留所的工作人员检查着手续。

高潮急不可耐地："行了吧？我回去了。"

工作人员点头："可以了。"

高潮转身就走，突然从里边冲出一个人来："哎，哎，高所，你等一下。"

高潮假装没听见，继续走，那人赶了两步，一把抓住他："高所，这人我们不能收。"

高潮急了："手续不都没问题吗？为什么不能收？"

那人说："高所，我看他的脸有点黄。你们该不会是因为他有什么病才要送到我们这里的吧？"

高潮说："怎么会呢？要是知道他有病，肯定先送医院哪。他真的是牵扯了大案子，才送过来的。"

那人说："高所，你等一下，这事儿不小，我们得马上和法制大队联系。"

高潮无奈停下，立刻给王守一打电话说明情况。

王守一一听也愣了："脸黄？他的意思是肝炎吗？你先别慌，疫苗都这么普及了，肝炎哪那么容易得上。我知道你是怕时间到了得放人，可他们不知道啊。你等一下，我去看看他手机上的数据恢复得咋样了。"说完放下电话就往技术室跑。

张志杰正在桌前认真地研究几张纸。王守一风风火火地冲了进来："志杰，怎么样了？"

张志杰说："正在恢复数据，问题不太大，就是需要时间。我让他们恢复多少发过来多少，调查上面的联系人也需要时间。"

王守一说："现在缺的就是时间！这小子很可能有肝炎，拘留所怀疑咱们甩锅，不想收。咱们得赶快把他犯罪的证据拿到，要是法定时间以内拿不到，就得放人了。"

张志杰好像没听到："我们努力。"

王守一叹了口气，只好出去。

高潮在拘留所那儿等了一会儿，里边出来一个警察："对不起，高所，这个人我们不能收。我们和法制大队联系过，他们承认审查不严，这个人不符合拘留条件。"

高潮问："哪里不符合啊？"

那人拿出高潮交上去的材料："刀身长于150毫米才是管制刀具。他这把才148毫米，长度不够。"

高潮赔着笑："兄弟，他不光带了刀，他还伤了我们一名警察。"

那人说："可你们没有伤情鉴定啊？捅一刀是伤，手背上划个口子也是伤。对不起，这个人我们不能收。"说着把材料拍回到他手里，回去了。

高潮垂头丧气地拉着刘小光又回来了。

赵继伟正好迎面碰上，惊讶地问："高所，怎么又把他带回来了？"

高潮没好气地说："你干的好事自己还不知道吗？"

赵继伟愣在那里。

王守一把几个管事的全都叫到办公室开会："麻烦了，时间马上就到了，这人咋办？放，还是不放？"

张志杰说："所长，我那边还有点事。我表个态就先去忙了。这个人，不能急着放。储藏室盗窃案发生了多起，辖区群众意见很大。抓住他，没准就把案子破了。"

王守一问："可拿不到证据又能怎么办？"

张志杰说："数据已经恢复了，上面的联系人有五百多个，我们正在逐一筛查，争取有所突破。我先去了。"说完匆匆离开了。

王守一无奈："没别的办法了，集中全所的力量，配合志杰的工作。筛查出一个，去核实一个，争取突破。赶快行动吧。"

高潮无力地说："我真服了这个赵继伟了。"

王守一瞪了他一眼："说什么呢？你刚入职的时候，头一回去抓人，人没抓回来，自己被捅了两刀，所里为救你花了好几千，忘了？"

高潮立刻怂了："我错了，我不说了。"

王守一挥手："快去吧。"

张志杰眼中充满血丝，坐在技术室里梳理打印出来的联系人和微信对话记录，边比对边和旁边的同事讨论："这个像是销赃的，你看两人讨论价格呢。还有这个，这个对话也可疑。这里有的电话号码，全都整理出来，立刻排查！"

整装待命的警员们接到任务，立刻迅速展开行动。

……

墙上的钟嘀嘀嗒嗒地走着，已经快到上午十一点了。

王守一正不停地打电话："怎么样？发现了赃物？带回来顺着赃物再找人不就完了？"

高潮说："不行啊，所长，老板一口咬定他就是图便宜回收了礼品，谁卖给他也说不清楚。咱们带回去，到了时间不还是得放人吗？"

王守一说："志杰不是拿到了嫌疑人和他讲价的微信记录了吗？"

高潮说："咱们只是推定他应该知道是赃物，可他死活不承认，咱们又能拿他怎样？"

王守一抬头看看表，表已经快走到十一点了："那就算了，你们先回来。时间马上到了，得放人。"

放下电话，王守一叹了口气，刚要往外走，一个辅警冲了进来："所长，不好了，那小子昏倒了！"

王守一愣了："啊？快送医院！"

刘小光被火速送往医院，一名辅警站在那里等，大夫出来说："他是爆发性肝炎，我们这儿不能收。你们得马上把他送传染病院。赶快走，走得慢了，没准人就没了！"

高潮刚到所长办公室，王守一就接到辅警从医院打来的电话，吓得差点跳起来："什么？爆发性肝炎？病危了？拉响警笛，赶快跑啊。这个时候了还想钱。不计一切代价，无论如何不能让他死了，所里随后就到。"

放下电话，王守一还没说什么，高潮已经听明白了："传染性肝炎？人不行了？"

王守一说："二院说病危，竟然真是肝炎，这都是什么事儿啊！高潮，还得你跑一趟传染病院，无论如何得叫传染病院全力以赴救活他。对了，你带上点钱押在医院里。"

高潮说："所长，咱所的警察病了都没见你这么大方。"

王守一一瞪眼："我克扣过你们吗？人命关天，赶快去！"

高潮立刻往外走。

王守一刚坐下，电话又响起来了，一看还是那个辅警的号码，紧张地问："怎么了？他……没事吧？"

辅警说："没事，在后座上睡着呢。所长，二院的大夫提醒咱们，要彻底消一次毒，说他这种病传染很厉害。"

王守一长出一口气："你小子以后把话一次说完好不好？我还以为他没了！行了，知道了。"

赵继伟神情茫然地站在派出所的院子里，看着警察们紧张地在他身边进进出出，但没人和他说话，他也不明白发生了什么事。

王守一从楼上下来看到了他，和颜悦色道："小赵，该吃饭了，还不去吃饭？"

赵继伟问："所长，发生什么事了？那个人够逮捕吗？"

王守一苦笑："逮捕？人都快没命了，怎么逮捕？"

赵继伟愣住了："什么意思？"

两个警察从他们身边过，其中一个拍了拍赵继伟："小赵，挺能干。上回李大为捡来一个爹，你这回给咱们所捡来个更麻烦的。"

赵继伟更糊涂了："他在说什么？"

王守一说："没什么。你抓回来的那个嫌疑人爆发性肝炎，送传染病院了。赶快去吃饭，吃完了去替替你师父，当务之急是把他家人找到，但愿能把他顺利交还给他家人。"

赵继伟应道："知道了。"

一辆警车开进来，县府街的曾所伸出头来："王所。"

王守一一看赶快热情地迎上去和他握手："曾所，我们算是叫你们涮了。你是不是早就知道他有病？"

曾所看着不远处的赵继伟笑起来："这是急病，我哪能未卜先知？听说你们需要消毒液，正好我们所这两天大扫除买多了，特地给你们送来了。"

王守一哭笑不得："谢谢，谢谢。"

这时李大为开车回来，看到孙前程和一个辅警正往院里抬一个大桶，赶快停下车过来帮忙："前程，这是干啥呢？"

孙前程喘着："你还不知道吧？赶快找口罩戴上。赵继伟抓回来的那个小偷是爆发性肝炎，现在都病危了，所里正在大消毒。"

李大为吓了一跳："啊？那赵继伟呢？"

一抬眼，看到赵继伟呆呆的。赵继伟对他说："哥，我是不是做错了？"

李大为满不在乎地说："就和上回我处理那个案子似的，谁知道那老头能有病？这叫赶上了。该吃饭了吧？饿死我了。走，吃饭去。"

杨树也招呼他："赵继伟，去吃饭呀。"

赵继伟摇头："你们去吃吧。师父还在忙，我去看看师父。"

李大为说："你先吃过饭再去替你师父。"

赵继伟没说什么，转身去了技术室。

一进门，就看到张志杰失望地把打印好的几份材料收起来，对另外一名警察赔笑："都过了饭点了，赶快去吃饭吧。"

赵继伟低着头："师父。"

张志杰问："吃饭了没？"

赵继伟没有回答，看着桌上的材料："师父，手机没用？"

张志杰说："怎么没用？这些嫌疑人的信息和联系方式我们都掌握了。暂时可能用不上，以后一定会有用。没吃饭？先去吃饭吧。"

赵继伟低着头："师父，我做错啥了？"

张志杰看看他："谁说你做错了？别多想。"

赵继伟有些激动："就算我动手早了，可见了小偷能不抓吗？"

张志杰安慰道："你没经验不怪你。我饿了，咱们去吃饭吧。"

赵继伟低下头，顺从地跟着他去了食堂。

李大为、夏洁、杨树三个在一张桌上吃饭，李大为看到赵继伟，招呼他过来。

赵继伟端了菜过去，默默地坐在空位上，低头吃了起来。

李大为看了一眼："哟，信佛啦？吃这么素？"

赵继伟说："连件小案子都办不好，哪有脸吃。"

"你傻不傻？和谁过不去也不能和自己的肚子过不去呀。这话不是你对我说的吗？"李大为说着把自己盘子里几块排骨放到赵继伟盘里，"吃这个。没什么烦恼是一顿好饭解决不了的，如果不行，就吃两顿！"

夏洁很认真地说道："别多想。你进来以前，大家也在说这件事，都说是咱们所倒霉，赶上了，不是你的错。"

赵继伟不悦："可高所说我了。"

夏洁说："他也是着急。"

正说着，高潮跑到王守一面前说着什么，赵继伟关注着他们那边。

王守一有些生气："什么？他们家不来人？"

高潮无奈地说："他们说人是在派出所病倒的，要派出所负责。"

王守一说："马上查查他们属地派出所的电话，拜托他们协助我们做工作。"

高潮说："可人怎么办？传染病院那边说人很危险，叫咱们派人去守着。"

王守一急了："他们是传染病院，难不成叫咱们的人去照顾传染病人？咱们所今年犯啥呀，怎么成天往回找病号？"

赵继伟站起来走过去："所长，这事的责任在我。我去医院伺候他。"

王守一连忙说："小赵，说啥呢？你还受着伤。"

赵继伟坚定地说："我的伤没啥。事情是我引起的，我去！"

李大为过来拉他："你干什么？轮也轮不到你呀。所长，我去。"

赵继伟说："李大为，这是我的事。"

李大为大大咧咧地说："什么你的我的？你去吃饭，我来。"

杨树和夏洁这时也站过去，都有点挺赵继伟的意思。

王守一一看，冲着李大为："挺义气是吧？警察是兄弟伙吗？出了事变成你俩的事了？你俩不是这个团队中的一员吗？"

李大为说："我正想说呢。赵继伟抓了个小偷，就算冒失了一点，也不至于像犯了错误一样吧？"

王守一问："谁说他了？这不正在研究怎么解决问题吗？回去吃你们的饭去！"

赵继伟还站在那里不想走，杨树拉了赵继伟一把，夏洁也跟着拉，这才又回到了饭桌。

下班后回到合租公寓，赵继伟一个人在屋里，坐在小床上换纱布。纱布粘在了肉上，往下一撕疼得直倒吸气，一咬牙撕下来，血重新流出来，他赶快用纱布捂上。捂了一阵，草草地包上了，赵继伟呆呆地看着浸出血来的纱布，心里难过，拿起手机。

电话通了，传出母亲混浊的声音："伟啊。"

赵继伟赶快坐直："妈，妈您还没睡呢？俺爸呢？您和俺爸都还好吧？"

母亲说："好着哩。伟，你不是昨天才打电话问过吗？咋今儿又问？不是遇到啥事了吧？"

赵继伟一听，眼泪直往下流，用那只伤了的胳膊去擦，嘴上还笑着，努力让自己的声音正常："没事，妈，我好着哩，就是忙。您和俺爸可保重啊。俺妹离家住校，别省着，多给她点零用钱，别让她被人看不起。"

一个苍老的男声传出来："伟啊，别往家寄钱了，村里给老人长了养老金。除了给你妹的，我和你妈也花不着什么钱，你不用寄啦。"

赵继伟说："我听着了，爸。您也多保重啊。"

父亲疑惑地说："伟啊，我咋听着你声音不对啊？感冒了？"

赵继伟吓了一跳，急忙擦擦脸："啊，有点儿。时候不早了，你们睡吧，我也挂了。"

赵继伟把电话挂了，呆呆地想着，又低头垂泪。

门突然开了，李大为进来："赵继伟你小子不仁义，怎么也不打个招呼先回来了？我还在所里等你……咦，怎么伤这么重？"

赵继伟急忙躲："没，没有。"

李大为走过来："我看看。又流血啦？你这是包的什么呀？我给你重新包。"

说完，李大为不由分说给他重包。突然觉得哪儿不对，一抬头，看到赵继伟又哭了。

李大为也有些难受："咱所长你又不是不知道，刀子嘴，豆腐心。"

赵继伟摇头："不是，我不是为所长哭的。"

李大为蒙了："那是为啥？"

赵继伟说："我……我是被你感动的。李大为，谢谢你。"

李大为一下子不知道该说什么了："哎，别煽情，我遇到难题的时候你也帮了我不少。哥们儿嘛，相互照顾是应该的。"

赵继伟低声说："那以后我就赖着你了。"

李大为打了个冷战："天哪，真酸。"

杨树一伸头："我可以进来吗？"

李大为说："你已经进来了！杨树，别闹这么正经行吗？我都起鸡皮疙瘩了。"

杨树吃惊地说："因为我？"

李大为看看赵继伟，两人都笑了。

杨树说："赵继伟，出来一下。"

赵继伟问："有事？"

杨树说："出来就知道了。"

赵继伟和李大为出去，只见茶几上放着一个电火锅，旁边摆满了涮火锅的各种食材，夏洁正在张罗。

李大为惊呼起来："火锅？谁变出来的？"

杨树笑着说："夏洁提议，我俩配合。想不到吧？"

李大为瞪大眼睛："你俩配合？一起去超市？一起下厨房？"

杨树说："对啊。"

夏洁看了他一眼："你有意见？"

李大为连忙摇头："没意见！那我多吃点！"

杨树说："夏洁把家里的电磁炉拿来了。"

夏洁也说："这些不是你去农贸市场买来的？"

李大为听着他俩互夸，便毫不客气地坐在了中间的位置，打断了他俩，然后像一家之主一样"招呼"大家："总之，你们忙完了我来吃，这才有意义。来来来，快坐，都不要客气。"

夏洁看了李大为一眼，忍住笑："有你什么事？赵继伟才是主角。"

李大为也不在意："是是是，都一样。"

赵继伟感动地举着一听饮料："兄弟们……"

结果几个兄弟都十分专心，热火朝天地吃着火锅，还抢锅里的肉和菜，一个比一个投入。

"那没熟啊。"

"我下点菜。"

……

只有夏洁边吃边回答："谁是你兄弟？"

赵继伟有些尴尬："对……还有姐妹……谢谢大家，在我遇到难事的时候陪着我。不管是不是一辈子都在八里河派出所，你们永远都是我的亲人。来，让我们举杯……"

李大为和杨树还没等他说完，便拿起自己的饮料依次"敷衍"地跟他碰了一下，然后放下继续捞火锅。

赵继伟有些失落："我以为真为我，有吃的哪还有兄弟。"

夏洁忍不住了，举起自己的饮料，笑着："看不出来吗？他俩是在逗你。"

李大为这时抬起头笑了："为继伟举杯！"

杨树也说："为继伟振作举杯！"

夏洁说："为赵继伟成为我的姐妹，举杯！"

四人对视，都会心地笑了……

第十章

第二天上班前，张志杰提前到了派出所，匆匆忙忙地来到洗脸池前仔细地洗漱。

赵继伟跟了进来："师父，我听说您昨天晚上在传染病院值的班？"

张志杰说："噢，其实也没啥事，病房里也不让进人，就在外面找了张椅子睡觉。"

赵继伟说："是我没把事情办好，给师父添麻烦了。"

张志杰笑笑："这有啥？谁办事都出过岔子。他家的人今天到，就用不着咱们了。"

赵继伟问："那，这个案子……"

张志杰说："恐怕得暂时把他放了。团伙的人都跑了，只找到一个销赃处，可老板声称不知道是赃物，咱们也没啥证据指控他。"

赵继伟难过地说不出话来。

张志杰鼓励道："别慌，工作不会白做的。只要他们再作案，咱们抓起来就容易了。行了，去换上便衣。"

赵继伟抬头："有情况？"

张志杰神秘地笑了笑。赵继伟终于来了点精神。

身着便衣的张志杰带着赵继伟来到储藏室失窃案发生的小区，在小区健身器材那里活动。

赵继伟问："师父，没什么情况啊？"

张志杰说："一会儿你就知道了。出来了。"

赵继伟抬头，看到六七个青壮年男人说说笑笑从楼里出来，人人穿着肥大的夹克，骑上停在门口的两辆三轮车走了。

张志杰等他们过去，小声说："走，跟上他们。"

两人不远不近地跟了上去。

赵继伟还是不明白："跟他们干啥啊？"

张志杰说："跟跟你就知道了。"

"有动静了？昨天回来的？好，我马上过去，别轻举妄动！"曹建军接完电话，立刻从座位上站了起来。

杨树走过来说："师父，就充电桩安 GPS 那事，我和李大为找了厂家，他们同意了。咱们去小区里宣传宣传，让群众购买充电卡安 GPS 啊？"

曹建军有些不耐烦："有用吗？老百姓自己家有电，不会愿意再另外花钱的。"

杨树争取道："事在人为嘛！"

曹建军急着出去："那好，咱俩分头行动，你去做宣传，多发动点群众。咱们学习枫桥经验怎么说来着，要到群众中去。我去把前几天倒卖假文物的案子了结一下。"说完匆匆走了。

杨树有些失望，不过还是带着一名辅警，来到发生电瓶车失窃案的小区，带着小区保安和物业的人站在充电桩前。

桌子上放着一摞使用说明书、几个示范用的充电卡、GPS 跟踪器和一本登记簿。

杨树拿着大喇叭，喝了口水接着喊："两百块，充半年，一天才合一块多钱……重要的是，厂家送 GPS……"

然而路过的居民们，没有一个停下来。

只有一个七八岁的小女孩一边吃冰激凌，一边看着杨树，嘿嘿笑着。杨树尴尬地对小女孩笑了笑。

正在这时，一个老太太直奔杨树而来。杨树大喜，本以为有个好的开头，却看见老太太牵着小女孩，把她领走了。

大多数居民就跟没听见一样，目不斜视地骑电瓶车经过、走远……杨树垂头丧气，又清了清稍显嘶哑的嗓子，举起喇叭，准备开口。

辅警在旁边打了个哈欠："杨哥，咱们都吆喝一上午了，没什么用啊。"

正在这时，之前丢过电瓶车的冯大姐骑着一辆崭新的电瓶车从杨树面前经过。杨树看着崭新的电瓶车，灵机一动，嘱咐了辅警一句，去追冯大姐："冯阿姨，等等。"

冯大姐停下车，回头看见杨树："小杨？我的电瓶车找到了？"

杨树面露难色："还没有……这是你买的新车？"

冯大姐马上变得一脸失望："对啊，不买新车我怎么上班。"说着准备要走。

杨树赶快上前拦下："等等，冯阿姨，你听我说两句。"

冯大姐没好气地说："说什么？车没找回来，跟你有什么好说的。"

杨树说："虽然之前的那辆没找回来，但我有办法让你新买的不再被偷。"

冯大姐说："呸呸呸，你咒我呀？我才刚买了三天，你就跟我提偷。"

杨树着急解释："我不是这个意思……冯阿姨，丢的车还没找到，我们肯定还继续努力。但现在我真的有办法，保护你的新车。"

说完杨树掏出了GPS定位器："你看，这是GPS定位器。在你家的电瓶车上装上它，你就能在手机上实时查看电瓶车的位置。就算有人敢偷，我们也能根据位置信息把它找回来。说不定，还能顺藤摸瓜，把以前丢的车也找回来呢。"

冯大姐有点不相信："真的假的？这么厉害？"

杨树说："当然是真的！您想想共享单车，为什么不怕丢呢？因为它就有GPS，无论到哪里，运营商都找得到。"

冯大姐眼前一亮："听着靠谱。那你给我装一个吧。"

杨树开心，拿出充电卡："好嘞。这GPS原本单买都要一百块钱呢，现在，只要买这个充电卡，就能免费装GPS。"

冯大姐说："充电卡？不需要。你就把这GPS给我就行。"

杨树为难："阿姨，这是我们跟厂家谈好的……"

冯大姐不依："我丢电瓶车的损失还没着落呢，你又要让我花钱？"

杨树解释："阿姨，这充电卡就两百块钱，里面的电，够你充半年电瓶车了。"

冯大姐夸张地说："半年两百？我自己充电的话，半年顶多一百块钱。"

杨树说："阿姨，现在小区都规定电瓶车不能在楼道里充电，你们现在私拉电线给电瓶车充电，其实很危险。严格来说，是明令禁止的。如果在充电桩上充电，既消除了安全隐患，还白得了GPS，给电瓶车上了保险，多划算啊。"

冯大姐有点心动，但马上藏起了心动："那也不行，两百块钱太贵了。"

杨树说："这是厂家给的成本价，我还说服他们又打了七折。"

冯大姐勉强应道："要不然这样，杨警官，我看你也挺卖力的。就当支持你工作了。"

杨树开心地说："谢谢你。"

冯阿姨接着说："你免费给我用，我帮你宣传，咋样？"

杨树愣住："啊？"

冯大姐说："你这充电卡卖出去几张了？一张也没吧？我告诉你，这小区里，压根儿就没人用那些个充电桩。你想想，饭店刚开门还请人免费试吃呢。我给你打头阵，你总得表示表示吧。"

杨树咬咬牙："那行吧，冯阿姨，不过，你得帮我多找些人来。"

冯大姐满口答应："行，你先过去等我，我放了东西就找你办。"

杨树说："谢谢阿姨。"

杨树回到充电桩前等待。不一会儿，冯大姐果然带了三四个大妈大姐兴冲冲赶来。

老远冯阿姨就说："小杨，看见了吗？我一下给你动员这么多，一会儿还有哪！"

"谢谢冯阿姨，我马上给你们办手续。"杨树立刻拿起表格填了起来。有了成绩，杨树工作起来干劲十足。

冯大姐得意地说："怎么样？我说到做到吧？"

杨树开心地说："嗯，谢谢冯阿姨。"

一位大姐说："我填完了。啥时候给我装？"

杨树说："您放心，登记过后我肯定尽快给大家安排。您什么时候付钱？"

大姐一脸疑惑："付钱？付什么钱？这不是免费的吗？"

杨树愣住："免费？"

冯阿姨说："小杨，你不是说给我们都免费吗……"

杨树连忙解释："阿姨，是我给你一个人免费，如果所有人都免费才能办，这肯定是推广不下去的呀……阿姨，这价格都是厂家给的成本价，然后又给打了七折……再说这两百块钱，能充电半年，还有GPS定位，还能保证车不会丢，多划算啊。"

其他人不干了："那你要是只给她一个人免费，我们就不装了。"

"就是，几个桩子，那么多车，肯定要排队。"

"在家充，一年也用不了一百块钱！"

……

几个人一嘀咕，陆续有人结伴离开。

杨树一看慌了，无助地说："别走别走，咱们商量一下。"

这时，在旁边驻足好久的胡大妈突然掏出了两百块钱放在他面前："小杨啊，来，这钱你收下，就当阿姨支持你了。"

杨树感激涕零："太好了！谢谢您！"

冯大姐和其他人一个劲地给她使眼色："干吗呢，不都说好了吗？"

胡大妈完全不顾她们阻拦，笑着说："小杨来八里河时间不长吧？我早就注意你了，一看就是有学问的人。人又帅，心也好。我姐姐有一闺女是白领，可优秀了，我打听过了，你还没女朋友吧？"

杨树尴尬："我……咱说充电卡行吗……"

旁边一大妈笑了："还不好意思！成人之美，那我就算提前随份子了。你姐那闺女我见过，可文静了。"

交钱的时候，大妈仔细看了看杨树："哟，我咋没注意杨警官这么帅呢？你要是瞅不上那个，我外甥女可漂亮啦，我给你个电话。"

冯大姐急了："这怎么成了介绍对象了？"

旁边的辅警聪明，连忙叫道："一举两得，来，我给你们登记，谁先交钱，附带杨警官联系方式！"

这一喊，顿时一帮大妈、阿姨围了过来，外面还有一些年轻姑娘指着杨树小声议论。

最早报名的胡大妈客串起了宣传员："这个特别好，装了电瓶车就不会丢了……在手机上就能看见电瓶车的位置……私拉电线导致电瓶车烧起来的新闻多吓人哪，咱以后也跟大城市的人一样，文明充电！"

杨树既开心又苦恼："大家不要着急，一个一个来！先不要拍照了！"

冯阿姨看得一头雾水："这是咋回事儿？"

一天下来，普及率相当可观！

张志杰带着赵继伟跟着几个年轻人骑车来到一处工地前，看到他们把车停在一堵墙后面，转转悠悠去了工地。两人也把电瓶车另外藏起来，悄悄跟了进去。工地上人来人往，多出几个人并不引人注意。

赵继伟问："师父，他们是这儿的工人？"

张志杰盯着前面："不是。注意一下他们要干什么。"

只见那几个人分散在一堆建筑材料周围，不时有人弯腰拿起什么塞进肥大的夹克里。

赵继伟问："他们拿的什么？"

张志杰说："卡子。别往那边看，小心让他们发现了。"

两人装着没事，从几人面前经过。那几人还不时在堆着卡子的地方走过来走过去，趁人不注意就抓几个卡子塞进夹克里。

两人躲到墙后，看那几个人往夹克里塞着，直到夹克鼓起来。张志杰说："你看，那一个塞满了，要放到外面三轮车上去。"

赵继伟吃惊不已："师父，您咋知道他们要到这里来偷卡子的？"

张志杰说："你也见过他们，还记得吗？"

赵继伟努力回想，最终还是摇头："不记得了。"

张志杰提示道："再想想。那天咱俩一块儿，碰到他们在路边吃饭，其中一个被同伴把啤酒灌到了衣服里，他脱衣服露出了膀子。"

赵继伟有些发蒙："那又咋了？"

张志杰无奈："你忘了？我当时就注意到他身上有许多细小的伤口。我在琢磨，在什么情况下身上会出现那样的伤口，又了解到他们租在一套房子里，两辆三轮早出晚归，就偷着跟了他们一天，这才明白他们是偷了工地上的卡子，装在衣服里往外带。这是一个专门盗窃工地建筑材料的团伙。可笑的是，他们常去的两家建筑工地还不知道自己失窃。"

赵继伟听得目瞪口呆："那，师父，您都弄明白了，为什么还不动手抓他们？"

张志杰说："我是觉得，他们天天出来偷建筑工地，肯定有几家销赃点。我已经发现了两家，今天看看还有没有第三家。"

赵继伟不说话了。

这时，几个人把衣服里的卡子全都装到了车上，两个人骑着两辆三轮车在前面，张志杰和赵继伟悄悄跟在后面。

等三轮来到一家废品收购站，一个年轻人先进去领了老板出来，老板还看了看左右，然后招呼他们把三轮车骑进了后院。

张志杰满意地说："果然还有第三家。看老板的样子肯定知道来路不正。我全录下来了，这回看他如何狡辩。走吧。"

赵继伟问："上哪？"

张志杰说："知道了他们住哪里，知道了他们的作案手段，也知道了销赃点。回所里研判一下，看能不能一窝端。"

赵继伟不放心："他们不会跑吧？"

"咱们没惊着他们，跑什么？"张志杰骑着电瓶车，兴致勃勃地说，"社区民警这一行，干起来挺上瘾。你看着鸡毛蒜皮，不定什么时候就有大发现。"

赵继伟突然问："师父，您就凭看到一个人身上有奇怪的伤就破了一个案子，为什么我拿着好好的线索却把案子办砸了？"

张志杰说："噢，你太急了，要慢慢修炼。"

赵继伟忙问："怎么修炼？"

张志杰说："看看，又急了吧？"

赵继伟连忙控制情绪："师父，我不急了。那我问个事儿，您可别怪我。"

张志杰问："什么事？"

赵继伟吞吞吐吐地说："师父，听说高所刚入职的时候跟过您，现在高所两毛二了，您才一毛三。您……您不怕别人说您没出息吗？"

张志杰反问："你觉得我没出息吗？"

赵继伟摇头："我……我当然不会那么想了。可是……"

张志杰说："高所当年所谓跟我，也就是一说。其实我和他进所时间差不多，不过我是从部队转业回来的，年纪比他大。我没学历，也没学过当警察。高所学历好，科班出身。让他跟我，其实是所长照顾我，让我跟着高所学学专业知识，明白了吧？"

赵继伟说："可所里和您年龄差不多的，都上两毛了。"

张志杰说："到明年我也差不多了。"

赵继伟说："可到底比别人晚。"

张志杰不在乎地说："晚一两年有什么关系？你在乎这个，成天惦记这件事，怎么想怎么不舒服。不在乎，就没啥。我是农村孩子，过去当兵，现在做警察。来到城里，有了房子，老婆孩子都好，收入也不错，还有啥可想的？"

赵继伟问："您不计较，师母也不计较？"

张志杰笑着说："我老婆人好，特别支持我的工作，也从不过问这些。"

赵继伟由衷地说："师父您命真好。"

张志杰感慨道："不是命好。她找我，也是看上了我这个人，是吧？"

赵继伟不说话了，忽然发现面前的张志杰像个永远猜不透的谜。

夜已深，喧嚣的城市渐渐沉寂下来。

三辆警车在夜色的掩护下，悄悄开到张志杰踩好点的小区楼下。张志杰和赵继伟还有七八个便衣警察从车上下来。

高潮带队，小声问道："这栋楼吗？"

张志杰点头："对，502。"

高潮掏出手枪："502。跟在我后面，注意安全，行动！"所有人立刻悄悄地走进楼道，来到502室门口。

警察埋伏在楼梯两侧，一名物业安保人员上去敲门。屋里有人警惕地问："谁啊？"

物业说："物业。你们的三轮车挡道了，下去挪挪。"

屋门刚打开一条缝，跟在后面的高潮一脚把门踹开冲了进去："警察！不许动！举起手来！抱着脑袋蹲在地上！"

后面的警察也一拥而上，把所有人都控制住。赵继伟站在门口，看着高潮带着几个战友把那几个人押出来，塞进了警车。

张志杰最后一个出来，拍拍他："走吧，该拿的都拿到了，这回跑不了。"

赵继伟看着高潮带人离开，脸色复杂。

派出所的工作，每天都是忙碌不停。第二天一早，曹建军正在查看监控，杨树风风火火地跑进来："师父，有人拿着GPS来报警了。"

曹建军没听明白："什么？"

杨树高兴地说："咱们不是在电瓶车上安装了GPS吗？今天又丢了一辆，失主是拿着GPS来报警的。"

曹建军一怔，明白过来："你是说，上回你们卖的那充电卡，起作用了？"

杨树说："师父，我们卖的不是充电卡，是给买卡的人的电瓶车上加装了GPS，现在有一辆加装了GPS的电瓶车被盗了。"

曹建军赶快站起来："失主呢?"

杨树说："就在外面。"

曹建军来到接警室,接过失主手里的手机看着。

杨树指点着："您看,他的车现在在这个位置呢。哈,还移动了,跟我刚才看的时候比移动了一千多米。"

"杨树,到底是博士。"曹建军拍拍他,对失主说:"走吧,咱们追你的车去,走。"

曹建军开着车,顺着GPS定位跟了过去。没多久失主叫了一声:"我的车!在那!"

曹建军和杨树往外看,看到一个三十来岁的男人优哉游哉地骑着一辆电瓶车在街上走。

杨树说："师父……"

曹建军摆手："别慌。"

失主急了："赶快呀,万一再跟丢了。"

曹建军说："你车上有GPS,怕什么?他大老远地偷辆车,不是为了自己骑吧?咱们跟跟,看看他在哪儿销赃。"

小偷在前面骑,他们不慌不忙地在后面跟着,一直来到城乡接合部的一家电瓶车修理厂。

男子站在门口,正在和一个老板模样的人交谈。曹建军把车停在马路对面远远地看着。

老板左右看看,又看了看电瓶车,两人推着车进去了。

曹建军开门下车："走吧。"

三人带着失主走过去,正好男子数着钱从里边出来。

四人和他错身过去,曹建军一个回头,一下子把他扑倒在地下,利索地反剪过他的双手。

那人杀猪似的叫起来,老板听到跑出来一看,扭头就跑,想把门关上。

"看好他。"曹建军把地上的人丢给辅警小马,和杨树冲过去,一脚把门踹开,冲了进去。

只见后院里整整齐齐排列着几十辆电瓶车,一辆载货汽车停在那里,几个工人正把电瓶车装到汽车上。

半小时后,两辆警车赶到,曹建军带着几个辅警押了老板和几个人出来上了警车。那辆载货汽车拉满了电瓶车出来,不过这回驾驶室里押车的成了杨树。

在确凿的证据面前,男子老实交代了。根据他提供的线索,另外几个同伙,也全都在一小时内被抓捕归案!

派出所院里放满了找回来的电瓶车，七八个犯罪嫌疑人挨着会议室前篮球场墙边蹲了一溜。

王守一从楼上下来，笑着上来和曹建军握手："建军，干得好！悄没声儿地又破了一个大案。"

曹建军兴奋地说："所长，科技立大功。信息时代，原来破案那一套太费事，看看我们想出的这办法，嫌疑人自己把我们引过去了。"

杨树从车上下来，站在曹建军身边。

王守一鼓励道："好好好，与时俱进。咋想出这点子来的？"

杨树刚想开口说话，被曹建军抢先开了口："学习呗。我自己不懂，可以向博士学呀。什么点子都是人想出来的嘛！"

杨树有点吃惊地看着曹建军。

曹建军正冲着他笑，杨树脸上有点挂不住了，但还是勉强笑了笑。

王守一不经意间把这些看在眼里，拍拍杨树："知识就是力量啊。杨树啊，别走了，坐办公室哪有在第一线有意思？"

但杨树明显面无喜色，交接后回到自己工位上伏案看书，曹建军从楼上下来："杨树，我跟教导员聊了一下，教导员让把这次电瓶车追踪案搞个文字汇报。你文笔好，总结有高度，你来写，到时候我报上去。"

杨树好像心不在焉地答应着："哦。"

曹建军问："怎么了？破了大案不高兴反而愁眉苦脸的？你不会是怪我没告诉所长，主意是你想的，事儿是你办的吧？"

杨树还没来得及开口，曹建军继续说道："嗨，这你就想多了，所长那么聪明的人，我不说，他也知道这事是你的功劳。再说了，你是我徒弟，办案的事，我的不就是你的，你的不也是我的吗？"

正在这时，有几个警察路过，听见了曹建军的话，其中一个问："建军，什么情况？"

曹建军搂过杨树，冲着大家笑起来："哎，看看哪，我徒弟和我一块儿破了个案，嫌我没在所长面前把他突出出来，不高兴呢。"

几个警察起哄道："博士，这么大学问还抢功吗？"

"建军，人家博士是下来镀金的，你还不把金贴上？"

"就是啊。把他贴成个大金娃娃送上去，当咱们局的招财猫。"

……

大家一起笑起来。

杨树挣脱开曹建军的搂抱，起身离去，没给大家面子。留下的几个警察面面相觑，也觉得没趣。

"杨树，抓紧时间写汇报啊！"曹建军在后面叫了一嗓子："还是小孩！干活。"

杨树躺在卧室的床上，呆呆地看着电脑屏幕上报考博士的相关资料。

这时赵继伟推门进来，杨树赶紧起身，关掉资料，打开一个文档：电瓶车追踪案件报告。

在杨树慌乱的动作中，赵继伟看到了两个页面的转换："出来吃串儿。"

杨树摇头："你们吃吧。"

赵继伟说："你干吗呢？回来就一头扎进房间里。"

杨树说："写报告。"

赵继伟指了指电脑屏幕："回来这么长时间，连个标题都没写明白。走，我们刚买了冷锅串串，吃饱了再酝酿。"

杨树说："真的不用，你们吃吧。"

赵继伟劝不动，只得回到客厅。

夏洁正在把串串从外卖包装里往外拿，看见赵继伟自己出来，问道："他不吃？"

赵继伟点头："杨树很奇怪，我进去的时候，他慌慌张张地捣鼓电脑，说是写报告，但是我看是在查考博的什么事。"

夏洁没说话，深深叹了口气。

这时李大为回来了，进门就嚷嚷上了："我闭着眼睛猜！冷锅串串！"

赵继伟打趣地说："你怎么不闭着鼻子呢？"

"你们怎么不吃？等我吗？"李大为一下子就蹦到餐桌边，正要上手去拿，突然觉察到氛围有些不对，"怎么了，你俩？"

夏洁一努嘴："杨树。"

李大为看了一眼杨树的房间："杨树又怎么了？"

赵继伟说："杨树要走了，要考博去。"

夏洁瞪了他一眼："赵继伟你真八卦，他是为电瓶车的事。我今天在办公区听到他们说……曹警官把安装GPS找回电瓶车的功劳都说成是自己的了，而且，还和很多人一起调侃杨树小气。"

李大为吃了一惊："这事是杨树的主意，我联系的同学，是杨树一个人去落实的！曹警官怎么能这样？上次是甩锅，这次是争功，真是花样百出啊！"

赵继伟也愤愤不平："可不是，他也是三四十岁的人了，有必要跟一个见习警抢吗？"

李大为说："就是，上次搞得那么尴尬，敢情就杨树自己在这儿反思，人家是油盐不进！唉，我以为他是个大英雄呢，不过如此！我去开导他，叫他出来，咱们一起商量商量，不能就这么完了。"

夏洁说："你能怎么样？让杨树跟他师父撕破脸，弄得全所上下看笑话？"

赵继伟担心："那不就结仇了吗？"

李大为不甘："怎么也得让所长知道，主持公道！"

夏洁说："我觉得所长知道，但又能怎样？所长是重视集体荣誉的人。"

李大为也发了愁："怎么也得拉他出来说说，不然一人会憋死，落下心病的。"

夏洁说："这是心结，不是咱们说说就能解开的。"

大家沉默，桌上的串串，也不那么诱人了。

新的一天，陈新城喝着枸杞茶，看着文件，李大为站在陈新城身后喃喃道："师父，我有个事想跟您请教。"

陈新城没抬头："说。"

李大为问："师父，这人要有心结该怎么办？"

陈新城顺口回答："时间。"

李大为还没明白，陈新城突然反应过来，猛地回头："你什么意思？说我吗？我有什么心结吗？你胡说八道什么？"

李大为吓得连忙解释："不是，师父，我没说您。我是说杨树和曹师父。"

陈新城怒气未消："他俩怎么了？"

李大为说："就是电瓶车那事呗。"

陈新城重新坐下："熬！"

李大为一怔："熬？怎么熬？要是杨树熬不住呢？"

前往社区的路上，赵继伟忍不住把杨树的事情说了出来。

张志杰哈哈大笑："那是好事，师父能跟你抢功，说明你有能力。"

赵继伟眨眨眼睛："我怎么听着别扭啊，师父？被抢了功，还成好事了？"

张志杰说："任何事情都有两面性，看你看哪面。盯着不好的一面，那事那人就成了不好的，自己心情也不会好。而你看好的一面，那事那人真能让你乐观、积极，心情就更甭说了。事情本身并不是最重要的，心态最重要。"

赵继伟叹了口气："功都被师父争了，谁还看得见徒弟的能力？"

张志杰语重心长地说："到哪都会遇见各种各样的人，各种各样的事。在这儿不顺，换个地方就顺了？还是应该早早练就好心态，百毒不侵。这样的话，既能干出好成绩也能融入，还能让自己很愉快。"

赵继伟对张志杰竖起两个大拇指："师父，还是您高。"

程浩开着车带着夏洁在执勤："所里要论业务能力，拔尖的一个是高所，一个是建军。高所为什么提副所？因为有脑子。建军其实人挺简单，喜怒哀乐全写脸上。他脑子里基本就两件事：办案，立功。"

夏洁眉头微皱："问题是杨树，碰到这样的师父，该怎么办？"

程浩说："杨树迟早要调到局里。到时候八里河发生的一切都会变成过眼云烟。"

"哦。"夏洁低声说道，"感觉他现在就不想干了，好像在研究考博呢。"

"人各有志，也不能强求是不是？"程浩倒是很看得开，夏洁也没有再问。

顺利结束执勤后，程浩找到王守一："找回三十八辆电瓶车，属于咱们辖区的九辆，帮县府街找回十八辆。您是没见老曾那小人得志的嘴脸。"

王守一笑着说："那小子的德行我还不知道？"

程浩叹了口气："咱们这边就惨了。一共丢了二十一辆，还有十二辆没找回来。"

王守一眉头一皱："这么多？"

程浩说："是啊。有些丢得早，早就给卖了。"

王守一也没办法："先带着嫌疑人去指认现场吧。"

程浩说："行，建军估计就等着您发话了。"

王守一说："这样，你们兵分两路。找回来的，你带着去指认，没找回来的，让建军带着去。"

程浩愣住："那他还不得炸了？这些车可都是他找回来的……所长，这样不好吧？"

王守一说："听我的。不能老让他惦记着出风头。"

程浩一脸为难，转身出去来到院子里。孙前程，还有几个警察正把八辆电瓶车往货车上搬，夏洁也在。

程浩指挥："大家轻点，别磕着碰着。"

电瓶车装得差不多了，曹建军往一辆警车边上走来，一脸不爽："怎么能这么安排呢……这什么意思啊？"

后面四个辅警押着两个嫌疑人上了车，曹建军只得郁闷地跟着上车。

杨树站在一旁，一副事不关己的样子，有意要拉开跟曹建军的距离，坐上了副驾。

到了失窃小区，电瓶车很快就被认领完了。失而复得的失主满心欢喜，没有找回的失主极为不满，言辞激烈。

曹建军押着小偷，黑着脸："说吧，在哪偷的？怎么开的锁？"

小偷带着一群人，朝一幢居民楼走去，指了指："就在这。用我配的万能钥匙开的锁。"

一个居民走过来："警察同志，他偷的就是我的车。人抓到了，我的车呢？"

曹建军解释道："您的车还没找到，据调查已经被卖到农村去了。"

居民不满："咦，卖到农村你们就不追了？"

曹建军说："不是不追，是暂时没有追到。销赃的人是在农村集市上卖的，目前还没有有效线索。"

居民嚷道："这是什么话？是你们没好好查吧？你们把人民群众的利益放在哪里了？"

曹建军急了："您不能这么说。虽然您这辆车暂时没追回来，可我们破获了这个盗车案，可以避免以后其他人蒙受损失啊。"

居民不依："那我的损失怎么办？你们警察负责吗？"

其他丢车群众也跟着起哄：

"你们口口声声为群众，全是假的……"

"养你们干吗，车都丢了半年了……"

……

一时间闹哄哄。

曹建军费劲解释："案子已经有进展了，这不已经追回一辆了吗？"辅警又帮着解释又维持秩序，杨树还是冷眼旁观。

突然，一盆洗菜水从天而降，浇在曹建军、杨树、辅警和个别群众身上，大家都仰头看，也不知是哪一层。

群众就更炸锅了："什么素质！谁干的……"

丢车居民说："这案子好破吧，就发生在你们眼前，这要破不了，你就太蠢了吧……"

杨树这时实在看不下去了，脱口而出："大哥，我们也是受害者，您不要什么都怪警察。"

丢车居民说："不怪你们怪谁？丢车你们查不出来，泼了脏水你们也查不出来，就是活该！"

曹建军一下子挡在杨树前边，一反刚才的温和劲儿："怎么说话哪！再说一遍试试！"

看他的架势像是要打人一样，丢车居民有些害怕了。

曹建军厉声说道："我们为谁跑这来的？对，您的车没找到，但盗车案已经破了，怎么说也追回一辆，怎么就活该了？泼脏水的事我肯定要查，但说破天，就是个素质问题，而且泼着了你们，怎么我们就活该你们就不活该？"

丢车居民被曹建军说得回不过嘴。

辅警也上前劝："大家先散了，我们会继续查丢失的车辆。"

大家陆陆续续散去。

曹建军回身问杨树："你没事吧？"

杨树不好再不搭理："没事。"

曹建军看见杨树肩膀上有泼的菜叶子，顺手帮杨树拿下："这一身，一会儿都得回所里换衣服。"说完又转身跟辅警一起劝说群众。

杨树愣在那里，看着曹建军的背影，感触良多。

隔街的另一个小区居民楼前，完全是另一番景象，八辆失窃电瓶车，披红挂彩，失主加围观的群众，一个个都热情洋溢。

失主看到程浩、夏洁他们，如见亲人，赶快迎上来。程浩、孙前程也笑眯眯地下车，失主抓住程浩的手就晃："可把你们盼来了，一大早就在这儿等着。警察同志，太谢谢你们了！"

程浩说："看看，哪辆是你的车？"

失主一指："就那辆红色的，钥匙我都拿来了。"

程浩把红色的电瓶车还给了失主，周围响起热情的掌声和欢呼声，警察们又激动又自豪。

陆续有失主出来认领，气氛更加热烈，还举着一面锦旗献给警察，程浩、孙前程把锦旗接了过来。

失主解先生从警察手里接过签字单，边签字边说："谢谢警察同志啊，我原本都没觉得能追回来，真是惊喜啊。"

解先生将签字单还给警察，激动地上前握住程浩的手："太感谢你们了……"

程浩挺起胸膛："这都是我们应该做的！"

派出所例会上，王守一站在前面讲话："我知道你们破了案，有的被群众称赞，有的被群众埋怨，甚至被骂，肯定委屈。"

下面有警察起哄："我们习惯了……"

所有人哄堂大笑。

王守一脸一沉："有什么好笑的？案子破了，车没回来，群众有些抱怨是正常的。白白丢了几千块钱，你不心疼？他们怨的是我们吗？他们不是不明白，他们怨的是小偷……"

又有人调侃了一句："怨的是小偷，受气的是我们。"

大家又笑了起来接话："谁让你是警察？做警察的，被怨两句，咋啦？"

王守一一拍手："说得对！在老百姓眼里，警察是公权力的代表。你没保护好群众，群众心里有怨气，抱怨几句不是很正常？只要我们真正为群众做了工作，群众也会表扬我们。这说明什么？说明我们需要平常心，无论是被表扬还是被批评，都是在提醒我们，要把工作做好！"

杨树听到这话，再加上所长的眼神，感觉完全是针对他说的。似乎偌大的场地，就剩下他和所长两个人。

王守一微笑着看着他："杨树，你有文化，代表着你理解事情更快。警察荣誉是看你为群众做了多少好事。我们不能太想我们自己的得失，而是要想我们为群众做了什么，这样你心胸也会开阔。"

杨树突然觉得不好意思，下意识回避时，发现李大为、夏洁、赵继伟也都在看他。

正在这时，外面传来敲锣打鼓声，小窦跑进来："所长，锦华街小区来给咱们送锦旗啦。"

王守一连忙说："看看，咱们做的是职责内的事情，可群众全看在眼里了。赶快接锦旗去。"

所里全部警察列队站在两侧，立正敬礼，十来个群众站在一旁。

一名群众代表跟王守一握完手，直奔程浩而来，把写着"人民警察为人民"的锦旗送到他手里："您可真是人民的好警察呀……"

曹建军脸上红一阵白一阵，杨树却已经平静很多了。

程浩赶快摆手，指着曹建军："这些电瓶车都是曹建军曹警官找回来的，这锦旗，应该给他。"

程浩把群众拉到曹建军面前，曹建军这才一脸荣誉感地笑着推托，看着所长："不不不，还是给所长吧，这是我们八里河派出所全体民警共同努力的结果。"

王守一说："群众的心意，你就收下吧，没有你跟杨树，这些车追不回来。"

杨树听到自己名字的时候，一愣。

曹建军接过锦旗，朝杨树招手："来啊，杨树。"

杨树摆了摆手，没有上前。

曹建军一脸荣光："光有我们民警的努力也不够，关键还得谢谢人民群众的支持！"

群众高呼："警民一家亲！"

热闹的一天结束，那面锦旗就挂在曹建军、杨树办公桌旁边的墙上。曹建军正在给锦旗拍照，李大为从旁边经过："曹警官，要不要给您拍个合影啊？"

"好啊。"曹建军高兴地把手机递给李大为，嘿嘿笑着，"随便拍两张，让我女儿看看。"

曹建军站好，李大为横屏竖屏，各种景别，咔咔拍了几张。

杨树坐在自己桌前，低头忙自己的。

李大为说："杨树你也过来，多亏你的主意和你的努力，才有这样的成绩。"

杨树赶紧摆手："不用。"

曹建军说："对呀，杨树，来，给师父个面子。"

李大为把杨树推到锦旗前面，曹建军搂着杨树肩膀，开心地笑着。杨树露出了一个释怀的微笑。

一名警察经过这里，调侃曹建军："不是要去老丈人家吗？怎么还没走呢？"

曹建军有点尴尬："就走。"

收拾好东西，他开车回家。曹建军的家里干净利索，妻子周慧已经收拾好，正帮自己六岁的女儿打扮："丫丫，到了那里见了姥姥姥爷说什么来着？"

女儿奶声奶气地："把我的作业本给他们看，我考了双百。"

周慧抱住女儿亲了一下："我闺女真有出息。"

门开了，曹建军一手提一个大方便袋进来："哟，走这么早吗？"

周慧一愣："你这是干什么？抢银行啦？"

曹建军笑眯眯地说："你听听。这不是陪着你们娘俩去老丈人家吗？"

周慧打量着他："真稀罕。从来叫你跟我回趟娘家就像押你上刑场似的。今天这是怎么啦？"

曹建军说："不怎么，好久没去她姥姥家了，跟着你们过去看看，免得落下话把儿。"

周慧一撇嘴："你就是一辈子不去，我妈也不会想你。她眼里呀，只有她的大姑爷。"

曹建军说："瞧你，幸好是你亲妈。爸和妈那是疼你，觉得你跟了我没享上福。"

周慧转过头："哼，还不知道是疼谁呢。"

两口子领着孩子来到娘家，一进门就看到丈母娘坐在沙发上，喜不自胜地看手腕上的一个玉镯。

一个五短身材、身形呈枣核状的中年男人殷勤地伺候着。他就是周家大姑爷孙有光。

周慧说："妈，爸，我们来了。丫丫，赶快叫姥姥姥爷啊。"

老丈人正坐在沙发另一侧玩核桃，看到丫丫鼻子眼全笑了，张着双手："哟，丫丫来了？赶快到姥爷这儿来。可怜的孩子，才六岁就上学了，累不累？"

周慧说："爸，就是您能惯她。丫丫把作业给姥爷看看。"

丫丫说："姥姥姥爷，我考了个双百。"

老丈人开心地说："哎呀，我们丫丫小脑瓜真聪明。"

丈母娘也说："随咱们老周家。"

"姐夫也来啦。"周慧坐下，"妈，您看看建军给您买的这些东西，好像不过了似的。我不让他买，他说一天到晚地穷忙，轻易也不来一趟。"

曹建军在岳父母面前有点拘谨，紧张地笑着："爸，妈，你们好。"丈母娘不冷不热地应了句："来啦。"

老丈人态度还不错："建军来啦？赶快坐吧。"

姐姐周聪从厨房里伸出头来："小慧来啦？建军也来啦？坐着，一会儿吃饭。"

周聪和周慧是双胞胎，不同的是姐姐的神情显得温婉一点，而周慧更干练一点。

周慧站起来："姐，淘淘怎么没来？"

周聪叹了口气："别提了，你姐夫说什么不能让孩子输在起跑线上，把他弄到国际学校去了，周末学校里有活动，来不了。"

"姐夫是有钱没处花呀！"

周慧有些妒忌，转身把带来的东西一样样往外拿："妈，您看建军给您买的，西洋参，蛋白粉。您不是经常膝盖疼吗？这是氨糖软骨素，专门治您这病的。还有爸，这是给您的……"

丈母娘看也不看，只欣赏着自己手腕上的镯子。

孙有光赞叹道："爸的眼光真不错！妈戴上真是光彩照人！"

周慧脸上有点挂不住。

丈母娘一亮手上的玉镯："小慧啊，这是你姐夫刚给我买的，说这一个镯子十来万呢。有光啊，你别蒙我。"

孙有光说："十六万。里面有发票的。"

丈母娘笑着埋怨道："你真是有钱烧的。十六万挂手上，顶吃啊顶喝啊？"

孙有光略带几分得意："妈，您养大小聪和小慧受苦啦，该享受享受了。"

丈母娘几乎笑成了一朵花："看这孩子多会说话。"

曹建军伸头看了看那镯子："姐夫，没叫人蒙了吧？前天我们捣毁了一家专门坑害老百姓的玉石店，一两百块的玉石就敢卖十几万。"

孙有光笑起来："他们那是蒙不识货的。我玩玉玩了十来年了，你让他们来蒙我试试。妈这个镯子，有保真证书，在这儿。"

周慧说了句："保真证书也有可能是假的啊。"

曹建军正想看看保真证书，就被丈母娘收走了："你不用给他看，他也没见过。"

孙有光笑着："妈，听您说的。妹夫没见过真的，还没见过假的吗？"

周慧很生气，白了一眼母亲，丈母娘装没看见。

老丈人接上了："建军哪，昨天我在电视上看到你了。你最近又破了一个大案是吧？"

周慧一下子来了精神，炫耀道："爸，您还看见他了？爸您说说您这个傻姑爷，别人都整天忙着挣钱，他就成天忙破案。这不，一下子破了个大案，为群众追回来三十多辆电瓶车。老百姓还给他送锦旗了。"

曹建军很谦虚："不算什么大案，就是和老百姓切身利益结合得紧一点。"

丈母娘一撇嘴："他不忙着破案也不会别的呀。你以为钱是想挣就能挣来的？"

周慧又被堵住了，一时说不出话来，曹建军赶快接上："妈，挣钱有我姐夫这样的就行了。社会分工不同，我就喜欢当警察。"

丈母娘说："你干别的也干不了。有光啊，你刚才说最近的这个业务一来一去又能挣多少？"

孙有光卖了个乖："我可不敢说，叫妈听到耳朵里，整天想我的钱，我可受不了。"

丈母娘笑得眼泪都出来了，笑骂道："这孩子，就是会逗人高兴。说来聪聪和慧慧是双胞胎，你看现在差别多大。咱们家要没有有光，也不会有今天。唉，你爸爸没出息，一辈子处长就到了头，咱们家，就指望有光了。"

孙有光很谦虚："听妈说的，哪里呀。"

曹建军有些不服气："姐夫是有本事。可再有本事，这个社会也需要警察来保护呀！"

孙有光点头："是，妹夫说得对。"

丈母娘一脸鄙夷："你是说你姐夫做生意要靠你喽？"

周慧说："妈，和平时期，可不就是要靠建军这样的警察来保卫百姓吗？"

丈母娘说："哎哟，你看看，就知道护着他，也不知道跟着他享了什么福。"

孙有光赶快接上："主要是建军忙着保护我们的和平生活，没时间照顾小慧。小慧啊，生活上有困难就说话。你姐成天想起你来就难过，小时候爸妈更疼你，没想到长大了她倒比你享福。"

周慧昂着头："我不稀罕，我愿意！"

丈母娘数落道："哟，瞧这丫头，就是嘴硬。你愿意，你妈还心疼呢。"

周慧起身："丫丫，过来，咱回家。妈，您别心疼我，留着您的心心疼我姐吧。建军，走。"

老丈人忙说："小慧，饭就好了，你上哪呀？"

周慧一瞪眼："气饱了，不吃了。建军，还坐着干什么？妈话里话外你听不出来吗？你是穷得吃不上饭了得等这顿饭吃吗？"

曹建军劝道："小慧，妈是说笑话。"

丈母娘也火了："死丫头，还不许我说话了？"

周慧瞪着曹建军："走不走啊！"

曹建军赶快站起来:"爸,妈,对不起,小慧就这脾气,我们走了。"

丈母娘叫道:"你上哪?还真走啊?"

周慧理也没理,扯着丫丫一阵风似的走了,曹建军尴尬一笑跟在后面。

老丈人也有些看不过去:"你看看,建军轻易也不来,来一趟你就这态度。"

丈母娘说:"我态度怎么啦?没个出息,小慧跟着他,除了害怕得着什么了?还不许我说了?"

周聪从厨房里出来:"饭好了。咦,小慧呢?"

一家三口上了车,周慧把门用力关上。

周慧火气很大:"她说你没出息,你还真没出息吗?她说那样的话你不顶她?"

曹建军开车,叹息:"你看看你,那不是你亲妈吗?再说了,咱们和他们比什么?不就是个破镯子吗?还不知道真假。你说得对,现在保真证书说不定也是假的。那镯子,我一看就像假的,没准在地摊上买的,回来专门骗你妈这样的。"

没想到,周慧的话风变了:"你?就你?还一眼看出来。你见过十来万的镯子是什么样的吗?"

曹建军一愣:"小慧,你也觉得我没出息?"

周慧转过头:"我没那么说。可我一回家就有气。整天拿你和姐夫比。可也是,一母双生,现在姐姐披金挂银,用的化妆品我都没听说过。小时候,人家都说虽然是双胞胎,我比姐姐漂亮,可现在呢?"

曹建军赔笑:"现在我也觉得你比姐姐漂亮。"

周慧白了他一眼:"也就是你吧!"

曹建军不说话了,默默把车开到楼下。周慧带孩子下车。曹建军说:"你们上去吧,我走了。"

周慧问:"你上哪儿去?不是周末吗?"

曹建军说:"本来是该我值班的,我让别人替了班,想陪你回她姥姥家吃饭,不吃饭了,我也别让别人替班了。"

周慧生气地说:"过个周末也过不素净。丫丫,回家写作业去!你爸没本事送你上国际学校,就只能靠自己努力了。"

派出所值班室里难得清静,只有杨树正在用电脑与同学聊天:"考博确实可以解决许多现实问题,给自己留点时间思考。实际工作虽说有诸多不满意,但还是很充实。"

正在这时,曹建军有点沮丧地进来了,看见杨树有点意外:"你怎么还在啊?"

杨树也很意外:"有点小事,处理一下。您不是回家了吗?怎么又回来了?"

曹建军哼了一声,倒了一杯水喝了,沉默一阵,又抬起头来:"你吃饭了没?走,陪师父吃点去。"

杨树说:"我不吃了,师父。"

曹建军说:"这么高的个子,不吃怎么行。走,师父请客。"

杨树说:"师父,我确实不饿,您自己去吃吧。"

曹建军叹了口气,往外走去。路过值班室,看见老徐和两个辅警值班:"老徐,老徐怎么样?"

老徐一怔:"什么怎么样?"

曹建军说:"我今天给你替班。"

老徐笑了:"建军,你是不是闲不住?我家今天也没事,所以不能让你替班,不然我回去也没事干。"

坐在工位上的杨树全听到了,他看到曹建军郁郁寡欢地往外走,叫了声"师父"。

曹建军站住,转头看着他。

两人开车来到一家小饭馆,曹建军手里还拎着一瓶矿泉水,随便找了个地方坐下。

曹建军说:"看见了吗?不值班就不会干别的,稍一闲着,心里就发慌。"

杨树张罗着点了菜,也没接曹建军的话:"师父您喝什么?咱要点什么饮料吗?"

曹建军摆摆手,又摇了摇手里的矿泉水,示意就喝这个。

杨树还是给曹建军倒了一杯茶,给自己也倒了一杯。

菜很快上来了,曹建军拧开瓶盖,喝了一口,还一边张罗:"你也吃啊。"

杨树突然闻到有酒味:"师父,您喝的是酒吗?"

曹建军得意地又抿了一口。

杨树急了:"师父,所里三令五申不许喝酒,您这是……"

曹建军说:"我这是下班!下班还不许我喝?"

杨树说:"万一突然接到加班任务呢?这样不行。"

曹建军来了脾气:"怎么不行?怎么就一定会加班?我借着点酒跟我徒弟说说心里话怎么就不行啦?"

杨树愣了。

曹建军又喝了一大口,眼睛发红,话也多了起来:"杨树,师父知道你心里不舒服。"

杨树想转移话题:"我没有,师父,您想多了。"

曹建军说:"别不承认,杨树,师父对不起你。那个案子确实算是你破的,师父不该汇报的时候不提你,把功劳全揽在自己身上。"

杨树沉默。

曹建军又是一大口:"我知道你看不起我。唉,我确实不该那样,但是当时……"

曹建军拿起矿泉水瓶又咕咚咕咚喝了几口，被呛到直咳嗽。

杨树劝道："师父，您不能喝了。"

曹建军已经喝得有点高了："杨树，师父太想做一个优秀的警察了。"

杨树说："师父，我理解。"

曹建军摆手："你不理解！杨树，你师母，我媳妇，人很优秀，漂亮，有文化，还是干部家庭出来的。也不知道怎么的，看上了我这个穷小子，还对我那么好。我天天不着家，也没怨言。我能说什么，好好干，让她高兴，让她开心，让她脸上有光！可我丈母娘，总觉得我配不上她闺女，弄得我媳妇在娘家也抬不起头来。"

曹建军说完，又是咕咚咕咚喝了几口酒。

杨树遇到这样的话题，也不知道从哪里劝："师父……"

曹建军哈了口酒气："师父也不会干别的，总觉得把警察的工作做好，做出成绩来，就能够扭转我媳妇在她家的不利形势，是不是？你怨我，也怨得对，是师父不对。我就为了出成绩，抢了你的功，她妈还是看不上。我对不起我媳妇，看她那样我心疼……"

说着说着，眼泪掉了下来，杨树看着他，不知道该说什么好。

半个小时后，杨树开车，行驶在公路上，看着坐在副驾沉睡的曹建军，心中五味杂陈。

夏洁下班回家，一进门就叫："妈，我回来了。"

夏母从里边出来，神情很兴奋："小洁，你大姨要去大理度假，她拉我一块儿去。要不，我给局办公室打个电话……"

夏洁说："妈，您去大理度假，给局办公室打电话干什么？您要去就去呗。"

夏母说："咦，当初你爸死的时候局里承诺过……"

夏洁无语："妈，都十年了，别再给局里添麻烦了。您要去大理，我来安排吧。上次大姨说，她们家的房子有两间卧室，大姨和大姨夫住大的，您住小的，正合适。"

夏母有点吞吐："和他们住一块儿吗？不方便。"

夏洁说："我表姐不去，有什么不方便的？您和大姨在一起，我也放心。"

夏母说："还是不方便。"

"妈……"夏洁突然一愣，想起了什么，"这样吧，我帮您在大姨家旁边租套房子，好不好？"

夏母犹豫："可是，大理房租太贵了。"

夏洁笑了："妈，您闺女现在挣钱了。咱娘俩的工资，还不够您在大理住一两个月的？放心吧。"

夜深了，夏洁在自己的电脑上查询房租，越查眉头皱得越紧，小声嘀咕着："一万……一万三……一万五……这是疯了吗？"

手机响了。夏洁一看号码连忙接听："大姨。"

大姨说："小洁，你妈说你不让她住我家，要给她租房住。"

夏洁过去关紧门，小声说："大姨，是我妈想自己住。我猜想，她是怕和您一起住，和梁叔叔来往不方便。"

大姨恍然大悟："噢，这么回事啊，有道理。可是大理旅游季的房租不便宜。你梁叔叔单位有宿舍，让他帮着解决一间？"

夏洁说："不好。我妈和他的关系现在并没明确，住了人家的房子，将来万一我妈不看好梁叔叔，又觉得欠了人家的情，会委屈自己。"

大姨感叹："小洁，还是你想得周到。可大理的房租……"

夏洁也是一脸无奈："我正在看，怎么这么贵啊。您那周围，一室一厅的也上一万。"

大姨说："地界好啊，就在洱海边上。小洁，要不然我帮……"

夏洁连忙打断她的话："不不不，大姨，已经很麻烦您了，房租我负担得起，今天就帮她租下来。我妈过去，又要给您添麻烦了。还有我妈和梁叔叔的事，您可以给他们创造机会，但不要催我妈。我妈有时候考虑问题不成熟，我怕她被别人一催，冲动之下做出决定将来后悔。"

大姨听了很感动："小洁，知道的都说她是你妈，不知道的，还以为你是她妈。我这个妹妹，叫你操心了。"

夏洁说："大姨您说的什么呀？我妈才叫您这个大姐操心呢。大姨，我就把我妈交给您了。我这就下单，大姨再见。"

挂上电话，夏洁看着房价还是犹豫再三，一咬牙下了单："一万就一万吧。"

全都准备妥当，一大早，夏洁把两个大包放到车后备厢里，夏母背一个小包从楼里出来。夏洁赶快把车门打开，夏母款款地上了车。夏洁一边开车，一边像对小孩子一样嘱咐着："我先租了两个月，怕万一您在那儿待不惯，提前回来，房租也不退。您要住得高兴，提前告诉我，我再续租。如果说得晚了，我怕房租再涨。您的支付宝上，绑了我的卡，花钱就用支付宝吧，我这边直接就还了。和大姨在一起，花钱要注意，总要双方花销差不多才好，别觉得我大姨是大姐就占人家的。"

夏母不耐烦地说："知道了知道了，真啰嗦。"

夏洁一路嘱咐，还跟妈妈说梁叔叔也被派驻大理，让妈妈可以适当考虑，给彼此机会……不知不觉到了机场。夏洁站在那里，看着母亲过了安检，回头冲她一笑，进了通道。

夏洁转过身，心事重重地离去，一边开车，一边想心事。突然看到一家商场门口立着一个牌子：招聘网约车司机。

第十一章

李大为下班路过值班室，看见夏洁在值班室忙碌着："夏洁，我先回了。"

另一个值班的辅警刘哥拿着单子出了值班室，也跟李大为打招呼："回什么回，没准还没到家就又有警情，马上就得来。"

李大为调侃道："刘哥，这话您也敢说，您忘了警情不能说来着？"

刘哥一拍嘴："哎哟，嘴欠。"说完离开了。

李大为与夏洁相视一笑。

夏洁说："李大为，你也信这个？"

话音未落，曾经出现过的吴大夫慌慌张张地进来了："警察同志，警察同志！"

夏洁站起来："吴大夫？"

吴大夫一看是她，站住了："还有别人吗？"

李大为一看她，也凑近值班室："有事吗？"

吴大夫焦急地说："我女儿又不见了。同志，你也是警察吧？帮我找找我女儿吧。"

夏洁说："吴大夫，我值班。您告诉我吧。"

吴大夫不理她，继续对李大为说："同志，帮我找找我女儿吧，天这么黑，她万一出了事可怎么办呢。"

李大为问："什么时候失去联系的？"

夏洁脸一沉："李大为，我在值班！"

李大为立刻夹了："对，是夏警官值班，您要报案找她。"

吴大夫看了夏洁一眼，马上回过头来："同志，还是你帮帮我吧。"

李大为连忙说："今天是夏警官值班，我得下班了。"

夏洁突然地："吴大夫，静静多久没和您联系了？"

吴大夫说："你知道我女儿叫静静？"

李大为小声对夏洁说："别和她多说。"

夏洁没听他的："静静和我有加微信。"

李大为听到夏洁这么说，赶紧给她使了个眼色，却已经来不及了。

吴大夫一下子爆发了："什么意思？你瞒着我加我女儿微信干什么？怪不得我女儿越来越不听我的，是不是你教唆的？"

李大为赶紧解围："吴大夫，夏警官是个警察，她是关心您女儿。"

吴大夫说："我女儿才十二岁，她不通过我凭什么加我女儿微信？安的什么心哪？"

夏洁看了下手机："静静给我回微信了。她在同学家呢，还是上次那家。"

吴大夫问："啊？准吗？"

夏洁说："她是这么说的。"

吴大夫没再说什么，转头就跑。

夏洁叫住她："等等。还是我去把她叫出来送回家吧。"

吴大夫怒了："什么意思啊？我的女儿你去叫？"

夏洁严肃地说："吴大夫，如果您想避免以后这类事情一再发生，我劝您还是让我先去找她，送到您手里。否则，我怕她再一次离开家，就很难再顺利找到了。"

吴大夫一下犹豫了。李大为连忙说："吴大夫，是女儿重要，还是您的面子重要？"

吴大夫勉强答应："好吧。"

夏洁说："吴大夫，您先回家，就像什么事情都没发生一样，静静一会儿就会回去。"

吴大夫有些不情愿地离开。

夏洁出了值班室，找到刘哥："刘哥，您赶紧回值班室，我出趟警。"

这时程浩正好从楼上下来："夏洁，你值班，让别的警察去办。"

夏洁说："两个110都出去了。"

程浩不放心："那我去一趟。"

李大为赶紧抢话："程所，我正好顺路，我跟夏洁一起去。"

程浩也不好太坚持："那去吧，注意安全。"

李大为开车，夏洁默默地坐在副驾上："李大为，谢谢你。"

李大为笑道："谢我干什么。"

夏洁看了他一眼："你是怕我师父知道我又掺和静静的事。"

李大为说："我是觉得你加她女儿微信，是欠思量。你又不是不知道她是什么人。再说了，她那女儿是未成年人，万一真出事了，吴大夫要是咬住你，那是一咬一个准，到时候你浑身是嘴，都说不清楚。"

夏洁突然问："谁替那孩子想过？"

李大为说："她妈呀。她是未成年人，她的父母才是她的监护人。"

夏洁低着头："我看到她，就像看到我自己。"

李大为安慰："这都哪儿跟哪儿啊？她和你哪儿像？"

夏洁说："怎么不像？十二岁，失去了父亲，母亲把一切都寄托在她身上。你想过她为什么一次次往外跑吗？她受不了母亲给的压力。"

李大为说："可你从来没跑过呀。"

夏洁看向外面："所以我还不如她。我跑都没地方跑。我爸是英雄，我妈做出了巨大的牺牲，我怎么跑？我往哪跑？"

李大为看看她，有点心疼。

夏洁顺利地接到了静静，在电梯里温和地和她说着话："你妈妈逼你逼得太紧，你可以向她提出来。比如，饭后允许你玩半个小时。你十二岁了，应该能和你妈对话了。你这样动不动往外跑，你妈多着急啊。"

静静低着头："姐姐，我知道错了。"

夏洁笑着说："静静，你这次考了个全班第二，你妈没表扬你？"

静静沮丧地说："告诉她我考了全班第二，她问我为什么没考第一，还说我的成绩，全年级连前十都进不了。姐姐，我真不想回家。"

夏洁安慰道："静静，你妈可能许多地方做得不好。你应该告诉她，帮她改正。她是爱你的。你这样一次次跟她冷战，并不能解决问题。"

静静低着头："姐姐，我错了。"

夏洁摸着她的头："答应姐姐，以后有什么事，在微信上和姐姐说，再也不许跟你妈玩失踪了。"

静静乖巧地答应着："我答应你。"

李大为在楼下陪着吴大夫。看到夏洁搂着静静从楼里出来，吴大夫一把拉过静静，在她背上捶了两下，抱着哭了起来："静静，你想要妈妈的命啊！"

静静看看夏洁，夏洁对她点点头。

静静说："妈，我错了，我不该偷偷跑出来，还不接你电话。"

"走，咱们回家。"

吴大夫胡乱擦了擦眼泪，拉着静静头也不回地走了。

夏洁和李大为看着她们的背影消失在楼道里。

第二天一大早，一名警员找到王守一："所长，那个吴大夫又来了，点名要见您。她说夏洁没经过她允许，擅自加了她女儿的微信，教唆她女儿离家出走。还说，您要不处分夏洁，她又要投诉咱们所。"

"什么？"王守一吃了一惊，立刻抓起电话，"程浩，你过来一下，把夏洁也叫上。"

很快，程浩和夏洁、叶苇都来到了所长办公室。

王守一想不通："你怎么想的？吃一百颗豆子，还不知道豆子是腥的吗？上回的教训还不汲取？你加她女儿微信干什么？"

夏洁小声说："就是觉得那女孩需要朋友。"

王守一说："你这孩子，怎么这么单纯？小女孩还没成年，吴大夫是监护人，你私加她女儿微信，她可以控告你！"

程浩也是急得不知怎么办好："怪我，昨天要是我去就好了。"

王守一看着夏洁："一会儿，你和她妈解释一下，当着她的面把微信删了。"

夏洁倔强地说："我不能删，她女儿经常有事情在微信上和我说，我既可以安慰她、开导她，也可以保护她。"

王守一气极："你这孩子！快连自己都要保不住了！"

程浩说："夏洁，她这样的母亲，说不定什么时候就会把孩子逼出事来，到时候责任算谁的？真说不清。听所长的，把微信删了，这是命令！"

夏洁定定地看着他，良久，缓缓开口："好，我服从！"

程浩这才松了口气："这就对了，走，咱们也过去。"

王守一怒气冲冲地来到询问室门外，停下来深吸一口气，挤出灿烂的笑容，这才推门进去，热情地打着招呼："哟，吴大夫，好久不见。听说您女儿又一次离家出走，在我们夏警官的帮助下很快就找到了？真是万幸啊。"

吴大夫冷笑："王所长，我不是来送锦旗的！警察帮助人民群众排忧解难，是你们应该做的，要不我们纳税人养着你们干什么？"

王守一点头："是是是，那您是来……"

吴大夫说："我女儿才十二岁，你们夏警官没经过我允许，加了她微信，到底是什么用心？怪不得我女儿成天往外跑，原来有人教唆她！"

王守一说："哎哟，吴大夫，这话过了。您刚才说您女儿成天往外跑，我们夏警官是上回找她以后加的她微信。这又跑了一回，还是夏警官利用微信帮您把她找到了，怎么可以说她往外跑是夏警官教唆的呢？这事啊，刚才我问夏警官了，她之所以加您女儿的微信，就是关心她，怕她下次再跑没办法联系。不管怎么样，这事她也有错。我把夏警官叫进来，让她就这件事给您道个歉，然后当您的面把微信删了，您看怎么样?"

吴大夫气呼呼地说:"你把她叫进来吧!"

王守一看向门外:"夏洁,你进来。"

程浩陪着夏洁走进来。

吴大夫看着夏洁:"夏警官,你偷偷加我女儿微信,到底是什么用心?"

王守一连忙说:"我不刚才解释了?"

吴大夫说:"我让她自己说!"

夏洁拿出手机:"我和她微信的聊天记录都在这儿,您可以自己看看。"

吴大夫接过去急速地浏览着。

夏洁说:"您看到了,大部分都是您女儿在和我说。您女儿太想找个人说话了,我想给她这么个地方。"

吴大夫把手机拍在桌上:"我是她妈,她有话不和我说和你说?你以为你是什么人哪?你为什么不经过我允许加她微信?"

夏洁说:"对不起,我当时没考虑这么多。"

程浩赔笑:"吴大夫,夏洁这么做,其实是我授意的。因为上次的事,我们担心再遇到类似的事情。万一监控找不到,咱只能干着急。没提前知会您,是我考虑不周。您多担待。"

夏洁吃惊地看着程浩,程浩暗中摆手,示意她不要说话,继续说道:"您看这次,多亏夏洁加了微信,才这么快找到静静。这样,您要是觉得这微信妨碍了您,我们这就删了,您看行吗?"

吴大夫在犹豫。

夏洁说:"吴大夫,没经过您允许加她微信是我错了。可静静不小了,微信上加个人都要经过您允许,您觉得好吗?"

吴大夫顿时火了:"你什么意思?"

夏洁说:"我的意思是您女儿虽然才十二岁,也是一个正常的小孩,也想有自己的生活、自己的空间。您把她管得太严了。"

吴大夫脸色大变:"我如何教育孩子还需要你来告诉我吗?"

程浩连忙说:"吴大夫,夏洁不是那个意思……她比我们年轻,更理解静静那个年纪的小孩在想些什么……"

王守一眉头紧皱:"程浩,你别说了。夏洁,赶快把微信删了。"

夏洁有些犹豫:"可是我和静静说过,以后有事不许她往外跑,可以在微信上和我说。如果要我删她微信,我应该事先让她知道。"

吴大夫跳了起来:"你说什么?"

王守一厉声说道:"夏洁,一个字也别说了!马上删!这是命令!"

程浩赶快哄："夏洁，这毕竟是吴大夫的家事，她不愿意我们管，我们就不管了，听师父的话，把她删了。"

夏洁低下头，准备删。

李大为突然敲门进来了："慢着，让我说两句。"

王守一火更大了："李大为，这里没你的事，出去！"

李大为说："不行。昨天碰巧我在，还是我拉着夏洁去把孩子找到的。吴大夫，我在路上也责怪过夏洁，为什么要加一个孩子的微信。这不是给自己找麻烦吗？夏洁告诉我，都想自己的安全，谁为那孩子着想？吴大夫，夏洁是个警察！天天有多忙您看得到，有时间和孩子聊天？可她明知道您烦她，还加了您女儿的微信，就是因为通过上次的案件，知道您女儿没有朋友，渴望有人陪她。她也希望通过和您女儿建立联系，取得她的信任，如果孩子再有什么事，可以第一时间知道她的消息！静静这次从家里跑出去，不就是因为夏洁有她的微信，才很快帮您找回来了吗？您现在逼夏洁删去她的微信，下回您再找不到她的时候，还有其他途径吗？这件事，您想好了？"

吴大夫犹豫了一下，咬着牙："想好了。女儿是我的，我不需要别人来关心她。"

李大为转向夏洁："好。夏洁，删了！"

夏洁一怔："李大为……"

李大为平静地说："好心也要用在值得的人身上。费力不讨好的事，咱不干！"

夏洁把微信删了。

程浩赶快说："这下好了，吴大夫，事情解决了……起初也是我……"

"师父，您不用护着我。我做的事情，自己承担后果。"

夏洁打断他的话，对吴大夫说："吴大夫，请原谅我再多说一句，女儿是您的，但她也是一个独立的人。您对她的控制已经让她不堪重负。如果您不改变一下您爱的方式，我怕以后离家出走这样的事情还会……"

王守一急了："住嘴！别说了！"

夏洁还是说完了："还会发生。"

吴大夫怒火冲天："你说什么？"

王守一连忙劝道："吴大夫，夏洁是关心您女儿。她离家出走的事情，发生不止一回了，希望您注意方式方法。"

吴大夫不依不饶："她什么意思？我家要她管吗？她是不是想挑拨我和我女儿的关系？"

王守一有点儿火大："吴大夫，听我说一句行吗？她吃饱了撑的？为什么要挑拨您和您女儿的关系？好吧，既然您这样想，我就当着您的面表个态吧，以后只要和您家有关系的案子，绝对不许她插手，这样行了吧？"

吴大夫冷哼："这还差不多。"

程浩看了看旁边的夏洁，眼中闪过一丝忧虑。

李大为扯了一把夏洁，不由分说地把她扯到院子里，认真地劝导她："听着，那女孩不是你，你妈妈也不是这个神经病吴大夫。你不能把自己的影子投射到那个小女孩身上，帮助她，也解决不了你的问题。"

夏洁被李大为的话刺激到，脸上起了怒气："你又不懂，凭什么对我的事评头论足？"

李大为也生气了："我是替你着急啊！怕你……我怕你感情用事，最后所有的事都会变成事与愿违！"

夏洁冷笑："那也是我的事！"

李大为愣了："夏洁，你想过没有，你这么轴其实是另一种吴大夫。"

夏洁愣住了。

李大为严肃地说："我的话有点重，但是你想，那小女孩离了你，是不是也能长大？为什么你会觉得只有你参与，她才会更安全？"

夏洁沉默了。

李大为说："你为女孩好肯定没错，但现在她妈妈这么跟你对立，你参与反而让那女孩和她妈妈的关系更复杂，你说是不是？"

夏洁冷静下来："李大为，我答应过静静，有事情她在微信上和我说，可我没告诉她就把她微信删掉了……"

李大为说："这事交给我吧。"

夏洁终于点点头，这时，她的手机响起。看到是陌生号码，随手接通，就听到电话的系统音："尊敬的夏洁女士您好，您已通过审核，正式成为快车司机……"

夏洁赶快挂断了电话。

可李大为已经听到了声音："什么快车司机？夏洁，你是真不想当警察了啊？这是违反纪律的，你知道吗？"

夏洁说："嘘……你小声点儿！"

李大为焦急地说："那你告诉我为什么！"

夏洁敷衍道："没什么，你别管了。"

李大为说："不行，我不能看着你自毁前程。你要是不说清楚，我这就去告诉所长！"

夏洁生气："李大为，你怎么管这么宽！"

李大为说："咱们是一个集体啊！'复联'还有个黑寡妇呢，咱们八里河英雄联盟不能没有你。你做出这种违纪……"

夏洁无奈："你能不能小声点儿！"

"不能！"李大为故意提高嗓门，"这种违纪的事情……"

夏洁吓了一跳："行行行，我答应你行了吧！"

李大为举起手："说好了，击掌为誓！"

夏洁无奈地跟李大为拍了个手。

李大为满意地说："我去找静静，你别乱来啊。"

夏洁没好气地说："我真是多了个妈！"

吴大夫风波总算告一段落，程浩和夏洁一起出警的时候，边走边劝："过去就过去了，别再多想。"

夏洁听着放慢脚步："师父……我知道您都是为我好。但是我既然穿上了这身警服，就理应承担起一个民警该承担的所有责任，也要经历必然要经历的事，您这样保护我……"

程浩正色道："夏洁，我保护你，没别的原因，只是因为你是我的徒弟。"

夏洁问："如果换了李大为或者赵继伟是您的徒弟，您也会这样，把一切都揽到自己身上吗？"

程浩无奈一笑："他们都是男孩儿……"

夏洁说："咱们做民警的，哪里还分男孩儿女孩儿？我要觉得自己是个女孩儿，就不会穿上这身警服。师父，我求您放轻松点，就把我当成跟李大为、赵继伟一样的普通人，行吗？"

程浩想了想："好。上车！"

正是放学的时候，李大为坐在自己的车里看着学校大门。远远看到静静背着书包出现，孤零零的，郁郁寡欢。

李大为推开车门下车，走到她身旁："静静。"

静静抬头："叔叔我见过你。"

李大为说："我是八里河派出所的警官李大为，上次跟夏洁警官一起接你回的家。"

静静点头："叔叔，夏洁姐姐为什么把我微信删了？"

李大为说："静静，夏洁姐姐最近有保密任务，领导不许她和外界联系，所以她把所有人都删了。但她还关心着你，怕你误解她，特地让我来跟你解释。"

静静脸上露出笑容："原来是这样啊。可是我以后有事还能找夏洁姐姐吗？"

"她在执行保密任务，恐怕短时间内不能了。"李大为说着给了她一张字条，"这上面是我的电话，你要是有事，给我打电话。"

静静珍惜地把字条收起来："谢谢叔叔。"

吃过晚饭，李大为戴着耳机，在合租公寓客厅里玩游戏。

夏洁从自己房间里出来，悄悄往门口溜去。

李大为立刻站了起来："大半夜的，你干吗去？"

夏洁支支吾吾地说："我干吗去还得跟你汇报？"

李大为拦住她："你该不会是要去开网约车吧？"

夏洁不说话。

李大为急了："你怎么关键时刻比我还没脑子？这事要是被所里知道，可是要被开除的！"

夏洁继续往外走："所里不会知道的，只要你不说。"

李大为说："愚蠢！咱们这种小地方，抬头不见低头见的，指不定遇上谁呢。你不许去！"说完抓住夏洁的胳膊。

夏洁用力挣扎："放开！"

李大为说："我不能眼睁睁看着你犯错！"

夏洁语气不善："那你把眼睛闭上！"

这时正好杨树回来，看到这场面愣住了："你们这是在干什么？"

李大为说："夏洁要去干坏事，快堵住门，别让她走！"

夏洁连忙解释："杨树，你别听他胡说。李大为，你给我放开！"

李大为说："那你好好的，干吗要去开……"

夏洁捂住李大为的嘴，但李大为还是说了出来："网约车。"

杨树忙问："开网约车？夏洁，我没听错吧？"

李大为有了盟友："看吧，博士也觉得不行。"

杨树说："当然了！公务员不得从事或者参与营利性活动。"

李大为连忙点头，对杨树竖了个大拇指："就是，我刚要告诉她。"

夏洁不说话，无奈地在沙发上坐下："不开也行，那这房子我退了吧。"

李大为更吃惊了，跟着到沙发上坐下："为什么退？不让你开网约车，也不至于跟我们决裂吧？"

夏洁低着头："不是决裂。我妈去大理玩了，家里房子空着呢。"

杨树也过来坐下："你家那么远，还是住这儿方便。"

赵继伟刚筋疲力尽地回来，默默走到他们身边听着。

李大为疑惑："是啊，夏洁，你……不会是缺钱吧？"

夏洁沉默片刻："不是。"

李大为说："夏洁，咱能不能不较劲儿？房租我可以不要，或者算我借给你的，你啥时候有钱再给我，这不就行了？"

杨树也说："我也有钱，下个月的房租我可以先给你垫上。"

李大为说："不用你垫，反正房子是我租的，有我给你们兜着呢。"

杨树问："夏洁，你就告诉我们你缺多少？人多力量大，我跟大为一起，肯定能帮上你的。"

赵继伟也难为情地开口："那个……我也能给你省出来点……"

李大为一拍手："你看，这么抠的人都愿意借给你，你就算是看在他的分儿上……"

赵继伟给了他一拳："说谁抠呢……"

李大为嬉皮笑脸："说谁谁知道……"

赵继伟追着李大为打，两人闹腾极了。

杨树看着他俩笑了："别走了，咱们几个在一起，多开心？"

夏洁淡淡地看着杨树："是吗？可我怎么听说，你在看博士招生资料呢？"

杨树收起笑容："那天是因为我师父……但现在想明白了。如果总是斤斤计较，就真成争功了。既然做了警察，最重要的就是为老百姓解决问题，别的都不重要。"

李大为和赵继伟追着追着开始绕着杨树躲猫猫。

赵继伟喘着粗气："杨树你让开，别护着他。"

杨树头大："你俩别闹了。"

李大为说："是赵继伟在闹！"

夏洁露出无奈的笑容："你俩住手吧，我不开网约车了，也不搬走了，行了吧！"

李大为正和陈新城连吓带劝，将在大街上打架的两人强行分开。

陈新城把其中一个拉到旁边耐心劝解，另一人喘着粗气，用力摆脱李大为，还想隔着陈新城冲过去。

李大为一个侧扑把他扑倒在地下，利索地掏出手铐："小子，敢袭警！"

那小子鬼哭狼嚎："警察叔叔，我不是袭警，我是想打他。我改了，再也不敢了。"

陈新城警告了面前那人几句，走过来："算了，叫他起来吧。"

李大为手一松："看在老警察的分儿上，饶了你。起来吧。"

陈新城说："年纪轻轻的，有这时间干点什么不挣钱，非在这儿浪费生命？不许再动手了。否则，别怪我们不客气。"

那人赶快答应。

陈新城说："握个手吧，来，签个字回去。"

两个年轻人握手，签字，走了。

陈新城叹了口气："现在的年轻人……大为你也注意，别太猛，周围多少手机拍着呢。"

李大为讨好地说："师父，他要想打别人，我不管，他想打我师父，没门儿！"

陈新城板着脸，嘴角却不易觉察地咧了咧："下次注意！"

刚走两步李大为手机响了，看了一眼，走到旁边接听电话："妈，我上着班呢，有事吗？什么？什么？"

接过电话，李大为愣在那里。陈新城站在远处等着。

过了好一会儿，李大为匆匆过来，脸色十分难看："师父，对不起，我得请会儿假，回趟家。"

陈新城问："有事？"

李大为犹豫："不好意思，我现在还没法说。我回去一趟行吗？"

陈新城点头："回去吧，把警服换下来。"

"是！"

李大为匆匆换好衣服，赶回了家，一进门就大叫："妈！妈！"

"大为。"李母从卧室出来，眼睛通红，搂住李大为就哭了起来。

李大为劝道："妈，您别哭，天大的事有我呢。怎么回事？"

李母说："你爸得了脑胶质瘤。我开始不想告诉你，跑了几家医院，到底还是它。"

李大为问："他呢？"

李母低头："出去找他那帮老朋友玩去了。"

李大为一下子蹿了："怪不得回来了！怪不得说这回回来就不走了！原来早就知道，是回来叫咱们给他治病养老的！他还是人吗？"

李母哀求道："大为，他是你爸呀！"

李大为怒了："我爸又怎么样？难道这世上的混蛋都没有儿子？他生了我就想讹上我了？没门儿！"

李母说："大为，脑胶质瘤是不治之症！"

李大为愣了愣，更火："所以他才回来？天底下哪有这样的好事？能吃能喝能玩的时候，满世界跑，到处给咱闯祸。得了不治之症回家了！叫他回来！我非和他理论理论不可！我给他打电话。"

李母过来拦他，抢他手机："大为，你不能这样！他是你亲爸，得了不治之症，现在正是需要亲人安慰的时候。"

李大为情绪激动："狗屁！摊上个这样的混蛋，咱们还不知道找谁安慰呢。妈您别拦我！"

李母死死拦住他："大为，妈是知道他得了这个病才叫他回来的，是妈自愿的。"

李大为不敢置信："什么？"

李母说："大为，难道你就看不出来，妈有多爱你爸吗？"

李大为愣在那里："您爱他？这辈子被他害得还不够惨吗？他回来以前您不是起诉要和他离婚了吗？"

李母说："是，妈那时候是恨他，恨他不回家。可他现在不是回来了吗？"

李大为又急又气："妈，您这不是……让我怎么说您呢？"

李母擦了擦眼泪："大为，妈喜欢你爸，喜欢了一辈子，至今也没改。在别人眼里，他一辈子没出息，是个游手好闲的人，可在妈眼里，别人看不上的地方，妈都喜欢。你看看这满世界的人，都在争功名利禄，个个都想出头冒尖，活得多累？可你爸却是个活得轻松的人，是一个不追求世间功名利禄，一心一意想活得自由的人。

"妈和别人一样，一辈子为生活奔波，看到的全是些为了利、为了权尔虞我诈的人。和他们比起来，哪怕你爸不成器，也比他们单纯，比他们可爱。只要你爸在身边，妈就觉得轻松，活得快乐。这还不行吗？"

李大为无言以对。

李母看着他："大为，尽管你不看好你爸，其实你随他。"

李大为争辩："不可能！我怎么可能随他？"

李母说："从小，别人家的孩子都争第一，你回回倒数。别人家的孩子都守纪律，你成天请家长。你活得自由自在，阳光又快乐，这些不都是你爸给你的吗？可你比他负责任。大为，因为你爸让我有了你，我也得感谢你爸。"

李大为不知道说什么："妈……"

李母说："现在你爸病了，不知道还有多长时间，大为，妈靠你的时候到了。"门外传来钥匙开锁的声音。

李大为赶快说："妈，别说了，他回来了。"

门开了，李易生出现在门口，手上提着一个打包回来的塑料袋，还没进门就开心地嚷开了："翠平，看我给你带了什么？羊肉汤……"

突然看到李大为站在家里，李易生一愣，动作有所收敛。在李大为面前，他总是不由自主地表现出胆怯和拘谨："大为回来了……"

李大为看着他，不知道说什么。

中午，一家三口坐在一起，李易生像个犯了错的小孩子一样怯怯地低着头。

李大为表现得倒像个父亲："到这时候，咱们积极治疗就是了。相信科学，没有什么是不可能的。"

李母露出笑容："你听听儿子的话！"

李易生说："我……我不治了。"

李大为说："为什么？"

李易生小声说："我在国外跑过好几家医院，这种病没办法治。大夫都不建议治疗，得上了，享受生命就完了。"

李大为又有点控制不住了："你怎么可以这样说？你一辈子不负责任，得了病还不负责任？你替我和我妈想过吗？你得了不治之症，我和我妈就真不给你治了，看着你死？"

李大为突然说不下去了，转身回到自己房间，狠狠地甩上门，靠着门蹲下擦起眼泪来。良久，李大为平复了心情，擦了把脸，开门走了出去，平静地坐在父母面前："这事，听我的，我马上给你联系住院。想治不想治，你都得去治。你一辈子不负责任，现在得了这个病，负一回责任吧。你不治，以后让我妈怎么办？"

李易生求助地看看李母。

李母说："大为，听你爸的吧。我陪他跑了几趟医院，这种病，是没法治了。他受罪，咱们也受罪。"

李大为说："可是妈，他不治，就这样走了，以后您想起来……"

李母看着李易生，动情地说："妈不怕，还有你呢。只要你爸活得高兴就行。大为，我和你爸商量好了。妈还攒了点钱，这些钱，与其白白送进医院里，不如趁着你爸还能活动，我们出去玩玩去。"

李大为说："可是妈……"

李母打断他的话："这事就这么定了。你爸追我的时候和我吹牛，说全世界都跑遍了。说什么时候追上我，就带着我满世界玩儿去。可这辈子，永远是他在外面跑，我在家里忙。现在，终于有机会了。"

李大为默默地点了点头。

三天后，李大为拎着行李，带着父母走进游轮房间，开始忙着安顿行李。

李易生一副过来人的架势热心地向老婆介绍着："现在的游轮，比我坐过的可强多了，和平地似的……"

李大为担心："妈，行吗？这游轮条件再好，万一他病情加重，船上的医疗条件到底不行。"

李易生满不在乎地说："有什么不行的？我有数。退一万步说，真有那一天，我自己往海里一跳，喂鱼去！海葬！哈，多浪漫。"

李母温柔地说："不许这么说。你得陪着我回来，你跑了一辈子，老了得死在家里。"

李大为赶快岔开话题："妈，早点回来，家里还有我呢。"

李母一脸深情地看着李易生，像看一个淘气的孩子："不管你。把你养大了，我尽到责任了。剩下的时间，是我和你爸的。"

李大为站在岸上，看着游轮驶向远方……

李大为回到合租公寓已经是晚上了，和赵继伟、杨树围在一起吃最简单的宵夜——一人一碗泡面。

李大为突然停了下来："我想喝口啤酒。"

赵继伟吃惊地说："我没买过酒，随时都有可能出警，哪有机会喝酒？"

杨树站起来："今天特别，我去买。"

李大为拉住他："谢谢，算了。"

杨树看了他一眼，又坐了回去。

一阵沉默之后，赵继伟说："你妈还真有钱。"

李大为说："她有什么钱？干土石方工程，挣得不能说少，可搁不住有我爸。好像能掐会算似的，什么时候攒下一笔钱，他就又穷又病欠了一屁股债回来了，我妈二话不说就把钱全拿出来了。这回他说不出去了，我还以为我妈这回挣的钱能攒下了，没想到……"

赵继伟吃惊得嘴都合不上："啊？你妈要把攒下的钱全砸到游轮上去？"

李大为苦笑："我估计她不把钱花干净不舍得回来。"

赵继伟感叹："天哪，日子不过了？玩那一趟，不当吃不当喝，万一你爸真走了，你俩的日子还得接着过呀！"

杨树由衷地说："李大为，你妈了不起。"

李大为苦笑："这叫了不起吗？她这辈子都砸在我爸身上了，我真不明白她爱我爸什么。"

一夜无话。第二天一早，李大为销假上班，跟着陈新城出警。大致问了一下事情经过后，陈新城说："这就是你妈最了不起的地方，她爱的是你爸这个人，还是以你爸最自由、最舒服的方式爱他，真的很了不起。一般女人，总把爱情挂嘴上，可一到过日子，就会发现，爱情没有挣钱养家重要。再遇到个有钱的、有权的，再深的感情也不行。像你妈这样只看重人，自己还心甘情愿的，少！"

李大为开车："那我也宁可我妈没碰到我爸这样的人。"

陈新城笑了："他俩没遇上，就没有你了！还有，就算你爸一身毛病，但他对你妈到底怎么样，你插不上嘴。只有你妈才有发言权。"

李大为承认："是，所以我不管了，只要他们开心就行。"

陈新城说："这就对了，你要是觉得你妈过得辛苦，那以后就让她省点心，抽空多陪陪她。"

李大为说："明白了，师父。"

陈新城笑了："快点吧，要不回去该下班了。"

正在这时候，陈新城的手机响了，看看来电显示，赶快接起来："有事？"

电话里说着什么，陈新城脸色变了，示意李大为停车，他拿着电话下车走到一旁。

李大为看到陈新城神情突然紧张起来，情绪激动地说着什么，不由得有些担心。

陈新城接完电话匆匆上车，李大为问："师父，您有事就去办，我自己回去，要帮忙尽管说。"

陈新城面色铁青："快开车！我穿着警服呢！别问了。"

等回到所里，陈新城以最快的速度换好衣服下楼，刻意绕过李大为往外走，李大为立刻追了上去："师父，要我跟您一起去吗？"

陈新城匆匆抬头看了他一眼："不用，晚上高所替我值班，你跟他吧。"

李大为站在那里，看着陈新城离去。回到值班室里，他显得有些心神不定。

这时高潮进来："早来了？好啊，年轻警察就应该这样。走，出去转转。"

两人说着往院子外走。

李大为忍不住问道："高所，我师父是不是……"

高潮说："没什么，别瞎猜。"

李大为赔着笑："高所，您就告诉我呗？我是他徒弟，说不定能做点什么。"

高潮说："你能做什么？开车。"

李大为无奈，低头上车。

陈新城的车停在路边，一个衣着光鲜、满面愁容的女人走了过来，正是他的前妻尚珍。他摇下车窗招呼一声，女人上了车。不等她坐稳，陈新城就着急地问："到底怎么回事？"

尚珍话还没说，先抹起泪来。陈新城更急："先别哭了，快说，佳佳到底怎么了？"

尚珍带着怨气："你还质问起我来了，这些年你尽到过做父亲的责任吗？咱们离婚你可以不管我，佳佳你总得多关心一点吧？"

陈新城眉头紧皱："又要把前账算一遍吗？掰扯那些陈年旧事有什么意义？你就说佳佳怎么了？"

尚珍说："之前学画画好好的，和她一块儿学画的，别人都拿钱供着孩子找好画家，手把手地教。她又不是天才，我又请不起画家，但私教还请得起，可上了几节，突然说不学了，还非让我把课都退了。"

陈新城问："为什么？"

尚珍仍旧哭："我哪知道？你女儿多叛逆，你又不是不知道。"

陈新城想起来："我前几天看见她了，打扮得花里胡哨的，正想问你这是怎么回事。"

尚珍说："就说不用我的钱，要自己赚钱养活自己。"

陈新城不满："那你跟我说啊。虽说我不一定能供得起她请私教，但砸锅卖铁让她报个辅导班，怎么也是可以的。"

尚珍不屑地说："你有几口锅？能卖几块铁？"

陈新城气极；"怎么又绕到我身上了？说佳佳，她要干吗？"

尚珍觉得难以启齿，只能低声说："去当气氛助。"

陈新城愣住："什么……什么叫气氛助？"

尚珍说："就是去酒吧陪酒去了。"

陈新城差点跳起来："你说什么？"

尚珍眼泪又掉下来了："她说要自己挣学画的钱，就去了酒吧。"

陈新城脸突然变得很狰狞，一把抓住尚珍："你……你是孩子的亲妈，你怎么能让孩子去干那种事情！她为什么要去挣这种钱？"

尚珍挣脱了陈新城，整理一下自己："我有什么办法？骂也骂了，哭也哭了，她非去我能怎么办？我没少给她钱，可她不要啊！"

陈新城红着眼睛："佳佳去了哪个酒吧？"

尚珍说："就县府前街最大的叫蓝色月光的那个……"

话没说完，陈新城说："你下去吧，我去找女儿！"

尚珍白他一眼，嘟哝着下了车，陈新城一脚油门，车子咆哮着冲了出去。

蓝色月光酒吧里，佳佳化着很浓的妆，手足无措地站在那里，一个妈咪推着她："去呀，就是陪客人喝几杯酒，连杯酒也不陪喝，从哪里挣小费啊？把客人侍候好了，客人出手很大方的。"

佳佳犹豫着，突然，一只大手伸过来，把她拖了过去。佳佳吓了一跳，抬头一看是陈新城，什么也不说，拼命往后挣。

陈新城说："佳佳，你想要你爸的命吗？跟我走。"

佳佳说："你干什么？你放手，我上着班呢！"

陈新城说："走，你跟我走，爸有话和你说。"

父女俩正在纠缠，妈咪上来了，抓住佳佳就往回拖："哎，你干什么？她已经被别人点了。"

陈新城神情可怕："你再说一句！"

妈咪心里一突："你是干什么的？敢跟我吹胡子瞪眼！保安，保安呢？"

陈新城大吼一声："你最好知道我是干什么的！佳佳，走！"

妈咪吓了一跳，不敢说了。陈新城不由分说地把佳佳拉出酒吧。

走到门口，佳佳甩开陈新城的手："你干什么？我的事和你没关系！"

陈新城又拉住佳佳："佳佳，你说什么？你再说一遍！"

佳佳又用力一甩，把陈新城的手甩开："一百遍我也会说！我的事，和你没关系，你别来管我!"

陈新城痛心地说:"佳佳,我是你爸呀!怎么会和我没关系?你为什么来干这个?这是正派女孩子干的吗?你跟我走!"

佳佳瞪着他:"现在想起你是我爸来了?那你为我做过什么?我最委屈、最害怕的时候你在哪儿?我求你们别离婚的时候,你怎么不想想我?现在觉得我给你丢人了,才跑过来摆亲爹的架子管教我?晚了!"说着一回头又要进去。

陈新城扑过去,从后面抓住她,哀求道:"佳佳,是爸爸不好,你有什么怨气跟爸爸讲,爸就你一个女儿啊!来这种地方工作,下半辈子就全毁了!你……你不是爱画画吗?爸支持,想去北京学、出国学都行!爸哪怕要饭也供你,跟爸走吧!"

佳佳再次把他的手甩开,恶狠狠地看着他:"我现在长大了!用不着你们任何人!是,我是想学画,但是我自己能挣钱。你走吧,出现在这种地方,对您陈警官影响不好!"

说完就要往里走,陈新城怒吼:"站住!"

佳佳被这一声吼住了。

陈新城面色悲凄:"佳佳,你再敢往里走一步,你信不信我敢把这店给毁了!"

佳佳转身,面无表情地说:"你以为我不知道这不是正经女孩该来的地方?可我有选择吗?你告诉我,我有家吗?我没有!"

看着佳佳走开,陈新城被她的话钉在原地。

酒吧门口又来了很多客人,又有女孩如佳佳一般,对着各种客人露出了轻佻的笑容。

陈新城全身像灌了铅一般,无法动弹,眼泪却止不住地涌出来,女孩们的背影又投入那片艳俗的光影里。

出警回来,高潮一边走一边对李大为说:"这种小混混把他拘起来,光手续就得办两天。拘不了两天他又跑街上去了,这种事警察管不完的,要不说得综合治理呢。"

王守一坐在值班室里:"回来了?高潮你来,我有话和你说。"

两人出去,站在一旁嘀嘀咕咕,李大为看着,小声问坐在一旁的孙前程:"所长因为什么来的?"

孙前程说:"估计是因为你师父,出来进去好几趟了。"

李大为悄悄凑近一点,竖起耳朵。

听到高潮正赔着笑对王守一解释:"所长,不是我推,老陈挺爱面子的,平常对我的态度您也看到了,没啥矛盾,但肯定不亲近。这事我要是凑上去,怕是效果不好。"

李大为说:"所长,我师父怎么啦?我是他徒弟,有什么事我来。"

王守一叹息一声："我死活联系不上你师父，他那个不争气的闺女又给他惹麻烦了。李大为，今晚上，无论如何联系上你师父。"

李大为拍着胸脯："没问题，我知道怎么找到他。"

王守一递给他一张纸："这是他前妻家的地址，你去问一问。赶快去，警服换下来。"

按地址来到尚珍家别墅门口，按下门铃，一名中年女佣模样的女人打开门。李大为赔着笑："请问尚阿姨在吗？"

女佣说："找太太啊。等一会儿。"

李大为站在那里等，透过开着的门往里看，一水儿的红木家具，又土又豪，不由得撇了撇嘴。

尚珍走过来，眼睛红红的，微微垂着头："你是谁？"

李大为小心地说："尚阿姨，我是八里河派出所的，陈新城是我师父。我想见见佳佳妹妹。"

尚珍一头雾水："你师父不是去找佳佳了吗？怎么……他没找到？"

李大为吃了一惊："师父去找佳佳了？可是……师父现在失联了。我们都联系不上他。"

尚珍惊呼："啊？"

李大为问："那佳佳妹妹也没回来吗？"

尚珍摇头，着急道："我以为佳佳和你师父在一起。这可怎么……"

尚珍现在的老公于先生出现在身后："谁啊？"

"来找佳佳的。"尚珍赔笑，转头小声对李大为说，"你也看见了，我不能跟你多说。"

尚珍要关门，李大为用手顶住："阿姨，我这边有紧急任务，必须得联系上我师父……"

尚珍急了："我真的不知道他在哪，你快走吧。"

看着房门在面前重重关上，李大为只好放弃，走到自己车旁，拨打陈新城的号码，却一直提示无人接听。

李大为在路上漫无目的地开着车，一遍遍地拨着电话："接，师父，接电话呀，求您了……"

突然，电话真的接起来了，传出陈新城含混不清的声音："喂。"

李大为大喜过望："师父，我是大为啊。您在哪呢？我都快急死了……"

电话突然又断了。

李大为连忙再次拨过去，陈新城含混的声音再次传来："大为……大为……"

李大为忙说："师父，是我。您在哪呢？"

陈新城的声音含混不清，李大为仔细地分辨着："哪里？榜棚街？好的师父，您在那儿别动，我马上过去。"

他丢下手机，一脚油门疾驶而去。

已近午夜，榜棚街上人已经不多了，李大为慢慢开着车过来，沿街寻找，突然看到陈新城的车停在一家小饭店门外，立刻冲了进去。

饭店已经没有其他客人了，陈新城喝醉了趴在桌上，老板正在拍他的肩膀："先生，先生，回家睡去，我们该关门了。"

陈新城推开他的手接着睡。老板无奈："天，这可怎么办？"

李大为进来，一眼就注意到陈新城，连忙跑了过去，轻轻推了推："师父，师父！"

老板问："先生，您认识他？这是不是遇上事了，一个人喝了有一斤酒。"

李大为没好气地说："他要你就给？喝出事来你负责吗？账结了没？"

老板尴尬一笑："没呢。账单在这。"

李大为伸头看了看，扫码付费，然后一弯腰，把陈新城扛起来，想了想，直接带回了合租公寓。

听到有人敲门，赵继伟过去开门。只见李大为连搀带扛地带着陈新城进来，吓得他差点叫起来。

李大为说："赵继伟，今晚你睡沙发。"

杨树从自己房间出来，见状也吓了一跳："怎么啦？"

李大为没理，搀着陈新城去了自己的房间，把他放在了自己床上，端了一脸盆水，用毛巾帮他擦脸。

陈新城打了个寒战，含混不清地说："水……水……"

李大为连忙倒了杯水送到他手边："师父，水在这。"

陈新城努力想爬起来，尝试几次都没起来。李大为把他抱起来，让他靠在自己怀里，喂他喝水。陈新城喝了杯水，继续倒头大睡。

李大为把他的鞋脱了，双脚架到床上，给他盖上自己的被子。如此近距离地接触，他看到了陈新城平时隐藏在警帽下的两鬓白发。

心里莫名有点难过，李大为默默起身，走了出去。

杨树和赵继伟正坐在客厅里小声嘀咕着什么，看到李大为出来，心情沉重地坐在一旁。

赵继伟问："你师父……没事了吧？"

李大为随口道："就是喝多了。"

赵继伟说："他这是遇上事了。"

杨树说："大为，你看我们能帮着做点啥？"

李大为摇头："不知道，我也不知道。只是觉得我师父不单是所里那些糟心事，看来家里也是一堆操心事。真不容易。"

大家沉默。

屋里突然有动静，像是手机振动的声音，李大为赶快站起来跑进去。陈新城还在昏睡，手机振动声是从他身上发出来的。

李大为掏出陈新城的手机，只见屏幕上显示好多未接来电，都是佳佳妈的来电。正犹豫要不要接，电话断了。

一咬牙李大为直接拨回去。尚珍在电话里悄声说道："你是怎么回事，佳佳还没回家！"

李大为连忙说："阿姨，我是李大为，陈新城的徒弟，我们刚刚见过。"

尚珍一怔："陈新城呢？"

李大为说："他现在有点情况，不能接电话。"

尚珍火了："你就问他，女儿要死啦，管不管？让陈新城接电话！"

李大为说："阿姨，肯定管。但是我师父确实不方便，你看能不能告诉我，我去找佳佳妹妹。"

尚珍内心纠结……

杨树、赵继伟就站在屋门口，关注着屋里的动静。很快，李大为走出房间："关于我师父今晚喝酒的所有事情，你俩必须保密，明天和以后，谁都不能漏出半个字，否则别怪我翻脸不认人。"

杨树、赵继伟点点头。

李大为说："我现在出去一趟，麻烦你俩照顾一下我师父。"

杨树、赵继伟问："你干什么去？"

李大为风风火火地往外跑："没事，就是出去一下，别问。"

第十二章

夜已深，蓝色月光酒吧还很热闹，音乐震耳欲聋，灯光灰暗，在影影绰绰的各个角落里，都有搂搂抱抱的男男女女。

李大为进来，手里拿着手机，看着手机里佳佳的照片，到处找着，突然看到佳佳一个人呆呆地坐在角落里，神情落寞，立刻走过去。

正好妈咪走到了佳佳面前，阴阳怪气地说："哟，这是上我这儿喝酒来了？不想干趁早滚蛋，别占着茅坑不拉屎！"

李大为拉开她，在佳佳旁边坐下："对不起，我约了她。"

妈咪打量他一番："你谁啊？单独陪酒是要加钱的，知道吗？"

李大为说："我知道。你去吧。"

妈咪奇怪地看他一眼，不得已走了。

佳佳问："你是谁？"

李大为说："我是你爸的徒弟，我叫李大为。"

佳佳脸色一变，站起来就要走，李大为早有准备，一把拉住她让她坐下。

佳佳奋力挣扎："你干什么？再这样我喊人了！"

李大为说："好，喊呀，叫老板知道，你把警察召来了。"

佳佳不说话了。

李大为看着她："我做你爸徒弟几个月了，从来没见他像今晚这么痛苦过，好像老了很多。"

佳佳不屑地说："哼，连爸都做不好，还能做师父？"

李大为怒气上升："小姑娘不可以说这么刻薄的话，不管怎样，他是你爸，是我师父。"

佳佳说："如果只提供一颗精子的人就叫父亲，那他就是。"

李大为火了："你要再这样说，信不信我会揍你！"

佳佳说："你揍呀！就算你动手我也会说他不配做父亲！"

李大为缓了缓："佳佳，我不知道你跟我师父过去发生过什么，但你这样说，对他很不公平，很残忍。我刚进所里做你爸徒弟，和你一样觉得他阴阳怪气的。反正人很消极，不好相处。后来，我知道他受了处分那件事，一切就都理解了。"

佳佳脱口而出："受处分？"

李大为说："你竟然不知道？怪不得。那次案子是有一个女孩想跳楼，被你爸一把抓住了。可那个女孩死意坚决，在你爸手里拼命挣扎，最后，你爸没能抓住她，到底被她挣脱，掉到楼下摔死了。女孩家里不但不感谢，还怪他施救的方法不对，到处控诉，最后局里给了你爸一个处分。从那以后，你爸像变了个人……"

佳佳没抬头，但脸上满是震惊。

李大为说："没有哪个男人生下来不是争强好胜的，如果不是，肯定是经历了一些你不知道的事情。我听说的，只是你爸众多经历之一。我来到八里河派出所，所里的人都告诉我，我师父以前是所里最能干的警察！所以，别人可以对他说三道四，而你和我，一个亲闺女，一个亲徒弟，知道他内心的痛苦，还要说他没出息，真的太残忍了。"

佳佳冷笑一声："大家都救人，别人救人会立功受奖，只有他救人反而得了处分，还是他没出息。"

李大为看着她："你已经长大了，如果你觉得你爸没出息，你有出息不就完了？为什么要用这种办法折磨他？你想干什么？"

佳佳说："不干什么。我有这样一个父亲，怨不得别人。既然他没办法保护我，我只好靠自己。"

李大为警惕地看了看四周："你是有什么顾忌？"

佳佳说："没有。"

李大为说："如果有事，你告诉我，我和你爸一定会帮你。如果没有，你就是故意和你爸过不去了。"

佳佳说："无所谓过去过不去，我只是过我自己的生活。"

李大为叹了口气："哎，你十几了？"

佳佳白了他一眼："你管我。"

李大为说："十八？十九？佳佳，你还没长大呢，干点什么不好，非来干这个……你是诚心的，是吧？"

佳佳挑衅地说："那你们来打击我啊！你不是还要揍我吗？你来呀！"

227

"怎么又聊回去了？"李大为有些郁闷，"行，我不对你发火，谁叫我是你哥来着。"

佳佳愣了一下："你是谁哥？"

李大为理直气壮地说："你呀！你是我师父的亲女儿，我是他的亲徒弟，所以我就是你哥！记着，你哥我还是个能干的警察，以后，只要有我在，没人敢欺负你。走，回家。"

佳佳只冷笑了一声，一动不动。

李大为说："你没看见已经没什么人了吗？都下班了。"佳佳起身就往外走，李大为跟着。刚出大门，佳佳突然跑起来，李大为在后面紧追。

佳佳跑到路边，拉开一辆出租车的门，上车后车子立刻开走了。李大为赶紧开自己的车去追……

一大早，杨树、赵继伟在准备早餐。李大为精疲力尽地开门回来。

杨树问："一大早你这是跑哪里去了，也不见你师父。"

李大为往沙发上一躺："我送我师父回家了。"

赵继伟说："他不吃早饭？昨晚吐了不少，不饿吗？"

李大为白了他一眼："你傻呀？他就是不想跟你们打照面。"

三人坐下来吃早餐。

李大为边吃边说："我觉得我师父这个女儿身上有故事。"

赵继伟来了兴趣："什么故事？"

李大为说："我去师父前妻家，挺大一别墅，改嫁的老公好像挺有钱，女儿用得着到酒吧那种地方打工赚钱？而且我师父前妻在自己家，就跟惊弓之鸟似的，感觉一举一动都非常惊慌。"

杨树问："你想说什么？"

李大为说："我没想说什么，就想以后咱们三个，只要不值夜班，就去那家酒吧上班，点佳佳陪酒。咱们三个排排班，要全天二十四小时无死角，绝不能让她干出让我师父伤心的事。"

赵继伟瞪大眼睛："天哪，那得花多少钱？"

李大为摆手："别管花多少钱，花了找我回来报销。"

杨树摇头："这不妥。公安部有规定，警察不可以去夜总会之类的娱乐场所娱乐。"

李大为没好气地说："你是书呆子吗？咱们不是去娱乐的，咱们是有任务。"

杨树无奈："李大为，说你聪明吧，经常想事儿跟长不大的孩子一样。咱们这又不是玩江湖兄弟情，你以为这事所里就不知道吗？"

李大为固执地说："难道咱们就不能不让所里知道吗？"

杨树反问："你觉得能蒙过去吗？"

李大为不说话了。

耐心等到晚上下班，李大为换上便装在蓝色月光酒吧外把身着警服的赵继伟拦了下来，孙前程笑嘻嘻站在一边也不掺和。

赵继伟哀求道："我的哥呀，我在出警呢，你这不是让我犯错误吗？"

李大为说："这就是出警啊！这是娱乐场所，有色情吗？消防安全设施健全吗？有人从事非法活动吗？这不都是警察的职责范围吗？"

赵继伟求饶："哥，哥，你别让我假公济私，人家要举报我，明年这时候我就不是警察了。"

李大为失望地说："原来你是为这个。咱哥们儿的友情还不如这个？"

赵继伟严肃地说："当然不如！哥，你说笑话呢？啥也不如当警察重要。"

李大为妥协："好，这样吧，你和前程不用进去，就在这一带多巡逻两圈，这总可以了吧？"

赵继伟说："这个行。"

李大为说："那走吧。记着，贴着蓝色月光的大门走，来回走，没有我的允许，不能离开。"

赵继伟傻了："哥……"

孙前程拉了他一把，笑着说："走吧，只要咱们不进门，就不违纪。"

看着他们两人离开，李大为继续站在那里等。天快黑的时候，佳佳背着双肩包，低头走了过来。

李大为上前打了个招呼："嗨！"

佳佳抬头看到他，往一旁躲了躲，想绕过去。

李大为跟上："别想。那个地方，你不能进去。"

佳佳瞪着他："你别管我！"

李大为说："我是你哥，当然得管你。"

"脸皮真厚。"佳佳冷笑一声，继续往里走。

李大为又拦住他："你要进去，我就去找老板，说他酒吧违法，叫他关门。"

佳佳气急败坏地说："你到底想干什么？"

李大为说："要问你自己。你有什么事解决什么事，不许用这一手来折磨我师父。"

佳佳刚想再说什么，两个女孩过来，叫了她一声："佳佳，来啦，还不进去？"

佳佳赶快说："啊，马上。"

李大为说："她不去了。她当警察的哥哥不许她去了。"

两个女孩吓了一跳，赶快跑了。

佳佳又恼又怒："你再这样我可喊了。"

李大为说："喊哪，你要报警？正好我就是警察。来吧，报什么警？我接着。"

佳佳气愤又无奈地看着他。

佳佳进来时，客人还不多，老板娘正神情严肃地对几个女孩说："怕是不怕，咱们是合法经营，有什么可怕的？可好好的，谁也不想让警察盯着是不是？"

佳佳走过来："老板娘。"

老板娘说："陈佳，你上了一天的班，我给你转两百块钱，你走吧。"

佳佳愣了："老板娘什么意思？"

老板娘说："意思是我用不起你了。我才听微微说，你哥是警察。你来的时候怎么不说呢？"

佳佳急了："他不是我哥，我和他没关系。"

老板娘不信："真好笑，都追到这里来了，居然说没关系？你走吧。"

佳佳委屈："老板娘，我干什么了？"

老板娘说："你什么也没干，可我就是不想让警察成天盯着。你走吧。"

佳佳无奈，只好垂着头走出酒吧。

李大为耐心地守在门外，不时往里面瞄一眼。看到佳佳出来，李大为开心地做了个胜利的手势，跟了上去："走，上车，我送你。"

佳佳说："不用。"

李大为二话不说，拉住她就走。

佳佳努力想挣脱他："干什么？你干什么？我喊抓流氓啦。"

李大为乐了："喊哪。警察就在这儿呢。赶快喊，大声喊。走，车在那儿。"

佳佳无语："你是我什么人哪？能不能不管我？"

李大为说："你干别的，我不管你。可你惹我师父伤心，我就不能不管。我不允许任何人对我师父这样，就算是他女儿也不行。上车！"

佳佳不情不愿地上了车："你要拉我去哪？我告诉你我不会见我爸的。"

李大为说："我拉你回家。"

佳佳大声说："我不回家，我没家！"

李大为问："那你去哪？就愿意待在这酒吧里？"

佳佳眼圈一红："你别管我去哪！"

李大为叹了口气："佳佳，昨天晚上我就看出你不想做这种工作，还非逼着自己干，现在还不想回家。这里面有原因吧？"

佳佳把头歪到一边："我为什么要告诉你？让我下车。"

李大为故意把车速提高："我已经说了 N 遍了，我们就是兄妹关系，你的事就是我的事，我肯定要管到底的。"

佳佳沉默了一会儿："为了钱，行了吧。我说完了，快让我下车！"

李大为说："你家住着大别墅，怎么看也不像缺钱呀？再说了，你要是真没零花钱，还有我师父呢。"

佳佳又烦躁又委屈："关你什么事？"

李大为说："生气了？我说的不是事实？我看于先生很有钱的样子。"

佳佳说："他有钱是他的，跟我什么关系？"

李大为试探："怎么？你跟于先生关系不好？"

佳佳说："好不好都是我的事，不要你管！赶紧停车，不然我跳车了。"

李大为有意把车开得更快："今天，我还真得管管你。"

佳佳慌了："你要干吗？你是劫匪吗？"

"不干吗，到了你就知道了。"

李大为脸上露出一丝坏笑，一路狂奔，带着佳佳回到了合租公寓。

佳佳害怕地奋力挣扎："你放开我！"

李大为说："放开你怎么行？我得确保你安全。"

夏洁闻声从卧室里出来："怎么回事？"

李大为说："直觉告诉我，你回来住了，这位是……"

佳佳一愣，显然认识夏洁："夏洁姐姐？"

夏洁也认出了佳佳，惊讶道："佳佳？你怎么来了？都这么大了……"

李大为说："你们认识啊？"

佳佳有点疑惑地看看李大为和夏洁，想弄清楚他俩的关系。

李大为倒是很坦然："那我就不用介绍了，你夏洁姐姐现在跟我一样，都是八里河派出所的民警。"

佳佳愣住了："夏洁姐姐，你都当警察了？"

夏洁点头："对呀，不像吗？你们俩这是……"

佳佳赶快躲到夏洁身后："夏洁姐姐，你快跟李大为说，让我走！不要整天跟着我！"

夏洁不解："这是怎么回事？"

李大为在沙发上坐下："佳佳，我可以不跟着你，那你告诉夏洁姐姐，为什么不去上培训班，也不愿意回家，非要去酒吧打工，让我师父难过。"

佳佳一阵脸红："我打工是我的事，跟我爸没关系。"

夏洁看出了佳佳的窘迫，转移话题："行了行了，你别问佳佳了。佳佳，去我屋坐一会儿。"

佳佳犹豫了一下："好。"走的时候，还冲李大为做了个鬼脸。

李大为也回了个鬼脸给她："记得跟你妈妈说一声啊，别让她担心。"

佳佳说："知道，还用你说。"

晚上，夏洁坐在客厅沙发上看手机，李大为做出一副肌肉男的姿势，夸张地站在那里。佳佳拿着画本，正在画素描。

李大为胳膊都酸了，忍不住抱怨："好了没？刚才画夏洁那么快，怎么现在画我这么慢？"

佳佳认真地说："你长得太丑了，当然需要更多时间。"

夏洁看着他俩，笑了。

李大为夸张地说："我丑？你们零零后也太没审美了吧！"

佳佳一撇嘴："你才没审美！夏洁姐姐，我把你画得好看吗？"

夏洁竖起大拇指："好看，佳佳很有审美。"

李大为有些沉不住气了："你……"

佳佳叫道："别动！越动越丑。"

李大为无语："真是没大没小。"

佳佳终于停笔："好了，你可以动了。"

李大为整个人都垮了："画好了？快给我看看。"

佳佳说："不给！"

李大为快步上前，要抢佳佳的画本，佳佳不给，拔腿就跑。李大为和佳佳在房间里上演追逐戏码，佳佳把画本扔给夏洁，夏洁看了忍不住哈哈大笑。

佳佳大叫："姐姐，我画得像吗？"

夏洁眼泪都笑出来了："像，太像了！"

李大为从夏洁手里抢过画本，只见一个极其夸张搞笑的哈士奇形象跃然纸上，气得他牙痒痒："好你个小屁孩……"

正在这时，敲门声响起。

李大为去开门，同时对佳佳做了个凶相："等会儿再收拾你。"

站在门口的竟然是佳佳的母亲尚珍和继父于先生。

李大为愣了一下："你们怎么来了？佳佳，你没跟你妈说吗？"

佳佳躲在夏洁身后："妈，你不是答应我今晚跟夏洁姐姐睡吗？"

尚珍还没开口，于先生抢先说："佳佳，这地方这么小，怎么能睡得好？我跟你妈妈都不放心你。"

李大为听得有点不高兴："于先生，这话我可要反驳了，我们这地方确实小，但佳佳在这里跟我们玩得很开心。而且她已经十八岁了，有权决定今天晚上自己住哪吧？尚阿姨，您说我说得有没有道理？"

尚珍一脸为难地看了看于先生,只得到一个冷冷的眼色,无奈地说:"佳佳,你就跟妈妈一起回去吧。你不在家,妈妈……不放心。"

夏洁上前两步:"尚阿姨,我是夏洁,您还记得我吧?佳佳小时候就经常跟我一起玩儿,您放心,我一定会照顾好她的。"

李大为说:"是啊,尚阿姨,我们都是警察,跟警察在一起,最安全了。您有什么不放心的?"

尚珍为难地看了看于先生:"这……"

于先生强笑道:"当然没有!那……佳佳,你乖点,别给哥哥姐姐们惹麻烦。知道吗?"

佳佳点头:"知道了。"

夜深了,所有人都进入了梦乡。

睡梦中的夏洁被一阵哭声吵醒,迷迷糊糊地睁开眼睛,发现是躺在身边的佳佳正在小声啜泣。

夏洁急忙起身关切地问:"怎么了,佳佳?"

佳佳没有任何反应,双眼紧闭,脸上带着泪痕,慌乱无助地哀求:"不要……不要这样……"

夏洁一脸疑惑,轻轻把佳佳摇醒:"佳佳!"

佳佳醒来,满脸挂泪,仍在恐惧中。夏洁把佳佳抱在怀里:"佳佳不怕,你在姐姐家。"佳佳突然痛哭起来。

夏洁拍着她的后背轻声安抚:"有什么事就和姐姐说,姐姐帮你。"

佳佳离开夏洁怀抱,从枕边摸出手机,找出来一段视频,视频显然是偷拍的,镜头对着佳佳自己。

画面上佳佳正坐在那里画画,突然,紧闭的房门打开了,于先生走了进来:"干吗呢,佳佳?"

佳佳顿时戒备起来,身体僵硬:"画画。"

于先生一边靠近佳佳一边问:"老师布置的作业啊?"

佳佳声音颤抖:"对。"

于先生向佳佳伏下身子靠在佳佳身后,上手搂住佳佳:"有进步啊,冷不冷?"

佳佳在激烈反抗,镜头一下子黑了。显然,手机被碰到了,只录下了佳佳的声音:"你干吗?你再这样我大叫啦!"

声音断了。夏洁一下子呆在那里,手脚冰凉……

一大早,夏洁悄悄从自己房间出来,敲响李大为的房门。李大为穿着睡衣哈欠连天地开门:"才五点,你干吗呀……"

夏洁连忙说："嘘——小声点儿。进去说。"

李大为疑惑地看着她进屋，关上门："怎么回事？"

夏洁面露难色，有点开不了口。

李大为说："到底什么事，说啊！"

夏洁说："是佳佳……"

李大为立刻严肃起来："佳佳？她怎么了？"

夏洁说："你先答应我，冷静点，行不行？你要保证，一定要心平气和地听我说完。"

李大为深吸一口气："你说吧，我什么事没见过？我保证。你说吧。"

夏洁说："昨天半夜，佳佳被噩梦惊醒，给我看了她的手机，上面是……"

听完夏洁的叙述，李大为火冒三丈："这个禽兽！妈的！我看他是活腻了！"

夏洁赶快抓住李大为的胳膊："李大为，你刚才保证了要冷静！"

李大为甩开夏洁的手："冷静！这种人渣，我怎么冷静！看我怎么收拾他！"

夏洁再次拽住李大为的胳膊，小声吼道："李大为，你要干吗！"

李大为气得眼睛通红，咬牙切齿。

夏洁说："你得替佳佳考虑啊！佳佳一再嘱咐我不要告诉别人。"

李大为这才冷静下来，坐到床上："好好好，我冷静。"

夏洁出屋前还嘱咐客厅里刚刚被吵醒的赵继伟："你看着他，别让他冲动。"

赵继伟看李大为愣坐在床上："这是怎么了？出啥事儿了？"

李大为说："睡你的觉。"

沉默片刻，赵继伟看李大为并不想说什么，说道："那我再眯一会儿。"

等他刚迷迷糊糊睡着，李大为冲出自己的房间，换好鞋，拿了车钥匙一阵风似的跑了出去。

赵继伟赶紧去敲夏洁的门。夏洁已经听到动静出来了："李大为拿车钥匙出去了。"

杨树也是听到客厅里的闹腾，穿着睡衣从房间里出来了："怎么回事？"

夏洁焦急地说："一时说不清楚，总之要快点追上他！"

赵继伟无奈地说："李大为开车走的，我们怎么追？"

夏洁把钥匙丢过去："开我的车！"

杨树说："夏洁，我还是要问清楚，到底怎么回事？"

夏洁说："李大为要犯错！他要去打架！"

杨树问："他要跟谁打架？"

夏洁一下发火了："能不能先把他追回来，回来我再细说！"

杨树也不敢再问了，上了夏洁的车紧追李大为。

赵继伟开着车行驶在高速公路上，杨树坐在副驾，接着夏洁的电话："好，海上罗兰，我导航，门牌号，随时联系。"

杨树的手机放在支架上导航着。

赵继伟往前张望："李大为开得够快啊，咱们都这么快了，都没见着他的踪迹。"

杨树提醒："注意安全。"

此时的李大为已经开车来到尚珍住的别墅小区，刚拐到别墅小路，远远看见于先生出门晨练。

李大为立刻循踪而去。他的车子刚消失，杨树和赵继伟就来到别墅门口。

杨树再次检查了手机上的地址："就这儿了。"

正要敲门，保姆拎着垃圾袋出来，看见门外有人吓了一跳。

杨树连忙解释："你好，我们是八里河派出所的民警，请问你家于先生在哪?"

保姆松了口气："到河滨公园跑步去了。"

"谢谢!"杨树和赵继伟道谢之后立刻向河滨公园跑去。果然远远看见李大为正步步紧逼于先生，面色不善。

赵继伟喘着粗气："看这架势，像是要跟那姓于的决斗啊!"

杨树担心地说："不行，咱们赶快阻止。"

眼看就要动手，杨树终于赶到，一把抓住李大为的胳膊，制止了他。

于先生连忙呼救："救命! 帅哥，快救救我啊!"

赵继伟也赶快上前拉住李大为。

杨树说："李大为，你冷静点! 有什么事，好好说!"

赵继伟也劝："哥! 冲动是魔鬼啊!"

李大为拼命挣开杨树和赵继伟："让开! 他才是魔鬼! 你们知道他对佳佳干了多龌龊的事儿吗!"

于先生目光闪躲："你……你不要血口喷人哪，我警告你!"

"你还狡辩!"李大为眼中喷火，伸出拳头想要打他。

杨树再次拉住他："李大为! 不要犯错!"

于先生躲在杨树身后："救我啊，帅哥! 我都不知道他在说什么!"

杨树厉声说道："李大为，你再不放手，别怪我对你动粗了!"

李大为吼道："你给我闭嘴! 这人渣骚扰佳佳! 你们说该打不该打!"

于先生一听这话，趁大家都没注意先下手给了李大为一拳，两人瞬间扭打到了一起。

"干了这么龌龊的事儿还敢先动手?"

赵继伟一脸鄙夷，上去拉住于先生，想把他们拉开，却被于先生抓了一把，脸上多了几道血口子。

杨树也上去拉架："别打了！冷静一点！李大为，就算他犯法了，也不能这样跟他拉扯不清，这是违纪你懂不懂！你还要不要转正了！"

李大为一愣，停下来，又被于先生偷袭了。

围观群众越来越多，开始议论纷纷，指指点点。

于先生见状倒地打滚，大喊道："打人啦！警察打人啦！"

李大为、杨树和赵继伟都愣了。

夏洁焦急不安地在客厅里来回踱步，不时看一下墙上的挂钟。一听到门外有脚步声就跑去开门，却总是失望而归。

这时，佳佳揉着眼睛从卧室出来："姐姐，你怎么起这么早？是不是我的事，让你睡不着了？"

夏洁赶快安慰佳佳："不是的，佳佳，姐姐起得早是因为要上班。"

佳佳释然："那就好。姐姐，你不用为我担心，我没事的。"

夏洁说："那怎么行！这件事情，既然我知道了，就一定会帮你想办法的。佳佳，你妈妈不知道吗？"

佳佳低头："我不敢告诉她。"

夏洁问："是怕她担心吗？"

佳佳说："嗯。而且她知道了又有什么用？在那个人面前，她只会忍气吞声地赔笑脸。即便这样，他也经常羞辱她。"

正在这时，门外一阵喧闹，李大为他们回来了。

佳佳看见他们衣着不整，脸上还有伤，非常惊讶。夏洁赶快上前，关切地问："怎么样？没闯祸吧？"

杨树一脸无奈，赵继伟目光闪躲，李大为径直走向佳佳："佳佳你放心，那个人渣以后再也不敢欺负你了！"

佳佳看了看李大为、赵继伟、杨树，又看了看夏洁，有点不解。夏洁问杨树："你们做什么了？怎么都挂彩了？"

杨树晦气地说："你问李大为。"

赵继伟说："我们把那人渣给狠狠揍了一顿。"

夏洁大惊："什么？不是让你们去拦住李大为吗？你们竟然跟他一起打？"

赵继伟气呼呼地说："他先抓我脸的……"

杨树无奈："我们本来真的是要拉架，结果当时情况混乱……"

夏洁气得直跺脚："哎！杨树，我还以为你最冷静！"

李大为把手一挥："别说了，一人做事一人当，这事是我挑起来的，跟他俩没关系!"

夏洁焦急地说："现在说这些逞英雄的话有什么用？那个人真要闹起来的话，你们三个都脱不了干系！"

赵继伟有些怕了："啊？那怎么办？会不会影响转正啊？"

杨树说："先别慌，事到如今，我们还是先想想对策吧。"

李大为理直气壮地说："他干龌龊事儿在先，要是敢告我们，就揭发他！"

佳佳终于听明白了："你们……都知道了？"

李大为、杨树和夏洁这才意识到，他们当着佳佳的面说了许多不该说的话。

夏洁赶快解释："佳佳，我不是有意告诉他们的……我只是想帮你……"

佳佳却哭着回房间了，夏洁见状连忙跟了进去，只留下李大为、杨树和赵继伟三人面面相觑。

杨树批评李大为："李大为，你还是太冒失，于先生违法，我们应该鼓励佳佳拿起法律武器来保护自己。"

赵继伟附和道："对。"

杨树说："佳佳有证据，凭那段视频，于先生起码也得拘五天。"

李大为火了："五天？报案了，把这事张扬得大家都知道，那家伙顶多拘五天，这能抵消佳佳受到的伤害吗？"

杨树犹豫："问题是咱们是执法者，遇到问题不靠法律，却要靠拳头，这很讽刺……"

李大为说："我就是从效果出发！佳佳本来就因为我师父没能保护她而心生怨恨，专门作妖折磨我师父。如果我师父知道那男的骚扰他女儿还不管，跟佳佳矛盾更大了，而真要做，还不如来我做，可以让佳佳知道亲人是可以保护她的。"

赵继伟再次点头："对。"

杨树问："现在你还觉得佳佳是你理解的那样吗？"

李大为沉默。

卧室里，佳佳渐渐停止抽泣。

夏洁轻搂着她："佳佳，我错了，不该没有经过你的允许，就告诉李大为……"

佳佳这才抬起头来，一边摇头一边说："不是的，夏洁姐姐。"

夏洁不解。

佳佳哭着说："谢谢你们，夏洁姐姐。我真的没想到……他们竟然会因为我，冒着受处分的风险，去打人……"说着说着，又泣不成声。

夏洁安慰道："佳佳，我们都是你的哥哥姐姐。妹妹受了欺负，哥哥姐姐无论如何都会站出来保护你！"

这时，李大为敲了敲门进来了，看到这一幕，以为佳佳还在怨自己，低声说："佳佳，对不起……"

佳佳感动地说："大为哥，应该我说对不起！为了我，你们……我能有你们这样的哥哥姐姐，真的很高兴，很高兴……"

李大为明白了，露出笑容："佳佳，以后遇到什么事情不要怕，哥哥姐姐永远站在你这边！"

杨树和赵继伟站在李大为身后，看了看彼此，目光中充满了热血和坚定。

安抚好佳佳，夏洁、杨树、赵继伟、李大为集体上班，刚到派出所外，远远地看见陈新城站在派出所门口，似乎正在等人。

赵继伟脸一垮："完了，陈警官不会都知道了吧……"

李大为踢了他一脚："闭上你的乌鸦嘴！"

夏洁和杨树默默对视一眼，心中泛起不祥的预感。

李大为像没事人一样笑着跟陈新城打招呼："师父来这么早？怎么不进去啊？"

陈新城黑着脸："你，给我过来！"

李大为乖乖跟着陈新城朝墙角走去。

看着他们的背影，赵继伟无奈地说："东窗事发，这下要完。"

夏洁说："咱们先进去吧。"

陈新城看到他们几人进去，这才问李大为："今天早上你干什么去了？"

李大为装傻："没干什么啊。"

陈新城说："你干的好事以为我不知道？佳佳都跟我说了！"

李大为笑嘻嘻地说："您知道了还问我？"

陈新城气得一抬手，李大为下意识一躲。

见没有真的打下来，李大为满不在乎地说："师父，我是把那个人渣给打了。一人做事一人当，您放心，所有后果我一人承担！"

陈新城瞪了他一眼："扯人屁话？你是带班的，是第一个人吗！就就不明白，他招你惹你了？为什么呀？"

正在这时，佳佳不知道从哪里过来，直接冲上去挡在李大为面前，对陈新城吼道："不许你说他。"

陈新城瞬间有些慌张："佳佳！你怎么在这儿？"

李大为也吃了一惊："佳佳，你怎么跑出来了，不是让你乖乖在家待着吗？"

佳佳没回话，对陈新城说："从小到大，你从来没有保护过我。现在，他们保护我，还要被你数落？你究竟做的是什么爸爸?!"

陈新城不解："保护你？你知不知道，他们把你于叔叔给打了！"

佳佳昂着头："我知道！就是我让他们打的！"

238

陈新城蒙了："什么？"

佳佳说："对，是我让他们打的！你要怪，就怪我吧！"说完扭头就跑。

"佳佳，你等等我，到底怎么回事？"陈新城连忙追了上去，李大为又在后面追着陈新城。

好不容易追上佳佳，找了个小饭店，三人坐了下来。陈新城焦急地问："佳佳，和爸爸说，到底是怎么回事？"

佳佳找出视频，把手机递给陈新城："自己看吧。"

陈新城看到视频，眼睛瞬间红了，丢下手机，转身就往外走。

李大为见状不好，冲上去从后面抱住他："师父您上哪儿去？"

陈新城拼命挣扎："别拦我！"

李大为死命抱住他："师父，听我说，他骚扰了佳佳，我们已经教训他了。为了这么个畜牲，不值得搭上自己。您不为自己着想，也要为佳佳着想。佳佳她妈保护不了她，她就靠您了。"

佳佳看着这一切，泪如雨下。

陈新城挣不脱李大为，渐渐没了力气，一下子坐到凳子上。他抬头看着自己的女儿，老泪纵横："佳佳，爸对不起你，爸没能保护你！"

"爸！"佳佳哭着扑到他的怀里，父女两个抱头痛哭，似乎要把多年的委屈和辛酸全都发泄出来。

良久，父女俩渐渐平静下来。

陈新城愧疚地看着女儿："佳佳，当初我受了处分，打击很大，肯定把这种状态带回了家。你妈觉得没希望了，坚持要和我离婚。我也想努力给她想要的生活，但那时实在做不到，还不如放她走。她坚持要你的抚养权，我寻思着当警察的，一天二十四小时待命，确实不如她更有条件照顾你，就答应了。后来知道她嫁了那么一个人，爸一看到他就后悔了，也找你妈谈了好几回，想叫你回到爸身边来，她一直不答应。佳佳，对不起，爸要是知道……不管她愿意不愿意，爸一定要叫你回来的。"

佳佳叹了口气："爸，不说我妈了。我跟着她生活，知道她活得也不容易。"

陈新城点头："好，咱们不说她。当初是爸没本事，她才走这一步。佳佳，爸爸当初放弃了你，爸早就后悔了。爸现在只想问你一句话，你十八岁了，想跟谁生活你自己说了算。你……想跟着爸一起生活吗？"

佳佳迟疑地："爸，我也大了，也知道点道理了，你总会有你自己的生活吧？"

陈新城郑重地说："佳佳，爸爸自己生活已经很多年了，还会不会找人，我自己也不肯定。但有一点，爸爸答应你，在你没独立、没找到你自己的幸福以前，爸什么人也不找，就咱爷俩过。佳佳，你愿意跟爸一起生活吗？"

佳佳没立刻回答。

陈新城有些紧张："佳佳……你要是有什么要求尽管提，爸一定努力满足你！"

佳佳抬起眼来，含着眼泪："爸，我愿意！"

于先生脸上微微挂彩，坐在王守一对面，递给王守一一部手机："这是你们派出所陈新城组织他徒弟李大为等人，光天化日之下，对我实施暴力殴打的视频，这是我向围观群众征集来的证据。"

王守一看手机视频，画面中李大为、杨树、赵继伟正在殴打于先生，气得他一拍桌子："真是无法无天！"

于先生咬牙切齿："王所长，证据确凿，我希望听到如何惩治法办陈新城、李大为等人。"

王守一一皱眉："等等，我就是没弄明白，这跟陈新城有什么关系？这视频里也没有陈新城。"

于先生说："这不明摆着吗？陈新城是我老婆前夫，李大为是他的徒弟。三番五次到我家寻衅滋事，也是打着为陈新城打抱不平的借口。"

王守一道："离婚那么多年了，还念念不忘，让徒弟去打你？"

于先生把手机收起来："王所长是不想管吗？那我可要换个地方管了。"

王守一说："别急，于先生。不管打你的人是谁，肯定是不对的。你来报警是应该的，我们马上调查。"

于先生说："那好，我就在这里坐等一个结论！"

王守一有些意外："坐等？办案都是有程序的，最基本的也需要把事实弄清楚吧？"

于先生冷笑一声："事实不是已经很清楚了吗？我看是要攻守同盟，隐瞒包庇吧？"

王守一说："怎么会呢。我们一向是秉公执法，而且办案是要走流程的。"

于先生坐着不动："我要求不高，三天之内，让打我的李大为等人，还有陈新城都给我当面赔礼道歉，并且书面保证以后再也不许靠近我，否则，我就把这事给捅到网络上去！"

王守一正色道："我说几点，算是表个态。一、事实我们还需要进一步了解调查，一旦有违法事实，不管是谁，绝不姑息；二、我需要提醒一下，您也是有身份的人，做事要理性，擅自发布未经证实的消息，是要负法律责任的。"

"我知道！"于先生说完起身走了。

王守一坐在那里，拿起桌上的电话："程浩，你叫上高潮和教导员，来我办公室一趟。"

陈新城和李大为出警回来，一块儿往里走，陈新城眉开眼笑："再给我一两天，把房子再收拾收拾，就接佳佳回家住。"

李大为大大咧咧地说："师父，您都说好几遍了。"

陈新城笑了："意思是说让你照顾好佳佳。"

李大为说："您要不放心，赶紧把佳佳接回家。"

陈新城看了他一眼："我放心，就是想谢谢你。"

李大为一乐："那我也不能违背师父的旨意，那您就赶紧好好谢谢我呗。"

陈新城踹了他一脚，笑骂道："嘿，蹬鼻子上脸是吧？"

李大为笑着闪到一边。

陈新城收起笑容，叮嘱道："万一这事露了，你们都推到我身上，都是我逼你们去的，知道吗？"

李大为夸张地说："师父，您骂徒弟呢？"

高潮从前面小楼里出来，很客气地说："陈哥，所长叫你有点事。"

陈新城问："什么事？在这里说呗。"

高潮越发客气："陈哥，所长只让我来叫你，没说什么事。"

陈新城对李大为说："我去去就来。你回去先调取视频看看。"说完就往楼上走。

高潮在后面叫了一声："陈哥，你前妻现在的老公刚才来报案了，所长叫你就是为这事。"

陈新城眉心一紧："他怎么说的？"

高潮说："他说你教唆李大为他们三个有预谋地等在他跑步的地方打他。当时周边有人，用手机拍到一些视频。所长的意思是，先跟你谈谈，再找他们三个。"

陈新城一把抓住他："高所，他们都是被我逼的，要杀要剐找我就行，三个孩子是无辜的。在所长面前，高所您也帮我说说行吗？"

高潮吓了一跳："陈哥，你哪是会逼小孩儿们打人的人？这种事，你躲还来不及呢。你这套说法我不信，所长更不会信的。所长那人你还不知道？那人一来，所长就猜了个七七八八，视频虽然被剪辑过，但是李大为自己冲动还是看得出来的，如果替他辩解，陈哥你想想清楚。"

陈新城说："高所，我别说还是个警察，就算是个男人，出了事，推到自己的徒弟身上，还算个人吗？不管所长怎么想，这事和别人没关系，就是我自己干的。谢谢您高所，到时候您帮着说说话，追到我个人为止，行吗？"

高潮无奈："我努力。可是陈哥，你得把实情告诉我，他们，为什么？"

陈新城默不作声。

"你不说我没办法帮你。"高潮说，"我先给所长回个话，你再想想赶紧过来。"

陈新城看到高潮要走，说了声："高所……"

王守一坐在办公室里，程浩和叶苇哼哈二将似的坐在两侧。

陈新城走了进来："报告所长，我来了。"高潮主动留在门口。

王守一揉着脑袋："说吧，怎么回事？"

陈新城低着头："他对我闺女不好，我早就看这小子不爽。所以我逼着李大为他们把他打了一顿，教训教训他。"

王守一看着他："你逼李大为还勉强说得过去，杨树、赵继伟你也逼迫得了？"

陈新城说："怎么不行，我告诉他们，转正的事所里的老警察都能起作用的。你知道我那天喝酒了，昏了头。"

王守一一拍桌子："现在也昏了头！你想保护他们，自己揽下来？这叫预谋犯罪！不仅保护不了他们，你也得进去，这正是那个人想要的！"

陈新城一怔："他想要什么我不管，所里处理我一个就行了。"

王守一无语："派出所是你家开的还是我家开的？你一句处理我照办就行了？身为一名老警察，一点觉悟都没有？"

陈新城说："所长，事情是因我而起，何必殃及无辜？"

王守一奇怪地看看左右："你们听听，他还真在教我如何当所长！"

高潮这时说了句："所长，我觉得陈哥说得对。这事本来就是个人恩怨，扩大范围不解决根本问题。"

王守一火了："屁话！姓于的就是想拉着新城把事情弄大！"

陈新城直截了当："所长，他们是受我胁迫才干的。该如何处分，不必客气。"

王守一气得直瞪眼："你，你……"

叶苇赶紧拦住："陈哥，我们首先要把事情搞清楚。"

陈新城说："事情已经很清楚，是我个人恩怨！"

王守一指着他："我早就说你不哼不哈，长了个榆木疙瘩脑袋，关键时刻就犯轴！当年你要早认个错，也不一定受处分！"

一提这事，陈新城恼了："所长，不能和稀泥。当年的事，我有什么错？凭什么我要认错，你给我个说法！"

程浩突然站起来："所长，我的意见也是不必扩大范围，如何处理，您看着办吧。"说完转身走了。

王守一说："还没商量出办法，你上哪儿去？"

高潮说："所长，我的意见是把那人叫来，叫他和陈哥当面锣对面鼓，把事情说清楚。我觉得未必不是一个办法。"

王守一说："那咱呢？所里有警察打了人，咱们也装糊涂？"

高潮小声说道："所长，您一向教育我，该糊涂的时候就得糊涂，这事您这么明白干什么?"

　　夏洁从程浩那里旁敲侧击地打听了一下几个人会不会受处分,出了办公室,立刻找到正在专心看监控视频的李大为,不动声色地在他桌上敲了一下,头也不回地往外走。李大为看了夏洁一眼,跟了出去。

　　两人来到院子里的墙角,夏洁说:"那个人找到了所里。我师父说,你师父把事情全揽到了自己身上。"

　　李大为急了:"那怎么行?他事先根本不知道!我去找所长。"

　　夏洁连忙拉住他:"先别慌,我也拜托我师父在所长那里说情了。再说,你去了怎么说?"

　　李大为说:"一人做事一人当,全是我自己干的!"

　　夏洁说:"视频都拍下来了,这事咱们四个都有份,谁都脱不了干系。"

　　李大为焦急地说:"那可不行。杨树是局里重点培养的苗子,不能因为这事毁了前程;赵继伟把警察身份看得比什么都重要,更不能让他受牵连。"

　　夏洁无奈:"好吧,就说是咱俩干的。"

　　李大为拒绝:"怎么可能?你压根儿没参与!"

　　夏洁说:"要不是我把这事告诉你,你怎么会去打人?要担责,我的责任最大。"

　　李大为说:"你瞎说什么?这事怎么能不告诉我?就是我一个人的问题,我这就去找所长自首。"说完就要走。

　　夏洁急得跺脚:"你等等,怎么又这么冲动!"

　　程浩转了一圈儿回来,看到几个人还在僵持:"半天了还没完?所长您是不是真的老了?您想想,明明证据确凿,为什么只要求道歉?说明他有短处被老陈抓在手里,他也不想扩大影响。所以,他就是来诈您的。您对他说,咱们已经对老陈他们几个批评教育过了,这事就过去了。"

　　王守一问:"陈新城,他做了什么对不起你的事,能告诉我们吗?"

　　陈新城斩钉截铁地说:"不能!这是我的私事!"

　　这时门突然打开,李大为和夏洁走了进来。陈新城和程浩都吃了一惊,同时站起来。

　　陈新城厉声说:"李大为,我布置给你的任务呢?赶快回去,看监控去!"

　　程浩也在训斥夏洁:"你来干什么?不是让你去茂源大厦检查一下他们的安保吗?快去快去。"

　　李大为看着王守一:"所长,打架的事,都是我一时冲动,杨树和赵继伟是去拉架的,我师父更是一点也不知道,所有责任都在我。"

陈新城急了："李大为！"

夏洁平静地说："还有我。是我刺激了李大为，才导致他一时冲动。"

程浩差点跳起来："夏洁！"

李大为连忙说："所长，程所，你们别听她的，都是我的错。"

王守一看看这个，又看看那个，冷笑一声："挺义气啊？把警察队伍当成兄弟伙了？夏洁，你参与了打架？没参与就别在这儿瞎嚷嚷。"

夏洁说："是我让杨树和赵继伟去的。所以，我也算参与了。"

王守一又背着手围着李大为转了一圈："看起来又是你带的头。"

李大为昂着头："是，所长，全是我一个人干的，他们三个都是为了劝我，要处分就处分我吧！"

陈新城眼里含泪："大为！明明是我……"

李大为说："师父，您什么也不知道，要不是您平时对我的谆谆教诲，说不定我一失手就把他打死了。"

陈新城声音哽咽："大为！"

王守一说："哼，我知道就是你。高潮，找个地方让他反省反省，没我的命令，不许放他出来！"

高潮对李大为说："走吧，兄弟。"

陈新城一把拉住李大为："慢着！"

王守一脸一沉："新城，你是他师父，应该知道如何教育他成为一个合格的警察，而不是当他犯了错的时候包庇他。"

陈新城说："这事，大为完全是为了我，要处分就处分我。谁敢处分我徒弟，就是我陈新城一辈子的仇人！"

王守一怒了："你还来劲了？这是你应该说的话？好，我就来当这个仇人！高潮，找地方让他反省去！"

陈新城大吼一声："不许去！"

所有人都被吓了一跳。

陈新城声音沙哑，语气坚决："知道李大为为什么打他吗？那本来是我一个当父亲的该干的。我没本事，没能保护我女儿，是我的徒弟保护了她。他该打，大为打他打得还轻！如果你们今天把李大为关了，明天我就拿把刀去和他拼命！我拼着这条命不要了，也要取他的性命！"

王守一一愣。

高潮劝道："陈哥，你就把事情和所长说了吧？"

陈新城一声长叹："他……他骚扰了我女儿……"

屋里一下子静了下来。

陈新城痛哭流涕："我陈新城没本事，当初没能留住我老婆，也没能留住我女儿，把女儿送入了虎口，被那个老流氓骚扰。我闺女没办法，自暴自弃，是大为救了她。大为是为了警告他离我女儿远点，才跟他撕扯到一起的。如果不是摊上了我这么个没本事的师父，大为也不至于犯这种错误！"

"眼睛好像进沙子了……"李大为用力擦了擦眼角，"师父，是我没处理好，给您添了麻烦。"

陈新城欣慰地看着他："你别说话。今天，咱们师徒共生死。他们要敢处分你，我就去找姓于的拼命。"

高潮严肃地说："所长，我也有闺女，谁要敢对我闺女这样，我也得和他拼命！"

王守一无力地挥挥手："你们去吧。"

李大为说："所长……"

王守一突然火了："我说话没听见吗？叫你们走！"

陈新城搂了李大为一把："咱们走。"

程浩赶快冲夏洁丢个眼色，两人也转身离开。

第十三章

杨树被曹建军带出办公区，不解地问："师父，防诈骗指南就差一个尾巴了，什么急事您非得……"

曹建军压低声音："我听说，你和赵继伟、李大为一起打了陈新城前妻现在的老公，这事是真的吗？"

杨树没有否认："师父，是真的。"

曹建军不敢相信："你怎么会跟他们掺和这种事？"

杨树低着头："我本来是去拉架的，可是……那男的确实该打。"

曹建军急了："该打也轮不到你打呀。你和李大为不一样，他就是个搭头。你是下来锻炼的，一年以后要到局里，和他掺和啥？"

杨树说："师父，当时那个情况……要是您在，您也……"

曹建军摆手："别说了。你看着聪明，怎么关键时刻总分不清利害关系呢？细节我不听了，总之是李大为去打人，你是拉架的，这是事实吧？所以，该李大为的责任你别往自己身上揽。"

杨树已经看见李大为、陈新城走过来了，连忙叫："师父……"

曹建军完全误会杨树的意思，以为杨树还要争辩，反而更大声制止："你别跟我辩论，我再说一遍，该是李大为的责任由他承担，你别往自己身上揽。"

这话正好被走在前面的陈新城听见，杨树连忙叫道："陈警官，李大为。"

曹建军一回头，看到陈新城眼里的怒火，有些尴尬："陈哥，我只是让杨树头脑清楚点儿，难道不应该吗？"

"曹警官说什么做什么，不用问我！"陈新城甩下一句话，转身走向办公区。

杨树还想解释："李大为。"

曹建军喝住："站着别动。"

程浩和夏洁也正好走到这，看到了这一幕。

曹建军说："程所，我也只是基于事实，让杨树不要强出头。你看陈哥的眼神，能把我吃了。"

程浩说："晚上你不值班吧？咱们聚一聚。"

曹建军说："行。"

夏洁和杨树交换了一个担忧的眼神。

金岭小区门外，城管正和几个小摊贩纠缠在一起。

城管要把他们的秤和水果拿到车上去，小贩们拼命阻拦。这时候，赵继伟和张志杰赶到了。

小贩们一看到赵继伟和张志杰如遇亲人："张警官，小赵，你们快来管管吧。"

赵继伟赶快上去："先停下。怎么回事？"

城管说："张哥，这个地方不许摆摊。告示也贴了，工作也做了，来提醒过好几回，就是不听。"

张志杰说："我知道，他们都是小区里的居民，还要靠这个摊位吃饭呢。这样吧，看在我的面子上，他们的东西别没收，我保证解决这个问题。来来来，先把东西还给他们。"

城管把东西拿下来还给小贩："张哥，你答应解决，可别坑我们，到时候还摆一街，我们就惨了。"

张志杰笑眯眯地说："放心吧。"

城管这才开车离开。

小贩们对张志杰千恩万谢，张志杰和大家商量："可是，这儿不许摆小摊，是有明文规定的。你们先回去，我去和小区商量商量，看找个什么办法，从根子上解决问题。"

小贩们答应着，收摊走了。

赵继伟说："师父，这个小区的居民以前都是农民，许多人还要靠做小生意吃饭呢。不许摆摊，咱们得帮他们找个可以摆的地方呀。"

张志杰露出欣慰的微笑："继伟，这就对了，终于愿意为老百姓的事着急了。"

正在这时，张志杰的电话响了。

赵继伟不明白："我不一直是这样的吗？再说了，我也是老百姓。"

张志杰接电话："喂，程所？哦哦哦，好，好，你们先吃，这边完了我就去。"

张志杰看了赵继伟一眼，挂了电话。

赵继伟问："怎么了师父？"

张志杰正色道："继伟，你跟我说实话，你和李大为、杨树打人的事，究竟是什么情况？"

赵继伟立刻紧张起来。

半小时后，张志杰穿着便服，风风火火地赶到一家小饭馆。

程浩、陈新城和曹建军已经围桌而坐，桌子上四菜一汤，没人动筷，也没人说话。

张志杰在空位上坐下，笑着说："程所，不是说了你们先吃吗，怎么还等我。"

程浩说："刚上菜。来，志杰来了，咱们开吃。要说咱们这四个师父，早就该聚聚了。"

曹建军说："好像还是我刚到派出所那会儿咱们一起吃过，多少年了？"

程浩说："所里不是年年春节都聚嘛！"

曹建军无语："程所，你可真行，我是说咱们几个，您那会儿还不是所长，我和高潮前后脚进派出所。"

张志杰说："主要还是太忙，时间凑不到一块儿。所以能凑一起不易啊。"

陈新城憋了半天没吭声，终于忍不住了："程所，你有什么想说的，你就直接说吧。"

程浩说："我没什么想说的，就是好久没聚了，加上咱们四个有了一个共同的身份，都是师父。一晃多少年，忙到天天见，都没时间聚，咱以茶代酒碰一下。"

大家举杯，碰了碰。陈新城明显心不在焉，甚至有点不耐烦。大家也都似有似无地瞟了他一眼。

程浩指着桌子上的一盘猪蹄，对陈新城说："老陈，红焖猪蹄不错，你喜欢吃这个，尝尝。"

陈新城夹了一块猪蹄，放在碗里，不说话不笑，也不吃。气氛有些尴尬。

程浩劝："新城，你吃啊。"

陈新城默默点点头，还是没有动。

合租公寓下面的快餐店里，李大为、杨树、赵继伟和夏洁四人围坐在一张桌子前，看着在旁边学习线上绘画课程的佳佳。

夏洁站起来把餐盘放在她面前。

"谢谢。"佳佳点头道谢后，又专注自己的网课。

犹豫了一下，夏洁叫了她一声："佳佳……"

佳佳戴着耳机，听不见她说话。

李大为边吃边说："你等她上完课再说。"

赵继伟说："听我师父说，程所约了咱们的师父吃饭。"

李大为看了他一眼："你怎么那么八卦？"

杨树猜测："可能是因为我师父今天和陈警官呛了几句。"

赵继伟问："为什么？"

李大为说："你是十万个为什么成精吗？"

赵继伟小声嘀咕："这刚第一个……"

杨树说："陈警官为保护李大为，我师父为了我。"

赵继伟问："这么说你跟你师父彻底和好了？"

杨树说："也不是，相互看不惯的照有，只不过这只存在于我们之间，一旦出现今天这种情况……"

李大为接了句："就一致对外呗。"

夏洁说："你们还有心思说这些？眼下怎么办？"

李大为咬了口汉堡："有什么好愁的？干的时候我就想好了，一人做事一人当，不会连累你们的。"

夏洁道："这是什么话？咱们自己先不说，现在又把师父们搅和进来了。"

杨树分析道："这是两个问题，先说咱们自己，我和李大为、赵继伟三个都被拍到了。真要问责的话，我和继伟也有一份。"

赵继伟一脸愁容："是啊。要是转不了正……"

夏洁说："说起来还是我把你们卷进来的，这个已经说清楚了，现在是师父们……"

小饭馆里的气氛有些压抑，陈新城的目光从在座的几人脸上扫过，仰头喝了一大口茶，像是喝酒："哥几个的话我都听明白了，几个新人都好。毛病最多的就是李大为，可能是我这个师父毛病多吧。"

程浩忙说："老陈啊，你别多想。咱今天，就是小聚，闲聊。"

陈新城笑了笑："我没别的意思，就是心里挺感动，也挺难过。这事儿，不管怎么说都是因我而起，我不会连累任何人。我干了这么多年警察，真有点累了，脱了这身警服，就了无牵挂了。"

说完直接站起身来："你们吃吧，我先走了。"

程浩跟着站起来："别冲动啊！你脱了警服，下半辈子干什么？佳佳知道了又会怎么想？这些你想过吗？"

陈新城没说话，默默离开，留下大家面面相觑，摇头叹息。

杨树说："我觉得师父们的矛盾是另一码事，事情的起点还是咱们。我在想，咱们一开始，谁也没有先打他，是他先打人的。"

赵继伟说："对对，这是事实，那必须要有能证明咱们是自卫的证据。"

夏洁一拍手："探头！"

赵继伟眼睛一亮："对，我去找找附近有没有监控，如果有的话，肯定能证明不是我们先打的他，顶多算是互殴！"

李大为泼了盆冷水："那有什么用？他要是把他剪辑过的视频放到网上，让不明真相的吃瓜群众先入为主，惊动了局里，不会有人在乎细节。"

赵继伟沮丧地说："照你这么说，我们没希望了？我呕心沥血这么多年，结果一着不慎满盘皆输啊……"

杨树也有些难受："当我们放弃法律武器时，选择拳头的那一刻就已经输了……"

李大为翻了个白眼："杨树，我发现你说话特矛盾。一方面说我们没有先动手，一方面又说我们没拿起法律武器就输了？"

杨树说："这是问题的不同方面，一个是事实方面，一个是怎么运用法律武器来行事……"

李大为反驳："怎么用法律武器？他的罪行，法律能判几天？搞得世人皆知，佳佳心理阴影面积得多大？你想过吗？我们不是没有原则，而是别无选择！这就是普通男人都会做的事，偏偏警察干不得？我就不信，见义勇为，真能输给人渣！"

夏洁用胳膊肘顶了顶他，李大为这才注意到佳佳不知什么时候已经摘了耳机，看着他们。

夏洁赶快解释："佳佳，你不要多想，我们没事。"

佳佳却故作镇定："多想什么？我只是想再来杯可乐。"

李大为说："好，我给你买。"

佳佳看着李大为的背影，思考着什么。

王守一开着自己的老爷车刚在大院里停下，高潮就走了过来："所长，那家伙在办公室等您呢。"

王守一下车捂着自己的老腰："有句话怎么说来着？无耻是无耻者的通行证。"

高潮笑起来："人家是卑鄙是卑鄙者的通行证。"

王守一说："意思差不多。这人要是不要脸了，就无敌了。走吧，会会他去。"

一进办公室，就看到于先生坐在唯一的沙发上，悠闲地跷着二郎腿。看到王守一和高潮进来，连屁股也没抬，傲慢地说："王所长，我等您很久了。"

王守一脸一黑："我的沙发，是你坐的吗？起来！"

于先生一愣："什么？"

王守一厉声道："我叫你起来！我没请你，谁叫你坐下的？"

于先生不得已起来了："好吧。我可以坐下吗？"

王守一一指自己对面的椅子："坐那。高潮，把椅子拉得离我远点儿，我怕熏。"

高潮把椅子往后拉了几米，于先生孤零零地坐在那里，像个犯人。

王守一坐下："什么事，说吧。"

他的态度让于先生有点蒙："我来问问那事所里打算如何解决。"

王守一说："什么事？派出所管天管地，管不住别人的私事。你和我们所警察陈新城有个人恩怨，你们自己解决，关派出所什么事？"

"什么？个人恩怨？"于先生转念一想，"对，就因为一点个人恩怨，陈新城就公器私用，纠集一伙警察，对我实施暴打。"

高潮听不下去了："于先生，且不说打与没打还需要进一步的证据，就说你们发生纠纷时，有没有人穿着警服，并以执法作为借口，对你使用暴力？"

于先生还要狡辩："我知道他们是警察。"

高潮说："我就问你，他们与你起纠纷时，是在执法吗？"

于先生回答不上来。

王守一脸色阴沉："他们为什么会跟你起纠纷？你心里没点数吗？"

于先生坐不住了："你们这是在审问我？这么说所里是不准备管了？"

王守一说："这是什么话？让你如实说出纠纷的起因，这是在审问吗？这就是在管。"

于先生冷笑一声："你这不是在管，是明目张胆掩藏真相，想一手遮天！我被打的事实如此清楚，你们还要问我原因？行，我原来还为你们八里河派出所的名誉着想，不想扩散，看起来是我想多了。再见。"

说完虚张声势站起来有要走的意思，以为王守一和高潮会竭力挽留。没想到王守一、高潮却是无动于衷，眼中尽是讥讽和不屑。

于先生忍不住又问了一句："你们确定要包庇到底？"

王守一说："别演了，于先生，再演就演砸了。我本来也是为了你的名誉着想，不想扩散。他们跟你起纠纷，你不清楚原因吗？你对佳佳做了什么你心里没数吗？"

于先生瞬间有点慌，又迅速控制住："吓唬谁呢？别跟我玩心理战！你们有证据吗？"

王守一一拍桌子，站了起来："你今天走不了了！"

高潮迅速上前，把于先生按到椅子上。

王守一拿出手机操作了几下："高潮，给他看看！"

高潮接过来，递于先生。

于先生接过手机，看见佳佳录下的那段视频，脸一下就白了，下意识抬眼惊恐地看着王守一。

高潮顺手就把手机又拿了过来。

王守一厉声说道："不要拿回来，让于先生看个够，看清楚点！告诉先生，他这种行为，怎么定性。"

于先生慌了："不……不用了……"

高潮正色道："根据《刑法》规定：以暴力、胁迫或者其他方法强制猥亵他人或者侮辱妇女的，处五年以下有期徒刑或者拘役。于先生，您这行为够得上强制猥亵了。"

于先生吓得浑身僵硬："啊……"

王守一冷笑："你现在还想把事情扩散吗？你真觉得把事情闹大了对你有好处吗？"

于先生下意识地起身想跑。

王守一吼道："你往哪走！"

于先生下意识地又坐下："那我……再坐一会儿……"

李大为站在离会议室门更近的地方，似乎在拦着夏洁、杨树、赵继伟往外走："我嘴都说爆皮了，你们怎么就是听不明白？不管怎么样，我都逃不掉，那就让我一个人承担。把你们搭进来，没有任何意义。"

杨树说："这不是搭不搭进去的问题，是原则问题。既然我参与了，就应该为自己的行为负责。不然，我会唾弃自己。"

李大为说："杨树，你就是个死脑筋。都什么时候了，什么原则不原则的。赵继伟，你可别学他。"

赵继伟一脸无奈："我本来是想有多远躲多远的，但实在是没办法看着你们都去受罚，而我假装事不关己高高挂起。而且，昨天我师父也说，让我好好想想，我觉得他应该也希望我能诚实面对自己，面对组织。"

夏洁赞同："他俩说得对，要承担，我们一起承担。"

李大为急了："你俩怎么也跟着杨树轴起来了？我告诉你们，别这样啊，我一点也不感动，只会觉得你们愚蠢！"

杨树说："你不感动是你的事，我们要对得起自己的良心和身份！"

夏洁看了他一眼："不感动才怪。你们看，眼睛都红了。"

杨树和赵继伟看向李大为的眼睛，把李大为看得不好意思了："别胡说，都什么时候了，还拿我开涮。"

正在这时，高潮推门进来，后面跟着陈新城："嘿，找你们半天，原来躲在这里了，密谋什么呀？"

李大为、杨树、赵继伟和夏洁相继站了起来："高所。"

李大为说："没密谋。"

高潮拿出一份和解书，在众人面前绕了一圈："还没密谋，是为这个吧？"

大家都凑了过来，争相看去。陈新城仔细看过后，愣了："和解书？这怎么回事？"

高潮笑着说："嘿，今天所长那威武雄风又回来了。一拍桌子，那叫一个气势十足！那逻辑，那问题，那是密不透风，攻脑攻心，上三路下三道，没跑的，看看这结论。"

陈新城沉不住气了："到底是怎么回事？"

高潮说："就是因为那段视频，才会如此顺利。可惜，还是差了一点儿，不能直接给那家伙定罪。不过相信以后，他也不敢再乱来了。"

陈新城疑惑地说："那视频……我都没有，你怎么会有？"

王守一、叶苇正好走进来。王守一说："是佳佳发给我的。她说，哥哥姐姐的勇敢鼓舞了她，她决定勇敢地站出来帮助你们。新城，你这个姑娘不简单，她说如果姓于的没完没了，就去起诉他，跟他抗争到底。一个小女孩，能做出这种决定，实在难得。"

陈新城眼眶湿润了："我的好女儿……"

四个年轻人也为佳佳的成长感到高兴。

夏洁感叹："佳佳比我们想象的勇敢。"

赵继伟悄悄擦了把泪。

李大为对赵继伟说："哭什么，看人家一个小女孩都比你坚强。"

赵继伟解释："我这是感动！"

杨树微微一笑："确实出人意料。"

正在这时，程浩带着张志杰、曹建军一起进来："所长，教导员。"

"人到齐了？都坐吧。"

王守一笑眯眯地看着大家："这下都高兴了？"

众人点头："嗯。"

王守一狠狠拍了下桌子，站起来，黑着脸，一指李大为几人："你们四个，给我站起来！"

李大为、杨树、夏洁和赵继伟愣住了，相继站起来。

王守一吼道："高兴什么？犯了这么大的错，有什么可高兴的？你们身为警察，是国家法律公器的象征！遇到问题用拳头？你们做的什么表率？你们还想不想当警察了？自从你们几个来到所里，大家为你们操了多少心，有一天安生吗？你们好意思吗？还高兴？"

陈新城站起来，准备为年轻人们说话，王守一又朝陈新城大发雷霆："你起来得正好！二十多年警龄了，遇到事情从来不动脑子！轴得要死！你这样，怎么把徒弟带好？我看李大为遇事全凭热血从来不过脑子这一点，就是跟你学的！再这样下去，这徒弟你别带了！别祸害了自己又祸害年轻苗子！"

陈新城虚心接受："所长，您批评得都对，我保证，下不为例！"

李大为也连忙表态："所长，我们也向您保证，这样的事情，绝对没有下次！"

杨树、赵继伟、夏洁也连忙点头："嗯，我们保证，所长。"

王守一气呼呼地说："保证？保证有用吗？"

赵继伟说："所长，那我们写检查吧？只要您能消气，我们可以写一万字的检查……十万字也行。"

王守一目光从他们脸上扫过："都给我记住了，再有一次违反纪律的事情，全给我滚蛋走人！听见没有！"

四个年轻人齐声回答："听见了！"

王守一不耐烦地说："听见了就都给我滚出去吧。"

"是！"四个年轻人喜笑颜开地离开会议室。

陈新城站也不是，坐也不是："那我们？"

王守一说："师父们都留下。"

陈新城坐下。

王守一也重新坐下："师者，所以传道授业解惑也。知道什么意思吗？"

几个师父面面相觑。

陈新城说："这句话讲的是，老师应该为学生传授道理，教授学业，答疑解惑。没错吧？"

王守一说："没错！可你们做到了吗？别的不说，就这第一条，传授道理，你们就没有做到。道理是什么？是品格，是思想，是原则，是纪律！

"平日里，你们把原则、纪律挂在嘴上，可真的需要讲原则、守纪律的时候，却一个个被情感冲昏了头脑。看似师徒情深，实则把个人意愿凌驾于原则与纪律之上！

"你们有没有想过这样会给年轻人造成多么恶劣的影响？言传不如身教啊，同志们，说得再多，自己都做不到，有什么用？"

几个师父都低下了头。

王守一叹了口气："师徒之间光有感情、仗义是不够的。要以身作则地让他们知道身上肩负的责任，知道警察身份意味着什么。

"执法者，第一要务是严格约束自己，磨炼自己的忍耐力、意志力。行了，我说完了。教导员说几句吧。"

众人刚松了一口气，又紧张起来。

叶苇站起来说："大家都是老警察，知道我们身上肩负着维护社会治安、保护人民群众的使命。这样的使命要求我们把社会、国家和人民的利益放在第一位，而不是像普通人一样被自己的七情六欲牵引。

"大家记住，一定要牢记为人民服务的宗旨，自觉提高党性，弘扬为成全大我而牺牲小我的无私精神！"

散会后，陈新城、曹建军、程浩、张志杰向办公区走来，他们步伐稳健，目光坚毅。正在院子里等待的、有些担忧的李大为、杨树、赵继伟和夏洁，看到所长、教导员上楼，才敢朝师父们走去。看见徒弟们走来，师父们都露出了会心的微笑。看见师父们的笑，徒弟们也都消散了愁容。

陈新城和李大为用力一抱，曹建军揽着杨树的肩膀，张志杰拍拍赵继伟的肩膀，程浩微笑看着夏洁。院子里来来往往的警察，感受到他们之间的情谊，眼神之中充满了羡慕。

所有的一切，似乎微妙中有所改变，却又好像并未改变。办公区里，大家依旧井然有序地忙碌着。

下班之后，陈新城和李大为开车带佳佳回去拿东西，车子停在别墅外等着。

李大为不甘心："难道就这么便宜他了？"

陈新城叹了口气："佳佳主要考虑她妈。唉，也是个可怜人。"

李大为并不同情："活该，有眼无珠。"

陈新城笑着："不说她了。大为，佳佳回来了，我也是有家的人了。为了佳佳，我也要振作起来，让你看看，真正的警察是什么样的！"

李大为看着陈新城意气风发的面孔真心替他高兴。

佳佳拖着一个行李箱，背着画板出来了，陈新城的前妻在后面追着："佳佳，得空回来看妈妈！"

陈新城过去迎女儿。

佳佳看到李大为响亮地叫了一声："大为哥。"

李大为开心地帮她把行李放到车上："走，咱们回家！"

平日里死气沉沉的家里，突然有了生机。父女俩其乐融融地坐在一起吃着简单的饭菜，笑声不断……

陈新城一本正经地给女儿充当模特，佳佳给他画了张素描，看得他一脸自豪……

夜深了，佳佳脸上带着笑意沉沉睡着，陈新城悄悄把灯关掉，带上了门……

第二天一早，陈新城精神抖擞，步履矫健，整个人好像年轻了十几岁。

路上看到门口摆放的自行车、电瓶车、警用摩托车没有摆好，他都主动去摆放。看到一把扫帚倒在地上，他也帮着捡起来。

李大为从接警大厅出来，看着自己的师父，开心地笑了。

身着便装的曹建军和杨树坐在风月场所兰亭雅舍对面的上古捞面店里，一人叫了一碗面。

杨树看着面前的面条："师父，咱们跑这么远就为了来吃碗面？是不是有什么任务？"

曹建军笑了笑："我带的徒弟就是不一样，越来越有那么一点意思了。"

杨树问："什么意思？"

"刚夸你……"曹建军突然不说话了，转脸朝对面看。孙有光从一辆专车上下来，低着头进了兰亭雅舍。曹建军脸上露出意味深长的笑容。

杨树问："师父，是不是真有什么任务？"

曹建军挑了口面条："没啥，就坐坐。来了。"

只见一个相貌俊秀的年轻人从兰亭雅舍里出来，横穿马路进了上古捞面店。

杨树注意到那个年轻人："他是谁？"

"目标。你在这儿等我一会儿。"曹建军端着自己的面站起来，向那个年轻人走过去。

年轻人要了一碗面，一个人呆呆地坐着。曹建军笑着指了指他对面的座位："可以坐吗？"

"请。"年轻人奇怪地看了看周围，好多桌子空着，便站起来，似乎要把桌子留给他。

曹建军说："小白，坐吧。"

小白一怔："您认识我？"

曹建军看着他："我知道你叫白天宇，去年大学毕业，没有合适的工作就进了兰亭雅舍。但是没想到，从事的是让你难以启齿的工作。你想放弃，又舍不得那儿的高薪，所以一时难以取舍。"

小白大惊："你是谁？"

曹建军隐蔽地掏出自己的警官证给他看了看……

目送小白离开，曹建军面也不吃了，和杨树上了车，犹豫良久，开口说道："杨树，我想让你进兰亭雅舍，去当卧底。"

杨树以为自己听错了："卧底？"

曹建军点头："对。小白告诉我，这个名为企业家俱乐部的会所，实际上是个高档的色情场所。我们要打击的话，需要证据。就这样冲进去，什么也拿不到。所以，我让小白介绍你进去，收集证据。"

杨树面有难色："我进去能干什么？"

曹建军说:"像你这样的年轻人,他们求之不得,肯定是去为有钱的女人服务了。"

杨树一愣,随即明白过来:"什么服务?天哪,师父,你不会是让我……"

曹建军压低声音:"嘘——你不是说喜欢新体验吗?这够新了吧?"

杨树连连摆手:"不行不行,这个我做不来……"

曹建军劝道:"有啥做不来的?以你的聪明、学识,应对这里面的人,处理复杂场面,都没问题。"

杨树内心抵触:"可是,我从来没有……哎,我真的不会啊,师父。"

曹建军严肃地说:"这是任务。我回去向所里汇报,所里研判一下,如果所里同意,咱们就这么做。"

杨树一脸生无可恋:"师父……咱就没有别的方案了吗?"

"杨树,我看好你!"

曹建军开车回到所里,直接找到了王守一和程浩,把自己的计划详细地说了一遍。

王守一眼睛一瞪:"曹建军,你脑子咋想的?居然想让杨树去陪客?"

曹建军解释:"是假装去陪客,实际上是做卧底。"

王守一说:"我还不知道是卧底?否则你不成拉皮条的了?可是你觉得杨树行吗?"

程浩摇头:"不行。这孩子天生带一股正气,这世界上没有这么正经的男招待。"

曹建军说:"事在人为嘛。你们都觉得杨树不可能打架,他不也打了?"

程浩说:"就怕他装不来。"

王守一来回踱了几步:"试试……也行。建军说得对,他原来还不会打人呢。哎,建军,你有把握那里有色情活动?"

曹建军肯定地说:"我肯定!那个小白已经向我介绍了很多,这个地方,只要咱们破获了,就是个大的!"

王守一又看程浩:"我觉得能行。"

一下班,陈新城就提着两个打包的餐盒风风火火地回家,一进门就大叫:"佳佳,佳佳。"

没人回应。

客厅里,画架子倒在一旁,上面的画布被割破了,画笔也扔在地下。

陈新城把画架子扶起来,看了看,去敲佳佳的门:"佳佳,爸带了你最喜欢的糖醋排骨,出来吃饭。"

佳佳躺在床上,蒙头大睡。

陈新城走到她身边："佳佳，天刚黑，怎么就睡了？赶快起来吃饭。"

佳佳赌气地说："不吃。"

陈新城耐心地说："怎么啦？先起来吃饭，爸爸去把昨天买回来的卤牛肉切一切，听话。"

等到陈新城把饭菜摆上桌，佳佳一副很颓废的样子走出来，一屁股坐在那里不说话。

陈新城把筷子拿给她，和蔼地说："吃饭吧。"

佳佳低头胡乱往嘴里扒着饭，突然问道："爸，人为什么要活着？"

陈新城一怔："好好的，怎么突然问这个？"

佳佳情绪低落："我觉得无聊极了。"

陈新城想了想："在家里画画没意思？是不是觉得闷？那就出去找朋友玩玩。"

佳佳说："也没意思。"

陈新城说："佳佳，你让爸为难了。是不是还想找个画家学画？那你就去找，爸一定支持你。佳佳，你在想什么，要告诉爸，不要让爸猜。爸看你的样子觉得心疼。"

佳佳放下筷子："对不起，爸，我要能知道为什么就好了。就是觉得没意思，打不起精神。"

陈新城一脸无奈。

第二天上班，和李大为出警巡逻的时候，陈新城把昨天晚上佳佳的异常说了说。

李大为肯定地说："青春期苦闷，跑不了！师父，您应该鼓励她交男朋友。"

陈新城苦笑："我鼓励她出门，真交男朋友，我也不反对。可她根本不出门，就是说苦闷，我有啥办法？唉，一个大男人，带一个青春期的女孩太难了。"

李大为眼睛一亮："我有办法了！"

陈新城忙问："你有什么办法？"

李大为信心满满地说："您就看我的吧！下班我跟您回去。"

好不容易等到下班，李大为来到陈新城家，一本正经地对佳佳说："佳佳，你应该开个淘宝店！"

佳佳愣住："开淘宝店？"

李大为说："对啊！光画不变现能行吗？会饿死的。你开个淘宝店，把画在网上挂出来，不求卖钱，只希望有人欣赏你的才华，多好？"

佳佳想了想，有点胆怯："我行吗？我才学了没两年。"

李大为鼓励道："哪里不行？你以为网上那些卖一两千的有多高的水平吗？"

佳佳点头："那些是真不行，大多是临摹的，而且临摹得很拙劣。"

李大为一拍手："听听，一张嘴都比他们专业。这样吧，我马上帮你申请，咱们试试。"

佳佳也有些心动，跃跃欲试："大为哥，我真行？"

李大为给她打气："当然。我妹不行谁行？马上行动！"

陈新城在一旁扎着围裙做饭，见状开心地笑了。

一直忙活到半夜，佳佳实在撑不住了，这才作罢。

陈新城送李大为下楼，由衷地说："大为，还是你有办法。这孩子好几天没这么高兴过了。"

李大为提醒道："师父，有件事，您得心里有数。"

陈新城问："什么事？"

李大为说："她这店好开，可开张不容易。她又没什么名气，谁买她的画呀？"

陈新城一听愁了："那怎么办？开了店，卖不出去，还不如不开。"

李大为坏笑道："有办法。这做生意，开张很重要。她开不了，咱们帮她开。这样，我先买她一幅，不就行了？"

陈新城担心："啊？她要是知道了……"

李大为问："咱们为什么要让她知道？我用别的名字买。李二狗，对，就是李二狗，到时候让她寄到我妈家里去。师父，我买的要是第一幅画，没准她会和您商量的，到时候您帮她讲讲价，咱们要做，就得做得和真的一样。"

陈新城笑起来："你这家伙，到底有多少鬼点子？好，全听你的。"

等回到合租公寓，李大为也是精疲力尽："哎，分配给大家一个任务。我发了个淘宝店链接，每人从店里买一幅画。不要用自己的真名字，也不要用真地址，化个名，直接让老板寄到家里去。"

杨树和赵继伟在那儿刷着手机。

杨树打开链接："陈佳佳，新锐画家，现代派代表人物。这谁啊？"

李大为笑起来："哈哈，吹得有点过了。"

赵继伟猜出来了："你师父那闺女？"

李大为点头："是。她开了个淘宝画店，咱们帮她开开张。一人买一幅。"

赵继伟看了看价格："天哪，一幅三百多？李大为你杀了我吧……"

李大为早就想到了："没关系，我出钱，以你的名义买，买了挂你家里。"

赵继伟恼了："哥，你瞧不起我！我就不能有点精神追求吗？这画，我买了！对了，我在淘宝上买东西都砍价的，她是陈师父的闺女，我能和她砍价不？"

李大为和杨树都笑了："当然能！你要是能砍到三块是你的本事！"

赵继伟摩拳擦掌："那我就放心了！"

佳佳开了网店的事情，传遍了整个派出所，就连王守一和程浩都在看佳佳店里挂着的几幅画。

王守一点头:"这是佳佳那闺女画的?啧啧,是比我闺女有出息。"

程浩说:"孩子还是看着自己的好。我那小子才八岁,都会给他女同学写情书了。"

王守一调侃道:"你那小子,将来比你还会追女孩。哎,你要哪幅啊?"

程浩选了选:"所长,咱们论官职大小呗?我要这幅三百五的,你要四百的。"

王守一乐呵呵地说:"行。"

这时叶苇走了进来,好奇地问:"你们在看什么哪?"

王守一说:"新城的女儿开了淘宝店卖画,我们得支持支持她开张啊。"

叶苇一听:"哟,那我也看看。"

楼下办公区里,李大为、赵继伟和几个警察趴在那儿,热心地评论着那些画,陆续有人下单。

……

晚上下班,陈新城提了些青菜回家,一进门佳佳就喊着从画室里跑了出来:"爸爸,我今天又卖出去两幅画!我一共卖出去十七幅了!"

陈新城笑着说:"我闺女可有出息了!"

佳佳信心满满:"爸,我不用您花钱,我要用自己卖画挣的钱请老师。"

陈新城开心地说:"成!你爸我后半辈子就等着啃闺女了!"

杨树自从在商城餐馆包间里坐下后,就没有抬起过头,这让曹建军非常好奇:"看什么呢?让我也看看。"

"没……没什么。"杨树有些尴尬,还是抬起了手机。

"《如何让富婆爱上我》?"

曹建军强忍笑意,把手机递了回去:"看这个没用的。"

杨树叹了口气:"看看总比不看强,我是真不知道怎么办……"

"行,你随意。"

曹建军一扭脸,看到窗外商城里走来的小白,立刻走到包间门口招了招手。

小白看了看四周,推门进来。

曹建军热情地说:"来啦!就是他,你看怎么样?"

小白看着杨树,眼睛一亮,说话有点怪异:"小哥哥当然好啦,哎哟,看看这身材,这脸,我们老板肯定喜欢。"

他越是夸,杨树就越是感觉如坐针毡。

曹建军叮嘱道:"杨树,你去的是风月场所,像在那里工作的。小白,只要你老板收下他,你的工作就结束了,想辞职就辞了吧。"

小白的目光老是在杨树身上转着:"其实,人家也不是这么急啦。小哥哥刚入职,我怕他没经验，再陪他几天也是可以的。"

杨树对曹建军耳语："师父，您找的这到底是个什么人哪？"

曹建军强忍笑意："当然是你的引荐人哪！"

杨树继续耳语："不是，师父，你看他这阴阳怪气的……"

曹建军打岔："说不定老姐姐们就喜欢他这样的呢。你好好学习，在这一行里，他够格当你的师父了。加油啊，之后看你的了。"

商量妥当之后，杨树和小白走向兰亭雅舍。他努力想和小白保持距离，可小白总是有意无意地往他身上贴，这让杨树浑身不舒服。

小白抛了个媚眼："小哥哥，在我们那儿，都取花名，我帮小哥哥取个花名好不好？"

杨树板着脸："我叫杨树，你叫我杨树就好了。"

小白捂着嘴："小哥哥，您要用真名吗？我还是帮小哥哥取个花名吧。小哥哥叫阿伟好不好？"

杨树打了个冷战："真肉麻……"

小白居然摸了一下他的胳膊："小哥哥这身材，就应该叫阿伟嘛。"

杨树连忙把他推开："说话就说话，乱摸什么？我可是警察。"

小白并不在意："小哥哥，是曹警官让我配合您工作的。您不和我配合，到了那里，我们老板不收您，人家可就没办法啦！"

杨树无奈，只好继续跟他走："你只负责把我介绍给你老板，别和我套近乎。"

小白有些难过："好啦。哼，人家要不和你近乎，外面那么多人都不介绍，为啥就偏偏介绍你嘛。"

白天的时候，兰亭雅舍人不多，有几个颇有姿色的女孩在几个包厢间穿梭。小白带着杨树站在一个胖女人面前，媚笑道："钟姐，这就是我表哥阿伟，您看行吗？表哥，这是我们的领班钟姐。"

杨树绅士地笑笑："钟姐，请多多关照。"

钟姐打量着杨树，显然很满意，嘴上却说："哟，小白，你长这么娘，怎么有这么健壮的一个表哥哟？啧啧，这身材，怕不喜死个人呢。"

小白妩媚地一笑："钟姐，打小，我们家都拿我当女孩养的。"

钟姐没理他："阿伟，多大了？以前干过什么？"

杨树低着头："二十五了。大学毕业以后，没找到好工作，啥都干过。"

钟姐问："干过我们这一行吗？"

杨树摇头："没有。当过两年快递员，风里来雨里去的，所以身子也练强壮了。"

钟姐说："这么漂亮的小伙子，干那个可惜了。干快递员，一个月能挣多少？"

杨树说："好了能上万。"

钟姐笑了："那就没啥可说的了。在我这儿，一晚上挣一万也有的。那啥，小白，你不是想辞职吗？你表哥来了，你就辞吧。"

小白笑着说："钟姐真是喜新厌旧。我表哥刚来，我陪他几天再走。"

钟姐瞪了他一眼："哼，我就知道你舍不得走！阿伟啊，有好衣裳吗？换换衣裳，一会儿就上班吧。"

杨树一怔："运动服行吗？"

小白忙说："我表哥以前干快递员，哪有什么像样的衣服哟。"

钟姐豪爽地说："去咱们的服装间，找身合身的给他换上，晚上六点半，准点来上班！"

开局似乎不错，也让杨树多少松了一口气。

晚上六点半，杨树换好衣服，在小白的陪同下又来到兰亭雅舍。

都说人靠衣装，现在的杨树，穿着合体的西装，打着漂亮的领带，果然仪表堂堂，风流倜傥，连迎来送往的小姐都被他的气质吸引，小白陪着他，显得既兴奋又激动。

一个女孩和小白打招呼："小白，这是哪来的帅哥呀？"

杨树强压着心头的不适，却还是无法控制地微微皱眉。

小白说："这是我表哥，名草有主啦，你就别打他主意了。"

两人正笑闹着，正好一个胖子进来，女孩满面春风地迎上去，男人没好歹地一把搂过女孩，进了包间，杨树看得很不舒服。

小白小声说："咱们走吧，钟姐等着呢。"

杨树下意识地看了一眼自己胸前隐藏的针孔摄像头。

钟姐正在自己的办公室化妆，听到有人敲门："进来。"

小白领着杨树进来了："钟姐，我们来了。"

钟姐一抬头，顿时被杨树吸引住了，正在涂口红的手失去了控制，在脸上划出了一道红印："哟，还真是人是衣裳马是鞍，这一打扮，又帅了几分。小白啊，你去吧。"

小白问："钟姐，我表哥的客人是谁啊？"

钟姐已经顾不上他了："把你的客人照顾好就行了。"

小白看了眼杨树，走到钟姐身边，对她耳语："钟姐，我这表哥没什么经验，您……悠着点儿。"

钟姐自信地说："姐姐一手栽培出来的少爷，比你见过的都多，这还用你说？"

小白赔着笑："嗨，瞧我，多此一举了不是。钟姐，表哥就交给你啰。"

看到小白离开，杨树欲言又止，身体僵硬地站在钟姐面前，尴尬地一笑："钟姐。"

钟姐看着他一笑:"不用这么紧张,我又不会吃了你。过来呀,叫姐姐好好地看看你。"

杨树只好走到钟姐面前,仍旧紧张地绷着:"钟姐,我需要干什么呀?"

钟姐越看越喜欢:"今天先不用干别的,我教教你,怎么把我给服务好了就行。"

杨树浑身鸡皮疙瘩:"钟姐,我……我还没准备好。"

钟姐生气了:"客户哪会给你时间准备?我告诉你,客户们要什么,你就要给什么……"

杨树强忍着心里的不适,没有说话。

钟姐摆出姿态,一扭身坐在沙发上,恩威并施:"我也就是看你条件不错,是个好苗子,才跟你啰嗦这么多。换了别人,吃得了这碗饭就吃,吃不了,就给我滚。简单得很。这世界上美女帅哥一茬儿接着一茬儿,老娘谁也不稀罕。"

杨树吓出了一头冷汗,赶快解释:"您说得对,只不过……"

钟姐眉头一挑:"别啰嗦,坐过来。"

杨树犹豫着坐下。

钟姐说:"坐近点,我能吃了你?"

杨树勉强挪了一点。

钟姐慢慢凑近,杨树身体僵直,突然一个寒战,猛地站了起来。

钟姐不由得火往上蹿:"你嫌弃老娘?老娘行走江湖这么多年,哪轮得到你一个黄毛小子瞧不起我!我告诉你,你要是想赚钱,就得先过了我这关!不把我伺候好,休想接客!"说完转身走了。

杨树一分钟也不想多待,仓惶逃出兰亭雅舍。一回到合租公寓,直接冲进了洗手间。

听着里边传出的水声,李大为和赵继伟都很诧异。

李大为问:"他怎么啦?"

赵继伟摇头:"洗了有一个小时了。"

李大为随口说了句:"不会是被人用强了吧?"

赵继伟哈哈地笑起来:"哥,你太狠了。"

李大为说:"不是?以前没发现杨树这么讲卫生啊。"

赵继伟说:"肯定是发生什么事了。"

"不行,再这么下去,光水费我都得破产。"李大为上前敲门,"杨树,你没事吧?"

水声停了,杨树用毛巾擦着湿漉漉的头发从里边出来,刚出门就一阵恶心,捂着嘴回了洗手间。

李大为和赵继伟面面相觑。

十分钟后，杨树脸色煞白地走了出来。

李大为担心地问："杨树，你怎么啦？好像被人用强了一样。"

杨树恶心地说："也差不多。想起来我就一身鸡皮疙瘩。"

李大为瞪大眼睛："什么？到底怎么回事啊？"

杨树一脸生无可恋："别提了。今天，我差点为工作献身……"

李大为扶着他："来，你赶快坐。赵继伟，赶快给杨树拿罐可乐。还有瓜子、爆米花啥的都拿过来，听听到底怎么回事。"

听杨树说完自己的经历，李大为目瞪口呆，嘴里的爆米花都掉到了地上："你就这么回来了？"

杨树说："不回来怎么办？难道我真的要……伺候她？"

李大为和赵继伟互相看看，突然大笑起来。

杨树恼了："你们笑什么？我就不该和你们说这些！"

李大为好不容易止住笑："不是，怪只怪你太帅了。让这老姐姐对你是哈喇子飞流直下三千尺……"

杨树一脸愁容："别逗了，关键是，我这任务可怎么完成啊……"

李大为叹息："唉，这曹哥就不该找你。你浓眉大眼，高大帅气，可不就是羊入虎口吗？他该找我才对啊！"

赵继伟也插了一嘴："实在不行找我也行！"

杨树咬牙切齿地说："我躲都躲不过，你们还想自告奋勇？"

李大为说："哎，我可没自告奋勇啊。不过……如果你请我帮忙的话，我可以考虑考虑……"

杨树叹了口气："唉，我还是先跟师父汇报吧……"

晚上又轮到夏洁值班，刚发出一份出警单，正好遇上出任务回来的程浩。刚聊了几句，就看到吴大夫神情慌张地冲了进来。看到程浩和夏洁，也是一愣。

程浩挡在夏洁面前："吴大夫，您有什么事？"

吴大夫有点难为情。

夏洁忍不住问："是静静又离家出走了吗？"

吴大夫对程浩说："求求你们，帮我找找孩子吧。"

程浩安慰道："吴大夫，别急，先说说情况。"

吴大夫说："我把她关在房间里写作业，我在我房间里看电视，刚才去她房间一看，人没了。警察同志，外面这么黑，又这么乱，她能上哪去呀？您赶快帮我找找吧？"

夏洁问："您没打她电话吗？没去她那个同学家看看？"

"打电话不接，她同学家也没有。你不是有她微信……"

吴大夫话说到一半，这才想起自己逼着她把微信删了，悲从心来："天哪，这可怎么办哪！"

程浩安慰道："我这就安排人查监控。"

夏洁拿出手机："师父，先等等。吴大夫，自从上次以后，我从来没跟静静联系过。现在我当着您的面，给她打个电话试试行吗？"

吴大夫不说话。

程浩一个劲地使眼色："夏洁，不用麻烦了。我们去查监控就行。"

"等一下……"吴大夫还在犹豫。

夏洁平静地说："吴大夫，您女儿是未成年人，如果您不同意，我就不打。"

吴大夫最终还是妥协了："好吧。"

夏洁说："还有，在我与静静通话时，您不要出声好吗？"

吴大夫不情愿地点点头。

夏洁这才调出号码拨电话，打开免提，吴大夫紧张地看着。

铃声只响了三声对方就接了起来。夏洁示意吴大夫别出声，温柔地说："静静。"

静静的声音传来："夏姐姐！"

夏洁问："静静，请原谅姐姐这一段时间没和你联系，你是不是又和妈妈生气了？你现在在哪里能告诉姐姐吗？"

电话里没动静。吴大夫要急，夏洁急忙示意她镇静。

夏洁接着说："静静，以前姐姐和你怎么说的？你有什么事情，应该告诉妈妈，和妈妈讲道理。妈妈是疼你的，只要你好好沟通，取得妈妈的谅解和支持总是有可能的。不可以动不动就离家出走。你走了，让你妈怎么办？你现在在哪里，告诉姐姐。"

静静在电话里哭起来："夏姐姐，我再也不想回家，再也不想见我妈了。我……我在车站，我要去青岛找我姥姥去。"

吴大夫大急："什……"

夏洁急忙又提醒她不要说话，把手机拿开一些："静静，你买车票了吗？"

静静说："买了。"

夏洁说："静静，你就在车站等着，姐姐这就过去好不好？不要理任何人，手机开着，姐姐打电话要接，我这就过去，听见了吗？"

静静哭道："姐姐，我想走，又不敢。姐姐你快过来吧。"

"好，姐姐马上就到了。"夏洁挂了电话，看着吴大夫，"需要我过去吗？"

吴大夫这次点头没有犹豫。

"走，我跟你们一起。"

程浩开车，夏洁坐在副驾，吴大夫坐在后面，大家都沉默着。

吴大夫不放心："你要不再给她打个电话？她不会走了吧？"

夏洁说："放心吧，她答应我了，不会走的。"

吴大夫不说话了，突然，蒙上脸小声地哭了起来。

夏洁不说话，只是同情地看了她一眼。

哭了一会儿，吴大夫背过身仔细地擦着脸。

夏洁说："吴大夫，我有一个建议……"

程浩看着夏洁摇了摇头："夏洁，吴大夫可能不需要我们的建议。"

出乎意料，这次吴大夫却没有反对："要说什么，你说吧。"

夏洁说："吴大夫，一会儿见了静静，您不要太激动，也不要追问她为什么，就当什么事也没发生。带她回家让她好好睡觉，明天像平常一样送她去上学。静静是个好孩子。如果您表现得太激动，会给她太多压力的。"

吴大夫不明白："可是，她为什么这样对我啊？我现在是为她活，她却这样对我。你为她做了什么，她却这样信任你？"

夏洁说："我什么也没做。如果非要找一个理由……那只是因为我们是一样的孩子，经历过一样的事情。"

吴大夫愣住："什么？你们经历过什么一样的事情？你这话是什么意思？"

夏洁点头："我们都过着被别人控制的人生。我十二岁的时候，父亲牺牲了。从那以后，我变成了许多人手心里的宝贝。他们照顾我、关心我，帮我安排一切。小的时候，我觉得这是一件很幸运的事。等我长大才发现，过多的爱，换个角度，就是被控制。不可以做自己喜欢的事情，不可以自己选择。可是哪个人不想拥有自己的人生呢？静静是个聪明早熟的女孩子，我到十七八岁才感受到的东西，她十二岁就感觉到了。

"吴大夫，您给了她太多的爱，这些爱变成了对她的控制，她受不了，所以才一次次离家出走。"

程浩听着，若有所思。

吴大夫眼神迷茫："可是我能怎么办？我的人生只剩下她了！"

夏洁看着她："其实也不一定。吴大夫，原谅我冒昧，我知道您和您丈夫到现在还不肯离婚。您这么年轻，工作也好，您何必死死地抓住一个对不起您、配不上您的男人呢？早早放手，寻找自己的人生不好吗？

"您有了自己的生活，就不会把静静看得这么紧，静静也不会觉得喘不上气来，总想逃走。一举几得，不好吗？"

吴大夫不甘心："可是，凭什么？我为了他，为了这个家牺牲了一切，他却这样对我！"

夏洁说："吴大夫，这个理没处讲的。放开了，也许就不再想了，否则，可能想一辈子也没个答案。把自己的一生搭上，到头来连女儿都留不住，岂不是更惨？"

吴大夫不说话了，半晌，又蒙上了脸。

程浩看着前面的路牌："车站马上到了，别哭了，咱们高高兴兴接静静回家。"

吴大夫听话地掏出面巾纸擦了擦脸。

三人走进候车大厅，一眼就看到静静孤零零地抱着双膝坐在那儿。吴大夫要哭，夏洁示意她冷静，三人走过去。

夏洁温柔地叫了声："静静。"

静静一抬头，哇的一声哭了起来，站起来，一头扑进了母亲怀里，吴大夫也紧紧地抱住她哭起来："对不起，静静，以后妈再也不逼你了，你答应妈，有什么事，和妈商量行吗？你再也不要这样对妈了，妈的命都快没了。"

静静哭着说："妈，我还没走就开始想您了……"

母女俩抱在一起痛哭。

程浩暗松一口气："好了，有话回去说，咱们走吧。"

在车上，母女俩一直在小声说话，很快就到了吴大夫家楼下。

看着母女两人下车，夏洁叮嘱："静静，路上说的话，要算数哟，以后有事，和妈妈讨论，不许再离家出走了，听见了吗？"

静静认真地回答："听见了。"

夏洁笑了："静静再见，吴大夫再见，我走了。"

吴大夫突然说："等一下。"

程浩刹住了车。

吴大夫过来，不好意思地说："对不起，夏警官。您……您可以再把静静和我的微信加上吗？"

程浩也有些意外："吴大夫，您可想好了啊。"

吴大夫点头："我想好了。"

夏洁笑了，掏出了手机。

在吴大夫的道谢声中，程浩开车离开。

夏洁出神地看着窗外，程浩说："夏洁，见习民警不能单独出警，必须由至少一名正式民警陪同前往。这是规矩，不是特殊保护。我是你师父，所以是最适合跟你一起出警的人。"

夏洁微微一笑："嗯，我明白。您不用解释了，师父。而且，您跟着也是为我好，怕我闯祸。"

程浩欲言又止。

夏洁话题一转："师父，您说吴大夫真的听懂我的话了吗？"

程浩说："应该懂了吧。至少，我听懂了。"

夏洁一愣。

程浩认真地说："你说得很对。以后，我不会再像今天这样非要跟着你了。"

夏洁连忙解释："师父，您千万别多想。我没有控诉您的意思，我说的是我妈……"

程浩看着她："我都明白。这些话，你有没有试着跟你妈妈说说？也许，她也能听懂呢？"

夏洁陷入了沉思。

办公室的电脑上，正播放着杨树胸前的针孔摄像头拍到的钟姐画面。曹建军和杨树坐在王守一对面，全都忍俊不禁。

好不容易等到视频播完，杨树忙问："这证据，够吗？"

王守一摇头："最关键的证据是账单和嫖客。"

曹建军一脸难色："可是您也听见了，那妈咪看上杨树了，要想进去，非得先过了她这关不可。"

王守一说："杨树是不能再去了。"

杨树暗自庆幸："所长，让李大为接替我去吧。"

王守一想了想："李大为？他不行。以他的性格，胆大妄为，再做出什么不得体的事，责任算谁的？"

曹建军笑了："所长，您对自己手下太没信心了。您觉得那孩子会吗？虽然不如我家杨树正派，也不至于短时间里堕落到那一步。"

王守一眼睛一瞪："你啥意思？李大为哪里不正派了？"

曹建军愣住："咦，您自己刚才说……"

王守一打断他的话："我说什么了？龙生九子，各有不同，李大为只是和杨树性格不一样，品格没啥差别。"

曹建军对杨树说："瞧瞧，他说行，别人说就不行。"

王守一理直气壮地说："那当然！自家的孩子自家管，别人能管吗？"

曹建军也不和他争："那您管，问题是眼下怎么办？"

王守一想了想："杨树，你把李大为叫来，我和他谈谈。"

杨树和李大为说了几句，李大为立刻回来和陈新城汇报："师父，他们有一个案子，让我帮忙，去兰亭雅舍做卧底。"

陈新城很不高兴："啥意思？自己有徒弟，为啥还要用你？"

李大为解释："那种事，杨树做不来。"

陈新城火了："他做不来，你就做得来？你怎么想的？"

李大为说："师父，我啥也没想，就是喜欢热闹，想去看看。您就让我去吧？"

陈新城没好气地说："你呀。这事得所里定。"

十分钟后，李大为站在王守一面前，曹建军和杨树在后面陪着他。

王守一看着李大为："说说，为啥对这任务这么热心哪？"

李大为一怔："咦，不是您让杨树叫我的吗？我是服从命令听指挥。"

王守一说："可我看你积极性挺高的，别的任务没见你这么积极过。"

李大为翻了个白眼："所长，您要这么说我就不去了。"

曹建军忙说："李大为就是为了工作。所长，您放心，他在里边，外面还有我呢。再说了，就凭李大为的机灵劲，我估计，用不了三天，他就能把里边的情况摸得差不多。"

王守一考虑了一下："嗯，三天，估计堕落不了这么快。"

李大为没听清："什么？"

王守一哈哈大笑："好吧，给你三天，最多五天时间，把里边的情况摸清楚，随时保持联系。对了，虽然在那种地方卧底，违反纪律的事情不许干。"

李大为嬉皮笑脸地说："您估计我能干什么呀？"

王守一没好气地说："那谁敢说？你小子胆比天大。"

李大为说："我刀枪不入，除非他们使美人计。"

王守一吼道："你说什么？"

李大为一缩脖子："我说着玩的，别当真。"

曹建军也笑了："走吧，所长岁数大了，禁不得你这样吓他。"

等他们出去，王守一越想越好笑："看起来，只会读书还是不行啊……"

还是上次商城餐馆的包间里，只是多了一个李大为。

不一会儿，小白来了，看到杨树眼睛就亮了，过来就往他身边靠："小哥哥。"

杨树吓得往曹建军身边躲，李大为一伸手把小白拉到自己身边："就你啊。以后别叫他哥了，叫我吧。"

小白被拉得生疼："哎哟！你谁啊？"

李大为说："我是替他的。他是你大表哥，我是你二表哥，你就负责把我引到兰亭雅舍去。不是得取个花名吗？他叫阿伟，我就叫阿健吧。"

小白打量李大为："哎哟，这位小哥哥也好帅……"

话还没说完，李大为捏了一把他的脸："帅吗？兄弟，你一个男的，咋长这样？这么长可不对哈。"

小白被捏得哎哟一声，捂着脸躲得老远。

曹建军强忍笑意："小白，辛苦你再把这位兄弟介绍到兰亭雅舍去。你不是还想再带他几天吗？那你就带几天。"

小白飞快摇头："不不不，我家里有事。我把他介绍进去就走，别的事和我没关系。"

李大为不乐意了："咦，杨树进去你就陪他几天，我进去你就不陪？咱们不能这么厚此薄彼吧？陪几天。"

小白害怕地往后躲："哥，您饶了我吧。"

曹建军和杨树都被逗笑了。

李大为被小白直接带到兰亭雅舍的办公室，站在钟姐面前。

小白赔着笑："钟姐，这个是二表哥。我大表哥没见过世面，干不了，我二表哥想试试，就来了。"

钟姐打量着李大为："长得没你大表哥帅，看着比他机灵。"

李大为痞里痞气地说："帅有什么用？机灵点才能搞好服务，您说是不是？"

钟姐很受用："小嘴倒是伶俐。叫什么？以前干过什么？"

李大为说："阿健。没我哥有出息，也没考上大学，就在社会上混，大部分时间，在酒吧玩乐队。"

钟姐有些意外："玩乐队？在乐队里玩什么？"

李大为说："吉他、贝斯、鼓，缺什么我玩什么。"

钟姐还算满意："这孩子比那个开放。行啊，我留下了。知道这儿是干什么的吗？"

李大为说："只听说是服务生，挣得多，别的不知道。"

钟姐笑起来："服务生一个月能挣几万块？小白，你留几天，教教他。"

小白小心地赔着笑："钟姐，您当初不是答应过我只要找到能替我的就放我走吗？我家里实在是有事，不能不走了。"

钟姐看着李大为："好吧，你走吧。该给教的规矩都记住了，别以为出去了我就找不到你！"

小白拍着胸脯保证："放心吧钟姐，出了这个门，我就把这儿彻底忘了！那我走了，钟姐。"说完转身匆匆离开。

钟姐继续打量着李大为："阿健，以前侍候过女人吗？"

李大为说："钟姐，需要我做什么？"

钟姐扭了一下身子："你这么伶俐，不知道要做什么？"

李大为恍然大悟："当然知道。钟姐，我看您腰不太好，我给您按摩按摩吧？"

说着走到钟姐身后，捋起袖子："钟姐，您这个岁数，叫您钟姐，那不是辱没您吗?"

钟姐舒服地往后靠:"这孩子倒会说话。"

李大为接着往下说:"我看着您比我妈都显老,怎么着也得叫您钟妈呀!"

钟姐脸一沉:"废话少说,按你的。"

李大为答应着:"好,钟妈,这就开始。"

手上一加力,钟姐哎哟一声,捂着脖子站起来了:"你想害死我呀!"

李大为一脸无辜:"不是按摩吗?我给我妈按摩比这劲还大。太重了?钟妈您坐下,我轻点儿。"

钟姐怕了:"算了,你别侍候我了。阿健,咱们这儿有几位女客人,个个身家都上亿,你侍候好了,一晚上挣个一两万不成问题。你的任务,就是把她们哄住,上咱们这儿来消费。如果你留不住,可别怪我不客气。"

李大为自信地说:"放心吧,钟妈!"

钟姐苦笑:"领教了。"

正式进入兰亭雅舍,李大为简直就是如鱼得水。

包厢里,李大为正给一个年纪大的女人说笑话,女人被逗得前仰后合,一边擦着笑出来的泪,一边和他打情骂俏。几句花言巧语,就让那些小姐如众星拱月似的围着他……

收到李大为收集的证据后,王守一把叶苇、程浩、高潮和曹建军、杨树都叫到了办公室,听取汇报。

李大为详细介绍道:"所有入会的人都要有两个以上的会员做介绍和担保,会员证要一百二十万一张。

"每个会员都有固定的小姐提供服务,服务内容没有限制,以满足客人的要求为原则。客人要把小姐带出会所需要另外交钱。

"这是客人的名单,这是小姐和少爷的名单,这是他们的价目表。另外,这位钟姐身后有保护伞,据我了解,地位还不低。"

王守一问:"是谁知道吗?"

李大为没说,在纸上写下一个名字推过去:"我曾经在里边见过,他来了,钟姐亲自接待的。他不会在兰亭雅舍,而是带小姐出去。"

王守一沉着脸:"我需要向上面汇报。"

李大为问:"所长,总不能牵扯到领导就不查吧?"

王守一瞪了他一眼:"你师父总爱说一句什么来着?就你能是吧?"

李大为一拍手:"就是这句!"

大家全笑了。

李大为上了趟洗手间，刚出来曹建军就找了过来："大为，真有你的！厉害！"

李大为得意地说："曹哥过奖了，杨树会的我不会，我会的他也不会。"

曹建军无语："我说杨树不如你了吗？"

李大为笑了："没有。"

曹建军看看左右，掏出手机，调出姐夫孙有光的照片来："你在里边见过这个人吗？"

李大为看了一眼："见过啊，经常去。他好像姓孙。他是谁？"

曹建军说："你别问了，你摸一下他去的规律。"

李大为有些为难："曹哥，这可是违反纪律的吧？"

曹建军说："实话跟你说，兰亭雅舍这条线索就是跟踪他才发现的，这条鱼我怕漏网了。你注意一下，他一般都是星期几去，一周去几天，有没有规律，然后告诉我。"

李大为勉强答应："好吧。"

当天夜里，孙有光果然来了，一位小姐亲热地上前，引着他去了一间包厢，李大为假装路过，从他身边经过。

来到无人的楼梯间，李大为拿出电话："曹哥，您关心的那位先生，一般周一和周三晚上过来，周日有时候也来，不一定。"

曹建军飞快地说："好，我知道了，谢谢。"

派出所会议室里，几位老警察、曹建军、陈新城，接到通知都来了。不一会儿，王守一带着叶苇、程浩、高潮也走了进来。

王守一坐下："开会以前宣布一件事，请各位把手机都交上来。"

气氛瞬间严肃起来。大家都掏出手机放到了桌上。叶苇挨个收了起来，锁进了橱子里。

王守一继续说道："今天是周五，现在宣布一次行动计划。经局党委同意，展开的卧底行动已经取得了重大成果。已经查明我辖区里的兰亭雅舍，是打着企业家会所旗号的一处高档色情场所，局里已经决定要严厉打击。它背后的保护伞也将同时受到纪委的审查。这次行动的代号为'清洁一号'。行动的时间就在今天晚上八点钟。

"这次行动要绝对保密，行动开始前，任何人不许出这间屋子。参与行动的其他人员已经开始集结。他们被分为三支小分队，但对行动的目标和计划一无所知。你们几位各负责一支队伍，听从高潮的统一指挥！"

"是！"七点整，三支队伍分别到达预定地点。

曹建军坐在车里，神情焦虑，一直看向兰亭雅舍的大门。

突然，一辆专车开过来，从车上走下一人，正是孙有光！曹建军眼睛一亮，露出兴奋的表情。

"行动！"

高潮带着一队人马埋伏在另一边，看了看手表，做了个行动的手势，带着人直扑兰亭雅舍。其他人接到命令，也分别从藏身处出来，直扑兰亭雅舍。

队伍刚走到门口，李大为从里边出来，看到外面的人，二话没说，打开大门，警察们一拥而入，直扑一个个包房，大吼一声："不许动！"

一间间包厢里都有尖叫声传来。

钟姐正在办公室里跟一个小鲜肉腻歪，杨树、孙前程和另一名警察推门而入。

看到杨树，钟姐吃了一惊："阿伟？你——"

杨树面无表情："都不许动，警察！"

孙有光和一个小姐躺在床上正在热身，两个警察冲进来："不许动！"

小姐吓得尖叫一声钻到了被子底下，孙有光光着身子坐起来。

曹建军守在兰亭雅舍外，看着衣着不整的男男女女正被警察押出来，一眼就看到了垂头丧气的孙有光，脸上露出耐人寻味的笑容。

第十四章

第二天一早，曹建军特意换了一身新警服，精神抖擞地领着杨树走向审讯室。

曹建军边走边对杨树说："审讯，也是学问，跟着我，多听，多想，多学。别急着发问，听听我是怎么问的。"

突然有人从留置室那儿伸出手来，小声叫着："建军，建军。"

"谁啊？"曹建军明明知道那是谁，却装傻。过去一看，大惊失色："姐夫，你怎么在这里呢？"

孙有光沮丧地说："小点儿声。"

曹建军压低了声音："不是，姐夫，您怎么在这儿呢？是不是抓错了？谁抓的？您告诉我，我去找他。"

孙有光懊恼地说："别提了，十年九不遇地去了一趟兰亭雅舍，就碰上了你们警察行动，稀里糊涂就把我抓进来了。"

曹建军声音又大了："这么说还是抓错了？没关系，姐夫，有我在，肯定不会冤枉您。我倒要看看，是谁这么粗心，把我姐夫抓进来了。"

孙有光连忙拦住："别去，没抓错，就是抓巧了。建军，你在这里，这事就好办了，你能不能想办法把我捞出去？"

曹建军回过头，杨树正站在他身后，故意问："杨树，你是不是什么也没听见？"

杨树耿直地说："对不起，师父，我听见了。"

曹建军对孙有光说："您看，姐夫，您要是一个人被抓进来的，这事还好办。昨天晚上是全区统一行动，纪律很严，谁在这个时候顶风作案，警察就别干了。

"姐夫，只要您没嫖娼，没干违法的事，问题就不大，只要问清楚了，马上就能出来。"

孙有光苦着脸："可他们是在床上把我按住的。"

曹建军很惊讶："姐夫，您……这可真没想到啊……"

孙有光哀求："建军，到了这一步，我啥也不说了，你能帮多大忙帮多大忙。千万别让你姐知道，否则，我们这个家就完了。"

曹建军连连点头："当然，还用姐夫交代吗？"

孙有光叮嘱："你抽空给你姐打个电话，就说我有公务，突然出国了，去了……去了索马里。我们公司有个员工在那里被绑架了，我得去谈判把他救出来。对，就这么说。"

曹建军说："好，好。姐夫真是舍己救人。可是您去索马里，不和我姐打招呼却告诉我，不奇怪吗？要不然，我叫周慧和她说？"

孙有光连忙摇头："不用，你随便编个瞎话就能蒙住她。我家那口子，心眼可比小慧少得多。你告诉小慧，她根本不信。"

曹建军说："好吧，姐夫在里边多保重，我看看有什么办法没。对了，姐夫，一会儿问您的时候，有什么说什么，配合调查。这次要不是什么都查清楚了，也不会贸然行动的，您不说也是白搭。"

孙有光叹了口气："我知道。来到这里，还有什么可瞒的？建军，拜托了。"

曹建军心满意足地走了，杨树跟着他："师父，难道您真准备捞他吗？"

曹建军一身正气："你师父是有组织纪律的人，这种违纪的事我会干吗？"

好不容易等到下班，曹建军一进门就喊："周慧，在家吗？咱们不做饭了，出去下馆子去。"

"爸爸！"孩子从里边跑出来，扑到他身上，接着周慧从卧室里出来，冲着他嘘了一声。

曹建军小声问："怎么啦？"

周慧说："姐姐正在咱屋里哭呢。"

曹建军装傻："啊？哭什么？出什么事了？"

周慧说："姐夫突然失去联系，电话关机，车没在公司，人不知道上哪去了，全公司也没人知道。"

周聪从里边出来，看到他又哭："建军回来了？你姐夫出事了，你是警察，能帮着找找他吗？"

曹建军说："别慌，先坐下。出啥事了？"

周聪抽泣着说："前天早上去上班，晚上没回来。他平常也有在公司加班不回家的时候，谁知道直到今天也没消息。我急了，给他打电话，发现手机关机，去公司一问，公司里没人知道他了哪里。他这是上哪了呀，不是被人绑票了吧？建军你是警察，快帮着找找他吧。"

曹建军安抚道："姐，您先坐。周慧，你进来，我有话和你说。"

"姐，您先坐。"周慧情知有事，对姐姐笑笑，随曹建军进去了。

两人来到卧室里，周慧逼问道："你啥意思？难道你知道他下落？"

曹建军说："他去索马里了。"

周慧以为自己听错了："什么？"

曹建军说："他公司一个员工在索马里被绑架了，他去索马里解救人质去了。"

周慧火了："曹建军！你拿我当傻瓜。孙有光是那样的人吗？"

曹建军扑哧一笑："我知道这个谎就撒不成，孙有光还非让我这么说。"

周慧蒙了："啊？他叫你说的？这么说你见过他？他在哪？为什么不能回家？"

曹建军看看外面，趴到她耳边小声地说了几句话。

周慧越来越吃惊："什么？真的？"

曹建军拉了她一把："你小点儿声，我还敢拿这事开玩笑？"

周慧咬牙切齿："这个孙有光，居然还编出了去索马里这样的谎话，真拿我姐当傻瓜了？就算我姐是傻瓜，不还有我这个妹妹吗？"

曹建军说："他一再嘱咐我在你姐姐面前保密，因为这个还不让我们所通知家里。你说，这事我怎么办？"

周慧一瞪眼："怎么办？实话实说！也叫我姐我妈知道他是个什么人。哼，我早就知道他不是个好东西，没想到暴露得这么快，这回看我妈还说什么。"

曹建军面露难色："可他一再嘱咐我保密的，万一姐姐知道了，他们的家庭破裂了怎么办？"

周慧火大："破裂就破裂，这么个老色棍，还有什么值得留恋的！"

曹建军摇头："要说你说，我可不敢说。"

周慧正在气头上："我说就我说。走！"

二人往外走，周慧突然又停下了："咦，今天你突然要下馆子？怎么，姐夫被抓你高兴了？"

曹建军心里一突突："这话说的。我是看你成天在家里操持家务，太累了……"

周慧白了他一眼："哼，就算是高兴，也没什么。别说你高兴，连我都高兴。妈成天把孙有光有出息你没出息挂嘴上，这回看她还怎么说。走，我去和姐说！"

周聪等得心急，起身想去叫周慧。刚走到卧室门口，就听到曹建军说："这事儿我怎么说？告诉姐姐孙有光因为嫖娼被抓了？那地方能进去的人都不是一般人。一个会员卡就要一百二十万，没有介绍人还进不去！不过应该比较安全，不会得什么病……"

周聪听了这话，如被雷击，呆了好一会儿，发了疯似的跑回了娘家。

周母一开门，她就哭起来："妈，有光出这事，我不能活了！"

周母吓了一跳："啊？有光到底出什么事了？别慌，人还在不？只要人在就好办。你这闺女，遇上事只知道哭，他到底出什么事了？"

周父也迎上来，慌得不知道怎么办才好："是啊，你要把我和你妈急死吗？他到底出啥事了？"

周聪说："爸，妈，有光他……"

周母急得直跺脚："你这闺女，有话说呀，到底出啥事了？被人绑了？提条件了没？要多少钱哪？"

周聪终于说出来："妈，有光他嫖娼，被警察抓去了！"

"啊？"两个老人全都愣在那里。

周聪大哭："我不活了。成天在家里给他孝敬老的，养活小的，他在外面干这个。为了嫖娼，还花一百二十万办会员卡！天哪，怪不得一个星期好几天不回家……妈呀，我不活了，我要和他离婚！"

周父气得直发抖："这个孙有光，我早就看出来不是个好东西。活该，就该让警察好好教训他。离婚，这回非和他离不可！"

周母白了周父一眼："叫警察多关他几天！回来也别轻饶他，这号男人，就是欠收拾。别哭了，哭就能把他哭回来吗？"

周聪还是哭个不停："妈，我不能活了……"

周母没好气地说："不活你死去吧，死了把家和孩子都留给他，让他找个比你还年轻还漂亮的女人，把家产都留给人家。"

周聪不说话了。

周母数落周父："还在这里闲着干什么？聪聪还没吃饭吧？赶快去给聪聪下碗面去。"

周父叹息着去了厨房。

周母拉了周聪一把："来，咱们到里屋去，妈和你慢慢说。"

安抚好周聪，周母去洗手间拧了条毛巾出来，塞给她："擦把脸。出了事只知道哭，没出息。这事儿要摊到你妹身上试试。"

周聪说："我刚从我妹家回来，是我妹夫告诉我的。"

周母鄙夷地说："他也就能办这点儿事。按理说，他就是个警察，自己姐夫出了这事，还不一句话就捞出来？连这点事都办不成，你说他有多没出息！"

周聪听不下去了："是他嫖娼，怪人家干什么？妈，我要和他离婚。"

周母严肃地说："聪聪，你想好了？离婚，以后你靠什么生活？"

周聪说："我怕什么？反正离婚的时候家产我分一半。更别说他有错，我能多分。"

周母点了她一下："结婚这几年，你在家里当太太，财政大权都在他手里，他到底有多少钱你知道吗？"

周聪犹豫了："可是……"

周母语重心长地说："老话说得好，哪只猫儿不偷腥？男人，不加强管理，难免犯错误，你以为你爸这辈子就这么老实吗？他这回出事，正好当把柄抓在手里，以后管得他严严的，再找机会把财政大权也夺过来，不比离婚强吗？婚好离，离了婚你怎么办？还得再找吧？拖个油瓶，能找到比孙有光更好的？"

周聪不甘心："妈，叫你说，这口气我就咽下了？"

周母给她支招："咽下了。说起来，他出去嫖娼，是坏事，也是好事。要不出这件事，你还没理由向他要财政大权呢。"

周聪停止了抽泣："妈，我这心里和塞了一团毛似的。"

周母说："女人活一辈子，哪个人心里不塞得和刺猬似的？该忍的，就忍下，该抓的，一定要抓到手，日子还得过自己的！"

周聪缓缓点了点头。

曹建军看着处罚报告，不可思议地说："什么？拘十五天罚五千？别看我面子啊，我可不徇私情。"

值班警察笑着说："没看你面子，按规定来的。"

曹建军有些遗憾地咂着嘴，不说话了。

接下来的日子，过得平淡又忙碌，十五天转瞬即逝。到了孙有光释放的日子，曹建军早早地就来到拘留所门外，坐在车上等着。

时间一到，拘留所大门开了，孙有光从里面出来。

曹建军急忙下车，亲热地迎了上去："姐夫，出来了？"

孙有光神情很轻松："建军，你看看，还叫你亲自接。"

曹建军说："姐夫有事，我不帮忙谁帮忙？不好意思，我再三求情，可有法律规定，这已经是在法律允许的框架内的最轻处罚了。"

孙有光说："我知道，拘留所条件还不错，就是吃得太差了。没关系，出来两顿就补回来了。咱们回家吧？"

曹建军说："还有件事，姐夫，您让我说您去了索马里，可姐姐根本不信，要跑到您公司里大闹。我觉得这事闹到外面更不好，只好告诉了她。"

孙有光并不在意："说吧，反正早晚也得知道。"

曹建军吃惊地看着他："姐夫不怕姐姐知道？"

孙有光无所谓地说："怕个球。我早想明白了，一张老脸看了十来年，也该换换了。她要是想离，我成全她。"

曹建军说不出话来了。

孙有光自己上了车："走吧。"

"姐夫，我姐正在气头上，我给她先打个电话。"

曹建军走到一旁，电话打给了周慧，压低了声音："小慧，我把姐夫接出来了，他根本没当回事。你姐呢？你要不要先告诉她一声？好吧，那我直接送姐夫回他家了。"

放下电话回来，曹建军上了车："姐夫，事情不好了，我姐姐很生气，回娘家了。"

孙有光说："那就让她在娘家住着，想回来就回来，不想回来就算了。"

曹建军一愣："姐夫，这样不太好吧？不管怎么说，这事是您错了，我姐生气也是应该的。您还是应该主动去认个错，把她接回来。"

孙有光不屑地说："狗屁。她要能把老子侍候好了，至于去那种地方吗？不去！你替我捎句话给她，想过，就回来，不想过，去民政局，或者法院，随她！"

曹建军不知道怎么办好了："姐夫，别怪我当妹夫的多嘴啊，这事您做得有点过了。再说我姐那性格，可比小慧温柔多了，找个这样的太太，您才有自由啊。您还是过去哄几句吧。"

孙有光不情愿地说："好吧。哼，还想拿住我，没门儿！老子有钱，什么样的女人找不着？"

曹建军不说话了，拉着他开车往老丈人家走。

周聪早就到了，低头坐在那里，周慧低声劝她，周父坐在一旁生闷气。周母开门，曹建军陪着孙有光进来了。

孙有光冲着周母一笑："妈，我回来了。"

周聪看到他进来，低着头冲进了里边卧室，接着卧室里传出了哭声。

周母数落着："有光，看你办的这好事！"

周慧也跳起来，横眉竖眼："姐夫，您怎么还好意思回来！"

孙有光赔着笑："小慧，我不回来上哪去呀？我错了，这不是上门负荆请罪来了嘛？你还不让你姐原谅我呀？"

周母推了周慧一把："小慧，赶快去劝劝你姐吧。"

周慧生气地站起来瞪了孙有光一眼，转身去了里屋。

周母这才接着说："有光，不是我说你，这事做得可太不对了，把我们一家的脸都丢光了。"

孙有光低着头："对，一切都是我的错，是我一时没把控住自己，爸，妈，我来了，随你们骂，随你们打。"

周父气得直咬牙："唉，我们家好歹也是干部家庭，出了这样的事，成何体统！"

孙有光一脸满不在乎："爸，我知道丢了您的脸，该打该罚，随您。"

周母叹息道:"唉,关我们什么事?都这岁数了,过几年两眼一闭,管你们过成啥样。可有光,你就不替孩子考虑考虑吗?这事,得亏小聪顾大局识大体,没对外人说,要不然,叫孩子出去如何见人?小聪想离婚,是我劝住了她。要真离婚,你的财产,起码得分她一半吧?当老的,总盼小的过得好,哪怕自己孩子受委屈。"

孙有光有些感动:"是,我娶了个好媳妇。您老也想得周到,我们这个家,就靠您了。"

周母说:"还不进屋劝劝去?认个错,说几句好话哄哄。"

"好嘞。"孙有光答应着进了里屋。

周父不敢相信:"就这么完了?"

周母气不打一处来:"还想怎么样?你年轻的时候叫我堵住,我不也哭了几声完了吗?"

周父脸上挂不住了:"你听听,建军还在这里,你都说了些什么!"

曹建军赔笑:"爸别拿我当回事,这是姐的家事。"

正说着,周慧从里屋出来了,气愤地说:"我姐就不该原谅他,我一看到他那张脸就恶心。"

周母脸一黑:"你少说几句!看着你姐比你过得好嫉妒还咋的?"

周慧不愿意了:"妈您这是什么意思?"

曹建军连忙劝道:"小慧,别说话了。妈不在意,你在意什么?"

周母不干了:"建军,你这话什么意思?你想让我怎么在意啊?劝他们离?"

曹建军无语:"我也没说什么呀……"

周母火了:"你能说什么?你姐夫是被你们派出所抓起来的,都不能捞出来,现在来充好人?要有点本事,你姐夫能遭这一难吗?"

曹建军目瞪口呆:"什么?"

周慧也没想到她会这么说:"妈,您这是什么意思?我姐夫嫖娼,变成建军的错了?"

周母振振有词:"难道不是吗?他要有本事,你姐夫还用关这几天吗?"

周慧失望至极:"好啊,就因为姐夫有几个臭钱,在外面嫖女人你也觉得香,建军勤勤恳恳工作也入不了你的眼。你这么嫌贫爱富,当初怎么嫁了我爸呢?"

周母大怒:"小慧反了你了!"

周慧也真生气了:"我还就咽不下这口气了!不就是嫌建军没钱吗?没钱我不嫌,关你什么事?

"建军,今天你就不该伸这个头,该通知他公司敲锣打鼓去接他。干了这么光荣的事,别人不知道怎么行?"

周母气得直哆嗦:"你……想气死我吗?"

周慧没好气地说："可别，找了这么个有出息的姑爷，还没跟他享福呢，怎么能死？建军咱们走。"

周母在后面大叫："走就走！有本事永远别再回来！"

周慧脚下飞快，头也不回地说："不回来就不回来！你这张势利脸我看够了。建军你还赖着干什么？还想多让人骂几句吗？"

"妈，我们走了。"曹建军小心地对周母笑了笑。

周慧气鼓鼓地下了楼："走啊，还等什么？"

曹建军跟上周慧："小慧，你……真不嫌我没出息？"

周慧看看他，突然一把抱住他，把头埋在他身上："我怎么不嫌？可再嫌，你是我男人，从来不背着我干对不起我的事情。你没出息，我可以说，不能让别人说。咱们走，过咱自己的日子去。"

曹建军感动地抱紧她："小慧，总有一天，我要让你为我骄傲！"

李大为在高铁站台上已经等了一个多小时，终于等到一列高铁徐徐进站。

看着手机上的信息，李大为随着车跑了几步，在一节车厢前停下等着，车门打开，李母和李易生慢慢出来。

李易生已经很虚弱，几乎完全趴在李母身上。李大为转身让李易生趴到了自己背上。李母拖着箱子，三人离开车站。

李大为没话找话："妈，这一趟出去一个多月，玩够了吧？"

李母强颜欢笑："跑了十来个国家，都是你爸跑过的地方。大为，你爸这辈子跑的地方可真不少。"

李易生趴在李大为背上笑着："这才几个？我跑的地方还多着呢！"

李大为语气生硬："这回回来，还跑吗？"

李易生摇头："不跑了，跑不动了……"

回到家里，安顿李易生躺下休息，李母才从卧室里出来，低头坐在沙发上。李大为从厨房端了碗面，送到她面前。

李母摇头："我一会儿吃，你先放着。"

李大为问："他睡了？"

李母叹息："睡不着。那个东西长在脑子里，他可能一直到死，也睡不着了。"

李大为心里不是滋味："妈，别说了。"

李母想了想："大为，联系医院，住院吧。"

李大为一怔："妈您不是说……"

李母打断他的话："联系吧……"

李大为低下头："好吧。"

李母说："还有一件事。大为，他离不开人了。住院以后，我会在医院里陪他。你呢？"

李大为有些犹豫："我争取。我这个工作您也知道……"

李母也理解："我知道，你爸也说，你是警察，别为了他的病，耽误了你的事。可我总希望在他走以前，你们爷俩能多说说话。"

李大为沉默了一会儿："我去向领导请假。"

巡逻的时候，李大为把情况和陈新城说了。

陈新城认真听完："该请！大为，工作很重要，家人也很重要，特别是在你爸这个时候，别做出什么让自己后悔的事。"

李大为没说话，回到所里，直接找到了王守一。

王守一和蔼地问："大夫说还有多久了吗？"

李大为说："应该不会超过一个月。"

王守一有些意外："他不是昨天才从外面旅游回来？"

李大为点头："对。几乎是我妈背回来的。这就是我爸，活到老，玩到老。"

王守一也是服气："是个人物。大为，这一个月，你休个假，在医院陪他吧，陪一天少一天了。"

李大为摇头："不，我妈希望尽可能少耽误工作。只要这一个月别值夜班就行。我和她商量好了，她白天，我晚上。"

"知道了，你去忙吧。"

王守一看着李大为离开，拿起桌上电话："叶苇啊，你过来一趟。"

很快，叶苇走了进来："所长，找我有事？"

王守一说："李大为的父亲快不行了，这个时候，他需要集体的温暖。你把所里能动员的力量排排班，轮流到医院帮着照顾一下。"

叶苇犹豫一下："好吧。"

王守一看出她的情绪不对："你有事吗？"

"没事。我走了。"

叶苇走到门口又转身回来了："所长，我……我想调动工作。"

王守一并不意外："想去哪里？去局里？前几天局工会缺个人，我推荐了你。"

叶苇低下头："我不想当警察了。"

王守一吃了一惊："啊？"

叶苇忙解释道："您别误会。我当了十来年警察，没有这十来年的警察生涯，就不会有我叶苇的今天。可是，我实在是没法干了。我爸还没好，公公又住院了。我和我先生都是独生子女，双方四位老人，再加上两个孩子，实在是焦头烂额。

"有心让我先生请假，可他的收入，占了家庭一大半，不上班就没收入，实在是付不起那个代价。可我当警察的，怎么好意思成天请假？所以，我想调到一个轻闲的单位去。"

王守一认真听完："叶苇啊，女同志当警察不容易，更别说你还是教导员。你家里要没事，你换工作，我同意。现在你家里这个情况，你要调，我倒不同意了。你只看到警察工作忙，可我们也有感情。现在你家里有困难，我们就要帮忙解决。你去排两个值班表，让所里有空的同志，帮你去照顾一下老人。"

叶苇犹豫："这怎么行？我是教导员，怎么能让同志们帮我去照顾老人？"

王守一严肃地说："虽然你是教导员，可也是女警察，警察要爱护和帮助女同志。去吧。"

叶苇没再说话，转身跑到洗手间，蒙上脸，无声落泪。

李易生安静地躺在床上，脸上扣着氧气面罩，身上插满了管子。

李大为和李母坐在医生办公室里，神情紧张。

大夫沉痛地说："应该就在这几天了。好在他很快将陷入深度昏迷，不会感觉到痛苦了。"

李母没说话，李大为突然有点控制不住，站起来走了出去。来到病房外，透过门上的玻璃看着昏迷不醒的父亲。

陈新城过来了，站在他身边，小声地问："还好吧？"

李大为抬起头来，看了陈新城一眼："师父，我一直没觉得我有父亲，现在刚刚觉得有了，他却要走了……"

陈新城慈爱地安慰道："找到父亲了，这不比什么都好吗？"

第二天刚上班，李大为就被所长叫到了办公室。看着他垂头丧气的样子，王守一也不好受："以前你就是个长不大的孩子，经过这一件事，就会长大了吧？所里已经排好班了，最后这几天，同志们会一直陪着你。"

李大为连忙拒绝："所长，这怎么可以？所里的工作也挺忙的。"

王守一说："再忙这件事也要做！这是咱们八里河的传统。警察这职业，工作强度大，留给家人的时间太少了。我们没办法改变这种状况，可是我们能用另一种办法来弥补，那就是一家有事，全所支援！让每个警察和家人都能感觉到生活在一个温暖的集体里。我们没办法取代父亲、老公和儿子，但能做一些力所能及的事情！"

李大为不再坚持。浑浑噩噩地过了一天，便立刻来到医院，呆呆地坐在走廊上。

没多久，夏洁来了，一声不响地坐在他身边。

李大为看看她："谢谢。你妈回来了吗？"

夏洁没说话，只是陪他坐着。

李大为说："有什么困难要说出来，不要自己扛。为什么把别人的好意拒于千里之外？所长说了，警察是一个集体。"

夏洁看了他一眼："谢谢，可我只是个人。这件事，别讨论了。"

李大为叹息一声："好吧。"

这时候杨树和赵继伟结伴而来。

赵继伟伸头往病房里看了看："哥，咱爸没事吧？"

李大为扑哧笑了："赵继伟，我爸要有你这么个儿子，保证比现在活得还轻松。杨树，谢谢你啊。"

杨树笑笑："说什么呢。"

赵继伟一屁股坐下，把李大为往一边挤了挤，让出个地方："杨树，来，坐下。"

四个人亲密无间地挤在一张连椅上。大家互相看看，都笑了。

午夜时分，李易生病情突然恶化，李大为趴在床前，握着他一只手，听他艰难地说着："我啊，一直不甘心就这么活着……生命太短，而世界太大……我总想到处跑跑……可跑着跑着，就跑野了。爸这辈子，对不起你和你妈……"

李大为难过地说："爸，别说了。"

李易生轻轻摇头："不，爸要说……大为啊，爸高兴……你当了警察。你像爸一样爱自由，又学会了承担责任。你有出息……大为，爸把你妈交给你，爸放心……"

李大为泪水止不住地流："爸，别急着走，再陪我和妈几天，您再留留。"

李易生脸上露出了笑容："爸这辈子……有一个好老婆，一个好儿子，跑了很多地方，见识了很多事，爸知……"

话没说完，李易生再次陷入深度昏迷。大夫要立刻进行检查，李大为被推了出来，赵继伟和杨树几人连忙扶住他。

李大为反过身去拍打门，声嘶力竭："爸，您坚持住！您一定要坚持住啊……"

陈新城紧紧地搂住了他："大为，坚强点！"

李大为哭了："师父，我就要没爸了……"

陈新城心里也不好受："大为，还有我们大家呢。"

走廊上，站满了警察，过往的群众都奇怪地看着，小声议论："这快死的是个什么人哪？"

"不用问，一定是个大人物。"

……

阴郁的天空，下着毛毛细雨。李大为捧着李易生的遗像从面包车上下来，走向殡仪馆。

赵继伟和杨树戴着黑袖章一左一右陪着他。在他们身后是李母，夏洁和小窦一左一右陪着她。

王守一带着十几个警察列队站在路边，李大为捧着父亲的遗像过去的时候，警察们一手端着帽子，向遗像行注目礼，仪式庄重肃穆。

一切尘埃落定，李大为陪着李母与派出所战友一一握手。

王守一留在最后，双手握住李母的手："大为妈，您保重，有任何困难需求，八里河派出所都会帮到底的。"说完敬礼，转身离去。

李大为扶着李母坐在沙发上："妈，累了好几天了，您歇歇吧。"

李母的神态很安详："妈不累。大为啊，你爸一个人跑了大半辈子。可他死的时候，这么多人来送他，他没有遗憾了。"

李大为怕她难过："妈，爸走了，您还有我，以后就咱娘俩相依为命了。我搬回来，在家里陪您。"

李母拍拍他的手："不用，把你爸送走，妈也该忙起来了。土石方工程上还有许多事呢。这回挣了钱，不怕有人骗了。你回宿舍吧。"

李大为一脸无奈，最后被推出家门，只得返回合租公寓。

饭桌前，夏洁在给大家煮面，赵继伟等不及，自己已经捧着泡好的在吃。

杨树站在李大为身后："这什么意思？伯母把挣钱看得比过日子还重要？"

赵继伟含糊不清地说："挣钱不就是过日子吗？"

夏洁说："依我看哪，伯母是怕形成对你的依赖。"

李大为没听明白："什么意思？"

夏洁递给他一碗面："伯母一看就是个性很独立的人。她怕伯父一走，在感情上要依赖儿子，以后会变得越来越依赖。"

李大为将信将疑："会吗？"

夏洁肯定地说："会的！伯母真不简单。"

一夜无话。第二天早上李大为醒来，拿起手机看时间，顺手刷朋友圈，发现母亲发了条朋友圈。

一张旭日东升的图片，下面有句话："太阳每天都是新的！"

李大为笑了，从床上一跃而起，换上运动服出去晨跑。难得拍了张朝霞的照片，发了条朋友圈："新的一天开始了！"

就连回来洗漱的时候，李大为还在直着嗓子唱："为了母亲的微笑，为了大地的丰收……"

杨树忍不住过来拍了拍他的肩膀："唱得不错，答应我，以后不要在家里唱……

今天我们几个人的早饭都归你了！"

今天晚上轮到陈新城和李大为值班，两人从外面出警回来，把披挂搭到椅子上。

陈新城一屁股坐在椅子上，把双腿搭到前面的椅子上："大为，给我拿个面包。都三点了，这一夜忙的。"

李大为说："师父，还有刚才吃了一半的夜宵呢，我去热热。"陈新城说："没那么多讲究，端过来吧。"

李大为刚要去端，就看到孙前程从接警台伸出头来："李大为，有人报警。强奸！"

陈新城立刻跳了起来："啊？在哪啊？"

孙前程说："她说她在顺河街丁字路口。"

陈新城说："得需要一名女警察。"

李大为立刻拿出手机："我打电话给夏洁。"

陈新城大步往外走："你叫她回所里来等着，咱们先出警。"

两人开着警车闪着红灯来到顺河街口，老远就看到一个女孩站在路边，拼命地向他们招着手，他们立刻开过去。

女孩浓妆艳抹，衣着暴露，怎么看都像风尘女子，可她现在显然吓坏了，看到警车就跑了过来，拉开车门就要上车。

两人没让她上，而是下了车，同时打开了执法记录仪。

陈新城问："是你报警？"

女孩慌张地说："是，是我。警察同志，我被人强奸了。"

陈新城面无表情："别怕。你叫什么？"

女孩说："莉莉。"

陈新城眉头一皱："全名叫什么？"

女孩说："我叫刘小莉。"

陈新城问："你被谁强奸了？怎么回事？你现在安全了，慢慢说。"

刘小莉稍微平静了一些："警察叔叔，我晚上在酒吧里喝酒喝多了，有点醉，认识了一个男的，他说他送我回家，结果却把我带到他家里，把我强奸了。"

李大为问："你认识他吗？"

刘小莉摇头："不认识。"

李大为问："不认识你就上他的车？是不是许给了你什么好处？"

刘小莉支吾："开始我和他挺聊得来的，就上了他的车。可他要我干那事，我不同意。更何况，他还是个变态。警察叔叔，那个人太可怕了，我差点儿就出不来。"

李大为问："接人家的钱了没？"

刘小莉说："他后来给了我两百块钱。我发誓不是我要的，是我临走的时候他硬塞的！"

李大为瞧不起地看着她，小声对陈新城："师父，就是卖淫，可能价格没谈好。"

陈新城示意不让他说，温和地对刘小莉说："他家在哪你还记得吗？"

刘小莉点头："我记得。"

陈新城说："走吧，上车，带我们去他家。"

刘小莉害怕："还要去他家啊？"

陈新城安抚道："我们和你一起去，别害怕。"

在刘小莉的指引下，车子开到一栋平房前。

刘小莉说："到了，就是这儿。"

陈新城前后看着："我怎么一路上都没看到探头？"

李大为说："这儿成天说拆迁，所以探头安装得不多。"

陈新城嘀咕了一句："回去得反映一下，这儿是个安全死角。"

刘小莉跟着下车，不敢过来，指着路边一扇木板门："就是那儿。"

陈新城说："和我们在一起，你不用怕。要真有事，还需要你指认。过来吧。"

刘小莉这才胆怯地走过来，紧紧地靠在陈新城身边。

李大为上去敲门，里边传出一个男声："谁呀？"

李大为说："警察，快开门。"

半晌，门吱呀一声开了，露出一个四十岁左右男人的面孔。刘小莉一看到他，就吓得躲到了陈新城身后。

男人睡眼惺忪："警察同志，有什么事吗？"

陈新城上前亮出证件，回头对刘小莉说："是他吗？"

刘小莉声音发抖："就是他。"

陈新城指着刘小莉问男人："认识她吗？"

男人看了看："认识啊。不才从我这儿走了不久吗？"

陈新城客气地问："先生，怎么称呼？身份证能看一下吗？"

男人说："我叫岳威，我犯法了吗？"

陈新城说："这女孩告您强奸，我们得调查一下。配合一下吧。"

岳威吃惊地说："什么？强奸？我俩刚发生过关系不假，可是你情我愿的，她还收了我两百块钱呢！"

陈新城客气地说："您的意思不是强奸，您给了钱，是嫖娼喽？"

岳威满不在乎地说："顶多算嫖娼。"

陈新城郑重地说："就是嫖娼，也违反《中华人民共和国治安管理处罚法》了。请配合我们调查，出示您的有效身份证件。另外，我们能不能进屋看看？"

岳威不情愿地让开身子，还狠狠地盯了刘小莉一眼。

陈新城对刘小莉说："你上警车，我们把警车锁上。"

李大为把刘小莉锁到警车上，两人跟着岳威进去。

家里很简陋，却异常整洁，只有床上的被子零乱地堆在那儿。

陈新城站在那里四处打量着，岳威把身份证给他看，陈新城把他的身份证插到仪器里查验。

岳威说："警察同志，我和她是在酒吧认识的，孤男寡女，说着说着，都有点那意思，我就带她回来了。没错，我俩上过床，可她是主动的。你说一个女人，要是不想干那事，她跟一个男人半夜三更去男人家干什么？我过意不去，就给了她两百块钱，送她出门。这女人，没想到，提上裤子就翻脸了。"

陈新城把身份证还给他："现在她报强奸，我们得调查一下，您能配合我们去派出所一趟吗？"

岳威说："去就去！在大街上睡个女人，是我不检点，但说强奸，走到天边我也不怕！"

三人出来，陈新城打开车门："刘小莉，你坐到前面，我和他坐后面。"

四人上车，返回派出所。

警车开进来的时候，夏洁已经到了："怎么回事？"

李大为悄悄跟她把事情大概说了说，夏洁点头。

陈新城招呼道："夏洁，你陪我问这女的，大为，你和孙前程问这姓岳的。"

审讯室里，刘小莉坐在陈新城和夏洁对面。

陈新城问："你们离开酒吧的时候，你到底是说跟他去他那儿，还是让他送你回家？"

刘小莉肯定地说："他说送我回家。我当时喝多了，一晚上又聊得挺好的，就没多想，上了他的车，等一睁眼已经在他家里了！"

陈新城问："那是几点？"

刘小莉努力回想："我记得我要回家的时候是十点半。"

陈新城问："然后呢？"

刘小莉低下头："等我醒的时候，身上的衣裳已经被他扒得差不多了。我苦苦哀求，他说我敢跑就杀了我。还说我前面的一个也没跑掉。我想喊，他拿刀在我脖子上比画，我没办法，只好从了。"

陈新城面无表情："然后呢？"

刘小莉看看他，又看看夏洁，支吾着："然后……然后……警察叔叔，他是个变态，我……我实在说不出口。"

陈新城和夏洁互相看看，不问了。

隔壁审讯室里，李大为和孙前程也在讯问岳威。

岳威一脸委屈："我在外面打工这么多年，虽然没老婆，可见识的女人也不少。在酒吧里，她就主动往我身上蹭，话里话外撩拨我。警察兄弟，都是男人，谁受得了这个呀？我就把她带回家了。可这位也太过分了，想要钱直说，两百少我再多给你点，也不能这样害我，脸一变就说强奸。"

陈新城进来，咳嗽一声，李大为站起来对孙前程说："暂停一下。"说完随陈新城出去。

两人出来，陈新城问："你这边怎么样？"

李大为说："那家伙一口咬定是你情我愿。我觉得没啥破绽。师父您那边呢？"

陈新城说："我让夏洁检查了一下她身上，没有伤痕。"

李大为笑着说："你看那女的，一看就不是什么正经东西，她的话不可信。"

陈新城没说什么："强奸按规定要交刑警队。我一会儿给罗队长打个电话，天亮以后交给他们。"

两边全都停止讯问，等到上班之后，刑警队的罗队长走进来，路过的人都和他打招呼，罗队长也笑嘻嘻地点头回应。

王守一把脑袋从二楼窗户里伸出来："老罗，人是我们抓到的，现在你又来了，什么时候学会摘桃子了？"

罗队长笑着说："老王，你不会自己把桃吃了吗？以后别给我们刑警队派活好不好？"

王守一笑骂："嘚瑟。赶快进去吧。"

陈新城正在办公区打电话："林场派出所吗？您好。我是八里河派出所。我们这儿拘了一个犯罪嫌疑人，叫岳威，身份证信息是你们那儿的，您知道这个人吗？"

电话里说着什么，陈新城听着，神情严肃起来。

罗队长进来了，一边和周围的人打招呼，一边向陈新城走来："新城，你一招呼我就过来了。人呢？"

陈新城对着电话说："好的，我知道了，谢谢您啊，再见。"

挂了电话，陈新城站起来和罗队长握手："罗队长，又得给您添麻烦。"

罗队长说："哪里啊。我们的活，都叫你们干了。"

陈新城一抬手："人在后面，我陪您过去。"

两人边走边聊，陈新城说："十五年前，岳威在他家乡派出所干过三年辅警，后来嫌待遇低从家乡跑了出来，从那以后就很少回去。"

罗队长眉头一皱："辅警？他这回犯的事您看着……"

陈新城说："从现有证据来看，就是小姐出台价钱没谈拢。可我总觉得哪里不对。"

罗队长问："哪里不对？"

陈新城说："那女孩真的是吓破了胆。按理说，就算因为价钱起了争执，也不至于把女孩吓成那样。还有，他如果干过辅警的话，对警察办案的流程应该一清二楚，还应该有强大的反侦查能力，这和我对他那个家的感觉是一致的。他是个单身汉，也没有正当职业，靠开黑车谋生，可他家太干净了，干净得不正常。所以，拜托罗队长，这个案子，要好好问问。"

罗队长点头："好嘞。"

快到门口，陈新城又想起一件事："对了，女孩一口一个他是变态，我这儿夜里只有一名女警察，不好问。到了您那边，再仔细问问。"

罗队长答应："行，交给我吧。"

办完交接手续，岳威和刘小莉被押上了一辆警车，罗队长向他们招招手，开车走了，陈新城还站在那里看着。

李大为拍拍手："师父，没咱的事了。不过我打赌，我们很快就能看到他们，就是一起嫖娼案。"

陈新城什么话也没说。

李大为突然想起什么，拿出手机，对着派出所大门拍了一张，低着手一阵操作。

陈新城问："干什么呢？"

李大为说："发个朋友圈，好让我妈放心。"

王守一主持召开每天的例会："第四季度马上开始了，年底几项工作都要抓紧，咱们努努力，争取第四季度进全市百强。"

大家哄堂大笑。

王守一也笑了："百强是说笑，可工作不能放松。志杰，志杰呢？"

张志杰在角落里举举手："在这呢。"

王守一说："你们几个社区警开个小会，具体由你负责，今年中秋国庆靠得近，社区安全工作任务重，你们商量几条措施报上来。还有，安全隐患得查一遍。"

"好。"张志杰答应一声就没了动静。

王守一继续点名："曹建军。"

曹建军站起来响亮地说："到!"

王守一问："茂源大厦那案子查得怎么样了？年前能结案不？"

曹建军说："案子是早就破了，就是涉案人跑了，正在追，年前能追回来几个算几个。"

王守一摇头："那可不行啊。这案子影响大，没抓到人有什么意义？如果人手不够，所里抽人支援，一定要把主犯抓获归案!"

第十五章

派出所的工作，每天都是忙碌而紧张的。

李大为开着车，陈新城在旁边交代："上午还有点时间，咱们抓紧把监控看看，这种事情，拖得越久，破案的可能性越小。"

李大为点头："是，师父。"

快到派出所，陈新城一抬头，看到刘小莉畏畏缩缩站在门口。这次她没化妆，一头黄毛也没好好梳，显得很邋遢。

陈新城说："停车。"

李大为停下车，陈新城走过去，刘小莉一看到他就哭了起来。

陈新城问："出来了？刑警那边怎么说？"

刘小莉哭着说："陈叔叔，他们把我和岳威都拘了五天就放出来了，说我是卖淫。我明明是被强奸，为什么说我是卖淫啊？"

陈新城安慰："别哭。这样，你先回去，详细情况我给刑警队打个电话问问。"

刘小莉楚楚可怜地说："陈叔叔我真没撒谎，我真是被他强奸的。还被说成卖淫，我冤枉啊！"

陈新城说："情况我知道了。你先回家，我以后会找你的。哎，以后好好找个工作，接受这次的教训。"

刘小莉点头："我记住了，陈叔叔。您一定要帮我啊。我被拘了五天，家里都知道了，我后妈嫌我给家里丢人，都不让我进家门了。"

陈新城说："那可不行。她要不让你进门，你再给我打电话。赶快回去吧。"

刘小莉哭哭啼啼地走了。

李大为一副意料之中的样子："我说怎么样？还是卖淫。"

陈新城想了想："走，咱们去刑警队看看。"

两人绕路来到刑警队，找到罗队长。

罗队长一边给他们倒水一边打着哈哈："看样子老陈是对我们的工作不信任啊？"

陈新城客气地笑着："不是那意思，是这丫头可怜。我打电话给她所在的辖区派出所了解过情况。这孩子母亲早死，父亲又给她找了个后妈。后妈生了个弟弟，根本不管她。父亲也不争气，整天喝酒，喝醉了就拿她撒酒疯。这孩子缺少家教是真的，可卖淫的事，她们社区说从来没有过。"

罗队长说："老陈的工作做得比我们还细。不过，不管她以前卖没卖过，这回她是真卖了。"

陈新城问："怎么这么说？"

罗队长说："咱们去看下监控就知道了。"

三人来到监控室，罗队长让监控员调出当天的酒吧监控："你看，这是在酒吧里，她和这个叫岳威的勾肩搭背，聊得火热。这是酒吧外，她主动上的车。说喝醉了，可你看这走得挺稳，正派女孩那个点儿不该上陌生男人的车吧？岳威家门口没监控，可路口有。你看这是路口的监控，这是岳威开的车，看见了吗？她坐在副驾上，头靠在岳威的肩膀上。"

陈新城仔细看着："也许她真的醉倒了。"

罗队长也不争辩："也许是吧。可就凭这些，怎么也不能说是岳威强迫她去的。另外，更重要的，她说强奸，身上没伤痕，还收了人家两百块钱。您说这事怎么认定？"

陈新城看着录像没说话。

罗队长说："这女孩的情况，我们也了解过。初中毕业，没有正当职业，和好几个男的有过关系，以前也有过向男人要钱的记录。"

陈新城说："她在我们那儿的时候，一口一个岳威变态，到底怎么变态，她在这儿说了吗？"

罗队长叫人去拿文件："我分别派几个女警察问了好几遍，每次说的都不一样。叫我看，十有八九是她编的。说强奸，我们没证据；说卖淫，却是有证据的。所以我们只能当卖淫嫖娼处理。"

陈新城点头："好吧。罗队长，那个岳威的历史你们没调查调查？他对刘小莉说进了他家的女孩没人逃出去过，是什么意思？"

警员把文件递给罗队长，罗队长把文件递给陈新城："查了。就是靠开黑车为生，有时候会带女孩到他家过夜。至于所谓没人逃出来过，应该是他吹牛。"

陈新城看了下文件："他们的口供，您能给我一份吗？"

罗队长说："这案子我们刚结，还没来得及归案。您还是不信？"

陈新城忙说："这是什么话？我就是可怜那个女孩。那，我在这儿看看吧。"

罗队长勉强点头："好吧。"

陈新城小声对李大为说："大为，抓紧时间看。你脑子好，尽可能把看到的东西记住。"

李大为说："师父……"

陈新城严厉地说："抓紧时间看！"

半小时后，二人出了刑警队。李大为问："师父，您真不相信她是卖淫？为什么？您看她那样。"

陈新城正色道："大为，警察不是相面的，更不能以成见看人。你为什么相信她是卖淫？因为她的打扮，她的做派。可不自爱的女孩未必会卖淫。我们还是和她谈谈再说吧。对了，这事先保密。强奸案属于刑警队的案子。我们不能当案件处理，就当自己的兴趣吧。你有兴趣吗？"

李大为立刻会意："太有了！我要跟着师父学如何当好警察。"

陈新城笑了笑："给她打个电话，叫她来一趟。"

接到李大为的电话，刘小莉立刻来到派出所。

询问室里，陈新城和颜悦色地说："我看了你在刑警队的口供，每次说的都不一样，你为什么在警察面前撒谎呢？"

刘小莉哭了："陈叔叔，到了那边，他们一次次地问我，明摆着对我不信任。我就想把事情说得严重一点，好让他们重视起来。可越说，越圆不上，就这样……"

陈新城接着问："你在口供中表述了岳威的变态行为，可为什么你身上没有伤？"

刘小莉解释道："陈叔叔，我进去不久，就发现他是个变态。我以前交过一个男的就是变态，碰上这种人，我知道是跑不掉的，不如顺着他，满足了他再跑。我就哄着他，努力配合他。他绑我的手，我说我配合，让他绑得松一点，而且我一直没挣扎，所以我身上没留下伤。可他真是个变态呀。他一直折磨了我三四个小时，又说到他那儿的女孩没人能跑得了，我才怕了。"

陈新城审视着她："他把这种话都告诉了你，如果是真的，肯定不会放你走的。可为什么放你走了？"

刘小莉说："他没放我走。完了事他叫我去洗个澡，我知道时间差不多了，就磨蹭着没去洗。就拖到点了。"

陈新城立刻追问："拖到什么点？"

刘小莉说："我经常一个人在外面玩，怕遇上坏人，所以在家里另一部手机上设了定时自动拨号功能，拨到我手机上。如果我夜里两点半还不回家，就会自动拨打电话。我磨蹭到两点半，果然手机响了。我骗他说是和我一起住的小姐妹打来的，如果我到点不回家，她就给我打电话，我不接，她就会报警，他就让我接了。我对电话说我在刚才酒吧里认识的大哥家里呢，一会儿就回去。他信了，犹豫一阵，就放了我。临走的时候他塞给了我两百块钱。我要不收，怕他不让我走，所以就收下了。"

陈新城问："和我说的都是实话，没撒谎吧？"

刘小莉指天发誓："陈叔叔，要有一句谎话，天打五雷轰。"

陈新城说："好。刘小莉，现在的证据对你不利。凭这些证据，很难证明是强奸。但你要相信法律，相信警察，我们不会放弃调查。只要真的有强奸发生，我们一定会把罪犯绳之以法的。现在你回去，今天到这儿来的事情，不要对任何人说。"

刘小莉站起来，眼泪汪汪地："陈叔叔，你们会抓他吧？他真的很可怕！"

陈新城肯定地说："只要他做过你说的事情，相信我，我们一定会抓住他！"

刘小莉说："那，我回去了。"

陈新城再三叮嘱："记着，不要让别人，特别是他，知道你到这儿来过，以后也别再和他打交道。"

刘小莉点头："我知道了。谢谢陈叔叔。我走了。"

陈新城突然说："你等一下。"

刘小莉抬起头来，疑惑地看着他。

陈新城沉声说道："刘小莉，你知不知道你很不自爱？"

刘小莉愣住："什么？"

陈新城说："如果你是我的女儿，我非好好管教你不可！你这么年轻，不读书，也不好好找工作，你看看你现在的样子！你没有了母亲，父亲又不疼你，你再不自爱，这世上还会有谁爱惜你？"

刘小莉小声说道："我，我自己……所以我才设置了另外一部手机。"

陈新城愣了一下："是，你很聪明，很机智。但有时候，这个世界的恶超出你的能力和你的想象，还是不要玩火的好。听我的话，回去以后找个正经工作，好好工作，让你早走的妈妈放心。"

刘小莉低下头，再次抬头时，已经泪痕满面："陈叔叔，自从妈妈走了以后，这些话还没人对我说过。谢谢您，我走了。"

陈新城和李大为站在门口，目送她离开。

李大为小声说道："看不出来，这女孩真是挺聪明的。"

陈新城心情沉重："也许是她自己把自己救了。"

李大为来了精神："师父，她说的要是真的，没准我们遇上的是一个变态杀人狂呢！"

陈新城严肃地说："别胡说！你有证据吗？"

李大为郁闷地说："师父，她说的话，咱俩都一块儿听的，为什么您就相信她呢?"

陈新城说:"她说的,和岳威说的都合理,但有几个地方我想不明白,岳威是一个开黑车的,他能挣多少钱,还经常去泡酒吧?他住在咱们辖区里,可他去的酒吧在城那一头,有必要跨过一个城市去泡吧吗?

"再说了,刘小莉十点半去了岳威家,三点出来的。如果是一般卖淫,拿到钱就该走。要是两人你情我愿,到那时候了,就该在他家睡下,为什么三点出来?要真是卖淫,对一个年轻女孩来说,两百是不是太便宜了?"

李大为钦佩得五体投地:"师父,当初我见您的时候,您捧着一杯养生茶,我心说这是什么警察呀?没想到您这么厉害!"

陈新城笑了:"别来拍我马屁。你那时候看不起我,当我看不出来?这案子,要么是这女孩撒谎成性,已经撒到一个老警察都看不出来;要么我们碰上的罪犯不一般,抓紧调查一下这两个人。"

商量妥当,两人先来到社区了解情况。社区庄大妈听明来意,叹了口气:"唉,这小莉,说起来也是个可怜的孩子。小时候是她妈手心里的一块宝,长得也漂亮。可她妈死得早,她爸又给她找了后妈,一下子从天上掉到了地上。"

李大为问:"她继母虐待她吗?"

大妈说:"说虐待,咱们也没啥证据,也没见她后妈动过手。可搁不住在她爸那儿上眼药啊。她爸脾气暴,打起来,真叫往死里打,而她后妈还在一边说风凉话。社区也上门劝过几次,可清官难断家务事不是?后来,这孩子就不学好了。"

陈新城问:"她干过违法的事没?"

大妈摇头:"那倒没有。就是在外面交男朋友,文身,抽烟,和一帮半大小子在街上晃来晃去。怎么,她出什么事了?"

陈新城笑着:"没有。我们是调查另外一个案子,涉及她,顺便问问情况。庄老师,她那么年轻,咱们社区不能看着她走上邪路。你们帮她介绍个工作,就权当替她妈疼她一回。"

大妈赞叹道:"听听,这警察同志说的,多暖心。好嘞,就冲着您这些话,我们社区帮帮她。"

回到车里,陈新城坐在副驾上,沉默许久,李大为的嘴却是说个不停:"师父,要真是进了他那间屋的女孩就没出来过,他那间屋就是第一犯罪现场。那里我记得挺干净的,干净得都变态。我想起来了,变态的人有一个特点就是特别爱干净和整洁。"

陈新城不说话。李大为看他一眼:"师父您怎么了?"

陈新城看向窗外:"没怎么。没妈的孩子也可怜,没爸的孩子也可怜。"

李大为心里一动:"您又想起佳佳了?可佳佳现在有您疼她啊!"

陈新城苦笑:"我太笨了,不知道如何当好一个父亲。"

李大为不解："是又有什么事吗？"

陈新城摇头："也没有。就是这孩子的情绪老不稳定，狗一阵猫一阵，我也不知道为什么。"

李大为猜测道："青春期！师父她是不是找男朋友了？"

陈新城叹了口气："不像。唉，先不想了，忙咱的吧。去岳威家的居委会看看。"

到了岳威家社区，居委会宋主任接待了他们。

宋主任说："咱们这儿住的人杂，南来的北往的都有。这姓岳的在咱们这儿住的算是长的，有四五年了。这个人，咱们对他了解得很少，只知道他靠跑车为生。为人挺和气的，也没和左邻右舍发生过啥矛盾，也不和啥人交往。"

陈新城问："听说过他带女孩回家吗？"

宋主任笑着说："他一个单身汉，带个女孩回家也正常，是吧？他一个邻居说看到他晚上带过一个女孩回家，不过也不能全信。他和这姓岳的因为停车的事吵了几句，到后来还是姓岳的主动认错，他是报复也说不定。"

陈新城立刻问道："那人叫什么？"

宋主任想了想："叫……董磊！"

回到所里，陈新城先去网络监控室找出来一摞资料，刚回自己位子，李大为把手机递给他："林场派出所的赵警官。"

陈新城忙说："我是八里河派出所的陈新城，您接着说。"

电话里赵警官说："他在我们这儿当辅警的时候我还没当警察呢。不过找老同志了解了一下，他在这儿表现还可以，工作能力挺强。他家里父母都没了，只有一个哥哥，来往也不多。他辞职以后就走了，听邻居说他回来过一两次，时间记不太清。"

陈新城陷入了沉思。

按照宋主任给的线索，两人找到了和岳威有过矛盾的董磊。

陈新城问："听说你和你的邻居岳威因为停车的事发生过争吵，还是他主动认的错，事情才平息的？"

董磊气呼呼地说："哎哟，哪里是他主动认的错？警察同志，那个人好吓人哦！他那车停在他家门口，经常把我的车位占了。有一天把我家的车堵到里边出不来了，我就去敲他的门，叫他挪车。也怪我，说话难听了点儿，您是没见，什么叫眼神能杀人？他那眼神就是，吓得我当时就不敢再说话，乖乖地走了。

"过了两天，他主动提了一串香蕉来给我认错，从那以后再也没堵过我的车。可我也知道这个人惹不起，打那以后见了他都躲着。"

陈新城说："董先生，今天我们找你了解情况的事，就不要往外说了。"

董磊夸张地说："我哪敢，岳威那劲儿，要知道我跟警察聊过天，怕是我小命不保了。"

"那倒不至于。"陈新城与他握手话别，回到自己车上。

李大为说："师父，这听上去，是不是越来越像一个变态杀人狂？"

陈新城没接李大为的话："走，咱们去刑警队坐坐。"

李大为没动："干什么去啊师父？咱们好不容易碰上个大案，他们刑警放弃，被咱发现了，咱们为什么要给他们啊？"

陈新城说："破大案要案是刑警队的事，他们的技术条件比咱们完备，对破案更有利。走吧。"

李大为不服气地瘪着嘴，到底还是得服从。

再次找到罗队长，陈新城把自己的分析和盘托出："这个岳威深居简出，不与人交往，不好惹，十来年几乎不回家。这些都算不上什么，可凑到一起，总让我觉得哪儿有点熟悉的味道。

"罗队，如果那两百块不是刘小莉要的，而是他强塞的，再联想到他当过辅警，意义可就不一样了。这说明他这个人有很强的反侦查能力，知道能用什么办法逃过法律的制裁。"

罗队听得很认真："您怀疑这背后有个大案吗？"

陈新城谨慎地说："我没有证据，就是觉得哪儿不对。自从我听说他当过辅警，这种感觉就浮出来了。既然他当过辅警，见了警察，应该先把这段经历说出来，和警察套套近乎，可他见了我们一个字也没提。"

罗队沉思着："他在我们这儿也没提。可是，如果有大案的话，那应该有别的发现。比如尸体，比如失踪人口。可我们都没发现。"

陈新城说："也许是我想多了。可是，这种事，想得多总比想得少强，是吧？"

罗队点头："好吧，我们再把这个案子好好地查一查。谢谢你啊，老陈。"

"咱们还客气什么。"陈新城又想到一件事，"罗队，他住的那个地方，几乎没有监控。咱们能不能在他进出的道路上安一个监控？你们案子多，把监控接到我们那儿，我们随时监控着他。"

商量好之后，陈新城和李大为回到派出所，在电脑上查看监控视频。

视频里是岳威活动的镜头：开车过去，开车回来，从洗脚房出来，把车停在酒吧门口……

李大为说："您看，他生活得还挺规律。就是每天跑黑车，偶尔去洗脚房，或者去泡酒吧。不过他单身，到这些地方找刺激也正常。"

陈新城问："你说，他要是跑车，注册一个账号，跑正规的网约车多好，为什么要跑黑车？"

李大为猜测："是不是不想让平台提成？"

陈新城点头："也有可能。不过也有另外一种可能，如果注册为网约车，他的行踪平台就能掌握。"

这时电话响起，陈新城看看来电显示，赶快接起："佳佳，有事吗？"

听了两句，陈新城脸色都变了："佳佳，为什么呀？佳佳你别走，你等着爸，爸这就回去！"

挂了电话，陈新城慌慌张张站起来："大为，我有事，得马上回趟家，你和所里说一声。"

李大为也紧张起来："佳佳出什么事了吗？"

陈新城已经冲到了门口："回来再说！"

一路狂奔，陈新城回到家，一进门就叫着佳佳的名字，声音都变了："佳佳！你在吗？"

客厅里散落着佳佳的行李箱和画具，佳佳低着头从里屋走出来："爸。"

陈新城上前抱住她："佳佳，跟爸住得好好的，为什么突然又要搬出去？爸哪儿做得不好吗？"

佳佳摇头："不是。我就是想出去单住。玲姐说我可以住在她那里。"

陈新城痛苦地说："佳佳，别折磨爸行吗？现在不是你跟爸住，是你陪爸住！你真忍心丢下爸一个人走？爸老了，爸想有个家呀！"

佳佳不说话了。

陪着佳佳吃了点东西，让她先回房休息，陈新城这才情绪低落地回来上班。

李大为关心地问："佳佳是遇到什么事了吗？"

陈新城有些不确定："没有，或者我不知道，我不是个合格的父亲，一点也不了解自己的孩子。唉，我拿她真没办法了。"

李大为劝道："您别这么想，毕竟好多年没在一起生活了，她也许只是一时不适应，闹闹情绪，过几天就好了。"

陈新城心情稍微缓解："是吗？"

"肯定是。"李大为想了想，"要不然，我去和夏洁商量一下，让她再和夏洁一块儿住几天？佳佳上次在我们那儿住得挺高兴的。"

陈新城缓缓摇头："去你们那儿住……也解决不了问题。"

李大为说："我的意思是说，佳佳跟我们好沟通，也许住着住着，我们就知道她为啥想搬出去了，那您不也就能对症下药了吗？"

陈新城这时接到出警通报，立刻上车："你让我再想想，先出任务。"

李大为开着车："师父，佳佳的事不用想了。我们那儿人多、热闹，而且我们几个跟她年龄也没差多少，她跟我们在一起肯定开心。只要她开心了，还有啥事儿解决不了？您就信我吧。"

陈新城还是略带犹疑："那……你等我问问她愿不愿意去。"

李大为说："她愿意。刚刚路上我就发信息问过她了，现在就等您点头。"

陈新城有点意外，又有点不爽："你小子……怎么我女儿跟你比跟我都亲……愿意跟你待着，不愿意跟我在一起？"

李大为小心地说："您放心，等她开心了，能理解您了，我肯定第一时间就把她送回去。"

下班以后，李大为领着背着画板的佳佳回到合租公寓，进门就喊："夏洁，夏洁！"

夏洁从自己房间出来，看到佳佳，热情地说："佳佳，欢迎。我把大床换成了两张单人床。这回你愿意在这儿住多久就住多久。"

杨树和赵继伟也各自从房间里出来对佳佳表示欢迎。

赵继伟开心地说："五个人了。这回哪怕有个人值夜班，斗地主也够了。"

李大为指着赵继伟："你就是地主，就该斗你。"

佳佳不解："他为什么是地主？"

杨树笑着解释："他帮我们买东西，弄了一个收款码，每次收五块钱跑腿费。"

佳佳也乐了："那真是个地主。"

李大为提议："佳佳，哪天咱们斗赵继伟这个地主。"

佳佳笑起来，羡慕地说："我要有你们这样几个好朋友多好啊。"

夏洁搂住她："你现在不就有我们几个朋友吗？赶快进屋吧。"

李大为、杨树、赵继伟也要跟着进去。

夏洁拦在门口："女生宿舍，非请莫入。"

赵继伟扫兴地说："那我值班去了。"

杨树也识趣地说："我去夜跑。"

李大为打了个哈欠："好，我也回我屋歇会儿。"

回到自己的房间，李大为哪能睡得着，躺在床上和母亲视频通话："妈您发扬一下母爱不行吗？明天我回家，您包饺子给我吃。"

母亲毫不客气地说："不行，我工程上忙着呢，哪有空侍候你？"

李大为哀求道："我的好妈妈，您比我还忙？您多大岁数了知道吗？咱有必要这么大岁数还往钱眼里钻吗？"

母亲在那头笑了："这世上就你敢这么说你妈！"

这时夏洁在客厅叫他："李大为，来一下。"

"妈，我还有事。有空再聊。"李大为结束通话，坐了起来，"什么事？"

夏洁敲敲门，站在门口没进去："佳佳要支画架，你来参谋一下支哪里？"

佳佳也把头伸进门口。

李大为站起身来："哪都行，让佳佳自己选。要不从我这屋开始看。我这屋就是狗窝，乱。不像夏洁姐姐屋，你们那边是闺房。"

"好。"佳佳好奇地伸进头来，刚想说话，脸色突然变了。

李大为顺着她的目光回头一看，坏事了，他的床头上，挂着一幅油画。他立刻不知所措地说："佳佳，你听我解释，这幅画，我挺喜欢，就叫师父专门买了送我。"

夏洁奇怪地看看他，又看看那幅画，明白了，也想加入解释："佳佳……"

佳佳甩开她："果然，那些买画的顾客，全是你们所的人，是不是？"

李大为大急："佳佳你想到哪里去了？"

佳佳带着哭腔："骗我！又骗我！这幅画，是我卖出的第一幅画，买主原来是我爸。怪不得那时候那么多人买我画，现在又没人买了，原来你们是骗我的。"

李大为慌了："佳佳，你听我解释嘛。开始几幅，确实是我和师父买的。开一家新店，总要有人开开张嘛。师父买了你这幅画，觉得挺好，不舍得送别人，就送我了。佳佳你看你画得多好，夏洁跟我要了几次我都没给她。是不是，夏洁？"

夏洁瞪了他一眼："李大为，你可真够笨的！佳佳，我觉得你没必要这么激动啊。就算他们骗了你，也是好意。"

佳佳不说话了，回头就走。

夏洁忙问："佳佳你上哪？我陪你。"

佳佳说："不用陪，我就是心里闷，想出去走走。"

夏洁上前拉住她："不行，你既然住在我这儿，我就得为你的安全负责。我陪你，咱们一块儿出去走走。"临出门还白了李大为一眼。

夏洁和佳佳围绕着街心花园漫步，杨树跑圈偶尔会碰到她俩，边跑边打招呼。

两人静默了一会儿，倒是佳佳先开口："夏洁姐，我……我也许根本没有绘画的才能，这辈子也当不了画家。"

夏洁搂了搂她："佳佳，我不懂绘画，但我觉得你碰到的问题，不是简单的绘画问题，是什么我也说不清楚。我只是觉得我们有相似的经历，我说说我自己，不知道对你会不会有帮助。我小时候，还想过当天文学家呢。"

佳佳问："啊？那为什么后来不想当了？"

夏洁笑着说："因为我数学不好，一看到什么方程、公式就头疼，怎么学天文学？"

佳佳也笑了："我也是。"

夏洁继续说："我的童年、少年、青春，跟许多孩子的经历都不太一样。小的时候，我妈对我是过度保护。等我大点了，我妈又过度依赖我，再后来她就是想按照她的想法，把我抓在手里。

"我一直特别抗拒，赶紧考了警校，我想独立，想做一个好警察，像我爸一样，这样也许我妈就可以松松手。可事实上，我俩的关系至今也没有真正改善。后来到所里，又发生了一些事，总不是我想的那样。我就在想，命运对我不公平。有时候觉得，一个人真正长大，是从接受自己平凡开始的。

"中国十四亿人，全世界七八十亿人，有多少人能成名、成家？绝大多数人都是芸芸众生，不也好好地活着吗？我不懂画，没办法判断你能不能成为一个画家，可就算你不能，就这么平凡地活着，把画画当成自己的爱好不也很好吗？"

佳佳不说话了，沉默了片刻，恳求道："夏洁姐，我能在您这儿多住些日子吗？我不想和我爸住在一起。"

夏洁不理解："为什么？你能回来知不知道你爸有多高兴？"

佳佳沮丧地说："可是他总在我面前赔着小心，生怕惹我不高兴。他越是这样，我越是难受。夏洁姐，让我在你们这儿住些日子吧！"

夏洁点头："行，你爱住多久就住多久，等我妈从大理回来，我就得回家住，那间屋就归你了。可是佳佳，两个互相关心和爱护的人，为什么要彼此伤害呢？你这样会叫你爸伤心的。"

佳佳托着下巴："也许……我现在就是不想和他住在一起。"

夏洁叹息一声："好吧。"

第二天早上，夏洁和李大为、陈新城坐在一张桌上吃早餐，她把佳佳的话原原本本地说了一遍。

夏洁总结道："陈警官，佳佳就是不想伤害您。她好多年没在您身边生活，刚住到一起，你们俩都需要一个调适期。您让她在我那儿住一段再回去。"

陈新城感激地说："夏洁，我真不知道说什么。她在你那儿，给你添麻烦。"

夏洁笑着说："您在说什么呀？我平常也是孤零零一个人，正好有个伴。佳佳没事就在那儿画画，一点也不添乱的。"

陈新城再次道谢："谢谢，那佳佳就拜托你们了。"

曹建军和杨树出警回来正在办理交接，看到接警处一名中年女人正在报案。

正好接警员老徐接了个电话，曹建军便走了过去："你去吧，这里交给我。"

老徐连忙道谢："那就麻烦你了。"

"和我客气什么。"

曹建军把中年妇女带到小调解室，给她倒了杯水："大姐怎么称呼？"

"乔大梅。在市场上，一问卖海鲜的大乔都知道，您叫我大乔就行。"

曹建军说："乔大姐，我能登记一下您的身份信息吗？"

乔大梅非常痛快地拿出身份证："没问题。"

杨树接过来开始记录。

曹建军接着问："乔大姐，您能从头跟我具体说一下情况吗？"

乔大梅说："我男朋友鲍大全……已经不在一起了。因为他被朋友骗去赌博，欠了一百多万赌债……我一气之下，就跟他分了。"

曹建军问："您刚才说他是借了您的车。既然已经分手了，那您怎么还把车借给他？"

乔大梅叹了口气："他这个人还行，挺能干的，对我也不错。虽然因为赌博，我没法跟他过，但多年的情分还在。今天一大早，他来敲我门，说想借我车，回趟老家。我一心软，就把车借给了他。"

曹建军问："所以现在，您是担心他不准备还车了？"

乔大梅皱着眉头摇了摇头："我怕没这么简单……因为他今天跟我打电话的时候，说了一堆莫名其妙的话。"

曹建军问："怎么个莫名其妙法？"

乔大梅皱眉："大概就是，什么在这个世上他就对不起我啦，这个世界对他不公啦，再也回不了头了什么的……"

曹建军眉头一紧："他精神状态怎么样？"

乔大梅想了想："有点激动，又有点焦虑。我一开始还想着他是不是喝酒了，可挂了电话就觉得不对。他一喝多了就大舌头，这回虽然说话颠三倒四，可是口齿很清楚。然后我就打回去了，再也打不通了。"

曹建军安慰道："您先别急，有车就好办。车号呢，您提供一下。"

乔大梅说："平 EO825T。"

曹建军让杨树全都记下："乔大姐，我们马上查您的车，顺着车就能找到人，不一定什么事。你们分了手，还借他车，也许他开着开着感念起您的好来了。您先回去，我们有了消息马上通知您。"

乔大梅叹了口气："唉，没事最好。他这个人，没脑子，一冲动起来，不知道会干出什么。和你们说说松快多了，那我先回去了。"

把乔大梅送到门口，曹建军立刻说："杨树，你去系统查查有没有这辆车出事的记录，实在不行你给交警大队打个电话，务必核实。"

杨树问："师父，会有问题吗？"

曹建军分析道："看这大姐虽然心急，但言辞间逻辑还挺清晰挺有条理的。以防万一，我们还是先查查。你查车辆，我查鲍大全。"

杨树点头："是，师父。"

两人分工明确，分别在电脑前查找。

很快，杨树放下电话站起来说："师父，她的车还真出事了。"

曹建军问："怎么回事？"

杨树说："交通事故通报上有这辆车的消息，今天中午十二点二十分，这辆车要上高速，过关卡的时候速度太快，撞到了隔离桩上。车撞坏了，驾驶员也受了伤，送医院了。"

曹建军问："驾驶员是鲍大全吗？"

杨树说："问题就在这儿，交警那边也正在找呢。这个人被送进医院不久，再找人就不见了。"

曹建军站起来："咱们马上去交警大队。"

风风火火地来到交警大队，说明来意。一名交警陪着他俩来到一辆事故车前，车整个前脸几乎都被撞没了。

交警说："这家伙也不知道怎么回事，进高速的时候像发了疯一样，一头撞到了隔离桩上。你看把车撞成了这样，人差点从前挡风玻璃摔出去。可伤成那样，我们把他送进医院，一转眼的工夫，他居然跑了。"

曹建军围着那辆车看了看，车里的驾驶位有大量血迹，副驾上也有血迹："车里只他一个人吗？"

交警肯定地说："就他一个人。我们到的时候他还被困在车里，是我们把他弄出来的。"

曹建军看着车里的两处血迹："这不像一个人的血。"

交警吃惊地说："不能吧。你是没见他撞的那个鬼样子。"

"就算他被撞得再厉害，副驾位置上的这血迹也有可疑。"

曹建军对杨树说："走，咱们马上去调医院的监控录像，顺着录像去追这个人。他一大早借了乔大姐的车，十一点多给乔大姐打了个奇怪的电话，十二点多撞了车。这一上午，他肯定出大事了。"

回到派出所后，曹建军立刻在电脑上查看录像。

杨树拿着一个U盘进来："师父，医院及周边的监控录像都整理好了。"

曹建军正色道："杨树，咱们没准碰上大案子了。这回要能破了这个大案，头功是你的。"

杨树有些不好意思："师父，怎么能是我的，是您的。"

曹建军笑了："咱师徒俩谁和谁啊？快看吧。"

两人立刻将U盘插在电脑上，看了起来。

曹建军指着屏幕："在这儿！你看这个人。"

杨树看到一个穿着帽衫的人，夹在医院门口的人流中出去了："师父，他戴着帽子呢，您怎么看得出来？"

曹建军得意地说："刚才在医院的时候，有个女人正在说她的外套帽衫丢了，你记得吗？你再仔细看，他穿的帽衫明显偏小，像个女式的。还有，你看看这里，是不是有一道白？那是他头上包的绷带。"

杨树由衷地说："师父，您真厉害。"

直到傍晚时分，大家都在换衣服下班，曹建军和杨树还趴在那儿看着。

有人经过他们桌子的时候招呼了一声："建军，还不下班哪？"

"嗯，就走。"曹建军有口无心地答应一声，头都没抬。

杨树突然叫了一声："在这呢！他这是要上哪？"

曹建军立刻趴了过去。

屏幕上，鲍大全出现在马路上的人流里，匆匆地低头走着。

曹建军说："这是顺河街，沿途监控探头不少。赶快顺着找。"

杨树切换监控："看到了。您看，他进了这个商店。"

曹建军仔细看着："是个体育用品商店。"

监控里，一会儿鲍大全拎了个包出来。

曹建军、杨树顺着监控继续追踪。鲍大全拐进一个巷子，监控断线。

杨树无奈地说："师父，监控死角了。周边能查到的监控都没有鲍大全的踪迹。"

曹建军起身："走，我们去那个体育用品商店看看。"

两人匆匆赶到体育用品店，说明来意。老板说："包脑袋的？有，有这么个人。那人也说不上怎么回事，好像神经不大正常似的。他在我们这儿买了一根跳绳和一对哑铃。"

曹建军问："您记得清楚吗？"

老板肯定地说："清楚！因为他神情不大对，又穿了一件不合体的帽衫服，躲躲闪闪的。我还和我们小马嘀咕呢，这家伙买这些东西不是想干坏事吧？是不是小马？"

旁边的店员小马应道："对。那人眼睛直勾勾的，怪吓人的。"

这时曹建军电话响了起来，听了几句，脸色大变，对老板说："把你们这儿的监控准备一下，回头我们来调取，杨树，我们走。"

杨树一怔："要不要现在调取了？"

曹建军说："来不及了，要出大事了！"

杨树开车，曹建军给王守一打电话："所长，我有紧急情况需要马上向您汇报！"

十五分钟后，王守一和叶苇、程浩、高潮都在，听着曹建军、杨树汇报。

杨树操作电脑，投影电视上出现了鲍大全的身份证信息。

曹建军站在屏幕前："交警当成一般交通事故，把车拖回了交警队，把他送进了医院。可车里有大量血迹，绝不是他一个人留下的。

"下午三点零五分，鲍大全从医院里逃跑，在路上，他在一家体育用品店里买了一根跳绳和一对哑铃，然后线索就断了。"

几位所领导神情严肃，互相低语着。

王守一问："车里的血迹有线索吗？"

曹建军说："刚刚收到消息，血迹已经鉴定是两个人的。鲍大全上午利用这辆汽车载过一个人，之后他的精神进入亢奋状态。我强烈怀疑，这家伙已经陷入了走投无路的困境。他又买了跳绳和哑铃当凶器，很可能继续作案。我建议马上报局里，全城通缉！"

大家沉默。

王守一问："高潮，你怎么看？"

高潮严肃地说："我完全同意建军的建议，现在有一些人，稍有不顺，就报复社会，会造成很恶劣的影响。所以我觉得咱们得重视。"

王守一想了想："这样，程浩，你马上上报局里，等候局里的统一部署。同时也给隔壁老罗通报一下。"

程浩说："是。"

王守一接着部署："高潮，把所里人都叫回来加班，整个行动你来指挥。对了，让志杰跟各社区的警务点联系一下，他们建立起来的联防大队也都动员起来。我们在等待局里的全面部署之前，先对咱们辖区内做重点布防，那几个大型商业中心，人口密集的活动场所……我们先把人撒进去，预防突发事件，一旦发现嫌疑人，坚决给予打击！"

高潮说："是。"

曹建军一愣："咱们不抓鲍大全？"

王守一说："抓不抓，怎么抓，那是要听局里统一部署的，咱现在首要的任务是保护人民群众生命安全，预防突发情况。教导员……"

叶苇说："明白，后勤保障，让后半夜执勤回来的干警能吃上口热乎饭。"

王守一一挥手："行动！"

所有人迅速离开，一辆辆警车呼啸而去，执行各自的任务。

杨树开车，和曹建军在自己的分管路段上巡逻，高潮打来电话："建军，你那怎么样？"

曹建军说："暂时一切正常。"

高潮说:"好,你再盯会儿,我马上过去。"

曹建军看着外面:"高所,这太安静了,我带着杨树扫扫街。你那还剩谁?"

高潮想了想:"志刚、小朱等两三个吧,行吗?"

曹建军说:"行,没事,我也就是转转,马上就回去了。"挂了电话,把手机插回导航架上。

杨树说:"师父,咱们这是要去什么地方?"

曹建军神秘一笑:"立功的地方。"

杨树按着导航,来到一个小杂院外,这里就是乔大梅住的出租屋。

把车停在了门口,曹建军、杨树下车,沿途一直在观察四周环境。杨树上前敲门。

很快,房门开了,乔大梅看到他们一愣:"曹警官,你们怎么来了?找到他了?"

曹建军和气地说:"还没,我们正在找他。就是过来看看,他没回来吧?"

乔大梅摇头:"没有啊!"

曹建军说:"放心吧,没大事,你关好门睡觉吧。"

乔大梅说:"没事就好。曹警官,进来坐坐呗,真难为你们还能找到这儿。"

曹建军笑着说:"你不是给我们留地址了吗?时间不早了,你睡吧。把门关好。"

乔大梅点头:"那,谢谢啦。"

看到房门重新关上,曹建军、杨树来到院门口:"杨树,你去把车开远点,然后回来。"

杨树没明白:"回来?"

曹建军笑意盈盈地看着他。

杨树突然悟到:"您是说咱们要守株待兔?"

曹建军点头:"对了,开窍了!"

杨树不解:"师父,那咱们为什么不告诉她?"

曹建军说:"告诉她干吗?万一她和嫌疑人旧情未了呢?"

杨树不放心:"万一鲍大全再回来,她不危险吗?"

曹建军笑了:"那咱们是干什么吃的?快去吧,回来到院子右手小厨房里找我。"

杨树痛快地说:"好。"

午夜时分,一个身影跌跌撞撞地走向派出所,刚到门口就一头扑倒在地,浑身上下全是血。

值班警察进行紧急抢救后,立刻扑向电话:"报告,一个出租车司机报案。二十分钟前,出车途中被客人用哑铃袭击。鲍大全出现了!"

公安局指挥中心内灯火通明,电子显示屏上的灯明明灭灭。宋局长和其他局领导站在指挥台前。

宋局长神情肃穆，发出命令："全体注意，半小时前，鲍大全在二环路姚家路段出现。抢劫了一辆车号为平EA0352的出租车，现在正顺着二环路向出城方向逃窜，沿途各队注意拦截！"

八里河派出所会议室也成立了临时指挥中心，由王守一亲自坐镇。不断有警员进进出出。

收看完局长部署，王守一拿着报话机："各小组注意，十分钟前在望城路东发现了犯罪嫌疑人丢弃的出租车。据指挥部分析，他很可能发现出城无望，所以丢弃交通工具返回了城里。现在他是高度危险人物，局里要求各派出所加紧对辖区内的盘查，防止有新的案件发生，这个工作咱们已经提前部署了。现在各商业点和人口密集场所集中的高峰期就要过去，我们更要高度警惕，一定不许他再在咱们辖区作案。"

这时高潮回来了："所长。"

王守一突然想起："对了，高潮，女事主家布控了吗？"

高潮说："我把咱们手上所有了解的线索都交给了罗队，他们应该布控了。"

这时王守一手机响了，看了眼微信："什么情况，建军说已经到达指定地点，曹建军在哪？"

高潮说："我安排建军带着志刚在亿达中心，我刚过去看了，他说到周边看看。"

王守一脸色一变："坏了，你赶紧问问罗队长，女事主家布控了吗？"

高潮立即意识到了问题的严重性："好，我马上联系。"

王守一对着微信："建军，报告你的位置。"

此时的曹建军和杨树正藏在乔大梅出租屋的小厨房里，两人靠在门口的墙边等着。

杨树小声问道："师父，您为什么觉得他会回到这里来？"

曹建军分析道："他伤得那么重，不买药，反而买跳绳和哑铃，你觉得是为什么？"

杨树一愣："难道，是为了杀人？"

曹建军说："不排除这个可能。他上午很有可能已经在车里杀了一个人，所以情绪激动。给前女友打了个电话，又撞到了隔离桩上。"

杨树问："那也不一定会回来杀这个乔大姐吧？"

曹建军摇摇头："一个跟他过了好几年的女人，因为他欠赌债而跟他分手。你想想，这不是压弯他的最后一根稻草吗？"

杨树点点头，却又有疑问："可是，难道他就想不到我们会在这里布控？"

曹建军说："别忘了，他是个赌徒！而且市局应该还没开始行动，你看外面风平浪静的，他估计想不到我们动作这么快。"

杨树钦佩地点头，却又一愣："可是师父，要真是这样，咱们要不要向所里请求支援哪？毕竟他穷凶极恶，手里又有凶器。"

　　曹建军说："我已经向所长汇报了，到达指定位置。"

　　杨树一脸蒙："指定位置？所里安排的？"

　　曹建军白了他一眼："哪那么多废话，到时候，我冲在前面，你协助我就行。"

　　杨树依然有点担心，但不说话了。

　　八里河派出所里，陆续有外派警员返回。

　　高潮在向王守一汇报："罗队回话了，他们的人到了女事主家附近，已经布控完毕，但是没看见建军他们。"

　　王守一更加焦虑地看着手机，等待曹建军回复："他们去了多少人？"

　　高潮说："八个。"

　　程浩与刚进屋的陈新城小声交流。王守一看了他一眼，程浩立刻上前汇报："咱们巡查的几个闹市区，已经慢慢没什么人了，按所长的指示，各组都在陆陆续续返回待命。"

　　王守一点点头，这时曹建军回微信了，他看了一眼马上跟高潮说："建军在乔家杂院厨房，赶紧通报给罗队，让他们知道建军的位置，彼此互相配合，相互照应。"

　　高潮说："是。"

　　王守一又拿起手机发了条微信："建军，千万不要轻举妄动，罗队他们有八个人在那里，一定要跟人家配合行动，千万注意安全！"

　　发完微信后，王守一烦躁地把手机扔到桌上，深深叹了口气。

　　李大为、夏洁、赵继伟和孙前程等人，都在派出所办公区里原地待命。

　　孙前程算是老人了，在跟大家侃大山："上回这么紧张是去年的事了，也是一个连环杀人犯逃到了咱们辖区。全所上下紧急动员，结果最后还是人家刑警队抓到的，大家都很丧。"

　　赵继伟笑了："这有啥丧的？刑警队不就是干这个的吗？"

　　李大为说："别说没用的，咱们想想这小子具体会窜到哪一片去。"

　　孙前程卖了个关子："叫我说啊，十有八九，就在咱们辖区内。"

　　赵继伟奇道："为什么这么说？"

　　孙前程说："这还不好说吗？他一天之内作了两次案，现在走投无路，最可能回到熟悉的环境里。哎，最危险的地方最安全，说不定，他现在就藏在咱们派出所里呢。"

　　李大为看了眼夏洁，突然指着墙角："看，他在那儿！"

"啊!"夏洁吓得大叫一声。

赵继伟也吓得一个趔趄。李大为却哈哈笑了起来。

夏洁气得脸色煞白:"李大为你是不是脑子有坑!"

赵继伟捶了李大为一拳:"我看你就是欠打!"

李大为连忙求饶:"我错了,我错了行了吧?但谁知道你们这么胆小。"

夏洁气呼呼地说:"你才胆小!我是在想,他一天之内作了两次案。第二次的受害人已经有了,那他第一次作案的受害人呢?"

孙前程打了个马虎眼:"局长都在亲自指挥,各个线索都在掌握之中。"

赵继伟说:"那就放心了,我去上个厕所。"

孙前程说:"我也去。"

两人结伴离开。

夏洁看看李大为:"咱们就在这干等?"

李大为灵机一动:"跟我来。"

李大为和夏洁进了监控室,监控大屏幕上显示的都是派出所辖区的各路口要道,有两三个人在监看。

李大为、夏洁坐在一台空着的电脑前,迅速调出天眼查,由高速路口开始反查。

监控上,出现了鲍大全的车,顺着路开得很快。一路并没有停的迹象,图像反反复复,拼出一个完整路线图。

夏洁突然惊喜地:"看看副驾,好像有人。"

果然,副驾上有一个女孩,看样子和鲍大全认识,两人还聊着天。李大为和夏洁对视一眼,很有收获。

夏洁说:"再往后,看看这个女孩下没下车。"

正在这时,鲍大全的车开上了山间小路,消失在了监控里。

十分钟后,监控画面已经出现在会议室的电脑屏幕上,最终定格在鲍大全与一女子共同在车里的画面。

王守一赞叹道:"行啊,年轻人有脑子,再有耐性有钻劲儿,没有办不成的事儿!"

李大为谦虚地说:"主要是大家都被莲花山进出这一段给绕蒙了。"

高潮对陈新城说:"哟,知道谦虚了。"

陈新城从鼻子里哼了一声。

大屏幕上还是显示着局指挥中心的画面,宋局长等人正在忙碌着。王守一马上对程浩说:"程浩,连线宋局。"

程浩点头,操作鼠标,不一会儿就接通了。

王守一呼叫："宋局，宋局。"

大屏幕上宋局开口："王所请讲，王所请讲。"

王守一说："宋局，我们所见习警员李大为和夏洁追踪监控发现，今天上午十点四十左右，鲍大全开车载着一名女子上了莲花山，等到下来的时候，女子从副驾消失了，车上仅剩鲍大全一人。"

正在这时，视频里有一名警察朝宋局长递过去一张纸，宋局长草草看了一眼，眼前一亮。

陈新城、程浩、高潮等众警察也都屏气凝息，等待着局长的进一步指示。

宋局长抬起头，顿了一顿："王所，你说的情况，我们已经掌握，市刑警队正在赶往莲花山。王所，你调动所有人员，前往莲花山进行现场保护，最大程度缩小搜救范围，并等待刑警队到达，配合他们的工作。"

夏洁和李大为对视一眼，有些失望。

王守一敬礼："是，局长，我这就安排。"

通话结束，王守一对大家说："高潮，还是你负责组织。"

高潮说："是！所长！"

李大为有些不爽，拉着夏洁快速走出了会议室。

夏洁被他拉得难受："你干吗？"

李大为说："我们先行一步，所里组织好人马再出发，没准这时间我们都能救一个人了。"

夏洁说："那也得跟所里说一声吧？"

李大为说："说什么，我们不过是打个前站而已。"

夏洁问："那我们怎么去？"

李大为说："开我的车。"

高潮正在调动人员："老杜，你带几个人从后山开始……"

李大为和夏洁趁机悄悄溜掉了。

已经到了下半夜，曹建军和杨树还在厨房里等着。

杨树有些没底："师父，刑警队已经在外围布防了，鲍大全还敢来吗？"

曹建军很沉得住气："你就听我的。"

杨树沉默了一阵："师父，所长也给我发微信了，让我转告你，不要轻举妄动，要配合刑警队，一起抓捕。"

曹建军说："怎么配合？我们现在走出去，把刑警队的人换进来？万一这时候鲍大全回来，这不是打草惊蛇吗？"

杨树说："师父……"

曹建军不耐烦了："你是不是害怕?"

杨树说："不是害怕,我是觉得还是应该按所长指示的办。"

曹建军反问："我哪点没有按所长指示办了?所长指示有没有不让我们待在厨房?杨树,你要真害怕,行动的时候你就待着别动,这不丢人。我一个人也能把他制服了。"

杨树顿时无语。

李大为、夏洁开着车赶到莲花山。车灯照亮了前面的石子路,弯弯曲曲,两边都是果树,两人一路颠簸着上了山。

两人都不说话,呼吸声都很粗,可以看出两人都很紧张。

夏洁咳嗽一声给自己壮胆:"你确定是这儿?"

李大为说:"鲍大全从监控消失的那段盲区里,只有这一条小路。"

夏洁问:"你说,那女孩是什么人?为什么会坐在他副驾驶位上?"

李大为说:"他借车说是回家,没准是老乡,想搭便车,半路他见财起意。"

夏洁疑惑地说:"可他俩有说有笑的,不像是陌生人哪?"

李大为也没有答案:"不管是谁,上山的时候她还在,下山的时候没了,就说明,她八成就在这山上。"

夏洁看向外面:"可是这山太大了。你看,那还有个岔路口。"

李大为停下车:"要是你想劫财或者劫色或者干什么坏事,你会走哪条路?"

夏洁和李大为同时看向小岔路。

李大为朝小岔路开过去,前面的道路更窄。

夏洁突然想起了什么:"停下!"

李大为吓了一跳,急刹车:"怎么了?"

夏洁看向两边:"这么窄的小路,正常人肯定会觉得不对劲,会反抗,他开不远的。李大为,停下吧,我觉得如果真的出了什么事的话,肯定就在这一带。"

李大为把车停下,两人把甩棍甩开拿在手里,背对背搜索着。李大为小声问:"害怕吗?"

夏洁壮了壮胆才开口:"还行。"

突然,林中传来什么动静,两人一下子站住了。

李大为声音有点抖:"听到了吗?"

夏洁没说出话来,只紧张地点点头。就在这时,一只松鼠跳了过去。夏洁和李大为松了一口气。两人继续搜索。

突然,李大为被什么东西绊了一下,差点摔倒。夏洁用手电照了一下,才发现竟然是个血肉模糊的人,惊叫出声:"啊!"

李大为也被吓了一跳，赶快把夏洁拉到身后，打开手电照过去，看到一个血人躺在地上，像死了一样。

李大为把手电塞给夏洁，迅速弯下腰来，检查血人的呼吸："还活着，还活着！快，把我车开过来，赶紧送医院！"

夏洁也顾不上害怕了，跑向黑暗深处。

受害人被迅速送往医院，李大为、夏洁，还有几个医生和护士一起，推着担架车在走廊上奔跑，把受害者送进手术室。

门在他们面前关上。两人站在那儿呼呼喘着粗气，半天说不出话来。

李大为回身，看到夏洁站在他身后，身上沾了许多血，随手扯了扯她的衣服："怎么沾了这么多血？"

他突然发现夏洁在微微地颤抖，赶快脱下夏洁的外套，又把自己的外套给她裹上，扶夏洁到一边坐下，心疼地看着她。

乔大梅出租屋门口月光如水，仍然空无一人。

曹建军突然眼睛一亮，露出兴奋的神情。从门缝里往外看着，月光下，一个人影跌跌撞撞地过来。

杨树紧张地问："是他吗？"

曹建军把手指举到唇边，做了个噤声的手势。

黑影过来了，一直摸到乔大梅门口，举手要去敲门。

小厨房门突然开了，曹建军如饿虎扑食一般扑了上来，一下子把人扑倒在地下，一声大吼："不许动！警察！"

杨树接着扑上来，把人死死地按在地下，接着，刑警队的人也扑了过来。

曹建军利索地把鲍大全的手反过来，一只哑铃还攥在他手里。曹建军立刻把哑铃夺过来扔到远处，然后摘下手铐把鲍大全铐了起来。

门里，乔大梅变了腔的声音响起来："谁，谁呀？"

被按在地下的鲍大全发出饿狼一般的号叫："大乔，大乔，我完了，你出来看我一眼哪。"

乔大梅的声音颤抖："没事了吧？还有事吗？"

曹建军站起来，声音安详："出来吧，没事了。"

门吱呀一声开了，乔大梅披衣站在门口，又惊又恐地看着在地上挣扎的鲍大全。

鲍大全还在号叫："大乔，我完了，完了！"

派出所的院子里热闹非凡，街道办的代表举着锦旗，身后还跟着一个锣鼓队吹吹打打。锦旗上八个大字：人民警察，为民除害。

电视台记者也跟在后面，曹建军咧嘴笑着，把锦旗接过来，来看热闹的群众和其他警察都热烈鼓掌。

杨树站在人群里发自内心地给曹建军鼓着掌。

王守一从外面进来，看到这一幕，拉着个脸，二话没说就要上楼，正好和从楼上下来的罗队长碰到了一起。

罗队长笑着说："王所长，祝贺啊。你们派出所把我们的活都干了。"

王守一有些不自然："哪里，急难险重还得靠咱们刑警队的兄弟啊。"

罗队长和他并肩站在那儿看着面前的热闹场面："我过来取了你们这边几位兄弟的证言。了不起，惊动全市的大案子，却是由咱们八里河派出所破案的。"

王守一笑了笑没说话。

罗队长指着外面："看看，多热闹，多荣光！王所长，我经常说我的队伍比你的好带，为什么？就因为这个。破一个案子，上下关注，领导表扬，群众拥戴，容易出成果受关注啊！所以，你这个所长，比我这个队长更有水平。老哥，这回到了你们出风头的时候了，好好享受吧，我走了。"

看着罗队长走远，王守一站在那儿看了一阵，叹息一声，低着头上楼。在二楼平台上往下看，曹建军正对着镜头演讲。

叶苇来到王守一身后："所长，您叫我？"

王守一看着下面的曹建军，面无表情："把李大为和夏洁给我叫来。"

叶苇一怔："叫他俩干什么？"

王守一没好气地说："我有事不行吗？"

"好。"叶苇听话音不对，赶快走了。

王守一继续往下看。

街道群众像崇拜英雄一样把曹建军围在中间，曹建军也享受着他的高光时刻，在众人包围中谈笑风生。

王守一看着他，微微地叹了口气。

李大为和夏洁过来，两个人精神抖擞地一起喊了声"报告"。

王守一吭也没吭一声，转身往办公室走。李大为、夏洁有些莫名其妙，小心地跟在身后。进了办公室，王守一回头笑眯眯地打量着这一对年轻人："发现了第一个受害者，救活了一个人，很高兴，很激动，是吧？"

李大为很谦虚："所长，曹哥才真是了不起，我们不过是做了一个警察应该做的事情。"

王守一问："没人送锦旗有点失落吧？要不我给你们缝一个？"

李大为大咧咧地说："那不用，我们比起曹哥还差得很远。"

王守一几乎跳起来："狗屁！"

李大为和夏洁都被他骂愣了。

王守一指着李大为："警察首要的品质是什么？是一切行动听指挥！"

李大为弱弱地说："您不都说了，咱们所都要去搜寻……"

王守一吼道："我还说让高潮统一指挥，你没听见吗？你们这叫擅自行动，知道吗？"

李大为试图用"尬笑"缓和气氛："知道……"

王守一说："知道还擅自行动！你们眼里还有组织有纪律吗？"

李大为讨好地说："所长……我们想着那车上流了那么多的血，受害人可能伤得很重，早一分钟就多一分生还的希望，所以……"

王守一咬着牙："李大为，你给我拍着胸脯说，你着急过去，难道就没有抢功、出风头的想法？"

李大为愣了一下，然后立正："报告所长，我有！"

王守一一下气得笑出来："呵呵，你倒是光明磊落。"

李大为眨眨眼睛："但您没问我有没有救人的心。"

王守一点头："好，我问你。"

李大为大声说："我有！"

王守一气得憋了半天："李大为，你们要不是警察，我今天就给你们颁发见义勇为奖！可你们是警察，要把遵守纪律听指挥放到第一位！这次你们擅自行动，虽然结果很好，可并不能改变你们擅自行动违反纪律的性质！"

夏洁低头："所长，我接受批评。"

李大为看了一眼夏洁，口服心不服地说："我也接受。"

王守一说："好，回去以后每人给我交一份检查上来。"

李大为多了句嘴："是，所长！多少字的检查？"

王守一气极："两万！鉴于你们全面承认错误，还有李大为的光明磊落，减两千吧。一万八千字！"

李大为傻了："啊？上次才三千……"

王守一眼睛一瞪："还想跟我讨价还价？"

李大为忙说："不敢不敢。"

王守一说："那还不快去写！"

李大为没办法，只好转身走，夏洁也跟着要走。

王守一叫了声："夏洁。"

夏洁转头说："所长，他一万八，我就一万八。我不需要照顾。"

王守一和气地说："我没想照顾。我只想知道你没害怕吗？"

夏洁看了看李大为："没有。"

王守一点头："好。可这件事，你不要告诉你妈。走吧。"

两人并肩走了。

王守一坐在那里，不住地摇头叹息。

叶苇从外面走了进来："所长，我一直在门外，我觉得你这气不全冲着他俩。"

王守一没有抬头："我能冲谁？我能冲曹建军吗？连局长都肯定了他的功劳，我还能说什么？再说了，他也确实是冒死在抓杀人犯，我能说什么？但是，年轻人不行！李大为、夏洁这刚当警察，就争功劳，抢风头，这种坏毛病不在萌芽中扼杀，越到后面越是后患无穷。"

叶苇也只有听着，叹了口气："建军这回立了大功，咱们应该给他报功。"

王守一愁眉苦脸："我还不知道他立了功？你以为他立功是什么好事吗？他做梦都想立功，目的却是到老婆和丈母娘面前去证明自己。天知道这回真给了他这个功会发生什么。"

叶苇劝解道："也许立了这个功，在老婆和丈母娘面前证明了自己，这个心结就解了，以后就没事了。"

王守一不信："没这么简单。你当真以为他就是为了在别人面前证明自己？他就是个喜欢出风头的人！"

叶苇为难："不管是什么，他立了这么大功，不给他报功说不过去吧？"

王守一赌气说道："我真不给他报，也有说法。我都说了听从局里统一调配，可他呢？擅自跑去女事主家，分明是怕功劳被别人抢了去。目的不端正，我不给他报也没什么。"

叶苇听不下去了："所长，那您对他就有点不公平了。咱们所，过去警察的标兵是陈新城。后来老陈一度消沉，曹建军可以说是在他们这个年龄段中最出色的。别的所像他这种情况，恐怕二等功也得有好几个了，可他只立过一个三等功。所长，有缺点，该批评批评，该表扬还是得表扬啊！"

王守一不住叹气："我还不知道？所以我才犯愁啊！算了，你去起草报告，给他报功吧，我该批还得批。唉……"

第十六章

一上班，曹建军就精神抖擞地走向所长办公室，路上碰到的同事都热情道贺。

来到办公室门前，曹建军又整理了一下仪容，大喊了声："报告！"

王守一笑吟吟地过来，搂着他的肩膀把他迎了进去，把他按在自己对面的椅子上，又亲自给他倒茶。

曹建军有点受宠若惊，急忙站起来："所长，我自己来。"

王守一又硬把他按下："坐，建军哪，不简单，这回办了个大案，是不是等我表扬啊？"

曹建军谦虚地说："哪里啊，我做得还远远不够。"

王守一回到自己椅子上坐下："我问你件事，那天晚上，我明确要求，我们只是在重点街区巡查，以免发生突发事件，而你却跑到女事主家蹲坑是吗？"

曹建军一愣，笑着说："所长，我就是突然想到这条线索，而且只有我知道她家，再汇报再布置，我怕贻误战机。"

王守一说："你是怕贻误你的战绩吧？怕同志们抢了你的功？"

曹建军被说中了心事，不好意思地笑起来："所长，我抓了歹徒，也是咱们所的嘛！"

王守一语重心长地说："建军哪，有句话，我一直反复对你说：你是个好警察，不管别人承认不承认你都是！有些人狗眼看人低，你要和他们一般见识，就是辱没自己了。"

曹建军疑惑地说："所长，我知道，我没低眼看自己。"

王守一叹息一声："你去吧。所里已经给你报功了。"

午饭时间到，大家正在食堂吃饭，王守一站在前面："同志们！因为破获鲍大全案，咱们所第四季度的满意度一下子加了十分！"

大家一片欢呼。

王守一说："局里对我们八里河派出所给予表彰，将在年终开总结大会的时候正式公布。同时，曹建军同志荣立二等功，正式的嘉奖令马上就会下来。"

大家一起冲曹建军鼓起掌来，还有人嚷着让他请客。

曹建军乐得合不拢嘴，一迭声地答应着："请客，请客。说吧，吃什么？"

王守一收了笑："请什么客？不就是二等功吗？我警告你们，谁也不许到外面请客，否则别怪我给处分。哼，给点好脸就不是你们了。"说完，饭也不吃了，直接回了办公室。

叶苇后脚也跟着进来："所长，局里要评十佳人民警察，让我们报曹建军。"

王守一脸色铁青："二等功给他了，十佳警察算了，给别的单位吧。"

叶苇争取道："所长，咱们所从来没产生过十佳人民警察，这回不要，下回还不知道猴年马月。"

王守一赌气道："猴年马月就猴年马月！我们不要！不许把他捧这么高，我怕他把持不住摔下来！这事就这么办。"

叶苇一脸失望："好吧。"

叶苇刚要走，王守一又说："哎，你提醒大家，曹建军得二等功，都要以平常心对待。不许在他面前说恭维话，更不许起哄让他请客。"

叶苇不解："所长，您是不是考虑得太多了？"

王守一叹了口气："考虑得多比考虑得少好。"

曹建军意气风发地拿着二等功勋章回到家中，周慧惊喜地叫了一声，从他手中接过二等功勋章，喜不自胜："建军，正好明天我也不上班，咱们这就去她姥姥家。"

曹建军装作无所谓："何必呢？我立功又不是立给他们看的。"

周慧说："就是立给他们看的！我一想起我妈那副嘴脸来就生气。姐夫有什么？不就是几个臭钱吗？连他嫖娼玩女人，都是你受数落。这回看看妈说什么。建军，换上你的新警服，别上勋章，接上丫丫咱们就走。"

曹建军愣住："在家还穿警服啊？"

周慧嘟着嘴："我不管，我就要你穿！就是要在他们面前威风威风。外面穿上大衣，别人看不见。"

一家三口来到周慧娘家，大门一开，周慧领着孩子，曹建军穿着大衣，手里提着大包小包进来。周父、周母都在，孙有光也在。

奇怪的是，这回周母很热情："哎呀，建军回来啦！"

曹建军放下手中的东西："妈，爸，还没吃饭呢？"

周母说："没呢。这不慧慧一打电话说你回来，全家都在等着呢。聪聪正在厨房里做呢，把看家的本事都拿出来了。"

周慧说："丫丫，叫姥姥啊。"

丫丫叫道："姥姥！"

"哎！"周母响亮地答应着，搂过孩子亲了一口。

周慧拿出两瓶饮料柠松："给姐姐也拿一瓶，去和姐姐玩吧。"

孩子跑进了里屋。

周聪从厨房里一伸头，打个招呼又回去了。

周慧说："建军，家里又不冷，你还穿着外套干什么呀？还真拿自己当客啊？赶快脱了。"

她亲自去给曹建军脱大衣。大衣脱掉，露出了里边的警服，果然又利索又精神，最关键的是，胸口还别着那个二等功的勋章。

周母惊呼起来："哎哟，这是什么呀？"

周慧得意地说："妈，建军他立了个二等功。这是二等功勋章。前一段那个杀人大案你们都知道吧？一天之内杀伤了两人那案子，就是您姑爷一手破的。要不是他，说不定凶手还得杀第三个。"

周母啧啧称赞："有光，我说什么了？别看你挣钱多，可不如建军光荣啊。我家这两个姑爷真好，一个有钱，一个有名，要啥有啥。"

周慧也看出来不对了："哟，妈，今天太阳是打哪边出来了？这不是拿着姐夫贬建军的时候了？"

周父说了句："你妈呀，就认钱，头发长见识短。"

周母横眉竖眼："你好，你有本事。两个姑爷，哪个都比你强。"

周慧看着父母，开心地笑了。

周母说："其实啊，我就是这么张嘴。当初你姐夫下海的时候我就和你爸商量过。咱们家有个做生意的了，建军就是想去挣钱我们也不让他去。有挣钱的，有执法的，家里有个事，也有人能使上劲，对不对啊，建军？"

曹建军受宠若惊，一迭声地："对，妈说得对。"

周慧却很警惕，听出意思来了："妈，有什么事吗？"

周母说："有光，你和建军说说。"

孙有光只得开口："唉，其实没多大的事。我那公司，和外地一公司做生意，有点欠款，叫对方起诉了。其实钱也不算多，才三百多万，这不我生意上一时周转不开吗？就没理这个茬。对方申请了强制执行，可我账上没啥钱，法院把我的汽车和房产都查封了，还把我列入了失信人名单。"

周慧睁大眼睛听着："姐夫，您买兰亭雅舍的会员卡，一张都一百二十万，该人家三百万不还？"

周母瞪了她一眼："慧慧，没你说话的地方。"

周慧撇撇嘴："接着说吧。这和我家建军有啥关系？"

孙有光说："建军，这三百万是小数，可这个失信人太麻烦了。出门不能坐飞机，名声也不好听，连你姐和你外甥女都跟着受连累。你们当警察的，和法院肯定也熟，你打个招呼，就说我尽快执行，让他们把我的名字从那个名单上去掉呗？"

周母也跟着说："你姐夫开始没想到你。他做生意，认识的人多得很。是我对他说，这么点儿小事，不用找别人，找建军就行，也算给建军一个给家里办事的机会。咱们家这两年事情不少，每回都是你姐夫拿钱，这回，轮到你给你姐夫帮忙了。"

曹建军吭哧着："妈，这个失信人名单，是法院的事，和我们没关系。"

周母说："你姐夫知道是法院的事啊。公检法不是一家人吗？你给他们打个招呼不就完了？"

曹建军解释道："妈，那都是群众的误解。公检法哪里是一家？是互相监督互相制约。"

周母脸一黑："你的意思是不帮这个忙喽？"

曹建军有苦难言："妈，不是不想帮姐夫的忙，是实在帮不了。我们和法院不是一个单位，我说话人家也不听。"

周母说："你平常对咱们家有什么贡献？成天忙得四脚朝天，叫慧慧多受了多少累？到这个时候了，这么点儿小事你都干不了，你还能干什么？"

曹建军无地自容："妈，我实在是……"

周慧一下子蹿火了："建军，你嘴里含着地瓜呢？怎么一到我妈面前，话都说不囫囵了？

"妈，您啥意思啊？您想让建军违法乱纪怎么的？您不是看不起他吗？怎么这时候又想起他来了？建军就是个普通警察，别说他没那本事，就算有那本事，我也不让他使！"

周母骂道："这个死丫头，我一句你有十句在那儿等着。你倒知道疼他，可咱们是一家人，一家人有难，他不帮忙谁帮忙啊？"

周慧说："能帮的帮，这是属于不能帮的。您眼里只有姐夫，怎么着，拿着建军的前途不当事啊？建军要是为了他违法乱纪，受了处分，毁了前途，您负责吗？"

周母讥笑道："哈，说得好像他有那本事似的。"

周慧火了："他是没那本事。在您眼里，这世上不就姐夫一个有本事的人吗？他能挣钱，还能嫖娼，他多有本事啊？这么有本事的人，怎么还叫人家告了？怎么还不上人家的钱呢？"

　　曹建军劝道："小慧，少说一句吧。"

　　周慧说："不行，我还真不吃这个气！今天咱们真不该回来。丫丫，丫丫，出来。建军，咱们走。"

　　周母气得直骂："这死丫头，还不许我说话了！"

　　周慧一点也不客气："以后说点有用的。丫丫，咱们走了。"说完拉着孩子，真的走了。

　　曹建军慌忙对二老一笑："爸，妈，小慧就这脾气。对不起，我们先走了。"

　　一家人进了电梯，周慧仍余怒未消："我咋摊上这么个妈？以后再也不回来了。"

　　曹建军看着自己的老婆，突然凑过去，抱住就亲："我找了个世界上最好的老婆，真有福啊。"

　　周慧看着他，笑了，主动把脸凑了上来……

　　把周慧和孩子送到楼下，曹建军说："你们上去吧，我今天高兴，去所里吃。"

　　周慧白了他一眼："工作狂，早点回来！"

　　"遵命！"曹建军愉快地答应着，掉头开向派出所。

　　下班时间，派出所并没有多少人。只有几个警察和辅警在办公区值班，曹建军笑意盈盈地走进来："大家忙着呢？该吃饭了吧？"

　　有人抬头："建军，你咋又回来了？"

　　曹建军说："走走走，别吃食堂了，我请大家吃饭去。"

　　大家嘻嘻哈哈和他开着玩笑："咋了，立功了，请客？"

　　"吃啥？吃大餐？上哪吃去？"

　　曹建军愉快地笑着："你们说了算。赶快走吧。"

　　有人说："改天改天，现在可不行，值班呢。"

　　大家突然醒悟过来，纷纷拒绝："留着钱，等放假的时候再请吧。"

　　曹建军说："咱们别走远，就在附近吃，行不行？"

　　可无论他怎么叫，都没人去了。

　　曹建军很失望，有点不高兴："咋，这点面子都不给？是觉得我曹建军不配还是咋的？"

　　他这话一说，大家觉得下不来台了："建军，哪是那个意思？确实是值班呢，走不开啊。这是规矩，你又不是不知道。"

　　"改天，改天我们请你，专程给你祝贺。好吗？"

　　曹建军这才稍微高兴起来："行吧。那改天啊，改天一定要好好聚一下。"

　　走到派出所院里，曹建军边走边打电话："来吧来吧，生意不是还有弟妹盯着呢？

快来，老李老曹都等着呢，就差你了。"

挂了电话，突然想起啥来，自言自语道："必须叫我徒弟一起啊，活是我俩干的，功叫我一个人立了。"

曹建军说着拨打杨树的电话。

杨树和赵继伟在家，赵继伟躺在沙发上看电视，杨树坐在旁边，一手练哑铃，一手拿着书看，还一边听着音乐。

手机响起，杨树接通："师父，有事吗？什么？在哪里？这好吗？所长嘱咐过别张扬。好吧，我马上过去。再见。"

挂上电话，杨树匆匆站起来："赵继伟，我出去一趟，不回来吃饭了。"

赵继伟随口说道："有饭局啊？"

杨树说："嗯，我师父要请客。"

赵继伟羡慕地说："好啊。你师父倒是个大方人，不像我师父，成天花钱精打细算的。"

杨树无奈地说："好什么好？所长再三嘱咐过我，提醒我师父，立功了，要保持平常心。"

赵继伟满不在乎地说："请客就没平常心啦？赶快去吧。唉，我要摊上这么个好师父就好了，立功的机会多啊。"

杨树没说什么，进屋换了件衣服走了。

找到约好的饭店，杨树推门进去，屋里热气腾腾，一些社会上的朋友围着曹建军，桌上除了满桌子的菜以外，还有白酒和啤酒。

曹建军正对大家高谈阔论："你们说，男子汉大丈夫，活一辈子图什么？图钱？图权？有啥意思。不就是图个建功立业，受人尊敬吗？杨树你来啦？坐下，喝。"

杨树凑到曹建军身边，小声不安地说："师父，所里三令五申不许喝酒。"

曹建军一挥手："那是说的上班时间，现在已经下班了。"

杨树说："可是所长在会上说了，所里的任务太重，下了班也不要喝。"

曹建军咬文嚼字："他说的是希望，不是禁令！今天你师父心里高兴，这个酒，非喝不可。来，坐下。大家都满上，不满上就是瞧不起我曹建军。喝，喝，今天一定要喝高兴了。"

杨树不安地在他一侧找了张椅子坐下。

曹建军搂住杨树："这是我徒弟，你们都认识一下啊。博士，有学问。杨树啊，做学问，没意思，还是要到第一线，当个普通警察。太多的心，咱们不操，咱们就是干活。咱们做了对老百姓有利的事，老百姓夸咱们一个好，人生还有什么比这更好的？你说是吧？"

杨树问身边的人："我师父喝了多少了？"

一朋友说："有三五杯了。他今天高兴，喝得有点猛。"

杨树去夺曹建军手里的酒杯："师父，喝得不少了，别再喝了。"

曹建军眼睛一瞪："管我？你也管我？杨树，你实话告诉我，你是不是也瞧不起我？"

杨树说："我没有啊！您喝多了，别再喝了。"说着又去夺他的酒杯。

曹建军和杨树撕打着，酒杯到底被杨树抢过去了，没想到他又抓过一个啤酒瓶子来，用牙把瓶盖咬去了。

杨树劝道："师父，别掺着喝，容易醉。"

大家也纷纷劝，可越劝曹建军越来劲。

曹建军脸红脖子粗："今天我非喝高兴了不可。你放心，杨树，违法乱纪的事你师父不会干。今天你别喝了，我叫你来，就是来给我当司机的。一会儿我喝多了，你送我回家。"

杨树无奈地停下："好吧。"

此时正值晚高峰，马路上车水马龙。饭店正好在十字路口拐角的地方，车位十分紧张。

曹建军看着还很清醒，把大家送出来，和大家道别："今天我是地主，我尽地主之谊。大家慢走。"

"哎，老杨你喝酒了吧？别开车。老李你没喝吧？你开。再见，明天见。"

……

大家开了两辆车走了，曹建军站在那儿心满意足地看着。

杨树看了下时间："师父，我开车，咱们也走吧。"

曹建军说："好。让你大老远跑过来，也没吃好。"

杨树笑着说："说什么呢，师父高兴就好。上车吧。"

曹建军刚要进停车场，突然摸摸身上："杨树，我手机落在房间里了。"

杨树忙说："师父您在这儿等等，我去取。"说完转身跑回店里拿手机。

曹建军站在那儿等，饭店里还有客人不断地往里进，一辆车开过来实在没有地方停了。

服务员赔着笑对他说："先生，您不是吃完了吗？能不能先把车挪一下，让这辆车进来？"

"行。"曹建军上了自己的车，把车从停车场开了出来上了马路，刚一拐上马路，一辆车开过来，他反应不及，两车直接撞上了。对方车主是个中年女人，下车就过来了："你怎么开车呢？不知道拐弯要让直行吗？"

曹建军无辜地说："我刚出门。您的车速也太快了吧？"

女人蛮不讲理："什么？你违反交规还说我？正好，也不用打电话了。警察同志，警察同志。"她冲着正在路口执勤的交警喊起来。

交警走了过来："怎么回事啊？"

女人指着曹建军："同志，你看看他，拐弯不让直行，直接把我撞了。"

交警看了看双方的车子，对曹建军说："把行驶证和驾驶证拿出来。"

曹建军没当回事："兄弟，哪个支队的啊？一家人，不用这么正经。"

交警一愣："什么意思？"

这个时候，杨树拿了曹建军的手机刚从饭店里出来，看到这边的情况，拼命地往这跑。

曹建军把警官证掏出来了："我八里河派出所的。"

交警还没接，警官证被女人一把抢了过去："原来是警察啊。交警同志，你闻闻他这一身的酒气，他一个警察酒驾，你看这事怎么处理吧！"

杨树已经跑过来了，急忙赔笑："对不起，交警同志，误会了。我师父喝了酒是不错，没打算开车的。我是专门来开车的，我没喝。对不起这位女士，他没开车，就是挪一下车。"

女人不听："他挪车挪到马路上来了？他酒后开车上了马路，还撞了我的车，拿着警官证出来晃，啥意思啊？因为他是警察就得网开一面吗？我看看叫什么。曹建军。哎，交警同志，警察酒驾怎么处理啊？"

说话间，周围已经围了不少人。

曹建军还不明白情势，坐在车上还在嚷嚷："我哪酒驾了？我就是挪挪车，你咋这么多的毛病啊。哥们儿，一家人，别这么认真。"

杨树急得满头大汗："师父，您别说了。交警同志，对不起，是我们的错。可我师父确实没想酒驾。我就是进去给他拿了趟手机。对不起，这位女士，一切责任是我们的，您有什么要求，和我说。"

女人认了死理："什么要求也没有，我就看看交警怎么处理一个警察酒驾。"

交警从女人手里拿过警官证丢还给曹建军："你是警察，不知道酒后不能开车吗？"

杨树连声道歉："对不起，交警同志，他没开车，就是挪挪车。"

交警没好气地说："他没开车怎么车到马路上来了？对不起，你得跟我走一趟。"

女人还在纠缠："你带他上哪？不是想把他带走放了他吧？"

交警恼了："你什么意思？他酒驾了，我带回去处理呀。怎么着，你不放心？不放心跟着。"

曹建军这时有点上头："兄弟，用得着吗？你们交警就不和我们打交道吗？"

杨树小声劝道："师父，不许您再说话了。交警同志，都是我们的错。您看这样好不好？我师父喝多了，我先送他回家，然后我去交警队，当面听候处理。"

交警说："他酒驾，我带你干什么？这样吧，你开上他的车，跟我走。"

曹建军一摆手："杨树，你别管，我看他们能把我怎么着。"

"师父，是您错了，求求您，别再说话了行吗？咱们听交警同志的吧。"

杨树想死的心都有了，又赔笑对交警说："交警同志，要不您也上车，咱们一辆车？"

交警看看那女的："不用，我有车。"掏出手机给两车拍照，然后对女人说："你是也跟着去交警队呢，还是回头听我们的认定意见？"

女人想了想："我还有事，我在家等着了。"

交警拿出单子来让她签字："留下联系方式。"

杨树开车拉着曹建军，跟着交警的车走，小声嘱咐着曹建军："师父，这事您错得太离谱了。好好的您拿警官证干什么？您这不是自己把自己架火上了吗？交警哪怕想网开一面也不可能了呀。事情到了这一步，到了交警队，您就老实认错，可别再和人家争辩了。"

曹建军还不认尿："我还真不信了。老子出生入死，不比他们站马路辛苦多了吗？还来真事了。"

杨树苦笑道："师父，您要这么说只会麻烦越来越大。我要不要给所长打个电话？"

曹建军一愣："别打，杨树这事你谁都别说。"

杨树无奈地说："我就怕瞒不住！您听我的，到了交警大队，别和人家讲条件了，人家怎么罚，咱们就怎么听，听见了吗？"

两辆车开进交警大队，交警停下车，又指挥着杨树把车停下。二人下车。

交警说："把车钥匙给我。"又看了曹建军一眼，"可真有本事，大马路上亮警官证。进去吧。"

三人来到接案大厅，交警直接把曹建军往办公隔离区带，杨树要跟着进。交警把他拦下了："对不起，没你的事，你在外面等着。"

杨树忙说："同志，我师父是一时犯糊涂。前几天那个莲花山伤人案您听说了吧？那就是我师父冒着生命危险破的。他一时高兴多喝了几杯。真没想开车，我去给他拿手机，他挪了挪车。这事，肯定是我师父错了，看在一家人的分儿上，您通融通融呗。"

交警没理会："别说了，在外面等着吧。"说着带曹建军进去了。

杨树在外面转着："等着，等着是什么意思？是不是一会儿会放出来？不行，这事不能瞒。"

他掏出手机，调出王守一的电话，犹豫了一阵，到底还是拨了出去。

交警还算客气地把曹建军带到值班室："先坐吧。八里河的?"

曹建军说："对。"

交警问："前几天那个案子是你破的?就抢了车伤人的那个?"

曹建军骄傲地说："对。"

交警拿出酒精测试仪："来,吹气。"

曹建军看着他："兄弟,至于吗?"

交警严肃地说："同志,这是我们的工作,配合一下吧。吹。"曹建军只好胡乱吹了一口。

交警说："用力。"

曹建军只好又吹。

交警看看仪器："喝得可真够多的。怎么想的?当警察的,喝这么多还开车。我听说还给功了。是立了功高兴过头了吧?你这祸可闯大了。你坐着,我去一下。"说着拉开抽屉把曹建军的车钥匙丢进去走了。

曹建军坐在那里待着。他甩甩头,好像酒醒了,想起交警说的话,越想越怕,眼睛看向抽屉里的钥匙……他突然站起来,拿出自己的车钥匙,拉开门就跑向停车场,上了自己的车,开着就往外走。

杨树正焦急地等在交警大队门口,看到王守一从出租车上下来,赶紧迎上去:"所长,对不起。"

王守一狠狠瞪了他一眼:"到这时候了,说对不起还有什么用?告诉我怎么回事?我不是嘱咐你看住他吗?怎么闹出了这种事情?"

杨树说:"所长,我师父他是高兴过头了,今天非叫大家出来,他请客。我正在宿舍呢,接到他电话……"

王守一边往里走边说:"局里三令五申,上班喝酒,一票否决,立马开除,没有通融的余地,更何况他还酒驾!"

杨树解释:"所长,他真没开车,就是饭店让他挪挪车,他开了也就五十米,谁知道这么寸呢。所长您一定要救救他呀。"

王守一无奈:"只怕是神仙也救不了他。"

话音未落,就看见两三个交警往曹建军停车的方向追。而曹建军已经开车冲出去了!

交警在后面叫道:"哎,你酒后驾驶,还逃逸,罪加一等啊!"

王守一看到这一切还没弄明白什么情况。杨树万分惊恐地:"是我师父的车。"

王守一听明白了,本能地往车的方向跑,边跑边大喊:"曹建军,曹建军,停车!停车!你作死啊!"

两人还没跑到，曹建军已经冲出大门！

两个交警追到门口，停下了："还跑，跑得了和尚跑得了庙吗？通知下一个路口，截住他。"

王守一、杨树也是气喘吁吁赶快上去赔笑："同志，我是八里河派出所的所长王守一。你们魏队长在队里吗？

"对不起，我的人犯错犯大了，您能给我几分钟时间，我给他打个电话，让他回来投案自首吗？"

杨树一听这四个字吓了一跳："投案自首？这么严重？"

王守一瞪了他一眼："你以为呢？"

王守一刚掏出手机要打电话，交警说："别打了。开车不能打手机。他这么冲动，再一接电话，万一再出事故呢？"

王守一一听，赶快把手机关了："那不打了。同志，麻烦你们尽快截住他，在他犯下更大的错以前。"

旁边一个交警手机响起，他接起电话，简单地说了几句，把电话挂了："行了。他拐过弯去又撞车了，被拦下来了。"

王守一绝望地说了声："完了。"眼泪无声地流了下来。

路边警灯狂闪。曹建军的车和另外一辆车追尾了。他已被戴了手铐，目光呆滞地坐在警车里。

有三四个交警围着他的车，还有两个交警在向被追尾的车主做笔录。

王守一经此打击，有点站立不稳，蹲在交警大队门口，杨树陪在他旁边："所长，会怎么样？"

王守一声音苦涩："你是学法律的，不知道吗？"

杨树痛苦地流下泪水："所长，这事我有责任。您再三嘱咐过我，我应该坚决制止他的。我师父，他其实是个挺简单的人，立了功，扬眉吐气，一时忘乎所以。所长，咱们得想办法救救他呀！"

王守一心情沉重："人生都是自己写的，你如何为他担责任？有些事，咱们能帮，有些事，咱们帮不了。这回呀，警察他是肯定当不成了。就算没达到醉驾，两次造成交通事故，还逃逸，恐怕他这回是在劫难逃了。"

杨树愣着，突然忍不住哭了，一把一把地抹着泪。

一辆交警的车回来了，后面跟着曹建军的车，王守一和杨树一起迎上去，车没停，从他们面前驶过去。

王守一说："杨树你在这儿等着，我进去找一找他们队长。"

杨树擦了把眼泪："不，所长，我跟您一块儿进去，我得见我师父一面。"

两人来到交警大队办公室，之前接待过杨树的交警看了他们一眼，直接把一张单子放到他们面前："醉驾的标准是每百毫升血液中酒精含量高于八十毫克，他都一百二十多毫克了。严重醉驾。再加上两次交通肇事，还有逃逸。"

王守一赔着笑："他这个情况，得拘了吧？"

交警语气生硬："拘都是轻的！"

王守一说着好话："同志，不好意思。他是我们所的警察，身上还有许多工作。他这一走，恐怕短时间是看不见了。在你们送他拘留以前，我们能不能看他一眼，让他交代一下工作？"

交警说："对不起……"

王守一急了："同志，都是兄弟单位，至于这么公事公办吗？我的人犯了法，任你处置，但工作不能耽误吧？你们在一旁看着不就完了吗？同志，你们魏队长呢？"

一名中年警察进来："王所长来啦。"

王守一连忙上前握手："大齐，我的人给你们添麻烦了。我不要求别的，就想在拘留以前见他一面。"

大齐和第一个交警耳语了几句，对王守一点点头："我们队长不在班上，他知道这事特地打电话过来让我们照顾一下。跟我来吧。"

杨树赶快紧紧地跟上。

曹建军低着头坐在交警大队留置室的长条凳上，门一开，看到王守一和杨树走了进来，赶快站起来："所长……"

杨树一看到他就忍不住了，流着泪："师父。"

王守一看着他，突然举起手来，到底没落下去。

曹建军像个犯了错的孩子一样下意识地一躲，没有等到下文，抬头看了一眼，泪水止不住地流了出来："所长，对不起，我当时昏了头，就是怕我的事冒了，给您丢脸，也不知道怎么就……"

王守一已经平静下来了："事情已经这样，别说了。建军，到了里边，好好认罪，配合调查，争取从宽处理。"

曹建军哭着说："我知道了所长。所长，您能和上面说说吗？把我的二等功收回去，功过相抵，让我继续当警察，我保证戴罪立功。"

王守一什么也没说。

杨树也哭了："师父，对不起，所长再三嘱咐我要看住您的。原来我对您不理解，对您有许多的误解，我向您道歉。"

曹建军摇头："杨树，是我对不起你。我贪了你的功，出了事又想推给你。我不配当你的师父。你让所里另外给你指定个师父吧。"

杨树大声说："不，师父，您永远都是我的师父！您给我上了最好的一课！您听所长的，好好认错，检讨自己，争取从宽处理。"

王守一叹息道："别说了，道理他都懂。建军哪，家里还有什么事吗？"

曹建军眼中透着一丝绝望："所长，这事，能别告诉我家里吗？"

王守一反问："你说呢？"

曹建军难过地说："周慧她为了支持我当个好警察，家里的事从来不让我插手。所长您就告诉她我对不起她和孩子就完了。"

王守一说："好吧。"

一旁的交警提醒："该走了。我们已经违规了。"

杨树扑上去："师父，您可保重啊，我等着您出来。"

王守一拉了杨树一把："我们走吧。"

他们要出门了，曹建军又扑上来："所长……我还能当警察吗？"

王守一没回头，也没回答，默默地走了。

两人刚出来，一个交警追出来："王所长，他的手机刚才一直响，来电显示好像是他老婆。我们知道您在里边，不知道您如何对他家里说，所以就没接。"

王守一说："知道了，谢谢。"

等走到交警大队门口，杨树忍不住哭出声来。

王守一心情沉重："别哭了，我们还有事要做。想想如何和他家里说吧。"

杨树祈求道："所长，我师父就这么完了吗？"

王守一看了他一眼："这是什么话？当不了警察就完了吗？"

杨树说："对别人可能没什么，对我师父，当不了警察就完了呀！"

王守一抬头看看他，突然也有点动感情："杨树，你要早这么理解他，未必会出今天的事啊！走吧，我们去他家。"

一路上，两人都没有说话。

周慧正在家里急得团团转，手里拿着电话不停地拨着："天哪，这是去了哪里，怎么不接电话。接，接，你接呀！"

门铃就在这时候突然响了。

周慧蓦然抬头，带着几分恐惧看着门，声音有点颤抖："谁呀？"

王守一说："弟妹，是我，王守一。"

周慧一下子愣住了，半天不敢动。

王守一等了一会儿，又叫道："弟妹，我是八里河派出所的王守一。"

周慧慢慢过去把门打开，死死地盯住王守一："王所长，建军他出什么事了？"

王守一说："这是建军的徒弟杨树。弟妹，我们能进去说吗？"

周慧把他们让进来，不安地问："他怎么啦？"

王守一看了下屋里："孩子呢？"

周慧说："孩子早睡了。说吧，他怎么啦？"

王守一说："弟妹，你可坚强点儿。建军他今天高兴，多喝了点儿酒，酒后开车，出了交通事故。"

周慧差点跳起来："啊？他人呢？人没事吧？"

王守一说："人没事，事故不大。可他身为警察，醉酒驾驶，被交警抓住后又逃逸，性质比较严重。现在他被交警拘了。"

周慧没说话，长长地出了口气，一下子扶住了沙发把手。

王守一劝道："弟妹，你别想太多。"

周慧摇摇头："我没事。您一说出事故，我还以为他……王所长，只要人没事就好。他呢？"

王守一说："恐怕你暂时见不到他了。醉酒驾驶，两次事故，再加上逃逸，弟妹，你得有点思想准备。"

周慧愣了一阵："也就是说，他可能当不了警察了，是吗？"

王守一语气沉重："可能比这个还严重。"

周慧急了："你们所会帮他的吧？"

王守一说："一会儿我回去就打电话找我们局长。可是周慧你也知道有些事可以帮，有些事帮不了。我把丑话说到前面，他这回法律责任是逃不了的。"

周慧问："他事故没伤人是吧？他也没伤？"

王守一说："没有。"

周慧竟然笑了："他没伤人，自己也没伤。人没事，还有什么事比这更好的？其他的，王所长您放心吧，我挺得住。只是，建军他这十几年，一心扑在工作上，我希望局里能保保他。"

王守一郑重地说："我们一定争取！我代表所里先表个态，不管建军以后还能不能当警察，建军还是我们的弟兄，家里的事我们还会管。"

周慧说："用不着。原来他也不管家里的事。我就权当他又出差了。王所长，时候不早了，谢谢您来给我报这个信，我不担心了。我不留你们坐了，谢谢你们，你们走吧。"

杨树难过地说："师母，他是我师父，我没看好他，出了这样的事，我很抱歉。"

周慧冲他笑了笑："你叫杨树是吧？你师父回来经常说起你，说你有学问，有前途。他不配当你的师父，你将来也不会再和他有交集了，把他忘了吧。走吧。"

杨树还想说什么，王守一扯了他一把："我们走吧。"

门关了，周慧还站在门口，好像希望曹建军能回来一样……

走到楼下，王守一感慨地说："曹建军身在福中不知福，有个多么好的老婆，还不满足，他还想什么？"

第二天早上，王守一略带疲态，准时走进派出所，发现办公区竟然没人，皱着眉头往里走。

刚进院子，全所的人都等在他每天上班必经的楼道口和院子里，用期盼的目光看着他，替曹建军求情：

"所长，您得帮建军说说话呀！"

"所长，建军他不过是高兴过了头，所里不保他？"

"所长，哪怕把他连降三级呢，总不能眼看着他被送进去吧？"

"他刚破了个大案，还抓获了一个罪犯。他功大于过呀！"

……

王守一黑着脸，对所有的声音充耳不闻，直接上了楼，一屁股坐在自己的椅子上，疲惫地闭上了眼。

外面有人敲门。

王守一没睁眼："进来。"

进来的是高潮："所长，我听说……听说……"

王守一有些烦躁："你想说什么？"

高潮声音有点哽咽："所长，我平常也不太喜欢曹建军，那家伙争名好强，吃相也不大好看。可他入警十六年，出生入死，多次负伤。就因为他的毛病，有时候可以给他的表彰和荣誉都没给。他干得怎么样，全所上下有目共睹。他犯的事是够严重，可又情有可原。全所干警看着呢，如果咱们不保他，恐怕凉了大家的心，以后谁还能像曹建军一样干？和局里说说，叫交警那边网开一面，给他个纪律处分算了。所长，您要是觉得不好出面，咱们以所里的名义写个报告，有什么责任咱们所里集体来负……"

"啪！"

话还没说完，王守一抓起一个茶杯来，摔在地上："出去！"

所有人好像都听到了这一声摔茶杯的巨响，一脸沉重。

今天早会时间，与往常不同，八里河全体警察神情都很严肃，王守一和几个所领导站在前面。

张志杰先开口："所长，这些年建军兢兢业业，立下不少功劳，为老百姓解决了不少问题。处分归处分，开除的话，太不近人情了吧？"

大家随声附和："对呀，谁能保证不犯错误啊。"

"连犯罪嫌疑人我们都给出路。"

"警察也是人哪。"

……

王守一脸色铁青："你们把警察看成了什么？有特权吗？警察是什么人？是手里

握着执法权的人！执法的人犯了法，你们要求对他网开一面？那以后谁还守法呢？"

大家都不说话，但明显心里不服气。

王守一说："今天我站在这里提醒一句，曹建军的事，你们谁也不许再说一个字，如何处理，看法律的。刚才布置的几项事情，抓紧去做，第四季度的工作不能耽误，别叫大家脸上都不好看。散会。"

王守一说完就走，陈新城叫住他："所长！得帮帮他。该罚罚，该帮还是得帮。他是咱们的战友。"

几乎所有的人都异口同声："是啊，所长。"

王守一没说话，开了门自己开车走了。

半小时后，王守一像个小学生一样规规矩矩地坐在市局沙发上等着。

一名年轻警察过来客气地说："王所长，局长说周一的早会开的时间长，让您先回去，他知道您的意思了。"

王守一赔笑："没事，我们那边的早会开完了，也没别的事，我等他。"

年轻警察给他倒了一杯水："王所长，曹建军的事情我们都听说了，我再帮您问一下局长吧。"

王守一叹了口气："唉，总归是他不争气。谢谢啊。"

年轻警察来到会议室，在宋局长耳边低语了几句。宋局长为难地想了想，起身走出会议室。

王守一正端着水发呆，门一开，看到宋局长进来了，赶快站起来："宋局长……"

宋局长说："师父，您别叫我局长，您就是我师父。我入警以后，如何当警察还是您教的。这件事，您除了昨天半夜跑到我家说的，还有什么新的说法吗？"

王守一张张嘴没说话。

宋局长说："要有，您告诉我，我还开着会呢。"

王守一突然老泪纵横："宋局长，我在家里把我手下骂了一顿。我有什么可说的？手下的人犯了这么大的事，我还觍着张老脸跑过来，我还有什么可说的？什么道理我不明白？可我不能不来，不能不为建军争取最后一线希望。宋局长，建军算您的师弟，您也了解，您真的觉得他必须要进监狱吗？"

宋局长也不好受："师父，这话我不能说，得最后看法律怎么说。可纪律这一块儿我可以说，酒后开车，一票否决，这是早就定下的。曹建军进不进监狱我不知道，但警察，他是肯定干不成了。师父，与其这时候来说这些，何不早些约束他严一点？"

王守一低着头往外走，背影苍老了不少。

周慧坐在王守一的办公室里，默默流泪。

王守一端了一杯水给她，又扯了几张面巾纸递过去："哭没用，出了这个门就别哭了。"

周慧点头："我知道。谢谢您，王所长，我知道您尽力了。"

王守一说："我帮他请了个律师。检察院那边，是按危险驾驶罪和妨碍公务罪两项罪名起诉的。我和律师讨论过，他从交警大队逃跑，可以算妨碍公务，但毕竟没造成严重后果。辩得好，这一条可以驳回去。如果只剩下危险驾驶，乐观估计，判个拘役，几个月就出来了。"

周慧感激地说："谢谢王所长。律师这块，不劳所里费心了，我帮他请。"

王守一问："怎么，你对我还不信任？"

周慧忙说："王所长，到这个时候，我不信您还信谁啊？可毕竟事关建军的安危，我必须亲自过手。我是他老婆，这是我的责任。"

王守一点头："好吧。周慧，我再次代表所里表态，建军以后虽然不能再当警察了，但他永远是我们这支队伍中的一员！家里的事，就是所里的事！"

周慧站起来鞠了一躬："什么事也没有。我谢谢所里了。王所长，我走了。"

周慧从所里出来，上了自己的车，车门一锁上就哭了起来，哭了一阵，仔细擦干脸，开车走了。

刚到家门，就看到母亲和姐姐周聪等在那里，周慧连忙挤出笑容："妈，姐，你们什么时候来的？"

周母拉着个脸："这个时候，我们不来谁来？天天把'我是警察'挂在嘴边上，出了事又有什么用？跟着他享什么福了？看看你姐夫，交了三百万，签了字，直接就从黑名单上下来了。你倒好，以后得和劳改犯过日子！"

周聪听不下去了："妈，我们来劝小慧，你说他干什么？"

周母说："我让小慧好好反省一下……"

周慧正在气头上，大声说道："妈，我知道您一直不看好建军，现在他出事了，您满意了？不过我就是喜欢他！不管他关多久，只要出来，我还是和他过日子！既然你们看不上他，那以后也不用来，我们也不回去！"

说完，周慧走进家门，将门用力关上，整个人好像虚脱一样靠到门上，抹了一把泪，又用力地擦了擦脸，自言自语地说："曹建军，无论你在里边蹲多久，将来出来多么难，我周慧就是喜欢你，认准你，跟定你了！别哭了，没人看，以后靠你自己了。"

今天的例行早会，在办公区进行，讲话的是宋局长："我知道大家对曹建军受到刑事处罚都有看法，可法律面前人人平等。

"如果说有什么不一样，那就是执法者犯法，法律处罚得要更严。曹建军犯罪，我们领导也有教育不力、约束不严的责任。局里决定以曹建军为反面教材，在全局开展全面从严治警的教育整顿。

"我在局里第一次教育整顿会上首先做了检讨。局里希望八里河派出所以曹建军为鉴，也开展一次深刻的、普遍的教育整顿。"

大家都很严肃地听着。

早会结束，王守一和宋局长握握手，目送他离开。

大家还坐在办公区里，小声议论："听说就建军这件事，给咱们减了四十分。这第四季度肯定倒数第一了。"

王守一进来了，大家安静下来。目光从大家的脸上扫过，王守一神情和缓，看着大家笑了笑："这些日子，大家太压抑了。建军的事，暂时告一段落。下一步法院怎么判，咱们只能服从。可有几句话，我想在这儿和大家交流一下。

"大家觉得警察是什么？我们是执法者啊。有些错，老百姓能犯，警察不能犯，犯了，就要接受比老百姓更严厉的处罚。

"建军为什么犯错误？就因为他把个人的荣耀置于警察的使命和荣誉之上！

"至于第四季度的倒数第一，大家不必在意。只要有排名，总会有倒数第一。咱们对得起身上这身警服就可以了。眼下要紧的是把工作做好，确保咱们辖区里没事。就这样吧。"

第十七章

"妈！"夏洁站在机场出口看到母亲出来，立刻上前拖过箱子，"妈，大理好玩吗？"

"没意思。"夏母情绪低落，夏洁也不好多问。

回到家里，夏母连饭也没吃，就说累了，要休息。

夏洁给她把行李放好，见她躺下，这才回自己的房间拿起手机，小声说道："大姨，我妈回来情绪就不高。是在那边发生什么事了吗？"

大姨叹了口气："小洁，是你梁叔叔……我觉得他俩的事悬了。"

夏洁愣住："啊？为什么呀？"

大姨说："你梁叔叔好像找别人了。也别怨人家，开始人家挺热情的，可你妈总端着。后来你梁叔叔就找别人了，也提前回去了。"

夏洁默默地说："大姨，谢谢您，我知道了。"

一夜未眠。

第二天一早，夏洁请了假，早早来到机关门口，和门卫说了一声。

没多久，一名五十多岁的中年男人从里边出来，笑着说："小洁，你怎么来啦？"

夏洁礼貌地说："梁叔叔，昨天我妈从大理回来了。她这回去大理，多亏了梁叔叔照顾，我是专门来向梁叔叔表示感谢的。"

梁向志一怔："你妈妈回来了？她不是要在那边过冬吗？"

夏洁说："原来是有这个计划，不知道为什么突然闹着要回来。我也是才知道梁叔叔也回来了。"

梁向志有点窘迫："小洁，你妈妈没和你说吗？"

夏洁疑惑地问："说什么？"

梁向志搓了搓手："我找对象了。"

夏洁故意吃了一惊："啊？我不知道。梁叔叔，我一直以为您会和我妈……"

梁向志有些不好意思："唉，过去的这几年，我是有那个意思。毕竟和你妈也相识多年，知根知底，于情于理，总觉得有情义在。可你妈一直没个明白话。我这回在大理又问她，她还是不肯表态，说你父亲尸骨未寒，好像我追她，就对不起你爸似的。这个罪名可大了，我担不起。再说我五十多岁了，也想有个家了，所以就……"

夏洁问："梁叔叔，不知道您和新找的阿姨关系怎么样？"

梁向志含糊说道："别人介绍的，见过几回面，你说还能怎么样？一般人吧。可我到了这岁数，也不能太挑剔了是吧？将就着过呗。"

夏洁正色道："梁叔叔，如果您真觉得情投意合，我就不说什么了。可如果您只是觉得和这位阿姨将就，那我还是想恳求梁叔叔有点耐心，我妈那边，我去问问她，如果她愿意，梁叔叔您还愿意吗？"

梁向志并不抱希望："你妈不会愿意的。在她眼里，你爸是天下第一，她会把一切人都拿来和你爸比，我怎么能比得上？"

夏洁说："梁叔叔，这也是我妈的毛病之一。我爸走了十年了，她还把自己关在里边不出来。您以为她是忘不了我爸，实际上她是迷恋我爸带给她的身份。您放心吧，我去问她。

"梁叔叔，我自私地说，这世上她找不到比您更好的了，如果错过了，不是您的遗憾，是她的遗憾。请原谅我的不情之请吧。"

梁向志感慨地说："唉，你妈的毛病，我岂能不知道？可这么多年，我知道她虽然拒绝我，可实际上感情上依赖我，我也放不下她。开始是为了报答你父亲对我的好，后来就是心疼她。难为你了小洁，只要她愿意，我没什么可说的，只是我不想拖得太久了。"

夏洁点头："放心吧，梁叔叔。"

夏洁回到家里，看到母亲正坐在沙发上看电视，心烦意乱地把节目换来换去。

夏洁把一盘水果放在她面前："妈，您走了那么久，我也想您了，今天咱们不看电视，好好说说话。"

夏母看着她："你又要跟我说那个姓梁的？"

夏洁说："妈，梁叔叔他挺好的，您干吗叫他姓梁的？"

夏母火了："他挺好的？小洁，你就那么嫌弃你妈？我处处想着你，护着你，为你牺牲了一切！可到头来，你又是搬家，又是撮合我和那个姓梁的，你说，你是不是就想甩掉我？"说着说着，哭了起来。

夏洁急了："妈，您想到哪里去了？咱俩相依为命这么多年，我怎么会想甩掉您？

我是怕你一个人孤单哪！"

夏母说："我反正已经孤单了这么多年了。再说了，不是还有你吗？你告诉妈，是不是谈恋爱了？真是女大不中留……我知道你已经二十二岁了，也是该谈恋爱嫁人了，是不是？"

夏洁说："不是，妈。我是想说，我也需要自己的生活……"

夏母追问："什么叫自己的生活？你跟妈妈在一起，过的不是你自己的生活吗？我真是命苦，你爸抛下了我，你也想抛下我……"

夏洁一脸绝望。

太阳每天照常升起，生活仍然还要继续。又是忙碌的一天，夏洁等在陈新城工位旁边，心神不宁地看着手机。

手机上是借呗页面，上面俨然显示着贷款一万六千元！她一人独自愣神，在忙忙碌碌的办公室里显得特别不协调。

李大为和陈新城从外面回来，一边走一边低声讨论着什么。

陈新城跟高潮打了个招呼，说起话来。

李大为走过来，本来想吓唬夏洁，但看清她手机的页面，改了主意，轻声叫道："夏洁。"

夏洁如梦初醒，看到李大为和走过来的陈新城，连忙说道："陈哥，那个刘小莉惹事，让我们又给带回来了。"

陈新城眉头一皱："惹事？什么情况？"

夏洁说："她在酒吧里陪酒，和另外一个小姐打起来了，另外那个报了警，我们去把她俩带了回来。她吵着要见您。"

"走，去看看。"陈新城无奈地站了起来。

一进询问室，就看到刘小莉坐在那里，头发染成绿色，脸上涂得像鬼，衣着也很暴露，完全一副小太妹的打扮。

看到陈新城、李大为随夏洁进来，刘小莉立刻下意识地坐直了身子。

陈新城黑着脸在她对面坐下："说说吧，怎么又回来了？"

刘小莉委屈地说："陈叔叔。"

陈新城说："你不要叫我陈叔叔，说说情况，为什么闹事？"

刘小莉低下头，突然哭了，越哭越厉害，什么也没说。

陈新城叹息一声，转身出去："夏洁，你出来一下。"

李大为也跟着出来："师父您就多余见她，看她那样，和鬼似的。"

陈新城瞪了他一眼，对夏洁说："夏洁，我去请教导员过来，你们一块儿和她好好谈谈，问得仔细一点儿，为什么换酒吧，还在酒吧闹事。这个酒吧离她家挺远的，看能了解到什么新情况。"

李大为说："要我说她离不开那种地方，上回肯定是说谎话。这女孩算是没救了。"

陈新城没接话，大步离开。

夏洁又要转回询问室，李大为叫住她："夏洁，有事？我看你心事重重的。"

夏洁心有所动，但又不愿深说："你不好好工作，看我干吗？"说完自己进了询问室。

李大为叹息了一声也走了。

回到办公区，陈新城和李大为坐在电脑前看着一段视频讨论着什么。

看到叶苇过来，陈新城站起来："教导员，和她谈过了？"

叶苇点头："谈过了。老陈你猜得对，她跑到这边来是有原因的。"

陈新城问："什么原因？"

叶苇说："从某种意义上来说，她是专门为你跑过来的。她说在这个世界上，你是唯一一个认真听她说话，并且相信她的人。也可以这么说，她在酒吧里闹事、打架，只是想引起警察对她的注意，再一次来我们派出所，得到你对她的关注和帮助。"

陈新城神情凝重："我知道了。"

叶苇说："两个女孩揪头发打架是一般纠纷，我们教育教育就要释放了。她走之前想见你一面。"

陈新城点头："我去。"

刚走了几步，看到李大为也跟着，陈新城问："你跟着干吗？继续看，看能发现什么，还有要等的电话哪！"

李大为可怜巴巴地说："哦……"

陈新城再次来到询问室，夏洁跟在身后。刘小莉看见他，又哭了起来。

陈新城坐下，和蔼地说："小莉，别哭啦，你告诉我到底什么情况，我好帮你呀。"

刘小莉又哭了几声，慢慢忍住："陈叔叔，自从上次的事情发生以后，我在家里再也待不下去了。所有人都不相信我，我后妈赶我出门，我爸也不管我，我没地方住，只好在外面到处混……陈叔叔，人活着太不容易了！"

陈新城看着她，突然发了脾气："你这话是什么意思？你出了事，怪别人？你的生活是你自己的，为什么总在怪别人？你长大了，别人如何对你就那么重要？你看看你现在这个鬼样子，你自暴自弃，将来被毁掉的难道不是你自己吗？"

刘小莉眼泪汪汪地说："可是陈叔叔，我后妈不许我回家了……"

陈新城肯定地说："那不行！你的户口在那里，她没权力不让你回家！"

这时，李大为敲门："师父，您约的电话回过来了。"

陈新城想了想，转身对刘小莉说："你先回去，回头我过去一趟。你这事，我一定会管到底的。"

走到门口，陈新城还是没忍住："我上次也说过，你要自爱！"刘小莉点头。

陈新城离开询问室："大为，夏洁，你俩先送她出去。"

"好。"

李大为和夏洁一起把刘小莉送到门口，看着她走远。

夏洁小声说道："你师父刚才说刘小莉不争气的时候，真凶。"

李大为不以为然："怎么了？我估计他是把刘小莉当佳佳了吧。"

夏洁叹了口气："家家都有一本难念的经。"

李大为看着她："夏洁，你到底怎么了？别一个人自己憋着。"

夏洁嘴硬："我没有。"

李大为说："你就别装了，又是唉声叹气，又是感慨人生，是因为你妈吗？而且我刚才看见你手机了，你是要贷款？"

夏洁吃惊抬头："你别胡说！"

李大为说："上次你又是要开网约车，又是要退租，我知道你经济上肯定有困难。现在你妈已经从大理回来了，怎么还……"

夏洁有些不耐烦："我说李大为，你怎么这么爱多管闲事呢？"

李大为来了牛脾气："你别激我啊，你越是激我，我越是要管到底。说吧，为啥钱也花了，大理也去了，你妈回来还是把你搞得这么不开心呢？"

夏洁生气了："我干吗要跟你说？"

李大为理所当然地说："干吗不跟我说？谁都知道，有问题找警察呀！"

夏洁左右看看，不愿意在人来人往中被人注意，转身往回走："我也是警察，我找自己就行了！你别多事！"

李大为跟在后面："人多力量大。我不能看着你每天带着情绪，心神不宁影响工作，快告诉我怎么了，说不定我帮得上你呢？"

可夏洁没有理他，直接去了程浩的办公室。李大为只好回到自己的工位上。屁股还没坐热，陈新城匆匆过来："李大为，跟我走。"

李大为来了精神："有警情？"

陈新城也没回答，继续往外走。

李大为看了一眼匆匆离开的夏洁，追上陈新城，不断地追问："师父，什么情况？"

陈新城一边走一边说着："刘小莉那天没撒谎，她就是被强奸了。尽管现在咱还没有足够的证据，可我敢肯定事实就是这样。"

李大为吃了一惊："可咱们暂时找不到证据怎么办？"

陈新城说："现在破案是第二位的，第一位的是帮这孩子找到一个安身之处，不能让她继续受到伤害。"

李大为为难："可是她不属于咱们辖区。"

陈新城说："管不了那么多了。她是咱们的当事人，我们就得管。走吧。"

两人说着话，上车前往刘小莉家。离着老远，就看到刘家外面围了一圈儿人。

两人下车挤了过去，只见刘小莉站在门口，她的继母把门堵住不许她进去："你的家？你还知道有家呀？看你这个样子，大人的脸都叫你丢尽了！外面的野男人呢？不要你了？找他们去呀！"

刘小莉脸色难看："你才找野男人呢！别以为你背着我爸干的事情我不知道！"

继母从家里冲出来，朝刘小莉扑过来要抓她："你说什么？你敢再说一遍！"

刘小莉一跳躲开了："你算个什么东西？这房产、这旅社、这理发店是我妈活着的时候和我爸一块儿挣的，有我的也没你的！"

继母讥讽道："哈，那你叫你爸来把我赶出去啊。我今天就把话撂这儿了，这个家里，有我没你！你看你爸选谁。"

李大为把车停好，两人走了过去。

陈新城看了一眼，问："刘小莉，怎么回事？"

刘小莉眼眶瞬间红了："陈叔叔，这就是我家，她不许我进家门。"

陈新城看着刘小莉继母："你好，你就是刘小莉的继母吗？"

刘小莉继母阴阳怪气地说："我可当不起。你们是谁？"

陈新城拿出警官证给她看："我们是八里河派出所的。这位大姐，虽然你是继母，可刘小莉的户口在家里，你不让她回家是不对的。"

刘小莉继母根本不在乎："八里河的？和我们有什么关系？我家的事，要你管？"

陈新城劝道："我知道你也是有孩子的人。如果有一天你孩子也落入这样的境地，你不怕他也遇到一个像你这样的母亲吗？"

刘小莉继母跳了起来："你说什么？你再说一遍！你一个当警察的咒我，看我不打电话投诉你！"

李大为看不下去了："哈，我们既然来了，还怕你投诉不成？"

陈新城扯住李大为，对刘小莉继母平静地说："这是你的权利，我们的投诉电话是12345，我叫陈新城。刘小莉，你父亲呢？"

刘小莉说："他下了班就在外面喝酒，还不知道什么时候回来呢。"

刘小莉继母恶声恶气地："嫁了这么个男人，算我倒了霉了，挣的钱，还不够他喝的。还拖着这么个油瓶，一天到晚在外面勾引野男人。也别说，我还真不知道这丫头有这本事，居然把警察也勾引到手了。"

陈新城目光一寒："我警告你，再胡说八道，侮辱警察，会受到法律制裁的！"

刘小莉继母不服气地撇着嘴，到底不敢说什么了。

一个小男孩背着书包过来："妈。"

刘小莉继母一把搂过男孩："放学了？赶快进家写作业去。"

男孩回头看刘小莉："姐姐……"

刘小莉继母没等他喊完，一把把他拉进门，紧接着屋门关上了。

李大为无语："这什么人哪！"

刘小莉眼角含泪："陈叔叔，您看。"

陈新城安慰道："你别急。先到社区办公室等我一下。大为，咱们走。"

李大为紧跟在身后："师父，咱们去哪？"

陈新城说："去她家辖区的派出所。"

两人来到刘小莉家辖区派出所，宋所长热情地和陈新城握手："老陈，你怎么来了？你们王所长呢？上次拔河比赛输给我们还不服气，成天说咱们两个所比一比，现在怎么不提了？"

陈新城笑着说："我们所长一把年纪，什么牛都敢吹。宋所长，我是为另外一件事来请求帮助的。"

宋所长招呼两人："坐下说。"

陈新城在沙发上坐下："咱们辖区有个叫刘小莉的姑娘您知道吧？"

宋所长说："知道，成天大错不犯，小错不断，是我们所的老熟人了。怎么着，犯到你们辖区去了？也好，省了我们的事了。"

陈新城恳切地说："宋所长，因为一个案子，我认识了这个女孩。我觉得这女孩本性不坏，就是摊上了一个混蛋父亲。有多少好孩子都是这样步入歧途的。"

宋所长笑着说："老陈啊，你管得可真宽。道理都明白，可咱们警察负不起那么大的责任。"

陈新城严肃地说："可这个刘小莉，很可能是一起重大案件的证人，所以目前必须把她保护起来。宋所长，算我求您，帮她在你们辖区找个工作，再找个住的地方行不行？"

宋所长想了想："工作好找，没有好的还没有差的吗？就是这住的地方……"

陈新城说："她家我去过。虽然她继母无权不让她住家里，可我看她那个家容不下她。就算咱们今天把她送回去，明天也会把她逼出来。还麻烦宋所长，帮她找个住处。"

宋所长无奈地说："这样吧，我帮她争取个廉租房的资格，只要她好好工作，挣的工资肯定够她生活的，这样总可以了吧？"

陈新城高兴地说："可以，当然可以。宋所长，我先谢谢您了。"

"你把工作都做到了我们辖区里，是我们欠你一个人情。"

宋所长说着看向李大为："这个是你徒弟啊？好精神的小伙子。"

有宋所长牵头，工作的事很快有了回复。一家超市缺收银员，愿意让刘小莉试一试。

刘小莉衣着朴素，头发也重新染黑，乖巧地听着陈新城嘱咐："好好工作，好好生活，你还年轻，只要肯努力，美好的生活还在后面呢。进去吧，宋所长已经打好招呼了。对了，你那个案子，我保证，只要是真的如你所说，总有一天我会把罪犯绳之以法！"

刘小莉有些难过："陈叔叔，难道您还不相信是强奸？"

"我相信。但我是个警察，对一切犯罪，都需要有证据来支持，现在最重要的就是收集证据。"

陈新城说着话，拿出一个崭新的水杯递给刘小莉："你忙起来的时候没时间喝水，这个先拿着用。"说完转身走了。

刘小莉在后面叫了一声："陈叔叔。"

陈新城停下来："还有什么事？"

刘小莉深深鞠了一躬："谢谢您。"

陈新城没说话，只是摆手让她进去。

下班后的合租公寓里非常热闹，几个年轻人正围在一起吃饭。佳佳住在这里很快乐，听着李大为胡说八道，笑得差点呛着。

只有夏洁呆呆出神，似乎身边欢乐的氛围与她无关。

这时外面有人敲门，佳佳跳起来："我去开。"

佳佳跑过去把门打开，看到门外站着陈新城，有点意外："爸，您怎么来了？"

李大为赶快站起来："师父，怎么没提前说一声，我们等您来了再吃啊。"

陈新城有些拘谨："没事，我过来看看。在楼下就听见你们的笑声了，真热闹啊。"

李大为故意夸张地说："佳佳帮我们做饭，把醋当成酱油了。师父您快进来尝尝。"

陈新城摇头："不了。杨树、夏洁、赵继伟，谢谢你们帮我照顾佳佳。"

赵继伟说："陈警官，我要告状，佳佳把我的活都抢了！打扫卫生本来是我的事儿，现在佳佳全干了！"

李大为鄙夷地说："得了便宜还卖乖。师父您进来呀。"

陈新城有些尴尬："我能借一会儿佳佳吗？佳佳，爸还没吃饭，你愿意陪爸出去吃顿饭吗？"

佳佳看了看桌子上的饭菜："我们正吃着呢。爸，要不你跟我们一起吃吧。"

李大为冲她使眼色："佳佳，师父这几天饥一顿饱一顿的。你陪他好好吃点去吧。"

佳佳点了点头："好吧。"

父女两个来到楼下的小饭店，陈新城把刘小莉的事情和她说了。

佳佳同情地说："她后妈不要她？"

陈新城说："是。大家只看到她胡作非为，糟蹋自己，没看到这背后她生活的不幸。开始爸也不喜欢她。觉得她已经是成年人了，得对自己负责，为什么不好好生活。可知道了她的经历，爸明白了。"

佳佳低下头："她也是个缺爱的孩子。"

陈新城抬头看她，万分愧疚："佳佳，对不起，爸不知道表达，可爸一直是爱你的。你不在爸身边，爸活得都没劲。你回来以后，爸干什么都觉得有动力。爸在这个世界上只有你，可是爸太笨，不会表达。"

佳佳低头搅着碗里的汤："爸，您别说了，我知道您是爱我的，我也是不知道怎么说。"

陈新城鼓励道："你说，你说出来我就去做。"

佳佳抬起头哭了，哭着哭着又笑了："爸，您别说了，其实我早就知道，就是看您活得太辛苦。我想关心您，可不知道为什么，越想关心就越对您发脾气。爸，您能原谅我吗？"

陈新城内心的柔软被击中："傻孩子，父女之间说什么原谅？这点你真随我，心里满满的，憋着，就是不知道如何说出来。佳佳，爸爸来是想和你商量一下，你还在这儿住吗？毕竟不太方便。你要不想跟爸住，爸就在旁边帮你租一间小房子……"

佳佳摇头："爸，我跟您回家。"

这一夜，父女两个谈了好久……

第二天早晨上班时，陈新城从外面进来，显得神情轻松。

李大为正在电脑前忙碌着，看见陈新城，迎了上去："师父，我突然想，如果岳威是一个惯犯，那刘小莉不会是第一个。以前有没有没破的强奸案？那些强奸案里有没有留下DNA？如果DNA能和岳威的对上，不就说明是他做的吗？"

陈新城坐下："有发现吗？"

李大为说："还真有。您看，2014年，曾经有个女孩，在县前街派出所报过案，说被带到岳威家里强奸。和这次一样，警方没办法得出是自愿还是强奸的结论，最后销案处理，所以上次没查到。我是从销案记录里查询才查出来的。"

陈新城赞许地说："真有你的！有女孩的联系方式吗？"

李大为递过去一张纸："我也查到了。"

两人一对视，陈新城说："出发！"

按照查到的信息，陈新城和李大为来到一间洗脚城的休息室里等着。

陈新城打量着四周的环境："听说在这里消费一次至少要两百多？那得是什么脚？"

李大为嘻嘻哈哈地笑起来："师父，这种地方只要进来，没个四五百出不了门。"

陈新城摇头："现在的生活方式，我真是看不懂。李大为，我警告你，这种地方你不许来！"

李大为开导他："师父，您不要把这种地方和色情场所画等号。"

陈新城冷哼道："它要是没色情我去死！"

一个穿着工作服的女孩跑进来："哪位客人点我？"突然看到两个警察坐在屋里，女孩吓得回头就跑。

陈新城站起来："林翠翠吗？"

林翠翠不得已停下："是我。警察叔叔，我什么也没干。"

李大为忙说："不要紧张，我们是有情况问你。能不能跟我们走一趟？"

三人回到派出所，林翠翠坐在他们对面，小窦坐在一旁做记录。陈新城问："2014年，你报案岳威强奸的事情，能详细说一下吗？"

林翠翠目光闪躲："多少年的事了，我全忘了。"

陈新城不信："忘了？你当年报的是强奸和非法拘禁，这样的事情你都能忘？"

林翠翠头转向一边："对不起，我真忘了，我不想再提了。"

陈新城严肃地说："林翠翠，你是不是想用这种方式忘掉那次的伤害？我告诉你，如果罪恶得不到惩罚，伤害是永远不会痊愈的！"

林翠翠冷笑一声："我不忘有用吗？当初我报了案，闹得大家都知道我被男人强奸了。结果呢，他到现在还不是逍遥法外吗？"

陈新城说："这就是我们现在正在做的！如果我们猜得不错，这几年他没停下。我们要把他绳之以法，所以需要你的帮助。"

林翠翠露出一丝后怕："他认识我的，有一回在路上碰到了，还冲我做了个抹脖子的手势。"

陈新城说："所以你要帮助警察尽快抓住他，你才会安全！"

林翠翠犹豫了一下："好吧。那时候我才十八岁，刚来城里，在一家小足疗店当足疗女，不过……我现在说了，你们别罚我啊。"

陈新城点头："放心吧，都是过去的事情了。"

林翠翠说："我当时太需要钱了，再说老板也希望我们这样做，他好提成。如果客人给的钱多，我们也出台。"

陈新城："岳威就是那时候出现的？"

林翠翠点头，脸上露出了痛苦的表情："嗯。不过没有走我们常规的流程，而是在我们店里洗完脚，在店外面等我。他说让我跟他走，给我五百块钱，瞒着老板，就不用给老板提成。当时五百块对我来说不是小数字，一时糊涂就跟他走了。"

林翠翠表情痛苦，很明显，下面的回忆让她感到恐惧。

李大为问："然后呢？"

林翠翠说："进了他家我就感觉不太对，我想走，却被他绑在床上。他折磨了我两三个小时，完了事还不放我。把我绑在那儿，他一个人喝酒，一边喝一边对我说我不该轻易相信男人，不该跟他来。"

说到这儿，林翠翠泣不成声……

李大为给她倒了杯水："喝口水，慢慢说。"

林翠翠带着哭腔："我怕极了，看着他用来切肉的刀，总觉得接下来那刀就会捅到我身上，觉得我就要死了。"

李大为问："那你是怎么逃出来的？"

林翠翠带着丝后怕："可能真的是我命大。就在我觉得要死的时候，他接了一个电话。没说几句就放声大哭起来，哭了一阵就给我松了绑，大吼着说让我趁他改变主意之前，赶快滚。"

李大为问："他给你钱了吗？"

林翠翠说："我哪敢要钱？能活着就不错了！从他家出来的时候都吓傻了。回去后越想越怕，才去县前街派出所报了案。"

陈新城说："但是岳威咬定你们是自愿发生关系的？"

林翠翠点头，泪水滑落："嗯。不但如此，他还威胁说要举报我们足疗店集体卖淫……我一时害怕，就没有再继续坚持下去了……"

陈新城了解当年事情经过后，安抚了林翠翠几句，送她离开。回来仔细翻看她的证词，陈新城看出了问题的关键："是不是那个电话把他的计划打乱了？"

"没关系，师父，咱们有林翠翠的报案时间！"李大为说，"我这就给他家那边的派出所打电话。"

电话接通，李大为先问了好，然后说道："麻烦您……对，2014年8月21日……事情应该在此以前发生的，但也不会前太久。有什么消息及时通知我们。好的，谢谢。"

陈新城看他放下电话："怎么样？"

李大为说："岳威离开家多年，现在派出所的人都不认识他，他们得查岳威家那几天是不是出过事。"

陈新城语气凝重："大为，我有一种感觉，很可能，刘小莉和林翠翠是最幸运的！

一定还有别的受害人，像岳威自己对她们说过的，进了他那间屋，再没能出来。

"咱们查查这些年有没有失踪人口，重点是在夜总会、足疗店、酒吧混的女孩。对了，我们应该向所里汇报一下了。"

两人来到王守一的办公室，程浩、高潮都在，一起听取他们的汇报。听完之后，王守一表情严肃："你们是怀疑，他是个专门残害风月女子的连环杀手？"

陈新城慎重地回答："目前还不敢这么说，起码，这两起案件中，有许多一致的地方，让人怀疑。"

几位所领导互相看看，神情都很严肃。

王守一想了想："把你们掌握的所有线索交给罗队长吧。"

李大为插言道："所长，我们上次交给了他们，他们按嫖娼处理的。"

王守一说："那就把你们得到的新线索再交给他们。派出所主要是维护治安。破大案要案是他们的任务，别喧宾夺主！"

两人无奈，只好再次来到刑警队。

罗队长很认真地听着他们的话："前面还发生过一起？我们当时怎么没查到？"

李大为说："和这次一样，没办法认定是强奸还是卖淫嫖娼，所以销案了。"

罗队长恍然大悟："你们的意思，查一查有没有失踪的女性？"

陈新城点头："对，重点是那些曾经在色情场所工作过的女性，时间应该起码放到十年以上。"

罗队长说："好吧，我们马上查，有什么情况我们会及时通报。老陈，谢谢你。"

陈新城站起来："罗队长，您相信直觉吗？"

罗队长说："我相信。但我更相信证据！"

陈新城点头："好吧。但如果他真是这样一个人的话，我们面对的就是一个极其可怕的对手。宁可信其有，不可信其无。稍一疏忽，就可能牺牲一条生命。罗队长，就交给您了。"

出了刑警队的大门，李大为愤愤不平："看他们的态度，肯定不会像我们一样用心的，为什么一定要交给他们？"

陈新城倒很冷静："公安内部的工作分工。罗队长是一个好刑警，我只是担心他手里案子太多，分到这个案子上的精力太少。"

李大为来劲了："所以应该留给我们呀！"

陈新城叹了口气："算了，交给他们，我们自己继续留意就是了。"

午饭时间，所有警察正在吃饭，王守一进来，拍了拍手："耽误大家一点时间，我刚刚到局里开了个会。局里要开展'百日无入室盗窃'专项行动，这种行动，我们所压力很大，辖区里全是居民小区。可叫苦叫累，不是八里河的传统。所以，大家散了会各个组商量一下，拿出自己的行动方案来。

"注意，是'百日无入室盗窃'，而不是等盗窃了再破案，预防是关键。接着吃吧，吃好喝好，有精力工作。"

有人叫了一声："所长，看起来，您进百强的宏伟大业又危险了。"

王守一说："不一定。万一我们真的实现了百日无入室盗窃，那不就创造奇迹了吗？别说百强，前十也是有可能的。"

大家大笑，看样子谁也没拿他说的当回事。

李大为手机响了起来，看看来电显示有点激动，捂着手机经过陈新城身边的时候小声和他说了句什么，两人一起出去。

来到走廊一端，李大为才接起电话："什么？确定吗？好的，谢谢您，太感谢了。这个消息对我们很重要！"

陈新城问："怎么，林场派出所打来的？"

李大为神情激动："对。2014年8月20日晚上，岳威的母亲病故了。"

陈新城有些意外："啊？"

李大为继续说："具体时间是晚上将近十二点。也就是说，他家里人在他母亲病故不久，就给岳威打了那个电话。

"师父，很可能，他正准备对林翠翠动手，突然接到了母亲去世的消息，这个意外把他的行动打乱了。"

陈新城分析："也许他觉得在这个日子动刀不吉利，也许他在那一刻有短暂的人性复苏。所以，林翠翠就这样侥幸逃脱了。"

李大为肯定地说："师父，他绝对是个变态杀手！"

陈新城谨慎地说："不一定，咱们只有推理，还是等等罗队长那边的调查吧。"

　

刑警队罗队长来到八里河派出所会议室，把近期的调查结果说了一下。陈新城和李大为坐他对面，王守一也在座。

陈新城认真听完："这么说还真有？"

罗队长说："像咱们这样的城市，没有失踪人口是不可能的。大多数只是一时和家里失去了联系，最后都找到了。可这个，一直到现在都没消息。"他从手机上调出一个模糊不清的女孩照片，三人凑上去看着。

陈新城问："她失踪多久了？失踪前干什么？"

罗队长说："这是九年前接到的报案。她失踪前，在一个夜总会里当陪酒小姐，还有三个月工资没结。这种场合，人员流动性很大，夜总会也不会报案。她不在我们辖区，属于市刑警队。

"他们调查发现女孩的身份证都是假的，也没发现其他可疑线索，就按失踪立案放下了。我们这次又查了查，这个夜总会有监控探头，当时的刑警队调过他们内部的监控录像的。你们看这是什么。"

说完，罗队长又从手机上调出了一段模糊不清的监控视频，一格格地放着，停下来："有个人坐在角落里喝酒。像谁？"

陈新城和李大为趴在上面仔细看着。李大为一口咬定："是年轻的岳威！"

陈新城比较谨慎："只能说像，太模糊了。"

罗队长说："我们也只是觉得像，没办法肯定是他。如果真是他的话，那么他很可能和这个女孩的失踪有关系。不过，因为身份证是假的，我们找不到这个女孩的其他信息，她的下落也不确定。所以，解决不了任何问题。

"另外，如果他真是像你们怀疑的是一名变态杀手，根据行为心理学，他不会停止作案。假如我们把刘小莉的案子作为最后一个案件的话，他在以后并没别的动静，这也不符合一个系列杀人犯的行为特点。"

陈新城说："这才多久啊？"

罗队长说："所以，我们没有别的办法，只能暗地里加强对他监控。"

王守一和他商量："罗队，我们所里对这个案子做过研判，觉得老陈他们的怀疑很有道理。你们是破案的主体，我们配合，需要我们做什么，您尽管说话。"

罗队长说："我们又在他进出的路口安装了两个监控探头。我们手里的案子多，顾不上，监控的任务，恐怕得咱们所帮忙了。"

陈新城一口答应下来："没问题，交给我们吧。"

没有出警任务，李大为趴在自己桌上，十分专注地看着手机。

夏洁在他身边坐下："玩什么游戏呢，这么入迷？"

李大为没有抬头："切，上班时间我怎么可能玩游戏？查案呢！"

夏洁看了一眼李大为的手机屏幕，原来是岳威家附近的监控录像。

一辆车驶过来，驾驶座上是岳威，他注意到了头顶的监控，一直抬着头看着。

李大为摩拳擦掌："小子，来呀，天罗地网为你布好了，来钻呀！"

直到岳威的车消失在监控之中，李大为这才注意到夏洁在看着自己："怎么，改变主意了？决定告诉我了？"

夏洁点了点头："嗯。可我觉得，这事，谁也帮不上。"

李大为活动了一下脖子："说说看，也许旁观者清，更有办法呢？"

夏洁叹了口气："我妈，确实又有问题了……"

李大为家小区的广场上，大爷大妈正在跳广场舞，李母站在前面领舞，跳得风生水起。

李大为开车过来，停在路边，直着嗓子就喊："妈，妈！"

李母过来，不满地说："嚷什么嚷？影响我们跳舞。"

李大为委屈地说："我的妈呀，您不是忙您的土石方吗？什么时候退休了？"

李母眉飞色舞地说："我培养的小方还真行，你爸得病那些日子，我把生意都交给了他，重新接手一看，比我亲自打理的都强。干脆，给了他百分之三十的股份，我只按时听听汇报，当个甩手掌柜就行。大为，你妈现在躺着都赚钱。"

李大为赔着笑："妈，今天不错，我难得也休息，我拉着您，咱们去郊区农家乐玩玩？"

李母不耐烦地说："玩什么玩？我们跳完舞还要去棋牌室打麻将呢！"

李大为瞪大眼睛："妈，您怎么堕落得这么快啊？除了广场舞就是打麻将，这是跟我爸学的吗？"

李母理直气壮地说："可不？你爸最后那段日子，教会我不少。我现在发现，他那样活着，还真有乐趣。"

李大为哀号："完了，日子没得过了……不管怎么说，您今天必须跟我跑这一趟，有任务。"

李母好奇："啥任务啊？"

李大为连哄带拉地把她带上车："咱们路上说！"

开着车，出了小区，直接上了城郊公路。李大为边开车边说："妈，您看这两边都成了农家乐，夏天的时候还能钓鱼呢。一会儿咱们随便找一家，宰只鸡，大锅炖，上回我和我战友来吃过，好吃死了。"

李母没好气地说："哼，别整那些没用的，说吧，有什么事求我？"

李大为嘿嘿一笑："妈，待会儿呢，咱们会遇见我们所的女警夏洁和她妈。您的任务呢，就是跟夏洁她妈交朋友，然后想办法影响她，让她过好自己的生活，不要总是捆绑夏洁。"

李母眼睛一亮："夏洁？就是你们所那个英雄之后？跟妈说说，你俩啥关系，为啥要帮她？"

李大为有些尴尬："妈。您记性真好，不过别这么狭隘行不？我俩就是同事。我看她妈把她搞得太难受，想帮帮她。从小到大，我向来是路见不平拔刀相助，您又不是不知道。"

李母根本不信："说，你是不是对她有意思？"

李大为灵机一动："怎么，有意思，您就帮啊？"

李母说："那当然了！这事儿当妈的能不帮儿子？"

李大为嬉皮笑脸地说："不好意思，让您失望了，我们是纯洁得不能再纯洁的战友关系。"

与此同时，夏洁也开车载着她妈从城郊公路上过来："妈，我记得我很小的时候，这儿还是农田呢，您看看现在。"

两辆车同时往一座桥上拐，差点儿撞上。

李大为停下车气势汹汹地跑过来："怎么开车的？"

夏洁一伸头。李大为很吃惊的样子："哎哟，原来是夏洁，大水冲了龙王庙了。阿姨在呢？您跟着夏洁出来玩哪，真巧了，我也带着我妈出来玩呢。妈，遇上熟人了。"

李母从车上下来，夏洁也挽着她妈下来了。

李大为拉着他妈过来："妈，我给您介绍一下，这位是和我一起入警的战友夏洁，这位是夏洁的妈妈。阿姨，这位是我妈。"

李母很热情地上去要拉夏母的手："哎哟，妹子，大为要不说，打死我也分不出来，我还以为是姐妹俩呢。"

可她热脸贴了个凉屁股，夏母装作掸身上的灰尘，避开了她的手，矜持地说："您好。"

夏洁赶快抢上一步接住了李母的手："阿姨，您好。李大为整天在所里讲您的故事，我们都很崇拜您。"

李母吃了瘪，悻悻地："我们大为就是嘴贱，也不知道随谁。"

李大为故意夸张地说："妈，您和夏洁真是英雄所见略同啊！她也成天说我嘴贱。阿姨，夏洁她在您面前也是这么说我的吗？"

夏母淡淡地说："我们夏洁家教严，在家里很少扯舌头。"

夏洁脸上挂不住了："妈……"

李母已经恼了，冲着李大为发了火："大为你不光嘴贱人也贱吗？在外面招惹家教这么好的干什么？自找难看？你说的农家乐在哪？赶快走。"说着就回到了车上。

李大为追过去："妈，顾全一下大局，我和夏洁是同事。"

李母没好气地说："我还以为她是你丈母娘呢！这样的女人我见得多了，给她个笑脸，就不知道姓什么了，天生的贱骨头。咱们走。"

那边，夏母也款款地回到了车上，夏洁追过去："妈，您这是干什么？人家笑脸相迎，您这不是给人家找难看吗？"

夏母说："你妈还没学会看别人的脸色生活。这种人，真粗鄙。我们走。"

李大为和夏洁各自站在车旁交流了一个无奈的眼神，只好各自上了车。

李母在车上气得脸色铁青："这人有啥可帮的？我看她，无可救药了！"

李大为赔着笑："是是是，就是因为她无可救药了，所以才请您老人家出马呀！你看夏洁有这么个妈，多可怜？"

李母质问道："夏洁可怜，跟你有什么关系？跟我又有什么关系？"

李大为硬着头皮说："关系不大，但也不小。我俩同期进所的，少不了一起搭档。她妈天天闹得她没法工作，连我也免不了受到影响。妈，您就豁出去帮帮我们，权当帮您儿子在派出所广结善缘了。"

李母没好气地说："那你今天本来计划干什么来着？"

李大为愣住："我没计划呀……"

李母冷笑："没计划？那大老远的跑回家，又把我拉这么大老远干吗？"

李大为笑了："哦，是我和夏洁商量着，让你们认识，然后两家坐在一起吃顿饭，让你们熟了，以后您带带她，让她正常点。"

李母叹口气："哎，走吧，调头，回去。"

李大为有点心里没底："妈，今天这气氛不对，要不改天……"

李母说："气氛都是人创造的。调头吧。"

而在另一边夏洁的车上，气氛有点沉闷。

夏洁委婉地说："妈，今天的事儿，是您不对。人家对您这么热情，您看看您那张脸。"

夏母说："热情？热情我就该回应吗？卖保健品的骗子比她还热情呢，见了我一口一个妈，可我从来没理过。结果怎么样？咱们家左邻右舍，家里的保健品都堆满了，只有咱们家，一瓶也找不着。"

身后突然有汽车狂按喇叭，夏洁看了看后视镜："妈，他们追上来了。"

夏母紧张起来："什么？他们要干什么？"

夏洁把汽车停到路边，李大为也把车停下，李母下了车直奔夏洁的汽车而来，把夏母吓得直朝里躲。

李母一把拉开车门，笑得像朵花："妹子，大为找了家农家乐，就在前面，说咱们一块儿过去吃饭。就几步路，下车吧。"

夏母有些慌乱："不，我们不在外面吃，不卫生……"

话还没说完，李母已经不由分说地把她拉出来了："啧啧，大为，你看人家的妈，细皮嫩肉的，再看看我……妹子啊，我家大为和你家夏洁，要不是一块儿当警察，咱姐妹俩能认识吗？这不就是缘分？大为，农家乐在哪呢？前头带路。"

夏母努力地想把手缩回来，可李母把她的手夹到了腋下，怎么也挣不脱，她就差喊救命了。

李母夹着夏母的手，一边走一边还拍打着："妹子，看看你，再看看你那闺女，两个玉人儿。要放到墙上，就是一幅画，摆到橱窗里，就是俩模特。可过日子，不粗粗拉拉怎么行呢？不遭人欺负吗？妹子，夏洁认识了大为，你认识了我，就好办了。以后有什么事，有我呢。"

李大为和夏洁在后面跟着，都忍不住笑了。

夏洁感叹道："你妈真厉害！"

李大为骄傲地说："巾帼英豪嘛！"

……

等吃过饭回到家，李母一进门就把脚上的皮鞋一脚一只踢了出去，长出了一口闷气："憋死我了。"

李大为竖了竖大拇指："妈，您今天表现得这个。"

李母伸手打了他一下："这不都是为了你吗？行了，今天晚上你做饭啊，你妈得制订个计划。"

李大为一怔："计划？妈，还需要什么计划啊？"

李母说："不算啥计划，也就是个KPI。"

李大为正在喝水，一口水喷了出来，呛得连连咳嗽。

李母瞪了他一眼："你怎么啦？不懂得什么叫KPI吗？你们警察得学习了。"

李大为忙给李母捶背："是是是，您说得对，您最棒。"

李母自信地说："放心吧。我保证不出一个月，还你一个烟火老太太！"

转过天，夏母正坐在家里看报纸，楼下传来李母的大嗓门："妹子，在家吗？我在楼下呢。"

夏母动也不动继续看报纸："无聊。"

李母叫了一声没人理，咚咚咚地进楼了。按了按门铃，没人理，就砰砰敲起门来："妹子，我是你李姐。我知道，你在家呢，开门哪。"

夏母有些生气："真不知羞耻。"继续端坐着看报纸，不去开门。

可李母这一直敲门、叫喊，旁边的邻居受不了："这是干什么？"

李母笑着说："我妹子和我闹脾气不开门，我不放心，今天非砸开不可。"

邻居没办法过来帮着敲："夏洁妈妈，在家吗？你得开门哪，这不影响大家吗？"

夏母没办法，只好过去开门，神情高冷："对不起，李家妈妈，我……"

话没说完，李母兴冲冲地一把拉她出门："妹子，我们打麻将呢，三缺一，就差你一个了。走，跟着姐姐去打麻将。"

夏母蒙了："不好意思，我不打那东……"

可李母不由分说拉着她就走。

夏母急了："哎，我还穿着拖鞋呢！"

李母停下来："换！不远，我开车载着你去。"

夏母吃惊地问："你开车？"

李母骄傲地说："当然了。我当初做生意，一个人跑来跑去，不会开车怎么行？"

夏母耿直地说："我没说你会不会开车，我是说你开车我不敢坐。"

李母催促道："我都敢开你还不敢坐？赶快换鞋，我们走。"

五分钟后两个女人从夏洁家出来，李母风风火火，夏母衣着精致。

路边停着一辆皮卡，李母拉开车门："上车吧。"

夏母吓了一跳："就这种车？"

李母说："对。可实用了。我在几个工地跑来跑去，后面还能拉上货。别看车不大，能载一吨货呢。上车吧。"

夏母拒绝："不不不，我还是……"

可是她话还没说完，李母已经把她推上去了。

李母直接开车来到一家棋牌室，里面已经有几个老太太在打麻将了，一边打一边吵吵嚷嚷。

李母带着夏母进来："打几圈了？哎，建国他妈，你起来，让我们打。妹子，你坐下。"

夏母手足无措："我不会。"

李母把她按到座位上："没关系，我教你。哎，我先说下，我和我妹子，都是警察的妈，所以不能挂彩，要不就算赌博了。来吧。"

一牌友笑着说："嘿，李姐，咱们什么时候挂彩了？"

李母也笑了："没挂没挂。"

夏母如坐针毡："我真不会！"

李母说："没事，你听我的，打牌赢的，都是不会打的。摸。"

"碰！"

"胡了！"

……

傍晚时分，李母又带着夏母来到广场上跳广场舞，夏母站在一旁，用不屑的目光看着。

李母过来拉她："妹子，来呀，活动活动筋骨。"

夏母鄙夷地说："我才不跳呢。俗！"

李母生气："咦，你这话啥意思？你是不跳啊还是不会跳啊？你看我们跳的这舞步，复杂着哩。"

夏母讥讽道："哼，还复杂？你都顺拐了，自己看不出来？"

李母差点跳起来："你说我什么？"

夏母大声说："我说你顺拐了！"

李母火了："你不顺拐你跳啊！这号人，大家都别理她。"

夏母撇了撇嘴，不搭理她。

李母带着大家继续跳，夏母站在一旁看，脚不由得不老实地动起来。

李母看见了，又过来了："我看你也是想跳。"

夏母掩饰道："我不想跳，年轻的时候，我和夏洁她爸在机关里跳舞还得过奖呢！"

李母撇撇嘴："我才不信。"

夏母急了："我骗你有意思吗？"

李母一把拉过她来："来，你把我当夏洁爸爸，你们怎么跳的？我看看。"

夏母被她拉得叫了一声："你干什么？我不跳。"

李母说："我带着你！"

俩老太太吵吵闹闹，夏母带着李母跳起来。

……

第二天中午，李大为、夏洁、赵继伟在一张桌子上吃饭。

夏洁不放心地问："昨天晚上，我妈气得鼻涕一把泪一把，李大为你妈到底怎么欺负我妈了？"

李大为冤枉地说："我妈还气得心口疼呢！"

夏洁有些担心："你说两个妈不会真打起来吧？"

李大为满不在乎地说："打是亲，骂是爱。我看哪，她们虽然嘴上说得难听，但心里，还是挺喜欢彼此做个伴儿的。"

陈新城和程浩端着盘子过来。

程浩问："聊什么呢，这么开心？"

李大为说："没什么，就是家里那点事。"

程浩也趁机问夏洁："听说你妈这次回来之后，跟以前大不一样了？"

夏洁尴尬一笑："怎么大不一样？不给所长打电话了吗？"

程浩也笑了，正要开口说什么，他的手机突然响了："什么事？什么？二院？好的，我马上安排人手。"

李大为目不转睛地看着程浩，嘴里的饭都顾不得咀嚼。

程浩收起电话，匆匆说道："二院发生医闹，有个患者把大夫给捅了。"

夏洁大步跟上："师父，我也去。"

程浩习惯性地说："危险，你……"刚一出口，马上意识到什么，"好，走吧。"

夏洁受到鼓舞："谢谢师父！"

陈新城也站了起来："走，大为，咱们一起去。"

赵继伟可怜巴巴地看着他们走远："我找我师父去……下社区……"

听到外面一阵嘈杂，王守一来到二楼平台，正看到程浩："出什么事了，出动这么多人？"

程浩说："二院有个患者把医生给捅了。"

"二院……哦。要注意安全。"

王守一叮嘱了两句，刚要回去，突然想到什么，赶紧又问："等等，哪个二院？"

程浩说："就咱辖区的二院。"

"赶快给我准备车。"王守一突然有一种不好的预感，匆忙往楼下跑。

坐在副驾上的王守一神色紧张，不停地拨打电话，却只传来冰冷的忙音："接电话呀，接呀！"

一个浑身是血的中年嫌疑人挥着刀，站在二院的走廊上，一群保安把他团团围住。

嫌疑人面色狰狞："都别过来！谁过来我砍谁！快让姓马的出来！"保安们谁也不敢上前。

程浩、夏洁、李大为、陈新城、赵继伟、张志杰，还有一组警察冲上前去："让开，都让开！"

保安自动让开。

程浩上前亮出证件："我们是八里河派出所的民警。快把刀放下，有话好好说。"

嫌疑人带着哭腔："我没想砍他……我真的没想砍他……"

夏洁看着嫌疑人身上触目惊心的鲜血，感到十分刺眼，视野开始变得有些晃荡、歪斜。

陈新城安抚道："我们知道你不是有意的，来，把刀放下，咱们慢慢说。"

嫌疑人马上止住哭声，脸上浮现出恶意："快叫姓马的出来！他才是我要砍的人！"

李大为从另一侧想接近嫌疑人，被嫌疑人发现了，嫌疑人立刻将刀对准了他："你别过来！"

李大为慢慢向他靠近："你把刀给我，我带你去找姓马的，行吗？"

陈新城急了："大为，危险！"

夏洁注意着李大为的脚步，却突然发现自己脚下竟是一摊鲜红的血，似乎那股鲜血顺着她的鞋底，正在涌上她全身！

她吓得赶快往后退了几步，一阵恍惚，脑海中出现了一些颠三倒四的画面：

夏俊雄躺在停尸间，整个画面都是黑白的，唯独夏俊雄身上盖着的白布被血迅速染红……

夏洁几乎站不住，赵继伟见状，连忙伸手扶住她："夏洁，你怎么了？"

这时，程浩也注意到了夏洁，但形势危急，只能暂时不管她。

嫌疑人继续挥着刀："我才不相信你们！都给我让开！"

李大为试图上前，程浩拦住他，示意众人稍微散开，摸了摸腰间佩枪的地方："兄弟你不能再错下去了，现在把刀放下………"

嫌疑人看到程浩腰间的佩枪，大哭了起来。

王守一的车开进二院停车场，还没停稳，他就跳下车，匆忙往里冲。

陈新城和李大为押着嫌疑人，张志杰和赵继伟跟在左右，夏洁、程浩走在最后。

程浩关切地看了看夏洁煞白的脸，欲言又止。

陈新城看到王守一有些意外："所长，你怎么来了？"

王守一急得声音嘶哑："捅的是谁知道吗？"

程浩说："听说姓卓，没来得及细问。"

"啊！"王守一心里一沉，拔腿就往里跑。

大家都看得一头雾水。

李大为挠头："所长怎么了？"

程浩说："老陈，大为，你们先把他押回去，我去看看所长。夏洁，你也回吧。"

夏洁逞强："师父，我跟你一起。"

王守一直接跑到急救室外，看到大夫进进出出，有人不断地喊着："血！血！赶快去拿血，他的血快没了！"

王守一冲上去，抓住一个大夫："是谁被捅了？"

大夫难过地说："外科卓立明大夫。"

王守一只觉得脑袋嗡的一声，身体晃了晃，想往急救室里冲，却在门口被人拦住："让我看看他，让我对他说句话！"

拦他的人手一松，王守一冲进去，冰冷的急救台上，躺着给他按摩的卓大夫。

一个大夫正在电击他的心脏，卓大夫的身体随着电击跳着。

王守一冲过去，大声喊着："卓大夫，老卓，我是王守一。你得活着，你得活着！我这老腰还靠你哪！"

外面一名大夫拿着两袋血冲进来："血，血来了！"

几个大夫一起围上去抢救，王守一被推到了门口，站在那里呆呆地看着。

程浩和夏洁来了，看着王守一木然的样子，面面相觑，站在他身后，看着前面令人惊心动魄的大营救。

一个年轻大夫精疲力尽地走到门口，靠在墙上就失声痛哭起来。

王守一看看他，突然暴怒，劈脸给了他一巴掌："他还没死，你哭什么？去救他呀！"

年轻大夫号啕大哭："他可是我最敬重的人哪……可是……救不回来了……"

王守一继续冲他大吼："不可能！绝对不可能！我还活着呢，他怎么能死！国家培养你们这么多年是干什么吃的？是你最敬重的人，你倒是救活他呀！"

程浩硬生生地把他拉了回来："所长，您先冷静，这么喊，没用。"

夏洁从没见过所长这样，她愣愣地看着这一切，仿佛又回到了当年，她站在太平间里，看着母亲声嘶力竭、号啕大哭的样子。

大夫放弃了抢救，都像木头人一样站在卓大夫身边。

王守一没了力气，无声地哭了，哭得像个孩子……

夏洁看着所长，看着发生的一切，泪如雨下。

程浩站在那，有点不知如何是好。

年轻大夫哭着说："其实那个人和卓大夫根本不认识。他老婆生孩子的时候羊水栓塞死了，那种病，几乎就是没救的！可怎么解释他都不听，就跑到医院来寻事。今天他又来了，手里还拿着一把刀，抓住妇产科一个护士就要动手。卓大夫冲了上去，就这样……中了十七刀啊，刀刀致命，血像喷泉一样喷出来……"

一名大夫拿来一张雪白的布单，要给卓大夫盖上。夏洁看见白布单，连退几步，顺着墙壁蹲下。

程浩看了看夏洁，决定不打扰她。

王守一突然走过去，声音沙哑："等等，让我再看看他。"

程浩急忙过去扶住他："所长，您不要太难过。"

王守一摆摆手："我不难过，我就是跟他告个别。"

程浩扶王守一来到卓大夫面前，卓大夫神情平静，好像睡着了。王守一低头久久地看着他，突然伸出手去，握了握卓大夫的手："你呀，天生就是个爱管闲事的人……你是个外科大夫，却学了按摩，我这老腰，多亏了你。歹徒找的是别人，你又冲了上去。可是你又怎么能不冲上去呢？你干的就是这一行，你得治病救人哪。咱俩约好一块儿退休搬个小板凳看孙子呢，你这么性急就走了……你怎么这么着急啊？"

布单在他面前扯上去，把卓大夫的脸蒙上了。

王守一身体站直，给卓大夫行了个礼。

默默地从医院出来，王守一上了车，靠在车座上不动了。

程浩问："所长，咱们回吧？"

王守一呆呆地听着，突然问道："程浩，你说国家养着咱们是干什么的？"

程浩叹了口气："所长，节哀吧。"

王守一一声叹息。

程浩又看了一眼身边的夏洁，夏洁神情还是有些恍惚，低着头。

回到办公室，王守一颓废地瘫坐在沙发上，仿佛一下老了好几岁。

程浩不放心地跟了进来："所长，我给您泡点茶喝。"

王守一木木地没啥反应。

程浩一边给王守一倒水，一边想转移他的注意力："所长，大辛庄那个案子……"

王守一叹了口气："你看着办吧。"

程浩担心地看着他："您注意到没？今天夏洁，好像有点反应过激。"

王守一点点头。

程浩说："我有点担心，又不好直接问她。她爸当年出事，也是在二院没的。你说我干吗非要带她去那个伤心地呢？这不找刺激吗？这孩子也是，太逞强，明明心里有障碍，还非要冲上去。我本不想让她去，但是……我才答应过她，不再对她过度保护。可没想到弄成这样……你说怎么办？"

王守一突然问："你想说什么？"

程浩愣住，缓了一下："没什么。"

王守一又低下头。

程浩看着无比焦心："所长，要不送您回去休息休息？"

王守一抬头笑了笑："我没事，你让我自己待会儿，帮我把门关上，谢谢。"

程浩只好慢慢退出去，把门关上。

下班后，合租公寓似乎也没有了往日的热闹。

李大为戴着耳机在手机上看岳威的监控，赵继伟拿着电视遥控器，心烦意乱地调台。

赵继伟看了看杨树卧室的方向："真冷清。"

李大为看监控看得很专注。

赵继伟扯掉了李大为的耳机："这么拼？都下班了，还看监控呢？"

李大为瞪了他一眼："你干吗？"

赵继伟说："杨树被借调到局里了，夏洁又闷在卧室里不出来，就咱俩，你还不理我。"

李大为戴上耳机："我这查案呢。"

赵继伟问："夏洁不会有事吧？"

李大为没反应。

赵继伟想想，越发觉得有问题，直接推了一把李大为："对了，想起来了。在医院你没看见吗？夏洁很不正常，差点摔倒。"

李大为疑惑地问："有吗？我怎么没看见，什么时候？"

赵继伟肯定地说："就是你接近嫌疑人的时候。"

李大为自恋地说："那她是为我紧张，担心我。"说完又要看监控。

赵继伟摇头："担心你？我看不像。"

李大为又摘了耳机："我觉得也不像，后来我押解疑犯先走了，又出了什么事？"

赵继伟说："不知道？"

李大为放下手机："走，看看去。"

两人起身来到夏洁卧室门口。李大为敲门："夏洁。"

夏洁有点不耐烦："干吗？"

李大为问："你没事吧？出来坐会儿，赵继伟说他寂寞。"

夏洁说："我想躺一会儿。"

赵继伟拍了李大为一下："我没寂寞，我就是想吃面，你吃不吃？"

夏洁说："我不吃，你俩吃吧。"

赵继伟说："我想吃你煮的面。"这回是李大为拍了赵继伟一巴掌。

里边没有动静。

正在这时，李大为的电话响了起来，看见屏幕上显示"教导员"，立刻接起电话。

叶苇问："喂，大为，你见着夏洁了吗？知道她在哪吗？"

李大为说："知道啊，她在房间呢。"

叶苇松了口气："那就好，她妈联系不上她，快急死了，刚才打电话问我呢。你快让夏洁给她妈回个电话。"

"好的。"

李大为挂了电话，又敲了敲夏洁的门，没反应："夏洁，教导员找你呢，让你给你妈打个电话……"

赵继伟更加担心："夏洁，你不会是生病了吧？"

李大为说："再不开门我进去了啊。"他试图开门，发现门从里面反锁了。

夏洁烦躁的声音传来："你俩能不能让我安静一会儿！"

李大为固执地说："不行。教导员说你不回你妈电话，说你……"

夏洁大声说道："我现在回行吧？刚才手机没电了。"

李大为说："你得让我们看看你现在什么样子……"

正在这时，里面传来脚步声。夏洁用力拉开门，面罩寒霜："你俩这样很烦，知道吗？"

李大为、赵继伟互相对视一眼，异口同声："知道！"

夏洁被气笑了："你们这种强迫性的关心让我压力很大！"

李大为赔着笑："好，那你赶快给你妈打电话。"

夏洁白了他一眼："知道了！事儿妈。"

赵继伟说："我们看着你打。"

李大为拦住赵继伟，帮夏洁拉门："算啦，就让她静静吧。记着打。"

房门再次关上。夏洁站在门口，默默地闭上眼睛，感觉心很累。

......

晚上没有休息好，第二天上班的时候，夏洁整个人都是昏昏沉沉的。

快下班时，一个警员急匆匆跑过来小声跟她耳语了几句。夏洁吃了一惊，急忙来到接警大厅。

看见夏母坐在那里，夏洁连忙上前："妈，您怎么来了？"

夏母说："你还问我？我担心你呀，我一夜都没睡好。"

夏洁无奈："妈，我们不都说好了吗？我今天回去。"

夏母问："那昨天，昨天到底怎么回事？"

夏洁看看周围："妈，咱出去说。"

夏洁拉着夏母出了接警大厅。

高潮拿着份材料风风火火地赶到所长办公室，发现只有程浩和叶苇在里面，不由得一愣："所长呢？"

叶苇苦笑道："正要找你呢，局里来电话，所长请假三天。"

程浩有些意外："所长请假？这不像他风格啊？"

叶苇叹了口气："可能是因为那个医生去世心里难过。咱们把工作分一下吧。"

程浩想了想："教导员主控全局，我辅助，社区那边的工作，就由高所暂时接管一下。"

高潮无奈："好吧，得亏只有三天。"

三人刚商量好，一名警员急匆匆地跑上楼来，边跑边叫："教导员，所长！"

叶苇问："喊什么？出什么事了？"

警员喘着气："夏洁和她妈打起来了！"

叶苇、程浩、高潮同时吃了一惊："什么？"

警员也意识到自己的话可能引起误会了："也不是真打，就是夏洁她妈要进所里，夏洁不让。"

程浩急了："在哪呢？"

警员说："就在大门外。"

程浩一跺脚："坏了！"

叶苇忙说："快去看看！"

三人迅速跑下楼去。

第十八章

夏洁在派出所大门外拦着要往里冲的夏母，着急得几乎是在哀求："妈，您怎么能这样？这不是咱家，派出所也不是专为咱们开的，您想提什么要求，就提什么要求？"

夏母一脸怒容："别拦着我，我不提要求。我就是要问问他王守一，为什么不接我的电话？出了这么大的事，不接我电话？他当初答应过我，要好好照顾你，不让你参与危险的任务，可他是怎么做的？你要再出点事我可怎么活？"

夏洁又急又窘迫，满脸通红地不住哀求："妈，我求您别说了行吗？这是派出所……您别再让我难堪了行吗……"

正在这时，叶苇、程浩和高潮急匆匆地出来了，大家迅速让出一条道。

叶苇突然就像王守一附体一样，从话语到动作、体态，都是王守一做派："哎哟，我的老嫂子，您有什么事，跟我说一样的。"

夏母生气地怼回去："谁是你老嫂子，我找王守一。"

叶苇完全没有受挫感，还是笑脸相迎："嗨，这不所长请假了吗？咱们进去坐下慢慢说。"

程浩、高潮，包括夏洁、李大为、陈新城等警察，都没见过这样的教导员。

夏母问："那程浩呢，他躲哪去了，他是师父又是副所长。"

程浩站到前边："师母，我没躲，按规矩，所长请假就是教导员负责。"

夏母说："我不管。王守一，还有你，当初是怎么答应我的？"

高潮有点看不下去了："嫂子，我是副所长高潮，所长今天真请假了，我们都联系不上他，您有什么诉求，咱们里边说。"

夏母一看生面孔，反而有些收敛了。

叶苇趁机上前："走吧，嫂子，咱们里边说。"

夏母顺势往里走。夏洁没办法，只能跟着。

程浩看了看夏洁，对旁边的陈新城说："新城，你们出警是吧，让夏洁一起去吧。"

陈新城会意："好。"

李大为拽了拽夏洁："走。"

夏洁看了一眼母亲，被李大为拽着走了。

叶苇、程浩、高潮陪着夏母刚进大厅，夏母突然就号啕大哭起来，把几个人都吓愣了。

叶苇赶紧搂住夏母："嫂子，别哭了，去我办公室。"

高潮情急之中，指了指调解室，让叶苇带着进去，随后也陪着进去了。程浩赶紧去接水，端着水杯进去。

调解室里，夏母哭着说："王守一什么意思？我家老夏已经牺牲了，还要让夏洁牺牲吗？夏洁再没了，你们让我怎么活呀？"

大家没明白她说的是什么。

程浩硬着头皮："师母，没明白您的意思。哪点我们做得不对，我们改，但没人想让夏洁牺牲啊！"

夏母哭着说："还想骗我！你们让夏洁去那种危险的地方。"

程浩先明白了："师母，这事怪我，有我们保护，不会出什么事的。更关键的是，我也答应小洁了，不对她过度保护。"

夏母不依："什么叫过度保护？你不知道小洁经历过她爸的事以后，见血就晕？"

程浩诚恳道歉："对不起，是我考虑不周，是我忽略了……"

夏母语气很冲："对不起就完了吗？真出了事，我还能活得下去吗？"

这话太重了，程浩当即愣住了。高潮更是吃惊地看着教导员。

叶苇还是笑眯眯："嫂子，言重啦。我知道程所对咱夏洁，那可真是特别保护。为了这个，夏洁几次跟程所吵架。夏洁也是好样的，在所里，事事都冲在前边。"

夏母又火了："让她冲在前边？你们到底怎么想的？"

叶苇忙劝："不能，嫂子想多了……"

高潮也帮腔："对，不至于。"

夏母说："我想多了？王守一呢？叫他出来说个清楚！"

高潮实在看不下去了，啪一拍桌子，把大家都吓了一跳，连自己也吓了一跳。

叶苇一个劲地使眼色："高潮你干吗！"

高潮也意识到有点不对："不……不干什么。"

夏母环顾四周，看清楚所待的地方，突然意识到什么："你们把我带到调解室，是什么意思？"

叶苇尴尬一笑："嫂子，没别的意思，刚才是顺便。"

夏母质问："顺便把我当嫌疑人，还是当难缠的闹事家属？"

高潮说："您多虑了，嫂子，嫌疑人我们可不往这儿带。"

夏母冷笑："你都拍桌子了还不往这儿带？八里河派出所我又不是没来过，这里干吗的，咱一清二楚。说吧，王守一什么时候能来？"

高潮无奈："所长他确实请假了，我们也联系不上他。"

夏母说着站起来："好，王守一不见，我去找局长。"

叶苇赶紧把她又按到座位上："去局里干什么，所长不在，不还有我们吗？"

夏母问："你们能管事吗？"

叶苇、高潮异口同声："当然。"

夏母看着他们："好，我要把夏洁调去户籍科。"

几个人再次愣住。

高潮面有难色："这种人事的事，还是得问所长。"

夏母什么话也不说，又站起身来。

叶苇连忙拉住："您这又是……"

夏母说："我给你们三天时间，三天之内若没有答复，我直接找局长，让他拿你们是问。"说完要走。

三人赶紧起身送到派出所门口，安排了一辆车送她。

看着车子开走，叶苇、高潮总算松了一口气。程浩若有所思。

高潮问："教导员，这就答应啦？"

叶苇无所谓地说："这有什么不能答应的？三天后所长还能不来上班吗？"

正在这时，值班室的许姐跑出来："教导员，街道办的魏书记打电话过来，找你和所长，问你们为什么还不过去开会。"

叶苇一拍脑袋："把这事忘了，赶紧，高潮，跟我开会去！"

高潮一头雾水："去哪？我还有事呢。"

叶苇带着高潮从内楼梯上楼："是市里组织的，从市到区到街道，要搞一个联合行动，结合这次人口普查，来一次人口清查。包括清理不规范的房屋出租，外来人口登记，无照经营，排查安全隐患。这不，街道按市里的精神，要开一个各单位的联席会议，我和所长都得参加。"

高潮说："那您跟程所去得了，我这儿还有案子，约的今早要审呢。"

叶苇说："先缓缓，这是社区的事，你刚不都答应了要接管吗？"

程浩跟在后面说："是啊，高所，你快去吧，我得在所里守着。"

高潮无奈："那行吧。那你先等我安排一下……"

叶苇已经上了楼梯："来不及了，我去拿资料，下来咱们就走。程所帮我们安排一下车。"

程浩跑向值班室："许姐，给教导员、高所马上派个车。"

许姐刚要去办，高潮也过来了："我还有事哪，上午安排接待当事人那事，你先接待一下。"

许姐点头："好的，高所。"

三人分头行动。

高潮戴了帽子出了办公室，正好遇上张志杰带着赵继伟准备出门，眼前一亮："师父，您这是干吗去？"

张志杰说："巡查。"

高潮笑了："也就是没正事，是吧？那正好。"

张志杰咂巴咂巴嘴："这是什么话？"

高潮连忙解释："不是，我意思是说您可以跟我走一趟。"

张志杰问："什么事啊？"

高潮说："跟我走您就知道了。"

看着张志杰被直接拉走，赵继伟一脸蒙地站在原地："哎，师父，那我呢？"

张志杰回头说："你带着孙前程、王辅警，还是原计划，动员身份证过期的人，补办身份证去。"

赵继伟垂头丧气地答应着："哦。"

程浩坐在桌前手忙脚乱地整理着堆积的通报，警员七子在外面探了探头，轻声敲门："程所，所长、教导员这都去哪里了？"

程浩说："噢，七子。教导员去社区开会了，所长请假了。"

"所长请假了？"七子一愣，默默转身走了。

程浩想了想追了出来："七子，找所长、教导员有什么事？"

七子支支吾吾地说："没什么……我也想请个假。"

程浩有些为难："请假，什么理由？不行跟谁倒个班不就完了。"

七子急了："我再不请假，我感觉老婆就要跟我离婚了！"

程浩一听这话："七子，你先别急，请假的事我还真做不了主，等教导员回来我可以先跟她说一声，但你不请假就会离婚，这恐怕不是个理由。"

七子转身就走。

程浩无奈，刚要追上去问清楚，电话响了，是夏洁她妈打来的。他犹豫了一下，只得接通："喂，师母。"

电话中传来夏母愤怒的声音："叶苇什么情况？前脚刚答应我，后脚又不接我电话了？"

程浩解释道："师母，教导员在社区开联席会呢，可能不方便接电话。"

夏母问："夏洁的事，究竟什么时候能解决？"

程浩说："我们都跟您解释过了，师母，因为现在所长不在……"

夏母蛮横地说："不要跟我啰嗦这么多，人事调动下达不了，让夏洁先去工作总可以吧？"

程浩只得妥协："师母，教导员这会儿不在，等她回来，我一定马上跟她商量……"

某城中村的一处大院里有几间大房，每间大房又被木板隔成几个小房间。院子中央摆着几桌麻将，院子看上去像是杂乱的旅馆。

赵继伟拿着笔记本，还有几页印着名字、地址、年龄、身份证号等信息的名单表格，看着院子里的阵势很是吃惊。

孙前程和王辅警跟在后面，对这里的情况见怪不怪。

赵继伟冲着一个正在打麻将的中年妇女说："王姐，您倒是挺配合，把大家招呼在一起，等着我们来登记暂住证。"

一个麻友不屑地说："谁等你们？看清楚，我是谁！"

王姐没下桌，笑嘻嘻地说："赵警官，你年纪轻轻的怎么老眼昏花了，认不出来这都是我们村里的邻居？"

赵继伟说："王姐，你还真以为我老眼昏花？你那些房客呢？"

不说还好，一说王姐就有些生气："还说房客呢，你是砸我的生意！昨晚我通知这些房客说你们今天要来，结果可好，今早一看，全搬走了，还有几个欠租的也跑了。赵警官，你说我这损失是不是应该找你赔啊？"

赵继伟没理她，看了一眼孙前程。

孙前程和王辅警直接去几个大屋巡查。

王姐顿时脸色不好看了："哟，你还不信我的话。好，你们查完算算我的损失。"

孙前程和王辅警从不同的屋出来，显然什么也没有。

赵继伟说："算什么损失？你上次就跟我玩游击战，等我们一走，你这又是人满为患。"

王姐不承认："谁说的！"

赵继伟说："我说的。你又不是没玩过这招。王姐，我这是为你好。你这要住个杀人犯抢劫犯什么的，你是要负连带责任的。还有安全隐患问题，万一失火爆炸什么的，那事儿可就大啦！"

旁边桌上一麻友小声说道："吓唬谁？说话咒我们呢！"

赵继伟看了他一眼："王老四，你插什么话？一会儿就去你家查！"

大家瞬间安静了。

折腾了半天，一无所获，赵继伟他们只得离开，情绪有些低落："每次到这种地方，碰到这样的人，刚建立起来的荣誉感自豪感瞬间消失。"

三人沉默。

王辅警突然说道："就因为我们总来，才让这些地方不出事。"

孙前程点头："也是，这几片，真还没出过什么事。"

赵继伟听了这话一愣，细细品味了一会儿，多看了王辅警几眼，重新振作起来："对，去下一家！"

叶苇、高潮、张志杰在街道办事处刚开完会，边往外走，边和办事处魏书记继续说着联合整顿的事，电话响了起来。叶苇抱歉地说："不好意思，我接个电话。"

"您随意。"魏书记又找别人说话去了。

高潮、张志杰等在一旁。

叶苇接完电话，一脸难色。

高潮问："又出什么事了？"

叶苇无奈地说："学校来电话，让家长必须马上去一趟，说我儿子又惹事了，他爸正好出差不在家。"

高潮说："教导员，你去吧。"

叶苇犹豫："我怎么走得了？这刚开完会，马上得回所里布置工作啊！"

高潮说："有我哪，还有我师父，回去我就跟程所汇报，马上开全所大会，把工作安排下去。"

叶苇有些心动："行吗？"

高潮说："你还信不过我？"

张志杰也说："教导员，你去吧，有我们哪。"

叶苇再次道歉："实在不好意思，让你们二位受累了。"

高潮说："教导员，你坐所里的车去，这样快。"

叶苇连忙摇头："不用，我打车，你们赶紧回去开会，我处理完马上回来。"

夜深了，精疲力竭的叶苇拿出电话，拨通："高所，不好意思，唉，一大家子刚安顿完。所里怎么样？"

高潮大度地说："都理解。我回来就跟程所一起开了全所大会，把市里、区里、街道的精神都传达了，也做了具体部署，明天上班后，就组织队伍出发，配合社区行动。"

叶苇叹了口气："唉，有劳你们了。"

高潮说："对了，就是七子找您请假，叫我给拦住了，联合行动刚要开始，人手本来就不够，先把他抽到联合行动上。"

叶苇说："这个事程所也跟我说了，明天再议议。"

高潮想了想："再就是夏洁她妈，没完没了地打电话。"

叶苇无奈："我也接到了。你早点休息。"

高潮说："恐怕还得一会儿，白天积攒的几个案子得处理一下。"

叶苇说："那你忙，我挂了。"

接完电话，高潮回到询问室，继续询问一名女售货员："你离开的时候，店里有什么异常吗？"

女售货员摇摇头："没有。"

高潮又问："仔细想想，出门的时候，有没有看到什么可疑的人？"

高潮提醒："你可得仔细想想。你是最后一个走的，昨天一大早你们老板就报案了。门锁也没有损坏的痕迹……"

女售货员紧张起来："警察同志，我真的什么也没做啊……我虽然没上过几天学，但也知道偷东西是要坐牢的……再说，老板对我很照顾，我怎么会偷店里的东西呢？"

高潮安慰道："你先别急，我没有说东西是你偷的，只是依规询问。你店里的钥匙，除了你和老板，还有别人有吗？"

女售货员仔细想了想："她好像有个合伙人，也有钥匙。但她几乎没来过店里……警察同志，我知道的，真的都告诉你了。"

高潮问："店里的摄像头坏了几天了？"

女售货员回想了一下："两三天吧。于姐新买的已经到了，但我俩都不会安。"

高潮问："除了你俩，还有谁知道店里的摄像头坏了？"

女售货员摇头："这，我就不知道了。我没告诉过别人……"

高潮和许姐对视一眼，还是想尽可能得到更多线索，就问店老板于姐："你回忆一下，还有谁知道你们店里的摄像头坏了？"

于姐说："哟，那可太多了。我前天发了个朋友圈，说店里摄像头坏了，谁能来帮我把新的安上……"说着掏出手机给高潮看。

高潮眉头紧皱："你前天刚发了这个朋友圈，晚上店铺就被盗了，嫌疑人专门挑这个时机下手。现在很棘手，店里日常人流量很大，现场的指纹信息不可能锁定嫌疑人。再加上店里店外都没有摄像头，实在是无从查起……"

于姐面露焦虑："那可怎么办呢？这次丢掉的货价值二三十万呢。我一年的生意都白做了啊！"

高潮安慰道："你放心，我们正在查附近马路上的摄像头，看看有没有什么有用信息……对了，听说你合伙人也有钥匙？把她的联系方式也给我，我们跟她聊聊。"

旭日东升，新的一天开始，派出所里忙碌依旧。出警的出警，上班的上班。

叶苇坐在自己的办公桌前皱着眉头打电话："怎么又延两天？我这两天所里抽不开身。昨天开了家长会，今天还不知道出什么事呢……行行行，一会儿再说，我这还有事哪，总之你要如期回来。"

夏洁站在她面前："教导员，您要是抽不开身的话，我可以帮您。"

叶苇挂了电话，一脸无奈："不用，让你见笑了。不过你提早知道也好。女人，尤其是上有老下有小，还得工作的女人，真的太难了。"

夏洁默默点头："教导员，别听我妈的，我不去户籍科。是我自己选择当警察的，所有危险、困难，我都心甘情愿面对、承担……"

叶苇说："户籍科的事情，得等所长回来定。但你妈执意不许你再出警了。所以，我和程所商量了一下，决定让你先加入这次的社区联合执法行动，这个行动，相对来说比较安全。"

夏洁情绪激动："可是教导员，我的人生是自己的，不是我妈的……"

叶苇安抚道："我知道。但是现在，你妈不断打电话给我和程所……而且，这个行动目前比较需要人手。"

夏洁有些不情愿，还有些不解："那……怎么不是我师父告诉我呢？"

叶苇说："你师父之前答应过，不再对你过度保护……"

夏洁默默点头："好吧，我知道了……"

叶苇语重心长地说："保护自己的孩子，是一个母亲的本能，特别是你家这种特殊情况。你妈只有你了……多理解理解她吧。"

正在这时，七子来到叶苇办公室门口。夏洁说："教导员，那我先走了。"

等到夏洁离开，七子走了进来。

叶苇问："有事吗？"

七子说："教导员，我能请几天假吗？"

叶苇无奈："你说呢？七子，你的事程所、高所都跟我说了，我们也议了一下。你要是有急事找谁替个班，请个半天假什么的咱们都做得到，这个请长假，所里确实为难。"

七子低着头："我知道所里难，我也是不到万不得已不会开口的。"

叶苇说："我知道，我理解，谁又不是这样呢？我要不是教导员，可能会跟你一起发牢骚，现在所里人手严重不足，别说请假了，就是没人请假活都干不完……"

七子急道："可是教导员……"

叶苇打断他的话："别可是了，七子，这不是你一个人的情况，我跟程所、高所都说好了。这次等所长回来，我们也想把这个作为重要议题，在所长办公会上好好商量商量。但最近所里确实任务重、时间紧，所长又不在，大家压力很大。要不你先参与联合执法行动，等过几天，缓一缓了，再请假。"

七子无奈："行吧。"

看着七子落寞地离开，叶苇叹了口气，刚打起精神准备办公，老公又打来电话，连忙接听："老公，又怎么了？"

叶苇老公说："我跟公司说好了，同意我明天回来。"

叶苇松了口气："太好了，谢谢。"

叶苇老公说："谢什么谢，我刚给家里打电话，我妈说我爸自己上医院了，你赶紧去看一眼。"

叶苇无奈："你是要我死吗？就在刚才，所里的同事请假，被我给劝回去了，让我怎么做人？"

叶苇老公急了："你做人重要还是我爸命重要？"

叶苇解释："我不是说我自己，全所这么多人，辖区几万人……"

叶苇老公打断她的话："我明白，我也说了明天就回去，现在老人已经去医院了！"

叶苇叹了口气："行，我知道了。"

放下电话，叶苇匆忙走出办公室，看见楼下警察们已经列队准备出发了。

高潮正在给大伙讲话："一会儿张志杰带一组，七子带一组，我带一组，教导员带一组，主要是配合社区行动，服从命令听指挥。"

叶苇匆匆赶来。

高潮对她说："教导员，咱们出发。"

叶苇胡乱点头，慌张无措地东张西望："出发。"

高潮指挥大家往门口走。

程浩见她有些不对："教导员，你找什么呢？"

叶苇像是被吓了一跳："唉，我找你呢。"

程浩奇怪地说："我就在你边上，你看了我几眼，你没认出来？"

叶苇万分不好意思地小声说道："老人自己上医院了……"

程浩立即明白："行行，我带一组，所里组织清理台账，有户籍小王在应该不是问题。"

叶苇感激地说："谢谢啊，明天我老公就回来。医院没大事，我也马上回来。"

程浩点头："赶紧去吧。"

在高潮带领下，几队人马分工明确，展开了一场声势浩大的联合行动。

七子带着几个人在一处住户前敲门，门内有声音，就是不开门，七子大喊："警察！再不开门就破门了。"

片刻，大门打开了，一个老太太站出来，大声喊着："你凭什么破我的门，我犯什么法了？"

一看这架势，七子一行人愣住了。

王姐带着夏洁等人在办公区整理台账，办公桌上铺满了案件卷宗、不安定因素摸排、人口信息统计等。但他们这会儿却都没有干活，呆呆地看着七子和高潮吵架，程浩在劝。

教导员叶苇拖着疲惫的身躯走了进来，听到两人在争吵。

七子吼道："不要以为你是副所长就可以瞎指挥！"

高潮也火了："我瞎指挥什么啦？你要跟一个七十岁老太太动手，我还不能制止你了？"

七子质问："她家明明有安全隐患，你为什么不让查？别以为自己最高明，老子不伺候了！"

高潮脸色铁青："你说什么？这是两码事！"

程浩劝道："七子，有点过了！"

七子不理，转身走了。

叶苇冲进来："这是怎么了？"

程浩一怔："教导员，你怎么回来了？"

叶苇急道："我能不回来吗？到底怎么了？"

高潮气呼呼地说："七子现在是碰不得，没火星子都能着。下午联合行动，有一张姓老太太，是村里有名的难缠户。根据举报，她家最近也是有一些可疑人租用。七子上门查安全隐患，一敲门老太太就撒泼，正巧我看见了。我的意思是让七子他们先回避一下，不要激化矛盾，七子当场就冲我发火，回来还没完没了。"

程浩也说："好不容易才劝回来的……七子最近是怎么了？"

叶苇说："压力。"

高潮说："谁没压力？"

叶苇心力交瘁："行啦，我找他聊聊。"转身要上楼，电话又响了，一看是夏洁她妈，抬头看了一眼程浩，让程浩看看手机。

这一幕让夏洁看到了，叶苇强装笑脸，边接电话边往楼上走："嫂子，我正要给您回电话……"

程浩也跟着上了楼。

夏洁猜到可能是她妈打的电话，也走出办公区，来到院子里拨打母亲的电话，果真占线，她又气又急。

过了一会儿，夏母电话打回来了。

夏洁立刻问道："妈，您刚才是不是给教导员打电话了？"

夏母说："是啊。"

夏洁终于爆发："妈，您是不是在逼着我跟您断绝关系！"说完挂了电话，又回到办公区。

程浩正好看到这一切，陷入沉思。

晚上下班之后，李大为从自己屋出来，赵继伟在后面追着他滔滔不绝地说今天下社区排查的事。两人走到卫生间门口，李大为看见夏洁坐在餐桌前发呆，问道："你干吗？还不睡觉。"

夏洁没反应。

李大为在旁边坐下："看来还得让我妈出马。"

夏洁说："没用的。"

李大为劝道："死马当活马医呗！"

赵继伟也说："对呀，你总发愁也不是个事儿。"

夏洁不置可否。

程浩一夜没睡，魂不守舍。直到清晨的闹钟响起，才起身下楼去上班。车子行驶在冷清的街道上，他又回忆起了当年的那一幕……

夏洁爸爸葬礼过后，年轻的程浩拎着大箱小箱的礼品上门，被夏母赶出家门。

夏母站在门内声泪俱下："你还有脸来？老夏是被你害死的！现在假惺惺上门来做什么！"说完狠狠关上了门。

程浩一脸悲痛无奈，魂不守舍地离开。

……

往事不堪回首，程浩面色渐渐坚毅，一脚踩下油门，直接开到夏洁家楼下。

门铃响起，夏母打开门，发现门外站的是程浩，他手里拎着一提牛奶、一个果篮。夏母吃了一惊："怎么是你？你是来说小洁换岗的事，还是来做我工作的？"

程浩神情肃穆："都不是，我是来跟您说说我跟师父的事。"

夏母准备关门："那你不用说了，你可以走了。"

程浩这次没有退缩，自己直接往屋里走。

夏母急了："你干什么？你还硬闯？"

程浩直接把手里的东西放在餐桌上，转身："师母，我是来向您坦白的，也是来向您忏悔的。当年面对悍匪，我确实害怕了。脚像粘在地上，一点儿也挪不动步。尽管最后局里做了结论，在师父牺牲这件事情上，我没有责任。但我知道我有！师母的怀疑是对的，我真的是在该冲上去的那一刻腿软了，而且事后也没有勇气承认。"

夏母面色苍白："你现在来说这些有什么用？忏悔就能换回老夏的生命吗？就能弥补我们母女这些年来的痛苦吗？"

程浩语气沉重："师母，我知道我有罪。我自己心里也清楚，我对不起师父，对不起您，对不起小洁。我在心里一遍遍谴责自己，但始终没有勇气向任何人承认，我是个懦夫……我……"

说到这里，程浩看到桌上的水果刀，一下把刀拿了起来，悲愤地说："我来给师父偿命！"说完，拿着水果刀就往自己的胸口刺了下去！

"啊！"夏母大惊失色，连忙冲上去将他的手死死拉住，眼泪止不住地往下流，"程浩，你是想把我也给逼死吗？"

程浩的眼角也流下泪水："师母，我只是想赎罪，您就成全我吧……"

夏母抢过他手里的刀子，远远地丢到一边，面对如实坦白的程浩，夏母仿佛一下子憔悴了很多，她瘫坐在沙发上，无力地摆了摆手："不要再说了，其实我都明白，只是一直有个心结打不开。现在我只希望小洁每天能平平安安地过日子，就知足了。

"过去的事情不要再提，你要是真想替你师父做点什么，就替他照顾好小洁，让他九泉之下，也可以安息。"

"师母放心，我一定会替师父照顾好小洁的！"

程浩还要说什么，这时电话响了，他接起电话："教导员，我在外边办点事。什么？我马上回来。"

结束通话，程浩抱歉地说："师母，所里出了点事，我得立刻回去。"

夏母立刻紧张起来："什么事？不是小洁吧？"

程浩安慰道："您想哪去了……师母，不管您认不认，愿不愿意，我都是小洁的师父，我会好好保护她的。但是，保护她也要以尊重小洁的意愿为前提。"

夏母板着脸："不用你来教育我。"

程浩说："我没想教育您，也没这个资格，我就是想说，我今天来，就是想跟过去画个句号。我也不知做了多少思想斗争，今天终于说出来了，终于做到了。真的，多少年的压力释放了。我走了，师母您保重。"

说完，程浩就往外走，到了门口又停下来："师母，您也试试跟过去画个句号吧，生活，可以更美好！"

"真的可以画上句号了吗？"夏母呆愣地站在那里，思绪万千……

从夏洁家出来，程浩匆忙回到所里，一进院子，就看到院子里停着局督察的车，立刻冲到会议室。

刚走到会议室门口，大门打开。叶苇、高潮、七子、张志杰陪着两名督察出来。

叶苇严肃地说："我们会尽快整理出书面报告，如实向局里汇报。"众人送别，两名督察上车走了。

程浩忙问："怎么回事？"

大家都支支吾吾不说话。

叶苇叹了口气："咱们会议室说。"

众人进了会议室，还没坐下，七子先开口了："教导员，这事是我的责任，跟高所没关系，要处理就处理我。"

高潮说："怎么能这么说？明明是我阻止你去调查的，别瞎揽责任。"

叶苇被吵得头痛："你俩不要争了，又不是什么好事。一切结论由局里做决定，我们只需要实事求是地写好说明材料。"

程浩还是一头雾水："谁告诉我到底发生了什么？"

叶苇说："昨天不是没检查张老太太家嘛。结果她家有一租客私藏雷管，知道我们大检查，连夜搬到新街那一片去了。租客刚在新街住下，雷管就炸了。

"全市大清查安全隐患期间，凡在辖区内发生安全事故，造成人员财产损失的，主管治安或社区的副所长直接免职。新街楚副所长因此被直接免职了，还要看事情的进一步发展，有可能他们所长也会被免职。"

程浩知道事态的严重性："就是因为从咱们这边搬过去的，就跟咱们扯上关系啦？"

叶苇说："对，在讯问嫌疑人的过程中，知道嫌疑人的行动轨迹，新街那边觉得冤，认为是咱们没有处理排查安全隐患，还推给了他们，才导致有人员伤亡。不知谁把这事捅到了市局，市局督察就下来了解情况。"

高潮说着起身："咱们别没完没了地在这讨论没有结果的事，我那还有一个人需要讯问，等局里的通知吧。"

七子也起身往外走："高所，这事怪我，我应该再回查的。你也别跟我争，请假都请不成，我正好借此脱了这身警服。"

程浩吼了一声："七子，你说什么哪！"

七子不理，出了会议室。

叶苇叫住高潮："高潮，你坐下，事情还是要商量。"

高潮意兴索然："商量什么？再商量能影响局里的决定吗？"

程浩说："至少要把情况说清楚。"

高潮赌气一屁股坐了下来："说！我听听能不能说出花来！"

夏母心神不定地坐在沙发上看电视，楼下传来李母的大嗓门："妹子，不在家？我们几个约了去逛街，新开的那个商场，听说又能吃又能玩。快走！"

夏母小心地往下看了一眼："哼，真没教养。你们去就你们去，叫我干什么？什么热闹都往上凑，没出息。"

不一会儿，楼下的声音没了。

夏母跑到窗边一看，看到李母还真走了，急得她高声叫道："哎，大为他妈，等等我呀，我马上就下来！"

夏母头也没顾上梳，脸也没顾上洗，两手把头发拢了拢，换上鞋就跑了。

高潮和许姐继续讯问老板于姐。与之前不同，于姐神色很慌张地坐在有枷锁的椅子上，坐立不安。

盯着于姐看了一会儿，高潮缓缓开口："我给你讲点常识。你前几次来都是在隔壁，那是询问室。现在这间，是讯问室，是犯罪嫌疑人坐的。如果没有掌握证据，是不会请你坐在这里的。"

他的话很平静，语调也不高，但于姐已经崩溃："那我会被拘留吗？会被判刑吗？"

高潮看着她："这个我说了不算，得交给法律来判断。但有一点可以肯定，只要你如实讲清情况，对拘留、量刑是有帮助的。"

于姐已经后悔，但还在努力为自己争取："我又没做什么，钱都是我赚的，我把我自己的钱挪动一下，总不犯法吧？"

高潮正色道："你店里所有收入属于你们公司的资产，不是你个人的资产。而且是你自己报的案，这叫欺诈，叫滥用警力资源。还有……"

于姐已经绷不住了："你别说了，店里活全是我干的，从看房子装修到进货定价销售……全是我的心血。凭什么一赚钱就要分给她？"

高潮已经不愿意听了，按着自己的太阳穴。

许姐敲击着电脑，做着记录。

傍晚时分，两个老太太坐着小马扎，在路边吃着烤串，聊得热火朝天。

夏母有些忐忑："姐，你觉得还真行？"

李母吃了口串："行，太行了！妹子，你听我的，过了这个村，就没这个店了，到咱这个年纪，碰见个合适的不容易！"

夏母不高兴了："叫你说，我就找不到合适的人了？"

李母赶快哄："当然找得到。可那也有个合适不合适，是不是？"

夏母心里起疑："你怎么知道他就合适？你又没见过他。"

李母立刻说："可真是呢。妹子，哪天，你带我见见他，我帮你掌掌眼？"

夏母一阵犹豫。

李母拍着胸脯说:"妹子,我看人最准了。我帮你看看,保证靠谱!"

已经过了下班时间,夏洁还在办公区专心地登记台账,其他人已经先走了,赵继伟端着两盒泡好的方便面过来,给了她一盒。

夏洁接过方便面:"你怎么还不回去?"

赵继伟在她旁边坐下:"我不是跟你说了值班吗?还说我,你也别弄了,明天再说。"

夏洁摇头:"我这边做的是上游的活,今天要不登记完,明天王姐她们就没活干了。"

赵继伟吃了一口面:"那我帮你,你回去休息,告诉我怎么登记。"

夏洁说:"没有警情,你不也需要休息?"

赵继伟满不在乎地说:"我没事,什么苦没吃过。可你不一样啊!"

夏洁眼睛一瞪:"赵继伟,你又来了!"

赵继伟连忙道歉:"哦,我错啦!"

夏洁目不转睛地看着屏幕,吃了口面:"其实只要是我喜欢做的事,我是不会觉得苦的。"

赵继伟点头:"那倒也是。听大为说,他妈成功地跟你妈又联络上了。"

夏洁说:"是啊,所以我想赶紧弄完这点,回家观察一下我妈有什么变化,抓住时机再开导开导我妈。"

赵继伟说:"那你还是教我怎么登记,你先回家。"

夏洁不听:"马上就完了。"

赵继伟死缠烂打:"那你分我点能做的。"

忙完手上的活,夏洁来到程浩的办公室:"师父,您昨天去我家了?"

程浩稍有迟疑,即刻转为坦荡:"对,我是向师母坦白和忏悔,当年在你爸牺牲的那一刻,我确实害怕了,没冲上前,你爸牺牲我是有责任的。"

夏洁释怀地说:"师父,您说什么呢?谁在危险时刻不害怕,再说了,您真要冲上去就一定能救得了我爸?"

程浩眼中闪过一丝感动:"至少还有一线希望。"

夏洁开解道:"师父,您不要自责,谁都不是完人。"

程浩点头:"师父不求做什么完人,只求坦坦荡荡,敢于面对,敢于承担。"

夏洁虚心地说:"我记住了。"

程浩一怔:"怎么又成了你记住了?我没想教育你,只是谈自己的心得。"

夏洁说:"我没觉得师父在教育我,我最近也在想,其实我也不需要事事都很英勇，把每一件小事做好做扎实，更不容易。"

程浩突然想起："咱们怎么聊起这个了，你找我有什么事？"

夏洁说："噢，我昨天回家，觉得我妈有点变化。"

程浩心里一紧："有什么变化？"

夏洁想了想："就是一种感觉，没有追问我换岗的事。然后我看到果篮，她说你来过。我想再多问几句，她就转移话题了。今天早上送我出门，她也没再逼我。"

程浩松了口气："那就好。对你妈，也不要太急，冰冻三尺非一日之寒，慢慢来。"

夏洁点头："我也发现，只要在心理上接受我妈，也就不那么焦虑了。"

程浩笑了。

夏母打扮素雅，有点紧张地坐在咖啡厅里，李母陪在一边。

坐了一会儿，夏母和李母商量："姐，咱们就是没事聊聊天，你可别提别的。人家找了女朋友了，万一已经定了呢？"

李母点头："知道，我嘴严着哩，你放心吧。"

梁向志进来，看到她们立刻快步过来："对不起，我来晚了。"

夏母赶快站起来，带几分羞涩和紧张地说："向志，我给你介绍一下，这位是李姐。夏洁战友的妈妈，我俩最近闲着没事经常在一起玩。今天碰巧走到你单位附近。"

梁向志和李母握手："您好。"

李母爽朗地说："您好。哟，怪不得夏洁和我妹子成天夸您，这可真的是一表人才。坐啊。大兄弟，我妹子和夏洁这些年多亏您照顾了。"

梁向志谦虚地说："哪里，小洁很争气。"

李母自来熟："再争气，家里也需要一个顶梁柱不是？这不，刚才我妹子还在说，这几年，她就把您当成家里的顶梁柱了。"

梁向志看了夏母一眼："是吗？"

夏母害羞地看向一边："别听她的。"

李母故意大声："妹子，刚才你不还说呢吗？大兄弟，您坐啊。喝点什么呀？我到吧台看看。"说完，冲夏母使了个眼色，笑着离开。

梁向志温柔地看了夏母一眼："你……还好吧？大理一别，再没看见你。"

夏母眼圈一红："你还挂念我啊？"

梁向志心疼："别这样。在大理你怎么说的？不是你让我别再找你了吗？"

夏母委屈地说："我不让你找你还真不找啊？"

梁向志还欲说什么，夏母紧张地说："别说了，她回来了。她是个大嘴巴。"

李母回来了，一个劲地道歉："哟，我差点儿都忘了，工程上还有点事，得赶快回去。妹子，她梁叔，你们慢聊啊。"说完拎起包就走了。

梁向志脸上带着笑意："这谁啊？风一阵火一阵的。"

夏母小声说道："一个神经病。你……还好吧？听说你找人了？"

梁向志沉默一阵，缓缓说道："这么多年，我的心你还不知道吗？"

针对爆炸突发事件，叶苇紧急召集程浩、高潮、张志杰、七子、许姐等人在会议室开会："有关联合行动中引发爆炸的情况说明，材料已经汇总，今天咱们集体讨论一下，就报局里了。"

高潮叹了口气："我先表个态，无论局里做什么决定，我都是有责任的。所长才两三天不在，我就捅了这么大娄子……"

七子闷着头："高所，这怎么能说是你的问题？"

程浩头大："你俩又开始了……"

正说着，突然门开了，王守一走了进来。

大家都是又吃惊，又意外，又激动："所长，您怎么回来了？"

"所长，您可回来了！"

……

王守一拿着一份体检报告站在七子面前："七子，这是你的体检报告。你一直没有向所里说，你得了轻度抑郁症。"

大家都一脸震惊。

王守一说："我向医生咨询过了，得这个病没有什么好丢人的，何况，你这个病跟长期生活不规律、疲劳和压力大密切关联。所里没注意到这些情况，是我的失职。"

王守一转身看向大家："我们的基层干警，常年加班加点，晨昏颠倒，面对的又都是一些负面现象和负面情绪，所以常年精神压力大、身心疲惫。我们一定要重视这个问题，想办法减少熬夜加班。有强健的体魄和健康的心理，才能更好地为老百姓服务。"

七子热泪盈眶，大家也都深有感触。

王守一顿了顿："再说一下这次的联合行动和突发的爆炸案件。好的方面，正因为有我们的联合执法行动，才避免了有更大的不可控的安全事故；不好的方面，证明我们的工作还是有疏漏的。我们要自我总结、自省，才能让今后的工作做得更好。

"这个事局里还没有定论，但局领导也认同这是一个偶发事件。如果这件事真有什么后果，也由我来承担。"

高潮急了："所长，怎么能是您承担呢，是我没把事情处理好，要有什么事也是我承担。"

王守一平静地说："说什么呢，况且，你还是给我替的班，有事也是我的事。"

高潮还想说什么，看到王守一盯着他，悻悻地说："那您回来了，社区这块还是您亲自抓吧。"

王守一说："你还别卸担子，我回来，社区的事还是你抓，同时继续抓好刑事那块。程浩管治安。大胆干，有什么事我来担！"

程浩佩服地说："所长，您休假三天，还暗中运筹帷幄啊？"

叶苇也难得露出笑容："所长，您回来了我的心就真定下来了。"

王守一笑着说："你们都别拍马屁了，说正事。七子，你的事我们商量一下，一定给你休假，让你好好调理。你先回去吧。"

"谢谢所长。"七子起身要走，张志杰起身也要走。

王守一叫住他："志杰，你留一下，有几个事要议一下。"

叶苇说："议事之前我还有个事要说一下。"

王守一说："是夏洁她妈的事吧？那咱们就从这个事议起。"

梁向志拉着一个简单的行李箱，站在机场外面不安地等待。一辆出租车开过来停在他不远处，夏母一身朴素打扮从车上下来。

梁向志吓了一跳，急忙上去帮她提行李："你打车来的？我还以为局里会派一辆车。"

夏母说："夏洁所里忙，没叫她送，也没和局里打招呼。我的私事，麻烦局里干什么？"

梁向志小心地说："咱们进去吧。我买的经济舱，你没问题吧？"

夏母说："你没问题，我就没问题！"

梁向志笑了："我当然没问题！以后，我想慢慢地从第一线退出来，有空多休休假，带你满世界玩玩。"

夏母挽着他的胳膊，像个幸福的小女人："你带我上哪，我就上哪！"

两人亲密无间地走进机场大厅。

会议结束，王守一刚回到办公室，叶苇也跟了进来："所长，还有两件事。头一件，我们去了建军家，周慧堵着门不让进。她说曹建军不是警察了，她也不想和警察再有什么关系了，家里的事不用我们操心。"

王守一说："那是她的态度，咱们有咱们的态度。大家不是给建军家捐了点款吗？你打给她。她要不收，你和我说。第二件呢？"

叶苇说："还有就是排名的事，您知道，扣年终津贴，您看这事怎么办？"

王守一叹息一声："真不明白闹这样是为哪样？哪个人被扣了，回家都没办法和老婆孩子交代。这样吧，明天早会的时候你和大家说，每人交两百块钱上来。"

叶苇不解："交钱干什么？"

王守一说："这笔钱是用来补被扣津贴的。"

叶苇笑了："所长您真有办法。"

王守一摆手："别说了。说了又说我和稀泥。在有些人眼里，有先进警察和后进警察之分，在我眼里没有。不能把他们分成不同等级。就这么办吧。"

张志杰和赵继伟一起往外走，不时和路过的同事打招呼。

赵继伟问："师父，您发现了吗？咱们的津贴发得比别人晚两天。"

张志杰说："哦，早一天晚一天有什么关系？"

赵继伟说："所里前几天一人收了两百块钱，说是补排名靠后扣的津贴。是不是这个原因啊？"

张志杰无所谓地说："也许。谁知道呢。"

赵继伟眼珠一转："师父，您先走几步，不是去社区吗？我想起一点事来，马上去追您。"

张志杰不疑有他："好吧。你到青云山居委会来找我。昨天那个案子还没调解完。"

"知道了！"

赵继伟答应着跑上楼梯，正好和下楼梯的高潮碰到一起，连忙打招呼："高所好。"

高潮点头："好。"说完就要过去。

赵继伟转过身和他一起走："高所，我和我师父的津贴怎么比别人发得晚哪？"

高潮随口说道："噢，你们是用所里收上来的钱发的，所以得先统计排名再发，晚了两天。"

赵继伟一下子站住了。

张志杰坐在青云山居委会，正在给双方调解，和颜悦色地做着工作。

赵继伟站在门口冲他招了招手，张志杰看见，站起身说："大家先商量一下行不行，我马上回来。"然后一头雾水地问："什么事？"

有点儿激动的赵继伟说："原来是真的，所里投票的时候，把我们排到了后面。我在后面也就算了，可师父您太冤了！全所老警察中，有几个比您更能干的？"

张志杰笑了："噢，为这个呀！所里这个排名是风水轮流转的。没人拿它当回事，不用多想。"

赵继伟不甘心："可是这对咱们不公平。"

张志杰反问："那你说把谁排后面公平？别当回事。进来吧，今天看样子能达成调解协议。"说完就进去了。

赵继伟在外面站了一阵，神情还是很郁闷，平复了一下心情，低头进去了。

经过一番努力，矛盾双方终于在调解书上签了字，任务完成，张志杰很高兴，一边往回走一边兴致勃勃地说："他两家是带头的，这个调解下来，小区的工作咱们能减轻一大半。前边有一家油条店，油条炸得蓬松又脆，还有韧劲儿，绝对没有添加剂，怎么样，咱俩一人来两根，走。"

说到最后，张志杰自己也笑了起来，快乐得像个孩子。

赵继伟担忧地说："师父，我还在见习期呢，排名在后，对我将来转正没影响吧？"

张志杰说："这个你放心，没人拿所里的排名当回事。他们也没考虑这个，我排到后面，你跟着我，就顺带着把你也排到后面了。"

赵继伟不说了，但看起来还是耿耿于怀。

张志杰安慰道："等你转正的时候，我会出意见。你工作很努力，简直可以说太努力了。我看在眼里，你放心吧。但我希望你也能找到一个好心态。"

赵继伟感叹道："您心态真好，我可做不到您这样。"

张志杰不解："为什么？继伟，人的欲望，什么时候是个头？咱们比上不足，比下有余。生活过得去，家庭也不错。然后还能做一份自己喜欢的工作，有多少人能比得上啊。"

赵继伟勉强点点头。

王守一把夏洁叫到自己的办公室，正式向她宣布了组织的安排，接替即将生产的小王，到户籍科工作。

夏洁满心疑惑，但王守一的态度似乎不容动摇，她便平静地敬礼："是，所长。"

说定之后，王守一带着夏洁直接去了户籍大厅。

户籍女警王姐热情地抓住她的手："夏洁来了！所长让我在所里女警当中选一个人，我第一个就提了你。安稳，做事脑筋够用，做户籍警最合适不过了。"

夏洁有礼貌地挤出微笑："谢谢王姐。"

王守一关心地问："小王，不是还有两周吗？用这两周的时间，带带夏洁。得保证在你休产假的时间里，户籍工作不能掉链子。"

小王说："您放心吧，夏洁这么灵透的姑娘，不用我带，上手就……哎哟……"她突然呻吟一声，抱着肚子扶住了桌子。

王守一吓了一跳："小王，你怎么了？"

小王缓了口气："哎哟，我觉得不对。夏洁，赶快，扶我去厕所。"

夏洁连忙把小王扶到厕所，不一会儿又慌慌张张地跑出来，边跑边喊："赶快打120，王姐要生了！"

王守一哭笑不得："这么巧，赶紧找个车送医院！"

午餐时间，李大为、夏洁、赵继伟坐在一桌。

李大为问："就这么去户籍科了？"

夏洁点点头："不然呢？我还能违抗所长的命令吗？"

李大为小声说道："又不是没违抗过。"

夏洁严肃地说："那是原则问题！可这次，是王姐要生孩子，户籍科缺人，不可抗力。"

赵继伟忙说："对，别想太多。也许只是让你代班，等王姐生完孩子，就换回来了呢。"

李大为替她抱不平："可是去户籍科太无聊了，安排别人不行吗？"

夏洁反问："安排谁？要不你去？"

李大为头摇得和拨浪鼓似的："不不不，我可不行。我看继伟可以。"

赵继伟急了："喂，你别坑我！我社区工作正渐入佳境呢。"

夏洁说："听见了吧？没别人。"

这时，程浩端着餐盘在她对面坐下，有点为难："夏洁，你的事我知道了。"

夏洁笑着说："不用安慰我，师父。我理解所里的安排，确实没有比我更合适的人了。"

程浩欣慰地松了一口气："你长大了，夏洁。"

夏洁眨眨眼睛："怎么？您也以为我会拒不服从吗？"

赵继伟感叹道："这叫什么？士别三日，当刮目相看！"

李大为给了他一下："还轮到你跩起来了？"

正在说闹，王守一进来了，拍了拍手掌："上次提过的百日无入室盗窃专项行动，我再强调几句。

"咱们辖区这段时间以来一直表现得很好，说明大家的宣传教育和预防工作都做得很到位，再接再厉！

"马上过年了，有些小偷小摸的有可能会想再干一票好回家过年，大家一定要提早提防。一定要早发现，早处理，争取给我们的百日无入室盗窃专项行动画上圆满的句号。"

有人叫了一声："所长，画上圆满句号会怎么样？有奖励吗？"

王守一说："还跟我谈条件哪？没奖励怎么着？不好好干了？"

大家哄堂大笑："没奖励也好好干！"

王守一这才露出笑容："好好表现，到时候哪怕我自己掏腰包，也要奖励大家！"

所有人大笑，谁也没拿他说的当回事，只有赵继伟听得十分认真。

第十九章

　　户籍科的窗口坐着几个女辅警，正在接待群众。夏洁坐在后面一台电脑后，辅警有了问题都到她这儿汇总。

　　此刻，夏洁电脑上显示的是她正在查的户籍管理的各种制度，她一边看，一边在小本子上拼命记录着。

　　一个辅警过来："夏警官，您看这件事怎么办？他要求落户。条件符合去年购房落户的条件，他也购了房。可今年把这个政策取消了，改成了大专以上学历可以落户。要按今年的政策，他不符合，可他的房子是去年买的。"

　　夏洁虚心地问："陈姐，我刚来，政策还没弄明白。以前像这种问题如何处理，您就处理呗。"

　　陈姐忙说："哟，我们可不敢自作主张。夏警官，这儿就您一个警官，还是得您做主。"

　　夏洁没迟疑："稍等一下，我没什么经验，先问一下王警官的意见。"

　　夏洁从容地离开座位，离开大家的视线，确定没有旁人，这才拿出电话迅速拨号："王姐，孩子生了吗？有件事我请示一下您……"

　　五分钟后，夏洁从容地回来了："陈姐您过来。"

　　辅警陈姐走过来。

　　夏洁说："陈姐，我对条条框框的政策还不熟，但有个原则我觉得都适用。就是老问题老办法，新问题新办法。他的房子去年就买了，符合去年的落户政策，那就给他落。"

　　陈姐有些担心："落？不会违反政策吧？"

夏洁笑着说："违反政策，责任我担着。政策一改再改，条件一再放松，中心的意思就是一个，扩大城市人口，增强城市的竞争力。给一个有能力在我们这儿买房的人落户口，让他在这儿安居乐业，没毛病。落吧。"

"好。"陈姐答应着回去办理。

快下班的时候，陈姐又站在夏洁面前："夏警官，您看这事怎么处理？这老太太已经来过好几趟了。"

"什么情况？"夏洁抬头，看到一个七十多岁的老太太坐在等候的椅子上，怀里搂着一个六七岁的女孩。

陈姐说："这老太太姓张，无儿无女，靠低保和捡破烂为生。这女孩是她六年多前捡破烂的时候在一个垃圾箱旁捡的弃婴。她把这女孩养到了六岁半。现在女孩到了九月份要上学了，她来想给孩子上户口。"

夏洁赶快又翻自己的小本子："不符合落户政策吧？"

陈姐点头："是不符合。女孩没有出生证明，两人也没办理正式的收养手续。再说了，老太太今年七十六岁了，两人之间正好差了七十岁，也不符合收养子女的规定。可孩子要上学，没有户口报不上名。您看怎么办？"

夏洁没说话，走到张老太面前。

张老太一看到她就充满希望地抬起头来："警察同志，我都跑了五趟了，能给我闺女落户口了吧？"

夏洁看看小女孩，女孩正睁大了眼睛看着她。夏洁摸了摸女孩的头发："奶奶，这孩子叫您……"

张老太说："原来叫我奶奶，可是同志告诉我，不是收养关系不能落户，我就叫她改口叫我妈。可这闺女……宝儿，叫妈。"

女孩看看张老太，想叫，张开嘴却没叫出来，咪咪笑着，把脸埋到她身上。

张老太没好歹地拍打了她一下："这孩子，不叫，落不上户口，我看你怎么办。"两人之间，笼罩着一种亲昵的气氛。

夏洁在身上摸了摸，摸出支圆珠笔送给那个女孩："叫宝儿吗？宝儿，姐姐送你的。等上了学，好好学习。"

张老太连忙说："哟，宝儿，你看咱们处处遇到好人。赶快拿着，谢谢警察姐姐。"

宝儿开心地接过笔："谢谢警察姐姐。"

夏洁耐心地说："奶奶，你们的情况比较复杂，这次肯定没办法落。您先带着孩子回去，也不用再往这跑了。我向您保证，我一定帮您找到一种最妥当的解决办法。"

张老太担心地说："这就要给孩子报名上学了，不会耽误报名吧？"

夏洁肯定地说："我保证不会。奶奶，您生活得辛苦，不要把时间都用在跑派出所上。您回家吧，办法我帮您想。"

把她们送到门口，夏洁挺喜欢小姑娘，搂着小姑娘说着嘱咐的话："宝儿六岁了，可以照顾奶奶了吧？"

两人说到奶奶，才发现奶奶没有跟上来。

夏洁、宝儿回头，看到张老太站在一个捡破烂的尼龙编织袋前，里边放满了塑料瓶子。

张老太看到夏洁和宝儿看她，就没拿编织袋，过来领着孩子就走。

夏洁看了看编织袋："奶奶……"

奶奶没让夏洁说出来，抢着说："姑娘再见。我回头再来。"

那孩子蹦蹦跳跳，围着张老太不停地转圈。

夏洁久久地看着她们，进屋前，把编织袋拿进了户籍大厅。

陈姐看见了一头雾水："夏洁，怎么把垃圾袋拿回来了？"

夏洁说："老奶奶说放着一会儿来拿，我看放门口不合适，又怕丢了，就拿进来了。"

陈姐笑了："嘿，这老太太真逗，垃圾袋还不一起拿走，还再来一趟。"

夏洁没接话，笑了笑，把编织袋拿到柜台角落不显眼的地方。

赵继伟刚上班，换上衣服还没走到办公区，接警室一个警察伸出头来了："小赵，小辛家小区有人报案，夜里他家进人了。"

赵继伟吓了一跳："啊？入室盗窃？"

警察说："是你负责的小区吧？报警单在这。"

赵继伟看着，小声骂了一句："偏偏在这个时候，真麻烦。"他一抬头，看到辅警小王正在擦桌子："小王，我师父呢？"

小王说："张哥刚才接了个警出去了。"

赵继伟也不等了："小王，有人报入室盗窃。走，你跟我去看看。"

小辛家小区是个回迁小区，小区里私搭乱建的不少，路边还有不少人在摆摊，看上去就很乱，赵继伟抬头寻找着探头。

小王说："这个小区的探头不多。"

赵继伟气愤地说："说了多少回，物业总说物业费太低，没钱装探头。"

小王也生气："没有探头，人跑了上哪去找？"

赵继伟说："可不是！唉，偏偏在这个关键时候，百日无入室盗窃行动可别在我手上出岔子。"

按报警地址，两人来到孙女士家，敲了敲门，孙女士打开家门。

赵继伟问："请问是您家报的警吗？"

孙女士点头："是。张哥呢？张志杰没来啊？"

赵继伟说："张志杰是我师父，他在处理另一个警情。我姓赵，叫赵继伟。"

孙女士说："哦，快进来吧。"

两人进到屋里，夫妻俩站在客厅，向赵继伟和小王陈述着情况，小王记录着。

孙女士说："昨天晚上睡觉的时候我还检查过门，明明反锁了，窗户也都关好了，不知道怎么就进来人了。"

赵继伟问："您怎么判断出进来人了？"

孙女士指着一把放在茶几上的菜刀："您看看这个。菜刀一大早跑到客厅的茶几上来了。"

赵继伟示意一下，小王戴上手套，掏出一个塑料袋，小心翼翼地把菜刀装进了塑料袋里："丢东西了吗？"

孙女士摇头："奇怪就奇怪在这儿。屋里检查了一遍，没发现少什么。"

赵继伟屋里屋外巡视，孙女士丈夫贾先生跟着："门窗都关得好好的，他怎么进来的？说明他要么有我家的钥匙，要么会开锁，太吓人了。"

两人四处检查了一下，看看厨房，又看看通往阳台的门，没发现异常。

赵继伟说："如果菜刀从厨房里来到了客厅的茶几上，那说明小偷是先进的厨房。可他又不是从厨房里进来的。这有点不好解释。"

他将自己想象成罪犯，模拟入室过程，却怎么推演都不合逻辑："他要是从门里进来准备行窃，并且做好被发现就动刀的打算，那应该带把凶器进来。可他分明又没带凶器。难不成进了门先跑去厨房拿把刀放这里？"

孙女士却说："也有可能啊！"

赵继伟问："屋里也没有被翻动的痕迹？"

贾先生说："没有，我俩把屋里又查了一遍，也没找到丢失的东西。当然，我们家也没啥可偷的。"

赵继伟说："你们发现了有人入室，首先报案是对的。既然报了案，就应该等警察来，而不是自己动手。这样不是把痕迹破坏了吗？"

贾先生尴尬地说："啊？对不起，我们当时吓坏了。"

赵继伟小声和小王私语了几句，接着问道："你们二位今天在家吗？"

贾先生说："我今天本来有点活呢，可她害怕，不让我出去。警察同志，你们一定得把小偷抓住啊。"

赵继伟说："我们一定努力。这样，你们既然在家，就等我们一会儿。我们去物业看看。对了，你们家的锁很可能已经被小偷破解了，需要换个锁芯。"

下了楼，两人直接来到物业监控室，调看昨天晚上的监控。找了半天，也没有找到相关的监控。

两人再次前往孙女士家，赵继伟神情郁闷。

小王劝道："哥，您别在意。警察又不是神，破不了的案多了。现在流动人口这么多，人跑了，上哪找去？"

赵继伟连声叹息："唉，可偏偏是这个时候！"

进了门，孙女士眼巴巴地看着他们："发现什么了吗？"

赵继伟赔着笑："你们确定进来人了吗？"

孙女士说："当然了。不然菜刀为什么会跑到客厅里来？"

赵继伟给他们分析："是不是你们记错了，老话说贼不走空，他好不容易进来了，总得偷点东西才走。是吧？"

贾先生说："是。"

赵继伟像是分析案情，又像是自言自语："你们也说，他什么也没拿。那他进来干什么？就算家里没钱，可值点钱的东西总有吧？柜子里摆的这酒，偷几瓶走，也能卖些钱。要是真进来人了，还把菜刀拿到了客厅里，这意思是要真被发现就杀人，动手的准备都做了，能空着手进来一趟就走？"

孙女士被他绕晕了："那您说他是进来干什么的？"

赵继伟耐心地说："我的意思是，最近你们小区发生过几起电瓶车被盗案，给大家心理上造成恐慌，是可以理解的。是不是你们受这种情绪的影响，有点神经过敏了？"

孙女士说："什么？"

赵继伟尽量让自己的语气委婉："是不是你们记错了？你们俩不定哪一个人昨天晚上用过菜刀，忘了放回厨房，顺手放到茶几上了？"

孙女士态度肯定："肯定没有记错！我老公很少下厨房。昨天他回来已经很晚了，还惦记着看球。我把饭给他端到客厅里来吃的，东西都是我收拾的。正像您说的，最近小区里丢了几辆电瓶车，我们对门窗特别小心。昨天晚上临睡觉前我还里里外外检查了一遍，茶几上明明是空的。"

赵继伟无奈："好吧。可目前除了这把飞到客厅里的刀，咱们没有任何的证据能证明案件发生了。我们刚才去小区察看过监控录像，也没有任何发现。你们看这样好不好？咱们市里正开展百日无入室盗窃的行动，已经八十多天了，还差十来天就满百日了。这次行动，对我们所的排名很重要，出一个案子，我们八十多天的努力就算白忙活了。再一个，咱们小区，是我师父张志杰负责的，真出这么一个案子，对我师父的影响也挺大的。你们这儿没什么损失，甚至连到底是不是进来人了都不确定。咱们能不能先把报案撤了？等百日活动结束了，咱们再启动这个案子。我向你们保证，我们一定全力调查。"

贾先生问："怎么，案子破不了对你们个人还有影响啊？"

赵继伟说："那当然了。年终了，要考评的。这回所里投票，我和我师父就排名靠后。"

贾先生说："那对张志杰太不公平了。多好的一个警察啊。他妈，咱别因为咱家这点小事影响了张志杰。我们先把案撤了吧。"

赵继伟急忙和他握手："谢谢贾先生的理解和支持。你们放心，等这次行动结束了，我们一定全力调查。不敢保证一定能把案破了，但有些亡羊补牢的措施一定要跟上，保证以后不让这样的事情再发生。小王，请贾先生签字。"

孙女士不满："哎，那咱们家怎么算？"

贾先生看了她一眼："你别说话了。在哪签？"

小王把单子递上去，贾先生痛快地签了，赵继伟和他们握手，两人走了。

贾先生把他们送到门口，把门关上："唉，干哪行都不容易。"

孙女士不愿意了："你倒替人家想得周到，可他们不是干这个的吗？明明进来人了，绕着圈子说没进来。有他这样的警察吗？"

贾先生问："你要干什么？"

孙女士拿起手机："我打12345投诉他们！"

贾先生连忙劝道："你打电话对张警官会有影响的。"

孙女士说："他有影响教育他徒弟啊，明明出了案子不许报案算什么？不行，你别拦我，我不投诉张警官，我就投诉这个年轻的。"

说着直接拨通："12345吗？我要投诉！"

王守一正在办公室低头写着什么，叶苇一伸头："所长在？上面转下来一个12345的投诉，要求我们所查清事实，督察随后会来。"

王守一一怔："投诉谁啊？"

叶苇说："张志杰。"

王守一以为自己听错了："啊？投诉张志杰？有没有搞错，投诉什么呀？"

叶苇说："投诉他接到居民入室盗窃的案子不立案，还劝说居民撤案。"

王守一感觉不对："这不像张志杰干的事。他呢？马上把他找回来问问。"

二十分钟后，张志杰坐在王守一面前，还是一头雾水："什么时候的事？"

王守一把投诉单递给他："这不上面写着呢，昨天。"

张志杰说："昨天？没有啊？"

突然，他想起来什么："对不起，所长，我想起来了，有这事，是我不对。我马上向事主道歉。"

王守一看着他："是你做的？"

张志杰点头："是我。"

王守一背着手：“张志杰，你还没学会撒谎呢。是赵继伟吧？”

张志杰忙说：“不是，是我。我去向群众解释吧。”

王守一生气了：“志杰，你当师父还是当妈？就算当妈，孩子在外面惹了祸，你能都兜着吗？”

张志杰说：“所长，小赵是个心事比较重的孩子，这次所里排名他排得比较靠后，他担心会影响他的转正。一定是因为这个才会犯错。所长，他还在见习期呢，要真落到他头上责任不小，算我的吧。”

王守一严肃地说：“张志杰，让你当他师父，是让你帮他成长为一个好警察的，不是让你给他兜底擦屁股的。你把他叫来吧！”

赵继伟正在接警：“您好。这里是八里河派出所。刚才110转过来您一个报警，被人骗走了一万多块钱是吧？在哪被骗的？

“美女，您这事不属于案件，属于经济纠纷。你们谈过朋友，人家说是借款，人又没跑，怎么能说是骗呢？您还是找他好好协商……”

张志杰走到他桌前：“继伟。”

“先这样？处理不了再来电话。再见。”

赵继伟看看他，急忙结束通话站了起来：“师父。”

张志杰说：“所长叫你，跟我来。小王，你先替他。”

赵继伟有点不安，跟着他走了。

两人出办公区的时候，张志杰说：“继伟，你昨天接了个警，小辛家的？”

赵继伟说：“对。后来又撤了，是他们家神经过敏。”

张志杰说：“可是人家打电话投诉了。”

赵继伟吓了一跳：“啊？投诉我了？”

张志杰摇头：“没有。他不记得你警号，记得我的，投诉的我。不过，所长猜到应该是你。”

赵继伟急道：“师父，当时真是他们主动撤的。”

张志杰严肃地问：“是主动的吗？”

赵继伟不说了。

张志杰说：“走吧，我陪你一块儿去所长那，有错误就老实认错，别的事回头再说。”

王守一和叶苇都在，赵继伟叫了声“报告”进来，一看这阵势吓了一跳。

张志杰也跟进来，赔着笑：“所长、教导员，我批评他了。继伟，赶快向所长和教导员承认错误。”

赵继伟低头认错：“所长、教导员，对不起。当时，他家只发现菜刀从厨房跑到了客厅的茶几上。家里没丢任何东西，也没有破门而入的痕迹。而且在我们去之前，他们把所有的东西都翻动了，痕迹都破坏了。小区的监控也没找到线索。我……我想想觉得这不是个案子，兴许就是记岔了。咱们百日无入室盗窃行动马上就到最后了，我怕影响咱们所的排名，所以就……所长、教导员，这事是我错了，和我师父一点关系也没有，他根本就不知道。要批评就批评我吧。"

王守一叹了口气："你呀，聪明反被聪明误。市里搞这个百日无入室盗窃是为什么？教导员你和他说说。"

叶苇说："小赵，咱们搞百日无入室盗窃行动，局里、所长都反复强调了，重在防范、宣传，提高安全意识，并不等于小偷他会休息百天吧？

"说到底是为了督促我们更好地保障人民群众的安全，增强人民群众的安全感。因为这个，发生了案件不让群众报案，就本末倒置了。"

赵继伟说："是，我错了。"

王守一问："你错在哪里了？"

赵继伟说："我没觉得是个案子，就不让群众报案，错了。"

王守一有点上火："还在找理由？你根本不知道错在哪里。为了考核置群众的安全于不顾，你知道警察的职责和使命是什么吗？"

赵继伟沉默。

王守一语重心长地说："小赵，这个你要认识不清楚，将来要犯大错的。"

赵继伟有点害怕了："所长，我错了，您狠狠批我吧。"

张志杰忙说："所长，小赵知道错了。我带着他去向群众认错吧。"

王守一点头："行，先去认错，争取群众的谅解，回来好好反思，好好想，写份检查交上来。"

夏洁从户籍大厅后门出来，正好在楼梯口与张志杰、赵继伟相遇。

看到赵继伟愁眉苦脸的样子，夏洁刚想打招呼，就看到王守一和叶苇也下楼来了，连忙上前："所长、教导员，你们是要出去？"

王守一站住："我和教导员去局里开会，你有什么事？"

夏洁说："有一个姓张的老太太，收养了一个弃婴，孩子马上要上学了，但没有户口。"

叶苇说："这个事我知道，所长我也跟您汇报过。"

王守一点点头，意思是知道这事。

叶苇说："老太太肯定不符合收养孩子的条件，是没办法让孩子落户的。"

夏洁说："可是女孩马上七岁了，没有户口上不了学。"

王守一耐心地解释："夏洁，这个事所里开始也很重视，教导员局里、民政口都跑过。政策难度先不提，老太太都七十六了，孩子才六岁，万一过几年她走了，孩子怎么办？"

夏洁说不上来："那孩子眼前上学怎么办？"

王守一说："把孩子交给社会福利院。"

夏洁愣住了："福利院？"

叶苇说："从长远看，从有利于孩子的健康成长和受教育考虑，福利院是最优选项。"

王守一看了下时间："夏洁，我跟教导员还有会，抽空去福利院落实一下。"

夏洁看着他们匆匆离开，很为难地站在那里考虑着。

张志杰和赵继伟赔着笑站在孙女士和贾先生面前。

贾先生埋怨孙女士："你看你，让张警官多被动。"

张志杰笑着说："没事。贾先生、孙女士，不管怎么说，这件事，是我们错了。我和小赵代表八里河派出所正式向你们道歉。"

张志杰敬礼，赵继伟也赶快敬礼。

贾先生赶快抓住张志杰的手："您看这事闹的。她一打完电话我就和她吵。不知道这位警察的警号，就把张警官的警号报上去了。可张警官根本不知道，这不让张警官蒙受不白之冤吗？张哥，对不起。您成天在我们这边跑来跑去的，还叫您受委屈。"

孙女士也有些不好意思："张哥，真对不起，这不是我们的本意。可就是家里进了人，一家人害怕。这回没出事，万一下回这把菜刀再用上了呢？所以我就……对不起啊。"

张志杰说："是我们不对。贾先生、孙女士，这案子，我们研究了，因为咱们小区的安保比较差，可能一时破不了。可这个人既然这么大胆，进来了，什么东西没拿，说明他眼光高，要做就做大的，所以他早晚还要做。只要他继续做，我们就有破案的机会。我今天向你们保证，这案子，我们会一直盯着，争取尽早破案。"

孙女士点头："张哥，我们信您。投诉的事，您也原谅我心急。我马上再给12345打电话。"

张志杰看着赵继传："小赵，看群众多通情达理。打电话就不必了。你们看今天这事的处理结果满意不满意，在这张单子上签上名就行了。"

夫妻俩异口同声："满意。"

贾先生在单子上签上了名。

回来的路上，赵继伟神情沮丧。

张志杰语气平静："我过去当兵的时候，经常为自己赶上和平年代遗憾，总盼着哪儿打一仗，我好有立功的机会。可能就因为这个，转业的时候我选择当了警察。可当了几年警察以后，我天天盼着别出案子，别立功。就像曹建军那件事一样，他立功，意味着这世上有两个人流血受伤，有什么好？只有没案子，才说明老百姓安居乐业。可这世上哪有世外桃源？出了案子，只要警察在努力破案，老百姓就有安全感。"

赵继伟说："师父，这事是我错了。可是……它不会影响我转正吧？"

张志杰看看他："先把检查交上去，给局里的督察一个交代再说吧。"

　

下班后，回到合租公寓。李大为戴着耳机，一边摇摆哼歌，一边炒着米饭："夏洁，吃饭！"

夏洁从自己屋里出来。

李大为盛好两碗饭，放在餐桌上："看到没有，蛋炒饭，加豆腐乳、榨菜，绝配！"

夏洁没有什么兴致："你不叫赵继伟一起吗？"

李大为一愣："赵继伟在家？怎么一点儿动静也没有？我回来半天你也没说一声。"

夏洁懒得回答，也在想着自己的事。

李大为朝自己屋走去，推开门，赵继伟果然在里面："回来怎么一点儿动静也没有？"

赵继伟坐在桌前，在电脑上打字，听到李大为进来，回过头，一副哭丧的脸。

李大为被吓了一跳："你这是怎么了？"

赵继伟委屈又难过："我以前还和你说，考公务员的时候练习过检查这种文体，现在我自己写检查又不会用了。"

李大为笑了："又在写检查呀？"

赵继伟瞪了他一眼："我都快愁死了，你还笑！"

李大为问："就因为让群众撤案那件事？"

赵继伟一惊："啊？连你都知道了？"

李大为笑了："八里河派出所有多大？"

赵继伟双手掩面："我怎么办哪，成天犯错误。明年还能不能转正啊？"

李大为听得头疼："整天絮叨这话你不烦吗？"

赵继伟说："我能不絮叨吗？你干不好，还能回家跟你妈去干土石方，我干不好，直接就回老家了。"

李大为劝道："放宽心，你要是做不了警察，也能跟我妈做土石方去，不用回老家，我给你打包票。"

赵继伟委屈地说："我都这么难受了，你还拿我逗乐……"

"先出来吃饭！"

李大为拉着赵继伟来到客厅，看到夏洁一人坐在桌前发呆："你这又是怎么了？"

夏洁想到今天去福利院，徐院长领她参观，她也亲眼所见，福利院的生活条件的确不错，但也像徐院长所说，孩子们要求的不仅仅是吃饱穿暖，还希望有妈妈的怀抱和妈妈的陪伴……不知怎么做才是真的对宝儿好的她低下头："没事，吃饭。"

赵继伟、夏洁闷闷吃饭。

李大为看着他们两个："我最怕吃饭没声音了，这能把人憋死。"

两人都不理他，继续吃饭。

第二天下班时间，忙完自己的工作，夏洁手里提着一兜水果和一个礼盒，一路打听着来到张老太家。

张老太在一个城中村的大杂院里生活，住在一间挤在大房子中间的小房子里，门口还有自己搭建的一个小厨房。

夏洁过来的时候，祖孙俩正在做晚饭，张老太在锅上忙活，宝儿搬张小板凳坐在小厨房门口，正在择菜。一边择一边和张老太说着什么，张老太乐不可支，不停地擦着眼泪。

夏洁上前叫道："奶奶。"

宝儿一看到她，赶快站起来，大声地说："奶奶，警察姐姐来了。"在自己家里，她比在户籍室大方得多。

张老太一看，急忙灭了灶上的火过来了，热情地拉住夏洁的手就往里拖："闺女，来啦？是能落户口了吗？我打早上眼皮就跳，心说你今天是不是能来，你看灵不灵。"

夏洁支吾了一下，把提来的水果和礼盒递上去："奶奶，也没带什么东西，这水果您和宝儿吃，这里边是一个书包和一套文具，宝儿夏天不就要上学了嘛。"

张老太说："宝儿啊，你看看姐姐给你送什么来了，你这孩子真是有福啊。"

宝儿赶快去接，张老太在她小脑袋上轻轻地拍了一下："也不说声谢谢，妈妈怎么教育你的呀。"

宝儿说了声谢谢，接过去喜不自胜地看着。

夏洁笑着说："给你的，拆开吧。"

宝儿赶快拿着跑进屋里。

张老太说："姑娘，屋里坐啊。"

夏洁摇头："我不进去了。奶奶，我是来告诉您……"

张老太充满期待地看着她："我知道，知道，能落户口了？啥时候能落呀？"

夏洁看着她的目光突然失语了。

屋里突然发出一声欢呼，宝儿拿着新书包从屋里跑出来，惊喜若狂："奶奶，您看看，您看看呀！"

张老太打了她一下："叫你叫妈！你不叫妈，人家不给咱落户。"宝儿不好意思地笑了。

夏洁突然改了口："奶奶，我是怕您等不及，来告诉您一声。宝儿的事情，我正在向上面请示，请您相信，一定会有一个好结果的。"

快过年了，大街上有了年味。

超市门口挂着年货大集的横幅，还有一些地方挂出了烟花爆竹特许经销点之类的牌子，街道上的车和行人都明显多了起来。

张志杰、赵继伟接到报警，全副武装往外跑，以最快的速度来到一户居民家。

一个女人惊恐地跟张志杰和赵继伟说："开始我没注意，直到送孩子回来，才发现菜刀放在客厅的茶几上。再检查一下家里，放在客厅里的钱没了，更可怕的是，放在床头柜里的首饰也没了，酒柜里还少了两瓶茅台酒。"

张志杰问："门被撬了吗？"

女人摇头："没有。吓人就吓人在这儿，门窗都好好的。"

技侦在忙碌着，在门框、床头柜等地方取着指纹。

这一天两人接到了多起案情类似的报警。

张志杰和赵继伟来往各案发小区物业查看监控视频，终于在一处小区的监控里发现了线索。

"停！"赵继伟激动地指着屏幕，"看，就是他！"

视频里，一个蒙了头罩的男人从一辆大众车上下来，进了一栋楼。

赵继伟说："出来了。哎，又进6号楼。"

两人仔细地盯着。

张志杰说："镜头拉近点，能看到车号吗？"

赵继伟试了一下："看不清，挡住了。"

张志杰说："这车挡风玻璃上有道纹。"

赵继伟惊讶地问："师父，这您都能看出来？"

张志杰说："看，他经过路灯的时候，挡风玻璃上有方向不同的反光。回去吧，顺着监控继续追。"

马不停蹄地回到所里，师徒俩继续看监控，一边看一边小声议论。

赵继伟说："师父，我觉得这个人就是上回进了贾先生家的那个。"

张志杰说："是因为菜刀吗？"

赵继伟点头："对。警校上课时讲过这样的案例，有些罪犯作案喜欢留记号，也许这就是他的一个记号。他把人家卧室的床头柜都翻了，冒这么大风险的，很可能是自带凶器的，把菜刀放在客厅里，只是一种习惯。"

张志杰点头："有道理。抓到他，也许贾先生家的案子也就破了。找到了，你看，这就是他的车。"

赵继伟立刻追踪："这里还有。他上南绕城高速了，顺着国道一路向南……这儿是哪里？"

张志杰看了一眼，笑了起来："这是柳行镇，我们跑一趟柳行。"

两人立刻上车前往柳行镇。

张志杰坐在副驾上，还不忘给赵继伟讲解："这柳行镇靠城吃城。镇上勤劳能干的进城打工，这几年都发了。那些游手好闲、不干正行的，就经常进城小偷小摸。这家伙，肯定就是其中一个。不过，柳行派出所的弟兄也很能干，有他们帮忙，这家伙跑不了。"

来到柳行镇派出所，警察李明迎出来和张志杰握手，笑着说："老张，我们的人又给您添麻烦了？"

张志杰也笑："哪里，是你们的人给我们送立功机会去了。"

李明说："咱们先商量好，要是抓住他，人算谁的。"

张志杰说："他在我们那儿犯的案，是我们首先发现的他，当然算我们的。"

李明笑起来："哥，我们也有百日无入室盗窃的任务啊。我们帮你们找到他，可是有一条，抓住了，人留下，算我们的。"

赵继伟轻轻咳了一声。张志杰听见了，却没理："行啊，咱们先把他抓到再说。"

李明带着张志杰、赵继伟一起查看监控："看，这车进了一片监控空白区，再没出来。"

张志杰问："没准他家就在那一带。这一带有什么？"

李明说："倒是一片居民区。可根据我们掌握的情况，这一带的居民大部分都在城里打工，小偷小摸的情况还真比较少。"

张志杰推测："也许他就是在城里打工，快过年了，回家的时候顺手牵羊。"

李明分析："要是他像你们介绍的那样，这个人应该是个老手。老手基本上咱们派出所都掌握，那一带好像没有。"

张志杰笑了："也许他是个漏网之鱼呢？要不，咱们到那一带找找看看？"

李明站起来："好吧，我们就过去看看。"

张志杰说："小赵，咱们走。"

这半天，他们在议论的时候，赵继伟坐在一旁琢磨着，一直没说话，这时候开口了："师父，我突然胃有点不舒服。这位大哥陪您去，我能不能在这儿继续看看录像？"

张志杰关心地问："是不是吃坏了？好吧，你在这里吧。咱们走。"他和李明一起走了。

赵继伟继续查录像，查着查着，脸上露出笑容来。

一个小时之后，两人回来了。张志杰有点沮丧："真奇怪，他明明进去了，为什么找不到?"

李明劝道："别着急。柳行镇有多大呀?只要他是我们这儿的人，就一定能抓到他。"

赵继伟迎到门口："师父，我找到他了。"

张志杰一愣："什么?"

赵继伟把张志杰和李明引过来："我琢磨从城里到柳行这一路，监控密集。他作案都戴着头套，就不怕我们追监控追到这里吗?所以我突然想，他跑到柳行来，是不是个障眼法?于是我就反向查了查，还真有发现。师父您看。"

张志杰伸头看着。

赵继伟在监控上指着："这是他的车，这回有了车牌。幸好师父您发现他的挡风玻璃上有道纹。您看这车过路灯的时候，多了一道反光。他进柳行镇转了个圈，又调头往城里开了。他觉得这样一转就能蒙过我们，所以他回去的时候没套头套。您看，这儿拍下了他清晰的面孔。"

张志杰仔细看着，赞许地拍拍赵继伟："小赵，好样的。是他。"

李明站在那里听着，第一次注意到赵继伟："老张，真是强将手下无弱兵啊。"

张志杰高兴地说："我算不上强将，这小子比我年轻的时候能干多了。"

赵继伟又兴奋又骄傲，佯装谦虚地低着头。

夏洁找到王守一，还想争取让宝儿落在张老太名下。

王守一摇头："夏洁，你不能只看眼前。老太太七十六了，过些年她没了，孩子变成了彻底的孤儿，到那时候怎么办?为孩子的长远考虑，送社会福利院是最好的办法。"

夏洁恳求道："所长，您去张老太家看看，现在把女孩从张老太家带走，对她们双方都是伤害。"

王守一说："把孩子交给福利院，老太太仍然可以去看望她呀。"

夏洁说："所长，您也是菩萨心肠，您看看奶奶和宝儿在一起那情景，就像一个人似的。咱们非要把她俩拆散，真是太残忍了。"

王守一听得不舒服："怎么是咱们残忍?没有政策!"

夏洁说："政策是死的，人是活的呀!"

王守一来了脾气："好，你能把政策改了我不反对，再说这一摊归教导员管，你找她说去。"

夏洁无奈，只得再次来到福利院。在等待徐院长的时候，正好看到一个女人抱着一个婴儿出来，一个护理人员正在送她："每个月的七号，我们会上门家访，每三个月，您送她回来检查一次身体。另外如果发生了什么情况，您可以随时和我们联系。果果，跟妈妈走啦？来，让阿姨再抱你一次。"

她抱了抱那孩子，把孩子交还给那个女人，女人心满意足地抱着孩子走了。

护理员正要回去，夏洁叫住了她："同志，我是八里河派出所的。请问刚才是……"

护理员说："噢，我们又为一个孩子找到了一个代养妈妈。"

夏洁不解："什么意思？"

护理员说："就是我们福利院和这一家签了合同，把一个孩子交给他们代养，对孩子的代养条件双方都有约定。我们每个月付一定的代养费……"

夏洁还没听完眼睛就亮了。

一个小时后，夏洁带着徐院长拎着红色包装的两箱年货来到张老太家，远远看到张老太正坐在门口整理她收来的塑料瓶。

夏洁喊了她一声，张老太一看到她就急忙站起来，看到徐院长又惊又疑地愣住了。

夏洁问："奶奶，宝儿呢？"

张老太说："她想吃糖葫芦，我给了她五块钱，她去买糖葫芦了。这位是……"

夏洁说："奶奶，咱们进屋说行吗？"

张老太迟疑一下，同意了，把门推开，三个人低下头进屋，商量着什么……

等她们三人从家里出来，听到了宝儿的叫声："奶奶。"

三人抬头，看到宝儿手里拿着一支冰糖葫芦跑了过来，冰糖葫芦一个也没吃。

"奶奶，才三块。"宝儿把剩下的钱塞进张老太手里，又把冰糖葫芦先递到张老太嘴边，"奶奶您咬一口，咬一口，可甜了。"

张老太笑着说："这孩子，吃什么东西也忘不了我。奶奶不吃，奶奶牙不好，不敢吃甜的东西。"

宝儿娇憨地说："奶奶您咬一口嘛。"

在小孙女与奶奶的亲昵互动中，徐院长小声问夏洁："你说这老太太低保一个月多少钱？"

夏洁也小声回答："孩子一个月六百八，张奶奶过了六十岁了，又加百分之三十，两人加一起有一千五六百块钱。"

徐院长算了算："我们的代养费一个月一千，祖孙俩一个月快两千了，也够她们生活的了。"

夏洁看着他们："够了。对于她们来说够了，一点小小的幸福她们就满足了。"

张老太笑着，终于低下头咬了一小口。祖孙俩脸上洋溢着快乐。夏洁和徐院长站在那里看着，脸上都写满了感动。

回到八里河派出所，张志杰和赵继伟正在向几位所领导、刑警队罗队长汇报进展。

张志杰说："我们和县前街派出所联系，得知前一晚在他们辖区里也入室盗窃了两家。第二天晚上又进了我们辖区的银丰小区。这两个晚上统计下来，他盗窃的财物总价值在八万元以上，算得上案值巨大了。

"他离开我们辖区以后，开车直奔城南的柳行镇，在柳行的监控空白处换了车牌，然后又调头回来。上南绕城高速，绕过城里，一直向北，在两百公里以外的齐北北下了高速，进了齐北市，然后消失在一片居民区里。

"我们初步判定，这个窃贼就是齐北人。根据情况判断，他应该会留在齐北过年。这个时候要是过去，应该能抓住他。"

王守一和程浩、高潮低语了几句，又笑吟吟地看罗队长："罗队长，案值超过了八万，应该也算个大案了。你们刑警队……"

罗队长说："八万对你是大案，对我们还算不上。王所长，不是我推，最近连续出现了两起抢劫杀人案件，其中一个到现在还没破。全队上下全扑在那两个案子上，我已经四十八小时没合眼了。我同意志杰的判断，这人目前在齐北。我建议咱们和齐北警方联系，让他们协助破案。"

王守一说："齐北虽然离咱们只有两百来公里，可不是一个省。这个案子说小不小，说大也不大。惊动不了更高层，所以协调起来还真不是那么方便，真不如我们直接过去把人抓了。"

罗队长想了想："那就到年后吧。反正他家在齐北，肯定跑不了。年前抓，我这儿真抽不出人来了。"

几个人互相看看没说话。

程浩热情地把罗队长送出来："兄弟，案子要破，命也得要啊。你看看你都成什么样子了。过年的时候还加班吗？咱们凑一块儿打几把升级呀？"

罗队长说："年前要是破了，咱们就升级，年前破不了还升什么级，勾魂吧。"

程浩哈哈笑着把他送走了。

等他回来，大家还在那儿低声讨论。程浩问："所长，怎么办？"

王守一看着他："你说呢？"

高潮先表态："不能等！百日行动年三十正式结束，这个人抓不回来，咱们等于有案子没破，百日行动泡汤了。"

程浩也同意："再说了，这算新一年的案子。年头的案子破不了，一年的案子都不顺，无论如何也得把他抓回来，讨个好彩头。"

王守一指着他："听听，唯物主义者，还迷信？好吧，新年新气象，就让你们迷信一回吧。那，派谁去？"

陈新城出现在门口："报告。"

王守一说："进来，有事吗？"

陈新城看了看里面："所长，您能不能出来一下，有点儿事请示一下。"

王守一起身走了出去，两人来到院子里。

陈新城说："所长，快过年了，我想把年假集中到过年来休，跑一趟东北。"

王守一眉头紧皱："上东北干什么？"

陈新城说："就岳威那事，我和李大为成天查看他的监控视频，一直没啥发现。"

王守一说："也许他就没啥。"

陈新城说："也许，可我还是不放心。我想带李大为趁过年去东北他老家看看去，到当地派出所了解一下情况，我就放心了。"

王守一说："那为什么要占你的年假？算出差吧。"

陈新城忙说："别。我也不确定会发现什么，就权当我俩出去旅游了。所长，我希望对我俩的这趟行程保密。"

王守一拍拍他，示意不用说了。

两个小时后，一辆金杯警车停在派出所的大院里，王守一、程浩、高潮、叶苇几个所领导一个不少，送张志杰他们出征。跟张志杰一起出征的还有赵继伟、孙前程、老杜和小丁。

王守一再三叮嘱："记住，去了和齐北的同志配合好，争取人家的支持。不能冒险，一定要保持足够的警力，否则，宁可放过他，以后再抓。还有，和所里随时保持联系。"

"是！保证完成任务！"出征人员大声答应着，上了警车，驶出大院。

陈新城回到家里就开始收拾行李，嘴里不停地对佳佳嘱咐着："过年的时候，你妈妈同意到这边陪你。"

佳佳有些不情愿："我自己可以。"

陈新城叹了口气："佳佳，你妈活得也不容易。"

佳佳低下头："我知道，只是……"

门铃响起，佳佳跑去开门，李大为提个包进来了："佳佳，听说你有幅画被选入青年画展了？"

佳佳笑着说："瞎猫碰上了死老鼠。"

李大为酸溜溜地说："哪里有这样的死老鼠？你介绍给我，我也去碰一下好不好？"

陈新城笑了："我鼓励她送去，她还不去，结果送过去两幅，人家一下子就选中了一幅正式参展，另外一幅还介绍给了画廊。"

李大为夸张地说："哎呀，师父，当初我们让佳佳开淘宝店卖画，是不是耽误了一个画家的前途啊？"

佳佳一跺脚，娇叱道："大为哥！"

陈新城微笑着说："别贫了，我们该走了。大为，过年出差，你妈没问题吧？"

李大为无奈地说："别提了，现在我妈和夏洁她妈都成了掰不开的姜了，两个人成天打，又谁也离不开谁，过年她们能凑在一起。对了，佳佳，你过年怎么过呀？夏洁陪她妈和我妈，你要是愿意，去和夏洁一起过呀？"

佳佳高兴地说："我和夏洁姐姐一起过！"

李大为说："好，我妈又得一闺女。"

师徒俩穿得厚厚的，进了火车站。

岳威的家乡是一个东北小镇，人烟稀少，到处都是雪，不多的几栋房子被雪盖着，屋顶的烟囱冒着烟。

陈新城和李大为踏着雪来到了林场派出所，道明来意，被迎进了会议室。

两人脱得只剩下单衣，一人捧一杯热茶喝着。李大为感叹："这屋内屋外两重天哪。真带劲！"

陈新城出神地看着外面的冰天雪地："大为，岳威当年的年龄和你现在差不多。你说，你若是生活在这种地方，成天会想什么？"

李大为说："师父，看他见没见过外面的世界了。如果没出去过，在这地方能当上警察，就是最好的职业了。可如果他出去过，那就说不定了。"

门开了，辅警小马和牛副所长一起进来，和他们热情地握手。

辅警小马介绍道："陈警官，这位是我们的牛副所长，所长去市里开会了，雪这么大，恐怕所长明天也回不来。"

陈新城和牛副所长握手："你好牛所长，我们来给你们添麻烦了。"

牛副所长热情地说："哪里！你们大过年的跑到我们这儿来办案，辛苦了。可就是怕我们帮不了你们什么。"

陈新城问："怎么？"

牛副所长说："我们查了查，你们说的这个人，当年是在我们这儿工作过三年，但也离开十五六年了。时间太久了，所里几乎没人认识他了。"

陈新城说："怎么可能？十五六年前当警察的人，现在也不过才四十几岁。"

牛副所长叹了口气："你们是不知道。看看咱们这儿的条件，说是个派出所，才五六个人。特别是林区现在不伐木以后，人烟稀少，工作量也不大，年轻人不愿意留，老同志想往城里调，人员流动性大。十五六年前在这儿工作过的人都找不到了。"

陈新城点头："是这样啊。"

牛副所长说："不过，我们的老所长是在这儿退休的。我们问了问他，他还记得这个人。如果你们有兴趣的话……"

陈新城忙说："有，有。"

牛副所长对辅警说："小马，和周所长联系一下。"

一辆警车在冰天雪地里艰难地开着。开车的是小马，陈新城和李大为坐在后座。两人各自抓紧把手，身体还不停地颠来颠去。

李大为说："兄弟，你们的工作条件可真够艰苦的。"

小马说："艰苦吗？比老百姓强多了。在我们这儿，能当上警察，大家都羡慕。"

李大为问："兄弟是警校毕业的吗？"

小马摇头："不是。我是辅警，我爸是警察，受了伤。我是受照顾才进来的。不过我正准备考警校呢。"

李大为问："也就是说，你也不想在这个派出所长期待下去？"

小马也不避嫌："肯定的！待在这儿闷死了。人越来越少，有时候晚上值个班都害怕。"

陈新城问："小马，你们这儿一直这么冷清吗？"

小马说："那哪能！以前这儿是林区可热闹了，很多来砍树的、开发木材的、运木材的。可后来封了山，不许再砍伐，林业工人转成了护林工，人也用不了那么多，就越来越冷清了。"

陈新城问："这种情况有多少年了？"

小马想了想："我小的时候这儿还算热闹，等上了学就不行了。小学没上完，连学校都合并了，上学都得跑十来里路。快到了，就在前面的屯子里。"

两人抬头往前看，一个小小的屯子埋在雪里。

周所长家是一个大院子，用木头做围墙。院子里，堆满了当柴禾的木头，墙上挂满了玉米等农作物，还养着一只大狗。

车一停下，狗就拼命地叫起来。

小马下车叫道："周所长，周所长！"

一个七十岁左右的老人出现在门口，喝住了狗，笑着说："小马呀，来家啦。"

小马说："周所长，这就是电话上和您说的从平陵来的两位同志。"

陈新城过去和他握手："周所长，我姓陈，陈新城。"

李大为也上去和周所长握手："我叫李大为。"

周所长说："快过年了还赶过来，赶快进来暖和暖和吧。"

家里热气腾腾，周所长和陈新城、李大为坐在炕上，周所长的老伴在地下忙着做饭。

陈新城问："周所长，您退了休没在城里住，回老家了？"

周所长说："城里有房子，可我和老伴冬天还是住在老家，这炕一烧，浑身舒坦。我生在这个屯子里，长在这个屯子里，人老了，落叶归根是不是？"

陈新城说："周所长您可不老。"

周所长笑了："你可真会说话。什么事，说吧。"

说到正事，陈新城严肃起来："周所长，我们这趟专门过来，是想找您了解一个当年在咱们所当过辅警的人，叫岳威。"

周所长倒是还有印象："岳威啊。他早就走了。怎么，他在外面犯事了吗？"

陈新城谨慎地说："不好说，我们有怀疑，所以特地来调查一下他的情况。"

周所长很精明："你们这个时候专门跑过来，说明他这事犯得还不小。"

陈新城说："抱歉，我只能说有怀疑，一切都没定论。周所长，他当辅警的时候您是所长，您对他应该了解吧？"

周所长努力回想："时间太久了，你们不提，我都把这个人忘了，他只在我们这儿干了三年辅警。我印象中，他当时干得还不错。人年轻，也精神，脑子好用，比一般的警察都能干。

"虽然是辅警，可我一直拿他当业务骨干用。一个所里，总有这么几个能干的，干什么都少不了他们。对吧？他当时就是这么个人。"

第二十章

张志杰带着队员坐在齐北市公安局会议室里，刘局长正在发言："接到协查通报，我们查了查情况，这事还有点复杂。"

张志杰忙问："怎么复杂？"

刘局长说："你们说的那片居民区，是一片新小区，主要居民的成分是周围三个村的农民农转非迁进来的。这种情况下会有一些从原住地带进来的矛盾。之前他们一直在闹，还发生过两次械斗，我们费了好大的力气，才算平息下来。

"今天年二十九，明天就是三十了，外出打工的人都回来了，那儿的人很多。你们现在目标并不明确，车又套了牌。这个敏感的时候，警察进去到处找人，恐怕会引起不必要的误会，万一再引发事端，连这个年都过不好了。

"我们局里商量过，希望还是过了年再解决。你们可以把有关的线索留下，等过了年，我们一定认真调查，有进展随时通报。"

张志杰赔着笑："贵局的心情我们可以理解，可我们大老远地都来了……您看这样好不好？我们换上便衣，悄没声地找找。我们有他的照片，也知道他车的特征，应该不难找。"

刘局长说："要是平常，你们想找就找去。可大过年的，平白无故地来了几个外地人，很难不引人注意。我的意思还是过了年再说。"

张志杰一脸难色，不知道说什么好。

刘局长看着他："平陵的同志是不是对我们齐北公安的水平不放心哪？不如这样，过了年，你们可以再来，我们全力配合平陵的同志破案，也让我们的同志跟着学习学习。"

张志杰站起来："刘局长说笑了，我们是来向齐北的同志学习的。这样，我们先找个地方住下再考虑别的。"

刘局长也站起来："别啊。大老远的，又是过年的时候，八项规定，咱们也不能在外面请你们吃饭，晚上就在我们局食堂吃点便饭吧。"

张志杰说："不了。我们出差也是有补助的，哪能再麻烦你们呢。我们还是走吧。"

双方谦让着，张志杰还是坚持带人走了。

出了齐北市公安局，赵继伟靠近张志杰："师父，咱们真就这样回去了？"

张志杰说："哪能呢？好不容易追到这里，等过了年，他又跑了，上哪追去？先找个地方住下。"

傍晚，几个人随便找了一家小饭店，简单地点了点饭菜。不多时，服务员端上了桌。六个人一人捧一个海碗在呼噜呼噜吃面，中间一大盆菜。

孙前程连吃了两碗："奇怪了，我一出差就觉得外面的饭好吃。"

张志杰笑了："那就多吃点，吃饱了不想家。"

一提到家，大家都不说话了。

张志杰看了看大家："看样子我不该提这话头。想家了？"

赵继伟无所谓："反正我没想。就算在所里，我也是一个人，不可能回家的。"

大家乱纷纷地应和："就是，不想。"

老杜说："我要不出差，这会儿正给丈母娘家打扫卫生呢。我老婆说，平常不在家，好不容易过年放个假，让我好好表现。"

小丁笑嘻嘻地说："我丈母娘家不在本地，可我平常不干家务，年前大扫除是跑不了的。所以我老婆一听我出差，就说我是逃差役了。"

张志杰说："你们这些人哪，当警察当得都独了，只知道有集体，不知道有家人。我和你们不一样，我想家。赶快办完了案子，回家老婆孩子热炕头去。

"快吃，咱们吃了饭就出去走一趟，万一能找到人或者车呢？提前完成任务，咱们押着他回去过年。赶快吃，多吃点儿。"

吃饱喝足，张志杰领着大家走出饭店，指着对面："看见这家旅馆了没？一会儿咱们在这儿集合。他们这儿的车都停在外面，大家记住他套的那个车牌？我觉得他回来不会换。如果找不到这个车牌号，注意一下前挡风玻璃，找到了，别惊动他，回来报告。"

大家答应着，分头行动。

周所长的老伴干活麻利，没多久，小炕桌上就摆上了大盘鸡和乱炖，陈新城和李大为吃得满头冒汗。

周所长陪着他们，用慈爱的目光看看李大为："多好的小伙子，多年轻。真好啊。"

陈新城说："淘气着哩。"

周所长笑了："听你的口气，像说自己的孩子。唉，想起来，当初我看岳威，也像看自己的孩子。一个在身边的年轻人得力，用着用着，觉得就像自己的孩子了，是吧？"

陈新城想了想："您不说，我还没意识到，就是觉得这孩子淘，别的还没觉得。我要有这么个孩子，还不得把我气死？"

李大为委屈地说："师父，至于吗？"

周所长哈哈笑起来："你听听你这口气，就像当爹的。"

陈新城问："周所长，您这么器重他，听上去他在派出所也会有好前途，后来他为什么不干了？"

周所长目光一黯："不知道。那孩子，不是一眼能看到底的人，总有些小心思。因为破案，我带他去过几趟外地。也许看到外面那么热闹，心思活泛了，想出去见见世面。他走的时候，我已经退休了，具体的原因就不知道了。"

陈新城一怔："啊？您今年高寿？"

周所长说："整七十了。"

陈新城怎么算都不对："七十？十五年前，您不应该退休啊？"

周所长脸色有点不好看："所里的工作出了点事，我是提前退休的。"

陈新城忙问："什么事？"

周所长脸色更难看了："和你们要了解的事情没关系，总之，我五十五岁就退休了，算提前退休。在我们这条件艰苦的地方，也算正常。

"我退休的时候，他还在所里。没多久就不干了，离开了这里。这孩子算是重情义的，还来和我道了一声别，提了一刀肉。"

陈新城问："他说去哪儿了吗？"

周所长摇头："没有。他就说在这里待得太闷了，想出去看看。那时候正是林区开始衰落的时候，年轻人都往外跑。他又见过世面，想出去，不正常吗？"

陈新城问他："那走了以后和您还有联系吗？"

周所长说："没有了。这么多年一直没联系。你们要不来，我都把这个人忘了。"

陈新城问："他家里什么情况？"

周所长想了想："我不太清楚，好像也一大家人。他父母不知道还在不在，但他有一个哥哥。他在所里的时候，他哥还在山上伐木头。后来不让伐，他哥有一回偷伐被抓住了，我帮着说了说情，减轻了处罚。"

陈新城沉吟了一下："他在这儿的时候，您觉察到他有什么异常吗？"

周所长看着他："陈警官，我听你的口气，他犯的事不小。我好歹也是干了一辈子公安的，你能给我透个风不？我也好顺着你的思路帮着回忆回忆。"

陈新城赔笑："周所长，不是想对您保密，主要是我们没有任何证据，只是一些怀疑。我只能说，如果他有事，就和杀人有关。"

周所长啊了一声，想了一阵："实在想不出来。这孩子心思缜密，和大家处得都不错，但又和谁都不密切，哪怕是和我。"

李大为突然插嘴："周所长我问一句，他在这里的时候犯过和女人有关的事吗？"

周所长沉吟了一下没回答。

陈新城诚恳地看着他。

李大为又要追问："周所……"

陈新城瞪了他一眼。

周所长看看他俩："他在这里的时候，找对象高不成低不就。找农村的，他不甘心；找城里的，人家看不起他。这孩子心高，先后谈过几个，都是城里的。告诉人家自己是警察，后来人家了解到他是辅警，就算了。有一回还有一个姑娘闹到了所里，是我帮他压下来的。后来，又出了一件事，就是那件事，可能导致他在派出所没办法待了。"

陈新城问："什么事？"

周所长有些不自然："我们是林区派出所，辖区里娱乐场所不多，山上大多是男人，可就有人能把皮肉生意做到山上。

"那一回，我们处理了几个到山上卖淫的女人，拘了几天就放了。过了几天，有一个卖淫女跑了回来。说岳威找到她，以不从就把她的事情公布出去相威胁强奸了她。这事不小，可岳威一口咬定，两人是你情我愿。

"女的没证据，所里也不想张扬，就算了。但毕竟女方是我们打击过的对象，不管有没有证据，岳威和她发生关系就是错了。所里给了他一个严重警告的处分，我对这孩子的印象有所改变，他在派出所也不好待了。接着我就退了休，他也离开了派出所。"

陈新城的手机突然响了，看看来电显示，说了声"抱歉"跑了出去："所长……信号不好。所长您等等，我找个信号好的地方。"

出了门找了信号稍好的地方，王守一凝重的声音从电话中传来："岳威回家了！"

陈新城愣了一下："什么？"

王守一提高了声音："听见了吗？岳威回家了！是刑警队那边来的消息，人家也一直在暗中注意着他呢。刚才罗队来了个电话告诉我，今天一早他开车出了门，上了高速，去了东北方向，很可能回家了。"

陈新城说："知道了，所长。我们正和他前任所长聊天呢。他要是回来了，我们就再多停一两天。先这样，所长，过年问老嫂子好啊！"

回到屋里，陈新城冷得嘶嘶哈哈，赶快上炕。

周所长给他脚上加了床小被："知道我们这儿的厉害了吧？"

陈新城不住点头："的确厉害。周所，岳威的家在哪里啊？"

周所长说："怎么，你们还想去他家？他轻易不回来。"

陈新城说："大老远地来一趟，我们还是去看看。"

暖和过来后，几个人又聊了几句，陈新城就起身告辞了。周所长把他们送到了院门前。

陈新城说："周所，您留步。您再仔细想想有关这个人的一切，要是想起什么，随时给我打电话。"

周所长点头："好。"

王守一收起电话，靠坐在椅子上苦笑："还老嫂子……老嫂子都快忘了我长啥样了。"

高潮走进办公室："所长，我值夜班，您回家吧。"

王守一说："你在我也不能走，除了教导员，哪个也别想离开。出去那么多人，本来人手就调配不开，全员上岗吧。"

王守一又说："行了，你在家，程浩，我们走吧。"

地上有个果篮，还有一桶油，两人分别提了起来。

高潮看了看："所长，礼有点轻吧？"

王守一说："唉，这礼有什么轻重的，就是个心意。"

高潮有些担心："就怕建军老婆要强，堵着门不让进。"

王守一往外走："那也得去看。再要强的女人，这两天也是不好过。"

两人一个提着果篮一个提着一桶油来到曹建军家门前，程浩上前敲门。

门打开，周慧看到是他们，脸色一变，挡着门不让他们进："王所长、程所长，你们怎么来了？"

王守一笑着说："周慧呀，过年了，过来看看你和孩子。"

周慧说："谢谢您了王所长，我和孩子都挺好的，家里也没个男人，不方便，我就不请你们进来了。"

王守一说："看你说的。我们不嫌不方便，开门，让我们进去坐坐。"

周慧坚决不让："所长，建军不再是警察，和你们没关系了，你们还来干什么？"

王守一认真地说："周慧，我和你说过。就算建军不是警察，也永远是我们中的一员。过年，他不在家，我们一定要来看看。"

周慧眼眶微红："谢谢你们。我不用别人可怜。"

程浩和蔼地说："弟妹，我们不是可怜你，我们是代表建军来看你。"

周慧一愣。

程浩说："我们知道你的脾气，这个年，你肯定不会回娘家的，建军他在里边不放心，我们就算代表他来看看。"

周慧不说话了，默默闪到一边，让他们进了家。她搂着丫丫低头坐在那里，家里没一点喜气。

王守一从口袋里掏出两百块钱往孩子手里塞："丫丫，这是给你的压岁钱。"

程浩也掏出两百塞到了孩子手里。

周慧急忙推辞："您二位这是干什么？"

王守一说："我们是孩子的伯伯，给孩子点压岁钱怎么了？丫丫，过年又长大一岁了，快快长，好好陪陪你妈。周慧，叫孩子收下。"

周慧低声说："丫丫，收下吧，谢谢伯伯们。"

王守一说："周慧，叫孩子进去看电视吧，咱们说会儿话。"

周慧手一松："丫丫，回去画你的画。"

丫丫跑了。

王守一安慰道："不就半年嘛，这日子说慢也慢，说快也快，一转眼，就过去了。"

周慧叹了口气："唉，王所长，这半年无所谓，怎么熬也熬过去了。我愁的不是这半年。"

王守一不解："那是什么？"

周慧说："我愁的是他出来以后怎么办。建军您了解，他离了当警察不能活，等他出来了会怎么样我真不敢想。"

王守一安慰道："周慧啊，这就要看你的。建军他不是离了警察不能活，他是离了英雄梦不能活。成为英雄，不一定要当警察。"

周慧苦笑："一个判过刑的人，还想当英雄？"

王守一不赞同："谁说判过刑的人不能当英雄了？"

程浩却说："所长，弟妹说得有道理，建军他判过刑，一心再做英雄梦，对他有害无利。"

"弟妹，等他出来了，你还是劝他接受自己就是一个平常人的现实吧，找一份平常的工作，安安稳稳过日子。不怕你笑话，我最大的梦想，就是退休以后，找熟悉的老哥们打升级。建军这辈子都活在虚幻里，你得帮他回到现实中来。"

周慧苦笑："我努力吧。"

王守一问："明天就除夕了，就和孩子过？我知道你和你妈关系不好。可到底是亲妈，你还是……"

周慧断然地说："我不回去，我就和孩子过。"

王守一叹息："好吧。那，明天晚上，我派车来接你娘俩。"

周慧一怔："干什么?"

王守一说："有的同志出差了，可能明天晚上才能回来，我们商量了，所里把他们的家属都接到所里去，大家一块儿守岁等着他们。你带孩子也去吧，我们就当建军他出差了。"

周慧拒绝："我不去，见了人家也抬不起头来。"

王守一正色道："周慧，这我可得批评你了。你觉得我们所有人瞧不起你们了吗?不要自己暗示自己。你这样不要紧，对孩子什么影响? 明天晚上，到所里一块儿过年去。"

李大为和陈新城跑了好几家车行，终于租到一辆车，办好手续，又买了些东西，这才开车前往岳威家方向。

陈新城提醒道："一切小心，岳威可是见过咱们的。"

"我早准备好了。"李大为从后座扯过一个塑料袋来。

陈新城找了找，从里边找出两个毛线帽来，自己戴上一个，又戴上墨镜，冲着后视镜看了看："认不出来了。设上GPS，走吧。"

李大为看着地址，指着前面的小村庄："师父，就是这个村。说是村西头往里数第二家。开进去吗?"

陈新城说："不。要是第二家，咱们应该能看得见。找个地方把车藏起来，咱们找个窝趴趴。"

李大为突然看到一家农户门口停着一辆汽车："师父，您看那辆车，那不是岳威的车吗?"

陈新城看了看："是。赶快，别让他发现了，赶快开走吧。"

找了个偏僻的地方停好车，李大为和陈新城步行过来，找了个避风的山坡后面停下了。

李大为问："您看这儿行吗?"

陈新城往下面看了看："行。村里只有一条进出的路，只要往这个方向来，就肯定经过咱们这儿。"

李大为说："师父您冷吧? 我去找点木头来咱们烤烤?"

陈新城摇头："不用。趴窝是警察的基本功。我刚当警察的时候经常趴，现在有了天网工程，这基本功废得差不多了。好在这儿视野开阔，只要他出来，咱们老远就能看见，可以活动。就在这儿吧。"

李大为在地上蹦蹦跳跳："师父，您说他突然回来干什么?"

陈新城也说不清楚："不知道，反正有点蹊跷。他应该知道我们在监视他了，这次回来，说不定和他知道被监视有关系。"

李大为歪着脑袋："会有什么关系呢？"

陈新城说："从刘小莉报案到现在，有三个多月了。如果是系列杀人，犯案的频率会加快。可再快，也不至于三个月就再犯案吧？"

李大为提醒道："您忘了？如果强奸是真的，他只是强奸了刘小莉，并没干成别的。"

陈新城怔了一下："也就是说，他想发泄的并没发泄出来？我马上和罗队联系。"

他立刻掏出手机："罗队，我陈新城啊。我想问一问，最近几天，市里又发生什么大案了没？比如风尘女失踪或者遇害一类的？"

电话里说着什么，陈新城不时点头应着。挂了电话，陈新城对李大为说："没有。只发生了两起抢劫杀人案，都破了，案犯抓到了。"

李大为百思不得其解："那他突然回来干什么？想家了？"

陈新城趴下："也许，盯盯看吧。"

只是趴了一会儿，李大为就受不了了："师父，咱们在这儿趴一天非冻死不可。我在这儿，您回到车上，把车发动起来取取暖。咱俩轮着在这儿趴就行。"

陈新城说："不行，把油耗尽了万一他出来咱们没办法。"

李大为说："不用担心，刚咱们吃饭的时候我出去那一趟，看到旁边有个加油站，跑过去加满了油。那个老板不地道，车给咱的时候才半箱油。"

陈新城满意地看着李大为，先回到了车上。

过了半小时，轮到陈新城趴窝，没有十分钟，看到李大为又回来了："刚去怎么就回来了？"

李大为笑着说："暖和过来就回来了，我年轻，火力壮，省点儿油吧。怎么，还没动静？"

陈新城踮脚看了看："没有，车还在那儿等着呢。"

李大为说："这家伙要在家里吃开年夜饭了咱们咋办？"

陈新城有些犹豫："难道他是专门回来过年的？我觉得不会。咱们先趴到天黑看看。"

李大为突然叫了一声："师父，出来了！"

陈新城赶紧顺着李大为的目光往山下看，远远地看到那辆车动了，向他们这个方向开过来。

李大为心急："师父，快！"

陈新城按住他："不要慌，跟太紧就被发现了。只有这一条路，路上有雪，会有车辙。"

等岳威的车看不见了，两人才上了车，沿着路上的车辙，跟着岳威的车顺着弯弯曲曲的山路上了山。

李大为疑惑地说："师父，天马上黑了，他上山干什么？"

陈新城留意着地上的车辙："不知道，跟上就知道了。"

山路狭窄，路边还有积雪，李大为紧紧地握着方向盘，艰难小心地往山上开着，车灯照亮了前面的路，可以看到路上的车辙。

陈新城问："行吗？不行我开。"

李大为紧张得满头是汗："师父，干别的我不如您，论开车，您肯定不如我。您系好安全带坐好了，抓紧把手。真搞不懂他大晚上的跑山上来干什么？"

陈新城说："是不是他家祖坟在山上？"

李大为说："上坟也不用晚上来呀？"

陈新城催促："我们跟着看看就行了。"

两边都是森林，路越来越窄，李大为仍然开着车追踪着路上的车辙行进着。

陈新城突然说："停！"

车灯照亮了前方，一辆车停在路旁。两人不说话看着。

陈新城问："是他的车吗？"

李大为说："是。看看车牌，平陵的。车上没人。"

两人四处看看，万籁俱寂，只有松涛阵阵。

陈新城说："大为，你在车上等着，我下车看看。"

李大为忙说："师父，我和您一起。"

陈新城按住他："两个人目标太大。你把车往前面开开，开到他车前面去，找个能藏住的地方等着我。记住，不要开灯，不要开手机，不要弄出任何动静。等我回来。"

李大为不死心："师父，还是我们一起。"

陈新城摇头："不用。"说完，人已经下车向岳威的车走去。

李大为把车开过岳威的车，正好一个拐弯，拐过去停在山石另一侧，熄了火下车，转回来时，陈新城已经不见了。

四周全是森林，乍一听挺静，仔细一听，各种动静都传过来了。李大为紧张起来，他围着车绕了个圈，紧张地四处看着。

不知何处似乎有脚步声，李大为一个激灵，跑到了车后面紧张地看着，脚步声又消失了。

李大为无声地骂了一句，靠车站住，可他的心跳声大得惊人，呼吸也越来越粗。他看看手表："才五分钟。"咬着牙继续坚持。

时间一分一秒地过去，李大为紧张得满头冒汗，不停地看手表："二十分钟了，

二十分钟了，师父不会出事了吧?"

突然身后有动静。李大为紧张地探出头去看，看到一个人影从树林里出来。他仔细观察，是陈新城。

李大为大松一口气，像瘫了一样靠到车上，又赶快起来冲陈新城摆着手:"师父，有发现吗?"

陈新城摇头:"没。我进去有一二里路，因为不敢打手电，找不到脚印了。"

李大为说:"要不，咱们在这儿等? 等他走了，我们再进去找?"

陈新城看了看表:"晚上不好找，明天白天再来吧。"说完看看李大为，"害怕了吧?"

李大为勉强笑了笑:"没……"

陈新城拍拍他:"怪我想得不周到。走吧。"

中午时分，张志杰和队友在一家小饭店里边吃边说:"下午再继续找。他肯定就在这一带，逃不出去的。过年他肯定在家里，这是抓捕他的最好时机，耽误了后悔都来不及。"

几个人吃完出了门，才发现天上开始纷纷扬扬下起了雪。大家都高兴地看着雪。

张志杰说:"瑞雪兆丰年，是个好兆头。今天是除夕，外人进去更扎眼。大家注意点，就装是过路的。重点是找车，当然，要是碰到人更好。模样都记住了吧?"众人答应一声，开始分开行动。

雪已经覆盖住地面，孩子们都在门口玩雪，六人分别在不同的路上走过，目光不时注意着停在路边的汽车。

赵继伟走到一户居民大院前，有几个孩子正在门口放鞭炮打雪仗。

这时一辆车从对面开过来，赵继伟注意到那个车牌，又装作不经意地看了看前挡风玻璃，玻璃上有道裂纹，车里坐着一男一女。

赵继伟让到路边，看着车开过去，拐到那个小院门口停下。

一男一女下车，车后面还跑下来两个孩子，一个七八岁，一个四五岁，一下车就加入了门口那几个孩子的队伍。

男的打开车后备厢往下搬年货，女的嘱咐了孩子几句，两人提着年货进去了。

赵继伟立刻闪身躲到一处围墙后面打了个电话。

十五分钟后，张志杰带着孙前程过来了:"找到了? 看清了吗? 是他?"

赵继伟激动地说:"绝对是他! 车牌、裂纹，还有人，都对上了。左边数第三排第四栋头一个单元。好像住在一楼，所以有个小院。"

张志杰立刻说:"我打电话把他们都叫回来。今天这个日子，在居民区里走的趟数太多挺可疑的。

"孙前程，你过去看看车是不是还在那里。现在四点多了，如果在，说明那就是他家。如果不在，说明可能是来走亲戚的。"

赵继伟说："师父，今天哪有走亲戚的？"

张志杰说："万一呢？万一他不是这儿的，而是来走亲戚的，咱们贸然进去抓人，会引起事端的。"

孙前程谨慎地说："要不，咱们去派出所对一下户籍？"

张志杰含糊地说："先别慌。刘局长明确说不同意我们今天抓捕，我们去了，人家一声不同意，我们怎么办？我们没打算抓，无意中撞上了，等把目标确定好了再和他们招呼。赶快去吧。"

孙前程笑着走了。

张志杰打电话："所长，我们已经发现了目标，可是齐北的同志不同意我们今天抓捕，您和他们打个招呼呗。"

远处鞭炮声四起，街道上年味十足，王守一和叶苇、程浩、高潮站在门口，和到派出所守岁的家属握手致意，把他们迎进派出所。

一辆车开过来，李母和夏母从车上下来，两人亲密无间，还互相扶了一把。

王守一看愣了："这俩什么时候到一块儿去了？"

叶苇笑着说："所长，您官僚主义了。不光夏洁的妈和李大为的妈成了好朋友，夏洁的妈现在还和老梁这个……"

她调皮地把两个大拇指往一起并了并："没准过了年我们所又要帮着办一桩喜事了。"

"是吗？那敢情好。"王守一一边说着，一边迎上去，殷勤地和两个人握手，"老姐姐，大为过年出差，您一个人过年没问题吧？"

李母豪爽地说："没问题。我和我妹子过年，好着呢，再说还有夏洁陪着。"

王守一又和夏母握手："嫂子，欢迎啊，您可老日子没到所里来了。"

夏洁和佳佳在一起，见她们来了，过来把她们引进去了。

王守一手机响起，看看来电显示，忙到一旁接电话："刘局长，您看看，大过年的，给您添麻烦。我们那事……刘局长，我们的心情您也能理解，今天是百日行动的最后一天，这个案子破不了，就破了我们的金身了。

"所以……全靠刘局长支持，我代表平陵八里河派出所所有干警向您致敬。好好好，谢谢刘局长，什么时候您到平陵来，我请您吃饭。"

刚放下电话，看到周慧开车过来，后面坐着丫丫。车子停了好一会儿，周慧犹豫地看着派出所。

王守一赶快一个箭步冲了过来，一把拉开了车门："周慧，来了？丫丫，赶快过来找伯伯呀!"

食堂布置得很喜庆,桌子摆成了一圈,中间是孩子们的天堂,桌上摆满了丰盛的饭菜。

王守一正手持饮料在致祝酒辞:"令人怀念的一年结束了,新的一年的春天已经向我们走来。

"在过去的一年里,八里河派出所取得的任何成绩,和在座的各位对我们的大力支持都分不开。

"在新的一年里,八里河派出所的工作仍然需要在座各位的支持。来,为过去一年大家的辛劳,为新的一年能取得更大的成绩,我以茶代酒,敬各位一杯。干杯!"

大家一起干杯。

佳佳坐在一旁,给大家画着素描。

热闹过后,王守一又和叶苇、程浩、高潮一起,一家家送出门:"春节联欢晚会开始了,赶快回家看晚会去吧,明天他们就回来了。谢谢大家啊。"

齐北市公安局刘局长正在接电话:"宋局长跟我说过了,但这大过年的,我们人手也不足啊!行。我们尽力配合。"

放下电话,刘局长若有所思:"小王。"

一个年轻警察跑了进来:"局长叫我?"

刘局长问:"咱们百日行动破了几起入室盗窃案哪?"

小王想了想:"八起了,正好和旁边南陆市打个平手。"

刘局长说:"不,我们起码比他们多破了一起!平陵市的同志到咱们这儿来抓一个犯罪嫌疑人,你马上帮他们查清嫌疑人身份,办理刑事拘留手续!"

齐北市的雪下得格外大,张志杰几个人在居民楼外集中。对面就是一家大饭店,张灯结彩,高朋满座。

孙前程回来汇报:"他家没去饭店,在家里吃年夜饭。可以肯定的是他现在就在家里。"

老杜过来了,身后还跟着小王和另一个警察:"老张,手续办好了。这是齐北派来配合咱们行动的同志。"

张志杰赶快上去和人家握手:"辛苦了。看这大过年的,连累你们也没在家过年。"

小王笑着说:"大家都是干这个的。不过张警官,我们局长交代了,抓人可以,不能影响群众过年的气氛。"

张志杰说:"一定。他的身份确定了吗?"

小王说:"他叫郑有千。上面还有父母,下面有俩孩子,干点什么不好干这个。

今天随咱们一走，就不知道啥时候才能回来了。"

张志杰说："人这辈子，啥路都能走，就是邪路别走。这样吧，马上就该吃年夜饭了。我听说他们家没出来，在家里吃的年夜饭，咱们等他们吃过饭再抓吧。"

一行人在外面等了许久，郑有千一露头，他们又退了回去。

只见郑有千和老婆一起，陪着他们的孩子放鞭炮，两个老人倚在门口笑呵呵地看着。

几个人躲在墙后商量着："怎么办？"

"别当着他孩子和老人的面抓，等他们放完鞭炮？"

"等着吧。孩子老人得睡觉，不会等太久。"

……

几个人就趴在墙后等着。

孩子们的鞭炮已经放完了，老人孩子都进去了，郑有千自己在门口打扫鞭炮屑。

几个人互相使个眼色，一起上去了。

郑有千一抬头，吓了一跳，转身想往屋里跑，几个人一起扑上去，一下子把他扑倒在地下。

郑有千张嘴想喊。

张志杰小声说道："为了不惊动你家老人和孩子，我们在外面等了好几个小时，你确定要惊动他们吗？"

郑有千不喊了。

张志杰说："郑有千，你涉嫌入室盗窃，现对你进行刑事拘留。跟我们走吧。"

郑有千一脸沮丧："慢着。我……能让我进去和家里人说一声吗？"

大家互相看看。

张志杰沉声说："好吧。我们跟你进院，在你家门口等。郑有千，你可想好了。为了保护你家老人孩子我们才等到这时候，你要是不老实，恐怕受惊吓的是你家老人和孩子。"

郑有千点头："放心吧。我进去过，知道这一走不定什么时候回来，他们找不到我会急的，所以……"

张志杰拍拍他："取下他的手铐来。你们带他进去吧。"又对郑有千说："记着把车钥匙捎出来。"

赵继伟和另外三个警察陪他进去了，又有两个警察守在楼门口，以防郑有千从屋里绕门出来。

张志杰和小王站在外面等着。

小王犹豫了一下："张警官，我们查了，这人在我们这儿也犯过案子，是我们一直在追查的对象。局里的意思，这人归我们了。"

张志杰愣了："什么？这可不行。他在我们那边有系列入室盗窃案。"

小王为难地说："可我们领导就是这么交代的。他犯事在你们那边，人可是在我们这边抓住的。我们局长让我们把他留下。"

张志杰蒙了："这个……这样吧，兄弟，我给我们所里打个电话请示一下。"说完立刻拿着手机到一旁："所长，还没睡觉吧？"

王守一正和程浩下象棋，高潮一旁观战："睡个头啊。有事？"

张志杰说："齐北局的同志说要把人留下。"

王守一火了："什么？我们把案子经营好了，他们下山摘果子？不行不行，齐北把人留下，我们的案子怎么算？"

程浩也听到了："啥事？齐北不放人？"

王守一说："要把人留下。"

程浩若有所思："那就得把所有的案子都转过去。"

王守一愣住："啥意思啊，你？"

程浩无语："所长，您傻啦？百日无入室盗窃行动，咱们这儿就他这一起，只要他们把他犯的案子全接过去……"

王守一明白了，立刻说道："张志杰，同意！不光人留下，随后我们把他在我们平陵犯的案子的卷宗都转过去。你们赶快交接就回来吧！"

等王守一放下电话，程浩说："该你走了。"

王守一跳了步马："程浩，关键时刻就你歪点子多！"

程浩笑了："那我还有歪点子呢，把咱们的炊事员也叫来，凑够六个人，打升级。"

郑有千被齐北市公安局拘留，刘局长亲自把张志杰他们送出来，双方热烈握手，六人上车走了。

回程的高速上，警车开得飞快。车内一片笑语欢声：

"十一点多了，咱们要在路上过年了。"

"占便宜吧，你，今天的高速不收费。"

……

不知道是谁起了个头，大家一起唱起来："日落西山红霞飞，战士打靶把营归把营归，胸前的红花映彩霞，愉快的歌声满天飞……"

凌晨两点，王守一、程浩和高潮站在门口，迎接他们归来。警车开过来，一路高歌。

王守一笑骂："这帮小子，也不怕群众投诉他们惊民扰民。"

警车停下来，几个人下车，王守一迎上去，逐个和他们握手："同志们辛苦了！"

张志杰笑着说："不辛苦，领导等我们辛苦了。"

程浩过来搂住他："赶快进去吧，给你们准备了年夜饭。"

食堂里早就准备了一桌子饭菜，所领导陪着他们进来，几个炊事员都站在那里鼓掌欢迎。

王守一说："来来来，年夜饭都准备好了，咱们一块儿看春晚，一块儿跨年。"

大家笑起来。

赵继伟说："所长，现在都凌晨三点了，年早就跨过去了。"

王守一说："不不不。你们听。"

他把电视打开，电视里，春节晚会的钟声正在敲响，大家一起数着数倒计时跨年。

赵继伟一愣："怎么回事？"

孙前程猜到了："所里把这段录了下来，和咱们一起跨年！"

大家一起笑起来。

大家吃饱喝足，几个人互相搭着臂膀，大声唱着《少年壮志不言愁》。

王守一满面春风地站起来："我说几句，把案子给齐北，从立案角度来说，我们八里河这百天没发生一起入室盗窃案。我们八里河的金身没破。

"据了解，全市在这次百日行动中，没发生入室盗窃的或者发生了但全部破案的只有六家，我们八里河肯定进前十强了。"

大家一片欢呼。

王守一提醒道："不要高兴得太早。百日无入室盗窃行动结束了，打击电信诈骗专项行动年后马上就要展开。

"吃好喝好，完了到院里放烟花爆竹，放完了马上回家，和家里人好好过年。过完这个年，新的任务又在等着我们了！"

大家豪情万丈："来吧，我们准备好了！"

看着大家热情洋溢，王守一悄悄把张志杰叫到一边："志杰，局里现在有个去党校进修的机会。我和教导员商量了一下，准备让你去。"

张志杰连忙推辞："不不，所长，还是先考虑别……"

王守一打断他的话，正色道："论资历，论党龄，没有人比你更合适了！组织上已经决定，明天就会下达正式通知，就这么定了。"

张志杰无奈："好吧，谢谢所长。"

第二天大亮之后，李大为开着车，又载着陈新城上山了。

陈新城正在打电话："噢，那今天找你的同学好好玩玩，爸晚上应该就能回去了。等着爸爸，再见。"

李大为问："师父，佳佳这个年过得还行吧？"

陈新城说："她到夏洁家过的，晚上和夏洁挤在一张床上。夏洁这孩子挺好的。"

"夏洁喜欢她。"李大为随口问道，"我不好吗？"

陈新城乐了："跟你有关系吗？"

李大为说："当然有啊，您看我跟夏洁吧……"开了个头，就不知道怎么说下去了，自己嘿嘿笑了起来。

陈新城好笑地看着他："笑什么？你不会是对夏洁有意思吧？"

李大为眨眨眼睛："有那么明显吗？"

陈新城语重心长地说："感情这种东西，是要说出来的，我也是和佳佳妈分手以后才明白的。差不多了，就是这儿，停车。"

两人把车停到路边，进了森林。

林中静悄悄的，仿佛隐藏着什么危险。两人顺着脚印找着，地上的脚印很乱。

李大为奇怪："怎么这么多脚印？"

陈新城说："我昨天夜里就觉得地上的脚印似乎很多，还以为是天黑看不见，果然。哎，那是什么？"

林中空地上有一间窝棚。

两人过去看看，窝棚里空无一人，但有人生活过的痕迹。两人搜了一阵，没发现可疑的东西。

陈新城猜测："也许是有偷伐的或者偷猎的在这儿生活过，再四处找找。"

寻找半天，也没有什么发现。两人无奈地看着地上纷杂的脚印。

陈新城说："不用找了。岳威不会无缘无故来这个地方的，他一定有事。记住这个地方，总有一天，我们可能还会回来。我们走吧。"

回到八里河，陈新城和李大为第一时间找到了罗队长。

罗队长和他们热情握手："过年好，给二位拜晚年了！怎么，听说去了东北，有发现吗？"

陈新城说："发现不多。罗队，我们的行踪你了如指掌，看来你也没有放弃岳威的线索啊。"

罗队长说："他是大年初一从东北回来的，说起来也是可疑的点。好几年不回家，如果是回家过年的，为什么大年初一就回来了？如果不是回家过年，那千里迢迢跑回去干什么？"

陈新城说："他开黑车为生，也可能图大年初一高速免费。"

罗队长点头："也有可能。来，我们把他的监控视频采集到一起了，你们可以看一下。"

两人立刻走到电脑前看监控视频。

罗队长给他们讲解："你看，他就是老老实实开黑车，没事的时候喜欢泡个吧，按个脚，看不出有什么异常之处。"

陈新城再次不放心："罗队，年前咱们这儿真没发生什么别的案子吗？比如报失踪什么的？"

罗队长肯定地说："真没有。不过这不一定就代表没人失踪。你们知道，在这种场所工作的女性流动性大。又加上过年，许多人不打招呼就走了，过了年没回来，老板才知道不干了。只要老板或者家里不报案，失踪了也没人知道。"

陈新城叹息一声："好吧，辛苦，罗队。罗队，这次我们过去，虽没发现什么线索，但我对他的怀疑更重了，我觉得这个人一定有事，我们继续注意他吧。"

罗队长说："放心吧，经营一个案件，需要耐心。"

两人走出刑警队，李大为说："真有意思，刚才罗队用了一个词，经营。"

陈新城说："那是你没注意，咱们所也经常有人用这个词。完整地处理一个案件，真和经营差不多。从发现线索，到慢慢地找到一个人，然后再通过这个人发现更多的线索，找到上下家、关系人，最后把整个案件看清楚。分清了主犯从犯，找到了上家下家，这个案件，就算经营好了，再一举破案。

"在这个过程中，警察经常会觉得自己在经营某个项目。但我从来不用。我怕用习惯了，会忘了我们经营的不是案件，而是人。"

李大为慎重地说："师父，我记住了，以后我也不会用。"

王守一照例在办公区开早会："过完年，打击电信诈骗的专项行动就开始了。所里决定，还是由高潮牵头组成专案组。他当将，自己点兵，专门负责处理电信诈骗的案子。大家发现什么线索向他们汇集。"

高潮笑起来："那我就点兵点将了，这次点年轻的，李大为、赵继伟。"

话音未落，陈新城、张志杰都抬头盯着高潮看。

高潮又乐了："别急别急，没抢你俩徒弟，徒弟还是你们的，我就是带俩年轻力壮的，还可以勾着你俩老当益壮的，给我出谋划策。"

陈新城不干了："谁老当益壮啊？"

张志杰也说："就是，这话你要说所长还差不多。"

大家全都笑了起来。

王守一感慨道："这时代变化太快，我是提着鞋都追不上了。刚当警察的时候，教群众反诈骗知识，什么要注意观察，不要听信对方花言巧语之类的。可现在钱被骗完了，骗子在哪还不知道。不过魔高一尺，道高一丈，大家努力吧。"

众警察齐声："我们努力！"

王守一一抬手："散会。"

办公室里，李大为和赵继伟，还有两个年轻辅警，正在梳理接到的电信诈骗案件。

高潮说："继伟，先说说你梳理的情况。"

赵继伟说："我们接到的电信诈骗案件一共三十二起，到目前为止破获两起，被骗的钱还都被转移了。剩下的，要么追不到，要么追到了，人却在国外。"

高潮又看向李大为："李大为，说说你的想法。"

李大为看着手上的资料："我觉得这些案子有一个共同特点，都是高息骗人。论起用高息骗人这件事，真是人不分老幼，地不分南北，很少不上当的。你说人要不贪财，不就不会上当了吗？"

高潮说："那是未来教育的问题，我说眼下有什么发现！"

赵继伟说："我建议，咱们把案子分门别类，先破那些容易的。"

李大为一撇嘴："哪个容易？哪个也不容易。"

孙前程进来，把手机放到他们面前："报告高所，110刚转过来一个报警，有人从国外打来电话报案，说是很可能在咱们辖区里有人要直播自杀。"

手机上面几张照片显然是女孩的自拍，可以看到女孩很胖，坐在楼沿上，还有一张拍出了周围的景物，可以判断出楼层很高。

高潮问："在咱们辖区里？他在国外怎么知道？"

孙前程说："他人在M国，在微博上看到这个女孩说要自杀，还发了自拍。他通过私聊，套了女孩几句话，判断她可能在咱们辖区里。现在正在和女孩聊天，拖住时间，希望咱们尽快找到这个女孩。"

高潮立刻命令："快。把照片发给每个组一份。孙前程，你问问这位热心网友，他有没有可能要到这个女孩的电话！"

几辆警车呼啸着冲出派出所。

陈新城坐在副驾上，拿着手机翻来覆去地看那几张照片。

李大为开车："这两天真邪门了，破诈骗案，找不到骗子在哪里；现在来了个跳楼的，不知道位置在哪里。师父咱们往哪开？"

陈新城说："新兴花园！"

李大为吃了一惊："什么？您怎么知道？"

往事像闪电一样在脑中闪过：陈新城冲着一个坐在楼沿上的女孩扑了过去，死命抓住那个女孩的手。他的手腕在楼沿上来回摩擦着，鲜血把楼沿都染红了，女孩在他手里拼命地挣扎着。

陈新城头上青筋暴露，大吼着："活着！你要活着！"

而女孩只留给他一张绝望的面孔，仍然在他手里挣扎。终于，女孩的手从他手里挣脱了。

陈新城呜咽着，扒着楼沿往下看，听到了那一声沉闷的声响。他一下子扑倒在楼沿上，捶着被他的血染红了的楼沿，发出痛苦的嘶吼。

……

李大为叫了声："师父！"

陈新城从回忆中清醒过来，眼角有些湿润。

李大为并没有留意："所里已经联系了网站，把女孩微博的地址发过来了，她果真是要自杀！"

陈新城接过手机看了看，什么也没说，拿出对讲机："038报告，038报告，自杀者在新兴小区第二十二栋到二十五栋之间，应该是第二十六层，马上请求消防队出警支援。我们尽快给出更确定的位置。"

"师父您怎么知道？"李大为疑惑地问了一句，突然明白过来，"师父，是不是当年……"

陈新城平静地说："对，就是在这儿，同一幢楼上。你看到旁边的电视塔了吗？那就是坐标。"

李大为瞄了一眼。

陈新城打电话："你是新兴小区的袁经理吗，我是八里河派出所陈新城。你让保安吴队长多带保安，还有你多带几个物业的人在你们西大门等我，我马上就到。"

打完电话对李大为说："新兴小区是个老小区，消防进来不容易，这女孩，主要靠咱俩了。行吗？"

李大为有些没底："师父，要通知消防吗？"

"咱们首先要确定案情，才能考虑下一步。"陈新城又拿出对讲机，"我是038，请和报警的网友加强联系，自杀者对他已经有了初步的信任。要求他不断地和自杀者交谈，尽可能延缓时间，我们已经接近新兴花园了。"

对讲机里："明白，明白。目标可以确定是新兴花园吗？"

陈新城说："我们尽快确定。"

对讲机里："038，其他人正在向你靠拢，请你务必注意安全。"

陈新城回复："038明白。"

新兴花园，名叫新兴，却已经是超过二十年房龄的老小区。几幢高层塔楼，小区里干什么的都有，是一个生活气息很浓厚的小区。

警车开过来，物业经理、保安队长带了几个人在等他们。

陈新城、李大为下车，看到面前一切如常，没人发现有人要自杀，有条生命将要消失。

李大为小声问道："师父，这真有人要跳楼吗？"

陈新城没说话，直接引着他，带着一干人往小区后边走。

走到后面一栋楼前，抬起头往上看，脖子都要折成九十度了，看到楼沿上果然坐着一个人。

李大为吓了一跳："天哪，这么高。师父，咱们怎么办？"

陈新城二话没说，又带着一干人马撤回原路："大为，赶紧报告指挥中心，说明情况，让他们尽快派消防队过来。"

"是！"李大为赶紧到一边打电话。

陈新城指着街道两边的商店和摊贩，对物业经理、保安队长说："你们赶紧把通到这里的路疏通，疏散人群，清理场地，把路边的小摊贩全弄走。消防就要到了，让他们好施救。"

他这边刚布置完，李大为又回到他身边："消防已经出发了。"

陈新城看了眼楼上："走，咱俩先去看看。"

两人坐着电梯上行，陈新城靠在电梯壁上，沉默不语。

李大为刷着手机："这一会儿的工夫，她又发了三条微博，分别给她的父母、她的小侄子和她的猫。

"师父，她很可能就是遇上了骗子，她对她小侄子说等他长大了，再也不要相信任何人。还说，这个世界上，没骗过她的只有她的猫。"

陈新城继续闭眼。

李大为担心地看看他："师父，刚才所里说增援马上到了，咱们要不要等等他们？我瞅着那姑娘身子不轻……"

陈新城简单地说："别说了。"

两人上来，看到一个胖女孩安静地坐在楼檐上低头刷着手机。

听到后面的动静，胖女孩吴玉回了一下头，马上警惕地说："别过来！你们要过来，我马上跳下去！"

陈新城赶快举起双手："我们不过去。姑娘，到底发生了什么事，说出来，也许我们能帮你。"

吴玉悲伤地摇摇头："帮不了，任何人都帮不了。你们不要打扰我，我正在向这个丑恶的世界告别，我不想和你们说话！"

陈新城说："好吧，你忙你的。可是我提醒你，你现在不能跳。楼下有老人有孩子。你跳下去，万一砸到他们，会造成无辜者伤亡的。你要走这一步，想必是受到了伤害，你不想再伤害别人吧？"

吴玉伸头往下看了看，楼下保安、物业在清理道路和人群："这么说，他把事情透露给你们了？真丑恶。我还以为我离开这个世界以前能相信一个人，没想到又被骗了!"

李大为说:"你是说报案的那个在美国的网友吗?妹子,他是想救你才报的警。难道你把一个人的善意也理解为欺骗?"

吴玉态度冷淡:"我不和你说,我累了。你们让我在最后的时刻享受一下安宁好不好?"

陈新城说:"好,只要你答应我在下面的人群没清理完以前不跳就行。你做你的事吧。"

吴玉继续坐在那里刷手机。

陈新城小声说:"再问问消防到哪里了?"

李大为走到一边打电话。

陈新城静静地盯着吴玉。

李大为回来:"消防已经在路上了,还得几分钟。"

陈新城小声骂了一句:"真耽误事。"

从楼上望下去,又有警察加入维持秩序,警戒线已经拉好了。

李大为小声说:"师父,我看她挺平静的,是不是不会有事?"

陈新城摇头:"不一定。情绪激动的,也许一时半会儿还不会跳;像她这种表现,倒很可能死意坚决,不定什么时候就会跳下去。"

李大为说:"咱们的人已经到了,我看警戒线已经拉起来了。"

陈新城盯着吴玉:"这也就意味着,女孩知道她现在跳下去不会伤到别人了。"

吴玉在手机上发了最后一条信息,回过头来,冲他们笑笑:"谢谢你们,谢谢你们来陪我。刚才我有点怕,现在不怕了。"

说完手一扬,手里的手机抛掉了。

李大为大叫:"师父!不能等了,要不我上去。"

陈新城没说话,往事一遍遍在眼前重现:他一次次地冲上去,他那在楼沿上反复摩擦的手腕,女孩从他手里挣脱掉了下去,他扒着楼沿绝望地大叫……

陈新城对吴玉说:"姑娘,我们看了你发的微博。你想得很周到,你向父母、你的侄子和你的猫都告了别。

"看起来,你很爱他们。可是你并没把你为什么要走这条路的原因告诉他们。你想过你的父母吗?

"他们养育了二十多年的女儿以这种方式结束了生命,让他们白发人送黑发人,可他们永远不知道你是为了什么。

"你让他们的后半生怎么过?姑娘,如果你执意要死,没人拦得住你,可是你得把原因告诉亲近的人,不要让他们永远沉浸在痛苦里。"

吴玉似乎被他的话打动了,坐在那里有点犹豫。

陈新城冲李大为丢个眼色，两个人慢慢地向吴玉的方向靠近。往事仍然一次次地冲击着陈新城，但他还是一步步地向前走着。

吴玉说："可是我已经把手机丢了，没办法对他们解释。"

李大为赶快掏出手机："我有。你要不要给你的父母打个电话？"

吴玉想了想："不要，我说不出口，我不想解释。"

陈新城安慰道："姑娘，你不是向别人解释，你是给你父母一个交代。你父母养育你二十多年，难道想知道你为什么走这一步不应该吗？大为，我们不过去，把你的手机抛过去，让她给她父母打个电话。"

李大为心领神会，把自己的手机抛过去，故意用力小了一点，手机落到了距离吴玉有一步远的地方。

陈新城向吴玉微笑着："我们不过去，你捡起手机，给你父母打个电话吧，不要让他们后半辈子生活在猜测和自责里。"

吴玉看着手机，犹豫着，终于探过身子来够手机。陈新城和李大为彼此看了一眼，一起扑了上去！

第二十一章

楼下，高潮带着赵继伟和几个辅警也赶到了，迅速往楼里冲。这一扑对陈新城来说似乎无比漫长，往事再次冲击他：他扑向那个女孩，女孩从他手里滑落，他趴在楼沿上大叫……

他们终于在吴玉抬起身来之前扑了过去，一人抓住了吴玉一条胳膊，一起往后拽。

吴玉尖叫着，拼命挣扎，身体到底坠下了楼沿，两人吃力地拉住她，可是吴玉仍然在往下坠。

两人的身体没有依托，被她拽着往前滑着，惊险万分。

吴玉大叫："放开我！让我死！让我死！"

面前的吴玉变成了当年那个姑娘。那个时候，她也是这么喊的。陈新城的面孔已经在变形，神情却无比坚定。

吴玉大哭着，拼命地往下挣着，两人被她拖着往前滑。

李大为快要坚持不住了："师父，不行啦，坚持不住啦！"

陈新城吼道："坚持住！大为，坚持住！"

两人死死地拖住吴玉。

这时楼门被撞开了，高潮带着赵继伟和几个辅警冲了上来。而陈新城和李大为被吴玉拖着，已经到了楼沿！

高潮来不及说什么，一声大吼，一下子扑到地上，一手死死地抓住陈新城一只脚。

其他人一拥而上，有的抓住陈新城和李大为，有人去帮他们扯吴玉，一起把她拽了上来。吴玉大哭大叫着，到底还是被带走了。

陈新城和李大为累得瘫倒在楼顶上，背靠背呼呼直喘。

李大为问："师父，咱俩要是被她拽下去怎么办？"

陈新城看着蓝天白云和太阳，闭上眼享受着这一切："不会的。"

李大为站起来了，冲着陈新城伸出了手："师父，来，我拉您。"

陈新城没说话，也没接他的手。他仍然闭着眼享受着，脸上露出了心满意足的笑容。

派出所会议室正在召开案情分析会，王守一、程浩等领导都在。

专案组以高潮为首，陈新城带着李大为、赵继伟，还有那两个年轻警察一起在做汇报。

投影电视上是吴玉的照片，照片上的她是个胖乎乎的，看上去单纯又带点傻气的姑娘。

高潮讲解道："吴玉碰上的是一种典型的叫'杀猪盘'的骗局。做好一个局，被骗入局的目标称之为'猪'。把'猪'养肥了就杀，杀完了就跑。

"这个女孩容貌一般，性格比较自卑，一直找不到理想的男朋友。但父亲给她留下了一百多万的遗产和两处房产，本人工作也不错，可以说是衣食无忧。

"这时一个男人和她谈朋友，她以为找到了真爱，无底线地付出。当遗产花得差不多以后，男人就不见了踪影。

"吴玉十分痛苦，精神空虚。就到一家交友网站上注册了个人信息，想再找个男朋友。很快就有人回应。"

投影仪上投出一个忠厚老实的年轻人的照片。

高潮接着说："这个人叫田高平，海茗县人，在县里经营一家手机修理店。温柔体贴，善解人意。当然，这都是交友网站上的资料，但刚好符合吴玉的心理预期。

"小老板说自己很穷，没办法给吴玉很好的生活，也拒绝了吴玉想要帮他的好意。

"两人没见过面，说是要保持两人谈恋爱的神秘感。后来小老板告诉吴玉，自己有彩票内幕，可以中大奖。

"尝到几次甜头之后，吴玉便深陷其中。把所有的积蓄赔进去不说，还把房子给卖了！

"田高平然后说要去澳门帮叔叔维护网站，临走时还让吴玉给他担保，借了一大笔高利贷！"

王守一不解："卖房子？让她卖就卖吗？丑媳妇总会见公婆吧？她难道永远不想见对方？"

高潮说："不知道。也许她只是给自己造了一个梦，能在那梦里多待一天是一天。

吴玉在生活中被人欺骗,为了寻求安慰到网上交友,没想到又被骗,而且被骗得更惨。所以,她对世界失去了信心。"

程浩气愤地说:"我在想,这个世界,到底有多少恶意?他已经把吴玉剥夺得一干二净。那是一笔不小的资产,在临走的时候还要借下一大笔需要吴玉偿还的高利贷。他对这个女孩就没有一丝怜悯之意吗?"

高潮看着他:"这就是网络诈骗的特点!网络把骗子和受害者隔开,对骗子来说,骗人是他们的正常工作,而受害者被他们物化。对他们来说,骗得越多,说明他们的KPI完成得越好,而不会有任何道德上的负罪感。"

王守一严肃地说:"所以我们一定要把他们找到,把他们带到吴玉面前来,强迫他们面对自己的受害者!我们要让受害者重新在他们面前变成人,迫使他们面对自己行骗造成的后果!

"高潮,我不管前面三十二个案子破了几个或者一个都没破,我也不管吴玉被骗走的钱能回来多少。我要求的是你们几个一定要把这些人找到,把他们带回来,让他们面对吴玉!"

高潮等人都神情肃穆不说话,散会后,立刻回到专案组办公室开始忙碌。

李大为尝试了多次吴玉提供的网站:"这么说这个网站是伪造的?"

赵继伟说:"对,也就是说,当吴玉扫二维码进去的时候,她实际上进的是骗子专门为她搭建的网站。网上一切彩票信息都是假的,是为了她一个人而伪造的。现在这个二维码已经废了。"

李大为拍案而起:"咱们不管这个网站了,追现金流!看看吴玉的现金流到了哪里。"

两人来到某银行,出示证件之后,提供了吴玉的账号信息。

工作人员核对之后说:"这是一个海外账户,目前只剩下两块五,也就是说,只要有钱进来,他们马上转移到一个更大的现金池。很可能从那个现金池还要再次转移,就这么转移几次,钱就消失得无影无踪了。"

两人心情沉重地回来向高潮汇报。

高潮叹了口气:"要不说电信诈骗比较难破呢。以前的诈骗案,抓到犯罪分子,除了被挥霍的,剩下的还可以发还受害人,骗子也可以绳之以法。现在倒好,人和钱都抓不着。"

李大为问:"高所,受害人现在怎么样了?"

高潮说:"看上去倒挺平静,很少吃东西,也很少说话。教导员说这种情况更令人担心。她妈妈陪着她呢。"

李大为恨声说道:"哪怕钱追不回来,把骗子抓到也是很重要的。高所,钱肯定是回不来了,咱们想办法找人吧。"

高潮点头："好吧。现金流这条路走不通，我们走信息流。他在网上留下了信息，这总是抓得到的。我们马上和网站联系。"

所领导和专案组全都来到会议室，投影仪在大屏幕上投出了海茗县的地图。

高潮指着地图："追查信息流可以确认，骗子的所在地就是在这儿，海茗县。这儿靠近东南亚边境，万一有个风吹草动，方便他们逃往国外。另外，我们怀疑，这帮骗子就是和国外有勾结。

"但追查到这儿就进行不下去了，海茗县有一百多万人口，县城常住人口有五十多万，面积也不小。海茗县公安局答复说，如果我们不能提供更准确的信息，他们也没办法进行准确定位。"

王守一说："不是有骗子的身份信息吗？"

高潮说："假的。那个叫田高平的人早两年已经去世了，骗子只是盗用了他的QQ账号。到这一步为止，我们已经失去了这个骗子的所有线索。"

王守一摇头："不行。受害人还躺在医院里，你们不能一句追不到了就把她打发了。我不管你们想什么办法，天涯海角，上天入地，也要把他找到，带到受害人面前来！"

高潮无奈："是，我知道肯定不行，我们也在开拓思路，扩大线索。大为，你和赵继伟说说你俩的想法。"

两人小声嘀咕了几句，李大为站起来说："所长，我和赵继伟商量着，也许还有一个办法可以试一下。"

王守一问："什么办法？"

李大为说："受害人吴玉是从千里姻缘网站上认识的这个骗子。我们也了解了其他杀猪盘的作案手段，发现从交友网站上物色受害人，是这种诈骗常用的手法之一，所以就顺藤摸瓜，找到了在千里姻缘网站上当受骗的另一个人。"

大屏幕上投出了范文秀的照片。

李大为给大家介绍："范文秀，今年五十四岁，丧偶多年，一个人把女儿拉扯大。女儿有了男朋友，已经准备结婚了。范大姐为自己的晚年打算，想找个可靠的人，就这样她通过千里姻缘网站认识了这个人。"

投影仪上出现一个五十多岁的男人，看上去忠厚可靠，穿着复员军人的旧军装。

李大为说："这人注册信息叫佟雷，是一名网络维护工程师。此人和诈骗吴玉的骗子如果不是同一个人，起码也是同一帮人。因为他们发的好几段小视频都是一样的，骗范大姐的手法也和骗吴玉的如出一辙。唯一不同的是，在骗了范大姐一百多万以后，突然有自称是佟雷妹妹的人通过佟雷的QQ账号和范大姐联系，说佟雷暴病而亡。"

程浩一愣："啊？还有这种事。他得了什么病？"

李大为说："据说是在维护那个彩票网站的时候吸入了有毒气体。"

几个人互相看看，哄堂大笑。

程浩好不容易停下来："真是贫穷限制了我的想象力，真想不到彩票网站还有有毒气体。"

李大为说："范大姐开始信了，还发信息表示哀悼，这位佟先生的妹妹也发信息表示感谢。由此，我和赵继伟有了一个想法。"

王守一问："什么想法？"

李大为说："我们翻看他们以前的聊天记录，范大姐曾经告诉过这位佟先生，她的房屋可能要拆迁，佟先生对此很感兴趣。可是因为城市规划的改变，范大姐家暂时拆不了了，而佟先生又已经从范大姐这儿骗走了一百多万。他一定是怕煮熟的鸭子又飞了，所以等不到拆迁，提前告诉范大姐他死了。我们在想，有没有可能……"

王守一有些不耐烦："能不能把话说完？"

李大为让赵继伟继续投屏。大屏幕上出现一个QQ页面："我们以范大姐的口吻，写上这样一段话：妹妹不必过于自责。生死有命，富贵在天。发生这样的事，也是你哥哥不想看到的。好在我们这儿的拆迁就要开始了，我的房子听说可以给补偿款六百多万，足可以补上以前的损失，所以妹妹也不要为我担心。"

王守一笑骂道："你小子，以后要走正道啊！"

夜已深，合租公寓里的几个人都已经入睡。李大为突然起身，从枕旁拿起手机察看着，再次失望地叹了口气。

赵继伟也被他惊醒，迷迷糊糊地问："怎么还不睡？"

李大为郁闷地说："都两天了，对方还没动静，难道我骗人的技艺不精，被骗子识破了？所长还对我的品德不放心哪！"

赵继伟笑起来："刚睡着，都被你笑精神了。哎，大为，我和你说件事，你不许告诉别人。"

李大为白了他一眼："爱说不说，我可不敢保证能保密。"

赵继伟无语："你这个人，真不够哥们儿。不说了。"

李大为再次躺下："不说就不说。睡觉，睡觉。"

赵继伟到底憋不住："哎，大为，有人给我介绍了个对象。"

李大为笑出声来："赵继伟，什么年代了，还要人介绍对象？"

赵继伟认真地说："你听我说，别打断。她是我老乡，上的大学不如我，是我们当地的二本，但家庭条件比我强。她家在县里有三套房，说好了有一套将来当她的陪嫁。"

李大为调侃道："赵继伟，你是找对象还是做生意？"

赵继伟急了："你怎么说都可以。但我找对象，不可能不考虑对方的条件。我有家庭负担，再找个有负担的，将来照顾哪边呢？"

李大为说："如果人家女方家里没负担，人家凭什么和你一起照顾你家里啊？"

赵继伟说："这就是我的条件了。反正我也没瞒她。我是全家人集一家之力供出来的，我不能自己出来了不顾家里。"

李大为的好奇心被勾起来了："她接受吗？"

赵继伟点头："接受了，主要是她父母接受了。因为……因为……大为你别笑话我啊，她比我大三岁。在县城里已经到了嫁不出去的年龄，更重要的是，她小时候得过病，一条腿有点残疾。"

李大为叹了口气："唉，赵继伟，你和她都太现实了。"

赵继伟也承认："是，很现实，我觉得她是看上了我的警察身份，而我是看上了她的家庭背景。"

李大为被赵继伟这么现实的话惊着了："可是你将来怎么办？难道要回到县里去吗？"

赵继伟说："她家里和我家里都希望我回去。你要知道，在县公安局当警察，在一个小县城里可耀眼了。"

李大为欠起身子，认真地说："赵继伟，拿我当朋友吗？"

赵继伟："你这说的什么话？我不光拿你当朋友，还拿你当我亲哥。"

李大为说："好，那就听我一句话，你和她的事，我不发表意见，可你将来不要回去。"

赵继伟不解："为什么？"

李大为说："你也说了，你是你们家集一家之力供出来的，回报是你的责任和义务。可你知道回报那个东西，有时可能会把你掏空的。想想那些贪官，有多少开始只是想回报他们的家庭？"

"你听我的。你家对你有恩，尽可能照顾他们就是了，但更多的事情你不要做，更不要想你在县里会多耀眼，你会被晃瞎的。"

赵继伟想了想："好吧。"

"睡觉吧。"李大为转过身去要睡，突然听到手机一声响，拿起来一看，一下子坐了起来。

赵继伟被他吓了一跳："闹鬼了？"

李大为兴奋地嚷道："你看看，快来看看，真是活见鬼了！我想过一百种可能，就唯独没想到这个！不能不承认，骗子比我们的想象力更丰富。"

夏洁也被他俩叫醒了，三个人挤在客厅的沙发上，李大为正在念骗子发来的信息:"嫂子,真不好意思,这时候才注意到您发来的信息,因为这两天发生了太多的事情,把我们全家都搞得晕头转向。

"嫂子,您相信死而复生吗?这样的事情就发生在我们家。简单地说,我哥哥在下葬三天以后又活了。"

其他两人一愣,一起大笑起来。

李大为咳嗽两声:"咳咳!严肃点儿!"

接着再看下一条信息:"嫂子,我们这儿有下葬以后给死人烧纸的风俗。今天一早我去给我哥烧纸,突然听见坟里有动静。我都吓坏了,可仔细一听,确实是我哥的声音,他在问几点了,天亮了没。

"我赶快回家叫来人把坟扒开,一打开棺材,我哥从棺材里坐了起来,他居然活了,一张嘴就说他饿,说想喝稀粥。"

赵继伟笑着说:"我的天哪。他难道不应该第一个问范大姐吗?"

李大为一脸兴奋:"别慌,接着来。"

"嫂子,他第二句话就问到了您,说他上次帮您投资亏了钱对不起您,他说他睡了这一长觉做了好几个梦。在梦里都在想着如何把您的损失补回来,帮您翻本,还说他已经找到了办法。嫂子,我哥对您的真情,连我这个当妹妹的都嫉妒了。"

赵继伟大笑:"我也嫉妒了。"

李大为不理他,继续念:"嫂子,您刚发过来的信息我给我哥看了,我哥现在身体虚弱,没办法亲自回您。但他要我转告您,您的拆迁款是您的,您不要给任何人,他前面帮您投资造成的损失,他一定帮您补回来。"

赵继伟说:"听听,多么感人,真是闻者落泪,听者伤心。怎么回他?当然是备感欣慰,保重身体,来日方长喽。我回他。"

夏洁一把打开了他的手:"要死啊?看看现在几点了?"

赵继伟看了下表:"三点半。哎哟,还得等几个小时才能回,我都等不及了。"

会议室里爆发出阵阵笑声,所领导和专案组的人也是第一次遇到这么奇葩的事情。

王守一脸上带着笑意:"我们要向骗子学习,不达目的决不罢休,不榨干最后一滴血决不松口。高潮,这事你得把控好,别太心急,惊了骗子。"

"是!"高潮答应着,和专案组一起热烈商讨起下一步的计划。

小丁说:"他是为拆迁款复活的,也许可以用拆迁款再钓钓他。"

孙前程不同意:"不,他死而复生,范大姐要是毫不疑心,也太傻白甜了。不如适当地表示一下怀疑,让他证明自己活了。"

赵继伟摇头:"这有风险,他有可能就不现身了。"

李大为倒是同意："我们只提问题，让骗子自己想办法。"

高潮想了想："可以试试。"

得到许可，李大为在电脑上打字："你真的是佟雷？你真的活了？现在在哪里？情况怎么样？我想去看看你可以吗？"

……

下班后，夏洁、赵继伟在合租公寓的客厅里听着李大为读着骗子的信息："你不要来，我不想你看到我现在像活死人的样子。亲爱的，两情若是久长时，又岂在朝朝暮暮？我要养好身体，补偿上次给你造成的损失，然后以最好的状态出现在你面前。亲爱的，那一天已经不远了。"

赵继伟继续读骗子的信息："今天已经可以下床了，两腿还有点软。当我在妹妹的搀扶下走出第一步的时候，觉得活着真好啊。亲爱的，你不要急，我只要身体再恢复一点，马上去澳门找我舅舅，我一定要当面把你的钱追回来。"

李大为接着读："亲爱的，这是我站在医院病房窗前拍的……"

读到这，他突然一怔，大声叫道："有线索啦!"

所领导和专案组全都第一时间来到会议室，投影仪正在放一段视频，视频是从楼上往下拍的，可以看到街对面的商铺。

王守一指示："马上发给海茗县公安局，有这段视频，他们应该能定位了。"

高潮、李大为、赵继伟、孙前程，在海茗县公安局赵警官陪同下，租了一辆车在街上转着。

李大为对比视频上的景物，指着前面："应该就是这里了。"

前面是一条狭窄的街道，街对面就是在视频里出现过的商铺。

他们停下车，走到商铺那儿回身望，街对面，是一座居民楼。有一个骗子组织的人在楼下望风。

几个人并没有打草惊蛇，只是假装路过，转了一圈儿，回到了海茗县公安局，来到会议室商讨案情。投影仪屏幕上出现了他们在路上看过的那幢居民楼。

赵警官说："现在可以确定，发出视频的人就在这栋楼的602，我们对这栋楼里的情况进行了秘密侦查。发现601、602群租着十来个男女，最近一个来月，他们又把五楼整层租了下来，里边住了大概有四十多号人。里边经常有口号声和讲课声，初步推断，五楼应该是一个诈骗学习班。"

高潮愣住："什么？骗子已经开始办学校了吗？"

赵警官苦笑："我们这边的骗子，大部分是到东南亚学习过的。去年底我们破获了一个团伙，骗子们有专门的培训机构，专门的培训教材，学费高昂。学员毕业后，头两年诈骗来的钱学校要收高额的提成。同时，学员的人身要受诈骗集团的控制。总之，以东南亚为龙头，电信诈骗已经成了一种产业，或者成了一只百足之虫。

"我们现在打掉一个，只是这百足之虫的一个爪子，是伤不到它的筋骨的。要想扼制这种黑色产业，有赖于国际合作。"

晚上十点，街道上已经没有多少行人，几十个警察装备整齐地在楼下集结，高潮、李大为、赵继伟、孙前程也在其中。

赵警官过来，对高潮小声地："高所长，这次行动由我们负责，请贵方配合，不要贸然行动。"

高潮点头："放心吧，我们跟在你们后面。"说完回头看自己带来的几个队员。

还没说话，赵继伟先开腔了："高所您放心，这事儿咱有过教训，不会了。"

赵警官莫名其妙："什么不会了？"

李大为忙说："我们小赵说，他不会拉肚子。"众人暗笑。

赵警官半信半疑："那就好。现在他们的人刚吃过饭上去，一会儿等他们开课以后统一行动，先抓捕那个望风的小子。"

众人说："是。"

居民楼五楼的一个房间内乌烟瘴气，地上坐满了人，男女都有，足有三四十号人。

每人手里拿着一本厚厚的教材，每个人眼里都闪着饥渴的光，一边听一边还在本子上记录着。

一个中年男人正在唾沫星子四溅地灌输着欺骗技巧："我们说抓客户心理，如何抓客户心理？简单说十个字：压力、珍惜、上进、动力、享受……"

居民楼六楼的一间屋里桌子排成一排，上面有七八台电脑，几个男男女女正在电脑上和客户聊天。

楼道里，两个警察雷霆出击，迅速将望风的骗子摁倒在地。警察们已经顺着楼梯悄悄摸上了楼。

赵警官吩咐手下："在这儿留两个人，不要让四楼的居民上来。小齐，你们去七楼，不要让七楼以上的居民下来。"

十来个警察已经来到了六楼门口，屋里的课正讲得声情并茂……"不许动，警察！"门外的警察一声大吼冲了进去，笑容还停留在讲师脸上，没来得及收回去。

七八个警察持着枪一起冲进来，李大为他们跟在后面。

陈新城正在所里值班，听到电话响，赶紧去接。

刚一接通，就听到里面传来李大为兴奋的声音："师父，抓到了！聊天的，转钱的，培训的，整个一窝端！"

陈新城笑了："那太好了，赃款呢？能拿回点吗？"

李大为说："赃款能追到的不多了……"

陈新城叹气："所长不是说了吗，让你们多少得拿回点，哪怕拿回一万呢，也算对受害人有个交代。"

李大为说："我刚才听到高所给所长汇报，所长是这个意思，还说钱拿不回来多少。伤害吴玉的犯罪嫌疑人一定押回来，叫他当面向吴玉道歉。我也觉得这是最起码的……但是现在交涉有点难度，海茗公安局不放人。"

陈新城说："肯定有难度，那你就好好配合高所。"

李大为答应："是，一定想尽办法，师父，争取押着嫌疑人尽快回来。"

海茗县公安局院里，四五十个骗子抱着脑袋蹲着，几个持枪的特警看守着他们。

赵警官和高潮等人从外面进来："你们也看见了，我们现在冻结的只是昨天他们骗到手还没来得及转移的钱，只有一百多万。要查清他们到底骗了多少恐怕还得花费不少时间。我估计，这一百多万，可能连他们骗来的零头都不到。"

高潮恳切地说："赵警官，我知道完全追回损失是不可能的，但我们还是要尽全力。我们的两名受害者都到了自杀的地步，我希望能多少帮她们挽回一点损失，说不定还能鼓起她们生活的勇气。"

赵警官遗憾地说："对不起，高所长，案情没查清以前，不能动这笔赃款。不独是你们的受害人要自杀，我们的受害人也一样……"

高潮点头："我知道，能理解。那，我希望能把与我们受害人有直接关系的两名嫌疑人押回去。"

赵警官说："对不起……"

李大为打断他的话，迫切地说："赵警官，您先别拒绝。确实很多被骗的人都想自杀，这不更要求我们警察从每一个具体的人出发，做好每一个受害人的工作吗？还请理解理解。"

高潮也说："赵警官，也许我们的要求有点过分，不符合办案规则。但在人命之前，所有的规则都是可以讨论的。

"昨天晚上破了案，我还给家里打电话，家里告诉我，我们的那名受害人在医院里，企图再次自杀。"

李大为立刻帮腔："赵警官，这是真真切切的，我们把嫌疑人押回去，立马就能救一条命啊！"

赵警官犯了难："我请示一下吧。"

第二天一早，王守一开车来上班，远远就看见叶苇正走进派出所，他赶紧停好车，追了进去："教导员，教导员。"

叶苇停下："所长，什么事这么兴奋？"

王守一笑着说："我还真是兴奋，诈骗吴玉的骗子被抓住了。高潮昨晚来电话，说他们好不容易跟海茗县公安局交涉下来了，明天就能把两个骗子押回来了。"

叶苇听了也非常高兴："那太好了！"

王守一说："那给你一个更好的差事，现在马上去医院，把这个好消息告诉吴玉。告诉她，嫌疑人一回来，第一时间就押解到她面前，当面向她认罪。"

叶苇有些犹豫："啊？所长，您还是派别人去吧。我昨天去了一趟医院，我都不知道该如何劝这女孩了。"

王守一瞪了她一眼："那也得说。之前咱们是干说，现在是有好消息了，一定能让她鼓起信心的。"

这时，夏洁正好走出户籍大厅后门，王守一叫住她："夏洁，你陪教导员跑一趟医院。"

夏洁立刻关心地过来扶住叶苇："啊？教导员，您身体不舒服？"

叶苇苦笑："不是。所长叫咱们去安慰一下吴玉，告诉她骗她的骗子抓到了。"

夏洁为难地说："我户籍大厅走不开。"

王守一说："不差那一会儿，李大为、赵继伟那俩小子如何勾引骗子上钩，你不是都知道吗？你当故事讲给吴玉听听，告诉她生活总有希望，打碎了重新开始就是了。"

夏洁说："我，我……"

王守一哄小孩一样推着她："去吧去吧，我发现你这闺女挺会说的。快走。"

两人无奈，只好开车前往医院。

叶苇坐在副驾上叹了口气："唉，一个对生活丧失信念，对自己彻底失去信心的人，我们应该如何劝她重新鼓起生活的勇气来呢？"

夏洁想了想："教导员，我觉得吴玉听到骗子被抓，肯定会得到一定的安慰。但恐怕也是一时缓解，因为骗子不光是骗了吴玉的钱，还摧毁了她继续活下去的勇气。这种情况我觉得得心理医生介入。"

叶苇歪头看了看她，这让夏洁心里没底，小声说道："我说错了吗？"

叶苇说："没有。"

夏洁有些不自然："那您是……"

叶苇欣慰地说："夏洁，我觉得自打你去了户籍科，从里到外都有变化。"

夏洁笑了笑："有吗？"

"有。"叶苇看着前面，"快到了，见到吴玉你多说说，多开导开导。"

夏洁思索片刻："好。"

两人从外面进来，夏洁的手里还捧着一束花。

叶苇说："病房在左边。"

刚说完，前面突然有人惊呼起来，人们纷纷往左边跑。

叶苇吃了一惊："发生了什么事？"

抬头一看愣住了，吴玉正坐在十几层高的走廊的一扇窗户上！

两人吓了一跳，一起往那边跑。叶苇边跑边喊："吴玉！骗子抓到了！马上……"

她还没喊完，就听见砰一声闷响，两人像被打了一拳一样一下子站住，目光呆滞地抬头，窗户上已经没了人！

夏洁手里鲜花落地，娇嫩的花朵被看热闹的人们毫不留情地踩踏着……

高潮等人一下飞机，直接坐车来到医院。大家心情沉重，面容肃穆，手捧鲜花，来到吴玉坠楼的地方。地上隐约可见清理过的痕迹，已经摆上了一些白色的蜡烛和鲜花。

高潮、陈新城、李大为、赵继伟一起来到这里，把花放在地上，并排站立。

几人眼眶微红，立正静默，以示哀悼。

片刻之后，高潮拍了拍李大为的肩膀："走吧，咱们已经尽力了。"

李大为情绪低落："师父、高所，我想在这待会儿。"

陈新城、高潮交换眼神，似乎有些意外。

赵继伟忙说："高所、陈哥，要不然你们先回去，我陪大为待会儿。"

高潮点点头，陈新城看了李大为一眼，两人离去。

李大为找了个石凳坐下，赵继伟默默陪着。

直到夜深，俩人才一起回到合租公寓，从头到尾，没有人说一句话。

夏洁坐在院子里，看到他们打了声招呼："李大为。"

看到坐在院子里的夏洁，两人走过去。

赵继伟问："这么冷的天大半夜的，你坐在院子里干吗？"

夏洁说："出来透透气，在屋里憋得慌。"

李大为没吭声，也在旁边的椅子上默默坐下来。

赵继伟看着他："你俩这是要干什么？李大为，我已经陪你在医院坐半天了，现在又要陪你俩在院子里守夜吗？没完没了啦？"

李大为不吭声。夏洁默默看看李大为。

赵继伟苦口婆心地说："李大为，咱们已经尽力了，不是咱们的责任。"

李大为低声说道："我没说是我们的责任，只是觉得我们已经很努力了，可很多事我们还是做不到。"

夏洁平静地说："我看到吴玉跳楼了。"

李大为、赵继伟都很吃惊。

夏洁似乎在回想当时的情形："很近，几乎是贴着鼻子从眼前划过……"

赵继伟想说什么，又找不到合适的话来安慰，李大为也是呆看着夏洁。

夏洁摇头："我形容不出我的感受……但这次跟卓大夫那次不一样，我没有那么害怕了。反而觉得，这些都是我必须要经历的。"

李大为、赵继伟安静地听她说话。

夏洁抬起头："我刚才还在问自己，还想当警察吗？我的回答很肯定……想！"

李大为、赵继伟都没再说话。

第二天早上，整个派出所的气氛都很沉闷。李大为也是第一次坐在陈新城的后边，情绪不高。

王守一站在前面开早会："此刻，又让我想起卓大夫来了，想起了当我面对卓大夫被捅了十七刀的尸体时的那种无力感。

"是的，骗子层出不穷，罪恶每天都在滋生，我们想完全阻止犯罪，是不大可能的。但警察的工作就没有意义了吗？

"昨天夜里，在听说骗子被抓获以后，受害者范女士给我打来了电话，她告诉我她得到了女儿和女婿的谅解。

"她要鼓起勇气，好好地活下去。我想这就是我们工作的意义。也许我们永远无力根除罪恶，也救不了所有的人，但有警察在，社会的防线就在，善良和温暖就在！对于那些被救的人，我们存在的意义巨大。关于反诈骗，高所长有几句话要说。"

气氛被王守一带起了一些，只有李大为还是无精打采，显得与周围人有些不一样。

高潮站起来："对于反诈骗行动，所里认为，和打击一切犯罪一样，事先预防比事后打击更重要。所里编了反电信诈骗手册，还要组织专家到社区给群众上课，一会儿会后各小组到所里来领手册。

"要求发到每个社区、每个家庭，对辖区所有居民进行反诈骗教育。另外，所里准备把反诈骗当成常态化工作，持续不断地坚持下去。"

杨树坐着出租车来到看守所门外，看到周慧孤零零地站在路边。她的怀里，还抱着一束花。他急忙走过去，恭敬地叫了声："师母。"

周慧有些意外："杨树？你怎么来啦？"

杨树低声说："师父今天出来，我是来接师父的。"

周慧笑笑："也只有你记得他了。"

杨树解释："不是的，师母，所长也特地打电话说想来，只是所里太忙了，实在不方便。"

周慧淡淡一笑，一副无所谓的样子。

杨树有些局促，随口问道："丫丫没来吗？"

周慧说："我不想让她来，不想让她看到爸爸从这种地方走出来。"

杨树劝道："师母，现在社会的宽容度和过去不一样了，师父又是因为酒驾，不会对他后半生造成什么影响的。既然已经过去，您就不要在师父和丫丫面前强化了。"

周慧看了他一眼："谢谢你杨树，我记住了。他出来了。建军！"

看守所门打开，曹建军提着一个简单的包从里边走出来，周慧喊着他的名字跑过去，把花献给他，夫妻俩紧紧拥抱。

曹建军一边轻轻安慰着妻子，一边看着杨树。

杨树过去了，给他行了个礼："师父，所长让我代表大家来接您。"

曹建军平静地说："谢谢你，也谢谢所长。"

周慧心疼地抚摸他的脸："你看看，进去六个月，老了有两三岁。咱们回家吧。杨树，一起回去吧，给你师父接风洗尘。"

杨树犹豫了一下："你们一家人团圆，我就不过去了。师父，所长让我告诉您，如果工作上或者家里有什么困难打个电话，所里的战友会尽可能帮您。"

曹建军点头："谢谢所长。周慧，你先去开车，我和杨树说几句话。"

"好。"周慧转身去开车。

两人独处，竟然有些尴尬。曹建军一时不知从哪说起："……大家都挺好的吧？"

杨树支吾着说道："应该……都挺好的。"

曹建军一怔："应该？"

杨树说："忘了告诉师父，我现在被借调到局里搞调研。"

曹建军问："什么时候的事？"

杨树不知道怎么说："这……"

曹建军突然想到："不是因为我吧？"

杨树忙说："怎么会！"

曹建军摆手："以后别叫我师父，我不配做你的师父。"

杨树看着他："师父，您别这样说，您教会我的，我今生都受用。"

曹建军苦笑："也是，反面教材。"

杨树急道："不是的，您千万不要这样想。"

曹建军转移话题："所里最近在忙什么？"

杨树犹豫一下："……师父，所长再三让我告诉您，您以后不是警察了，所里的事您就别管了，安心过好自己的日子吧。"

曹建军目光暗淡下去："也是。杨树，谢谢你来接我。"

周慧把车开了过来："上车吧。"

曹建军没理周慧，对杨树说："杨树……你一个人在局里，也要经常回所里看看……"

杨树点头："我也想所里，想大家，想那个集体。"

曹建军看看杨树，没再说什么，上车走了。

杨树还站在原地，呆呆地看着他离去。

程浩来到所长办公室，敲了敲门，走了进来："所长，忙着哪？"

王守一正在专心看文件："有事？"

程浩指着外面："所长，您来看。"

王守一走到窗口往外看。

曹建军在派出所对面不远的地方转悠着，不再是过去那个意气风发、精神抖擞的汉子，看上去精神萎靡。

王守一看着不说话。

程浩提议："我去把他请进来吧。"

"不用……"王守一缓缓摇头，转身往外走。

曹建军看到王守一出来，转过身就想溜。

王守一叫了一声："建军！"

曹建军停下来，有些手足无措。

王守一走到近前，和蔼地说："建军，过来了？"

曹建军局促地应道："嗯。"

王守一望着曹建军，感情复杂："身体还行吧？"

曹建军点头："还行。所长，您也挺好的吧？"

"好。"王守一忍着心里的难受，挤出笑容，"我挺好的。"

曹建军没话找话："那就好。周慧跟我说，多亏所里照顾，我就是来向所里表示感谢的。"

王守一一摆手："说不上。建军，周慧打小娇生惯养，熬下这六个月不容易，你要珍惜她和孩子。为了这个家，以后好好生活。"

曹建军点头："听见了。谢谢您所长。"

王守一说："所里忙，我就不请你上去了。回家吧，别让周慧担心。"

曹建军听话地说："哎。所长，我走了。"

王守一点点头，站在那里看着他离去，脸上满是难过和担忧，转身走进所里。

叶苇、程浩、高潮都躲在办公区门里，不想让曹建军看到难堪。

见王守一走进办公区，大家互相望望，也没说话。所长一低头，继续往回走。教导员三人跟上，陪着王守一往回走。

程浩先开口了："所长，建军也快四十了，又新受了刑事处罚，找工作不容易。要不然咱们帮他找找呗。"

王守一站在院子里："唉，当了半辈子警察，别的技能也没有，能干什么？打听一下别的辖区，帮他找个保安队长一类的工作干。"

高潮说："干吗找别的辖区？就在咱们辖区呗。咱们都了解建军，他在咱们辖区，有什么事情咱们也好照应。"

王守一忙说："别，别让他在咱们辖区，断了他的念想。程浩，你给庙前街派出所老齐打个电话。他那边新起的商场多，没准需要有经验的保安。记住，要干保安队长啊，不然挣得太少，不够他生活的。"说完转身上楼。

叶苇看了一眼，跟了上去。程浩、高潮愣在院子里。

值班室外的接警大厅仍繁忙无比，李大为却像置身事外，坐在值班室电脑前看着电脑上的监控视频。

陈新城进来，也看了看监控视频："还是那么安静？"

李大为情绪依然不高："是，挺老实的，天天就是开车出去转悠，没事去足疗店或者夜总会，晚上回家，再没看到带着女孩子回去过。"

陈新城沉默。

李大为无意抬头，正好看见曹建军进了派出所的门，立刻回头叫："师父。"

陈新城也看见了曹建军。

曹建军诚惶诚恐地走到值班室窗外，看到他们，露出笑意。

陈新城急忙凑到窗口："建军来了……"

曹建军打着哈哈："陈哥，大为。"

李大为也赶紧接了句："曹师父……"

陈新城问："建军，有事？"

曹建军说："没事，就是看看。"

陈新城松了口气："噢，那你看看。"

曹建军四下打量着接警大厅，又转过身来问他俩："我……我想进来看看，行吧？"

陈新城不高兴地说："这说的什么话？这儿是你的家呀。进来看看吧。"

李大为说："我去开门。"说着跑出值班室。

曹建军受宠若惊："你们忙你们的，我不打扰你们，自己来吧。"又跟陈新城打了个招呼："陈哥你忙。"

陈新城说："好。"

李大为过去开了门。

曹建军说："嗨，还麻烦大为，我自己能开。"

李大为不忍，但还是说了："密码都换了。曹师父，进来吧。"

曹建军一愣。

李大为陪着曹建军进来了，两人来到办公区。

曹建军目光留恋地掠过他曾经熟悉的一切，留恋地这儿摸摸，那儿看看。

李大为站在一旁默默地看着。曹建军摸了一下自己工作时用过的桌子，最后在一张照片面前停下。

那是他立功那天大家簇拥着他照的。照片上的他神采奕奕，容光焕发，胸前别着二等功的勋章。

曹建军喃喃地说："这个还挂着呢……"

李大为说："当然了。这是所里的荣誉，也是您的荣誉。"

曹建军没再说话，冲他勉强地一笑，低头往外走，路过值班室，陈新城站在门口："建军。"

曹建军一停："陈哥，有事？"

陈新城鼓励道："好好活着，为了弟妹和孩子好好活着！"

"谢谢陈哥。"曹建军应着，低头快步离开。

陈新城、李大为目送他走远。

王守一坐上程浩的车："找的是哪里？"

程浩开着车："蓝铭大厦。您不知道吧？丽源街新起的，里边全是互联网企业，进出门都是人脸识别，高大上着呢。"

王守一问："在里边干什么？"

程浩说："按您的指示，保安队长，不过是副的。"

王守一不满意："还是个副的？"

程浩苦着脸："我的好所长，一个保安队，有一个队长就行了，还要什么副队长？实话说，人家根本没这职务，是我逼老齐豁出他那张老脸给人家讲的情，不客气地说，这副队长的职务人家就是为建军设的。"

王守一也不好再多说："一个月多少钱哪？"

程浩说："不算多，一个月五千多。如果加班另外有补贴。"

王守一叹息："周慧挣得也不多，这日子够他过的。叫他好好干，争取早点提拔提拔，工资还能再涨涨。"

程浩说："周慧倒是挺高兴的。说建军回来就不出门，天天窝在家里。只要让他有活干，哪怕不给钱她也高兴。"

王守一感慨道："建军这个老婆不错，遇到事这么扛得住，真不错。"

午饭时间，李大为、赵继伟和夏洁照例坐在一桌。

王守一带着高潮喜气洋洋地进来了："各位，各位，报告一个好消息。高潮你说。"

大家一起抬起头来。

高潮说："昨天，通过国际刑警组织，我们破获的这个诈骗集团的主犯已经从海外被抓回来了。"

大家都敲着饭碗欢呼。

王守一说："据可靠消息，在这次打击电信诈骗的专项斗争中，我们破获的这个诈骗集团是最大的，案值也是最高的。

"案件涉及东南亚的几个国家，涉案金额达到了几千万。尽管只追回来几百万，毕竟也是追回来了。刚才在局里开会，宋局长还表扬我们所了。"

大家又一阵欢呼，李大为却还是高兴不起来。夏洁注意到了这一点，正要开口对李大为说什么，一个女辅警突然跑进食堂。

陈姐悄悄地对夏洁说："夏洁，户籍大厅有人闹事，你快去看看！"

夏洁匆忙站起来："好。"

李大为、赵继伟想关心一下，但看了看王守一还是继续吃饭。

一个衣着年轻、长得有几分风度的大叔正在户籍大厅里哭闹。一群群众正在围观。

匆匆忙忙赶过来的夏洁赔笑道："大叔，您去里边办公室说好吗？也容我了解一下情况。"

大叔说："我哪也不去！那男的害死我女儿，趁我不在家，没有户口本，匆匆忙忙就把我女儿的户口注销了，他就是想尽快把我女儿火化了，这是毁尸灭迹！"

夏洁严肃地说："大叔，您这问题可就说得严重了，毁尸灭迹？这是刑事案件，您要有证据，我现在就带您到接警大厅报案去。"

大叔说："我哪也不去！你们相互勾结！我不放心。这事她就是经手人！"说着指向小崔。

夏洁对陈姐说："你陪一会儿大叔，我先了解一下情况。小崔，你跟我来。"

两人走到里面的办公室，夏洁关上门："怎么回事？和我说说。"

小崔低着头："是王姐临产前你还没来那几天，王姐办理我操作的。日子我记得很清楚，16日上午九点多钟。

"有一个叫许建时的，说他爱人病逝三天了，要办户口注销才可以火化。我和王姐看他手续完备，有医院开的死亡证明，还有……"

夏洁直接问要害问题："户口本是怎么回事？"

小崔说："他说他爱人户口一直在他老丈人家，没跟他合户。但结婚证、房产证、身份证等所有证件都齐全。他说他老丈人出去旅游了，一时半会儿回不来，他想让他爱人尽快入土为安，把所有手续都办了。"

夏洁气极："没有户口本你怎么能给他销户呢？"

小崔委屈地说："之前也有过类似情况，手续完备，差一样两样的，之后再补上。那男的看上去就是一个重情重义的人。而且他也说等他老丈人回来，立即补上户口本。看他不像坏人，王姐就同意给他办了。"

夏洁满眼吃惊："完了。"

这时陈姐又推门进来了："夏警官，那位大叔突然自己走了。"

夏洁愣住："什么？走了？"

三人赶紧出里屋，来到办公区。办理户口事宜的人还有一些，却不见那位大叔。

陈姐说："我看他坐那等着，就想着别耽误其他人办事，再抬眼时，那位大叔就不见了。"

夏洁隐约意识到不对劲："你们俩照常工作，别受影响，我去找教导员。"

小崔紧张地说："夏警官，不会把我辞退了吧？那我可就完了。"

夏洁看着小崔可怜兮兮的样子："放心，有事也是我的责任！"说完大步离去，准备去找教导员，中途想到什么，又拐弯去了办公区，进了监控室。

李大为正在调看监控岳威的其他监控，看见夏洁："找我？"

"没工夫。"夏洁问监控室值班员，"浩哥，麻烦你帮我调看一下十六号上午九点以后的户籍办事大厅的录像。"

李大为忙问："出什么事了？"

夏洁懒得和他解释："先看，看了就知道了。"

看完录像夏洁沉思。

李大为说："这视频看上去没毛病啊？"

这时叶苇冲进监控室："夏洁，我到处找你。"

夏洁忙说："教导员，我也正要找你汇报呢。"

叶苇急道："还汇报呢？局里12345刚才直接把电话打我那了，说咱们跟什么人勾结，注销他女儿户口。"

夏洁说："教导员，我要跟你汇报的就是这事。"

夏洁迅速走到大屏幕前，指着许建时："这位男士叫许建时，十六号上午来注销他爱人的户口，他爱人已经去世三天了，他急着火化。就在刚才，女士的父亲来闹，说他女儿死因不明，他女婿急着注销户口，就是要毁尸灭迹。"

李大为一愣："那这不成了刑事案件了吗？"

教导员问："户口注销了吗？"

夏洁深吸一口气："你们别急，听我说。我判断毁尸灭迹倒不至于，但里边一定有问题。解决问题的关键，首先是立即找到许建时。其次，我们在注销户口办理手续上有我们自己的问题，怎么解决？"

教导员问："什么问题？"

夏洁说："在许建时没有出示户口本的情况下，我们出于同情，就把户口注销了。"

教导员急了："谁干的？"

夏洁并没有回答："谁干的不重要，事情出来了，责任在我。"

李大为吃惊地看着夏洁："你……"

夏洁继续说："教导员，您给我点时间，我肯定给您一个满意的答复。"

叶苇有点犹豫，但还是同意了："好吧。"

夏洁要回户籍大厅，快到门口又停了下来："李大为，万一我无法分身你能帮我一个忙吗？"

李大为想都没想就答应了下来："没问题，你说。"

夏洁说："可能要去医院核实死者的死亡证明书。"

李大为说："包在我身上。"

"谢谢。"夏洁匆匆离开监控室。

第二十二章

高潮接到报警，带着两个警察来到某商场，找到保安队长："闹事的人在哪呢？"

保安队长说："二楼。警察同志，不好意思，麻烦你们跑一趟，不过已经用不着了。"

高潮愣住："什么？"

保安队长说："我们这儿来了个挺有经验的保安，我还没报完案，人家上去三下五除二就把问题解决了。"

高潮一听一怔："他在哪呢？"

保安队长说："二楼。这会儿他正给双方做思想工作呢。"

高潮在保安队长的陪同下走上自动扶梯，还没到二楼，高潮就听到了曹建军熟悉的声音。

曹建军已经把发生纠纷的双方隔离开了，正和颜悦色地给双方做工作："你们双方一看都是受过教育的人，发生这么点冲突就在公共场合大打出手，不怕别人笑话吗？再说了，万一你们把对方打出个好歹来，造成轻微伤就起码得拘留，万一造成轻伤就最高三年了，值也不值？"

高潮没说话，直接转到另一个扶梯，带着人走了。

程浩正给王守一揉腰，边揉边说："所长，建军没去商场，又回到咱们辖区了。"

王守一惊得一下子站起来，疼得直吸冷气："哎哟。你说什么？他又回来了？"

程浩说："是。在那边干了没几天，连钱也没要，跑到咱这边的一个商场当了普通保安。高潮刚才回来说的，一个月不到四千。"

王守一愣住。

程浩劝道："所长，我看就遂了他吧。建军在咱们所十来年，他离不开咱们所。再说在咱们的辖区里，也有个照应，毕竟是自己弟兄。"

王守一什么也没说，换上衣服，扶着腰下楼，直奔商场，顺着扶梯上了二楼。

曹建军穿着保安制服，正和另外一个保安在商场里溜达，一抬头看到了王守一，转过脸就想跑。

王守一在后面叫了一声："建军。"

曹建军站住了，低头站在那里。

王守一示意另外一名保安离去，过去搂住曹建军的肩膀："建军，咱们找个地方坐坐？"

两人来到商场茶座，面对面坐着，曹建军仍然显得局促不安："所长，您别误会，我不为别的，就是这离家近，我不会给所里添麻烦的。"

王守一摆摆手示意他别再说了："建军，你知道吗？我最近腰疼又犯了，天天要跑医院。屈指算算，我五十五了，到年底，就要离开八里河，到局里干调研员了。"

曹建军低着头："您辛苦了大半辈子，应该休息休息了。"

王守一叹息道："真的老了，我最近越来越恋家，过去加班成瘾，现在只要工作允许，能不加就不加。回家老伴给我熬碗粥，一边喝一边听她嘟哝东家长，西家短，儿子不听话，看儿媳不顺眼，浑身上下那个舒坦，真是说都说不出来。

"建军哪，一个人这辈子有出息没出息，最后能抓住的，就只有自己的家、自己的老婆孩子。你有福，周慧是个好媳妇，在你落难的时候，她不光一个人顶起了这个家，还处处维护你。你过去一心扑在工作上，何德何能，配得上周慧这么个好媳妇？

"建军哪，听我一句，老婆不容易，孩子还没长大，把警察忘了吧，这辈子不可能了，好好找个能挣钱的工作，过自己的日子吧。"

曹建军沉默不语。

王守一看着他："听见了吗？你今天当着我的面给我个话。"

曹建军抬起头来，已经是两眼热泪："所长，我能忘了吗？我忘得了吗？"

王守一不知道说什么了，愣了半晌，站起来，拍拍他，转过身走了。

晚上下了班，夏洁、李大为和赵继伟围在一起开心地吃着火锅。

李大为叫了声："夏洁姐姐。"

夏洁故作生气："你叫我什么？"

李大为又开始眉飞色舞："叫你姐姐，那是说明你的江湖地位。"

夏洁娇嗔："滚！"

李大为对赵继伟说："继伟，你没看见，哇啊，今天我是见识了夏洁警官的高大形象，处理问题那叫一个干脆利落。"

夏洁俏脸一红："别吹我了，继伟，你看他是不是又活过来了。一遇到事，哇，那个正义感爆棚，满满的干劲儿。"

赵继伟夹在中间，眨巴眨巴眼睛，委屈地说："你俩能不能不要互相吹捧拿我当空气？"

李大为扯着嗓子："谁拿你当空气啦？谁？谁？"

夏洁也说："我们不都是在跟你说呢吗？"

李大为附和道："就是。人丑还多作怪。"

赵继伟翻了个白眼："瞧你俩配合的……我不是空气是什么？"

李大为怪叫："我这蘸料里不用放醋了。"

赵继伟给了他一脚："说正事，到底怎么了？"

李大为说："继伟，我刚开始看见夏洁在教导员面前大包大揽，真想拦着。"

夏洁解释："我没有大包大揽，虽说有点担心小崔被除名，但真觉得我们在销户流程上确实有疏漏。不过后来我见到许建时本人，还有他对他爱人的那份真情，我心里就更踏实了。还有，那位大叔再来，带着那样一个女的，言语流露出来的意思，根本就不是关心他女儿的生死，而是房产，我就知道该怎么处理了。"

李大为故作领导口气："夏洁同志，你成长得很快嘛，你成熟了。"

夏洁白了他一眼："你能不能正经点？我还要感谢你呢，那个死亡证明，还有你在医院了解的情况。那位大叔从来就没去医院看过他女儿，这才是关键一击，大叔立即老实了。"

赵继伟啪一拍桌子："还说没拿我当空气吗！有你们这样的吗？"

两人一愣，交换了一下眼神。

李大为说："好好好，那就从头跟你说起。"

赵继伟赌气："不听了。"

夏洁、李大为哈哈大笑起来。

所有警员都在办公区等着开例会，就听到有人喊："让让，让让。"

程浩、教导员叶苇和几个人抬着担架，王守一趴在上面。大家急忙过去要扶他，王守一急忙摆手示意不用。

大家七嘴八舌地说：

"所长，您这样还不休息？"

"所长，您的老腰不要了？"

"所长，工作重要，身体也同样重要啊。"

445

……

王守一疼得出着冷汗，用手支撑桌子，挤出一丝笑意："不好意思，我的老腰又闹罢工了。放我下来。"

张志杰担心地说："所长，您就歇几天呗。对我们这么不放心吗？"

王守一说："哎，可不能歇。没听说过吗？腰疼不是病。再说，我在咱们所干不了几天了，每一天都很珍贵。"

程浩安慰道："所长，您那不叫退休，在局里也是调研员。虽说不是升官，那也是平调，您还可以常回所里看看。"

王守一笑了笑，看着大家："升什么官？咱们在这个岗位上苦打苦拼，有了咱们这个团结温暖的集体，离退居二线的日子越近，我越留恋咱们这儿了。"

大家都有点动情。

王守一感慨万端："咱们八里河这一年多灾多难，出的事不少。这第三季度……"

高潮保证道："所长放心，在您退居二线以前，咱们所要争取一回排名第一！让您带着光荣退居二线，也算咱们所给您留个念想。"

王守一笑着说："哈哈，在八里河这种地方，第一我是不敢想，创咱们所历史新高也行啊。来吧，开会。"

赵继伟带着孙前程，拿着本子站在一栋居民楼前。

一名居民不满地说："叫您这么说，这后备厢失窃的问题就没办法解决了？"

赵继伟说："我不是那个意思。咱们这小区比较老，也没有地下车库，汽车就停在路边。偏偏咱们小区的监控又比较少，客观上给犯罪分子撬汽车后备厢提供了方便，也给我们破案带来了一定难度，所以……"

居民质问："所以什么？所以我们活该被偷喽？"

赵继伟说："哪能那么说呢？我们是希望大家稍稍有点耐心，给我们一点时间。"

居民说："这都半个月了，一点动静也没有！我的车被撬以后，小区里又被撬了三辆，你们管了吗？张警官要是在肯定不会这样。"

赵继伟无奈："对不起，我们一直在调查，可是暂时还没有进展。"

居民二话不说拿出电话："那你就别怪我投诉了。"

赵继伟看着他的手机："好吧……"

两人沮丧地出来，马路两侧停满了车。

孙前程倒是看得开："哥，不用丧气，这人哪，就像是扫帚，只要干活就会沾灰。"

赵继伟看着马路两侧的那些车："唉，要是这几个小区有地下车库就好了。"

孙前程苦笑："哥，咱也去市政部门协调了，不是也没成吗。"

旁边听到一个声音："小赵。"

赵继伟一回头，是曹建军穿着保安的服装，骑着自行车过来，赶快迎了上去："曹哥，下班了?"

曹建军在他身边下了车："才下班，站这里干什么呢?"

赵继伟好不容易有个人诉苦，打开了话匣子："曹哥，你看这一片小区没有地下车库，车停在路边，小偷开始活跃了。最近接二连三发生后备厢被撬案，我去市政反映，想让他们多装几个监控探头，他们说，得等高架路修好再统一规划。你看这事……"

曹建军摇头："高架路哪有那么快能修好。"

赵继伟发愁地说："可这事怎么办呢? 人抓不住，群众就投诉。这几天投诉好几回了。"

曹建军随口说道："那就抓呀。以前没监控就不破案了?"

赵继伟眼睛一亮："市政部门那个人也这么说。可没有监控，怎么抓呀?"

曹建军说："警察的老功夫——蹲守。"

赵继伟一怔："啊? 您是说趴窝，给他抓个现行?"

曹建军反问："还有别的办法吗? 小赵，要不要我来帮你抓?"

赵继伟忙说："啊? 不用，不用，所长嘱咐过……"

曹建军面色一僵："嘱咐过什么?"

赵继伟掩饰道："也没什么。曹哥，嫂子在家等您呢，您赶快回家吧，我走了。"说完转身大步走开。

曹建军站在那里，眼里尽是遗憾……

回到合租公寓，赵继伟把自己关在房间里，趴在小床上，在面前的本子上又写又画，嘴里还念念有词："三个? 不行，还顾不来一条马路。那就五个? 五个也不行，一共三条马路。唉，这可怎么办……"

李大为洗完澡进来："我洗完了，你去洗吧。"

赵继伟没抬头："我不洗。"

李大为照他屁股踢了一脚："赶快去洗。天这么热，还不天天洗，你不嫌我还嫌呢。"

赵继伟躲了一下："等我忙完了再去洗，我忙着呢。"

李大为看了一眼："还在研究你那蹲坑方案?"

赵继伟发愁："不研究怎么办，问题总得解决吧?"

李大为说："我都说了你这守株待兔不行，大热天蹲在外面喂蚊子，还不知道要蹲多久。"

赵继伟把笔一扔："监控监控没有，蹲坑蹲坑不行，这盗窃撬车不断发生，咱就任由这种情况继续？要不你帮我想个万全之策？这样不行，我师父说了，民生无小事。"

李大为在自己的床上坐下："你那天说了我就在想，确实没啥好主意。开口闭口你师父说，你都快成他的复制品了。"

赵继伟理直气壮地说："我师父说得对，当然要听了。你不也对你师父言听计从吗？"

李大为白了他一眼："你还一套一套的了……"

赵继伟又拿起本子："不一套一套怎么办？我还研究小偷的作案规律。一共是三条马路，他平均三至五天出来撬一回，三条马路轮着来。如果咱们一条路用三个人守，天天盯着……"

李大为无语："还是蹲坑啊？那三条路多长？一条路三个人怎么可能？你看见了他回头跑，上哪追去？起码得把两头堵上吧？而且你两头堵也不能一对一，起码两个人一伙吧？一条路就得四个人，三条路十二个人。还不知道他什么时候出来，你让半个派出所跟着你转？怎么可能？"

赵继伟被打击了："那怎么办？"

李大为捂着鼻子："行了，我帮你想。你闻闻你身上都馊了！先去洗澡，有什么事洗澡回来再说。"

赵继伟没办法，丢下本子走了。

李大为拿起他的本子琢磨了一会儿，又叫上夏洁，一起在客厅里研究。

等到赵继伟从洗手间里出来，李大为叫道："哎，继伟，过来过来，夏洁给你算了算，帮你省去四个人，你只需要八个人。"

赵继伟一听大喜："你们在商量这事啊？真是好兄弟。夏洁，你赶快说说。"

夏洁说："其实也没找到什么办法，就是觉得，如果要十二个人，每天晚上蹲守，确实不可能。我看了看你研究的规律，在小辛庄西路上发生的频率比较低，迄今为止才发生过一起。很可能，这条路离他家比较远，所以我们干脆就放弃这条路，堵在剩下的这两条路上，这样就能省下四个人。不过八个人也不好找。大家都忙着，每天哪能有八个人下了班还去蹲守？"

赵继伟信心满满："我试试，说不定蹲守头一天就把他抓住了呢。"

李大为说："那咱们再把他的活动规律研究一下，争取在他临出手前一两天上岗。"

三个脑袋又凑到了一起。

第二天一大早，赵继伟就拿着自己的方案找到了高潮。

高潮以为自己听错了："什么？蹲守？"

赵继伟说："对，现在只能靠蹲守的办法把他抓住了。"

高潮思索着："你是说需要每天有八个人去蹲那两条马路？"

赵继伟点头："是。可我们三个想来想去，也没想出别的办法来。夏洁和李大为愿意帮我，所里再给我派五个人就行了。"

高潮问："得守多长时间哪？"

赵继伟摇头："不知道。也许头一天就把他抓住，也许一守就得守好多天。"

高潮问："从几点守？"

赵继伟再次摇头："也不知道。因为一直没有他撬车的监控，所以也不知道他是什么时候作的案。不过我估计，现在天热，晚上过了十二点马路上还有人，他肯定是半夜一点以后到四点以前作的案。"

高潮正色道："继伟，你也知道所里的情况，所里现在成天到处排查不安全因素。白天的工作很忙，你是说每天都要八个人，白天干完了晚上再跟你去蹲守？"

赵继伟争取道："汽车后备厢接二连三地被撬，也是安全事故啊。"

高潮无奈："好吧，我这儿的权限，顶多给你派三个辅警，加上你们仨，这就六个了。你自己再去找两个有经验的民警。找得来，就八个，找不来，就你们六个。就这样吧。"

赵继伟起了个大早，分别在警官老杜和老徐那里碰了壁，到了午饭时间，又端着自己的托盘，凑到几个警察桌上，殷勤地对他们说着什么。几个人听着，和他开着玩笑，看样子谁也没答应。

回到办公区，赵继伟在自己座位上，不时观察着，希望能找个帮忙的。

随着一次次的碰壁，屋里只剩下陈新城在收拾着桌上的东西。赵继伟起身迎上去："陈哥，我来帮你收拾吧……"

陈新城笑着说："不用，我马上好了。小赵，晚上一定要来啊。"

赵继伟愣住："干啥？"

陈新城喜滋滋地说："你忘了吗？佳佳考上美术学院了，我不是让你、大为、杨树、夏洁一起来吗？亲朋好友一起聚聚高兴高兴。"

赵继伟想起来了："没忘，没忘，我以为是蹲坑的事。"

陈新城一怔："蹲坑？"

赵继伟忙说："没事，没事。"

陈新城说："佳佳这孩子，多亏了你们几个帮她。一起去吧。"

赵继伟沮丧地："去，但是，不过，有可能……"

陈新城听出来了："有事是吧？没关系，下次咱们再单搞一次。"

赵继伟松了口气："那替我祝贺佳佳。"

陈新城说："行，我一定替你带到。那我就先回去了。"

赵继伟一屁股坐在那里，看看外面的天，急得都快哭了："这怎么办？忘了李大为、夏洁也来不了，没准盗窃犯今天晚上就会出动。"

孙前程不知从哪里冒出："哥，咱们几点出工啊？"

赵继伟愣住："啊？今晚你去？"

孙前程说："是啊。所里派我了，还有小丁和小林。"

赵继伟又振作起来："那你赶快和他们去值班室睡会儿觉，十二点半咱们出发。"

午夜十二点二十五分，赵继伟匆匆从厕所出来进了办公区，一看只有自己，看看表喃喃地说："一个也没来？"

话音刚落，孙前程带着另外两个辅警，换了便装过来了："哥，什么时候出发呀？"

赵继伟高兴地说："你们都来了？睡了一会儿没？"

孙前程说："睡啥啊？前半夜也睡不着，咱们走吧。"

赵继伟安排道："咱们四个人，守两条马路，只有一人把一头……"

话还没说完，李大为和夏洁进来了："没晚吧？"

赵继伟又惊又喜："我还以为你们俩来不了了呢！"

夏洁笑着说："你的大事，我们哪敢忘？参加完佳佳的庆祝宴，就快马加鞭赶回来了。"

李大为促狭地说："那可不，生怕你幼小的心灵受到什么创伤。"

赵继伟有些感动。

李大为数了一下人数："哎，不应该还有俩吗？"

赵继伟沮丧地说："动员了一天，也没人愿意去……"

夏洁安慰他："也难怪，大家谁不忙啊？"

李大为说："咱们六个人就按六个人的方式干。赶快走吧，路上再商量一下。"

六个人往外走，老徐和老杜一起进来了："这会儿走吗？"

赵继伟不敢相信："徐哥、杜哥，你们怎么又回来了？"

老徐和老杜互相看看，老徐笑了："看你小子一天没干别的，到处烧香拜佛。行了，都不容易，我们回来帮帮忙吧。可话得先说下，你小子规律摸得怎么样？别白叫老子在外面喂蚊子啊？"

赵继伟兴奋地说："肯定不能！那咱们先上车？在路上我向徐哥汇报一下。"

午夜的街道上渐渐退去白日的喧嚣，赵继伟此刻像个指挥官，但态度仍然谦恭："就这条马路，再加上南面那条，咱们四个人在这里，四个人去那边，两个人把一头。根据我的判断，距他上次作案，已经过去了三天，按以往他作案的规律，这一两天他应该就会再次出手。现在快一点了，估计他快出动了，咱们两个人把马路一头，争取把他堵住。"

老徐看了看前面："这么长的马路，中间还有好几个路口，就算发现了，咋堵他？大半夜的路上没人，咱们一出来，他不早跑了？"

赵继伟无奈地说："那怎么办？咱们只有这么多人。"

老杜说："好了，就按小赵说的办吧。小赵，我和老徐分别带一个守这条马路，你们去那一条吧。"

赵继伟赶快答应一声，和李大为、夏洁加上孙前程走了。

老杜在后面小声对老徐说："别为难他了。我一看到他白天那样子，就想起我刚来的那会儿了。"又对小丁、小林说："来来来，你们俩，一个跟我，一个跟老徐，咱们走吧。"

赵继伟、李大为、夏洁、孙前程四人来到另外一条街。

李大为一看："哟，这条路路口更多。干脆，咱们分四处，分别把一处路口。万一他出现了，一个出来，另外三个一起上，怎么样？"

赵继伟感激地说："行，哥。"

四人分头走，赵继伟在身后小声嘱咐着："注意，不能睡觉，不能看手机，不能打蚊子，别惊了他。"

安排好之后，赵继伟来到自己负责的路口，正想往花坛里钻，突然听到有动静，吓了一跳："谁？"

曹建军从花坛里站了起来："继伟，是我。"

赵继伟愣住："曹哥，您怎么在这里？"

曹建军说："天热，在家里也睡不着，出来坐坐。赶快进来吧，他说不定什么时候就出现了。"

赵继伟赶快钻进了花坛。

两人在冬青树后坐下来，努力把身体藏进冬青树丛里。

曹建军小声地说："你和我说说，我帮你判断一下他出现的概率有多大。"

赵继伟此时也顾不上其他："曹哥，是这样的……"

路上突然有动静，赵继伟赶快一缩头："是不是来了？"曹建军拍他一下："他要是来了，你缩脑袋干什么？"

两人趴在树缝里往外看，看到一个人骑着自行车过来，可速度都没减，直接骑过去拐弯了。

赵继伟沮丧地说："不是。"

曹建军安慰道："蹲守，哪能蹲那么准？来，你和我说说。哎哟，妈的，这里的蚊子真狠。"

另一边，老徐带着辅警蹲在冬青树丛后，拍打了一下脸："这一会儿叮我七八口了。蚊子不叮你吗？"

辅警老实说："咋不叮？哥不是不让打蚊子吗？"

老徐无语："你听他的。外面没动静，打蚊子怕什么？你不打，一晚上还不得叫蚊子叮死啊？"

辅警也打起来，两人打蚊子的声音此起彼伏。

……

第二天上班，老徐坐在那里，脸上起了好几个大包，正痛苦地抓着："那儿真不愧是臭水沟填出来的路，蚊子都比别处大。"

赵继伟跑进来，殷勤地说："徐哥，我是现在就去向所里申请咱们出外勤，还是等最后一起去申请啊？"

老徐说："现在去。话得说在前面，你不打招呼，万一最后所里不知道呢？"

赵继伟点头："好嘞，那我去了。"

老徐想起什么："慢着。我听说建军也去了？"

赵继伟说："嗯，去得比我还早呢。"

老徐和他商量："你看能不能帮建军也申请一下额外奖励？他现在一个月才挣三千多，这日子够他过的。"

"我尽力……"

赵继伟答应着，叫上高潮一起来见王守一汇报工作。

王守一认真听完："曹建军也去了？"

赵继伟说："是。我们去的时候他已经到了。所长，那能不能帮曹哥申请一点奖励啊？"

王守一说："他又不是所里的人，也没人请他协助，和他有什么关系？"

高潮一愣，没想到所长这么决绝："可是……"

王守一打断他的话："没什么可是的，走吧。"

高潮、赵继伟只好离开。

王守一坐在那里想着，长长地叹了口气。

回到办公区，赵继伟把所长的话原原本本地说了一遍。

老徐眼睛瞪得老大："什么？"

赵继伟一脸无辜地说："所长就是这么说的……"

大家议论纷纷：

"以前咱们请联防队员办案也发补贴的呀，所长怎么对建军这么狠？"

"这可真是人一走，茶就凉。"

……

高潮走过来，正好听到尾句："瞎说什么？不干活瞎议论！"

大家连忙回到自己的工作中。

下了班，王守一再次来到商场，正好看到曹建军和一个保安正在巡逻。曹建军一看到王守一就想溜，王守一叫了他一声："建军。"

曹建军停下，怯怯地看了王守一一眼，就像个犯了错的孩子。

王守一和蔼地问："建军哪，周慧和孩子最近怎么样？"

曹建军说："挺好的。"

王守一问："噢。你现在一个月挣多少钱？周慧挣得比你多了吧？"

曹建军老实说："我一月挣三千五，她比我多一半了。"

王守一看着他："建军，有句话叫贫贱夫妻百事哀，挺有道理的。娶个老婆，总希望人家穷也跟你，富也跟你，可是凭什么呀？谁不想过好日子？你一个男人挣得还没女人多，你哪里优秀了？穷成这样人家还得跟你？

"建军，周慧是个好女人，好女人也不是拿来考验的，她为你吃了苦，你得让人家过上好日子才对得起人家对你的一片心。好好地在这里干好你的工作，争取多挣点儿，你已经不是所里的人，所里的事情你不要再参与了，听见了吗？"

曹建军低头不说话。

王守一郑重地说："行了，我已经把话说到了，我不希望再看到你做所里的事，你自重吧，我走了。"说完转身就走。

曹建军在后面怯怯地叫了一声："所长，所里真不要我了？"

王守一没回头，声音坚定："不要了，你已经不是所里的人了！"

曹建军呆呆地看着王守一的身影消失……

到了晚上，曹建军又和赵继伟一起蹲守，他的情绪明显有点消沉。

赵继伟焦急地往外看着，不住地祈祷："今天快点来吧，三天了，再不来大家都受不了了。"

曹建军不说话。

赵继伟看看他，突然想起什么："曹哥，我去替您争取过奖励，可是……"

曹建军沉声说道："我不要奖励。"

赵继伟说："那哪行？曹哥您放心，只要抓到小偷，我还去给您争取奖励。"

"我不要。"曹建军低头看看赵继伟，感慨良多，"继伟，你多好。好好珍惜。"

赵继伟赶快说："哎。谢谢曹哥。"

外面有摩托车响。

赵继伟眼睛一亮："是不是来了？"说着要从树缝里钻出去看看。曹建军没动："不会是。"

果然，摩托车从他们面前掠过，走了。

赵继伟问："曹哥您咋看也不看就知道不是呢？"

曹建军分析："他骑着摩托车作案，倒是跑得快，可不也把自己的行动时间暴露了？"

赵继伟恍然大悟："对啊。曹哥，您这么有经验，要还是……"说到一半，就说不下去了。

曹建军苦笑："要不嘱咐你珍惜呢，等不是了，后悔也晚了。"

赵继伟听到外面有动静："哎，好像又有人过来了，这回看看是不是。"

两人钻到树缝里往外看，一辆自行车从他们面前过去，拐弯不见了。

赵继伟沮丧地说："又不是。"

曹建军拍拍他："趴窝，不能急。越急越不来，你不急的时候，说不定他就到了。"

又是白等一夜，第二天上班，老徐、老杜、孙前程他们坐在那里，每个人脸上、胳膊上几乎都被咬满了，都在痛苦地抓着。

赵继伟正在饮水机那儿给老徐接水。

老徐说："这活干的，大活人每天送上门去让蚊子咬。我敢说这活干完，那蚊子都能喂成猪了。"

老杜也有些怨气："问题是这活能干完吗？"

赵继伟把水送给徐哥："徐哥，辛苦了。"

老徐说："辛苦不辛苦的，吃的就是这碗饭。"

赵继伟接着去拿杜哥的杯子要给他接水："杜哥，我给你接点水。"

老杜说："行了，接水我自己还不会？问题是小赵你分析得对吗？这都四天了，人头狗头都没见伸一伸啊？他盗过好几回了，是不是觉得这边的油水已经捞得差不多，换了地方？要是那样，咱们的蚊子不是白喂了？"

赵继伟赔着笑："我也不知道。不过我觉得他还会来。"

老徐无语："你觉得？你不说他平均三到五天作一次吗？现在都四天了，再加上原来的都七天了，他咋就没出现呢？"

赵继伟为难得都快哭了："我也不知道。可以前他作案的规律就是这样的。"

这时，高潮从自己办公室伸了伸头："赵继伟，你来一下。"

赵继伟来到办公室："高所。"

高潮问："还没成效？"

赵继伟情绪低落地点点头。

高潮像是自言自语："蹲坑就是一耐心活儿……"

"我知道。"赵继伟说完转身要走。

高潮递过来一个塑料袋："你把这拿上。"

赵继伟问："这是什么？"

高潮说："求着大家帮忙，你心意得到。去吧。"

赵继伟抓出来看看，是几瓶风油精，感动得眼泪都快下来了。

下了班，赵继伟直奔商场，来到卖防蚊霜的柜台前，一看价格吓了一跳："一瓶四十二？这么贵啊？"

售货员说："这还算贵？还有更贵的呢。"

赵继伟犹豫着，一咬牙掏出手机来："好吧，来七瓶。"

售货员吃了一惊："防蚊霜啊？一瓶就够你使的。"

赵继伟固执地说："我要七瓶！"

买完防蚊霜，又马不停蹄地赶到熟食店："鸡腿六只，猪头肉两斤，分装成六份，另外再搬一箱水。"

在外面跑了一圈儿，赵继伟拎着几个塑料袋回来了。

李大为和夏洁进来了："兄弟，今晚有戏没戏啊？"

赵继伟沮丧地说："不知道。我都快急死了。"

夏洁安慰道："别急。说不定今晚就出来了。"

老徐和老杜过来："小赵，今晚再不出来，明天你找别人吧。"

"哎。"赵继伟应道，提起面前的袋子，给他们每人塞了一个："夜宵，大家辛苦了。里边还有一瓶风油精和一瓶防蚊霜，大家多抹一抹。"

赵继伟趴在树缝里，焦灼地往外看着，像念经一样念念叨叨："来吧，求你，赶快来吧。"

曹建军坐在一旁，用羡慕的眼神看着他："我过去也像你一样。现在再想这样，没有机会了。"

赵继伟没听见，只关注着外面。第二天一早，接到报案，又有车被撬了。

老徐几人在办公区里议论着案情："咱们在这边蹲了五天，他在那边作案。这说明原来分析的作案规律不成立啊？"

李大为赔着笑："徐哥，也不能这么说。赵继伟研究的是他以前作案的规律，可人是活的，谁知道他昨晚怎么跑到那边去了呢。"

老杜猜测："是不是他已经发现我们在等他？要是那样，我们不可能等到他了。"

李大为摇头："不可能啊，他在所里又没内线，怎么可能知道？"

老徐不爽地说："起码说明他作案范围扩大了，这可怎么等？"

赵继伟、孙前程他们回来了。

老杜问："怎么样？有新发现吗？"

赵继伟沮丧地摇摇头。

李大为安慰："继伟，没事儿。起码说明咱们原来判断的他作案时间的规律是对的。昨天是第五天，他不是出来了？"

老徐提醒道："如果他到处流窜作案的话，咱们趴在一处等是等不来的。"

赵继伟站起来，冲着大家一个深鞠躬："对不起，让大家陪我受苦了。"

老徐摆摆手："没事，趴窝趴不着还不是经常的事？按你研究的规律，他三到五天撬一回，昨晚他撬过了，这一天以内他不会再撬了是吧？那咱们就歇歇吧。这连轴转，也真受不了了。"

李大为也同意："有道理。咱们起码可以歇三天。"

赵继伟没说话。

晚上回到合租公寓，赵继伟坐在沙发上发呆，夏洁正准备往自己房间里走，看了他一眼："别想那么多，大家确实太累了，这两天他不会出来，休息两天吧。"

赵继伟没吭声。

夏洁回了自己房间。

李大为从洗手间里湿着头发出来了："哎，赶快洗洗去睡吧。你放心，歇这两天，什么时候再去蹲我陪你就是了。"

赵继伟苦笑："大为，你去睡吧，我还不困。"

李大为奇道："你不困？你是神仙？我不管你了。"说着也回了房间。

赵继伟掏出手机看看时间，才十点半。他痛苦地抱住自己的脑袋："老天爷，他什么时候出来啊……"

夜晚的街道上已经没了人，马路两侧停满了汽车。

赵继伟一个人过来，失神地看着空旷的马路和两侧的汽车。

走到以前他和曹建军蹲守的地方，曹建军从树丛后站了起来，小声地叫他："小赵。"

赵继伟又惊又喜，赶快过去："曹哥，您又来了？"

曹建军笑着说："在家睡不着，过来看看。我听说他在别处撬了？"

赵继伟苦恼地说："曹哥，咋办呢？我真没办法了。"

曹建军安慰道："别急，过来坐坐。破案这种事情，三分靠运气，五分靠努力。"

赵继伟认真听着："还有两分呢？"

曹建军说："靠直觉！你觉得是不是他，你觉得他会不会出现在这里。小赵，你觉得他会出现在这里吗?"

赵继伟有些犹豫:"也许会。可是,也许他觉得这边撬得太多了,转移了呢?我正考虑要不要去他新撬的那条马路上去守两天。"

曹建军说:"不要。我觉得他早晚会出现在这里。咱们已经蹲了四五天了,就一直在这里趴着吧。"

赵继伟说:"可是他昨天刚作了案,根据以前的规律,这两天都不会出现。"

曹建军反问:"那你咋今天又来了?"

赵继伟老实说:"我在家里咋也睡不着,不知不觉就过来了。您呢,曹哥?"

曹建军说:"我也是。不过你说得对,他今天很可能不会出现,那咱们就权当出来凉快了呗,坐在这里说会儿话再回去睡觉。"

赵继伟放松下来,一屁股坐在花坛台阶上:"好嘞。"

曹建军随口问道:"小赵,最近所里除了你这件事,大家都在忙什么呢?"

赵继伟突然想起什么,支吾着:"没忙什么。对了,曹哥,以后您……您别来了。"

曹建军问:"为什么?所长嘱咐过你了?"

赵继伟不知道怎么回答:"啊,也不是。"

曹建军难过地低下头不说话了。

赵继伟同情地说:"曹哥,您别多想,所长就是不想影响您的生活。"

曹建军沉声说道:"我知道,所长是为我好。"

赵继伟看看他:"曹哥,我问句话,您可别怪我。"

曹建军心不在焉:"说吧。"

赵继伟小心问道:"大家都说您是所里最能干的警察,您咋会犯那样的错误?喝了酒开车,被抓住了亮警官证,还逃逸?"

曹建军露出痛苦的神情:"唉,这就是我对你说过的,不知道珍惜手里的东西,想要的东西太多了。我就是个普通警察,可总想建功立业,好在我丈母娘和我老婆面前扬眉吐气,结果就忘乎所以了。

"小赵啊,你年轻,以后一定要记住,你手里握着的东西才是最值得珍惜的。不要像我这样失去了,才知道多么宝贵。"

赵继伟感动地说:"曹哥,杨树总说您是他的好师父,我今天明白他的话的意思了。曹哥,您也是我师父。"

曹建军苦笑:"我是大家的反面教材。"

赵继伟正色道:"也不是。我们走过没走过的,您都在前面替我们蹚了一遍。"

夜复一夜,又到了晚上十二点半。赵继伟穿了一件连帽衫,领口袖口都紧紧地扎上了。站在卧室门口往里看，李大为也一样，鞋都穿在了脚上，人斜在床上睡着了。

　　赵继伟不忍，把门关上，蹑手蹑脚地走了。路过夏洁门口，站住听了听，里面很安静，夏洁似乎在睡觉，于是轻轻打开门出去了。

　　正睡得迷迷糊糊的李大为突然从床上跳起来，一边看表一边去了夏洁房间："夏洁，一点了，赵继伟这小子没叫咱就走了，赶快起。"
　　夏洁啊了一声，一下子从房间冲出来，两人急忙往外跑："涂防蚊霜了没有？"
　　李大为心急地说："算了，不涂了，都咬出茧子来了。"
　　两人风风火火地冲出了门。

　　老徐、老杜，还有几个辅警都在办公区集合，看到赵继伟进来，老徐很不客气地说："小赵，这都八天了，咱们还得蹲多久？今年还能收工吗？"
　　赵继伟赔着笑对大家鞠了一躬："对不起，我让大家受累了。"
　　老徐斜着眼看他："你？你是谁啊？"
　　赵继伟愣了一下："对不起，我不会说话。可是只要抓不住他，我就要去蹲的。要不，大家歇着，我一个人去。"
　　老徐不高兴了："好吧，那你一个人去吧。"
　　赵继伟看了一眼大家，转过身走了。
　　孙前程要和几个辅警跟上，老徐叫了一声："别去！"孙前程停下。
　　老徐不满地说："你听听他的口气，一口一个我。我们是给他干活吗？他是谁啊？"
　　其他几人只得各自散开，各忙各的。
　　这时王守一走了进来："都来了？咋没跟小赵去啊？"
　　大家互相看看都没说话。
　　老徐赔着笑："那小子太不会说话。"
　　王守一脸一沉没说话，老徐带头站起来戴帽子："起来吧起来吧，抹点防蚊霜。"
　　李大为和夏洁这时也冲了进来："晚了吧？"

　　赵继伟走在空旷的街道上，曹建军从花坛后面站起来冲他招手："小赵，我在这里。"
　　赵继伟过去，叫了声："曹哥。"
　　曹建军问："咋就你自己来了？"
　　赵继伟支吾说："那个……"
　　曹建军猜到大半："没关系，这活两人也能干。这样吧，咱俩一头把一个。要是他来了，咱俩往一个方向跑不就完了？"

赵继伟感激地说："谢谢你，曹哥。"

曹建军说："那你在这边，我去那头。"说完站起来走了。

赵继伟坐在花坛边上发着呆，越想越委屈，泪水止不住地往下流……

他突然听见有动静，刚想藏起来，仔细一看愣住了："所长！"

王守一过来："在这里趴着哪？"

赵继伟激动得声音有点抖："所长，您怎么来了？"

王守一笑着说："上了岁数，觉少了，出来看看。你一个人？"

赵继伟不说话，眼泪又不争气地掉下来。

王守一安慰道："别哭了，你往那边看看。"

赵继伟抬头向远处看，才发现路边上站着几个人，正向四处分开，赵继伟惊喜道："那是谁？"

王守一说："大家。你把所里感动了。程所带人来了，分了班，大家轮流陪你蹲守。所里下决心，不把他蹲出来决不罢休。"

赵继伟一听，眼泪又忍不住了。

王守一拍拍他的肩膀："这孩子，一个大男人，哭什么？受委屈了？"

赵继伟抹着眼泪摇头。

王守一说："坐下吧，叫他看见，蹲也白蹲了。"

两人躲在花坛后坐下来。

王守一问："为什么哭啊？"

赵继伟惭愧地说："就是觉得我太笨了，话也不会说，事也不会做。有时候犯了错都不知道咋犯的，想找个人问问都不知道去问谁。原来有我师父，现在师父也走了。"

王守一看看他："小赵啊，看见你，就想起我刚入警的时候了。我起步还不如你呢。从农村出来，也没上过多少学，当了几年兵，转业回来就进了公安，成了一名警察。"

赵继伟有些意外："什么？所长，您也是从农村出来的？"

王守一说："可不是嘛。咱们农村孩子，在城市没根基，没关系，靠的是什么？不就是吃苦吗？别人坐着，咱站着，别人站着，咱走着，别人走着，咱跑着，凡事比别人多干一点呗。

"像在外面一连喂七八天蚊子这种事多少人能干下来？咱们缺的是什么？打小见得少，见识就不多。见识这种东西，见得多了就能补上了，吃苦这股子劲头，要是打小没有，很可能这辈子就没有了。

"小赵啊，相信我，你会成为一个好警察的。但是，我听说你这几天和曹建军接触不少，记住他的教训，别急功近利。"

赵继伟恭敬地说："所长，我记着了。"

王守一突然一激灵："别说话了。"

他扒开树缝往外看，看到马路上出现了一个骑三轮车的人，晃晃悠悠不紧不慢地骑，一边骑一边打量着路边的汽车。

赵继伟趴上来，小声问："是不是他？"

王守一嘘了一声，不让他出声。两人紧紧地盯着，看到他骑过来，结果又骑走了，都有些失望。

王守一重新坐好："说哪了？"

赵继伟想了想："您说别忘了。"

王守一还没想起来："别忘了什么？"

赵继伟轻松不少："别忘了回家！"

王守一疑惑地问："我说这个了吗？"

赵继伟说："是提醒我自己，别忘了说让您回家。"

王守一笑了："嗨，你这弯儿绕的。"

这时，刚才骑车的又调头回来，远远地停在一辆宝马车旁，下车，东走走，西走走。

赵继伟盯着他，紧张激动得直发抖。王守一按着他让他冷静，两人继续观察。那人又蹲下了！

仿佛等了一万年，那人骑上三轮车，突然又下来，从车上取下一件什么工具，靠近了宝马车。

赵继伟激动得声音直打颤："是他。"说完身体一纵要出去。

王守一死死地按住他："等等！"

宝马车传来砰的一声，后备厢撬开了。

王守一这才在赵继伟屁股上拍了一把："上！"

赵继伟嗷一嗓子就蹿了出去："不许动！警察！"

几乎和他同时，从不同方向传出喊声："不许动！警察！"

那人吓了一跳，丢下工具就跑，但已经晚了，警察从好几个方向将他包围了。

这边是赵继伟，对面有程浩、李大为，另一个方向还有老徐。曹建军也跟在后面。

那人惊慌地举起手来："我没干，我是头一回！"

赵继伟扑上去，一下子把他扑倒在地，按了个结结实实。老徐上来，利索地掏出手铐把他铐上。

曹建军刚想上来，突然看到王守一从对面过来，立刻停下，悄悄地转过身走了。

王守一看到了他，没吭声。

程浩叫道："把他拉起来，问问是哪里的？马上带他回他住的地方看看去。"

赵继伟看着程浩笑了："程所，您也来了？"

程浩得意地说："怎么样？大家都说我是福将，还准备排好班轮几轮呢，没想到头一天上岗就抓住了！"

老徐把那人提了起来，几个警察抓着他押走了，赵继伟也在其中。

王守一过来："程浩，建军在你们那边呢？"

程浩说："我们到的时候他早就到了。"

王守一黑着脸："我说过什么？你们怎么就不听？"

程浩无奈地说："所长，不是我们不听……"

王守一回头看看曹建军夜幕下远去的身影，叹了口气不说话了。

庆功会上，赵继伟在掌声中站起来，害羞地冲着四边鞠躬致谢。

王守一笑吟吟地说："好家伙，咱们的人进他家的时候，那些东西还在他家里堆着。案值超过五万，这回够这小子喝一壶的。赵继伟，你是破了个大案啊！"

赵继伟谦虚地说："不是我破的，是大家破的。"

王守一满意地说："你们看看这小子，他师父不在，他不光学会了破案，还学会谦虚了！"

大家笑着，掌声更加热烈。

赵继伟认真地说："我是说真的。我来咱们所快一年了，这将近一年的时间里我一直很困惑，不知道自己能不能成为一个好警察，也不知道自己能不能干出来。现在我知道了。"

王守一问："知道什么？"

赵继伟郑重地说："我没别的本事，可是我能吃苦，肯干活，那我就好好干。我努力，大家总会看见！"

掌声更加热烈。

他说话的时候，陈新城捂着手机跑出去，很快进来冲着李大为招了招手。

李大为赶快跑出去："师父，什么事？"

陈新城说："快，罗队长来电话，叫咱们马上到他那儿去一趟。"

李大为精神一振："啊？是那案子……"

陈新城催促："快走吧！"

陈新城和李大为赶到刑警队，罗队长匆匆进来："又发现了一起风尘女子失踪案，这回几乎可以肯定，和岳威有关系。"

陈新城问："有证据吗？"

罗队长把桌上的电脑转向他们，打开一段视频："你们看，这是女孩工作过的夜总会当晚门外的监控，看到这辆一闪而过的车了没？看看车牌。"

两人仔细看着，陈新城很振奋："是岳威的车！"

罗队长又在电脑上操作了几下："往前倒倒。看见了吗？这女孩从夜总会里出来。过了两分钟，他的车追了上去。然后我们在下一个监控路口没看到女孩，她肯定上了岳威的车。"

李大为注意到一个问题："罗队长，刚才您说又发生一起是什么意思？难道还有？"

罗队长神情凝重："事实上，五月份还有过一次报案，因为不确定，所以没知会你们。那个女孩在洗浴中心工作，过年没回家。家里以为她没放假，洗浴中心以为她回家以后不干了，所以没人报案。

"一直到五月份，家里一直联系不上她，找到洗浴中心，才发现这个人失踪了。但事情已经过去两个多月，当时的监控已经找不到了。因为没办法把这件事和岳威联系起来，甚至女孩是不是真的失踪也不知道，所以我们就没通报。"

陈新城看看李大为："过年……"

李大为惊道："过年？师父，咱们盯他的时候，车里是不是载着那个女孩？"

陈新城面色也凝重起来："那他上山就是……"

李大为喊了出来："埋尸！"

罗队长问："你们当时在他老家不是没有发现什么吗？"

陈新城慎重地说："当时确实没什么可以串联起来的重大发现。现在看来，我们很可能错过了重要线索。假如一切都是岳威做的，那他就是一个难以对付的罪犯。在公安系统干过，有很强的反侦查能力，所以才能持续这么多年。"

罗队长说："今天把二位请来，一来是通报最新的情况，二来是想问，岳威家门口的监控最近有什么反常吗？"

李大为肯定地说："没有。每天一早出黑车，晚上回去，和平常一样。"

罗队长问："没发现他车上有别人吧？"

陈新城谨慎地说："我们回去可以再过滤一下，但我认为没有。我们一直盯着，如果有，我们应该会发现。另外，他是个有反侦查能力的人，知道了门口有监控，是不可能冒这么大风险的，这不是他的性格。"

罗队长不解："那他可能在什么地方作案？"

陈新城和李大为互相看看。

李大为小声说："他的车上？"

陈新城点头："有可能。我们跟他这么久，觉得那辆车简直就是第二个他，车是他最熟悉最让他有安全感的地方。"

罗队长想了想："好，我去办张搜查证，去搜一下他的车。"

陈新城忙说："不好，毕竟没什么证据，没有绝对把握的时候别打草惊蛇。"

罗队长虚心请教："老陈，那你的意思呢?"

陈新城说："他离不开娱乐场所。最近经常去哪里你们掌握了吗?"

罗队长说："夜未眠酒吧!"

傍晚时分，岳威从家里出来，上了自己的车。不远处就是一个监控探头，他冲着监控鬼魅地一笑，竖了竖中指。

夜未眠酒吧的霓虹灯已经亮起，在夜色中闪动着诱惑的色彩。

岳威刚想把车开过去，发现门口两侧人行道上的地砖刨开了，摆着正在施工的牌子。

曹建军穿着保安服，站在一旁回答着人们的询问。

岳威伸出头："怎么啦，兄弟?"

曹建军说："对不起，管道施工呢，这里不能停了。"

岳威不满："那停哪儿啊?"

曹建军指着后面："停到后面绿岛大厦地下车库去。"

正好酒吧一调酒师路过，看见岳威："威哥来啦，怎么回事?"

岳威问："车不让停了是吗?"

调酒师说："是啊，修路哪，都停到后面去了。"

岳威看了一眼："绿岛大厦，那多远哪!"

曹建军说："先生，您可以先进去，我帮您去停。"

调酒师问保安："你会开车吗? 别把岳哥的车给蹭了。"

曹建军说："没问题，我一直帮人泊车。"

岳威下了车，曹建军坐上来，一脚油门把车开走了。

岳威和调酒师一起进了酒吧。

曹建军以最快的速度把车开到了绿岛地下车库，罗队长、陈新城、李大为，还有两个便衣技侦在那儿等着。

车刚停下，两个技侦马上上了车。

曹建军又用钥匙把后备厢打开："快点。这小子机灵，没准一会儿就意识到中招了。"

陈新城拍拍他："谢谢建军，你回去吧。他要是醒过来，你就带他过来，这边马上就好了。"

曹建军点头："好的，我走了。"

罗队长对两个技侦说："动作都快点儿，我估计这小子马上就能反过味来。"

酒吧里很热闹，岳威坐在角落里，目光在那些穿着暴露的女孩身上转着。突然想起什么，骂了句："昏了头了你。"

他招招手，把一个男服务生叫过来："你们这外面修管道？"

服务生说："是啊。今天突然来修的。"

岳威又问："你们这儿有个保安吗？"

服务生一愣："哪个保安？"

这时曹建军过来，双手把钥匙递过来："先生，您的钥匙。走的时候您可以打个招呼，我再帮您开过来。"

岳威稍稍松了口气，重新坐下："谢谢。"

"应该的。"曹建军说完转身走了。

岳威刚坐下喝了一口，突然又站起来，对曹建军说："哎。"

曹建军回来，仍然笑容可掬："先生有什么事？"

岳威说："我突然有事，车在哪里？"

曹建军说："在绿岛大厦地下车库呢，先生我帮您开回来。"

岳威站起来："不用了，你带我去开。"

曹建军也不勉强："好。先生这边请。"

两人来到绿岛大厦地下车库，曹建军边走边说："在负三层呢。"

岳威疑惑地问："啊？为什么停负三层？"

曹建军解释："是这样，我们是借用人家的车库，人家只让我们停负三层。要不先生在这儿等着，我下去开上来。"

岳威有些不安："不用了。电梯在哪？我们直达负三层。"

曹建军为难地说："也不行。人家绿岛大厦已经下班了，电梯进不去了。"

岳威催促："那快点吧。"

两个技侦仍然在车里忙着，其他人站在那里等，李大为在入口不远的地方放风，听到两人的声音立刻跑过来："快，他们好像下来了！"

罗队长忙问："行了吗？"

技侦没说话，正全神贯注地趴在车里，手电筒照亮了座椅角上一个小小的褐色的斑点，他用棉球小心地擦着。

曹建军殷勤地带着岳威往负三层的入口走："先生，这边请。"

两个技侦还在那儿忙碌，其他人心急如焚地站在那里等，入口处已经清晰地听到了两人的脚步声！

一分钟后，曹建军带着岳威过来，车停在那儿，周围没人。

曹建军平静地说："先生，您的车在这儿呢。"

"嗯。"岳威答应一声，直接上车走了。

一直等到他的车消失不见，其他的人才从隐身处出来。

陈新城走到曹建军身旁，拍了拍他："谢谢建军，干得漂亮。"

曹建军担忧地说："陈哥，我觉得这小子很警觉，要行动得抓紧。"

罗队长自信地说："放心吧，只要是他，这回就跑不了了！"

陈新城看了下时间："时候不早了，我们回去等结果，你们也抓紧。走吧建军，回家。"

曹建军犹豫了一下，小心地问："陈哥，行动的时候，叫我参加行吗？"

陈新城一脸为难，没说话。

曹建军紧跟着他："就让我参加这一回吧，对付这种歹徒我有经验。陈哥，您就帮我说说吧。"

等待的时间总是特别漫长，李大为站在一旁眼巴巴地看着陈新城给技侦打电话："还没出来？不是说现在的DNA检测很快吗？好吧好吧，有了结果一定通知我们哪！"

他挂上电话，李大为迫不及待地问："还没出结果？"

陈新城说："没呢。不过，我有感觉，这回他跑不了了。"

说完直接上楼，来到了所长办公室。

王守一正在看文件："新城，找我有事？"

陈新城说："建军和我说过，要是行动的话，能不能……让他也参加？"

王守一态度坚决："不行！绝对不行！"

陈新城恳求道："所长，您明明知道建军他离不开这行，您就答应他这一回呗？反正咱们破案，也从来少不了地方上的帮助。"

王守一严肃地说："那也不行！平常的行动也就罢了，他这个人你不是不知道，碰到这种场合不要命！我警告你啊，你要是让他参加，你和李大为就别参加了。"

陈新城无奈："好吧。"

李大为正在办公区的电脑前看监控，陈新城冲进来叫道："大为，快！出结果了！"两人以最快的速度赶到了刑警队。

罗队长把几页纸放到他们面前："从他车上提取的血液痕迹里一共提取到三个人的DNA。其中一份我们已经和最后失踪的那个女孩比对过了，完全重合。可以肯定这个女孩上过他的车，并且在他车上流过血。另外两份的主人还需要查找。但我相信不会再出现第四个人了。

"你们两位对案情比较了解，可以一同参与行动。不过嫌疑人非常危险，不排除携带武器的可能。一定要注意安全！"

"是！"两人答应着，离开办公室前往武器库。

陈新城穿好防弹衣和防刺背心，又从保管员手里接过枪，拉了拉枪栓，又接过一盒子弹。

李大为站在一旁，又紧张又兴奋地看着陈新城和他手上的枪。

陈新城小声地问："没用过吧？"

李大为说："练习的时候用过。"

陈新城说："咱们就是防身的，不到万不得已，不会用的。"

李大为点点头。

赵继伟和夏洁都在一旁羡慕地看着他。

陈新城的手机响起，看到来电显示，急忙躲到一旁，小声地接电话："建军哪，没事，结果还没出来呢。我呀，正准备下班回家……你赶快下班吧，孩子等你呢。有空咱们一起坐。好，再见。"

他刚挂了电话，王守一正好走过来："建军？"

陈新城说："是。你听见了，我把他回了。"

王守一忧心忡忡："新城，我咋对这次行动这么不放心呢？要不咱们这边再多出两个人。"

高潮听见了："所长，咱不是跟人家罗队长反复申请了，人家说咱想得美。念着新城和大为一直操心这个案子，算是一种奖励，这已经是破例了，其他人没门。"

王守一还是十分担心："出发吧，千万小心。"

陈新城和李大为全副武装，准备出发，王守一带着所骨干等七八个人站在门口为他们送行，大家冲他们鼓着掌。

王守一大声说道："平安回来！"

两人迅速和刑警队会合，一起乘车前往岳威家附近布控。

罗队长带着人过来，陈新城和李大为也在其中，准备穿过胡同。突然，有人叫了陈新城一声："陈哥。"

陈新城一看，是曹建军，立刻停了下来，小声问："建军，你怎么来了？你怎么知道今天行动？"

曹建军说："我从那以后天天在这儿守着。陈哥，就让我参加吧，求您了。"

陈新城为难地看看罗队长："罗队。"

罗队长过来了，显然也是很熟的："原来是建军哪。"

陈新城请示道："罗队，你看这事……"

曹建军恳求道："罗队，您把我当联防队员用呗？"

罗队长犹豫一下，看着陈新城："都到这时候了，建军也不是外人，要不，就叫他跟着吧。可是建军，那是个亡命徒，你手里也没武器，不许靠前，跟在后面协助就行。"

曹建军眼睛亮了起来:"我知道,我保证!"

陈新城叹了口气,拍拍他:"千万小心!"一行人又继续前进。

夜已深,岳威从外面回来,把车停下,回头看看不远处的监控探头,又冲它竖了竖中指进去了。不久后,房间里的灯也灭了。

旁边的一面高墙后,罗队长、陈新城和李大为,另外还有五六个警察悄悄摸了过去。

罗队长小声地说道:"快,按计划行动!"

大家无声无息地分散开,有人去了屋后,剩下的五六个人悄悄地向正门靠近,曹建军也在其中。

房间里,岳威躺在床上,正在刷手机,手机上是一个个性感又暴露的女孩照片,看着看着,他的脸上露出了邪恶的笑容。

突然一怔,似乎想起了什么。

当时他跟着曹建军下了绿岛大厦地下车库负三层,曹建军把车的位置指给他看。他掏出电动钥匙开锁,车没发出声音。曹建军当时正和他说话,他没注意,过去拉开车门就上车了。

……

岳威一下子从床上坐了起来:"妈的,车根本没锁!"

他迅速穿上衣服,下了床,走到门前,先趴到门上听了听外面,又走到窗前,撩起窗帘一角往外看。

门外,有几个人影正无声又迅速地靠近。岳威眼中闪过一道寒光,隐入黑暗中。

罗队长带着正面突击的人正向正门靠近,陈新城和曹建军在最后面。

陈新城小声说道:"建军,你去屋后。"

曹建军固执地说:"我不,我就在这儿。"

正在这时候,陈新城的手机发出一阵颤动,拿出来一看来电显示,吃了一惊,立刻退到外面压低了声音:"周所长,有事吗?"

周所长说:"陈老弟,你们那回走了以后,我这心里总不放心,经常翻来覆去地想,想来想去想起一件事来。"

陈新城焦急地说:"周所长,您说,我正准备执行任务呢。"

周所长说:"好,那我长话短说。我告诉过你我提前退休是因为所里发生了一件事,其实就是因为所里一把五四手枪突然丢了。"

陈新城听到这句话,大吃一惊,蓦然抬头,张开嘴要喊,但就在同时,罗队长一声大叫,一脚踹开了门。

陈新城对着电话说："对不起，我有急事。"他挂上电话，拼命往那边跑。

警察已经冲了进去，打开了灯，但屋里没人，警察四处搜索。李大为趴到地下，撩起床单往床底下看。

他猛然看到了一张正冲着他笑的面孔，和一管黑洞洞指向他的枪！

李大为刚准备举枪，突然被后面的人影撞开，是曹建军！

几乎同时，陈新城跑了进来，大吼一声："他有枪！"

"砰……砰……砰……"六声清脆的枪声，响彻天际……

李大为被曹建军撞开，一个翻滚，曹建军生生地接了岳威六颗子弹。

罗队长也扑了上来，撞开曹建军，伸出枪对着床底下开枪："砰！"

李大为平躺在地上，抱住曹建军。陈新城跳到床上，也把子弹射了出去，床底下的岳威毙命于乱枪中。

李大为翻过身来看曹建军，陈新城也扑了过来。

曹建军的血正从他头上身上流出来，在地面上迅速地扩大，流成了一条小河。

陈新城张大嘴喊着曹建军的名字，却没有声音。李大为什么也说不出，浑身发抖。

王守一疯了一样冲进医院，情绪激动。

陈新城见状，赶紧抱着拦住他，两人纠缠在一起："所长，他已经死了，已经死了！"

王守一似乎听不懂陈新城的话，呆呆地看着他。

陈新城眼中含泪："六颗子弹，全打进了他身体里。没有他，可能李大为就没了。"

王守一突然拼命地要摆脱他："让我看看他，看看他！"

雪白空旷的房间里，只停着一张床，曹建军蒙着白布单躺在那里，李大为守在一旁，面如死灰。

门打开，陈新城扶着王守一进来。王守一伸手推开他，一步步地走过去，掀开床单，曹建军的头上裹着纱布，脸上的表情十分平静，甚至带着微微的喜悦。

王守一弯下腰看着，老泪纵横，一滴滴滴到曹建军脸上，王守一又轻轻把它抹去。

陈新城伸手去扶他，又被王守一推开，他轻轻摸着曹建军的脸："你呀……你这个孩子，就是不听话呀……"

陈新城一把抱住了他。

这时，李大为也绷不住了，他哭着上前："所长，都是我的错，是我太莽撞！您罚我吧！怎么罚我都行！"

王守一摇了摇头，摇摇晃晃往外走："去，接他老婆孩子来，告诉周慧和孩子，建军他是个英雄，是警界之光！"

曹建军家里，周慧穿着整齐，丫丫紧紧地靠在她怀里，她正集中精神听叶苇和程浩向她介绍情况。

夏洁站在一边，眼睛通红，泪水止不住地流。

周慧只是抱紧了孩子，脸上什么表情也没有。

岳威老家，陈新城和李大为曾经去过的那座山上已经拉上了警戒线。

周所长顺着崎岖不平的山路上来，看到几个警察站在那里，声音嘶哑地问："怎么样？"

一名警察拦住他，小声地说："别过去了老所长，已经挖出来三具了。"

不远处，两个警察正抬着一个担架出来，担架上有裹尸袋。

周所长看到，声音有点颤抖："这个孩子，他怎么啦？发生什么啦？天哪，要是我能早点察觉到……"

回到合租公寓，李大为一言不发，把自己关进房间。他背靠着墙，坐在地上，眼睛红红的，充满血丝。

他不断想起岳威的枪口，和曹建军将他推开、中弹的画面，一遍一遍地重复……表情痛苦得近乎崩溃。

呼啸而来的子弹，濒临死亡的恐惧……所有的一切，都让人窒息……

赵继伟在客厅沙发一角坐着，情绪低落，眼神呆滞。

桌子上摆好了三碗饭、三个菜。夏洁做好最后一个菜，放到桌子上，转身看着赵继伟。

赵继伟明白夏洁的意思，深吸一口气，站起来去敲李大为的门："大为，别自责了，这不是你的错。"

门里完全没有反应，李大为依旧靠墙呆坐着……

赵继伟站在门口。夏洁站在桌前。

这时门外传来开门的声音，夏洁和赵继伟一脸疑惑。

房门打开，竟然是杨树回来了！

杨树走了进来，看着夏洁，又看着赵继伟。夏洁、赵继伟都很意外。

赵继伟突然转身，狠敲李大为的门："大为，大为，大为，杨树回来了！杨树回来了！"

门开了，李大为满眼血丝地走了出来，站在杨树面前，两人互相凝望。

那一刻，因为一个人——曹建军，还因为共同的身份和友情，理解彼此的伤痛，两人紧紧拥抱，无声落泪。

夏洁哭了……赵继伟也哭了……

崭新的一天，天色有些阴郁。王守一在窗前站着，程浩进来了："所长，定了，局领导也参加。"

王守一没有回头："把他接回来，从这儿出发。"

程浩犹豫："这样好吗？"

王守一大声说道："一定要接他回来！他是咱们的人，咱们把他接回家，让他从家里上路！"

程浩没再说话，只是缓缓地举起手来向他行了个礼。

李大为、杨树、赵继伟、夏洁在更衣室穿好警服，看着镜子中的自己，整了整衣装，神情肃穆。

曹建军的灵柩回到了他魂牵梦萦的地方，天空飘起了小雨，似乎也在为英灵呜咽。

八名警察从车上缓缓抬下他的灵柩，其中包括李大为、杨树、赵继伟和陈新城、程浩、高潮、张志杰。

丫丫捧着父亲的遗像走在前面，周慧一身黑衣领着女儿。

派出所院子从门口一直到院子中央，王守一带着大家分列两排，向遗像和灵柩庄严地行礼。

大门外，宋局长带着另外一些警衔很高的警官也来了，还有隔壁的罗队长，带着几个队员，他们也列成一排，向曹建军的灵柩行礼。

院子里有一块背板，曹建军的遗像挂在中央。灵柩安放在背板前，众人站在灵柩前。哀乐低回，只有遗像上的曹建军心满意足地微笑着，开心地看着这个世界。所有人肃穆，敬礼！

金色的阳光，冲破阴云，将温暖洒向大地……

新的一天又开始了。

办公区放在中心的会议桌搬走了，正在举行四名见习警察的转正仪式。

王守一来了，带着叶苇、程浩、高潮。四个年轻人挺拔地列队站好，大家也自然站成队形，分列两边。

所领导每人站在一个年轻人面前，给他们别上了警衔，四个人庄严地向他们行礼。

王守一站在杨树面前，露出一丝笑意："回来了？"

杨树说："回来了。"

王守一问："不走了?"

杨树坚定地说："不走了! 我会踏踏实实地在咱们八里河,当好一名普通民警。"

王守一欣慰地说："好样的!"

杨树敬礼。

王守一拍拍手,大家静下来："多好啊,一年前的今天,四位年轻人,走进我们八里河派出所,成为我们八里河集体中的一员,成为警察队伍中的一员。一转眼,一年过去了,孩子们长大了,变成了合格的人民警察。"

"杨树!"

"到!"

"李大为!"

"到!"

"赵继伟!"

"到!"

"夏洁!"

"到!"

王守一看着四人："从今天开始,你们就是正式的人民警察了。最近,我们一直在讲警察的荣誉。

"在和平年代里,警察这个职业,带着天生的荣誉感,是党和人民的忠诚卫士。但当我们成为一名人民警察的时候,我们又不能只为了荣誉,我们更要记住警察的责任和人民的重托。

"今天,当你们成为正式警察的时候,我想问你们一句,你们准备好了吗?"

四人齐声道："准备好了!"

王守一庄重地说："今天,你们成为正式的警察。从宣誓入警那天起,就是一辈子的警察! 即使退休了,也要时刻牢记警察的荣誉和使命。要记得荣誉之光,永远在头顶闪耀。

"努力吧,我年轻的战友们! 为了这支光荣的队伍,为了这份沉甸甸的责任!"

热烈的掌声中,四个年轻人向王守一庄严行礼："时刻准备着!"

值班民警进来："所长,有警情。"

王守一问："什么警情?"

值班民警说："110转过来的,说大兴庄刘大爷家的鸡飞上房顶,踩漏了隔壁符大爷家的房顶,两家打起来了。"

王守一愣住："一只鸡还能踩漏房顶? 这都什么事? 谁出警?"

四个年轻人一起站了出来："我去!"

王守一大手一挥："好，去吧！"

大家热烈鼓掌。

四个年轻人昂首挺胸地走出派出所大门，李大为、杨树、夏洁三人上了警车，赵继伟一人骑着警用摩托车，迎着朝霞，出发！

图书在版编目(CIP)数据

警察荣誉 / 赵冬苓,谭嘉言原作;星寒改编. —杭州:浙江文艺出版社,2022.6

ISBN 978-7-5339-6899-1

Ⅰ.①警… Ⅱ.①赵… ②谭… ③星… Ⅲ.①长篇小说—中国—当代 Ⅳ.①I247.5

中国版本图书馆CIP数据核字(2022)第106378号

策划统筹　柳明晔
责任编辑　张　雯
营销编辑　宋佳音
封面设计　仙境 *WONDERLAND* Book design
责任校对　唐　娇
责任印制　张丽敏

警察荣誉

赵冬苓　谭嘉言 原作　星寒 改编

出版发行　浙江文艺出版社
地　　址　杭州市体育场路347号
邮　　编　310006
电　　话　0571-85176953(总编办)
　　　　　0571-85152727(市场部)
制　　版　杭州天一图文制作有限公司
印　　刷　浙江新华数码印务有限公司
开　　本　710毫米×1000毫米　1/16
字　　数　616千字
印　　张　29.75
插　　页　1
版　　次　2022年6月第1版
印　　次　2022年6月第1次印刷
书　　号　ISBN 978-7-5339-6899-1
定　　价　72.00元